俄苏文学经典译著·长篇小说

高尔基（1868—1936）

　　原名阿列克赛·马克西莫维奇·彼什科夫，苏联作家。生于木工家庭。当过学徒、码头工、面包师傅等，流浪俄国各地，经历丰富。列宁称他为"无产阶级艺术最杰出的代表"。代表作品有《母亲》《童年》《在人间》《我的大学》等。

罗稷南（1898—1971）

　　原名陈小航，云南顺宁人。1923年毕业于北京大学哲学系。曾任上海读书生活出版社经理，与人合办《民主》周刊。1949年后出任西南军政委员会委员，中国民主促进会发起组建者之一。精通英语和俄语，译作颇丰，代表性译作有《双城记》等。

ЖИЗНЬ КЛИМА САМГИНА

M.Gorky

俄苏文学经典译著·

长篇小说

Russian

Literature

Classic.

NOVEL

克里·萨木金的一生

【第二部 磁力】

[苏]高尔基 著

罗稷南 译

Copyright © 2021 by SDX Joint Publishing Company.
All Rights Reserved.

本作品版权由生活・读书・新知三联书店所有。
未经许可，不得翻印。

图书在版编目（CIP）数据

克里・萨木金的一生 /（苏）高尔基著；罗稷南译. —北京：生活・读书・新知三联书店，2021.10
（俄苏文学经典译著・长篇小说）
ISBN 978 - 7 - 108 - 06576 - 6

Ⅰ. ①克…　Ⅱ. ①高…②罗…　Ⅲ. ①长篇小说—苏联　Ⅳ. ①I512.45

中国版本图书馆CIP数据核字（2019）第067458号

第一章

一

克里·萨木金坐着，和斯庇伐克夫妇同在他家的花园里面，在装饰着密集的紫水晶丛似的果实的樱桃树荫之中。正是下晚。闷热的空气预示一阵暴风雨的逼近。青灰色的云片浮游在乳白的天空中。云影悄然滑过花园上面，这更显出树枝的格外寂静。伊立沙弗它·斯庇伐克两肘支在圆桌上，双手捧着面颊，正在监视着一只小红虫蠢蠢然爬过桌面。她的丈夫躺在窗子下面，半身盖着一张毛毯，不时干咳着，正在把一个婴孩的摇车推来推去。摇车里的大头的婴儿正在动荡着。他用他的黑眼睛平静地考察着天空。

克里正在叙述尼忌尼·诺弗戈洛得大博览会[1]，那是曾经在他的

---

[1] 一八九六年夏季所举行之全俄博览会，沙皇尼古拉二世曾亲临会所，中国李鸿章亦往参观。本书第一部最后一章对于博览会各方面曾有详细描写，显示俄国工业化之进展。

心里造成了深刻印象的。他惶惑地回忆着第一次看见沙皇所引起的种种希望,那青年人的一种负疚的微笑现在还完全留存在他的记忆里面。

"一副可怜样子。大臣们随意把他拉来推去,好像他不过是一个顽童似的。"他说。他颇为惊异于他加在这些话里的那愤懑和感慨的气势。

"伊诺可夫写信给我,谈论那沙皇,"伊立沙弗它·斯庇伐克说,咯咯地笑了,"他写起信来好像俄国只有两个文人——他自己和我——而且好像宪兵完全不能看懂似的。"

那只小红虫已经爬近萨木金前面,他愤愤地把它弹出桌面之外。

"好,你听到一些关于科登加的事吗?"斯庇伐克问,抬起她的头。她想探听登基大典那一天可怕的日子,那时有一千多民众被打死在莫斯科的科登加广场上[1]。

"科登加?不,我什么也没有听到。"克里回答。因为他记起他思念沙皇的时候从来不曾想到过这莫斯科大惨剧,他反讽地说道:

"仁慈的国民已经忘却了这一切了。甚至那喜欢谈论不愉快的事情的伊诺可夫也已经忘记它了。"

斯庇伐克认真瞅着克里。她刚要说话的时候,那婴孩咂着他的嘴唇而且她的丈夫拉着她的衣角。

"他要吃了!"他叫。

她抱起她的儿子,给他奶吃。为了某种理由,她用鼻音说:

"瞧,我有一个何等切实的儿子!他不呜咽,专顾他自己,而且默默地容忍一切。好家伙!"

对于这些话,做父亲的斯庇伐克教训地说,同时观察着正对着光的他的手指:

"他以为音乐是藏在我的手指里面,在指甲下面的。"

克里分明觉得一阵难堪的厌烦的波动。各样都是讨厌的:这女人,

---

[1] 一八九四年俄皇亚历山大三世死,尼古拉二世即位时的大惨剧。

她的白衣服上有许多树叶和果实的影子的斑点;那戴着黑眼镜的肺痨病的、绿脸的音乐家;花园里的寂然不动的树枝;浑浊的天空;倦怠的市声。

在这种厌烦的压迫之下过了几个闷热的白天和黑夜,他很恼恨他的继父伐拉夫加和他的母亲——他们在博览会之后就到克里米亚旅行去了,因此他被束缚在这城里和这家里一个月。夜间常常被需要女人的欲望所激动,他想念伐拉夫加的女儿里狄,并且愤怒而又伤心,因为他和她的恋爱破裂的记忆总不离开他。那一晚他爬到她的房里,痛苦地大吃一惊:垫褥都堆在空床上,枕头和被单都移去了,镜子上蒙着几片新闻纸,那深椅包裹在一幅灰布里面,靠在窗子上,一切零星物品全不见了,窗台是空虚的,失去了它们上面的花卉。这荒凉似乎在讽刺地问:

"这里有过这样一个姑娘吗?"

确是有过的,他的灵魂里面的一片空虚——一种咬痛的空虚——就是明白的佐证。

他走进小孩们的冬季游戏室里,尽从这一角踱到那一角,默想着除了恼人的心事而外一切都容易忘记。他的父亲还生存在什么地方吧,他从来想不起他,也很少想起他的兄弟狄米徒里。但是他不由自主地想着里狄。那或许是一件好事吧,倘若她遭遇一种不幸——一件不成功的浪漫故事之类。那或许可以使她变好一点吧,倘若她的骄傲受了打击。她凭什么那样骄傲呢?她并不好看,也不聪明。

这家宅里尘灰太多,而这尘垢的空寂漂白了并且吸干了他的思想。家里的人们悠闲地移动于房舍和庭院之间。克里看着他们好像一个人在火车里面遥望着远方田野里的牛羊似的。厌烦正在淹没他:从各处各地,从一切人物,以及房屋里面弥漫出来;从错落在这静静的泥河岸上的这城市的全面上弥漫出来。那博览会的各种印象都梦似的从记忆中消褪了,丧失了它们的颜色,都被沙皇的灰绿的影像所吞没了。

伊立沙弗它近来并不招惹他,这是曾经使他高兴使他感伤的。她似乎太过注意学校的事务，专只谈论学校和学生，而且即使谈论这些也很勉强似的。除了她的小儿和丈夫之外，她不论看着什么都有一种操劳过度的人的疲倦的呆相。

早晨九点钟她到学校去，下午三点钟回家来。五点至七点之间，她抱着小孩并且拿着一本书在花园里逍遥地巡游着。晚上七点钟她又到一个非职业的歌咏队里工作，照例要到很晚的时候才回来。间或到家里来访问她的是那教堂歌唱队的队长，一个长头发的、矮胖的花花公子，戴着巴拿马帽，拿着藤杖，而且那浓密的上髭好像两点黑漆。她一再讯问克里：

"你要写那博览会吗？"

"我正在写。"他回答，虽然他还没有动手，就因为那厌烦阻碍了他。

在早晨，伊立沙弗它离开家宅一点钟之后，常常看见她的丈夫从厢房走到大门。他颤巍巍地缓步着，好像才学会走路的小孩似的，突出在他的颔下的一个口罩，使他的鬈毛头像一只大狗头似的。他的暗黑的、毛蓬蓬的衣服更加使他好像马戏团的一条训练过的狗。

一遇见克里，他就把那口罩滑到脖子上而且总是说些关于音乐的话。

"看这个，"他说，把两只手掌举到萨木金的脸前面，露出七个手指，"七个音符，你看。只有七个，是不是？但是贝多芬、莫扎特和巴赫用它们成就了何等的事业啊！同样的道理出现在各处，在各样事物之中。天赐予我们的很少，而我们却创造了无数的美。"

他认为音乐的言语比文字的言语更丰富得多。

"要说明一个和声就需要许多文字。"

有一夜，当他和萨木金坐在花园里的时候，他热得喘吁吁地说，好像这是一个新闻似的：

"我快死了。我无疑地要死在秋天。"

"你不要这样说,你知道。"萨木金接着说,尽力做出并非漠不关心的样子。

"我的妻也不相信,"斯庇伐克固执着,用手指在空中画了一个莫名其妙的图形,"但是我知道,在秋天。或者你以为我害怕了吗?不,我不怕。但是我觉得悲哀。我爱教音乐。"

他一瞥他的骨瘦的手指,嘶哑地叹息了。

"我的妻也爱教音乐,她爱!你看,生活应该依照一个乐队的样子建立起来。让每个人正直地各尽所能,各样事情就会好起来了。"

他喘喘地说着,喉里有些沙哑。他忽然抱住他的头,打了一个喷嚏,然后,回复了他的呼吸,说:

"这城里的尘灰有鸟粪的气味。"

萨木金忍耐着他的演说,好像他忍耐里狄的奇怪的朋友狄欧米多夫的半狂的唠叨一样。而这回使他觉得更讨厌,厌烦终于把他驱逐到报馆里去了。

二

报馆是在狄孚林斯卡牙(上流社会)街和弯到济贫院的铁门的一条荒凉的小巷的转角上。这两层楼房是分裂为两半的:一半留在街上,另一半躲藏在小巷里。这古老的房子,它的正面没有一切装饰,看来就像一座兵营。它的墙壁的黄色,混合着尘垢,叫人想到没有制过的皮革。太阳已经在那些窗玻璃上涂上各种紫色的影子,而在那半盲的窗子上有一行耀眼的金字:"纳许克拉"(我们的园地)。

爬过回响着楼下印刷机的轰动的铁梯,萨木金走进一个房间里。房间的中央,在铺着一张墨污的漆布的长桌后面,坐着伊凡·杜洛诺夫,正在吹着口哨,从一本手折上把什么抄录在一条狭长的纸片上。

他迟疑地站起来接待克里,好像不认识他似的,但是当克里微笑了的时候，他用双手抓住他的一只手而且摇着它，他的表情显然是故意夸张他的高兴。

"你回来了。多久了？"

"近来干些什么？"克里讯问，不愉快地惶惑着，一则由于那不雅相的夸张的高兴，一则由于杜洛诺夫的客气的滥调。

"仍然在收集那些弃儿似的材料，"伊凡高兴地大声回答，"那编辑是机诈的。'你把你的弃儿们喂肥了来，'他说，'报馆要盖章在他们上面。你总是把同一弃儿卖五六次！'"

他的剪短的头发裸露了他的扁平的脑壳，使他的脸显得更宽，他的按扣似的鼻子也似乎膨胀而且展开了。摸着他的小胡子，显出市井相，他继续说：

"这里他们随时都在装腔作势。这倒霉的城市里就从来没有出过什么意外事故。那只好自己出去放火打劫来制造新闻了。"

他一面说，一面用笔杆在那好像一张地图似的桌布上画了一个8字。他用心倾听着从编辑室的门后面传来的一阵窸窣之声，好像一只猫在那里玩弄纸片似的。

那老得发黄的白色的门突然打开了，编辑摇着几张纸，咆哮道：

"杜洛诺夫，你见鬼——哦，欢迎你！"他突然温和了，把门大打开。"请进来。"

一会儿之后，克里坐在面对着编辑的一张椅子上，听着他说：

"检查员正在害着'罗戈孚比亚'——文字恐怖狂；而投稿家害的是'科比亚尾波朗'——无限唠叨狂，再加上决心要和别人比赛激烈。"

他沉静地说着，毫无不平，好像是在教导克里似的。他随时都用手巾揩着他的光秃的前额和黄色的颧骨。他的下嘴唇显出一种特殊重要的神气，一说到拉丁字就向外一努。克里早就知道爱用拉丁语是这位编辑的缺点之一，他的论文差不多总是夹杂着这种拉丁语："自始"，"时势变矣!""习惯乎!""区分""证据薄弱",其余的方言却是报纸同业所喜欢用的。这位编辑后面摆着一个堆满了书的书橱。书橱的玻璃上面反映着他的灰暗的背面,他的女性的圆肩头,和他的钝重的光秃秃的颈背。书橱好像把这位编辑的那幽灵锁在它里面似的。

"由此你就可以知道在这种情势之下创造和指导舆论是何等困难了。而且有人来告诉你,神气十足地说:'那就更糟,这就更好。'还有,顶了不得的是马克思派,这种全不爱惜人民的假革命党。"

印刷油墨的气味充满了这报纸狼藉的小房间。楼板下面的那一只怪物不断地噼里啪啦着。编辑倦怠地叹息了。

"这是关于那博览会的吗?"他问,挥着克里的稿子去驱逐一只顽悍地想要停在他的额上吸些油汗的无礼的苍蝇。"伊诺可夫显然完全不能做一个通信员,"他接着说,又用那稿子去拍他自己的额角,然后皱着脸考察那苍蝇在桌面上的疯狂的突击,"他是一个恨人者,伊诺可夫是。我怀疑那是因为大便秘结。精神病学家科伐里夫斯基曾经告诉我:狄孟,那雅典人,害过便秘病,而且恨人往往是这病的一个征候。"

打中了那苍蝇之后,他满足地叹一口气,把嘴唇突起来又轻轻地展开去。萨木金以为编辑微笑了。

"况且,伊诺可夫作些不通的诗,你知道——简直是可笑的诗。偶然间,我已经收集了好几码本地诗人们的诗。你愿意看看它们吗?或许你可以找出一些合于登在星期增刊上的东西。老实说,这种新诗我有些不懂。"

皱着眉头,他拉开一只抽屉,递给克里一卷各式各样的纸片。

"是的,就是这些!两个星期以前,杜洛诺夫交给我一首正经的诗。我们把它登出来了。后来证明那是比尼提克托夫作的。自然我们成了这城里的笑柄。我问杜洛诺夫他的这种行为是何居心,他回答说那首诗是他所熟识的一个神学学生交给他的。哦——我要说我不相信这种神学生。"

记者突然闯进来了。

"我又被斧削了吗?"他叫喊。

当记者和萨木金握手的时候,他说:

"本月第五次论文。"他坐在窗台上,而且咳得这样厉害。他的黄脸鼓胀得发红,同时他的细脚的脚跟抽搐地打着墙,好像敲鼓似的。他的山东绸的短衫从他的露骨的肩上滑下来,他的头痉挛地摇摆着,那显然很干枯而且衰落的头发拖在他的脸上。咳了之后,他用一条脏手巾揩揩他的嘴,对克里说:

"我已经受凉了。"

他接着就说:在他的记者生涯的九年之内,他被检查员们压下去的文章可以装成十一大本,每本三百二十面,每面二千五百个字母。萨木金分明觉得鲁滨生并不以为这是难堪的,倒是显然以此自豪。

"你乱吹。"编辑咕噜着,用一只眼睛审察稿子,另一只照顾着一只讨厌的苍蝇。

鲁滨生想要说什么,跳下窗台,开始又咳起来,而且把痰唾在废纸篓里。编辑不耐烦地看着那篓子,用脚把它推开,而且一面按铃,一面埋怨:

"他们又把痰盂忘记了。"

杜洛诺夫进来了。

"我叫门房,不叫你。"

"本埠新闻。"杜洛诺夫说。

"什么事?"

"一个人淹死了。两个小偷。市场里有一场吵闹。一个人被打伤了。"

"这就是生活吗?"鲁滨生叫喊,拉起克里的手臂,"我们去喝啤酒吧。"

站在门枋旁边,仰望着编辑的头,杜洛诺夫继续说:

"昨天,在市政厅里,监狱官托波可夫说市长的两个助手格拉乞夫和狄莫费夫,一个是白痴,一个是偷儿。"

"但是他们都不相信他。"鲁滨生结束了这句话就和克里出去了。

三

萨木金欣喜有这机会来多认识这位自命有权裁判和教训别人的人物。在街上迎风走着,鲁滨生半闭着眼睛防备尘灰,随时都在咳嗽,并且兴奋地谈着。

"我们到伏尔哈拉[1]去。这是我给'伏尔加'酒店起的名字。酒店是俄国的伏尔哈拉,我们的英雄们和受尽热情的苦恼的人们就在这里获得他们的灵魂的安息。有什么热情在激动着你吗,我的年轻的朋友?"

他们沿着一条干净的大街走去,经过许多围绕着前庭后园的各色小家宅。

"舒服的小家宅,"鲁滨生咕噜着,艳羡地吸了一口热气,"各种保守党的壁垒。保守党发源于舒服……"

"那些无家庭、无责任的人们,也就没有所谓损失……"萨木金想。

"记得托尔斯泰的《阿金叔叔》讽刺厕所里的舒服吗?"

克里不回答,只是微笑。看着这伛偻形的瘦人,一蓬亚麻色的乱头发,穿着一件黄短衫,拿着一顶黄帽,他忽然觉得有趣而且想笑。这人的颧骨上的红点使克里想起一个丑角的花脸。

"我不觉得你是一个坏人。"他违心地说。

"那就好了。"鲁滨生叫喊,"但是一个人非坏不可。我的职业要求这样。"

---

[1] (北欧神话)阿定神收容阵亡英魂之所,有门五百四十,英灵每晨出门作战,晚则归与诸神共宴,神婢皆侍侧云。

酒店建立在斜对着大河的峻急的坡上。用横梁支持着的露台好像一个岩棚似的悬在空中。古老的菩提树顶上露出一条蓝带似的河流。太阳闪射在水面上。在沙山上面乱堆着一些灰色的农家。再过去是长满了杜松的小山。在远方许多华丽的云霞正在从地上升起来。

在露台的一只角上，一个双下巴的大女人，一张西瓜形的脸，而且在那鹰鼻子下面有一片好像是粘上的黑髭，坐在那里，不耐烦地呆看着一双冰淇淋的空盘子。

"加斯帕里太太，有名的鸨母。"鲁滨生悄声说，"检查官有命令，不许登载关于她的事情。"

用一种友好的声调他对一个年轻的侍者说：

"要鱼、马沙、鸡蛋和两瓶啤酒。"

他焦躁地点起一支纸烟；他把他的疲倦的脚伸在桌子下面，向后靠在椅背上，立刻谈起来了，略带一点莽撞的好奇心，注意地瞅着萨木金的脸。

"我疑心我们对于你们这一辈不能期待什么大事业，你们这一代对于人间变为失望的了。你们显然漠视，甚或害怕英雄的人物，虽然你们还是把历史看作倍倍尔[1]一类人的工作。我相信你们比那些'拿洛尼克，'[2]更其个人主义，你们把群众推上前去是因为你们好站在旁边，在你们这一类之中就难有爱人爱得发狂的人，像乌斯班斯基[3]那样。"

萨木金恼怒地皱着眉头，正在寻求一句尖刻的答辩。他不愿谈论政治。他更加想要找出鲁滨生自信有权批评一切的根据。这位记者喷出一口烟，把面孔皱成一副难看的鬼脸，继续说：

"你记得乌斯班斯基的悲叹吗？'必须以惊人的努力抑制智慧与良

---

[1] August Babel（1840—1913），德国社会民主党领袖。
[2] Narodnik，平民主义，或译为人民主义。
[3] Gleb Uspensky（1840—1902），俄国小说家，写实派。以描写农村生活著称。晚年罹精神病。

心，把生活建立在显然的错误、欺骗和成语的买卖上面？'"

他撕破一片面包，抛一大块到栏杆上给修剪过的青灰色的鸽子们，看着它们互相争夺那残余的食物。一种神经性的颤动改变了他的骨瘦的脸相。

"我要说生活一天比一天变为更无良心的了，而我也厌倦了充当一名丑角的任务。那编辑，那老人，是一个骗子，一个丑角。"

他稍稍站起来，把一个软木塞猛掷在那些鸽子上，然后叹息说：

"一只蠢鸟。然而，乌斯班斯基究竟还是乐观主义者。生活是很容易建立在成语的买卖和错误上的。谁也无须'以惊人的努力'抑制智慧和良心。"

他急促地说着，而且似乎走上一条任意转弯的路，从这种论旨跳到另一论旨去了。在这样跳跃之中，克里觉得有些纠缠、矛盾，又似乎忏悔的东西。克里的脸上表现了同情，保持着沉默。可喜的是他发现这人并不如他所想象的那样重要。

记者用他的叉子刺取那冻鱼，胡乱吃了一点冻油，然后说：

"我专吃鱼和鸡蛋，这都是磷素最多的食物。"

然而他不吃那些鸡蛋，用两手把它们滚来滚去，然后把它们放进他的衣袋里。

"给我所认识的一只狗。对于丧家的狗，我的朋友，我有'一种眷恋，一种烦恼'。这样聪明而驯良的动物——但是无人赏识！看吧，萨木金——谁也不能像狗似的那样爱人。"

他一小口一小口地喝着啤酒，好像它是烧酒似的，喝了，做一个苦脸，然后咂咂嘴唇。

"你喜欢奇闻逸事吗？"他问，高兴起来了，"我爱它们。"

他闭起右眼，不时笑出一种老鸦的声音，显然是要捉弄谁，他说：

"人们的好奇心以一种神话的方式看这世界——不，认真地——我住过十一个城市，但是我从它们那带走的全是奇闻逸事。在喀山，我的房东,一个阉人和高利贷者,一个狡猾的老人,曾经告诉我:加勿里尔·狄山文,虽然富有,却装成一个穷汉,在街上唱小曲一直到四十岁。当年皇帝,亚历山大万岁爷,发现他的欺骗,把他充军到西伯利亚,并且要羞辱他,叫人造一个他穿着破衣伸手要钱的雕像。他把这雕像竖立在戏院前面作为纪念——你不再假装了吧,你坏蛋!"

鲁滨生的嘶哑的声音里带着一些悲凉——这是他无论如何装出轻蔑的微笑也掩饰不了的。暗影出现在他的骨瘦的脸上,好像它是萌生在他的暴躁的眼睛下面的皱纹里面似的,那眼睛忽而热烈地发光,忽而颓丧地掩盖在睫毛下面。

"狄山文的姓名是这样解释的:喀山的农民加勿里尔,曾经做过加它林女皇宫里的伙夫。女皇和她的情人坡特金争吵了,她呵斥他:'我要杀掉你的头!'坡特金拔脚就跑,她就在他后面狂追,身上一丝不挂。我们的加勿里尔是有急智的,就叫喊:'女皇,这样追赶情人是不行的。'这才把她叫住了。'不错,加勿里尔,'她说,'你应该得一种奖赏,因为你维持了帝王的和女性的尊严,因为挡住圣驾[1]以保朕躬。'此后七年间他就站在她的寝室门外做侍卫,号称为狄山文。至于坡特金呢,加它林把他流放到喀山去做省长。后来他叛变到普加乔夫[2]那里去了。"

鲁滨生从他的衣袋里拿出一个黑色的铁烟盒。看着悬在河上的瞌睡的烟雾,他叹息了。

"关于帝王、诗人、主教、省长等等的这一类逸闻轶事我曾经写过一百多条。"他说。

"有趣。"萨木金冷淡地说。听着这记者的故事,他想起了伐拉夫加

---

[1] 俄语"狄山文"意云挡住。
[2] I. I. Pugachev(1726—1775),俄国农民革命首领,曾以解放农奴为号召,大举叛乱,震动一时。

对于他的轻蔑的批评。

"鲁滨生是这样一个知识分子：生活的经验在他内心并不被压榨成一定的形式，也流不出教训的苦味，反而堆积着压在它的承受者身上。一只顽皮的小狗：就是那鲁滨生。"

四

克里站起来并且伸出他的手。

"我要走了。"

"我也要走了。"鲁滨生说。

从餐室里走进来，好像从后台来到前台似的，露台上出现了那矮胖的和黑皮肤的教堂歌唱队长，他的脚步分明地回响着。他的浓密的上髭向上翘起而且几乎达到眼睛，那眼睛黑而且圆，就像他的轻俊的法衣上的特别大的纽扣。他是通身光滑的，甚至他的藤杖，他的毛手上的多余的事物，也是透亮的。

"科尔文。"记者悄声说，弯着脖子咳起来了。他把手放进衣袋里而又更加紧地稳坐在椅子上。

"他自称为匈牙利国王司蒂芬·科尔文的后裔。他是一个流氓，乱打歌唱队的孩子们。我曾经写过一些关于他的事情。看他怎样凶狠地看着我呀。"

摇着他的藤杖，而且用他的戴着黄手套的手对着角落里那太太打了一个招呼，科尔文昂然向着她的媚态走去，同时也就看见了那记者。他跨踏了一下，他的眉头皱缩到这样：他的须尖恐吓地抖颤着，他的呆钝的眼白变为充血的了。克里握住椅背站在那里期待着就要爆发的一场争吵。由鲁滨生的脸色和他的羞怯的微笑看来，他觉得这记者也在期待着同样的事。

忽然，伊诺可夫从餐室的门里跳到露台上，好像一只巨大的黑鸟，他穿着敞开的上衣,一双手拿着帽子,另一只手向前伸着好像持着一把剑似的。一把剑这思想是由这事实暗示给萨木金的:伊诺可夫的突然出现和他的形态使他想到悲喜剧《巴然的西塞先生》里的主角。

"哈啰,伊诺可夫。你究竟什么时候——"这记者欢呼着跳起来,而又立刻坐下。伊诺可夫不说话,突然用他的帽子打那歌唱队长的脸,抢了他的藤杖,把它抛出露台的栏杆外面,然后他一把抓住那人的脖子,开始猛力摇动他,对着他的有一双突出的眼睛的紫涨的圆脸咕噜了几句话。歌唱队长的高度不及伊诺可夫,却比较肥大得多。克里以为他要捉住伊诺可夫而且把他抛出栏杆以外,然而,跟跄着,他一只手拿着他的巴拿马帽,另一只手抓住伊诺可夫的胸襟,而且分明地叫道:

"放手!你要干什么?我要控告你!"

使克里惊异了,伊诺可夫那样容易地就把歌唱队长扭转过来而且踢他的屁股,叫道:

"我要杀你!"

两个侍者和账房跑来了。一个胸前挂着餐巾的胖子站在门道上。那太太拍着桌子大叫:"叫警察!没有人去叫警察吗?"

歌唱队长奔进餐室,这才摇着他的帽子,哽咽地叫喊:

"这要你负责任!我要叫你——啊,你要知道!"

萨木金很激动地看过这争吵,但是不能不想到这圣徒是何等可怜可笑哇。

那太太走到门前的时候对他抗议:

"你们不害羞吗!一个人被侮辱,而你们全都坐着好像看马戏似的……"

伊诺可夫阻拦住她,直看着她的脸,像呵马似的呵她:"嘘——滚开!"

她立刻一退,跳进餐室里面,一面走一面叫:"我是见证!"

伊诺可夫走到鲁滨生前面,狰狞地一笑,和那记者握手,然后和萨木金握手。他的手是汗津津的而且发颤。他的眼睛是异常可怕的灰暗,他的无光的眼瞳使他的面貌显出一种瞎样。一个侍者献给他一把椅子。他坐下,把手藏在桌子下面,说:

"啤酒,马提勿·伐西里维奇,冰过的啤酒。"

"这是怎么一回事?为什么?"鲁滨生盘问,镇静而又激昂地。

"他知道!"伊诺可夫回答而且摇摇头,把他的帽子搁在怀抱里。

"我不赞成它。"鲁滨生恼怒地哼着,点起一支烟。

伊诺可夫耸动肩头,并不回答。

"真闷。"萨木金说,用他的手巾扇着他自己。

为了某种理由他觉得知道伊诺可夫能够打倒比他自己更肥大的人是一件不愉快的事。克里立刻回想起他在斗拳场里听见过的一句话:

"胜利是由于勇气,不由于实力。"

他想要走,但是恐怕伊诺可夫会把他的走开认为是一种抗议。而且,他也急于要知道这村夫为什么殴打那队长。

"你什么时候来到的?"他问。

"昨夜。"伊诺可夫随便答应。然后,带着一种柔和了他的粗脸——几乎使它可爱起来了的微笑,他又说:"一切都完了!我和伐拉夫加争吵了一场,我已经不在报馆里工作了。在博览会里他跑来跑去好像一个贪馋的小孩子在玩具店里似的,而维拉·彼得洛夫娜像一位省长夫人似的移动着,一切都不能使她惊异。你知道,萨木金,我喜欢伐拉夫加——一直到某一点上。"

"你快要和全世界吵架了,我的朋友。你是桀骜不驯的,"鲁滨生咕噜着,递一支烟给伊诺可夫,"你为什么威骇那队长呢?"

伊诺可夫接了烟,看看它,把它揉碎了抛在一只盘子里。他叹息了,伸开他自己,半闭着眼睛。

"那队长吗?问那队长去。我自己呢,我想要到堪察加去。有些猪猡要到那里去挖金子。我讨厌你们的文章,鲁滨生,也讨厌那可敬的编辑老爷,以及那恶劣的印刷机的气味和响声。我讨厌各种东西。"

"这在你是完全合理的,"鲁滨生讽刺地说,"从报纸跳到堪察加……"

萨木金以为现在他可以走了。伊诺可夫握着他的手,狞笑着问道:"你必定是大不以我为然的喽——是不是?"

"不知道动机是不能责备的。"萨木金慨然回答。

自己都有些不相信了,他开始觉得这家伙今天在他的眼里长大了许多,虽然仍然是那么可厌。

"他的魄力和敏捷影响了我。"他胡乱地想,皱起眉头,分明觉得某人变小了而别人变大了。

五

在家里他发现那些诗稿里面有一篇是署名"伊诺可夫"的。这签名的字和那不整齐的行列,都缺乏一致的形态,字母是不相联属的,子音都是小写而母音都是大写。这已经使人觉得取巧了。

克里皱着眉头读下去:

> 太太!
> 我是一条好狗!
> 这是各种畜生都承认的——
> 就是那猪,最恨我的猪,
> 也不否认我有些好处。
>
> 但是我找不出一个人,
> 能够爱我而无私。

我熟识了人类，
我被利用来给予他们我所有的一切——
我的心，像一只铜勺似的，
为我掬起生活的欢愉与忧愁。

但是没有我能够从人类得到的东西。
我不吃糖也不吃油；
庸俗使我恶心而发呕；
当我还是狗崽的时候，一直就被哄与骗。
我疯狂地渴望得要死了：
我渴望有一个人，
我能够欣然温柔地舔他的手，
因为他是那样优良的人哟。
太太！
倘若你愿意做一位神，
对于一条正直的好狗，
你并不会辱没了你自己。

  凄然仰望着灰色的天空，他问：那么诗韵在哪里呢？
  "这不是诗，"克里觉得，惶惑着，瞅着那打皱的稿纸，"这不过是愚蠢，或者是独创吧！"
  一会儿他以为独创也是愚蠢，装饰在异样编排的字面之中。一会儿又觉得茫然失措。虽然伊诺可夫的诗是比较有才能的，而他不愿承认它的独创性。他用铅笔画一些眼睛、鼻子和嘴唇在那稿纸上，又添加一些耳朵和蓬松的头发在那些奇怪的小人头上面。他想到写一首题名为《雀斑与诗》的游戏文来讥笑伊诺可夫是很有教训意味的。而谁是这"太太"呢，是斯庇伐克吗？当然。现在就可以知道他为什么侮辱那队长了。

下晚天快黑的时候,他去到厢房里,看见伊立沙弗它·勒孚夫娜坐在桌子面前缝衣服,他读那一首诗给她听。读完之后,斯庇伐克问,并不抬起头:

"伊诺可夫曾经允许你把这诗念给我听吗?"

"不,但是这是不发表的。"萨木金慌忙回答。他突然有些吃惊,"你何以知道这诗是伊诺可夫作的呢?"

斯庇伐克抬起头看着克里,她的微笑使他更加惶惑了。

"请你不要告诉他。"他请求。

把活计放在桌上,她问:"你不喜欢伊诺可夫吗?"

"不。他有点讨厌。"萨木金歇了一会儿才回答。

"有点粗暴。"那妇人提示,脱掉她的手指上的顶针,玩弄着它。"这是因为缺乏自信。也因为席勒[1],因为卡尔·莫尔[2]。"她沉思地说,摇着椅子,"他是一个浪漫派,而又受了现实生活的重大压迫。所以他不能成为一个诗人。他有一首诗的结尾是这样的:

> 我的灵魂是被绝望强奸了的
> 它像一个娼女似的
> 装饰着忧愁的言语的纸花。

这表现得太粗鲁。他的言语一般是粗鲁的,正如他的思想似的,或者正因为他是一个正直的人。"

她一面说一面温柔地理直她的头发、她的衣领、她的奶上的皱褶。

"像一只母鸡似的爬梳着她自己。"克里想,从他的眼睫毛下面窥看

---

[1] J. C. F. V. Schiller(1759—1805),德国浪漫派诗人、剧作家。
[2] Karl Moor,未详。

着她,"她有乳汁的气味。"

她说着女教师的腔调,这是不好听的。

"在我们年轻的时候我们尽力寻求我们自己的道路,甚至好像歌德所叙述的。"他听见她说。

"我对于女人没有好批评。她是一个空洞,一种庸俗。而且还在圣彼得堡的时候她似乎就是……"

"你记得,他是把诗和现实生活分开的……"

"谁?"萨木金问。

"歌德。"

"哦,是的。你赞同他吗?"

"一个女人有充分权利把诗看作虚幻。"斯庇伐克并不提高她的声音,但是说得很坚定。

在邻室的门后面,那音乐家正在咳嗽,而他的妻的语言的尖刺似乎凝结在他的痰里面。克里等到一个适当时机就走了,几乎是怨恨伊立沙弗它。在夜间他久久思维着一个正在寻求他自己的路的人,以及那些尽力想要把他拉上他们所开拓的道路上的人们。他们想抹去他的形貌的原来的特点。阿连娜·提里卜尼伐说她看全世界好像一座囚犯感化院,这是反常的话,却也是事实。世界就由于伊立沙弗它·斯庇伐克这般人而变为感化院了。

六

几天之后,克里·萨木金躺在床上,打开一张报纸,看见它上面登着他的关于博览会的论文。他高兴了。甚至他把眼睛闭了一会儿,而那一行小黑字,"在俄国工业的盛典中",也还出现在他前面。他读过六栏密密排印成的小字之后,他觉得有些不愉快,好像被苍蝇叮着和搔着似的。排字工人的错误是可厌的。有些句子太冗赘,有些句子太夸张,读起来也不流畅。总之，虽然这论文的格调是郑重的，而其中总夹杂着一些伊诺可夫的牢骚。最后这一层是最不愉快的，尤其因为有两三处几乎是逐句抄录伊诺可夫的话。而尤其使他吃惊的是关于庇尼洛卜伺候乌里西斯的话，和关于那些秃头的求婚者的话。

"我为什么这样疏忽呢？"他呵责他自己，颇为懊恼了。

镜子显示给他他的苦恼的脸相，咬着下唇，眼镜闪闪地发光。

"不知道伊立沙弗它要怎样说呢？"

"这好像是过度渲染一些琐事，"后来她曾经说过，立刻又安慰道，"但是以大体而论，可喜可贺。"

杜洛诺夫也庆贺过他，显然是真诚的。

"你的文学事业的始基！"他大声说，握着萨木金的手。鲁滨生却复述了伊立沙弗它·勒孚夫娜的意见：

"一种值得称赞的努力。但是我要说这论文似乎是头等食物店的橱窗：各样都很精致，但是并非供群众享用的。"

萨木金经过一番考察之后，觉得这报馆的撰稿人之中最有趣而且最特色的是杜洛诺夫。这发明立刻就在他的眼睛里降低了这"言论机关"的重要性。克里也承认，作为一个本市新闻的访员，杜洛诺夫是很称职的。他的东瞻西顾的锐利眼光穿透这城市的各个家宅的墙壁，察觉日常生活的微尘细故，并且伶俐地摄取它里面的最大最黑的污点。

"整个报纸都依靠着我的材料，"他夸口，把嘴向上一噘，"要是没有我，鲁滨生就没有文章可写。他们不肯给我充足的篇幅。我应该可以得一百五十卢布一个月。"

杜洛诺夫所记述的城市生活的各样事情之中都洋溢着他的泄恨的怨气，以及唯恐不能把这怨恨变为报纸篇幅以赚取利益的重忧。这访员的记事的怨毒之气把生活描绘成一条缓缓流着的丑陋的河水。而这种记事也引动了他，因为它能够使他看见他自己和那些创造愚蠢的人们是不同的。然而他终于一再对杜洛诺夫说：

"你总是偏爱记录生活的黑暗面。"

"还有什么可记录呢?"那访员焦急地问,把手指握得嘀嘀嗒嗒地响,同时他的鼻节发红了,"编辑把你的继父捧到市长的地位。这驴子,他自以为他是俄国的改革家了。他所擅长的是偷看那女校对员搔她的大腿。她的那里常常发痒——大约因为袜带太紧了。"

他毫无笑意地说着,好像这是一件大事。

"那校对是一个吓雀鸟的草人,满脸麻子。她做过乡村的女教员,但是因为过激被开除了。她没有事做的时候就用纸牌卜卦。我问她:'你要卜什么呢?'她说:'看我们什么时候才有一个宪法。'扯淡!我相信她在卜一个将来的情人。"

他又说副省长拥抱一个女伶,被针刺破了手。那手肿起来了。须要割治,而且有血液中毒的危险。

"这是要告诉鲁滨生的。"他黯然说了,又欣然说,"不至于穿通的,况且是在手上。"

杜洛诺夫知道非常之多的通奸、惨杀、贪鄙、诈骗等等事实,都是不能发表的。

"检查员是一只狗。一个肚皮拖到膝头的老人。他的女人却年轻,一个教士的女儿,从前是红十字会的看护。她受过省长的机要秘书梅也夫斯基的教育,最近他送给她六条束腰的衬裤。"

在杜洛诺夫的想象中,这城市的居民定规全都犯过各样罪,而又因为要欺骗定规同样互相侦察着。而杜洛诺夫自己却在监视着他们全体,收罗一切材料以供仇视人群的某人阅览。

第二章

一

星期六的日子，这报纸的投稿人和朋友们，以及喜欢到处漫谈的人们，都不约而同地聚集在编辑室里。萨木金逐渐确定了他的这见解：人是一个成语的体系。有时他觉得这意见并不能解释一切人们，但是——"没有一个原则没有例外！"他的见解再进一步就假定有这种可能：人们能够穿起异常精选和丰富的言辞的外衣。但是，这种可能也不过使他们达到他们自己的成语体系的完成而已——再没有什么了。即使有些智慧的人们——力求见解的一贯和确定——获得信仰的心理状态，但是到那时候，他们的智慧就停滞住，蠢起来了。

在编辑室里听着那些争论，政治必须改革呀，考察欧洲宪政的优点呀，将来在俄国建立一个农民社会主义共和国呀，萨木金就觉得这些争论——常是那么热烈，有时是辛辣的——总不过是无聊人当作消遣的言语的游戏，或是以"唤起政治的及民族的自觉"为职业的人们借以谋衣食的生意经。关于西伯利亚大铁道的将来呀，俄国的海上的出路呀，欧洲的对华政策呀，社会主义在德国的发展呀，以及关于国际问题等等意见，克里以为也都不过是一种游戏或一种生意经。可怪的是：在俄国的一个偏僻的小城里有几个知识分子在推断世界的命运——而世界对于这城里的七万居民的关系不过局限于他们自己的微末的利益。当这些知识分子讨论到他们的城市的生活的时候，他们自己就显得特别讨厌了。在这一点上，他们全都像杜洛诺夫一样。他们各人似乎有一个装满尘灰的无形的小袋子，好像在郊外还未铺砌的街道上胡闹着的一群顽童似的，他们全都互相抛撒着尘灰。杜洛诺夫的袋子是最大的，但是他们的尘灰全都同样刺鼻，而且，对于萨木金，同样烦恼。早晨看报的时候他就在白纸黑字之间看见这尘灰，发出腥腻的气味。

甚至那编辑的稳重的议论也不能减轻他的烦恼。编辑听着那些辩论，他的上唇是松动的，他的身体在椅子上无声地移动着而且加紧坐稳他自己，好像恐怕椅子会滑走了似的。然后他就分明地警告：

"在我们之中正在流行着一种危险病症。我可以叫它作对于现实采取批评态度的肥肿病。把西方的政治思想移植在俄国土地上是必要的——这没有疑问。但是我们不能不留意民族精神及国民生活方式的种种特点的重要性。"

他说得很长，声音并无抑扬顿挫，而且结论几乎总是这么一个小心的预言：或许"从下层爆发起来"。

"在俄国，制造革命的不是赖里夫、庇士特，或庇徒拉雪夫斯基及支来波夫之流[1]，而是波洛特尼科夫、拉辛和普加乔夫之流[2]——这是要注意的。"

---

[1] 都是俄国初期的社会主义者，代表市民及工人的革命者。
[2] 都是俄国农民革命的首领。

萨木金以为这编辑说得好，但是同时他觉得这一阵滔滔的言辞好像连绵的秋雨，使人不能不设法躲避在一把伞下面。

编辑的言论不很被尊重。他的唯一的拥护者是托米林——他以救火会员的胆勇，把滔滔的冷话泼在争论的烈焰上。

"在民众的动物的本能的诸因素的环绕之中，知识阶层应该造成的不是那些并不曾也不能改变任何事物的政治理论，而是要造成一种心理的势力，以控制群众的绝对自然的无政府主义于国家纪律之中。"

健谈的人们都耐心地和谨慎地与托米林分辩着。只有那精敏的律师，普拉夫丁，设法压倒他的议论。

"倘若我没有错，你对于群众的见解是从尼采和林那[1]得来的，林那在他的哲学的戏剧里，加里邦[2]……"

但是托米林并不理会对方的人们。露齿笑着，弯起他的姜色的眉毛，他用他的磁眼睛瞅着那律师，然后对着他的脸掷下这些问题：

"你们承认生活应该适合于理性吗？你们承认知识阶层是理性的代表吗？"

克里也看见大家都不喜欢托米林，而且除了编辑而外全都害怕他。觉察了这一点，托米林显然是傲然自得的，骄傲使他的铜丝似的头发更加直竖起来。克里也怀疑他故意说些异端的成语，是由于轻视民众。

"任何形式的人道主义往往不过是理知主义者在民众之前自认无力的表现。正如我们把卑下的性欲的苦闷化装为美丽的诗歌一样，我们想用傅利叶、克鲁包特金、马克思及其他在生活之前惶恐无力的使徒们的福音书掩饰我们的孤零的悲苦。"

托米林，露出白牙齿宽阔地微笑着，结束道：

---

[1] F. Nietzsche（1844—1900），德国哲学家、极端个人主义者；E. Renan（1823—1892），法国宗教史家、文学作家。

[2] 莎士比亚的剧本《暴风雨》中的丑角，一个野蛮而残废的奴隶。

"但是太迟了。工业技术的疯狂的发展快就要把粗大的唯物论的胜利强加在我们之上……"

阿东尼·普拉夫丁呵斥着矛盾与犬儒主义，呵斥着孔士坦丁·里昂提夫和波比多诺兹次夫，这时鲁滨生，混合着笑声和咳声，悄悄地对克里说："这辛辣的猴儿！看他怎样调侃他们啊！"

托米林得意地吸着鼻子，从他的衣袋里拉出一条大得像餐巾似的手巾，用劲揩着他的前额和两腮。他的脸变成紫的了，他的眼睛突出在蓝色的肉色上面。他往往深沉地呼吸着，好像一个正在吃得畅快的人似的。克里设想倘若托米林剃光了他的粗糙的胡须，他的脸就显得光滑无情好像一只西瓜了。托米林显然无视克里。当他们见面的时候，克里伸手给他，他就不言不语地展开他的毛手掌，而且侧目看着他。

"他为什么恨我呢？"克里有一次问过那无所不知的杜洛诺夫。

"或者是因为嫉妒。他没有门徒。他以为你将来会成为一个言语学者，一个哲学家。他讨厌律师[1]，认为他们是无知的。他说：'要辩护一件事，必须知道各样事。'"

他又斜起眼睛，说：

"像果戈理所描写的耗子似的，各样都嗅一嗅它又跑去了。"

"你常去看他吗？"

"有时。"杜洛诺夫含糊回答，他叹息了，"他有一个很慈善的妻。"

他玩着一把剪刀。他戳伤了一个手指，立刻放下剪刀，把手指衔在嘴里吸了一会儿。他留意地看着它，而终于把它当作一支铅笔似的藏在背心的袋子里面。他又叹气了。

"他知道许多，那是真的。托米林知道。譬如，关于人道主义。人没有任何理由做慈善的人——除非因为害怕。但是他的妻是莫名其妙的慈善的——像一个醉人似的。虽然他教导她不要相信上帝。然而，四十

---

[1] 因萨木金在大学习法律故云。

六岁了!"

克里赞同杜洛诺夫的意见:托米林的关于人道主义的话是对的。他也觉得这位先生的思想,正如那位编辑的一样,是谐和于他的心理的。但是他们都引不起他的同情——一个是太可笑,另一个有一小点可怕。总之,他俩也像编辑室里的别的人们一样,全都由于某事而使他烦恼着。他常以为这"某事"或许就是他们的"聪明过度"吧。

二

他对于本地的历史家伐西里·伊里米维奇·可索洛夫发生了兴趣。那是一个很整洁的、白头发的、十分忧郁的小老人,一张臭猫脸,两只粉红的尖耳朵。他的黄脸上绽出红血管,戴着一副银边的厚眼镜,朦胧掩映着一双浑浊的眼睛。在他的黯然低垂的大鼻子下面是一道修剪整齐的白上髭,一个客气的微笑不断地出现在他的干瘪的嘴唇上。他好像一个沉醉的酒徒,但是他有着叫人喜欢的某物,玩偶似的——他的鲜洁的上衣,雪白的前襟,折好的裤子,光滑的皮靴。而最难得的是这样老人还能默默听话。这一切都引起萨木金对于这家伙的同情,而且激起一种不安的思想:

"或者到我老了的时候我也要茫然坐在淡忘了我的陌生者群中⋯⋯"

可索洛夫送给那编辑一些关于本城历史的论文,以官报的作风写在一些方形的小纸片上。编辑不过偶尔才肯收用一两次他的劳作,据说它们是既无趣味而又容易被检查的。这老人总是客气地微笑着,把稿纸卷成一只管子。谦恭地坐在俄罗斯地图下面的一把椅子上,他能够默默静听那些撰稿人的会话半点多钟之久,从他的厚眼镜里观看着那些口角者,而他们却一致不理会他。这报纸的本城的撰稿人和朋友全都知道他,但是把这老人看作偏想家和有点讨厌的书呆子之类,照例是轻蔑而且随便的。克里觉得这历史家特别注意托米林,他似乎真害怕他。这或许是因为这事实:他一进编辑室,那哲学家就举起他的姜色的双手去压服他的直竖在脑壳上的头发。不知道托米林的人是容易把这种姿势当作一种失望的表情的,好像要叫喊:

"唉,真糟透了!"

杜洛诺夫说过这故事:这历史家,得过中尉阶级,曾充警卫军副官。五十年代末,他被判处徒刑,因为"援救了生命危殆的人们"——犯人们纵火焚毁监狱,而可索洛夫怕烧死他们就把他们放出来。有些趁机逃脱了。因为这一慈悲他自己才受罪的。从此以后,约有四十年间,他从事于本城历史的工作,作了一部没人肯出版的书;在一个长久期间,曾经编辑地方"公报",发表一些从他的历史里面抽取出来的零件;后来被"公报"开除了,因为他发表一篇记事,详细叙述前任某省长和一个主教的争吵。当局们认为这记事有伤他们的尊严,把作者当作政治嫌疑犯而免职了。自此以后,可索洛夫就专靠买卖旧银器和宗教古书谋生活。

"他装成一匹驯顺的家畜似的,但是确也卑鄙。"杜洛诺夫说,摸着他的干草色的下巴,"而且他不是卑怯的吗?因为他的卑怯,他终身都是一个鳏夫。"

杜洛诺夫谈论别人的时候,常带着一种惨淡的微笑,把眼睛转到一边,好像瞅着另一个人,而比起另一人来他所谈论的人简直是一个流氓似的。显然的,他常常以为他的话还不够毁谤别人,所以他往往在他的故事的末尾紧结上一个格外凶狠的话结子。克里早已知道杜洛诺夫的这种习惯,他觉得这一次杜洛诺夫找不出充分的黑色来涂绘那历史家。因为他谈论他的时候,大体是淡漠的,并没有他所特有的那种兴奋,把他的辛辣的尘灰畅快地撒在他的牺牲者上面。杜洛诺夫的这种态度大为增强了克里对于那整洁的小老人的趣味。在事实上,克里是很高兴的,当历史家和他一同从编辑室出来到街上,叹了一口气对他说这话的时候:

"老年是一件痛苦的事。我在这里,听着人们说着熟悉的字句,而那意义我已经不了然了。"

看着萨木金的眼睛,他才用一种古怪的恳祈的音调说:

"你似乎是一位观察家,心里明白,但是不肯高声宣扬。你随时保持着沉默。我想要问你历史是可以忽略的吗?"

"当然不可以。"克里极其郑重地回答。

老人把一只手举到肩头上面,握起拳头,伸出拇指向后一指。他说:

"他们还是在忽略它。每个人以为历史是从他自己的生日那一天开始的。"

他有一种老人的微薄的声音,但是富有神秘的刺激性。

"我们太过夸张了自尊心。"克里说。

"对啦!而且这样性急!但是奔驰却不能耕地。尤其在一个农业国里性急是不能生活的。然而我们全都拿着自由的鞭子互相督促,想要赶上欧洲。"

他停止了,碰了克里的手肘一下。

"不要以为我是一个保守派。完全不是的。我赞成'西目斯狄孚'[1]会议,以及这一类事体。但是,我以为我们不必亟亟追随欧洲……"

可索洛夫向四面一瞻,低声说,好像泄漏一种秘密似的:

"或者欧洲对于我们不过是一个独眼恶魔吧——欧洲不过如此!"

而且用更低而又更神秘的声音,他教导:

"只要一想从前——就说自沙皇登极的第二十年以来吧,一会儿是西巴斯托坡[2],一会儿是桑·斯蒂方诺[3],而结局是亚历山大三世大

---

[1] 俄语 Zemstvo,意译为农会,当时的地主压迫农民的一种组织。
[2] 波兰古代的皇帝。
[3] 南欧西西里岛古国之皇帝。

帝的豪语：'我只有一个朋友，蒙台尼格娄[1]的尼古拉王子。'那蒙台尼格娄的小子——你就不能在地上看见他。他在欧洲是一只小虫，一只蚊子，就是这个。倘若你一想欧洲对于我们所犯的罪过，欧洲就简直是恶魔。她纵容土耳其，却绊倒我们这大国……"

三

他们向坡上走去，沿着一条寂静的街道，经过许多有三个或五个窗子的单层的舒服的小家宅，窗上掩着绒幕，窗台上摆着花盆。窗子是瞎的，墙上和门上涂着绿的、蓝的、棕的或白的颜色。有些家宅谦逊地隐在前庭的花园后面，另一些却傲然突出在砖砌的旁道上。被雨天的雨水洗过的庭树的滴沥的枝叶隔离着住宅，投影在屋顶上面，小孩们正在庭院和花园里叫着笑着。这里那里的窗子里露出姣好的面孔。在一家里，一个钢琴调音师正在试琴。山上山下正敲着教堂号召晚祷的钟。铜钟的声调温和而娇柔地响彻在这灰暗的日子的湿气里面。

"或者你愿意光临舍下喝一杯茶吧。"历史家迟疑地提示，"真正爱茶的人喝茶并不用任何混合物，如柠檬、果酱和牛奶之类，我也是这样的，我也只喝最高等的茶。我要款待你一点真正名贵的东西——伊珍——'银针'。"

可索洛夫停止在一座单层屋的门旁边，这矮胖的家宅有五面窗子。他左顾右盼，然后得意地说：

"这是我们的城里的最可爱最活气的街——这条街是为摄取生活的精华而设的，可以这样说。"

克里从来没有到过这一条街。他正想告诉历史家，但又觉得不好意思。来开门的是一个高大的穿黑衣服的妇人，粗密的眉毛，稀薄的上

---

[1] 欧洲古代一小国，或译为黑山国。可索洛夫对于欧洲并无所知，故所言全是胡诌。

髭,一副呆滞的面容。

"这是我的可敬的女管家,安费·西尼戈诺夫娜·斯推里梭伐。"历史家介绍她。管家的眉毛一扬,把她的手从侧面横伸给克里———一只板硬的木手。

"斯推里梭夫氏、亚奇可夫氏、普希加里夫氏、沙丁乞可夫氏、条诺夫氏、伊诺支夫氏——都是这城里的最老的家氏。"历史家宣言,把他的宾客导入一个空旷的房间,房里有两面窗子对着庭院和花园,"我们的市民们都不注重家谱。全城里只有时装裁缝匠,加米洛夫,是夸耀他的姓氏的——真没有意思。"

克里恭敬地听着,正在研究这历史家的住所。两窗之间的一只大角的墙上聚集着一些神像,神像前面点着三座神灯:一座白的,一座红的,一座蓝的。

"国旗的颜色。"萨木金猜想,而且觉得其中有什么动人的东西,除了那素朴而外。

神像都闪耀着金的和银的光圈,它们的宝石眼睛映着莹洁的泪光。正对墙壁摆着一张旧加里林桦木床,装潢着青铜的饰物。房间中央有配成一套的四把椅子围着一张桌子。门旁边的暗角里有一个大碗碟橱。萨木金从橱面的玻璃里看见那里面放着长柄勺、高脚杯、酒盅,以及皮装的黑背书本。这一切都有点哄骗乡愚的炫耀。

"在本地人阿凡那西·狄阿可夫的随笔中——我已经选录了几段发表在'公报'上,就是关于那瑞典人哀戈的故事——不错,我称之为伊格伐尔,就是说,俗语的佐治或哀戈——他是一个憨直的人,当彼得大帝驻跸本城的时候,他对这位严厉的皇上说:'你应该学炼铁和熔矿,皇上。在你的木造的王国里面,除了你而外,木匠已经够多的了。'——在和瑞典开战的时候这位直言的哀戈犯了通敌罪,被绞死了。"

这小老人一面说一面小心脱掉他的上衣,穿起一件好像女人的长服似的条子花的便衣,然后开始夸耀他的宝藏。他指示萨木金一些半镀的银勺子——这是费多皇帝的，那是阿里克斯皇帝的。

"这些都是钦赐给皇室御宴侍者的。"他解释，用手指抚摸着那上面刻着的文字。他也同样炫示了一本绿皮精装烫金的书。这是希士可夫的著作《新旧文体概论》。还有一本代那士达伐可夫的《自传》，上面还有某人的题句。题句的上半段被墨涂污了，只剩下这么半句，"因此而受应得之罚，于一八〇四年发配军役"。

带着一种特殊的秘密神气，可索洛夫拿出一张黄色手稿。题目是：《一个没有学问的人随便回忆在警卫军中推广识字教育的害处，并详述自当今天子伊立沙弗它·彼得洛夫娜女帝陛下登极以来，上溯最敬大行皇帝包尔一世，该军所闹的各种乱子，以及后来的故事》。

"这当然是最名贵的作品，"可索洛夫悲凉地说，"但是我只得到这一页。我在《信仰之岩》这书里找到的，这书是我从一个古董家那里借来的。"

四

当这老人炫示他的珍品的时候，他用他的干枯的手掌抚摩它们，那手掌的皮肤皱缩而且显出鸭蹼的颜色。他的行动轻快而且柔软，好像一只蜥蜴似的，而他的镇定的小声音越响越神秘。他的额骨上绽出的红血管似乎粗起来了，而且开展到额边。

"我现在愉快地被人手创造的事物的光荣所陶醉了。"他微笑着说，"我们的可爱的小城市是属于远离近代历史的道路的少数城市的。因此，许多重要而有价值的东西都还安然躺在地窖和箱柜里面，等待着新的加拉辛甚或查比林[1]的灵感的手抚摸它们。你知道，我是这两位史诗家

---

[1] M. M. Karamzin（1766—1826），俄国历史家，以田园文学著称，浪漫主义者。Zabelin，俄国古代神学家。

的赞颂者——尤其是加拉辛，因为从来没有谁像他那样温柔敦厚，理解俄罗斯人需要友好的爱顾，和人类需要慈悲。"

甚至当喝茶——那确是异常芬芳的时候，他也在继续谈论着往古，本城的历史，它的县长、主教、律师。

"唐突失礼和性情刻薄是不同的，有一次他上当了。他请马克里主教和他吃饭。当他献给他公猪头肉的时候，他说：'请，公猪，吃这个。'主教也很滑稽，回答说：'先请，公猪，阁下。'"

老人爆发了哄然大笑。他说：

"你懂吗？莫来尾夫子爵也说过猪头，'这是我的肉'。唉！我说这才真是滑稽呀！"

然后他又讲了一个善心的商人的妻的故事：她每星期六都送些布施给牢里的囚犯，而且她听说被沙皇贬谪的司匹朗斯基大公到了城里，她就送五箩鸡蛋和两个大面包给他。他又大笑了。

萨木金觉得这老人的笑声有些古怪，他想：

"或许因为他不常笑。"

"好体面的赠品，呃，五箩鸡蛋！"可索洛夫喜欢透顶了，高举着他的五个手指，"真是善心的、简单的俄国女人！"

他不能不比较一下可索洛夫和那偏颇的老婆婆菲多苏娃，他曾经在尼忌尼·诺弗戈洛得博览会里欣然听过她的谈论。她用大言壮语讲着传奇的人物，好像她站在他们旁边或上面似的。这洁净的小老人所说的是平常人，像他自己一样渺小，但是说起来好像他们具有某种重要性，有时甚至是美丽的。对于日常的祷告、薄饼、果酱、洗礼式、婚礼、葬仪、节前守夜，加以柔和地渲染与文饰，把生活描写为一种和平的祝典。可索洛夫也说过古代春神雅里拉的祝典，这是当时还在举行的。他谈论了许多别的异教遗制。

萨木金欣然惊叹这历史家那样机巧地、温和地、微笑着，掩饰了明智的书籍及高明的读者认为愚昧和有害的一切。萨木金从来没有想过，也一无所知，这城市的起源。可索洛夫给他看《建筑志》。他灵巧地追述了这边疆的小城是怎样由贵族之子沙多夫和沙皇波里斯·甘杜诺夫派来防御游牧民族侵入的军队及农奴建造起来的；军队及农奴怎样攻击莫狄文族，征服他们和强迫他们做工；农奴怎样逃避沙多夫的暴虐；沙多夫自己怎样发狂得像一个野人似的，做了草原的惨苦的生活的牺牲者。

而且每一件事——不幸的莫狄文族、鞑靼人、农奴、军队、沙多夫、传教士伐西里、教堂庶务提士加·杜洛斯，这城市的建造者，及其敌人，这老历史家全以同等的爱悦述说着由于环境的压力而造成的善的或恶的事迹。同一压力迫使人们参加顿河区哥萨克——拉辛领导，及乌拉尔区哥萨克——普加乔夫领导的叛乱，这些哥萨克的叛乱的敉平就证明国家的增强和稳定了。

"我们的人民是很和平的。他们并不喜欢闹乱子。"可索洛夫恳切地说，"那些像外国人似的先生们，斯加坡夫，或哥萨克的后裔达尼拉·莫杜维兹夫，栽诬俄国农民有一种'政治运动'的热情，和仇视莫斯科统治。这种说法是绝对错误的。煽惑我们的人民叛乱的是那些哥萨克人。哥萨克仇恨莫斯科。马支巴服侍彼得大帝二十年之后，终于背叛了他。"

说到这里历史家严厉起来了。他甚至用他的小拳头拍着桌子，同时他的脸上的红点膨胀为紫色的斑块。但是一分钟之后他仍然乐观起来了。

"现在呢，由于连骨灰都没有了的先民的伟大的劳作所开创，已经发达成一个不能否认的美的大城市了，现在有七万居民，正在安静地发展而又发展。在平静的工作中有着比勇敢的袭击更其英雄的精神。相信我：疾驰是不能耕地的。"可索洛夫又说出他所爱说的话。

说起这种话来，他就滔滔不绝了，全是同一谐曲的情调。

"重要的砖块并不在飞檐上，而是在基础上。""每只公牛从前都是一只小犊。"这一类意见一次又一次地重复在他的谈话里面。看着他的愉快正不下于听着他的亲切的谈话——那圆熟流利的字句闪出碗碟柜里的旧银器似的薄明的光辉。他的瘦手上有着干瘪而灵动的手指，他的光洁的皱脸，他的颤动的白髭，眼镜后面的灰色眼睛使人想到神像上镶着的宝石。他喝茶或用他的小牙齿轻咬一点奶油脆饼都有一种优雅的神气，他身上发出果树似的芳香。忘记了时辰，克里一直陪他坐到半夜，然后才幸福地微笑着走出去到街上。由这老人所激起的心绪很近于他在博览会中所经验的欣赏之情，但是更为陶醉。这一夜是温和的，而且一阵清新的微风悠然吹过庭园，飘送着交流的芳香到街上。满圆的月亮隐映在一片透明的云里，好像蛋黄似的，在各家的屋顶之上高耸着教堂钟塔的金色圆顶。一切都包裹在夏夜的温存的轻凉之中，似乎是新生的，而最重要的是那慈祥之气。

萨木金也有这样感觉：各样都是亲切的——月亮、微风、香气、半夜里消歇了的市声。这些家宅现在全是弓手、枪兵、亡命的农奴、不幸的哥萨克、被强迫受洗的高颡的莫狄文族，以及听天安命的鞑靼人的和平的子孙们的安乐窝了。

这城并不是伊凡·杜洛诺夫的嘴里所唠叨的城，也不是鲁滨生在他的论文里尽力嘲弄的城，也不是为不安分的野心所苦的人们或遭受生活的残酷的人们所自卑自贱的城。克里以为这些人们此刻都毫无不平，觉得他们也参与了这洁净的小历史家这般称颂的那生活。

五

和可索洛夫的两三次谈话并不曾给予克里任何新事物，但是增强了他在第一次访问中从可索洛夫那所得到的良好印象。克里也多知道了一些关于贵族长、富商们的轶闻逸事，以及一些欺凌和嘲弄的把戏。

"我们的可笑是由于过分逞强。夸大的沙科就愚弄一切。蠢笨的凡士卡·布士勒夫狂吹他的勇敢。"这老历史家一面这样说着，一面把琥珀色的香茶倒在杯子里。

萨木金分明知道可索洛夫的议论的素朴,但是他恭敬地静听着,觉得没有辩论的意愿,好像在欣赏一首词句愚骏而音调美好的歌曲。

当他用钳子把糖破为碎片的时候,他谦虚地训诫:

"我们的批评主义是由于觉得不及欧洲,由于自尊心,由于没有依照俄罗斯方式生活的能力。赫生想要做伏尔泰[1],别的那些批评家也各有各的癖好。——吃点饼干,不吃吗?这是用酸樱桃汁制成的。我的女管家对于制作食品是机智无穷的——一个天才。"

一只黄蜂正在桌上嘤嘤地飞鸣。老人的眼睛跟定了它,期待着它粘住在一把茶匙的糖浆上。他的期待才一成功,他就把那茶匙放在茶炊下面,用沸水烫它。

"自然,我并不反对批评主义。"他提高声音继续说,"我们一向总有些批评家,而且都不坏。可徒希金,例如,或者干比斯基王子。甚至加它林女帝也不轻视批评。"

他忧郁地敞开手而且咂咂嘴唇:

"但是全都莫名其妙,你知道。甚至瑞典人杀掉可徒希金的头;干比斯基像尘灰似的失丧于立陶宛,不留下一点种子;而加它林女帝——好,她顶好是批评她自己吧。我要告诉你关于她的一个不优雅的小故事。关于她你就不能说出任何优雅的事,你能吗?"

那小故事是单调无味的,而讲述的音调很近于女性的脆弱。可索洛夫仍然说下去,甚至变为更有力更多警句了:

"批评是在法律以内的。但是洁净银器和铜器的时候我们必须很小心,而我们用砖块去摩擦它们——这是只能损害它们的鲁莽举动。欧洲已经十分堂皇地膨胀起来了,她自然能够夸耀她的许多发明。但是以欧洲的靴鞋而论——全是各式各样的靴子。哪里及得俄罗斯长筒靴那样舒

---

[1] Voltaire(1694—1778),法国启蒙运动的思想家。

服呢？然而我们也已经开始在制造尖头靴，虽然这种靴子毫无好处，不过使我们的脚生鸡眼而已。以小喻大，你要知道这是讽喻。"

老人的声音恰好配合着窗外花楸树的窸窣和熬干了的茶炊的悲吟。树叶的影子在光洁的炉砖上动荡着。三盏神灯之一的灯芯开花了。可索洛夫不断地用他的茶匙推动着碟子里的黄蜂的毛茸茸的小尸体。

"我们本城的人们聚集在编辑室里。欧洲！欧洲！他们叫喊。他们对着外来的人如编辑和他的唠叨的同事之类诽谤我们的城市的生活。但是他们不感觉这城市的灵魂，也不知道它的历史。这就是他们愤愤不平的缘故。"

从眼镜里看着萨木金，他严厉地说：

"这确乎使人觉得有些那个——怎么说呢？——有些猥亵，好像一个醉人对着陌生的人非议自己的祖宗父母似的。至于那一位托米林先生，他着实骇坏了我。他简直就像一个乞米斯的野人。谈啊谈啊，你就无法使他停止。他的肩上抬着的那东西与其说是一个头倒不如说是一个朽烂的苦桃核。鲁滨生，自然，不过是一个丑角。我们不必谈论他。但是有一个年轻人，伊诺可夫，流浪在这里。他甚至来看我好几次。要想象这人会变成什么人是不可能的。"

可索洛夫把那死黄蜂移近他自己，用茶匙把它压平压烂，然后把它推到茶炊的铁格子下面，深深地叹息：

"我们的国里有一种坏人。他们打算怎样呢？"

慎重发言是萨木金的牢不可破的习惯，但是这回却觉得快就要听到什么很有趣的话了，所以他微笑着，含糊地说：

"他们梦想政治改革，议会政治。"

"我知道！"老人大声说，突然严厉起来了，"一个共和国！这是他们的梦想——甚至社会主义，耶稣基督自己就几乎破灭在这上面——我以为那是连上帝的儿子基督也不能完成的事，这是早已证明了的。你以为如何，倘若我可以冒昧讯问？"

但是萨木金还来不及找到一个足够慎重的答话以前，那历史家就提高声音说，并且用茶匙敲着他的手掌以增强他的语势：

"我呢，我相信皇帝总会想到先王的往迹，不惜以暴力证明王权的威严的，像尼古拉一世在一八二五年十二月十四号在圣彼得堡元老院广场所做的那样。"

用严重警告的声调极其分明地说出了那日期，可索洛夫雄赳赳地把头一扬，在他的椅子上挺直了他的身体，好像骑在马上似的。他的臭猫脸紧张起来了，越看越尖。他的面颊上的花纹都变成了大红斑块，他的耳垂红胀了而且圆得好像樱桃似的。然而，他立刻注意到那些神像，画着十字，软下来了，然后低声说：

"我断不可发脾气，虽然这刺激很大。"

他急忙咬碎一片饼干，喝一口茶，然后用他的平常的小而强的音调讲了一个故事：

"我年轻的时候做过警卫连长，有一次护送一批犯人从喀山到巴木去。在一个热天，正在进行中，一个犯人忽然死了。你知道，他原是照常走着的，而忽然倒栽在地上死掉了——好像天上飞下一支箭射中他似的。他还不算老——不过四十岁吧，显然是健康的，虽然不惹人注意，可是看来有些粗野。他是因为亵渎神明，窃取圣物，伪造文书，判处西伯利亚苦役。察看他的行囊，发现几张彩色的小图画。而依我看来都很精美。或者就因为这种技艺他才伪造文书。大约他身上带着五张图画，都是同一故事：农民英雄米卡拉·西连尼洛维奇用一根车杆和毒蛇之明戈里尼奇战斗。那蛇是双头的：一只头戴王冠，另一只戴僧帽；一只上面写着'圣彼得堡'，另一只上面写着'莫斯科'。这不是胡闹吗？"

他摸着他的银色的头发——那是早已十分平滑了的，而且叹息：

"我很害怕那无修养的心。"他继续说，眼望着窗外。克里觉得他的眼光的末梢轻轻擦过他的脸上。"说得不错，'啊，幼稚的思想，浅学的结果哟'。——我们的心，我的好先生，是一只顽皮的小猫。请原谅，不论在什么地方它都同样抖乱——在椅子上，在豪华的地毯上，在皇帝的宝座上。让它在神坛上吧，它也就在神坛上抖乱。它好玩似的咬破家具和鞋子，撕破裤子，在花盆里打洞，它就有这么一股蠢劲破坏美的事物。"

举起伸着食指的手，他恳切地说：

"我并不否认真有些心是充分值得我们的最亲切的感谢的。我所反对的是理性的无效的造作和我们迷惑于它的妖媚，迷惑于它的风骚的勾引。作家果戈理曾经严正地暴露过这种道理，当他公开忏悔他的可悲的错误的时候。"

老人沉重地叹息了，又悲哀地继续说：

"我们谈谈女人吧。俄国的女人是很好的，或者还要更好些——有些事情可以说是超过欧洲，倘若我们男人不要被那些歪派的理论弄得糊里糊涂：马尔伐·波列茨卡雅咧，加沙林咧，伊立沙伯和加它林二世咧，混扯一阵。关于男女平等的种种危险的邪说动辄就以这些女人为例。这就证明了欧洲只有一个路易斯·米乞尔，而我们能够举出一千个这样的路易斯。你当然不赞同这意见，但是等着吧，等到你到了更成熟的年纪，当自然鼓动你开始建造你的窝的时候。"

"我不能完全赞同你的意见。"克里回答，当老人默默地迟疑着的时候。

"我是喜欢听见你赞同我的，即使不能完全。"那历史家说，带着微笑，而且又叹了一口气，"是的，在我们俄国理性已经把许多事物从它们的天然位置上推到堕落的歧路上去了。"

萨木金告别了老人出来，觉得他已经透彻理解了他的内心的深处。这回有些古怪，一种不安跟随着他从那历史家的安乐的隐居处出来。他觉得好像一个枉然用力回想着切近于刚才经验过的事的必需的词字或印象的人似的。悠然走过沉睡的街道，在一片灰云掩着的天宇下面，他一面仰望着而且握响手指，一面仔细寻思他的不安的原因。

"自然这老人是对的。数百万勤恳而不摆架子的人们必定都像他一样想法——他们都是这国家的础石。"萨木金推想,随时都觉得他的思想并不曾把握住他所要把握的东西。

第三章

一

雨天之后的下晚,他站在他的房间的窗前,专心一志地锉光他的手指甲——刚才剪过的。大门悄悄地开了,一个阔肩的男子,穿着尘垢的上衣,戴着白色的便帽,提着一只旅行箱子,大步走进庭院里来。他把大门推回去,露出他的修剪好的头,向外窥看街上,然后一瞥他的左边,向厢房走去,摇摆着那旅行箱子,先用这只手提,后来又用那只手提。

"古图索夫。"克里认识,立刻回想到圣彼得堡,复活节星期日的夜间,和他的醉后的滑稽剧,于是决定他还是不见这人的好。

但是比好奇心更尖锐的某物,一种朦胧的冲动,引起一种欲望,想要看看古图索夫,听他说话,甚或和他辩论。

"我真是孩子气。"他警告他自己,但是一点钟之后他走进斯庇伐克的房里去了。

古图索夫，从前常穿学生制服，看来很小，好像一个学生似的。现在呢，一件灰色上衣紧紧地罩在阔肩头上，浆硬的衬衫的高领揪着他的下巴，随便剃过的下髯，他显然和其他任何人都不相像。

"啊，你好！"他殷勤地叫，伸出他的沉重的手给克里。

"穿着这一套新式衣服你就像一个商人了。"萨木金说。他想要说俏皮话，但是觉得他的话并不那样响。

"一个商人。是吗？"古图索夫质问，很幽默地哈哈笑了，"但是，请问，为什么是一套新式衣服呢？我的装束不过像一个市民罢了。你看，当局把我赶出科学的庙堂，罪名是在大学博士会里宣传邪说。"

他把一个手指塞进浆硬的高领后面，皱起面孔，而且摇摇头。

"很无道理也很可悲。我对于那庙堂是相当敬重的，对于博士之流却毫无所谓。利沙姑姑，我的教子在这里，我可以吸烟吗？"

抱着婴儿，穿着白色的长袍，斯庇伐克就好像感伤派的艺术家波登霍孙所画的圣母像。翻印的名画是在这城里的每个书店的橱窗里都可以看见的。斯庇伐克的圆脸上有一种悲哀的表情，她时时焦急地咬着她的嘴唇。

"萨木金，有一个面目可怕的年轻女人要我交一封信给你。就是这个。"

古图索夫把一封厚重的信递给克里。斯庇伐克沉静地说：

"接着说下去，斯徒班。"

"嗯，也没有多少可以说的。我要到乡下去，到图洛波伊夫家去。他矜夸说在那里的河里面有一处异常安全的地方。"

萨木金放下他的长信，骄傲地通知："在莫斯科他们已经拘捕了马拉可夫，我的一个熟人。"

"马拉可夫？一个平民主义者，是不是——一只小狗？"古图索夫问，皱起他的眼睛。

"他是一个平民主义者。"

古图索夫蹙起眉头,对着天花板吐出一长串烟云,而且颇为突兀地说:

"你顶好提示你的通信者,她是一个粗心的年轻女人,甚至不很聪明。叫陌生的人带这样的信是不应该的。她早该告诉我这信里写了些什么。"

他恼怒地把烟尾抛在烟缸里,站起来,开始在房里大步大步地踱着。

"自然我要质问她。但是她总是这种态度——我以为那完全是浪漫主义。"

"你认识那些被捕的人吗,很熟吗?"斯庀伐克问,对着克里认真地一瞥。

"我认识。"他回答。这响很高,而且他批评他自己,"我好像是夸耀这认识似的"。懊恼着,他说:

"这种拘捕就要停止了吧?"

古图索夫坐在桌子前面,倒出一点茶,又把手指放在硬领后面,摇摇头,他屡屡这样做。或许那领子绊着他的胡子吧。

"这是幼稚的问题,萨木金。"他说,劝告似的,"拘捕为什么会停止呢?倘若你反抗权势你就不能不时常花费一点时间在监牢里,放下你的辛苦的工作,休息休息。将来,你的工作造成了一次革命的时候,你自己也要把某些人放进牢里去的"。

萨木金恼怒他自己,为了那一问引出这一篇教训。

"这教书匠把我当作一个学童。"闪过他的心里,虽然并不觉得当他受教训的时候所常有的那种厌烦。有点出乎意外的轻率。他说:

"我们势必要长久等待革命了。"

"为什么要等?"古图索夫质问,他喝着茶,"不如去制造它。"

"革命党太少了。"萨木金愤愤不平地说,连他自己也觉得惊奇。

古图索夫扬起他的眉梢，用灰眼睛仔细地看着他，然后温和地低声说：

"在我看来，似乎一个也没有。这四年以来我曾经留意观察过自称为革命党的人们。廉价品。漂亮，花样也好，但是不结实，就好像我们卖给中亚细亚土人的印花布。"

喝了第三口茶，深思地看着那熟睡的婴儿的粉红的小手，他继续说：

"由于厌倦生活，或暴乱逞强，或浪漫主义，或慈悲救世而来的革命党们全是些恶劣的炸药。一个知识分子，因为私生活的颠覆而对自己施行报复，因为自己不能适应于确定目的的共同组织，因为偶然被捕而坐了一个月的牢——这一类人也不是革命党。"

"那么，什么人才是呢？"萨木金想要问，但是太迟了。古图索夫对着斯庇伐克微笑着说：

"你看过维特的圣经《俄罗斯的生产力》吗？一本书就是一座雄伟的山。它是很有功效的，对于那些自以为通晓马克思的自由主义者。一个启示。"

克里已经觉察到在古图索夫心里有一种庄严的戏嬉，有逼人的力量，恰和他的疲倦而皱缩的面孔相反。他在古图索夫所说的话里听出一种失望的回声，这却使这人更加吸引他的注意。萨木金回想在圣彼得堡的时候他屡屡觉得他对于这人的态度是双重的："古图索夫主义"是可厌可憎的，而古图索夫这人对于他却有一种别人所无的吸引力。

古图索夫，好像要证实克里所猜测的失望，用手指摸着他的双下巴，说：

"那是极有趣的，利沙姑母，考察人们怎样真切精敏地把握住历史的必然性。以此而论，马克思主义，对于许多人，是很可喜的。你们只能引证进化论呀，宿命论呀，个人的无力呀，就算完事，那就请不必替我们操心了！"

他的头皮一动使他的剪短的头发都站起来了，同时他的脸是皱的，而且硬化了似的。

"一般地说来，我曾经咽下了许多失望的印象。我们的俄罗斯是一个庸俗浅陋的国家，而俄罗斯的莫斯科尤其害着这种毛病。我到过一家工厂，我的一个堂弟在那里做职工。他是一个分教派。那里的工人分为两派：'上帝福音派'和'福音上帝派'。他们是发生于《约翰福音》的第一节的。前一派根据于'上帝是福音'。后一派根据于'福音是上帝的'。一些人大叫'福音是在上帝之前的'。另一些回答：'谎话。''福音在上帝之内；它是光，而福音之光创造世界。'他们甚至访问阿布亭诺的长老们。请求指示哪个是对的。这种可恼的唠叨酿成了仇恨和械斗，以至今年春天争论提高工资的时候，'福音上帝派'不肯援助'上帝福音派'。"

好像忘记了他的长须已经剪短了似的，古图索夫在他的下巴下面空抓了一把，那一只手沉重地落在他的膝上，叹息说：

"格里辛格描写过一种精神病，叫作'克鲁比梭克'，意思是无效果的论究，譬如有人苦心研究为什么蓝的不是红的呢，为什么重的不是轻的呢，以及同类的其他问题。我觉得俄罗斯的许多识字的和不识字的人们都害着这种毛病。"

斯庇伐克挥开熟睡的婴儿的脸上的苍蝇，以克里所惊异的镇静和自信说：

"这将来会改变的，斯徒班，这将来会改变的。"

"我们当然要富足起来了——都这样叫嚷着。"古图索夫赞颂似的说，"可惜我不能到尼忌尼·诺弗戈洛得去看那博览会。萨木金你的论文里所说的乌里西斯，那是一种取巧的阿谀。自然工人阶级要扭断那些求婚者的脖子，但是在这时候，事情并不很有趣！"

看一看他的表，他问："到时候了吗？"

"是的。"斯庇伐克答应。她小心地站起来,抱着小孩走出去了。古图索夫微笑着把椅子移动到克里的对面。

他高兴地问:"那么你相信革命党太少了,但是你在哪里见过他们,他们像什么样子?"

萨木金异乎寻常地精神一振,好像想要搜索出什么重要东西,匆匆叙述了那三个手指的宣教士、刘托夫、教堂庶务,以及普里士。

"教堂庶务——伊伯提夫斯基——塞地亚可夫?有一个儿子?死了?哦,是的。而那父亲也是有趣的吗?一件奇怪的案子。那么,你还是在跟着那些平民主义者绕圈子的啰?"

"并不是绕圈子,是研究。"克里纠正,悔恨自己的饶舌。

"研究那些贪婪的大主教阿勿瓦苦木的生活吗?忘却了它吧。这全是走在错误的方向——错误的方向。"古图索夫重复,站起来而且伸直他自己。

萨木金翻起眼睛瞅着他,想道:"他是可厌的自信的。"

"民族精神的特性呀,土地公有呀,芦笛呀,腌菌子呀,鱼子酱呀,薄饼呀,茶炊呀,乡村生活的诗意呀,以及那伯爵[1]的关于农民的朴素的种种说教——这一切,萨木金,全是孩子气的。"古图索夫断定,望着克里头上的窗子。"我不否认在这种霉烂的事物里面有一种美,但是现在是我们和这种东西告别的时候了,倘若我们想要继续活下去。这也是我们和一切'一时之雄'告别的时候了,我们所需要的是一种现实生活的英雄主义,一种劳动者的英雄主义,一种革命工人的英雄主义。倘若你不能这样英勇,那就走开好了。"

他点起一支烟,坐近克里,以至他们的肩头互相接触了。

"平民主义者有一件事是对的。"他继续用更镇静、更深思的音调说,"我们的工人是爽朗的人们,有着深刻的心思。所以他们的弱点就

---

[1] 指托尔斯泰。

在于好话语。我知道平民主义者的所谓爱群众。但是一个人应该毫无怜悯地爱。怜悯，萨木金，是一种爱的模仿，而且是一种腐臭的东西。我近来又读过三月一号的叛徒的判词，而我得到这印象：阿里克山徒洛夫斯基附近的沙皇的列车下面的地雷的引线的被破坏而不爆发大概是由于怜悯。是的，有人怜悯那统治者。"

斯庇伐克穿着白衣服进来了，戴着一顶插着一支鸵鸟毛的白帽子，提着一只装乐谱的小皮箱。

"真漂亮。"古图索夫说，"不要忘了呀，利沙姑母。"

"不，不会。"她答应，出去了。

这两个男人从窗里看出去，望着她走过庭院，风把她的长衣挡住她的腿，而且把那鸟毛雄赳赳地竖起来。她弯着腰理直她的衣服，好像对着风鞠躬似的。

克里讯问："图洛波伊夫从外国回来了许久了吗？"

"大约一个月。"

"和他的妻一起？"

"他结婚了吗？"古图索夫惊异地问。当克里告诉他图洛波伊夫和阿连娜的恋爱故事的时候，他大笑了：

"是这样的吗？不，他的妻似乎没有和他一起。我的妻，马利娜住在那里而且她会写信告诉我这件事。那么，你得到狄米徒里的消息了吗？"

"他不写信。"

"他不打算在那里久住。他写信给我的妻说他要到南方去——到波尔台伐，我相信。"

这是奇怪的。听着这人谈论日常事件，而且说到他曾经夺去他的未婚妻的那人又如此简单。现在他走到钢琴前面，随便弹了几下。

"我许久没有听过好音乐了。到图洛波伊夫家里我们要玩一玩，喝喝酒。一种可笑的制度——图洛波伊夫家的庄园。农民蚕食它，像耗子似的。你喜欢捕鱼吗,萨木金?阿克萨可夫的《关于钓鱼》很好,叫人陶醉。一本奇书。这样作品,你知道,布里木[1]自己都要妒羡的。"

吐出一口烟,他的灰眼睛笑眯眯的,古图索夫谈论着鱼的智慧和愚昧,那热心和熟悉正如历史家可索洛夫谈论这城里的居民的生活方法和习俗一样。克里让自己逍遥于这漫谈之中,对于这人并无不友谊的思想,却恼恨自己不能坦然自如,就这样摆来摆去,好像飞着似的。

斯庇伐克回来了,显然是更懊恼的。她悄悄地对古图索夫说了几句,后者就从椅子上跳起来,把两只手掌捏成一个拳头,摇着它,含糊说:

"真糟!真荒唐!"

萨木金察觉不需要他在那里,告别出去了。

二

在他的房间里,他躺在床上,把两臂枕在头下,缩紧他的眼皮,越缩得紧就越看见他的互相冲突的思想的纠结。古图索夫的上低音在他的头里面嗡嗡地响,而斯庇伐克的声音是自信自慰的:"这将来会改变的。"——好一个装模作样的东西!她一点也不像一个革命党——但是她从哪里得来的自信呢?

苛刻地思索斯庇伐克是容易的。在克里的眼睛里,她是一个曾经欺骗他的人。但是敌对的意思却从古图索夫身上滑过去。

"一个革命的工人——这是客气。他或许是不很聪明的,但是他是正直的。'倘若你不能像我一样英勇,那就走开吧。'他说。这对于因为饱闷无聊而从事革命的那一流人是适当的。这一流人特别应该加以严重警告:'这是有害的胡闹哇!'尼古拉一世曾经凶恶地用枪炮发出这警

---

[1] A. Brehm(1829—1884),德国动物学者,对于动物生活状态之描写极为优美动人。

告。但是那是自卫。每个人都有权保卫自己。可索洛夫是对的。"

萨木金从床上跳下来,开始在房里踱来踱去,用眼角注视着镜子里面的他的影像,他的激动得发白的忧郁的脸——一个上流人的脸,戴着眼镜,有一点美好的尖胡子。

"是的!进化!唉,让我安静吧。无效果的论究——叫什么名字?'克鲁比梭克'。我为什么觉得必须探究与我无关的种种思想、种种人物和故事呢?为什么?我随时都觉得好像我穿着别人的衣服似的。它们或者是太宽大,从我的肩上滑下来,或者是太狭窄,拘束着我的身体。"

他的思想继续破碎而且没落,引起一种逐渐加强的对于自己不满意的感情。他的眼睛偶然停滞在和他一同毕业的一群中学生的照片上。在他们之中他没一个朋友。他站在十三个男孩子的第一排,夹在本县贵族长的胖儿子和卢包莫多洛夫医生的侄儿——一个已经出胡子的很高大的家伙中间。他似乎把身体挺得太直,像一个兵似的立正站着,两腿可笑地突起着,一双瞎了似的眼睛。讨厌,他把相片从镜框里抽出来,撕成碎片,抛进桌下的废纸篓里。觉得还需要做一点事,他开始整理书架上的书籍。这并不曾安静了他。他对于自己的不满意转变为一种仇视自己的感情,并且仇恨那些把他当作棋子似的从这一方块移到那一方块去的人们。这比喻是恰当的。某种险恶的力量在玩弄他,使他面对着那些与他自己不合的人们的面,显然是有意要表明他和他们是不能融合的,不能联合在一处的。这或者是要使他认识他有权不和任何人联合吧?

萨木金停止了整理书籍,极其小心地走到窗前——很谨慎,好像唯恐他的幸运的猜度会闪失了似的。但是那猜度忽然燃烧起来了,好像黑暗中的一点火似的,以可惊的速度引起许多慰安的思想,它们都从他所读过而半已遗忘的书页里面寂然缓缓流出,好像它们久已浮游着,等待着它们的集合的时机。时机已经到了,现在它们依着秩序和颜色一致开始旋转,激起一种希望,在他的灵魂里面建立一种强固的根基,确定克里·萨木金有权完全独立于一切人们之外。

"既不是一个传道士,也不是一个牺牲品,而是一个自由人!"他规定了,遥望着他的思想的激流。他站在窗前,欣然入迷了,不能不微笑着摸摸他的小胡子。

三

门闩一响,伊诺可夫走进庭院来了。他不转到厢房去,却把帽子一扬,叫道:

"我要来看你!"

这是奇怪的。伊诺可夫是斯庇伐克家的常客,但是从来不访问萨木金。虽然他的来访阻断了克里和他自己的交谈,克里迎接这来宾却是比较欣喜的。然而立刻扫兴了,伊诺可夫不等他走出房门就冲进来了:

"真糟,谁叫你把我的诗读给伊立沙弗它·勒孚夫娜?"

虽然他说得鲁莽而且恼怒,在他的表情上却没有斥责,不过是惊异而已。提出这问题之后,他半张着他的嘴,扬起他的眉,好像完全呆了似的。但是他的浅黑的上髭悄悄地颤动着,而萨木金立刻就知道没有什么好事。他必须想法对付。

"诗?你的诗?"他突然失声地说,带着一种吃惊的神气,摘掉他的眼镜,"我读了一首给她,那是原稿,并没有署名。署名是撕掉了的。"

现在他可真吃惊了——吃惊于他说出这些话来这样自然而且容易。

"撕掉了?"伊诺可夫重复,坐下而且用他的手摸摸他的脸,"我以为总是发生什么事故了的。不然你当然不会读它的。你还留着那诗稿吗?"

"编辑允许我把那些不发表的诗稿都毁掉了。"

伊诺可夫叹息,四面看看,用双手揉揉他的眼睛。他的脸,揩除了平常的忧郁的表情,变成异常柔和的了。

"正应该见它的鬼去!唉——这城里真闷死人。"

他又漠然看看那房间的四周，然后请求似的提议：

"你听，萨木金，让我们到郊外去走走，去吗？"

"好的。"克里说。他觉得他自己在伊诺可夫之前是有罪的。他怀疑这人需要他做点什么事。而且，好奇心在他内心燃烧起来了，希望发现伊诺可夫、科尔文和斯庇伐克的三角关系。

在街上，伊诺可夫急促地阔步着，勇决地吐出一口烟，并且说：

"我常到郊外去看炮兵营的新建筑。我自己是懒得可怕，但是喜欢看别人工作。我看着想着，有一天人们总会坚决地厌倦了他们的猥琐肮脏的小事，而竭尽全力献身于真正惊人的大工作。然后他们将要完成——奇迹。"

"巴别塔[1]吗？"克里质问。

"这意思并不坏，你知道。"伊诺可夫惊异地说，用手肘推了克里一下，"不——认真地，我相信人们将要完成奇迹，否则生活是不值一个黄铜纽扣的，而一切就只好下地狱！这些精致的小家宅、路灯、石栏全都……"

他的手一摆，他把一节烟尾甩得很远，把帽子推到脑后，而且生气地问：

"你告诉了伊立沙弗它·勒孚夫娜那回事——和那队长的事吗？"

"真的没有。"克里回答，似乎恼了。

伊诺可夫并不理会。

"那么是谁呢？或许就是他自己，这流氓？"

"你为什么这样说呢？"

缓缓地，伊诺可夫突然用粗野的话解释：科尔文把一些男孩供献给那些同性爱的信徒，因此受了审判，但是主教把他营救出来了。

"反正他总免不了坐牢吧。"他用沉重的喉音说，而且踢着一块倾斜

---

[1] Babel，希伯来人欲建高塔于巴比伦，名为巴别，其高将上通于天。（见《圣经》）

的石栏。

"伊立沙弗它知道这回事吗?"克里鲁莽地问。

"为什么她会知道呢?"

"她曾见他……"

"她的唱歌队里尽有些龌龊的流氓。"

他清除他的喉咙,吐了一口,然后含恨地沉默着。

四

他们出现在阳光泛溢的郊野里,地上铺着一层焦灼的泥炭。地面是柔波似的起伏着,一直达到烟云起处;在远方,一致是圆锥形的营幕像雪堆似的崛起;在它们的左边,以暗黑的森林为背景,移动着白色的玩偶似的兵士的行伍;再左边,在两片灰云之间的蓝色的空隙里有一座砖造的建筑物,在阳光中是鲜红的,四面围绕着许多建筑架的小木柱,聚集着一群一群的工人,看来好像小孩似的。一个穿白衣服的人骑在紫铜色的马上,焕然对着日光移近正在行进中的刀光闪闪的兵士行列。

"在城市的这一端伐拉夫加已经建造了一座屠宰场和一所监狱。"伊诺可夫不平地喃喃着,随意沿着溪谷的边缘走去,"在那一端,他的竞争者正在建造一座兵营。"

灰色的干草叶在克里的脚下叽叽喳喳。开阔的旷野常使他觉得哀愁和卑微。和伊诺可夫并行着,他觉得似乎消融在太阳的光线里面,在热空气里面,吸饱了灼热的草气。他不想说话,也不愿听伊诺可夫的唠叨,他走着,定睛看着那兵营的建筑工作。这兵营是由三座不等边四边形的建筑物构成的,中间的一座将近完成了,水泥工人正在铺置第三层的最后一行砖。人能够分明看见红的蓝的罩衫和白围裙的小人形,在墙边上移动着,而搬运砖块的工人们正在建筑架的木板上沉重地往上爬行。路是沿着洼子的边上的,这深沉的泥水沟把地面分割开,一面是斜坡，胡乱堆着一些垃圾和生长着矮树与蔓草，一面是光秃的，铁青的不毛之地，而且好像用钉子划过似的。这地上的深沉的裂痕和那由一些渺小的人类所造成的巨大建筑物之间形成一种显明的对比。萨木金想到要填平这洼子是需要好几千那样穿着颜色衣服的小人物的。

忽然伊诺可夫好像失脚撞着什么东西似的，推着克里而且大叫：
"糟了。快跑！"
他敏捷得好像一个小孩似的冲上前去。

在几秒钟之间克里不明白他看见什么。天的蓝块显然已经推动那墙壁，推倒了它。拘束着那大建筑物的灰色的木笼的支柱开始动摇，缓慢地向前倾下，好像不愿意向着克里似的，抵抗着那墙壁而又好像拉它向前倾下。砖块急落在木板上和梯子上，噼里啪啦地乱滚。

一直到萨木金看见在木柱木板滑跌在地上的混乱之中，工人们从墙上跳下来；一直到看见他们抛掉他们背在背上的灰沙桶而且以可怕的速度逃奔下来，砖块落在他们后面，打在木头上响成一片轰声，分辨不出倒塌和折断的声音——一直到这时候萨木金才知道墙倒了。他跑了，觉得地面在他的脚下腾跳，使那倾覆的建筑物挨近而又挨近。那崩碎的墙激起一阵飞扬的尘埃。窗子的张着的嘴难看地歪曲着。有一个窗子里面张伸出一大块木板好像舌头似的颤动着。

这叫人不能相信：在这种非常情况之中，人们能够这样迅速地飞跃，而且落在地上是这样响，以至克里在崩碎的轰响和恐怖的绝叫声中也能够听见。有几个人跌落在地上好像是被风吹下来似的。他们显然想要跳过歪扭着的柱子和木板，但是那些无用的杂物，像蜘蛛的脚似的摇摆着，叉住跳下来的他们，像虎头钳似的钳住他们。有一个窗子里面出现了一个人，拿着一条长竿，窗子的两面倒塌了，那人抛掉长竿，两手一扬，向后倒下去了。

一顶宽大的草帽凭空落下来，向萨木金的脚下滚过来。他跳开，回头一看，立刻知道他还没有逃出那灾难，但是已经离开那一堆可怕的砖块和木头以及动荡的柱子和板子二十多步了。克里的膝头是摇晃的。他坐在地上,眯着眼睛,汗水跑进他的眼眶里面,使他瞎了。摘掉眼镜,他看见泥工和木工散布在各处,他们的手是摇动的。一个穿蓝色罩衫的少年跑得特别快,好像一个傻子,一面跑一面用全力大叫:

"鲍尔叔叔,鲍尔……"

他扫过萨木金前面,他的白脸上全是石灰,张着嘴,眼睛圆得好像铜圆似的。

一个高大的有胡子的人,全身是灰尘,跛着一只脚,跌落在离萨木金二尺多远的地方,呻吟着。他从他的脖子上的头发里面抓出一把鲜血,把它抛在地上,在他的围裙上揩揩他的手。用一种均匀的声音,好像在读一面招牌似的,他说:

"脏猪。黄铜纽扣。俭约家……"

从兵营里急驰来了一个穿白衣服的骑马的人。兵士们在郊野里乱奔,一个追一个,像许多皮球似的腾跳着。在他们后面两辆绿色的大车在滚动着。太阳正在森林上面落下,以耀煌的亮光照明了这郊野,好像故意要使这灾难具有不能忘却的明确性。

萨木金悄悄地侧身向前移动,离开那些人们,偶尔摇摇头,不停地注视着在这惊醒了的郊野里的人们的种种行动。他看见伊诺可夫抬着一个人在他的肩上。那身体像一个残破的偶人似的悬垂着,而那松弛的手摸索着伊诺可夫的胸部,好像要解开他的帆布上衣的纽扣似的。一个军官骑马缓驰而来,挥着一只戴着白手套的手,呵斥伊诺可夫。后者蹲身把那人小心地放在地上,伸直他的脚手,转身快跑到墙倒的地方。那里已经蜂拥着许多兵士,好像白面里的虫子似的移动着。工人们也气势汹汹地集合在那里。他们的大多数还坐着和躺着在萨木金的周围。他们用挑战的音调极其高声地交谈着。一个特殊的声音好像女人似的响起来:

"马尼也夫,鲍尔,呃?——这就是他出去旅行的理由!吓!我说,马尼也夫,鲍尔……"

一个矮胖的泥水匠,有一部宽大的胡须,一张肿胀的脸,眼睛下面有蓝色的包子,继续用鼻音说:

"你应该感谢上帝,你应该……"

"我早就猜中这事……"

"这些肮脏的骗子缩减经费……"

"闭嘴!我们应该举行感谢祈祷……"

"伙计们,我看见马提维伊怎样落下来——就好像他要钻进泥土去似的,真的!"

五

萨木金觉得热度似乎正在积极增高,而太阳似乎把那些人们的言语、面貌和行动烙印在他的记忆上。稀奇的是听着那些泥水匠的多样声音的激昂的谈话。他们大声说着,好像急于要压下兵士们的叫喊,有人继续哭喊:"呜——呜——呜——呜……"

有六七个人背对那灾场站着,他们的脸上充满喜气。一个小小的姜色的农民不断地在身上画十字。他滔滔不竭地安慰别的人们:

"我敢对上帝发誓我没有说谎。明白得好像我现在看见你一样。他正在从顶上跑下来。他脚下的木板一摇,他就跌在空中了,真是确实得好像上帝在天上一样!"

萨木金看看这又看看那,尽力在想为什么他会出乎意外地一直跑到逼近灾变的地方。他回想当伊诺可夫冲上前去的时候他并不曾跟他跑而且是跳在旁边的呀。

"真奇怪。"他想,看着兵士们抬出那些受伤的人们,而且把他们摆成不必须那么整齐的一个纵列。

伊诺可夫来到他前面。他的左手上包着一条手巾,他用他的牙齿和右手指枉然努力于要结起那手巾。

"帮忙我,你愿意吗?"他对克里说。

"受伤了吗?"

"我的手指扎坏了。"

"死了许多人吗?"

"我只看见三个。"

他站着,身上涂着许多石灰,他的衣袖撕破了。为了某种理由他用脚敲打那干燥的地面,地上胡乱散布着木渣和红色砖灰。这样站着,眯着他的睫毛,他说:

"真糊涂,当那建筑架倒下来的时候,你知道,就好像一只大蜘蛛,爬来抓人。"

"不错,"克里赞同,"恰像一只蜘蛛。我记不清了:我曾经跟着你跑呢或是站住了呢?"

伊诺可夫的眼睛表示不理解他的问题。

"一个人打碎了头,真怪。单只剩下一个有胡子的下巴。我们走吧?"

他们彼此挨着并肩走去,以至常常互相阻碍。伊诺可夫用衣袖揩掉脸上的尘垢,屡屡回顾,而且碰着克里,同时克里挨着他,说:

"你知道,我相信我是站住了的,但是后来证明我跟你跑了。真奇怪。"

"我并不觉得有什么奇怪。"伊诺可夫冷淡地咕噜着,他把他的嘴扭曲成一个凄苦的微笑,"那些没有受伤的水泥工人对于这意外变故是十分镇静的。"他继续说:"我跑去看见一个人的腿夹住在两根木梁中间。他已经昏晕了。我叫一个人:'把他拉出来。'而他回答:'不要动他,不许动死人。'他不帮忙,走掉了。他们全是这样的。士兵在做事,而他们站着看……"

"骇呆了。"萨木金想,他忽然记起,他曾经怎样迅速地滑冰到里狄的哥哥波里士·伐拉夫加陷落冰洞的地方,看见他的永远消失的光景。

"一点也不像今天……"他高声说出来了。伊诺可夫突然站住,瞅了他一眼,而且结束他的思想说:

"我也没有见过这样的事。"

这些话消灭了他对于波里士的回忆。

萨木金被一种衰弱的、恶心的生理的感觉所压迫,很想闭起眼睛站住不动,使他不看见或忘却人们怎样落下,他们在空中是怎样异常渺小。

"真无聊。"伊诺可夫含糊地咕噜着,一面用他的帽子打扫他的裤子上的尘灰,"你感觉你跑错了方向,而我看见一块木片飞过我的眼前——一块灰色的小木片,好像从炮里射出来的——好像一只云雀,颤巍巍的——真是一件惊奇的事。有些人残废了,哼着,叫着……而留存在记忆中的不过是一块小木片。小事情——小木片——鬼才知道为什么……"

他又撞了萨木金一下,放缓了脚步,他说:

"有一个人想要用一根木头打我。他拉着一根木头,撕下一条破片——很大的一片。我把它抢过来——从那可恶的傻子的手里。"

他又加快了他的脚步。

"木片,破片——像一点尘灰似的在灵魂里面。"

"他必定已经想出什么道理来了,关于那破片。"萨木金想。他问:"你是什么意思?"

"我不知道。倘若我知道,我就什么也不说。"伊诺可夫回答,而且突然消失在一间旧的小房子的穹形的门里面。

"这是为什么呢?——'倘若我知道,我就什么也不说了?'真是一个讨厌的家伙。"

太阳正在落下。圣母院的教堂的那些圆顶辉煌得好像燃着的蜡烛。一块淡红色的圣杯罩布朦胧高悬在空中。

六

当他到家的时候,他机械地走进花园里,坐在一条凳子上。花园,在它的秋色中,窒息在弥漫的红色氛围里面。这几天的闷热威胁着要下雨了,但是风吹散了暗云。风从树上撕下许多黄叶,散播尘埃在这城市里。萨木金的眼前分明出现一个难看的变相的身体,无手无脚,头是掩藏在一块灰色围裙下面的。那身体似乎打成一个结,以可怕的速度旋转着。还有一个人伸开身体飞着,手是向下垂的。他似乎不自然地长,他的宽松的红衬衫是鼓胀的,使他的形象好像一个山慈姑。克里不能记起他是否曾经看见三四个人飞跃在空中。他以为他或许看见过整整一打。

从厢房的开着的窗子里飘出了伊立沙弗它·勒孚夫娜的明朗的声音。不久以前她已经开始对她的学生讲授文学功课,大约有八个学生,都是常到她家来的。因为要避免思想,萨木金强迫他自己倾听着斯庇伐克的言辞。

"里木波加色彩在他的声音上,这并不是新的事。台伊克早就试用言语的方法引起色彩的印象。"克里听见。他回想:

"一个很不诚恳的女人,她究竟是什么呢?"

斯庇伐克的声音单调而固执地激响着。

"这是事实,在浪漫主义的根基上隐伏着逃避现实、逃避时代灾患的愿望。初期的浪漫主义者加拉辛虽然粗杂,却坦白地承认了这一点:

啊,我们永不必哭泣,
为人生的灾祸而流辛酸的泪。
且借此余闲放纵自己,
消受些可爱的幻境。"

"好一个说谎者。"萨木金想,虽然他知道她是说得十分平易的。

"所以,因为想要使可爱的梦幻不但搪塞一时而是沉迷一生,有些人就逃避现实,而另一些人却……"

萨木金站起来,走到窗前,向着那熟识的房间的暮色中叫道:

"炮兵营已经倒了。死了许多,伤了许多……"

那房间里翻腾着推动椅子的响声。在一个角落里有一支火柴燃起来,照明了一只手上的骨瘦的手指。一个女子像一只骇坏了的母鸡似的叫了。萨木金欣赏着这由他的言语所引起的混乱。他不慌不忙地徘徊于花园和庭院之间,准备叙述那恐怖的故事。这时斯庇伐克的学生们都已从厢房里嚷闹着出来了。斯庇伐克自己还站在点着一盏洋灯的桌子前面。因为她的移动,洋灯罩发出轻微的响声。坐在桌子前面的是老拉狄夫,正在用手指轻拍着桌子而且摇摇头。

"你那样嚷嚷,真滑稽。"斯庇伐克说,不笑也不骂。

"是的,真糟。"拉狄夫证实,"嗯。那些年轻人全逃走了。"

他开始讯问那灾变的情形,这时斯庇伐克穿着黑衣服耸然直立着,举起双手去整理她的头发。

她说:"古图索夫已经被捕了。"

"是的,他被捕了。在那轮船上。"拉狄夫又证实,而且叹息了。他站起来,握着斯庇伐克的手。一只手握着它,另一只手敲着它,他安慰她:"那么我们就要设法准备保释了,要吗?好,再见。"

斯庇伐克送他出去,萨木金还来不及决定他对于这拘捕的态度以前她就回来了。她的旁边阔步着科尔文,完全和从前在酒店的露台上一样仪表堂堂,看来好像一个得意的理发匠。

"你们没有会过吧?"斯庇伐克漠然讯问。她的来客用一种甜腻的中音介绍他自己:

"安得列·弗拉得米洛维奇·科尔文。"

他的鼻子上立刻现出一道深深的皱纹,两道眉毛紧缩成一条线。这时他的圆圆的猫头鹰眼睛似乎变成一只 8 字形的眼睛。那影响是这样离奇，萨木金仅仅免于倒退而已。

"我要进去看我的儿子一分钟。"斯庇伐克说，离开了他们。科尔文从他的背心的袋里拉出一只金表。

"我们还有四十分钟，在演奏会以前。"他说。

他等待斯庇伐克进去而且关了门之后，才弯起颈子，忽然急促地悄声说：

"你亲自看见那暴行。一点不错。我不能甘休。他或许是一个疯子，但是那是不能原恕的。不，不！伊立沙弗它·勒孚夫娜一位可敬的妇人，当然一点也不知道这些事。我相信，你是肯同意的。告诉他他就要受他应得的罪。"

"我不担任这样差使。"克里拒绝，声音颇大地。

"嘘嘘。"科尔文制止，举起他的手，"你为什么不肯，为什么？"

他的两只眼睛分开了，各归原位。他急扭着他的上髭，从他的燕尾服的衣袋里拉出一条大红绸手巾，揩揩嘴唇，咳了两声，恐吓地悄声说：

"我要你去做见证，还有那新闻记者。"

斯庇伐克出来了，好像疲倦似的坐下在那长沙发上。科尔文立刻就过分亲热地挪一把椅子到她旁边，坐在它上，提高他的裤脚，露出扎着的短袜。他的屁股又大又圆，好像有两普特[1]重。他的放肆的私语和过分讨好开始引起萨木金的愤怒。他的全身充满了想要把他的一切告诉伊立沙弗它·勒孚夫娜的热情，但是这时她的一个有伤他的自尊心的假笑从他的面上闪到科尔文那里，而且她翻了几张乐谱，问：

"你知道那可怕的变故吗？"

她的问话的态度使萨木金想道："她是说古图索夫的事吗，这公牛

---

[1]俄国衡名，每普特约合三十六英磅。

也许是一个革命党吗？"

但是科尔文一点也不知道那可怕的事变，所以斯庇伐克提示克里告诉他们。

他服从了她，简单而又枯燥地说了。那队长毫无兴味地听着。他严正地说：

"我们都太性急。这就是各样东西崩溃的理由。我们的人民太没有训练了。"

用一种似乎惯于长谈的铿锵之声，科尔文开始主张必须组织民众合唱队、乐队、歌咏社。

"运动比赛也是应该提倡的，尤其是斗拳。我们的人民喜欢打架……"

说到这里他的声音忽然中断了。他咳嗽，挑战地看着克里，然后继续说：

"他们打起来好像白痴，好像野兽。就是打架吧，也应该有纪律，有规则。"

萨木金微笑着，不说话，等待着斯庇伐克怎样回答。她用铅笔画着乐谱。并不抬起她的头，她不伦不类地说：

"安得列·弗拉得米洛维奇到过高丽。"

队长又用那大红绸手巾揩揩嘴唇，把两眼结成一个8字形瞅着萨木金，更加严正而明白地说：

"以英国为例吧。那里的学生就不闹乱子。一般说来，他们没有荒唐的观念，没有撒野的梦想，因为他们有的是运动比赛。我们从西方剽窃来的全是些有害无益的事体。顶好是常常为民众举行宗教大游行，提着十字架和旌旗！异端为什么这样盛行呢？就因为它的热闹、有趣，群众是经由眼睛，经由实物来理解宗教的。崇拜精神上的上帝已经宣传了十九个世纪了，但是我们自己就看不出些微效果。单是产生了一些分教派。"

"讲讲高丽人给我们听。"斯庇伐克提示,看着她的表。

"我能够讲高丽人的什么呢?一种不幸的人民,被日本人害得灭亡了——日本是被欧洲教坏了的。"科尔文回答,气势汹汹地。吸了一口气,他对着斯庇伐克的膝头吐出一阵烟雾。

"高丽人是一种安静纯朴的人民,柔软得好像白蜡似的。"他列举了高丽人的优点。用他的厚重的嘴使劲亲了一下纸烟的厚纸头之后,他恍然大悟似的,愤愤不平地说:"而且他们一点也不需要欧洲文化。"

他显然在回想着什么恼恨的事体,他的眼睛变为充血的了。抓着他的膝头,他开始痛骂日本人。这时间他说了这样有趣的话:

"在我们这国里,那些铁道火车也使正教的简单的农民的土车怀疑于它们自身的存在理由。"

"到时候了。"斯庇伐克说,站起来了。萨木金觉得她的语是双关的,但是他一看她的面容就知道,她显然不曾听见乐队长说过些什么。

"跟我们去吧。"她邀请克里。

他推测她需要他了。况且他想要再听一听科尔文的谈话。在街上是不愉快的。风从巷里院里吹出来,把秋叶吹过街道。它们爬上板围,从大门脚下的缝里逃出来,而有些是间歇地爬得颇远,才爬上板围,好像惊惶的耗子似的,才一落下,打几个旋,又在人的脚下乱跳乱蹿。这全部表演使萨木金想起了从墙上落下来的泥水匠和木匠。

"以她们的性质而论,女人是必须有信仰的。"科尔文说,用一种惯于传教的声调。

他昂然阔步着,郑重地提起脚,确实地踏下去,好像一位将军似的。他把他的藤杖夹在他的臂下,好像对于萨木金维持一种距离。

"你谈得真讨厌。"斯庇伐克叹气。但是科尔文仍然固执地说:

"一个无信仰的女人是一种变态……"

萨木金转入一条小巷去了,两个路灯闪烁着可怜的亮光。

第四章

一

风在后面推着萨木金。尘灰干燥了他的嘴和喉咙。他决定进一个酒馆去坐在简单的人们中间喝一点啤酒。出乎意外,从一个板围的洞里,一个戴黑头巾的小女人走到旁道上来了。她沉静地请求他:

"请,和我去吧。"

萨木金加快他的脚步,但是她跟踪着他,她的鞋后跟敲着砖砌的旁道好像山羊的蹄子似的。他听见她在后面悄声乞求:

"我就住在这左近呀。"

萨木金转身就看见那圆脸、大嘴和反卷鼻子。

"离开我。"他恼怒地命令。

那女子惊惶地走开了。

"我希望我能够像这样似的抛掉一切我不需要的东西。"

一分钟之后，在这城市的大街上，他辩解道：

"使我厌恶女人的是里狄。"

他思念里狄的时候早已少而又少了，但是那仇恨却在增加。今天这仇恨就在猛烈地燃烧着。

"好一个乖僻、恶劣的女子。"他想，坐在酒馆里面。他的记忆亲切地献给他她的怪诞的问题和成语。

"但是克里，那是太可怕了：上帝和两个生殖器！"

他早已觉察他关于那女人的种种思想正在凝结成犬儒主义。他相信这种态度曾经把他从一切错误的可能中救出来，而那不生育的女人马格里它批评她的传道会的姐妹们的话是真实的。

沿着窄长的酒馆的墙壁的是一些蒙着褪色的紫天鹅绒的长椅，各个长椅上坐着两个人。萨木金坐在两只长椅之间的一张桌子前面，觉得好像他是在一辆巨大而长得古怪的火车里面。房里弥漫着烟草和烹调的温热的恶味。这种朦胧暗淡的氛围似乎是谐和的。

一片刀叉杯盘的叮当。在一只长椅的背上竖立着伐拉夫加的敌人建筑承办人麦卡洛夫的无毛的胖颈项。他的颈项很像剥治不良的鸡肉皮。面对这承办人坐着的是教区建筑师狄昂尼，一个有胡须的大块头，好像那戴脚镣的囚犯似的——那囚犯看见克里在窗子里就招呼他的朋友："拉萨留斯[1]活起来了！"

"他们旅行去了，那些蠢材，要考察北极咧！为什么鬼理由要考察北极？"麦卡洛夫忧郁地发着他的脾气。

"好奇心。"那建筑师许可了，喝一点酒，然后把他的黑眼睛严厉地盯在克里上。"崇拜知识。"他又说。

在萨木金的左边，本城最好的家用浴室的所有者多莫加洛夫正在以"呵——呵——呵"的调子热心地大笑着，倾听着市政府科长之一马辛

---

[1]《圣经》：马利与马太之兄，耶稣使之复活者。

的急促的嘤鸣。马辛是一个肥胖的阉人,有着一副松弛的无毛的面孔。两年前,这嬉戏的浪荡人曾经强迫他的女儿嫁给一个丧偶的警察署长,而那女子,刚从结婚的教堂里回来,立刻就枪杀了她自己。

"他摆出一副外交家的面孔,那可怜的东西,但是我有六道灵光,所以,我的亲爱的人们,我简直就把他弄得团团转。"一个穿绸衣的艳装妇人津津有味地夸张着。她的耳朵,膨胀得好像煮沸的小汤团似的,悬垂着沉重的绿宝石。她的笑是猖狂的。她是菲阿娜·图路梭伐,高利贷者,全市把她看作一个毫无仁心的妇人,但是她夸口说她知道"幸福生活的秘诀"。她原是本市贵族长的厨子的女儿,她的幸福生活开始于做贵族长的姘妇。她迅速地花完了那老人的财产,嫁给一个早已发疯的珠宝商,而又和副省长同居。此后她就和优伶们厮混,每一季换一个新的。本市充满了她的老练的犬儒主义的故事。而又惊异于她的随随便便。她曾经建设了一座儿童医院,而且在男中学及女中学里设置了二十多名奖学金。

"这一季我们就要有一个剧团了——很壮观的。"她兴致勃勃地说,一面倒着上等白兰地酒给木商乌索夫,一个小男人,有着一管大鼻子和发闪的黄眼睛。

"我们祖宗教导我们:'知其所在乃有所得。'"麦卡洛夫对着那建筑师唠叨。建筑师正在对着光线研究他的酒,叹息说:

"现在西伯利亚沿铁道一带正在盛行建筑教堂咧。"

"你听我说,菲阿娜·狄米图路夫娜,"乌索夫叫喊,"有一个西班牙人到伐西苏司克买橡树桶板。他只会说他自己的方言和法国语。当然,你不能希望伐西苏司克人学习西班牙话。所以他们就尽力教那西班牙人说俄国话。你总会相信吧,他真是学了的。"

萨木金正在吃着龙虾,喝着好啤酒,而且听着。他计算在这酒馆里一共有十七个人,都是些全家之主——"本市父老",鲁滨生这样称呼他们。他们并不是最富厚的居民,而是"劳苦而简单的人们"——按照历史家可索洛夫的学说，他们是从事于缓缓地而又不会错地使生活成为更能生活的。他们比有钱人更重要，富人久已满足于他们的生活，对于城市生活已经漠不相关，变成罐头里面的鲑鱼似的。据可索洛夫说，他们是理应被赞赏的。虽然和他的倾向相反，萨木金仍然在想：

"倘若我在大学里毕了业，我就可以为这般家畜服务。我或许娶了他们谁家的女儿，养出几个男女学生——十五年后这些年轻人也将要不能理解我了。那时我将要长得胖胖的，而且或许我也要讥笑渴求知识的人们。再就是衰老和害病。而且我将要觉得好像以撒[1]似的死去，牺牲了——献给什么神明呢？"

这些思想是新奇的、不安的，但是他无力驱除它们。杯盘的叮当、笑声、谈话嚷成一片嗡嗡之声，好像他是在一间空虚的房里似的。这嗡嗡把他的思想飘浮在顶上，并不干涉它们。他需要某物来消灭它们。种种记忆，积极地敌视人群，正在集中起来压迫他。那伐拉夫加，一切人对于他都不过是工作的动力。那一本正经的拉狄夫呢，他曾经那样温和地说："我爱有知识的人们，因为他们无私心，因为他们忠实于工作。"

他想到刘托夫，刘托夫是把革命党看作他的管家执事的。他反复思索着古图索夫，这献身于毁灭这种生活的人物。然而，克里·萨木金把他摒除他的心外。

"现在他退场了。或者有一个长时间吧。而马拉可夫之流和坡阿可夫之流——他们能够做出什么事来反对这些人呢？"他问他自己，眼看着酒馆里的人们。

"我应该有点消遣。"他决定。几分钟之后他出现在逐渐沉静下去的街上。

---

[1] Isaac，亚伯拉罕之独生子，亚伯拉罕曾以之为牺牲，奉祀上帝。

二

　　破衣服似的黑云移动在城市上面。他觉得它们好像一些熊。异常明亮的星星照耀在蔚蓝的深渊里面。它们的光辉加深了深渊的深度,就从那深处吹出清秋的爽气。店门都已经关闭了。夜色是这样昏暗,路灯柱差不多都看不见,它们的囚在烟筒里面的光焰似乎是悬在空中。夜的女人在走熟了的旁道上从这一个灯柱徘徊到那一个灯柱,好像在放哨似的,她们的影子拖延在踏光了的砖块上。克里,从帽檐下面注视着,迎接着那些快就被黑暗抹煞去的脸上的微笑。这些微笑是使他嫌厌的。

　　"最独立的人是伊诺可夫。"克里推测,"但是他的独立不过是因为他还不曾受诱惑。而且他曾经和比他长十多岁的一个妇人恋爱过。"

　　一个青年,帽子遮掩了他的脸的一半,偷偷地走来,赶过了萨木金。他好像想要绕一个圈子,巡视各个女人,然而又不敢。

　　"他正在为难呢。"萨木金猜想。

　　一个醉汉,把上衣像斗篷似的披在肩上,正撞在他身上。他踉跄着,摇摆着,而且尖声急叫:

　　"我请你原谅。——嘘,你鬼东西,我请你原谅!"

　　萨木金从一个转角上绕进黑暗的小巷里。一阵狂风捉住了他,摇动了他,而且用厌恶的尘灰包裹他。那弯曲的小巷里,散布着一些家宅,充满了庭园树木的窸窣,板围的轧啦,以及风过窄缝的咝嘘。也有一种牧人挥起鞭子的声响,这就暗示了这条巷是那风冲进城去的孔道。

　　啤酒使他头昏脚重,萨木金艰苦地走去,意识到那风正在煽起不能言喻的厌烦的思想。他到了战胜之神圣乔治的小的老教堂,它是隐藏在许多小家宅的半圆形里面的。门廊前面有两尊古代的大炮,好像石栏似的栽在地上。萨木金坐在台阶上,用手巾揩着他的眼睛和眼镜,回忆波里士·伐拉夫加的梦想:有一天他要把这些炮掘出来,装上火药,在晚祷的时候同时燃放它们。波里士往往悬想一些方法来惊骇人们。倘若他还活着,他无疑地要做一个革命家。

"唉,可恶的烦恼。"萨木金想,几乎叫了出来,用一个手指移动他的眼镜,想使镜片上反映出在他后面教堂入口处燃着的洋灯。每当心绪低迷的时候,他都以为他从来没有像这样苦恼过。这种心境使他惶惑而且卑屈,他勉力说服他自己:这些心情是高雅的、英雄的,甚至魅惑的某物的表现。此刻他是在他不喜欢的一个城市里,坐在于他无用的教堂的走廊上。风在呼号。黑色的鬼怪正在爬过他不曾有过一个亲密的朋友的城市。

"我像一个小孩似的在思想着。"他训诫他自己,"书本式地。"他改正了。他回想在二十五岁以前他不曾感觉过有解决上帝是否存在这问题的必要。他的外祖母,中学校的教士,都把上帝看作道德律的制定者,所以把上帝降低到和他们自己一模一样庸俗。上帝应该是威严莫测,或者美得叫人茫然景仰的。

"不。如今一切都空虚得叫人不能相信。"他觉得,叹了一口气。忽然紧张起他的耳朵听取某人的言语,他更退进暗影里面。

"那是一句谎话,梭里曼。"伊诺可夫说,声音高而且粗。他又说了几句,但是他的言辞被别的声音淹没了。

"鞑靼人没告诉谎话——从来没[1]。你应该叫'索利曼!'"

他们沉默地停在一座小房子的窗子里面。萨木金看见两个头映在透光的窗幕上:伊诺可夫的乱蓬蓬的头,另一个是鞑靼型的光脑壳。

"你叫鞑靼喝酒。为什么你叫?"

"回家了。"

"不。等一等。真正摩洛哥皮,我们要山羊皮。不,真正摩洛哥皮,我们要绵羊皮。那么?"

---

[1] 鞑靼人不能操纯熟之俄语,故所说往往词不达意。

那靼鞑人是高大的,一张窄脸,一部稀瘦的小胡子。他好像李鸿章——比之俄国的沙皇他更不像一个人类了。

"上帝是应该与人不同的。"萨木金推想,"中国人懂得这个。他们的神祈是古怪的、威严的……"

伊诺可夫用手指敲着,然后摇着帽子,走了。萨木金向回家的路走去,懊悔他不曾想到招呼伊诺可夫。他们可以同去到什么玩耍的地方。

"他确是认识几个姑娘的——带着六弦琴。"

三

当他走进他家的庭院里的时候,伊立沙弗它·勒孚夫娜站在花园栏杆旁边。

"我听见有人在花园里走。"她用低音说,"听。"

"那是风呀。"克里证明。

"你为什么逃避我们?"斯庇伐克问,打开花园的门。

"我不愿多接近那乐队长。"萨木金直说,几乎控制不住他自己,他想要告诉她伊诺可夫怎样殴打科尔文,"他是哪一类人呀?"

斯庇伐克沿着小径漫步走着,眼看着树丛,用一种别有所思或竟无所思的人的平淡的声调谈论着科尔文。克里才知道科尔文少年时候是斯庇伐克的父亲的管家从郊外捡来的不省人事的病孩子。带到花园里,这少年解释他是盲人乐队的领路人。有一个不全瞎的队员,自称为他的叔父,待他非常残酷。他曾经逃走,躲藏在树林里面,因为中毒或是饥饿就病起来了。

"他那时不过是八岁或十岁。发现他那一天正是我生的那一天。我的母亲是很迷信的。把这种偶然的巧合看作一个天意的兆象,劝我的父亲收留他。他是一个无法管教的野孩子。当他们教他读书写字的时候,他逃走了。一直到十五岁,当他在一个修道院做牧童的时候,他又来到我家。我的父亲为他费了许多心力，但是那是无用的。农民们控告他想要强奸一个小姑娘，几乎把他杀掉了。他又回到修道院去做小修士。我记得我最后一次看见他的时候，他已经是一个阴沉的青年修士了。以后二十年中他经过非常复杂的生活。他参加过哥萨克人阿希诺夫的荒唐的冒险，想把阿比西尼亚贡献给俄罗斯作礼物，又在法兰西的什么地方的屠宰场里做屠夫。他终于到高丽去做传教士。这是很奇怪的，他的这种传教工作。因为野心而又无所成就，他是苦痛的。他也是十分鲁莽的，你知道的。他的记忆是可惊的。你或许更能理解他。他是有趣的。"

"我不需要。"萨木金说，"我讨厌有趣的人们。"

"是吗？"斯庇伐克冷淡地说。

"是的，我讨厌。"他重复，大胆挑衅，"我以为所谓有趣的人们不过是想要证明他们是何等有趣的人们。"

"是这样的吗？"斯庇伐克质问，站在厢房的一个窗子前面，窥看了朦胧闪烁着一盏小灯的房间，"好，现在是睡的时候了。"

风在敲打着树，落下一些枯叶。云急速地从头上驰过，消散，然后又闪出光辉的星星。

"告诉我，伊立沙弗它·勒孚夫娜，你为什么是一个革命党？"萨木金忽然要求。

她放缓她的脚步，瞅着他。

"一个奇怪的问题。"

"我知道。"

"太晚了。"

"孩子气，而且——总之，为什么呢？"

走到他前面，斯庇伐克平静地说：

"我不愿自称为革命党。但是我绝对相信阶级的社会自身已经衰朽了，它是无生气的，它的继续存在是危害文明而且腐化人群的。这都是你知道的。你以为怎样？"

"这是从古图索夫那得来的。"克里咕噜。

"那么，怎样呢？"她反问，走上厢房的台阶，"是的。斯徒班是我的先生。你好像被怀疑所袭击，是吗？"

克里觉得这问话里的嘲弄。他想要和她辩论，想要说些爽快的话，他抗议他被冷落。但是她打开门，对他说了晚安，而且退进去了。他也回到房间里。坐在对着街面的窗子前面，他开了它。对面屋下有一个人正在屡次擦着火柴点烟，而每次都被风吹熄了。有人走近来了。这是伊诺可夫。

"你到哪里去？"萨木金望着下面叫他。

"不一定到哪里。随便什么地方。你一个人吗？我可以进来吗？"

"好。进来。"

四

五分钟以后，伊诺可夫坐在萨木金的房间里，一支烟悬在他的牙齿和他的手里的酒杯之间，抱怨道：

"我的神经完全失常了！我在这里跑来跑去好像我曾经杀了一个人，正在受着良心的责罚似的，愚蠢！"

照常不整洁，而今夜伊诺可夫格外尘垢满身和头发纷乱，好像故意装作似的。当初萨木金以为他喝醉了。

"近来做些什么？"

伊诺可夫颓唐地叹息道：

"我正在编辑一本书，《野火扑灭法》，作者是一个小老人，不识字的老头子，但是活泼有趣。一个道德家。一个人道主义者。'十诫'呀。'山上垂训'呀。'礼仪书'呀。——有这么一种圣书，尼发公司出版。很有趣——训练猴子和狗子的头等著作。"

他的话是可笑的，但是说得悲哀而又急促，好像他正在草草看过它们似的。他把残余的酒倒在一个杯子里，忽然问道：

"你有过这样情形吗？一个萨木金正在走着和谈着，同时另一个萨木金不断地问：'现在你要到哪里去，而且为什么呢？'"

"不。我从来没有过。"克里断言，自信地。他大为惊异了，"我想不到你说出这种话，某种分教派的韵语：

脚叫喊：我要到哪里去？
手……"

"分教派，骗子，漂亮的市民。"伊诺可夫含糊说。大笑之后，他糊里糊涂地说："黑色魔术家。"

"'黑色魔术家？'你到底是什么意思？"萨木金问，他的惊异增加了。

"呵，不过是随便闲谈。那是可笑的——甚至是恶心的——当流氓和白痴假装为人们谋安宁幸福的时候。"他抗议，东瞻西顾，想要找一个地方抛掉他的残烟。桌子上有一个烟缸在书后面，但是萨木金觉得自己不愿把它递给他的客人。

"狄欧米多夫是说谎的，他是驯良的。但是这一个确是狂妄的。"他想，从他的眼镜里面看着伊诺可夫。伊诺可夫把残烟抛在桌下，目的在于废纸篓，却正打在萨木金的脚上。他的脸立刻歪曲成一种苦相。

"你相信你自己能杀一个人吗？"萨木金问，完全无所企图，单是顺从着一种想要揭发伊诺可夫的隐私的热望。伊诺可夫惊诧地看着他，半张着嘴，用双手压平他的头发。他冷酷地问：

"你说科尔文吗？"

"你要他怎样呢？"

"要他死。你怎样会猜想到我正在想着他呢？"

"看你的脸色。"萨木金说。

"你是一个鬼聪明的观察家。"伊诺可夫用低音哼着说,拿起一个压纸器,那是一片大理石上站着一个细腿的青铜女像。这时他的脸上闪烁着他的另一种温和的微笑。

"惊人的聪明。"他重复,用手指摸着那青铜女像,"我以为,每个人都能杀人的。我也能。我并不怀恨,以大体而论,但是有时一种绿色的火燃烧在我的灵魂里面,我自己就不能做主了。"

萨木金热切地听着,等待着这野人开始用鹰的或孔雀的羽毛装饰他自己。但是伊诺可夫一说到他自己就含糊而且急促,好像说到什么无关紧要而又可厌的东西似的。他专心用力把那青铜女人的手臂往上扳,那样一来就可以成为一种警告或防卫的姿势了。

"你作诗吗?"萨木金问。

"作。坏诗。"伊诺可夫说,专心从事于那压纸器的工作,"韵脚是一种牵累。我押韵的时候,我就觉得我在说谎。"

女像的手臂折断了。他把压纸器放在桌上,把破片放进他的衣袋里,并且说:

"对不起。青铜太软,锡质太多。但是可以焊起来的。我要焊它。"

他转身从桌上捡起一本书,一看书脊,又把它放下。

"我和一个朋友同读德国的叔本华,他是亚洛斯拉夫哲学院的学生,被开除了的。他是一个浮浪人,饥饿似的寻求真理。有一夜他来看我——我们同住一座房子里。他反对叔本华把幸福的观念当作一个媒婆,理性借着她的帮助产生至善的观念。他也说,德性和福泽是根本不同的,康德也错误在把至善的观念和幸福的本质搅混起来。这使他烦恼了。这两者怎样能够调和呢?我告诉他,你不必调和它们。这全是胡说。他现在生气了。我鼓励他反对托米林,自然你知道托米林,不知道吗?"

萨木金点点头。伊诺可夫又拿起那压纸器而且开始弯曲那青铜女像的长腿。他继续说:

"人是一个种种事实的制造者。"

"一个种种成语的体系。"萨木金想要修正，但是终于抑制着。

"已经有许多事实累积起来，你就能以它们为根据，建立种种理论，进步呀，进化呀，承认或否定现实。而我——好，我要打进步的耳光。进步有这么一副傲慢无耻的面孔。"

"这是从陀思妥耶夫斯基得来的，从地狱得来的。"萨木金试探地批评，看着他的客人扳折那青铜腿。

"什么？"伊诺可夫反驳，并不抬起他的头。"陀思妥耶夫斯基也包含在进步里面，在现实里面。那是肮脏的东西，这现实。"他叹息，尽力想把那腿弯到那肚子上，而结果不过是折断了它，"人们都跳脱现实，你看见了吗，简直就跳开它。"

他把他的眼光移到克里身上来了，用那青铜腿敲着那大理石，问：

"那些工人们那样跌下来，呃？现实，地狱！你知道我觉得我的头里面有这样一种炫目的空虚，而在这空虚的砖地上，有些小人形在闪跃——孩子似的人形。"

伊诺可夫的脸逐渐冷酷。他半闭着眼睛，而克里第一次看见他的向上翘着的睫毛是何等美丽。他在伊诺可夫的话里面并找不出什么深刻的意义，而其中确有接近他自己的思想的某物。但是他对他自己说：

"一个无政府主义者。"

"有人敲门。"伊诺可夫说，探望窗子外面。

克里紧张起他的耳朵。门闩谨慎地咔嗒着；木门也响了，好像一只狗在搔爬似的。

"小偷，或者？"伊诺可夫问，微笑着。克里走到窗前。他看见在庭院的黑暗中一个高大的人由门板上面爬进来了，一件圆东西从他的身上落下来，他抓起那东西，放在他的头上，站直了，就变成一个宪兵。克里觉得一股不快的寒流奔下他的脊背和大腿，然后希望似的悄声说：

"这是为斯庇伐克来的。"

"啊！"伊诺可夫愤愤地叫，推开了他，"我去看她。"

他出去了，留下萨木金在那里计算一个跟一个进院来的人数。十三个，面包师的一打。其中有几个到厢房去。其余的都聚集在家宅的入口处。在那些空虚的房间的寂静之中，立刻响起一阵暴厉的铃声。

"让那女仆去开门吧。"萨木金决定，但是决定之后，为了某种理由，他把洋灯拨小，他自己急奔去开门了。

五

第一个挤进来的是一个肥胖的巡长，夹着一只公文箧子，有一部修剪齐整的胡子。他用手肘推开萨木金，向衣架走去，而且开路给一个戴黑眼镜的黑胡子的军官，军官懒怠地问：

"萨木金先生？"

克里点头。

"那人曾经来过你家吗？"

"我不是告诉过你了吗？"伊诺可夫在军官背后突然叫喊。

"这是你的房间吗？"

"这是——你们要搜查家宅吗？"克里问，而且咳嗽，觉得他的喉咙忽然干燥了。

胸部一挺，手臂向后一摆，那军官耸动他的眉头。那老巡长就小心地帮他脱掉上衣，而且把公文箧子递给他。然后那军官扶正他的眼镜，用老相识的腔调，在对话的时候屡次反问：

"还有别的什么呢？"

"你不必着急。"克里安慰他自己。他的两手似乎要抚摸他自己了。他把它们塞进裤袋里面。

这是怪难受的：看着一个穿制服的陌生者安然坐在书桌前面，打开抽屉，随便翻阅文件，把它们凑近那稳定在温暖的浓髯里面的大鼻子。

军官拨高灯芯，灯光就闪耀在他的黑眼镜上，使人发生这样的印象：使眼镜明亮起来的并不是灯光而是镜片后面的那一双眼睛。军官的红手指是颇不雅观的，而那指甲是尖的而且发蓝，他的毛脸是皱着的，他的举动是迂缓的，他的态度有点卑鄙。他就这样拿着那些文件，人能够看出他是惯于玩纸牌的。

"原来是这样办法的。"萨木金颓丧地想。同时宪兵官摇着一小卷剪好的报纸，懒懒地问：

"这些是你的论文？"

"是的。从本地报上剪下来的。"

"啊，是的。我读过它们。那些呢？"

"预备写作的各种札记。"

克里想要回答得响亮正直，而又不至于像伊诺可夫似的粗鲁，但是他听见他自己说得好像一个人准备认罪似的。

军官把那些札记放在一边，轻轻地拍拍它们，好像一个老人拍着一只鼻烟盒似的，而且叹了一口气之后，开始盘问伊诺可夫。

"你是做什么事的？你写文章？你怎样，在什么地方写？"

"在我的房间里，在桌子上。"伊诺可夫冷酷地回答。他坐在窗台上，吸着烟，窥看着被他的烟雾蒙着的黑暗的窗玻璃。

"我请你不要开玩笑。"宪兵官警告，用力拉起他的脚，但是他的靴跟上的马刺的小齿轮钩住了椅子底下的地毡。克里对军官说明这情形之后就沉默了，恐怕伊诺可夫把他的客气解释为逢迎。克里觉得倘若没有伊诺可夫他的行动就不同了。伊诺可夫的在场使他有些惶惑。他恐怕他的唐突的小玩笑或者会惹出麻烦。

"你不必着急。"他又提醒他自己，同时更加着急起来，因为他看见那军官努力挣脱那马刺而且硬拉起那地毡。

一个灰胡子的宪兵把书籍从书架上搬下来。他摇摇它们，使书的脊背向上立着，然后监视着一个青年的同事，这同事已经搜完了床铺，正在窥察着床下和寝台下面。门口站着一个巡官，侧身靠在门上，严肃地吸着烟。他把烟云吹出去门后面，门后面站着两个平民，三碘化甲烷的特殊臭气就从那里传送进房间来。萨木金，他的眼光偶然碰着那青年宪兵的眼睛，就悄声对他说：

"解掉那马刺。"

"谢谢。"那军官用沉重的喉音说，当那青年宪兵跪在他前面替他解脱的时候。

"驴子，"克里在他的心里咒骂，"伊诺可夫会以为你在谢谢我咧。"

但是伊诺可夫，坐在一阵烟云里面，头靠着窗玻璃，正在窥看窗外。军官仰起头，打了一个喷嚏，扶正他的眼镜，用手巾揩揩鼻子和胡子，从公文箧里取出一本表格，开始在表格上缓缓地写着。这种毫不着急而且漫不经心的举动，使人觉得有些讨厌，可是也使人相信好像他看这一次搜查并没有什么特别严重。

一个副督察长进来了，是一个圆脸的人，有一部黑胡子。他有点像科尔文，难看地向那坐着的军官弯着腰，他咕噜了几句。

"波伊里来了！"伊诺可夫突然呼喊，"你好吗，波伊里？"

副督察长伸直了腰，他的佩剑就碰着桌子。在他的严厉的脸上那一双鼓眼睛是笑眯眯的，同时那军官，并不抬头，含糊地说：

"立刻，把证人带来。"

两个平民从大厅里进来了，一个是更夫，另一个是烂脸而且绷扎着脖子的陌生者，带着三碘化甲烷的臭气。他们小心地，几乎是虔敬地，走到桌子前面，好像来接受圣餐似的。克里签字在公文上，军官站起来，踮着脚尖伸了懒腰，咕噜着"公事"和"职责"，要克里签名在不离开城市的申请书上。

副督察长跟着他的长官出去了，用他的蛋形的眼睛示意伊诺可夫。伊诺可夫报答他一个乱头发的友谊的振摇。

"他们到伊立沙弗它·勒孚夫娜那里去了。"他叫，从窗台上跳下来，而且用力打开窗子，但是窗子不肯退开。他用拳头敲着窗架。

"你以为他们真要拘捕她吗？"他问，"她有一个小孩。"

"他们不管这个。"克里解释，也走来站在窗子前面。他是高兴的。这搜查一下就完事了，而且伊诺可夫不曾看见他的着急。也还因为别的某种……

"这波伊里和你是朋友吗？"他问，准备着他们来打听伊诺可夫的时候的答话。

伊诺可夫看了他一眼，抽出一支纸烟，但是并不点燃它，把它放在窗架的格子上。

"总是这么漠不关心的。"他开始说，冷笑了。"而现在……"他中断了这一句，突如其来地咂着他的嘴唇。"波伊里呀？"他重复，声音很高。他开始说，显然是勉强地："他是漫画家卡朗达克的兄弟；另一个兄弟是义勇舰队的一只汽船的船长。他的妹妹是一个女优。他自己做过省长的厨子，后来是巡官——后来……"

双手捏成一个拳头，他激动地低声问：

"你想他们会在她的房里发现什么东西吗？"

克里耸动肩头：

"我不知道。"

"一个无用的赘瘤，这波伊里。"伊诺可夫继续说，揩揩他的前额和眼睛，而且说得这样幽静，以至从他的言语之间可以听见庭院里的喘息的声音，"我教他德文。我们下棋。他是一个单身汉，一个放荡者。在他的寝室里他继续点着一盏灯在圣母玛利亚的小塑像前面，而墙壁上挂着法国的裸体女子的画片。好像一些无翼的天使似的。还有一大堆巴黎的色情的杂志。一个犬儒主义者，一个酒色之徒。"

他中止了，倾听着。

"他们缓慢得讨厌。"他咕噜着，离开窗子。他停在书架前面，随便看了那些书一眼。他的声音又继续响起来：

"有一次我在他那里住了一夜。他清早就醒起来,跪着,尽在悄声祈祷着,喘着,拍打他的胸部。我想有眼泪流在他的脸上了。他们走了。你听见吗!他们走了。"

不错,他们走了。脚步在庭院里杂沓着,马刺铿锵着,许多黑影没落在开着的大门洞里。

"天快亮了。"萨木金笑着说明,当最后一个黑影消失了而且门房嘈杂地加上门闩的时候。伊诺可夫走出去,像一匹马似的顿着脚。克里看着房里的零乱,桌上文件的狼藉,觉得厌倦袭入他的全身:似乎宪兵们以他们的无聊下毒在空气里面。

六

"又是一次试练。"克里闷闷地回忆着,当他关上窗子的时候。在庭院里斯庇伐克踱来踱去,时时加紧把她自己包裹在她的粗绒披肩里面。伊诺可夫走在她旁边,他的双手搁在背后,嘴里咕噜着。

"这全是胡闹。"那妇人高声说。

萨木金走进庭院来了。

别的两个人停止了谈话,于是萨木金说:"天快亮了。"

那妇人一瞥微明的天空。她的脸是那样愤怒地歪曲着,克里几乎不认识它了。

"你应该抓住他的头发。"伊诺可夫突然告诉她,并且转面对萨木金解释:

"本县副检察官搜查她的文件,这猪。"

"我们坐下吧。"斯庇伐克提示,打断了他的话。她坐在门前的台阶上,问伊诺可夫:

"好,你已经作好你的小说了吗?"

克里猜想她不愿在伊诺可夫面前谈论那检察官。他在庭院里踱来踱去，听着，想着：和这变得如此猛烈的妇人常处是不可能的。

公鸡们正在高歌。附近有一只不安静的狗，长毛，狐狸脸，又吠起来了。这狗通夜都在吠，疑问地，挑战地。它吠吠又听听，等待回答似的。它的叫声是刁顽而且狠毒的，但是薄弱。白天这畜生不多出现。偶尔才看见它的头从门的下面伸出来，疑问地闻闻嗅嗅。在这样的时候人就觉得今天它的脸和昨天的不同。

伊诺可夫靠在一根白木柱上，两个手指夹着一支烟，用鼻音说：

"我把它撕毁了。我一写各样都滑走了。人物是不能表现的——单用文字。"

"描写叛乱是很困难的。你必须感觉像一个将军似的——一个战略家似的。"

他耸起肩头，把前额上的头发向后抹平。当他躬身向着伊立沙弗它·勒乎夫娜的时候，那头发又倒退回来盖在他的粗粝的脸上。

"我正在写一个新小说：一个小孩派去看守鹅鸭。当他爱着那家禽的时候，他又被派去帮助马夫。到他爱马的时候，他又被征去做水兵。当他喜欢海的时候，却跌坏了一条腿，他又去做猎场看守人。他爱了一个漂亮姑娘。想要结婚，但是他所娶的却是一个带着两个小孩的老寡妇——他怜悯她。他爱了她而且她给他生了一个小孩。他抱着小孩到乡里去受洗礼，但是他冻死在路上……"

"你想好了吗？"斯庇伐克温柔地问。

"还没有完全想好。"伊诺可夫回答，有些负疚的神气，"波伊里告诉我这故事。他知道许多特别的故事，也喜欢告诉人。我还没有决定怎样结束它。这人把小孩埋葬在雪里之后就不知所终呢，或者由于愤恨他的爱的无结果他要做一点报复的事呢？你的意思怎样呢？"

斯庇伐克的答话很简单，而且听不见。

浑浊的天光显出了黑暗的云层。面粉厂的汽笛尖锐地叫喊着，响应它的是河对岸的锯木工厂的呼号。然后是浆洗作坊的汽笛、火柴工厂的汽笛。人们的脚步在街上响起来了。各样都是熟悉的、缓和的、习惯的。这一次搜查仿佛是一个梦或一个荒唐故事，好像伊诺可夫所说的故事一样。一个女仆。全身白色，很像一只面粉袋，出现在厢房的台阶上。望着天空，她说：

"阿开沙醒来了！"

斯庇伐克即刻站起来，迅速地走去了，拖着粗绒披肩越过了庭院。伊诺可夫慢慢转身，跟在她后面，含糊地说：

"我也要走了。"

他走进房里，几乎是即刻就穿着斗篷戴着帽子出来了。他默默地和萨木金握手，然后消失在半明的曙色里面。克里尽心思索着，闲踱到他的房间里。他想要解衣睡觉，但是那床被宪兵弄得乱七八糟，使他厌恶。他开始把文件放进抽屉里面，尽力安定他自己：这搜查是毫无结果的。逻辑不能排除他的压迫的感觉，他的暗淡的下意识的惊恐。

七

午间他走进编辑室的时候，萨木金忽然发现他自己在一种敬重和同情的新异的氛围中。据说昨夜有些家宅被搜查了，而且统计学家斯孟林和神学院学生道尔加诺夫都被捕去了。对于这消息杜洛诺夫还加上：

"也拘捕了拉狄夫的工厂的一个铁匠、一个做化学师的犹太人、科马洛夫的教会学校的一个女教员。"

他告诉他们黑胡子宪兵官波坡夫的妻是和警察署的医官同住的，因此波坡夫得到那医生的津贴。

"他卑鄙到这样，强迫一个从前做过靴匠的宪兵替他补鞋子。"

"好，好，你也已经受过洗礼了。"编辑对萨木金说，给他一个热心的握手而且把他的讨厌的嘴咧成一个广阔的微笑。鲁滨生扬扬得意地说，他曾经被宪兵搜查过三次，曾经坐过五个半月的监牢，曾经放流在乌尔山一年半。

"我几乎被那里的油虫吃掉了。一个出色的城市。一八九三年那些街上的顽童们常常歌唱：

  吹起得胜号，光荣啊！
  我们猛攻你，土耳其呀。
  在巴尔干的高山上，
  我们的光荣冲霄汉。"

那短小精悍的律师普拉夫丁伤感地耸着肩头。他说：

"这是一切正直的俄国人的命运，不知要到哪一天哪一时……"

萨木金尽力说服他自己：他们把他当作英雄这种态度是愚骏可笑的，但是他知道这使他高兴了。几天之后他注意到在街上或公园里那些高等学校的姑娘们赠送给他甜蜜的微笑，而陌生的人们也格外瞻望着他。并不是没有反感，他尽力解释这种疑难。

"侦探吗？或者自由主义者们尊重我准备为宪法而牺牲吧？"

一种惊恐的思想屡次闪过他的心里——为这一重视他或者要付给很高的代价吧。杜洛诺夫尤其使他惶惑而且烦恼，像一条可爱而又骚动的小狗似的围绕着他，而且可厌地问他：

"那么你也是和它有关系的吗？"

克里思索着这问话里的惊异，皱着眉头。杜洛诺夫搓着他的手，好像喜欢他得到一种成功似的，急切地悄声说：

"你会过神学院学生道尔加诺夫吗？"

"不，"克里高声回答，"我不喜欢那些神学生。"

杜洛诺夫继续私语着，好像一个好管闲事的媒婆似的：

"一个青年作家来到这里了——啊，这样一个激烈的角色！你愿意我把你介绍给他吗？还有一个高等学校的姑娘，也相信马克思……"

萨木金辞谢了会见那作家和女学生。杜洛诺夫使他想起从伐拉夫加的庄园来的那个跛脚农夫,总是爱管闲事。在克里的一切熟人之中,只有历史家可索洛夫对克里不表同情,单是默默地和他握手,他的嘴唇紧缩着,好像抑制住想要说出来的什么话。克里的敏感性被挑起来了。

这整洁的老人夹着一把伞悠然走去,而萨木金看见他把伞尖向地上一戳,好像泄愤似的。老人从此不再和蔼待人,但是怒目而视,好像在他面前的人全都有罪似的。

八

当萨木金被传去宪兵队本部问话的时候,他一路走去,感觉一种英雄气概。他是积极地,想要说几句意气轩昂的话,譬如:

"请你不要把我推到我并不愿去的地方。"

或者,总之,说些这一类的话。

为这件事他曾经很郑重地整顿衣冠,剃光下巴上的胡子,并且戴起一双新手套。在街上,在那些阴湿的家宅之间,秋风惊惶地奔驰着,好像在寻找躲藏的地方。在城市上面秋风清除天空,扫开那些暗云,显露出一片新奇的透明的蓝色。

有两面明亮的窗子的事务室显出家居之乐的印象。其中有上等烟草的气味。窗台上都陈列着颜色惨淡的秋海棠的花盆。两窗之间的墙上悬着一幅装在镀金镜框里的黄绿色的风景画,就是号称为"绿葱煎蛋块"的图画之一——一座沙山的斜坡上有些松树俯瞰着一道浑浊的碧流。波坡夫上尉坐在角落里,前面是斜对着窗子的一张书桌。他正在吸烟,一只海泡石的烟管夹在套着手套的手指中间。

"坐,请坐。"他邀请,用一种老相识的声调。穿着显然已经穿旧了的烟灰色的上衣,他似乎是一个好心肠而且很懒的人。

"今年的秋天来得很早,是不是?"他说明,叹了一口气。把残烟从

烟管里吹进一只脑壳形的烟缸里面,然后仔细观察着那烟管,他颇为张扬地说:

"我请你到这里来交还你的文件。"

他用他的迟钝的手指拍拍那一小卷文件,但是并不把它们推到萨木金面前。他继续说:

"我已经看过一些,我要说,并不是恭维,它是很有趣的!很成熟的思想,例如,关于文学上的保守主义的必要之类。而且,我的亲爱的人,现在他们都写些胡说八道的东西。我不能不笑了,当我读到你举出来的例子的时候,'他把凤梨抛入天空,而他的声音是一种低音演奏'。十分古怪。"

"这蠢材在恭维我,收买我。"萨木金推测,眼看着从脑壳形的青铜烟缸里冒起的蓝烟。

上尉摘掉他的眼镜,露出浮肿的没有睫毛的眼皮里面的鼠灰色的湿眼睛。他的黑胡须的脸上扩张着一个微笑。用手巾迟疑地揩着他的眼睛,他迟缓地说着,咬嚼着他的字句:

"我尤其爱读关于那女子的札记。她叫喊:'你们胡闹够了!'而且你的关于这件事的批评——很,很有趣。"

"你是一只猪。"萨木金暗中咒骂,但是并无恶意,好像是由于一种义务的感觉。

他早已期待着那眼睛忽然严厉起来,或者至少是含怒的,但是那两个无色的圆球使上尉的胡须显出染过的样子,而且加强了他的好性格,供给周围一种平易的空气。上尉后面,就在他的头上,有一个黑色三角形,庞然现出了亚历山大三世的有胡须的阔脸。在那窄狭的纸糊的门上有一张大相片,那上面是一个戴勋章的秃头多须的男人。在书桌上,压在克里的文件上的是一本大书,《用火与剑》,显克微支著。

"我可以问你搜查我家的理由吗?"萨木金问。由于他的问话的声调他明白他在路上所具有的那英雄气概已经消失干净了。

上尉戴起他的眼镜，摸着他的青色的耳朵，叹气，然后诚恳地回答：

"莫斯科来的命令。你或许有几个嫌疑的熟人。"

"这一次搜查使我陷于困难的地位。"萨木金说了。他立刻警告自己，"声音好像是诉苦，并不是抗议"。

波坡夫上尉全身向前移动，胸部碰着了桌子。洋灯罩银铛地响了。把双手搁在桌上，咂着嘴唇，动着眉毛，他低声说：

"哦，我明白。当然，我要报告莫斯科，将要保证你不再发生，可以说——这种不能避免的不愉快的事，当然，倘若你自己不愿使这种事再发生。"

由于他的颜面筋肉的某种奇异的运动，这军官展开他的上髭，翘起他的下髯，他的嘴就形成一个圆洞，发出来深沉的笑声：

"呵！呵！呵！"

他用一个手指把烟盒推给萨木金。他很慷慨地问：

"你吸烟吗？我吸，多得可怕。连我的胡须都熏黄了。"

他的胡须是全黑的。它甚至不见有灰的。

"我吸的多得可怕，因为我的工作是绞脑筋的。"他解释，叹气。他的喉咙里面忽然有些叽里咕噜，他喷出一道言语的急流，用极其秘密的声调说：

"你一定会相信激怒青年们并不是我们的本意。大体说来，我们是重视每个有知识的人的。那些革命党的意见就不是这样，他们对于党外的人就看作不是东西。"

他通知克里他做宪兵是因为他相信文明与秩序必须安全保障。

"在别的国家里，人民的想象力并不像在俄国似的需要一种缰绳，一种约束。"他断言，用手指摸索着他的柔软的胸部。这些话，萨木金是很以为然的，使他想道：

"杜洛诺夫谈论他和他的妻的话或许是谎话。"

"革命党人们，我的好人，全是从失败倒霉之中征集来的。"克里听见这烂熟的劝诫，"我不否认在他们之中也有有才能的人。你当然知道，他们之中的许多人已经做了有益国家的工作，以赎他们青年时代的罪过。"

他越说越诚恳，越自信，他闭起他的眼睛。他好像是伐拉夫加在说话，用一种变调的声音。

附近，一架钢琴响得异常洪亮。上尉用他的大拇指抹抹胡子，欣然说道：

"我的妻和女儿四手合奏。"

他用劲嗅嗅，吸取那音乐，他的大鼻子红胀得不成样子。

"我的女儿在音乐学校里，对于斯庇伐克夫人的关于音乐史的演讲十分热心。告诉我，斯庇伐克夫人是古图索夫这一族的吗？"

萨木金机械地回答：

"她是本县贵族长的女儿。我不知道她的父亲的姓名。古图索夫是一个农民。"

"是这样吗？一个贵族妇女，而嫁了一个犹太人。他，他，他！"

"他的祖父是曾经受过洗礼的。"克里声明，倾听着那并不熟练的实习乐曲。

"大体说来，你的尊贵的母亲建设这学校对于本市是一桩大功德。"波坡夫上尉恭敬地说。他又用同样敬重的声调问："你早已认识古图索夫了吧？"

觉得他非防卫不可了，萨木金改变他的坐的姿势，回答说他和古图索夫在圣彼得堡同在一家吃过几次饭。

"一个农民？"上尉叹息。举起手用一个指头指点着，他伸出他的下巴，以至他的浓厚的胡须几乎是平行的了。伏在桌上对着萨木金，他讽刺地朗诵着：

　　　　一朵简单的野花
　　　　夹杂在荷兰石竹花球里面。

"素朴的玩意,我的好朋友!一个犹太人是一个犹太人,你不能用水洗掉它,无论那水如何圣洁。这是一个事实。而一个农民是一个农民。自然原是不平等的。鼹鼠不能和公鸡做朋友。"他平静而严肃地断定。

这样愚昧使萨木金不能不微笑了,同时大尉,一只手巧妙地指画着,另一只手捏着胡子而且从它里面绞出越来越特别的话:

"结合,错误的结合!先生,自然是反对错误的结合的,衰落……"

看着这懒家伙一旦兴奋起来是有趣的。自然,以他的官位而论,他不能不说些蠢语,但是显然是一个尽忠职务的简单角色。倘若他是一个教士或银行职员,他就会有一大圈朋友而且一定很讨人喜欢。然而他是一名宪兵。他是可怕而且可鄙的。甚至农业手工促进会的理事会都投票反对他。

自然杜洛诺夫说过他的谎话。

但是,不知不觉之中,波坡夫忽然问:

"圣彼得堡以后你又会过古图索夫吗?"

出乎意料,萨木金不能立刻回答。上尉摘掉眼镜,用手巾揩揩眼镜。一种欣喜的光辉闪过他的脸上:

"你又见过他吗?"他重复,揩着他的眼镜,"最近?"

"是的,我见过他。"克里回答。

他开始觉得惶恐了。隐藏住这个,他假装镇静地问:

"古图索夫是被认为危险人物的吗?"

在极其难受的几秒钟之间,波坡夫上尉用欣喜的眼光直视着克里的脸,终于懒怠地回答道:

"你必定知道的,由于你的兄弟狄米徒里所发生的事件。而这伊诺可夫是什么人呢?"

这以后他和上尉的谈话是克里所不愿回忆的,他曾经竭力把它从他的记忆中抹去,只留存着那蓝眼睛的黑须宪兵的这友谊的忠告:

"离开那些猎人的人——越远越好。而且不要害怕说老实话。"

当辞退克里的时候,上尉和他握手,他的肥胖的手掌显然是硬而且有瘤的,好像蒙着一层老茧皮似的。

九

萨木金出来到街上,意气沮丧。他所遭遇的和他所预想的完全不同。他恍惚觉得他曾经做了颇为愚蠢而且不体面的事。

"自然我没有说过不必要的话。而我能够说什么呢,有什么法呢,我谈论伊诺可夫,但是他们自己就已看出他是怎样桀骜不驯了。"

一阵浓雾蒙在城市上面。街道里充满了潮湿和朦胧,使克里回想到圣彼得堡和古图索夫。他对于古图索夫的感想是滞钝的,倾听着他自己对于他的思想,在这些思想之中他并不曾发现刻薄和不友谊,好像这人已经永远消逝了。

第二天萨木金才知道斯庇伐克曾经被传讯,不是由于那上尉,而是由于将军自己。

"这样一个愚蠢的小男人。"她批评。她敏捷地迅速缝着一个白洋布的包裹,里面显然是书籍文件。她说,带着一种异常的冷笑:

"那很和气的统计学家斯孟林一脚把本县副检察官维塞里阿诺夫踢出他的小房间。"

"你怎么会知道的?"克里不相信地问。

"这有什么稀奇?"斯庇伐克接着说,并不抬起她的头。她反问:

"你的上尉对于古图索夫很有趣味吧?"

"不。"克里回答。

她慢慢地伸直身子，翻起眼睛瞅着他。

"是吗？真奇怪。"

"为什么？"

"因为他是全部事件的原因。"

耸动肩头，萨木金对她说出连他自己也吃惊的谎话：

"你就不觉得我或许是全部事件的原因吗？"他立刻对他自己说："她会相信吗？我怀疑。"

但是她又低头做她的工作。她说，温柔而又含糊地：

"我不很喜欢说笑话。"

眼看斯庇伐克没有交谈的意思，好像很生气的样子，她的蓝眼睛里闪出异常锋利的冷光，克里走开了。他又想到她是一个两面讨好的危险妇人。现在她从哪里知道那统计学家的事呢，她会在地下室的工作中担负重要任务吗？

城里的一切熟人都发狂似的吵嚷，谈论政治。他们用可厌的好奇心看待萨木金，据说这些搜查和拘捕全是宪兵们故意造作的，企图引起他们的上司的注意。杜洛诺夫的不断地问话是恼人的。伊诺可夫常常突然来访，使克里麻烦透了。他几乎每天都来，举止傲昂，好像他是在一个小旅馆里似的。各样事情使萨木金不等他的母亲和伐拉夫加回来就到莫斯科去了。

第五章

一

在莫斯科，克里完全孤独地过了上半冬，在他的心里反复筛检着他经验过的一切的记忆，尽力要簸扬出那精华。但是每样都似乎是不必要的。生活像一片森林似的横阻在他前面，他必须在其间寻出他自己的道路，以解脱种种冲突和内在的矛盾。在戏院里，从眼镜里面看着舞台，他只想着人类的不可言喻的愚昧：他们在受苦和琐事的表演中找到娱乐——没有爱和妒的荒唐的戏剧他们就不能生活。在大学里，他远离着那些随时在激动状态中的学生群众。

"一种情绪的对立。"他想，用一个前辈的眼光看着他的同学，相信由于超然和沉默他已经引起更大的尊重。

萨木金对于大学教授们的演讲觉得和中学教师的演讲同样讨厌。在家里，在非里柴太·波尔生这四十岁的体态丰盈的太太的公寓的一个精洁舒服的房间里,萨木金用清秀的小字把他的思想和印象记录在一本蓝皮簿子上,后来他把它藏在尼卡叶伐送他的皮夹里面。这些杂记并没有任何题名,他在第一页上用圆朗的字体写着:

人
是自由的
只有当他是完全孤独的时候。

他写得一行比一行缩小,一行比一行冗长。使它们成为一个人遥望远方的光景,他不许他自己忘却他的杂记曾经使他站在优越的立场上。

"阿次拔金教授轻侮那些学生,好像一个惯于诱奸天真少女的老滑头似的,但是在他们面前他不能不卖弄他的自由主义。"他记录着,"巴克文教授好像是一个教会里的开明的异教徒。当他讲演人道主义的时候,他显然以必须宣传他不相信的事为苦。"

模仿鲁滨生的那种拙劣的讥讽,他替那些教授们发明了一些嘲笑的别号,例如斯洛乎留波夫(文字爱好者)、斯洛乎提可夫(文字放送器)、斯古科乎次夫(厌烦制造家)。他非常高兴,他能够把这些多少想使他变成像他们自己一样的人们的特性扼要地综合起来。

"坡阿可夫断然转向马克思主义去了,他有点像一匹半盲的老马。"

"马拉可夫,被捕以后,觉得好像一个戴着勋章的异常光荣的官员似的。"

秋季的晚间和夜里,独自默默地神交于谦卑地忍受着他的文字的纸面,这样的几小时使萨木金在他自己的眼中高升起来了。他现在开始相信:在他所认识的一切人们之中,那古怪的胡萝卜似的托米林在生活中曾经选取了最智慧、最便宜的地位。

但是往往伴随着风雨的声音,以及暴风的怒吼,一种麻痹的无聊袭入了这温暖的房间,消灭了那些嘲弄的思想,把它们全压缩成一个

思想:

"什么东西驱使我在我心里激起这些咬文嚼字的夹缠?我需要什么呢?"

在他的心里也惊醒了他对女人的旧感想。在他久已安然远离里狄之后,他回想他和她的简单的浪漫史,好像一个苦多乐少的梦似的。但是在回忆这件事的时候,他常常惘然觉得这回忆的不完全。他满怀着替自己对她报复的欲望,因为她不了解他对于她隐秘的希望,他对于她的观念,也因为她败坏了他对于女人的趣味。"趣味"是一种感觉的定向。他觉得自里狄而后苛刻曾经毒害了他对于女人的态度。这是他和发尔发拉会过几次之后才觉得如此的。他会见她是在他居留在莫斯科的第一个月中。虽然他不喜欢这姑娘,却高兴而且吃惊于她的快活,当她偶然遇见他在一个戏院的华丽的客厅里的时候。

"羞你!"她大叫,握着他的手,"你来了都不露面,你坏蛋!"

照常穿着得那样俗艳而且过于惹眼,她叫嚷着,好像周围的人们全是她的好朋友,可以不用客气似的。萨木金欣然和她到她的家去。在路上她兴致淋漓地漫谈着狄欧米多夫,这人正在漂泊于莫斯科的各处,偶尔也来看她;也谈到马拉可夫,坐了十三天的监狱以后,已经由宪兵队道歉开释了;也谈到她对于戏剧学校的失望。那庞大的安弗梅夫娜也快活地接待他。

"哦,你已经长漂亮了。完全成人了!还有小胡子,也应该有——"

在一个短时期间,萨木金和发尔发拉的关系具有一种使他颇为开心的性质。她已经长瘦了;她的脖子更长了,而且瘦骨嶙嶙的;她的脸又窄又小,装在凯夫尔式的飞蓬的头发里面。在家里她穿着一件古怪的束腰紧身衣,袖子却宽大到露出肩臂。她走着一种滑行的步法。摇摆着她的狭窄的屁股,显然自以为这是漂亮的。她的语调略带鼻音,而且,她依照莫斯科式,把 OS 念作好像 AS 似的。她似乎被演剧过度矫揉了,毫无道理地赞颂著名的女流。好玩的是看着她的同情摇摆于里开米尔夫人和罗兰夫人[1]之间,她俩的这个或那个的画像交替占据着她的名人画片之中的最显著的地位。只要看着这两个法兰西女人是谁占着光荣地位,萨木金就能够绝无错误地断定发尔发拉的心情。当里开米尔登极的时候,他就主张艺术是饱闷的富人的玩物,而艺术家是资产阶级的弄臣;当里开米尔禅位给罗兰的时候,他就严格表示,波特莱尔比涅克拉索夫[2]更有革命性,而且莫泊桑的小说暴露资产阶级社会的荒谬和恐怖比任何政治论文更为动人。他明知道他的议论并没有独到的机锋,他的嘲弄是粗俗的,但是他并不在意。

发尔发拉听着他,咬着她的苍白的薄嘴唇。她缩起她的绿眼睛上的睫毛,伸着她的脖子,突出她的尖下巴,这时她似乎快要反驳了,但是反驳终于不来。她不常提出萨木金认为愚昧无知的问题。她往往感叹,埋怨:

"你是这样复杂,这样捉摸不定!和你相处是困难的。除了你而外,别人都好像歌剧的演员:一个人只能预先知道他们所要唱的。"

萨木金疑心她的恭维的诚意,怀疑发尔发拉,虽然不聪明,确是在表演着这么一种角色:她拿他开心正和他拿她开心一样。

二

并不多的几次他访发尔发拉都发现马拉可夫在那里。这快活的学生使他自己完全像在家里一样,对于发尔发拉亲密得好像确信对方是情热的爱人。虽然他们彼此称呼"你",但是有些事情却使克里不能把他们看作一对恋人。他们之间的不同是这样显明,以至克里把他们的亲密认

---

[1] Recamier (1777—1849),法国名媛,其夫为银行家,当时文人雅士多受其奖掖资助。Roland (1754—1793),法国革命家,文艺爱好者。

[2] C. Baudelaire (1821—1867),法国颓废派诗人。N. A. Nekrassov (1821—1888),俄国诗人。

为是一种误会。他觉得发尔发拉似乎已经引进这友谊里面一些纷扰的剧情,虽然也有情热,而他以为显明的是她和马拉可夫都在增加轻浮的喜剧性质在他们的关系上。

马拉可夫仍然像从前似的生气勃勃;因为容易发热,动辄就说些激言愤语。他在科登加惨祸那一天所有的经验并没有遗留任何痕迹在他的性格上,投一个暗影在他上,好像它加于坡阿可夫的那样。后者,比以前更带怒容,低着头而且抛弃了他的学者风度;他不再锤炼字句;他干枯得好像要折断了。他蓄着的灰胡子,针似的直挺着,在他的外貌上增添了十岁年纪。他很少来看发尔发拉,来也不久留;他不弹六弦琴,也不和马拉可夫合唱二声曲。

"我喜欢研究德文。"他回复萨木金问到六弦琴的话。因为某种理由他的声调里含有怒气。

克里惊愕不快了,当他知道一群马拉可夫的徒众每星期日在里狄住过的房间里开会的时候。

"要避免这种事情真是不容易呀。"他暗自皱起眉头。

但是在他内心萌动着一种好奇心,并不是急于要理解别人,却好像是要在赌场上捉住别人的欺骗手段。这好奇心的不安的急切迫使萨木金去认识马拉可夫的宣传和他的徒众。他们之中的工人邓那夫是他从前会过的,一个髻胡子的家伙,总是始终不变地微笑着。和他自己成为一种对比,他常带着铁匠凡拉克辛,一张含怒的无情的灰脸上有一部黑胡子,一双黑的、深凹的、谁也不佩服的眼睛。也小心地走来一个整洁的青年人,大嘴宽鼻,白眉毛,两只褐色的眼睛宽阔地分列着,以同样惊异的表情窥看着不同的方面,虽然不能说他是斜眼睛。巴维·奥丁佐夫,这从洛戈辛商店来的温柔姣好的神像画师,常常到会,和孚明一样。孚明是一个烦躁的雕刻木工,一个看不出年纪的人,憔悴瘦弱,一张老鼠脸,右腮上有一撮毛瘤,而且皱着近视的尖刻的眼睛。

偶尔来的是伛偻而行的教堂庶务,头发剪成一个圆圈,修剪过的三层胡须之一特别长而且尖。他的光秃的脸完全失去了以前类似苏士达神像的种种脸相的特点;这种种脸相混合在一张脸上就成为一个永远不朽的俄罗斯人的肖像。他有时忘记了他的两边腮须是剃光了的。这时他摸索不着它们,手指就从耳根滑到下巴。穿着磨光的无袖的上衣,粗糙的大皮靴,他比以前更像一个买卖旧衣服的人了。

不论他们的外貌的各样各式,萨木金觉得这些人全有一种可厌的共同点。他们使他恼怒,由于他们的粗鲁,他们的妄自尊大的问题,他们的无知,他们赞颂马拉可夫的演说的笑声。在他们各个之中萨木金也看出了滑稽的某物。总之,他觉得他们全是些已经脱离正轨生活的人物,他们不分皂白地唾弃一切他们应该相信,他们同类的数百万人所相信的东西。

克里回想起来了:里狄,从幼年一直到十五岁,都害怕蝙蝠。有一晚,当这些畜生无声地飞翔在庭园上的黄昏中的时候,她呵斥道:

"耗子没有飞的权利!"

"这些并不是生活在地板下面的耗子。"他记得他曾经解释给她。但是她轻蔑地顿着脚,而且叫道:

"不要说了!什么耗子也没有飞的权利。"

当这些暗淡的人们,缩作一团,静听着马拉可夫的演说的时候,他们就很像一些蝙蝠。一点不差,白天的时候,那些有翅膀的耗子就是这样寂然倒挂在墙角和树洞之中的。

里狄的整洁的房间里现在充满了贱价烟草和靴油的气味。教堂庶务的靴子的漆气,白眉青年的发油气,神像画师奥丁佐夫的坏鸡蛋气。这些人们的蒸汽是如此浓重,连灯光都昏暗了。在这蓝烟弥漫之中挥动着他的手,马拉可夫重重复复,只要联系得上,就满口响着:

"人民!人民!"

他坐在那角落里,就是用一大幅厚布严密蒙着的窗子的右边。他从椅子上跳起来，捏着拳头，用劲打碎那浓厚的空气；摇着他的指头恐吓天花板；陶醉于他自己的言语；滚动着他的眼睛；在几秒钟之间，喘着，摇摆着双手；然后默默地敞开手站着好像钉在十字架上似的。他的脸，童话里"勇敢的好汉"型的极其俄罗斯的脸相，是很俊美的；他说得如此动人，有一个时间连克里·萨木金都注意倾听了，妒羡着他的情感的丰富有力。愤怒与忧愁，信仰与矜骄交替在他的话里面，那些话是克里在童年就熟识了的。但是其间洋溢着爱人类的感情。克里不敢也不能怀疑这情感的真诚，看着那异常鲜活的面容，闪耀着内部的信仰的火焰的光辉。后来，萨木金暗中把这种火焰称为彭加尔的光，把马拉可夫的演说称为花炮。

人们倾听着马拉可夫，伸长上身仰望着他。白眉毛青年张嘴坐着，他的淡色眼睛里显出近于畏惧的惊异。巴维·奥丁佐夫异样地滑到椅子边上，身体向前倾着，仰起他的头，一双沉醉或瞌睡的眼睛看定了这演说者的脸上的表情。孚明把双手夹在两膝中间，呆看着他的脚下的融雪的水塘。

邓那夫倾听着，向着演说者的声音竖起耳朵，好像马拉可夫离他很远似的。他斜倚着长椅背，身子伸成一个舒展的姿势，一只手接着他的沉闷的伴侣凡拉克辛的阔肩头。克里观察着这两个人，甚至在马拉可夫的演说的最热烈的时间，也屡次互相耳语。凡拉克辛严正地蹙起他的阴郁的脸，他的胡子恼怒移动着。弯鼻子的孚明制止他们，用手肘或膝头推一推凡拉克辛。邓那夫戏嬉地瞟着孚明。

萨木金疑心：除了这微笑的，或许极其狡猾的邓那夫而外，这里没有一个人懂得这宣传家的演说的纯然的破坏性。虽然教堂庶务显然比他年长在十五岁以上，邓那夫对于他的态度却是好意的、好奇的和谦虚的，好像对于未成年的人似的。别的人们全都猜疑地和谨慎地看待这憔悴的老家伙，好像鸽子和燕子对于土耳其公鸡似的。他比任何事物都更像一只大蝙蝠。

三

有一次，马拉可夫停止了演说，坐下，揩掉他的脸上的汗之后，教堂庶务慢慢地伸直了他的长身子，好像站在说教台上似的，说：

"作为一个传道师，虽然我的圣职被开除了，我并不忧愁，而且作为一个为爱人民而丧失性命的正直的人的父亲，我相信并且断定：刚才说过的话全是真实的！我请你们听信这个！"

他扫清他的喉咙，用深沉的低音说：

"古代全体人民公用的那些事物已经开始聚积在某些人的家里面，由于暴力和阴谋。因为要完成那一点不麻烦的懒惰，有些人就强迫别人全都做奴隶。所以他们就把一切生活必需的东西，以及土地，全都收集在他们的手里，并且开始利用它们来满足他们的食欲和野心。所以他们制造不公道的法律，就用这法律保护他们行凶作恶，抢掠剥削。"

好像宣誓似的举起一只手，他继续说：

"这些不能争辩的真实话并不是我的思想的产物。这些话里面没有一个字是我的。它们是一千五百年前，基督降世后第四世纪，大圣人拉克腾徒说过写过的，他是基督教会的神父之一。拉克腾徒曾经代表基督徒访问西塞罗[1]。我刚说过的话曾经印在他的著作里面，一八四八年出版于圣彼得堡，它们是通过了圣总会的检查的。那么，这一本书，已经由当局检查过了——就是说，准许大家看了，由于错误。因为统治我们的那些人准许真理传播人间只是由于错误，由于疏忽。"

提高声音，他又说：

"我再说一遍：我所说的并不是我的，而是古代的永久真理，为了

---

[1] Cicero（公元前106—前43），罗马雄辩家、政治家、文人。庶务误以为公元后之人，故所引史实全是笑话。

这真理的复兴我们要贡献我们的能力——一致团结，勇敢奋发，不惜牺牲。"

他躬身坐下了，这时邓那夫，一瞥凡拉克辛，说：

"那么他是一个马克思主义者了，这拉克腾徒的信徒，是不是？"

"嗐，什么？"教堂庶务反驳，"一千五百年前就预料到马克思的降生了吗？"

"那么，实际运用是什么呢，神父，实际运用呢？"邓那夫固执着，眼睛里有一道闪光。教堂庶务用一种深沉的声音回答：

"关于这——你自己想想吧。"

奥丁佐夫烦躁起来了，粗粝地说：

"我们需要军火。但是我们从哪里得到军火呢？"

他眯着眼睛好像刚醒来似的，他有一双苦于伏案太久或害失眠症的人的眼睛。白眉毛的家伙擤鼻涕，吹出一声喇叭似的巨响，然后惶惑地凸起脊背，趁势把脸藏在手巾里面。

克里正在欣喜各个人都显示淡忘了教堂庶务的说教，这时马拉可夫，在休息之后，又开始说话了。

"我们要为斗争的权利而斗争，为保障人权而斗争！"马拉可夫宣言，用手掌斩截着空气，"马克思主义者主张农民必然被驱入工厂，填塞在工厂锅炉里面。"

"这和你毫无关系。"教堂庶务突然咕噜，离开坐在他旁边的白眉毛青年。

马拉可夫批评了马克思主义者之后，正在和离开会场的同志们握手。他伸手给教堂庶务。但是后者把他推挤在墙上，郑重地忠告他：

"彼得同志，你应该告诉那塌鼻子的家伙，不要那样好奇，总是问：谁，从哪里来的，有什么关系。难道他要把我们全都记起来为我们的健康祈祷吗？再见，下次在愉快的会场里再见！"

他伛偻着爬出门去了，这时马拉可夫和克里也就起身到发尔发拉那里去喝茶。

睫毛遮着眼睛,带着一种萨木金以为是假装的迷乱的神气,发尔发拉说:

"对于我,一个革命家是一个诗人,一个乌里尔·阿科斯它[1],一个普罗米修斯的火[2]的承受者,而你们有这教堂庶务。"

"这有点稚气,发尔发拉!"马拉可夫大笑。然后他提示她彭沙教士孚马加入普加乔夫,教士阿里山得·哈瓦兹。但是当他谈到德国农民战争时代的教士的时候,发尔发拉执拗地打断了他的学问渊博的演说:

"这教堂庶务是有点滑稽的。还有那弯鼻子的家伙。这自然可以记在他的护照上,作为一个特别标记。由于这鼻子侦探们就可以抓住他。"

马拉可夫又笑了,同时克里说:

"是的。革命家必须没有个人的特点。"他有意讽刺,但是它响得沉闷。

"马克思主义者的口气。"马拉可夫插嘴,准备提出问题。但是萨木金保持沉默,看着他的茶杯,马拉可夫只好搓搓手,然后大声说:

"俄罗斯醒起来了!"

然后,揉乱他的头发,他朗诵伯格的两句诗:

圣俄罗斯之雄鸡高唱兮——
白日即将临兹圣俄罗斯!

"或许,俄罗斯正在做梦吧?"克里想要问,但是他一看马拉可夫的发光的脸就不响了。他觉得这只特殊的雄鸡并不会被怀疑论所感动。

---

[1] 未详。
[2] 希腊神话:半神半人之神,曾盗天火以给人类,因而获罪,被大神宙斯缚于高加索山上,日命一鸷来啄食其肠脏以苦之。

把她的头向后仰起来以至突出她的喉结,发尔发拉挑衅地说:

"我不知道。俄罗斯醒来了或许是真的,但是,彼得,你谈论你的门徒的情形却是可笑的。那情形就和我的叔父谈论钓鱼一样。大鱼从来不上钩,而他带回来的全是细瘦的鱼,不好吃。"

萨木金看看马拉可夫讥讽地微笑了,期待着他的反攻,但是这学生却真心地大笑了。

四

有一个星期日,克里访问发尔发拉,在那里发现教堂庶务正在悠悠地喝茶,好像一个勤恳的学生似的听着看着马拉可夫赞颂拉夫洛夫的《历史的书简》。当马拉可夫说完了的时候,教堂庶务推开他的空杯子,提高他的低音说:

"在我少年时代,在神学院的时候,我早就不相信书本上的知识,虽然我还是很喜欢读些世俗的书——譬如,长篇小说。然而,一般地说来,我以为,我承认或许是错的——一本书是一个跛子所用的拐杖。用亵渎神明的手段,割裂人的灵魂,把一本教会的书硬塞在人的臂下,好像说:'你走吧,依靠着这本书,走上由我们的知识所规划给你的路去。'而我们就这样走了几十世纪,虽然在错误的方向。不。一切书都必须禁止。那些世俗的书也应该禁止,因为它们,请你原谅,也挥发着教会的臭味,而教会主义是人类精神的桎梏,神的发明是为了人的愁苦,而不是为人的欢娱。"

"你不相信上帝了吗?"发尔发拉问,为了某种理由高兴起来了。

"我不能相信需要一种神学来辩护的神。我宁肯相信自然,不需要辩护,如达尔文所证明的。至于莱布尼兹[1]先生企图证明恶的存在和

---

[1] Leibniz(1646—1716),德国哲学家、数学家。

上帝的存在完全不能相容，而这不能相容的说明却显然完全是根据佐布书[1]。这位莱布尼兹先生不过是一个德国的怪物罢了。真理不在他，而在海涅[2]。海涅把佐布书称为'怀疑主义的歌中之歌'。"

教堂庶务竭尽肺量的全力高声长叹，他的水汪汪的眼睛严厉地突出来，似乎燃着白色的火焰：

"我的死了的儿子作过一小本书，反驳莱布尼兹以及各种辩神论，把它们当作十足的异端和最有害的企图，想要调和不能调和的东西。"

萨木金看见马拉可夫也讨厌这教堂庶务的神学理论。这学生不耐烦地敲着桌子，而且缩起嘴唇好像要吹口哨似的。发尔发拉留心听着，对着这位哲学家翻起眼睛，带着一种猜疑的敌视的表情。她悄声对克里说：

"好一张怨恨的脸相！"

教堂庶务的话好像顺流而下似的挡不住，用强烈的低音说到阿马兹和亚里门，说到巴亚尔，还说到这事实：

"他们的所谓罪恶多半确是对于罪恶的抵抗，发生于仇恨罪恶。"

他的无法休止的演说被狄欧米多夫冲断了，后者忽然悄悄地出现在门道上。他把帽子夹在肘下，东瞻西顾，好像到了从来不认识的人们所在的不认识的地方。马拉可夫表示十分的而又显然假装的高兴。狄欧米多夫响起来了。教堂庶务回头一看见他，就哼了一声，好像标了一个顿号似的：

"啊！"

默默地和狄欧米多夫握手之后，克里问教堂庶务他去看过刘托夫吗。

"哦，去过，但是不常去。"

---

[1]《圣经·旧约》之一部，记佐布之言行。
[2] H. Heine (1797—1856)，德国诗人。

"他喝酒吧？"

"喝得很多。我呢，自从我的儿子死后，我就讨厌酒了。而且，他阁下也逗恼了我——请我做他的门房。纵然我已经被削除圣职，叫我打扫粪土是不应该的。我现在一个玻璃厂里做事，从四月起。"

以为已经尽了客气应有的义务，克里才搁下教堂庶务，开始研究狄欧米多夫。

后者的天使似的长鬈发又已拖到肩上，但是他的蓝眼睛已经昏暗了。他已完全失掉色泽，枯萎了。他的圆脸上盖着一层稀薄的黄毛，变成更长更干的了。当说话的时候，他注意看定对方的脸，睫毛抖颤着，好像他越看越看出坏处似的。他往往用右手打左手，重复说：

"你说的是什么呀？"

他越说越高越厉害，但是有一种奇特的抑扬顿挫，好像读书似的。他直挺挺地坐着，那么使劲，使人以为他随时都等待着这命令：

"立正！"

发尔发拉曾经说过：有一次她一不小心他就走进里狄的房里去了，马拉可夫和他的门徒们正在那里开会。他进去又立刻出来，砰地关上门。然后他愤怒地质问发尔发拉：

"你为什么让那些人进去？他们吃烟，把房间弄得又脏又臭。那就不宜于居住了。"

又有一次，他看看发尔发拉所有的相片和雕像之后，问道：

"里狄·提莫菲夫娜的画像呢？"

发尔发拉说里狄·提莫菲夫娜无论如何并没有成为名人，他就接着说：

"名人是不必要的。名人和警察一样限制人的自由。"

叹息之后，他又说：

"你不能这样说。或者里狄·提莫菲夫娜有一天也要成为名人的。"

此刻，他吞完了一杯牛奶，衔着一片糖在嘴里，用手指摸着他的稀

疏的小黄胡子,好像要擦掉它似的,正在倾听着教堂庶务和马拉可夫的谈话。他呵责道:

"你们还是谈论那个吗?唉,天呀!你们不知道天下大乱的根源吗?就因为我们总想彼此劝诱结为一家、一族、一群。不论是教堂或党派都叫人那个……"

"而你呢,西敏安,还在竭力联合分教派吗?"教堂庶务讥笑地截断了他的演说,并且忠告他,"你顶好是多喝一点牛奶。这于你更要好些。"

狄欧米多夫勃然大怒,脸色苍白,眽着眼睛,摇动着他的头发。萨木金从来没有见过他这样激动过。

"联合——一致!"他粗暴地叫喊,用一个手指指着教堂庶务。庶务恼怒地回答:

"伸着你的手指,你不能绞杀人吧。"

"在多样之中并没有一致。绝不会有!绝不!绝不!你们不过是毫无所为地把人们赶入罪恶之中。"

马拉可夫大笑。发尔发拉的微笑逐渐扩张为一个轻蔑的和嫌厌的鬼脸。萨木金忽然觉得为狄欧米多夫不平。后者一跳起来,踢开他的椅子,并且把双手压在他的胸上,压出喷泉似的言语:

"他们赶着一些罪人到车站去。镣锁丁零当啷的。你们也是在铸造镣锁!你们要拘束人的灵魂!"

"胡说八道!"马拉可夫怒吼。狄欧米多夫跟跄离开桌子,急忙奔到门口。他从那里回头一看,重复说:

"一桩损害灵魂的大罪过——你们要痛悔咧!"

"天雷打吗?我想不通!"教堂庶务咕噜,用冷酷的眼光送着狄欧米多夫,把杯子推给阴郁的发尔发拉。

"你不应该随时逗恼他。"她说。

"我有我的理由。"庶务不服。大声喘息,他摸索着耳根上剃过的胡子。"我本来不想告诉你,但是现在我要说了。"他说,对着正在地板上激怒地踱着的马拉可夫,"不要以为他不值什么。他是有害的。他或许是孱弱无能的,但是他能够发生影响。而且总之——就因为——像他这样一只臭虫我的儿子才冤枉死了的。"

五

庶务的全部行为,除了那特别鄙俗的演说而外,引起萨木金一种敌意,很想用强制的言语截住这荒谬的家伙。

但是庶务又说话了:

"大约十天以前,这发疯的畜生到我那里,硬劝我不要和工人们谈话,而且也同样劝过你,彼得同志。当初我完全不明白他的心理,我认真和他谈论。他忽然跪在我面前,继续他的劝告,呜呜咽咽,鼻涕眼泪的。莫名其妙。他好像一个老太婆恳求她的丈夫不要喝烧酒似的。自然,他还是唱他的老调:想要把一切人们团结在正义的周围是会使个人灭亡的。他狂吠着革命党都应该受火刑,把他们的骨灰撒在风里面,好像处置狄密徒立那篡位的沙皇一样。"

教堂庶务是这样激动:他的额上全流着汗,他的眼睛突出而且发抖。

"好一副讨厌的面孔。"萨木金想。

像一匹疲劳的小马似的喘息着,把他的农民的外褂的一面搭在另一面上,好像披教士袍似的,庶务用更深沉的低音说:

"他把我麻烦透了。他和我睡在一处,通夜说梦话,好像害烧热病的人似的。早晨,他可道歉了,似乎有些惭愧。但是……"

庶务双手按在桌上,好像它是一架钢琴似的,然后尽其可能地温和地说:

"但是注意这一点!只怕他也会跑到本省宪兵司令部去说这一类昏

语而且跪在那里……"

克里·萨木金暗中好笑。由于庶务的言语所激动起的马拉可夫的焦急是有趣的。他站在房间中央，一只手揉乱他的头发，另一只手弄响指节。他的脸整个是皱的。他含糊说：

"唉，见鬼！真讨厌！但是怎么办呢？你为什么以前不说？"

发尔发拉一瞥克里，奋勇说道：

"我的厨子，安弗梅夫娜，和警察很要好的……"

"这种事情厨子是无用的。我们必须改变会场。"庶务断言，窥看着女主人，因为某种理由，把手掌遮在眼睛上面，好像一个人用劲遥望一件看不清的东西似的。

萨木金十分满足地看着发尔发拉的厌憎。当她听着庶务或马拉可夫说话的时候，她往往把身子扭过去，皱起她的软骨状的鼻子，缩起她的细鼻孔好像闻着一种不愉快的气味似的。人很可以相信她是故意这样做的，所以克里能够记清她的种种鬼脸。听了马拉可夫的某种特别激昂的言论之后，她不清不白地咕噜着什么"因为对于人民的无报酬的爱以至肾脏发炎"。萨木金恍惚觉得这是一句熟悉的话，好像曾经在维克吐·布里尼的粗俗的《闲话》里读过它。

他走在回家的路上，想道：马拉可夫或许快就要第二次被捕了。而发尔发拉也难逃同样命运。这样一来或许把她和革命家们拉得更紧了。

"同情或帮助革命的人数就是这样增加起来的，并非由于他们自己情愿。伊立沙弗它·斯庇伐克也一定是遭遇过这样的事。"

他决定不再去看发尔发拉，觉得他的好奇心已经完全满足了。

在一条寂静而黑暗的街上，他被教堂庶务追赶上了。庶务鞠躬，默默地窥看着他的脸，然后走在他旁边，弯着腰，把双手插在衣袋里，好像迎着风走去似的。他忽然正对着萨木金的耳朵问道：

"你或许知道斯徒班·古图索夫在什么地方吧？"

克里嫌厌地耸动他的肩头。他加快了脚步。

"他已经被捕了。"克里回答。

要摆脱这教堂庶务是不可能的。庶务走着,又从旁窥看着萨木金的脸,好像提醒他的同伴某件事似的,说道:

"他已经保释出来了。"

"我不知道他现在在什么地方。"他咕噜着,各处看看有没有转弯的地方。这里没有巷道。庶务说:

"好吧,好吧!烧成灰而且把它撒在风里面吧。你听说过吗?呀!而且他还有一双孩子似的眼睛。你怎样解释呢?达尔文终于不能解答的,是不是?"

"这和达尔文有什么关系,你白痴!"萨木金暗中叫骂。他大声而干脆地回答,但是客气地:

"我知道一个女人为达尔文发狂了。"

"那是可能的。"庶务承认,点点头。"在神学院里我常反对达尔文,"他深思地追怀着,"我们常常被命作一个题:驳达尔文。于是我们就驳他。"

"你为什么要问古图索夫?"萨木金问,并不希望回答。但是庶务说:

"他和我的儿子有同样信仰,而且一般说来……"

"我要从这里转去了。"克里打岔,站在一条小巷的转角上。庶务长伸右手给他,用左手摸着帽檐,和他告别:

"愿你好运道!"

雪已经懒悠悠地下了差不多一整天。石栏、路灯柱和屋顶都戴着毛茸茸的白衣帽。空气里充满了三月初的雪所特有的新鲜黄瓜的可口的气味。缓缓地走着,调匀脚步,萨木金冥想:

"那些人们觉得我是他们之中的一个,这正是他们的愚蠢的一个明证。假如我愿意,我或许能在他们之中占一个重要地位。狄欧米多夫将要告发他们吗?他会告发的。我必须停止去发尔发拉的家里,自然。"

反复思索着这些事情,他看见马拉可夫的徒众的各式面貌显现在前面。教堂庶务的面孔是最可厌的。

"他已经是一个老人了。而他看不出人们对待他的轻侮。而在他们那一方面也确是愚蠢的,因为他比马拉可夫更接近和更理解民众。"

迷惑于这教堂庶务,克里第一次问他自己:"他,一个根深蒂固的俄国教士,同情于和他这样相反的革命党人,这是一个事实吗?"

六

这一天以前不久,一个观察的新境界自然呈现在萨木金前面。他已经觉察普里士的柔和的眼睛比从前更加注意地关照着他。他是有趣于这小巧优雅的同学的,那样安详自信并不像一个犹太人,那样深思寡言并不像一个青年人。萨木金惊奇为什么一个帽厂企业家的儿子会从事马克思主义的宣传。有时普里士,和马拉可夫及其他平民主义者在大学休息室里互相攻击,说得很奇特。

"你们或许记得:俄罗斯古代的大领主赫生用一柄农民的斧子恐吓沙皇,后来改悔的时候又对沙皇认罪而且叫道,'你已经胜利了,加利利人[1]呀'!后来他又反悔他的第一次改悔,认为是素朴的仓促之计。我以为素朴是平民主义者的基本特质。而尤其显明的是他们宣传普加乔夫主义,一种农民暴动。"

普里士往往说出这种语句。它们引动了萨木金对于这制帽商人的儿子的好奇心。有一天,在下课之后,普里士对萨木金提议:

"我们到我的住所去谈谈吧。"

他住在一条安静的街上。在一座独立的小家宅的二层楼上。这街是莫斯科的典型的街,全是木造的房屋。这新近才洗白了的家宅看来好像

---

[1] 犹太教徒对于基督教徒之轻蔑称呼。

一个固执的好修饰的纨绔儿偶然混入古旧的杂色人们之中。来开那沉重的橡木门的是一个年轻女子，穿着白围裙，一顶毛线小帽戴在梳理得好看的头发上。克里预料普里士的住处必定是布置得像普里士自己似的，但是现在发现他的住处是一个小房间，有一面窗子对着一间鄙陋的房顶。房间里塞满了书籍。在一只角里摆着一张行军床，上面铺着一张贱价的毛毡。门旁边立着一个铁的三脚洗脸架，好像马格里它的家里的似的。那时髦少女和这房间的刻苦性质形成一种对比，引起萨木金暗中怀疑而又惊奇。

献茶来的又是一个矮胖的少女，两只愚笨的眼睛突出在红麻子的脸上。

"没有柠檬。"她通知，显然是高兴的。

普里士的谈话开始于这问题：

"他们说你的家宅曾经被搜查，是吗？"

"是的，"克里回答，"那是……一种误会。"他解释，然后就不能不倾听普里士称赞他对于平民主义和马克思主义之间的言语斗争的缄默态度。

"斗争更加残酷起来了。"他搓着他的细手掌，握响他的手指。立刻，他略带讥刺地说：

"但是正如小孩们玩羊跖骨游戏那样残酷，而服装整洁的市民是有'优先权'的。"

克里微笑，注意着那柔和的眼睛里的温柔的闪光。它们之中有着明察和精敏。在普里士的语调里他听出教师对于学生的那种优越感。他回忆起在《新时代》里的某篇论文中的反犹太的话："因为犹太人，一个古民族的贵族性曾经堕落为一种傲慢的市井气。"

"不——这不适用于普里士，但是人分明觉得他有一种外国人的神气。"萨木金想，倾听着那些书呆子气的言论。普里士正在谈论尼采主义是马克思主义的一种反动，用一种低音说出来，好像泄露他个人独得之秘似的：

"个人生存的问题最为尖锐地显现于悲剧的时代，当一阶级起而颠覆另一阶级的时候。"

他的黑脸是毫不动容的，只有他的浓密的、弯弓形的眉毛在发抖，当他反讽地标记某一特殊字句的时候。萨木金一直沉默着，当需要客气的时候才点点头，耐心等候着这固执的小男人确切认清他的对象。

"我们看见：在德国迅速发展着的种植情况使转变到社会主义制度成为可能，在一种进化的方式之中，并没有什么灾变。"普里士兴奋地谈着，好像尽力要安慰萨木金似的。"德国数百万工人有投票权，她的群众的文化水准无疑是高的，社会党有许多巨大的经济企业。"他宣布了，高兴地微笑着，而且搓着他的手，他的手指响得颇为刺耳，"盎格鲁-撒克逊人和日耳曼人已经极其透彻地融化了进化的观念。这观念已经变为他们的宪法的要素。"

"是呀。"萨木金赞同。

普里士所说的全是书本上的话，那辩证和结论，虽然明了，对于萨木金却毫无用处。他分明觉得印刷工人所排成的精致的黑色蜘蛛网和他所听到的执着于一种信仰的人们的宣传同样侵犯了他的思想和意志的自由。他想要承认奥古斯特·倍倍尔[1]是对的，而又有感于欧余·里克特更近于中庸的小历史家可索洛夫所提示的深刻的诗意的单纯的真理。马克思的逻辑的铁扫帚也或许是真实的，那样压倒一切。但是也同样是那傲慢而精灵的伊诺可夫所比拟为礼仪书的圣书。即令以初期的平民主义为"礼仪书"，而马克思主义所要完成的也是同样义务。已经把"人民"这观念缩小为"工人阶级"之后，马克思主义者和他们的前辈一样主张"溶解于群众之中"，这正如托尔斯泰主义者、作家卡丁、甲可夫伯伯主张穿农民服装似的，狄米徒里兄弟已经"溶解了"他自己。一

---

[1] Aagast Babel (1840—1913)，德国社会主义者。

切都归根结底被熬煎于一种难以解释的欲望，想要把人作为以撒亚克一类，一种牺牲品，甚或作为牛马，必须拉着历史的沉重的大车到某一目的地。他倾听着普里士的活泼，甚至热情的演说，并不反驳。因为他知道要把自己的思想组织起来抵抗社会主义观念是需要重大的努力的。他自己还没有过这种努力，也找不出什么有力的思想。然而，他相信，倘若没有社会主义及其反对者，他的生活就容易得多，舒服得多了。在他自己内心他也不能发现一种力量足够断然宣言：

"我不愿担任以撒亚克这种角色。找一只公羊来干这个吧。"

他终于惶惑起来了，因为在像现在这种时候他需要最确定的自我估价，他觉得他自己是某种保守的无政府主义者，或者一个无政府主义者型的保守党。这真古怪，连他也已经不明白他自己了。

离开普里士的时候，他把他的心情掩饰在一种深思熟虑的假面之下，好像刚才认识了一种前所未知的智慧，正在探索着它的宽度和深度似的。

普里士爽快地要求他：

"下一个星期日再来。你可以会见几个有趣的人们。"

萨木金决定下一个星期日不再来。但是还走在回家的路上他就恼恨他自己了。他要把真实的自我隐藏到什么时候呢？无论这自我是什么东西，它确已存在了。不！他真不愿再到普里士的家里。他将要表明他已经过了学徒的年龄，他有他自己的真理——愿意独立的人的真理。

在这两天之中他用心细读了可索洛夫赠送他的书籍：由赫生在伦敦编辑的，和斯蒂柴巴托夫亲王的著作合为一卷的，拉狄次夫所作的《论俄国道德之退化》；还有，邓尼里夫斯基的《俄罗斯与欧罗巴》；以及反社会主义者吕班的《社会主义》；而且，他也沉潜于尼采的著作里面。虽然这些参考书全是他早已熟悉了的，现在他觉得他自己充分地武装起来了，然后走去普里士的家里，想要在所谓"有趣的人们"之中发现彼得·马拉可夫的门徒似的人们。

七

那绮丽的婢女把他引进一间牢固地设置着皮装家具的房间里面。窗子里面的大写字台上有一座青铜洋灯,确像在伐拉夫加家的那一座。两面窗子都是用厚实的绒布蒙着的。这阴暗的房间里面充满了雪茄烟的气味。

吸雪茄烟的是坐在房间中央的一个高大的学生,穿着长外衣,有两只骑兵似的弯腿。他的不雅观的阔下巴和剃得精光的两腮都是浅黑色的,他的浓密的上髭是鬈而且翘的。他用他的突出的白眼睛郑重地估量着萨木金,点点他的修剪整齐的圆头,然后用深沉的低音说:

"斯推拉托那夫是我的名字。"

另一个学生,胖胖的,玫瑰色面颊,光滑整洁,坐在一把深椅里面。盘着一只短小的腿。他有一种通身热气的外貌,好像刚才从土耳其浴室出来似的。并不站起来,他伸出他的圆胖的孩子气的手给萨木金,而且叹息似的说:

"台格尔斯基。"

"欣喜认识你。"第三个人说,一个红头发的、骨瘦的小家伙,穿着厚实的短上衣、旧皮靴。他有一张捉摸不定的面孔,装点着一点稀薄的金黄胡子,这胡子似乎使他不安静,因为他总是用左手拉着它,使他的厚嘴唇形成一个狼狈的强笑。他的尖锐的小眼睛闪闪发光,他的浓眉在移动。而普里士的第四个客人却是坡阿可夫。他坐在堆满皮装书籍的那书架后面的角落里。

普里士坐在写字楼前面,双手伸展在它上,好像一个马车夫在驾驶着一些看不见的马似的。他的脸上反映着绿灯罩的绿色。

等待萨木金自己找到一个座位之后,那漂亮学生才说:

"因此我们知道我国工业的迅速发达是一个事实……"

"就是，就是！但是我并没有谈论这个。"那红头发用一种破声音说。他在长沙发上一蹦，摇摆着他的手："我说，一个不自觉其民族性的国家不是一个国家。这！"

他滑到那长沙发的边上，不舒服地危坐在那里，带着一副恐怖的脸相，有五分钟之久他向各方面倾吐出一些话。萨木金颇不容易明白那些语的互相联络。

"斯拉夫主义者、平民主义者，甚至于我们分教派，都在寻求着某物。"他对着一个虚空的角落说。他立刻霍地转向普里士，对他伸着一只抖颤的手：

"现在，在英国他们有工联会；法国倾向辛迪加[1]；德国富于国家观念和民族性。而我们呢，我们将要是什么呢？这是我所要问你的！"

普里士含糊地说了几句，大概是说还谈不到这一类问题，时期尚早。红头发立刻从长沙发上跳起，好像被弹簧弹起来似的，冲到角落里，把他自己抛进一只深椅里面，拉着胡子，拉下他的松弛的厚嘴唇，露出他的不整齐的小牙齿，他就这样牵牵扯扯地说下去：

"你是什么意思？为什么时期尚早？在那战争以前早就……"

那高大的学生，曾经谦卑地让路给红头发投奔到角落里，现在稳坐在他的椅子上而且严厉地说：

"谁也没有想到战争啊……"

"他们正在想战争咧！"红头发固执着，"我知道他们正在想。在瑞士、在巴黎他们……"

台格尔斯基站起来了，用一种公猫的软步缓缓移近他去。坐在深椅扶手上，开始对着红头发的倾听的耳朵悄悄地咕噜着。

"嗯，是的。当然！是的，是的——"后者说着，点着他的毛蓬蓬的头。

---

[1] Syndicalism 或译为工团主义，主张以总罢工的方法实现社会主义。

他的急促的举动使萨木金想起刘托夫。坡阿可夫凸背坐着，两肘支在双膝上。只有一次，他牢骚地对斯推拉托那夫说：

"分类是有益的，倘若不企图调和那些不能调和的种种矛盾。"

克里凭空觉得普里士不高兴地看着他这一面，也觉得普里士在这房里的行为比在那刻苦的小房间里更像一位大领主了。讨论已经停滞了。人也觉得这些人们有某点完全不谐和，他们似乎全都不喜欢某人或某事。萨木金决定出头说话了。他说有些人留心着社会的斗争，有些人以为这是决定的争端。他们注意地倾听着。当他描画出那教堂庶务的性格的轮廓的时候——自然没有说出他的名字，那红头发一下跳起来，而且诚恳地要求他：

"请你把我介绍给那个人，可以吗？可以。啊，请不要忘记。"

斯推拉托那夫，摇动着挂在链上的金表，断然说：

"你自己已经正确地称这一类人为奇闻逸事中的角色。到日常生活的风开始吹起来的时候，他们就会像尘埃似的被扫落了。"

他鼓起他的蓝色的两腮，显然想要暗示他是一切微风和暴风的主宰。他往往说得断然决然，而且说完就把两腮鼓成一对皮球似的，这样一来，他的白眼睛似乎缩小了，加黑了。

台格尔斯基又开始对着红头发的耳朵悄声私语，红头发闷闷地说：

"是这样的吗？哦，对了！"

又是难堪的厌烦，再坐了几分钟之后，克里决定走了。普里士送他出来的时候，用一种抱歉的低音说：

"不很成功的一晚。你看，那人——我们不很认识他——忽然来了。"

"那漂亮的家伙吗？"

"不，在角落里的那一个。"

"坡阿可夫，"萨木金推测，当他走在三月的月光照明了的街上回家去的时候，"这是有趣的。"

他不能了解这些人。接着两三次会谈之后,也不能使他们更易于了解些。他们不叫嚣。他们不争吵。他们认真讨论政治经济的问题,而政治经济是萨木金所不熟悉也不喜欢的一种科学。虽然他们都自称为马克思主义者,而"古图索夫主义"的严酷的径直性却不出现在他们的判断里面。他们的兴趣对于劳动问题远不如对于工商业问题。他们显然热心地增加数字于煤油、谷类、糖、肉类、大麻以及其他各种俄国原料品。克里常常觉得他们说数字的时候比说话的时候多。他们讨论西伯利亚大铁道的前途、奶油制造、移殖农民、农民银行的业务、德国的关税政策。这些全都使克里厌烦。他对于这种问题的认识不足。他曾经从报纸上猎取关于这些问题的他的全部知识,而且甚至连这一点也不愿做。

但是,虽然那些演说没有趣味,那些人们自己却更强烈地引起他的好奇心。他们干过些什么?克里感觉那粗豪的斯推拉托那夫有某种军人气概。万一他对着那瘦弱的红头发学生喊道:

"立正!"

也是毫不足奇的。

他说话的语调好像是一个司令官似的。他甚至似乎轻视红头发。

"有正确信念的人就不能,必不会,感觉他的见解中的矛盾。"他对别人说。红头发一跳。他不相信地,惊异地问:

"你是认真说的吗?"

斯推拉托那夫不回答。他很少回答别人问他的问题。

怠惰的台格尔斯基使萨木金想起他的兄弟狄米徒里。对于他的朋友们他的任务是作为一本顺序记载着各种事实和表格的杂记簿。虽然他被涂改或被炫耀,他并不矜持他的记忆力,用一种漠然的谦虚的声调说出各种知识,好像一个优秀的学童做完了功课,急于要忘掉他曾经学到的一切似的。他的细白红润的面孔、丰满的嘴,和水汪汪的说不清颜色的眼睛使人发生这印象:他说话带着女性的温柔;他确有一种唱歌的小声音,干燥而且尖酸,带着恶狠的高调。他常常责骂有权势的人们,治理国家的人们：

"驴子。白痴。流氓。"

诅咒之后，他考察他的手指甲或者点起一支小巧的"太太"牌纸烟，于是维持着他的和平一直到有人扔一个问题在他上的时候。克里在他上还发现另一个特点和狄米徒里相似。他觉得台格尔斯基也是自信地在等待着，虽然并不害怕。等待着无论何时有些人，或者白痴吧，会来恭敬地请求他：

"请治理我们！"

红头发的名字是安东·伐西里维奇·彼林的夫，他对于革命的必然性的信仰是有趣的。革命这观念也引起他的害怕，而他并不想掩饰它，很关切地对普里士和斯推拉托那夫证明：

"革命绝对必须与宗教改革同时进行——你们懂得这个，不懂吗？但是宗教改革当然不实施于我们南方派的理智主义方面。上帝不许！"

翻起他的白眼睛，斯推拉托那夫安慰他：

"我们保证这一方面不至有所变更。我们的农民是神秘主义者。"

"对于那些浸礼会以及圣经派之类怎样办呢？"

台格尔斯基大声擤了他的粉红大鼻子，并且用演说家的抑扬顿挫的音调说：

"我们的讨论必须更切实些。不要谈宗教改革，我们谁也不需要这个；要谈教堂行政的改革；要谈教士权力的扩大；以及它的经济的安定。"

彼林的夫插嘴，叫道：

"要谈乡村教士的教育的改革，要谈重新教育他们的必要。"

"我们对于乡下人将要有一番苦斗。"萨木金叹息。

"一番很苦的苦斗。"彼林的夫用惊咳的声调叫喊。把双手一扬，他又用一种神秘的低音调说："确是一番很苦的苦斗。"

斯推拉托那夫站起来，紧紧地并拢他的弯腿，双手放在背后，挺起胸部。这姿势使他的状貌更加雄赳赳了。

"我们是这种人。"他宣布,一瞥那气馁的彼林的夫,"我们是这种人,以我的观点而论,历史已经把组织革命的任务强加在我们头上,把它的基本力量付托于我们的良心的权威,要由我们的意志来约束群众的无可避免的无政府主义……"

台格尔斯基抬起他的光华整洁的头面,对着斯推拉托那夫那一面皱起他的脸。他用响亮的声音打岔:

"你总是和在第一次会议里一样感情用事。你还是兴奋,而且跑在先头太远。我们应该研究的并不是一次革命,而是使人民更有力更文明的一些改革方案。"

普里士保持沉默,毫无声响地轻拍着桌面。在他的家里他惯常吝惜言语,不明白表现他自己,有一小点儿像萨木金常在乞里沙斯叔叔家或大学里遇见的和马拉可夫辩论的那精敏的自信的演说家。

克里又会见坡阿可夫。沉默了一点半钟,而且喝完茶之后,坡阿可夫慢慢地把他的三角形的骨瘦的身体从深椅里面提起来,和普里士握手,而且冷酷地说:

"好,显然终于制定了将来必须遵照的一切计划了。"

并不和其余的同伴握手,坡阿可夫走了。克里看着他的伛偻的背面,默想着普里士说得不错。这人是陌生的,惶惑不安的。

照例,萨木金在这房间里的行为照样是稳重而且沉默的,好像善意地观察着,严格地估量着一切所见所闻的事情,而且并不因为一种意见的冲突而致有所扰乱,深沉地探究着各种事实的真实价值。台格尔斯基对彼林的夫也这样批评他:

"你,安东,应该学萨木金的样。他永远不忘记理论是建筑在事实上而为事实所制约的。"

第六章

一

克里思想了几点钟,才发现他的适当地位,他的道路。他生活在人们中间好像在许多镜子中间一样,每个人都反映了他,而同时显示了种种个人的劣点。他的熟人们的缺点确使他把他自己估计为一个具有精明的和独创的头脑的人。他还没有遇见过比他自己更有趣味、更有意义的人。

反复内省着,克里不能不看出他自己势必不由自主地参加在和他的基本性质相反的某种事情里面。他的心里闪出在科登加广场的屋顶上所见的光景,密密层层的人肉鱼子酱的精神的画片。尼卡叶伐的赠品,洛次格娄斯所画的《追求幸福》的翻印版,也留存在他的心中:一群密集着的生活中的各阶层的人们,互相推撞着,全都跌落到悬崖的边际。他深深地意识到这是可耻而又可怕的:被迫入必然同归灭亡的道路,像一粒黑色的、无性格的小鱼卵似的向下浮沉。他还没有加入某一群,他维持住他自己的超然。但是他日益感觉人们正在把他吸引入他们的群里面,硬拉着他跟他们走。他分明记起:兵营的倒塌,跌下许多人,他自己以为已经逃避了它,但是莫名其妙地走近去了,忽然面对着它。在这样的瞬间,萨木金觉得他被一阵向一切人,甚至连他自己也在内——吹来的乖戾的罡风吹胀了,臃肿了。

有一晚上,他正向普里士家走去,听见他后面的迅速的、坚强的脚步声音,似乎有人在追赶他。一转身,他就发现他自己和古图索夫面对面。

"你有一种出色的步态。"古图索夫说,在那更加长了的胡子里面藏着微笑,温柔而且高兴地谈着。

"好像你正要去看你已经不爱了的一个女人似的,呃?好,你近来好吗?"

他的言辞和他的简慢激怒了克里。四面一看之后,他答道:

"我听说你是被保释出来的,是吗?"

"不错。当然,没有旅行的权利。但是我恐怕我长胖了。所以我旅行。"

交换了几句闲话,他们就到了普里士的寓所的前门。古图索夫用一只手按门铃,伸出另一只手给克里。

"我也是到这里来的。"萨木金解释。

"你也是?那就更好了。"

一个少女开了门。古图索夫用肩头把克里推进去。回头看一看,他拍拍她的肩背:

"你更漂亮了,啊开西亚[1]!这样一个啊开西亚!我爱你,啊开西亚!"

---

[1] 俄语"啊开西亚"意云"偶然""不期而遇"。

"是吗?"那少女反问,欣欣然,想要接过古图索夫的手上的外衣。但是他自己把它挂起了。

"一种民主的态度。"萨木金觉得。

普里士喜欢而又惶惑地接待他们。

"你自由了吗?"

"像你看见的一样。"

他们爬上那刻苦的小房间,古图索夫把他的沉重的身体抛在那行军床上。他吼道:

"呵!叫他们弄点茶来。"

"我不知道你们彼此相识。"普里士说,好像是在克里面前道歉似的。坐在床上,他开始询问古图索夫到过些什么地方,见过些什么事情。

萨木金稍微觉得有一点狼狈不安。普里士显然以为他曾经牵连在古图索夫案件里面,而古图索夫又以为他和普里士有同样关系。克里想要问他在这里是否妨碍他们,但是好奇心使他沉默着。

古图索夫坐在床上,两只脚悬垂着,他的长靴没有擦过油而且被套鞋磨坏了。他靠在墙上,一只手端着碟子,另一只手端着茶杯,正在谈论克里所熟知的事情:

"小马克思主义者逐渐多起来了,但是他们不重视他们和工人的联系。他们多讲理论,对于实践却少热情。有些妄自尊大的小公鸡总是发牢骚。他们说马克思主义缺乏浪漫性,而平民主义却有英雄、炸弹,以及一切马戏团的东西。"

"喀山的情形怎样呢?卡尔可夫又怎样呢?"普里士询问,握响他的手指。

萨木金觉得,除了普里士的问话的友谊的声调而外,他们的态度就像刘托夫对于伐拉夫加的消夏别墅的那年轻妇人的态度:上司对于属下的态度。

古图索夫从他的衣袋里取出一只烟盒，斜起一只眼睛窥看着那空虚的内容，然后把盒子搁在桌上。

"你不吸烟吗，萨木金？可惜。有些坏习惯对于朋友是很有用的。"

克里从来没有看见过他这样高兴。半身趴在床上，他讲着：

"我从布林司基到杜拉。那里有几个认真的伙伴。'瞻仰托尔斯泰去吧'，那时我对我自己说。接着我就去了，我们辩论福音书上的各种剑，托尔斯泰在战斗中所用的是耶稣所擅长的装在鞘里的钝刀。我所用的据说是：'没有和平，但是战斗。'托尔斯泰并不能抵御这一把剑。其实对于逻辑的事项他是很任性的。所以，我们彼此完全不相同。"

要使他们想到他自己，萨木金说：

"一个非凡稀奇的俄罗斯人，这位托尔斯泰。"

"不错。"古图索夫同意。他又说："就因为这理由，所以有毒了。"

"对于谁？"克里质问。古图索夫打了一个哈欠，答道：

"对于历史，历史已经被这一切情感喂得太饱了，要呕吐了。"

普里士玩笑似的朗诵着：

"托尔斯泰是俄国农村的原始的诸势力的完全的表现。"

"好，从这一点上我们得到什么结论呢？"古图索夫问，从床上跳起来，抬起他的肩头。把一撮胡子塞进嘴里面。用嘴唇搓揉着它，然后说：

"请原谅我们，萨木金。波尔士到这里了！"

他捏着普里士的肩头，推着他出去了。克里单独留在房间里，从窗子里呆看着那铁屋顶，感觉到他真喜欢这农民似的古图索夫对这小巧玲珑的犹太人的谈话的那种自由自在的声调。他不喜欢古图索夫的民主派的态度，他的靴子，他的粗陋的胡子。他恼恨古图索夫对于托尔斯泰的态度；然而他承认这些不唯不是古图索夫的缺点，却也造成了他的可妒羡的统一的人格。这是无可非难的。

"好，我要走了。"古图索夫走进来说，"你呢，萨木金？"

"我也要走了。"

二

在街上，古图索夫迎着冷风和尖刺的雪花扣起他的外衣的纽子，含糊地说：

"我们的小普里士过着一种舒适的生活。"

"我不很明白什么东西吸引他到马克思主义。"克里宣言。古图索夫窥看着他，问道：

"你不明白吗？嗯……"

走了几步之后，他问：

"你喜欢吃点东西吗？"

"我想喝点麦酒。"

"好，我们可以去喝。"古图索夫同意。他走进一间小铺子去，又衔着一支烟出来，温和地呼喊：

"那么！去喝呀！"

他又仔细地研究克里的脸。

"所以宪兵们审问过你而且相信你的政治的童贞，是吗？"

萨木金来不及反攻这粗鲁的玩笑。古图索夫关切地，甚至亲昵地继续说：

"你着急了吗？不？那就好了。当他们第一次审问我的时候，我惶恐地愤怒起来了。我要自认我愤怒是因为我有一小点恐慌。"

在一个便宜的小饭馆里，古图索夫选择了一个昏暗的角落，要酒要菜。他旋起眼睛，注视着在这中型的房间的烟熏的天花板下面坐着的人们。有三个人以确切相同的姿势伏在桌上吃得正起劲；第四个，已经满足了，一面剔牙齿一面呆看着一个坐近窗子的女人；她正在看一封信；她前面的桌子上有一杯咖啡和用皮带捆着的一包书。克里看着她的面纱半罩着的脸和紧闭着的嘴唇，在他的注视之下那嘴唇闭得更加紧了，以至那嘴弯起恼怒的皱纹。他蹙着眉头,认出她是刘托夫的一个熟人。

"这小酒馆似乎是一个约会的地方。"他自己在想,然后问古图索夫:

"你从前来过这里吗?"

"第一次。"古图索夫咕噜,并不抬起头,仍然在吃。他的嘴里是满的,他囫囵地说:

"那么你不明白什么东西吸引某些个人到马克思主义,是吗?"

"不,我不明白。"

"来一杯!"古图索夫邀请,推一满杯给克里。他随便撒许多芥子粉在他的火腿上,那气味是这样强烈,以至刺痒了萨木金的鼻孔。

"一种视官的错觉。"他叹息,"许多人在科学的社会主义之中只看见关于经济进化的一种学说。对于他们,马克思主义完全没有别的气味。问题就在这里!"

他一口喝了麦酒,继续说:

"但是我们彼此的朋友坡阿可夫发现了:我们的富裕的青年们走到马克思主义是由于直觉的阶级的先见,感觉社会崩溃的必不可免,任随你怎样设法挣扎。然而,自我保存的本能激动这种挣扎。"

他吞吃完了他的一餐,显然不足地看着那盘子,而且要咖啡。

"所以,原因是这样。有些人是由于视官的错觉,另一些人是由于阶级的直觉。倘若工人接受了一种于他的雇主有害的学说,倘若那雇主并不是傻子,他就必须认识那学说。那学说或许就要被强奸。在欧洲他们就努力设法强奸它,而我们的脆弱的资产阶级并不都是聋子或瞎子。显然已经有种种企图,要组织一种阶级自觉。新的斯拉夫主义已经正在制造之中。正要推翻彼得大帝[1]的事业。总之,有一种摇

---

[1] Peter the Great(1672—1725),俄国皇帝(1689—1725在位),尽力引入西欧工业文明,以改革俄国之雄主。

动不安。"

那四个沉默的人似乎长大了,膨胀了。那女人已经看完她的信,把它藏在皮包里,皮包啪地响了一声。古图索夫用一种低音说:

"我们的新文学运动是确切的征候。他们说在象征主义者和颓废派之中有些有才能的人们。文艺上的颓废就是表示一个阶级的初期的衰落,但是我以为,在俄国颓废是一种模仿的现象。我国青年们模拟资产阶级的欧洲的精神解体的代言人和牺牲者的作品。自然,当他们长成的时候他们就会想出他们自己的东西。"

"你知道斯推拉托那夫吗?"克里问。

"那法律学生吗,那大衣架子呀,我见过他。有什么关于他的事吗?那蠢材将来一定会做省长的。"

古图索夫用餐巾揩了他的胡子,点起一支纸烟,很有味地看着它,然后叹息:

"现在是我走的时候了。一个荒谬的城市。好像恶魔用他的手杖搅动了它似的。它叫喊:'我并不是你的欧洲哇!'但是那些住宅看来是像欧洲了。你知道。他们任意把维也纳人丑陋地改装为莫斯科人的继子。除了这些怪状而外,一些三道窗子的灰暗的小鸡窝杂乱地拥挤在街道上。在门上挂一块招牌——某人'预言将来',从五点至八点云云。某人的想象显然是要报应在他上的。将来!"古图索夫扩大地微笑着,"莫斯科呀,你将要变为欧洲!这就是将来!"

忽然记起什么事来了,他急忙递一张卢布给克里:

"我要走。我要走。请你算账。再见。"

克里又要了一杯茶,并不因为要喝,而是因为好奇,想要知道这女人所等待的是谁。她把面纱揭开,急忙写些什么在一本小杂记簿上。萨木金一面看着她一面想:

"政治献给人许多机会,使人有名,有权。这就是吸引古图索夫这一流人的东西。但是像她似的人物——什么在吸引着她呢?"

他的思想流向两个方面：他思索着这女人；他努力理解他对于斯徒班·古图索夫的态度。和这人的第三次会面使克里分明觉得这人在他的心里引起了种种完全矛盾的情绪。"古图索夫主义"，粗鲁的玩笑，所谓真理的不可动摇的确信。这有许多别的——全是克里所厌恶的，但是这家伙的一往无前的精神，那自由自在的心怀，吸引着克里，甚至引起嫉妒，虽然并非恶意地。

那女人站起来，戴上她的面纱，走了。

"不愿再等待了。或者是等待她的情人吧。他或者已经被捕了。"

三

对于克里除了回忆里狄而外要思索女人是不可能的。关于她的种种记忆在他心里激起一种被损害的悲苦的咬痛。

有一次发尔发拉问他：

"里狄常写信给你吗？"

"不经常。"他回答，里狄不过从巴黎写过一封信给他，"她不喜欢写信。"

"也不喜欢谈话。她是神秘的，是不是？"

克里从他的眼镜里面严厉地看着她，说道：

"并没有神秘的人物。那是作家们捏造出来给你们消遣的。'性爱和饥饿统治着世界'，我们全都必然服从这两种基本权利的命令，艺术尽力于美化两性本能的动物的欲求，科学帮助满足肠胃的欲求。不过如此而已。"

他往往想到：在这样粗率的谈话之中，把各样东西都剥皮露骨，他不但嘲弄着发尔发拉并且也嘲弄了他自己。和这年轻女人开玩笑使他增加了快活，是他的唯一消遣，使他消解了毫无结果的自我审查。虽然他明知马拉可夫比他更漂亮，但是他相信像发尔发拉这样空心呆头的女子对于一个会开玩笑的学生必定是更有兴趣的。他欣欣然看着发尔发拉对待恋爱病的马拉可夫越加傲慢了，虽然那可怜的家伙还在竭诚补充她的名人画像集，甚至于热心到把麦高莱的《历史》上的一张马利斯土特的版画偷割下来，当他在某个朋友家里看见这本书的精美的英国版的时候。萨木金告诫他损坏书籍是不能容许的。但是马拉可夫很幽默地推开他：

"孩子们正要和麦高莱游戏呢。"

有一次马拉可夫夸赞那教堂庶务，说：

"在乡村里他是一个奇妙的宣传家。像他似的蛀虫会吃穿罗曼诺夫氏的御座。"

发尔发拉吃吃地笑了，露出她的美好的牙齿。

"倘若他们是些蠕虫，英雄主义呀，美呀，在哪里呢？"

"耐心等着吧。英雄主义的美丽的伟绩也要来的。"他预约。但是她说：

"你说得很对。那教堂庶务就像一条蛀虫。"

萨木金得意地微笑着。她惹恼了他，因为她在他面前装作一个忠实简单的生物，而且，也因为她不好看。他一天比一天更想要拨弄她，要使她伤心的那欲望越来越强了。注视着她的绿眼睛，他说：

"人必须把一个女人想象得比她的真相更美好。这是必要的，因为这才能更容易承受那和她共同生活的悲剧的必然性。在每个男人心中都隐藏着因为需要女人而受苦的复仇的欲念。"

萨木金分明知道他是在复述尼采和马加洛夫的意见，但是说得出这样格言却使他觉得自己的聪明。

"你说的真是呀。"发尔发拉沮丧地叹息，睫毛低掩着她的眼睛。

是的。和她相处越来越有趣起来了，只要稍微假装一点和她相爱，她必然就会立刻反应。她就会的。

四

在一个节日,萨木金到发尔发拉家来吃饭,发现马加洛夫坐在桌子前面。使他吃惊了。他看见这医学生的二重色的鬈发里面闪现着灰白的丝缕,而两鬓上尤其显著。马加洛夫的眼睛已经深陷在眼窝里,但是他并不使人发生不康健或早衰的印象。他仍然反复申说着妇女问题,他现在显然不能谈论其他任何事物。

"一切敌视男人的事情都是用一种女性的名词来表示的:狠心、嫉妒、贪鄙、虚伪、狡猾、苛索。"

"那么爱慕和欢娱呢?"发尔发拉急躁地叫喊,她的声调是感伤的。克里微笑着,反激她:

"愚蠢、痛苦、污秽。"

"生活、斗争、胜利!"马拉可夫插嘴。

镇静地等待他们的吵嚷完了之后,马加洛夫说出奇妙的话来了:

"例外反驳不了什么,即使在仇恨中也还能够找出一首天然的抒情诗的。"

用一种蹙眉示意的态度镇压住反对者之后,他继续说:

"我的意见是简单的。一切恶名的给予都是由于亚当对于夏娃所感觉的那仇恨。这仇恨的根源是在于他认识降顺于女人是必不可免的。"

"这是你的意见。"发尔发拉对着萨木金叫喊,后者正在搜查着他的朋友的精神变态的表征。

他看见马加洛夫已经不是曾经在夜间的别墅的走廊里恳求他来研究他的心理探讨的那个人了。他的态度是镇静的,他的言辞是自信的。他吸烟比以前少了,但是还没有失掉把火柴烧到末尾的那习惯。他的脸,变粗了,不如以前活动了;他的深陷的眼睛的表情是严酷的、傲昂的。马拉可夫涨红着脸,在椅上蹦跳着,激烈地争论着,对着他的反对者摇着一个恐吓的手指。他叫道：

"中古主义！鞑靼蛮风，教会的蒙昧主义！"

他劝告他的论敌去读《俄罗斯妇女》，这久已被忘却的无才能的作家希士可夫的著作。

克里欣然看着马拉可夫失去了发尔发拉的援助，她已经明了马加洛夫并不是厌弃妇女，所以和蔼地顾盼着马加洛夫。她不耐烦地向她的朋友马拉可夫抗议：

"唉，不要嚷呀！你简直不懂……"

马加洛夫，等待马拉可夫说完之后，才摇摇头，好像驱逐苍蝇似的，然后沉静地继续他的劝告。他带来一篇复印的论文，作者是 N. F. 费多洛夫，一个萨木金所不知道的哲学家。他高声读了几句异常重拙的话，说明资本主义制度的残酷全是由于两性本能的过度紧张、变态、肉欲横流的结果，没有什么东西限制它或使它向上。挥动着那论文，好像信号夫摇着表示危险的红旗似的，马加洛夫大声疾呼地对他们演说：

"不错。这确有许多教会气味。关于两性间的关系，人们大多数是依照教会的意思的。作者是一个聪明的敌人。他是对的，他说：'妇女的支配权并不沉重，但是毁灭的。'我以为在俄国他是第一个这样决定地和正确地说明了这观念的：妇女无意识地实现了她的支配权，她的在人间的中心地位。但是他自然不能这样做——承认她是文明的主要动因和鼓励者。"

发尔发拉立刻给予这女性中心论者感谢的一瞥，而且仔细地估量他。萨木金恼了，急于想要在马加洛夫心里发现某种变态。

"或者一个手淫者吧。"他决定，并且在马加洛夫的服从于一个单纯观念之中发现了这样一种变态：他的完全冒昧于其他一切，而且把火柴烧到末尾。他曾经听说马加洛夫正在用功于临床医学，而且一个著名的妇科医生很重视他。

"你还住在刘托夫家里吗?"

"是的。当然在那里。"

"你喝酒吗?"

"现在我正在设法和它分开。我讨厌它了。"马加洛夫回答,"现在刘托夫也少喝酒,因为他的父亲死了。他离开了大学。他有他自己的职业——毛织品和皮货——遨游全俄罗斯。"

五

有一夜克里在街上偶然遇见刘托夫,是在一条黑暗的小巷的转角上彼此撞着的。

"很对不起!"

"哈啰!是你呀?"刘托夫大叫,声音这样高,以至过路人都转身看着他了。其中有两个竟自停住着,显然在等候着吵架。刘托夫披着一件宽大的皮领外衣。他的帽子是皮的。他的公羊胡子似的下髯使他的容貌好像涅克拉索夫[1]的画像。克里说明了这种类似。

"你恭维我。别人要送我到疯人院呢。我们到提士托夫去吗?——马车!"

一刻钟之后,坐在一个酒店的雅座的长沙发上,把他的歪斜的眼睛集中在萨木金的脸上,他油嘴滑舌地乱谈着,叫喊着,大笑着,饮着高价的酒。

"好,所以我在自然的怀抱中过了大约五个星期。'森林与原野,四顾无灵魂',没有别的。我走到郊野里面,我看见从森林里出来的不过是——图洛波伊夫,夹着一支枪,恰好我也夹着一支枪。'我相信我们曾经会过',他说。'我硬要说我们会过的!'我回答,很想放一轮子弹

---

[1] Nekrassov(1821—1888),俄国诗人。

在他的脏脸里面。但是我偶然踌躇于某种障碍。我究竟是一个文明人，知道有法律。况且，我知道他和阿连娜之间不会有什么结果的。好，我想，算了吧，鬼惹他。"

他闭起眼睛，歇了一会儿。他站起来，倒酒在克里的杯里。

"其实，我满不在意。我简直就喜欢看见有一个人在那里。那是森林，你知道。巍然高耸的烧焦的松林。狂放的麝香草开着风骚的花。鸟儿欢喜地唱着笑着，鬼惹它们。雄的唱歌引诱雌的哟。我们也是雄的，图洛波伊夫和我，但是我们唱歌给谁呢？没有。那时候和我同住的是一个地主，一个农会[1]的拥护者，排犹主义者，虽然也是自由主义者，什么都说，什么都干。我把他讨厌死了。他的妻呢，大约四十岁。正在读莫泊桑的一切小说，而且害着胃痉挛病。"

他用他的手指使劲揩着他的慌张的眼睛，而且仰跌在长椅上。

"所以，我搬到图洛波伊夫家里，我爱这样的人。'纵然是一株不结果的无花果树，永久被遗弃的零落者，而且连影映都没有。'我引用错了，没有错吗？我真被感动了，由于他觉悟他的命运，由于他准备溃灭。他不信仰什么。他不能信仰什么。这是有益的——消解了矜持的心情。而且四面八方，农民都骚动起来了。"他继续说着，带着一种微弱的笑声，"有两个乡村要迁移到一个新区域去。那些蠢头蠢脑的分教派，好像杜孔包尔[2]似的。第三个乡村几乎全犯了焚烧御林和杀害林官的嫌疑。"

萨木金问他阿连娜在哪里。

"这，在巴黎，"刘托夫回答，不知为什么理由，用手指指着天花板，"里狄写信给我说她俩和另一女子同住。我忘记了她的名字。是的，农民骚动了。"他又说回来了，揩揩他的多瘤的前额："你的意见怎样

---

[1] Zemtvo，当时俄国地主们联合压迫农民的一种组织。
[2] Dukhobors，俄国农民的一种宗教共产主义者，后因被压迫，多移居加拿大。

呢？你以为农民快就要爆发了吗？"

"革命是必不可免的。"萨木金主张，心里想着里狄有工夫写信给这毫无足取的家伙，但是不给他。无心倾听刘托夫的可笑的混话，他回想着他曾经一次再次写长信给里狄，但是重读一遍又把它们毁了，原是用心写好的，却发现其中有些是必须对她守秘密的，有些是屈辱了自己的。刘托夫喝着酒，好像烧着嘴唇似的说：

"你把你自己紧紧地捏在你的掌握中，萨木金，你是少说话的人。你不是步兵也不是骑兵，而是工兵，或许是什么参谋长。"

克里迟疑地对他皱着眉头。然而他是诚恳的，据说：清醒的人放在心上的，醉人就放在嘴上了。他开始更加注意地倾听。

"我——我——固然是——一个牺牲者。而图洛波伊夫也是的。他是历史的贝壳裁判[1]的牺牲者，而我是溺爱酒精的牺牲者。这就把我们拉拢了。这并不是开玩笑呀，老朋友。不是的！"

从长椅上跳起来，他开始在房间里踱来踱去，那脚步是这样有劲，桌上的杯瓶都丁零地响了。

"一点钟以前，我在一处开会，他们也在骚动，也显出那——呃——火上的油虫的焦躁不安。有一个大鼻子的太太，好像一个马车夫似的。她是一位将军兼枢密官的太太。还有一位小姐，有钱的酒商的女儿，我相信。还有许多别的，全是出色的人物——那是，全都装出代表人民的样子。他们要钱，办一种杂志。一种马克思派的杂志。"

歇斯底里地大笑着，刘托夫冲到桌子前面，和克里碰杯，而且大叫：

"我为最简单的俄罗斯村妇的健康喝一杯！你懂得。她们'将要阻住狂奔的马，将要住入烧毁的小屋'。"

---

[1] 古雅典之一种法定流放，凡人民所恶之人，不问有罪与否，由公众投票放逐国外，因投票时书所欲放逐之人名于牡蛎壳上，故云。

他急速喝完他的酒而且把杯子抛在盘子上。

"坦白地说，我害怕她们。她们有庞大的奶子。她们用她们的奶养育白痴的族类。这是真理，汉子。是的。她们有本领使人成为白痴，成为不堪，成为可怕。我们俄罗斯就正是这样。"

他坐下，搂着克里的脖子。

"冷冷地，毫无同情地，你总在计算人类的灾患，好像一个数学家，一个德国人，一个会计师，计算资产多少和负债多少。跟你下地狱去！"

"他是这样看我的！"萨木金想，不高兴地吃了一惊，这样是因为刘托夫捉住了他的脖子。他摆脱他自己，然后说：

"我们的苦患的重大是故意张大其词的。"

"你说我吗？"刘托夫叫喊，离开他而且站起来，"这是谎话。我是——但是没有关系……"

"我不喜欢你，老朋友，"他大叫，"不，我不喜欢。你是有趣的，不错。但是你不是我所同情的。或者，你比我更要堕落一点。"

他狂乱地演着手势，他的声音低沉为一种私语。

"你是站在什么高处眺望人群呢？为什么从屋顶上呢？"

萨木金不能不花费半点多钟的时间来安抚他。当他又沉醉了而且开始昏迷地乱嚷着的时候，萨木金就友好地和他告别而去了。

在街上，他又想道：

"他是这样看我的！"

此刻这一句话里所有的愉快并没有受扰害。

"或者别人也是同样看我的，不过我不觉察罢了。不同情，我不需要同情。"

这当然是惬意的：知道刘托夫这样一个不能否认的精敏人对于他自己有这种意见。虽然被削除了同情的资格总是有伤感情的，但是萨木金觉得这种意见使他自己伸直了腰肢，因为它提高了他的自尊和他的独创性的意识。

六

　　大约两个星期之后,萨木金被无聊所逼迫,来到发尔发拉家,大为惊异地停住在餐室的门限上。那里面,坐在一只茶炊前面的桌子旁边,手里拿着一本书的,却是鲁伯沙·梭莫伐,一个穿浅色衣服的、胖胖的小东西,像一只雌鸟似的窥探着全世界。

　　"是他呀!"她叫喊,张开两只短臂。她跑到他面前,一跳就抱住他的脖子,吻他,在他的周围旋转着,随时都嚷叫着快活的傻话。她的欢笑的真诚使克里惶恐不知所措。他能够回答那真诚的就只有惶恐。他含糊说:

　　"刚来!从哪里来?为什么在这里?"

　　梭莫伐回答得异常敏速,坦然让他坐在桌子前面,好像女主人似的。

　　"我从巴黎来。里狄要我来。我要住在此地。我已经和女主人把一切都办好了。她是谁,里狄把她称赞得了不得。"

　　闭起眼睛而且摇着头,她颤声唱歌似的说:

　　"噢,亲爱的克里,那是何等奇妙的地方啊——巴黎!"

　　他轻轻地拍着他的膝头。

　　"好呀,没有见过巴黎就不能理解人生。"她突然停住了,咬着嘴唇,然后疑问地瞅着萨木金的眼镜。

　　"马克思主义者?"

　　"是。"

　　"天晓得!这是一种流行病,你知道吗,里狄被哲学、宗教弄得昏头昏脑,总之——伊诺可夫现在哪里?"她突然问,但是不等回答,就用严厉的声音紧急地说,"你为什么不喝茶,我一见赛摩伐[1]就感动得

---

[1] Samovar,俄国特有的一种菜炊。

了不得。虽然那瑞士的侨民也有一只茶炊。"

截住她的忽天忽地的胡说，萨木金说伊诺可夫毫无希望地恋爱着一个至少比他长十岁的妇人，而且作些很坏的诗。

"坏？"她不相信地问。她低头沉思着，玩弄着她的发辫。

"怎样？'旧爱并非霉'吗？"萨木金问。

她叹息，用茶杯暖着她的手。

"他应该作得好。他有诗在心里。"

她使自己坐得更稳定些，继续着她的忽断忽续的问话和议论。在最初几分钟之间，萨木金得到这印象：她已经具有动人的魔力，她的国外旅行曾经加深了她的俄罗斯的特性：她的淡蓝眼睛，玫瑰色面颊，亚麻色的大发辫，平滑光洁的头发，全使他想起俄罗斯的农家女儿。然而，过了一会儿之后，他觉得她已经习得一种可厌的泼辣精神。她的两只短臂的手势是滑稽的；她穿着一件新异的长袍，显出不相称的炫夸的丑样。这使矮胖的她确切好像一只母鸡了。她说话也有咯咯咯的滑稽语调。

"是的，我的亲爱的。我很想恋爱了。小心些！"她警告他，把她的椅子更移近些。好像一个怕热的人解脱衣服似的，她忽然急促地说："我已经有过一次不幸的恋爱。"她吃吃地笑，瞟着克里。她的眼光惨淡了，"我在克里米亚，做一位太太的校对员，很苦。她害病，害——理由充足。后来她的儿子到了，这样一个笨家伙，瘦弱，尖的小鼻子，但是呀，真了不得！他有一双奇妙的眼睛，而又什么也不明白。"

用一个手指指着克里，她急忙悄悄地小声说：

"关于这个，请你不要告诉任何人。"

"关于那眼睛吗？"克里嘲弄。

"关于各样事。"她诚恳请求，把她的发辫搭在她的肩头上，"他常常说的话是：'关于这些事我从来不知道。'他也不知道一切坏事，或不端方的事。这种人是所谓在食橱的玻璃门后面长大的。他是一个傻得可怕的婴儿。好，我爱上他了。他是一个天文学家、地质学家，总之一切科学的科学家。他随时都在反驳某个学者，这人早已老死了，我相信。总之，是这样一个可爱的孩子……上帝自己的顽皮的孩子。他好像伊诺可夫。"

她的粗率的形容词是很好笑的。萨木金觉得她加了半谐音在话里面，因为她把"地质学家"读为"地子学家"。她的发音多半不正确，语尾往往被略去或软化。

她说"孩"，就是说"孩子"。

"而且常常计算了又计算。三百万年，七百万启罗米突——数不清的零号。我想要吻他的可爱的眼睛，可是他不断地谈论康德[1]和拉普拉斯[2]以及花岗岩和阿米巴[3]。后来我看出来了，在他看来我也不过是一个零，一个泡影罢了。但是我为他发狂了，我想要跳河。"

梭莫伐大笑着，但是终于咬着嘴唇，而且眼泪闪射在她的眼睛里。

"我是一个傻子，是不是？快要哭了。"她呜咽着，"但是，你知道，我真正成功了，终于使他爱了我，而且真奇怪……而且他那样狂热。好像他已经醒来了，从中生代爬出来，解脱了那些星座对于他的羁绊。他的手是瘦长无力的。他吻我，抱我，好像他是新生的，来到另一个世界。"

她姣好地哭泣着，眼泪流过她的笑颜好像晴光中的雨点。

"这是他自己的表示：新生在另一世界里。"她说，用她的发辫的末梢揩掉她的腮上的眼泪。克里在这丰腴的姑娘的泪汪汪的光景中看不见一点悲哀。这却增加了她的可爱。

"试想想看。突如其来，有一夜，他的目空一切的母亲来了，来到

---

[1] Kant (1724—1804)，德国大哲学家。
[2] Loplace (1749—1827)，法国数学家、物理学家、天文学家。
[3] amoebas，一种极下等的原生动物。

我的房间里，你知道，那样庄严，带着一种凄厉的表情，好像哀亚尔的女儿复活了似的。她说：'我的儿子刚才告诉我他要和你结婚。我请求你，乞求你，拒绝他。他的一切在于将来。他是一个大科学家。他必须不结婚。我要跪在你面前——'她真的跪下了，而她一向是把我当作婢女的。啊，天哪！"

梭莫伐用手巾蒙着嘴，大声抽咽着，哭得喘不过气来，这样艰苦地过了几秒钟，眼泪在她的浮肿的面颊上奔流着。

"真困难，真可怕。我说：'好吧，好吧，就这样吧。你可以去了！'第二天清早我自己走了。他还睡着，我留给他一个字条。恰像一篇高尚的英国小说。傻气而又动人。"

她用那涕泪淋漓的手巾扇着她自己，而且舒展地叹了一口气。

"而且我努力使他爱我……"

萨木金低头藏住他的微笑。听着她的故事，他想到她的体态和性格都只适宜于喜剧而不大宜于悲剧。但是不论如何，她的命运却使她上演了感动了他的悲剧。他觉得他也曾经有过一种戏剧的经验。然而，他完全不知道怎样表现曾经扰乱过他的那种情绪。她的最后一句话完全消灭了这种感想。歇了一会儿之后，他问，很低声：

"你曾经——和他同住了吗？"

梭莫伐摇摇头。现在她软弱了，缩小了，低垂着肩头。偏起她的头，用纤纤的手指编着她的发辫，她解释：

"他的母亲坐车送他到德国，给他娶了一个德国女子，一个教授的女儿。他因为精神错乱，现在住在疗养院里。他的父亲是一个酒狂。"

她叹息了。

"你知道，才一开始我就确信这对于我不会有什么好处。世间一切我都觉得非常错误，克里。"她疑问地埋怨，疯狂地看着他，"这给了我一个可怕的打击。我应该谢谢里狄。她写信叫我去，否则我会……"

恐怕她又要哭起来，萨木金问她阿连娜在巴黎干什么。

"她正在得意咧！啊，她是这样胡闹！你简直不认识她了。军官的寡妇一流人——好像有时在乡间看见的那种人。她是可惊的美丽的。男人们成群地追随着她。你知道不知道，她和里狄快要回来了？"她站起来，在镜子里看看她自己，"我应该洗脸了。我往哪里去呢？"

七

当梭莫伐洗脸的时候，发尔发拉回家来了，即刻跟进来的是马拉可夫，穿着旧货摊上买来的旧上衣，布袋形的灰裤子，长筒靴。

发尔发拉讥刺地欢迎他：

"又参加假面跳舞会了吗？"

半点钟以后，萨木金看见梭莫伐完全是另一个人了。她显然早已认识马拉可夫，他们之间的关系是敌对的。梭莫伐用挑战的话接待那学生：

"哟，真理与善行的使徒，你装得这样可笑！"

当马拉可夫看见她的时候，他的脸上所皱起的深刻的纹路即刻变成一个微笑。他用法国话回答她：

"最后笑的才是第一个会笑的！"

他似乎觉得这话说得粗鲁而又不适当，他的面容又变为阴暗的了。当发尔发拉忙着预备茶的时候，一场辛辣的对话就发展于梭莫伐和那学生之间。梭莫伐正襟危坐，她的袍子上的丝结缎带都耸立起来了。克里几乎忍不住大笑了，当他听见刚才丰满的小脸上涕泪横溢的她嘲讽马拉可夫的时候：

"哦，这些，你知道，不过是感伤而已。"

转面对着萨木金，她问：

"他是不是还在崇拜农村？"

"马克思主义并不适合于你。"马拉可夫咕噜着。

"我不知道我是不是一个马克思主义者,但是我是一个女人,她不说她不感觉的东西。我不讲什么爱人民。"

萨木金大为惊异地观察着她,想着她真是心里有什么就说什么的。他回想到她还是一个顽皮的小姑娘的时候,往往发明一些淘气的、古怪的玩意,于是他想道:

"人们何等不自然地和莫名其妙地改变了。"

发尔发拉正在低眉研究着这突如其来的寄宿者。虽然她不说,克里知道她是感触颇深的。马拉可夫,正在专心喝茶,勉强答辩着。他显然因为那不合适的服装而感觉窘迫,总之,他的心情是异常阴郁的。没有人阻碍着梭莫伐的傲昂的固执的独唱:

"在乡间,我觉得我的工作,客观地说,是必要的,但是对于我的雇主却毫不中用。他把我看作他的养鸡场里的一只乌鸦似的。他是文盲,但是,以他自己的看法,他是精敏的农人,好家伙,觉得他自己是世间最必要的头等角色。同时他能够看出他是处于许多主子驱使之下的一个奴仆的羞辱境地。他并不相信我苦心注入儿童头脑里的科学。其实,他不信仰任何事物[1]。"

马拉可夫含糊地咕噜着分教派。

"啊,不要傻气!"梭莫伐叫喊,"为耶稣而起革命的时代已经过去了。是否有过这样的革命也很成问题。"

"啊,够了吧。"马拉可夫没精打采地说,毫无希望地摇摆着一只手。

"我再说。他不信仰任何事物。"梭莫伐重复申明,用她的好像肉团似的小拳头拍拍桌子。

---

[1] 当时平民主义者以为俄国大多农民已经领会社会主义,故平民主义者的使命只在"到民间去",唤醒农民,他们就会自行崛起,实现自由的自治制,即无政府主义的社会组织。但农民不听信这些激进的贵族子弟的鼓吹。

讨论终止了。梭莫伐分明觉得别人都讨厌她，伤感于这一觉得，和他们告别而且回到她的房间里，那是里狄从前的住所。马拉可夫摸摸他的头发，说：

"马克思主义使人冷酷。"

"你认识她很久了吗？"发尔发拉问克里。

"从幼年时候。"

"她是很聪明的吗？"

"像你看见的一样。"克里说，而且也走了。

一切的一切，梭莫伐给予克里的印象是不愉快的。而使他烦恼的是：他的幼年时代的这位见证人住在发尔发拉的家里，而且她将要来访问他。但是他不久就明白她并不来搅扰他。她正在勤苦用功，准备考入吉勤教授的专科学院。她像一只小皮球似的滚过整个莫斯科，而她一遇见他就热心地哓哓不休：

"好一个神秘的都市。你走啊走啊。忽然才明白你是在做梦。克里，这样容易使人迷失道路。里维·提公米洛夫是莫斯科人吗？你不知道吗，我相信他是的。"

"你为什么这样想呢？"克里问，高兴她的唠叨。

"因为他迷失了他的道路。"

"你不是莫斯科人，但是你也迷失了你的道路。你读《唯物论的历史》，但是也读杜布里尔的《神秘主义的哲学》。"

"一个人应该知道各样事，我的亲爱的。"

"我以为聪明的书籍使女人失去了颜色。"发尔发拉干脆地说，梭莫伐大有深意地注视着她，而且拉着她的发辫。

"那是锡里赫的一个教授的主张，他是一个反女性论者。他叫什么名字，我记不起了。一个坏脾气的绅士。瑞士的德国人往往是盛气凌人的，而他们的言语也是气势汹汹的。"

她不论什么时候遇见克里，都要告诉他一些新闻：在一个学生团体里面发现了一个官方的侦探哪；另一个团体是"模仿的马克思主义"呀；一位新的宣传家已经公开出现了，他一向似乎是"非法地"生活的呀。她的眼睛闪烁着幸福的光辉。克里看见她里面沸腾着一种对于生活的孩子气的快乐。虽然他以为这是傻气，但他不能不妒羡梭莫伐的那种兴致和能力：称赞人们、家宅、特拉切可夫陈列馆的画幅、克里姆林宫、剧院，以及全世界。发尔发拉也傻气地谈论着这些事，虽然有点机智，而意味却完全不同。

第七章

一

发尔发拉和他谈论学生们与女伶们的恋爱；豪华的酒徒们在"斯推那"和"雅尔"的狂饮；查理·阿孟大戏院的新歌女，不幸的浪漫故事，纠缠的剧情。萨木金觉得她的叙述缺乏色彩和感触。她的主题似乎往往比它的形式更有趣味，她的哲学的企图结局不过是庸俗的唠叨。她叹息了，说出这陈腐的滥调：

"受苦是爱情的不能逃避的影子。"

她的谈话的态度使克里记起伊凡·杜洛诺夫。然而，她的说不完的异性互相渴望的肉欲的故事，常常在萨木金心里造成一种他很激赏的心情。那是有益而又有趣的：听着著名的律师和富裕的实业家、青年诗人、男女名伶、男女学生，全都可怜可鄙地辗转挣扎于原始的性的魔力之下。他几乎相信这是除去一切粉饰的生活的真理——这生活容许种种绮思丽句,人并不必定为它们受苦。他欣欣然觉得这些全是永远铸定了的。这些绝不会被推翻,无论由于什么教堂庶务、工匠,或革命党员,如马拉可夫之类。他的心里闪出马加洛夫的话:"妇女的支配力并不沉重但是毁灭的";还有斯蒂柴巴托夫亲王的《论俄国道德之退化》里的这一句,"妇女比男人更倾向于专制"。回想着这些言辞,克里看着发尔发拉的脸,暗中欢笑起来了。

他分明觉得发尔发拉正在恋爱他。她设法寻求和他接触的机会,一接触就涨红着脸,呼吸是急促的,她的淡红色鼻孔发颤了。她的方法显然是太唐突的。甚至于他告诉他自己:

"这必须停止了。"

他热切地感觉到这种必要,因为马拉可夫变得沉闷而又沉闷了。他不能不觉得他是这快活的学生的忧郁的原因。

然而,克里屈服于一种暗中早已生根了的好奇心,这好奇心紧张地压迫着他的意志。他并不曾停止他和发尔发拉的会晤。他更高兴于对她的淡漠,以及由于他的冷酷而使她惶恐。有时她明白表示对于梭莫伐的嫉妒。他不论什么时候到这公寓里,她都不把他招待在寓客可以闯入的餐室里,而是在她自己的漂亮的小房间里,这房间里早已布置了谈论莫泊桑式的故事的空气。在墙上,在许多画片和照片的方框中间,有两张颜色不明的翻印品:一张是波克林的画——许多海怪正在绿油油的海波里追求一个美发的裸女;另一张是斯徒克所画的《罪》——一条大蛇缠在一个满身茸毛的粗恶的女人身上,它的愚蠢的丑头正对着她的肩头。

萨木金看着她由于他的温言浅笑而引起的快乐很容易地一下就被他的冷淡和嘲讽转变为苦闷,更加自信只要他愿意他就随时能够占有她。这种可能性不过陶醉他几分钟之久。他并不受引诱。甚至当他赞赏他的自制力的时候,他问他自己:

"什么妨碍着我呢?里狄?马拉可夫?"

事情已经到了这样地步,梭莫伐问他:

"有什么不满意？你看不见那姑娘为你憔悴了吗？"

"一个人不能爱一切为他憔悴的姑娘。"他镇静地断然回答，不假思索。

"自命不凡！"梭莫伐斥责，而且叹息。

二

一个沉闷的早晨，萨木金坐在家里，看着《我们的园地》，一张印着许多黑字的恶劣的灰色纸片。那社论是这样起头的：

"这个年头，欧洲卫生学及保健设备逐步成功——"接着就批评本市墓地的种种有碍瞻望，又说到居民的牛羊践踏墓地花木所受的损失。这论文的含糊的腔调使人怀疑一个讽寓埋藏在它里面，躲避检查。由于开头这一句，萨木金猜想这是那编辑作的，他的关于市政的牢骚往往用六十年代的一句笑话开头："这个年头——"伐拉夫加的报纸照例是沉闷的、猥琐的、常套的，只有记者鲁滨生偶尔才开一点儿玩笑。他的《自由谈》的一则是完全用那编辑爱用的成语、引句和格调写成的。"已经告诉过世人无数次了。"他用克雷洛夫的寓言里的这一句开头。用惯常的套语列举了世人已知的各样事，然后又用克雷洛夫的寓言的另一句关于猫的感伤的话加以结束道："但是猫儿倾听了厨子的话，然后继续和小鸡谈论。"

这报纸的最有趣的篇幅是最后一页。克里看到那里：

"萨木金娜音乐学校通告——""伐拉夫加工业事务所——""伐拉夫加夏季乡村管理部，伐拉夫加'休憩所'——""伐拉夫加""伐拉夫加""伐拉夫加"。

"征服普拉森氏。"克里想，大笑了。"多莫加洛夫的家庭浴室要求通知：他们已经在超等部替绅士们设备了依照卡尔可教授的方案的喷泉浴；替妇女们设备了香气浴。"克里正在读着的时候，听见有人敲门。

他叫:"进来!"

邓那夫,马拉可夫的一个鬈发的门徒,走进房间里。以前他从来没有访问过克里。克里整顿他的眼镜,颇为惊异地接待着他。邓那夫照常微笑着,他的浓密的胡子的鬈须是颤动的,他的鼻子异样地埋藏在上髭里面。他走路好像害怕地板会陷落似的。

"他们不在这里吗?"他问,侧目一瞥那床帏。由于这一问萨木金就猜想到某种不愉快的事已经发生了。

"不,不在这里。请坐。"

那工人点了两次头然后坐下。留意着他的脏靴子,他把他的脚藏在桌子下面。脸上仍然那么微笑着,他平静地说:

"好,彼得同志被捕了。教堂庶务也被捕了。他俩是在塞普可夫抓去的。凡拉克辛和孚明是在此地抓去的。我不知道奥丁佐夫怎么样。他是在一个医院里的。他们也要抓我。"

萨木金很镇静,觉得一道惊骇的寒流通过他的背部的皮肤。他思索着那狄欧米多夫,而且迟疑地问:

"有人告发你了吗?"

"我到这里就为这理由。"邓那夫解释,侧目一瞥堆着书籍的桌子,他继续用手指着《我们的园地》,"你知道发尔发拉同志有没有被惊扰呢?她是平安的吗?"

"我不知道。"

"我想要明白这个。她必定被警告了,倘若她还安全的话。"邓那夫推断,"我想她有一些书。而我是不方便到那里去的。"

"很好。我立刻去看看。"萨木金预约。

那工人站起来,伸出他的手,一个微笑展开在他的脸上。

"倘若你不嫌麻烦,你愿意把那些书拿来给我吗?我听说他们让人在监狱里随意读书。"

"你以为你被告发了吗?"克里恼怒而又冷淡地问。

"好像是的。"邓那夫回答,歇了一会儿之后,定睛看着角落里的某件东西,"我们常常和那白眉毛的小家伙萨坡兹尼可夫在一起。我们把他开除了,因为他是愚蠢而且怯懦的。或许伤了他的心……"

"你打算怎样对付他呢?"萨木金问,意识到他的诘问是既不必要也不聪明的。

邓那夫用一个问题来回答:

"我到什么地方去找他呢?倘若我不被捕,我当然要和他谈一谈。"

他不再微笑了,虽然他的牙齿闪现在上髭下面。他的表情是倔强的,他的眼光鲁莽地瞅着克里,使克里不自主地退后而且咕噜着:

"哦,是的——当然。"

"再会。请——立刻就去。"

他又微笑了。虽然那似乎是好意的,克里却不相信。那工人走了之后,他仍然在地板中央站了几分钟,他把手插在衣袋里,想要决定去不去看发尔发拉。他决定他必须去,但是他要访问的是梭莫伐,向她要石印的克娄乞夫斯基的讲义。

三

梭莫伐摇着一张蓝色的电报纸欢迎他。

"里狄要回来了。听见吗?怎么一回事呢?"

当他匆促地告诉她那些人被捕的时候,他意识到一种近于欢喜的内心的不安。

"哦,快点。"梭莫伐用低音催促,把他推进餐室里面。发尔发拉坐在那里,低着头。她穿着一件颜色鲜亮的便服。她怨愤地叫了一声,站起来就向外跑,但是梭莫伐严厉地喝斥道:

"没意思!你所有的违禁物在哪里?你有马拉可夫的信函、文件吗?把它们全交给我。"

她把丧胆失志的发尔发拉拖进她的房间里。萨木金,倚靠在壁炉上,放心地叹了一口气:

"这里并没有被搜查。"

他的恐慌已经改变为这样强烈的喜欢,他需要加以抑制了。

"我和里狄的关系是不能继续的了。我也不想继续。倘若她有孕了怎么办呢?"

他立刻想道:

"倘若我被捕呢!那确要使她感动了。"

梭莫伐拿着一包小册子冲进来,又回头对发尔发拉的房间叫喊:

"把那些信烧了。"

她出去了。萨木金心里领会了她的激动和忙迫。发尔发拉从门里伸出头来探望,惶惑地微笑着说:

"等一等我就来。我要穿衣服哩。"

"对不起,我有事就要到大学里去。"克里通知。他出去了,一个人黯然走在寂静的街上,设想他会见里狄的光景,尽在打算他要怎样对待她。

四

过了好像在考试之前似的惶急的一天之后,萨木金到了车站的月台上。他首先看见的是阿连娜。出现在车门上,盛气凌人地看着每一个人,她大声吆喝:

"脚夫!你瞎了吗?"

穿着黑斗篷,卷边的大帽子上插着烟灰色的羽毛,握着藤杖,她的傲昂而华贵的脸上放射着胜利的光辉。萨木金手里捏着他的学生帽,敬畏地呆看了她几秒钟。

她用法国话招呼他,把一只沉重的化妆匣递到他的手里,好像他是一名脚夫似的。在她后面模糊地微笑着的是里狄,比较起来是一个无色彩的小形体,穿着一件可厌的铁锈色的皮外衣,一顶海豹皮的帽子。

"你好?"她问克里,冷淡地,不高兴地,她的黑眼睛里充满了疲倦——他以为。当他吻她的手的时候,他仔细看了她的手腕,但是她的身材是柔婉而且苗条的。她和阿连娜爬进一乘雪车里面去了。萨木金对于这迎接感觉到一小点儿难堪、扰乱。他自己坐在另一乘雪车上,十分小心地看守着载在车上的几只纸盒子,唯恐失掉一个。

阿连娜在旅馆的房间里,和在车站上一样叫嚣,她命令一个年老的侍者:

"要一只茶炊。要一些吃的东西。请尽量拿来,依照俄国商人的方式。你知道——我在外国住了差不多两年了。"

"我懂得。"那老人说,带着一个愉快的父亲的微笑。

里狄的房间和阿连娜是连通着的。萨木金从门缝里看见里狄和鲁伯沙·梭莫伐,后者急忙打开那些旅行的箱子。

"她必定带给鲁伯沙一些外国文学书。"他推断。

穿着钢灰色旅行的服装,头发蓬松地披拂在壮美的肩背上,阿连娜站在桌子前面,把鱼子酱散布在一个熟卷子上,感伤地说:

"俄罗斯呀!卷子呀!鱼子酱呀——鱼和续随子芽呀!"

她已经没有两年前的女孩儿气,那时她的美貌就已不可一世了。她已经长得更壮丽、更炫目,她的举动已经习得一种娇懒的气概。一看就觉得这女人自以为她无论做什么都是优美的。她的撩人的双臂的皮肤上闪射着袖子的紫丁香色的衬里。她的行动,除了娇懒而外,使人感觉到一种不顾一切的豪迈。她的茶褐色的眼睛就有着这种豪迈的笑意。

"我爱吃。"她说,嘴里塞得满满的,"法国人不吃。他们玩手段。他们对于各样事都玩手段:穿衣服,作诗,讲恋爱。"

克里觉得她的圆软而清脆的声音已经变粗糙了。她也似乎急于要表示她自己。

梭莫伐穿着皮外衣进来了，显见得矮而且胖。她一出来里狄跟着就把门紧紧地关上。

"一点钟以内我就转来，阿连娜。"梭莫伐约定。她消失在门外面。阿连娜目送着她的后影。

"她忙着播种革命哩。我爱这小'妈徒里希加'[1]。"

叹息之后，她问他：

"你也播种吗，你曾经反叛过吗？"

一会儿又问：

"你会过图洛波伊夫吗？"

过了几分钟之后，她一边吃一边说：

"在最初的那一个月尾，他穿着衬衫走进我的房里，嘴里咬着一支雪茄。我告诉他我讨厌雪茄，'真的吗？'他回答。他有点惊讶，但是仍然衔着雪茄。这就是万事的开端。"

她喝干了一杯波罗蜜酒，津津有味地舔着她的嘴唇。小心地把几片熏鲑鱼放在面包上，她继续说：

"我梦想不到在你们这一类人里面有这样可爱的怪物。他翻弄男人们好像翻书篇子似的。'我们什么时候结婚呢？'我问他，而他这样惊异地看着我，以至我觉得他好像一个傻子。'有这样好的事！'他说，'你能想象我是一个丈夫，一个家里人吗？'我立刻明白，他确乎不是一个丈夫。然后他说：'你也不是的。你，连带你的一切性质，是适于家庭生活的吗？'我想这也是真的。自然，我哭了一小会儿。克里，来和我喝一杯。波罗蜜酒不是很美味的吗？"

她喝干了一杯，两手和头奇妙地一动就把她的丰厚的头发披到她的胸上，而且抓起一半头发打辫子。

"在他的朋友之中，"她安详地继续说，"他把我放在这样一个地位

---

[1] 俄语，农妇的通称。

上,以至引起其中的一个煤油百万富翁邀我和他同去游巴黎。那时我还是一个傻子。我并不会立刻拒绝。后来我告诉哀戈。他耸起眉头。他话:'好,他不过是一只猪。这里的这些人全是些猪。'他安慰我:'你和我同去巴黎,等我卖掉我所有的田地的时候。'我又哭了。但是我记起了我的可怜的眼睛。'不,'我告诉我自己,'让别人哭吧。我不哭!'"

她停止了咀嚼和谈话,沉思地仰望着克里头上的窗子。他觉得她的美貌是逼人的、傲慢的。

"这是梭莫伐的机智的话——'一个军官的寡妇。'"他回想着。

五

里狄进来了,穿着鲜亮的黄橙色的便服,系着一条绿色的腰带。她的头发好像一部濡湿的马鬃。她的黑脸是涨红的,纸烟的烟云从她的嘴里婉转出来。在阿连娜面前,她是一个不很熟练的艺术家所画的一张渲染过度的图画。因为怕烟半闭着眼睛,她把一杯茶倒进废水碗里,说:

"倒一杯酽茶给我。"

"但是无论如何,他是很有教养的!"阿连娜突然大叫,显然很高兴,把茶倒出来,"那些卑鄙的商人和百万富翁全都害怕他。他教导他们吃、喝、谈话、穿衣服的礼貌。他训练他们像训练小狗似的。"

萨木金觉得局促不安。里狄自行坐在长沙发上,提起一只脚盘在屁股下面,手里端着一杯茶,默默地、毫不客气地观察着他,她的眼睛里充满了回忆。

"她不讯问,但是她被过多的问题压住了。"他尖酸地思索着。

阿连娜正在编着另一面的发辫,说:

"我认识一个法国女人,一个乐剧的女优,红头发,厉害,放荡,聪明。啊,克里,亲爱的,那法国女人真聪明呀,她对我说:'我们女人所要求的是渺小的。这就是我们所以这样可怜的理由。'你记得吗,里狄?"

"什么?"里狄问,莫名其妙地。

"你怎样和她辩论,而且她说……"

"哦,是的,我记得。她很聪明——哦,很聪明!"

她说得这样快,以至萨木金觉得她不愿意他知道得太多。

"或者是一个有着变态的性的好奇心的俄国村妇的滑稽冒险谈吧。"他想,恶意地,意识到他自己急于要反对里狄。

放下她的残茶,她把烟尾抛进茶杯里,站起来走到窗前,用她的手巾揩揩窗玻璃上的水汽。她回过头来说:

"你的面容为什么这样愁苦,克里?"

他想要严重地反驳,使用久已积存在他的记忆里的言语,但是他的种种意念是这样琐碎,好像一堆残肢断体的苍蝇。他低声说:

"我的几个熟人前天被捕了,或者我也要……"

他的话被发尔发拉冲断了。她汹涌地跑进房里,奔到里狄面前,紧抱着她,长久地吻她,而且大嚷着:

"我的心肝!我的小吉卜赛!"

她立刻又对着阿连娜的脸叫喊:

"我的天,真美啊!我听里狄说过你很美,但是这——啊呀,我简直不敢接触你。"她油嘴滑舌地说着,拉着阿连娜的手,摇着它。

在她的激动中,她饶舌,她作态,萨木金又看见几乎被他的冷嘲教她忘记了的那些装模作样。里狄显然高兴会见她的朋友,显然被她的喜欢所感动。她们互相拥抱着坐在长沙发上。发尔发拉叫嚷着,抚摸着里狄的面颊,温柔地观望着她的眼睛。

"我的小心肝……"

"我疑心她们真是相知相爱。"克里想,观望着她们。他猜测阿连娜也是这样想的。

"我想要去参加音乐的喜剧。"阿连娜宣布,"我想要去。人活着就该活动，像我的法国女人常说的。"

她移动到长沙发上，毫不客气地硬把她自己插在那两个女子中间，她俩这才沉静下去了。从走廊里传来了侍者们的奔跑的声音，杯盘的铿锵，扫帚的窸窣。有人叫喊：

"十三号是一个傻子！"

在长沙发上，阿连娜和发尔发拉的声音更加兴奋起来了。她们似乎在说着一种秘密的言语，并不是说出她们的意见。阿连娜突然不相干地说，加在某人的含糊的言语之上：

"你们不相信社会主义者，我的亲爱的。"

她开始解释：

"在克里米亚有一个社会主义者，他赤脚走路，穿粗布长袍，不系带子，不扣领子。他的脸像小孩似的，但是有胡子——小孩和猴子。他常提一桶水给一个托尔斯泰主义的老女人。"

"他自己就是一个托尔斯泰主义者。"里狄插嘴。

"是吗？反正都一样。他古里古怪地唱着俄罗斯的歌曲，他看我的神气好像一个孩子看见饼干似的。"

萨木金觉得他自己在这里是多余的，拿起了他的帽子。

"你们也该休息一会儿了。"他说。

"是的，我的亲爱的。"阿连娜依从，用她的柔软的手掌轻拍着他的手，"今晚来，不来吗？"

里狄默默地和他握手。可恼的是他看见发尔发拉的眼睛显然高兴地目送着他。他走了，恼怒着里狄对他的冷淡。他疑心这根本是无诚意和摆架子。他曾经希望巴黎会使里狄更单纯、更常态些，甚至倘若巴黎使她堕落一点儿，对于她自己也会有些好处。而这些都确乎不会遇见。她用一种白天不能看见的猫头鹰的眼睛看着他。

"我必须和她断绝。"他勃然大怒。那一晚他苦心熬煎着硬不到那旅馆去。第二天早晨他到那里的时候，阿连娜通知他里狄已经到托洛次塞基夫修道院去了。穿着豪华的绸衣，阿连娜站在镜子前面，正在锉光她的指甲。她突然说：

"她真是一个小孩，永远是追随着胡思乱想。那并不是她缺乏性格。她有多样性格。她说你向她求婚。看着吧！她是一个难养的妻室。她总是寻求着失其常态的人们。但是人们，我的亲爱的，像狗们一样：教养不同，而习惯是相同的。"

"从你的嘴上说出这样警句真是特别。"克里存心挖苦地说。

"为什么特别？我自有道理。"

她把锉子放进化妆匣里，用一只缓冲器磨滑她的指甲。萨木金觉得她的用具像她的衣服一样高贵而精美。那些旅行的箱匣是价值颇大的。他柔和地笑了。

"刘托夫怎么样？"她问，仍然专心于她的工作。

带着恶意，克里告诉她刘托夫的狂饮，他结交革命党人，他会见图洛波伊夫。她一言不发地听着。当他说完之后，她称赞说：

"一个有趣的人，弗拉得米·伐西里维奇。是不是？"

"你不可怜他吗？"

"什么？"她惊异地大叫，"他有什么可怜的？他有他的困难，我有我的困难。我们各清各债。里狄正在寻求着异常人物，她应该和他结婚！不。认真的，克里，商人是猪猡一类，这是无可反对的。但是他们是有趣的。"

转面向着他，她欢欢喜喜地告诉他一个伏尔加的商人讲给她的一个故事。这人的叔父，一个百万富翁，垂涎地对他的一个朋友说：他不惜以五万卢布看看省长的美丽的夫人的裸体。他的敌人把这话报知省长夫人，她却愿意展览她自己，只要他从别的房间的钥匙孔里来窥看她。他跪着窥看了。后来他和她见面的时候，他深深地鞠躬对她说："耶稣在上，夫人呀，我请求你原谅我的放肆。你的美是神圣的，我感谢上帝使我得见这样一个奇迹。"

"这或许不过是一个故事，但是一个好故事。"阿连娜结论，站起来在镜子前面考察她自己，像一位官员将要去见他的上司似的。克里问：

"他付给钱了吗？"

"那老人吗？当然。他给了的。"

"我不相信。"

"你是一个——切实废人。"她说，风骚地看着他一笑。这一笑引起了他的问题：

"展览你自己要多少钱呢？"

"你没有这样多的本钱，心肝。"她回答，而且说，"我们出去散步吧。"

六

在街上，她挺直身体，向着人群迈步前进，她的头昂然高举，摇摆着她的屁股。在这雄赳赳的态度之中的某物引起萨木金对于她的敬重，甚至排遣了他的心事。他不再思索里狄。和这样一个男人全都欣赏和女人全都妒羡的女子手挽手地走着是荣幸的。克里在那些男人们的顾盼之中看出一种奇异的现象：没有戏嬉的神气，也没有男人们对于单是漂亮的女人的那种性的渴望。天空中凝结着几片驼毛细云，模仿着阿连娜的帽子上的羽毛。

"我饿了。"走了半点钟之后她通知。

萨木金扬扬得意地引她到"隐逸居"。她在餐室里选择了地位最显著的一张桌子。当侍者献给她菜单的时候，她对他嫣然一笑，高声说：

"不必，我的朋友。依照你们自己的莫斯科的方式，尽你们的能力伺候我吧。"

她解释给萨木金：

"在巴黎，我也常对他们说，'好，表示给我你们的能干吧'。恭维人,人自己就会奋勇。各样事都是如此的。"

"恋爱也是如此的吗?"

"恋爱也是的!"她承认,十分严厉的。翻起眼睛,露出她的美好的牙齿,她更平静地继续说:"你看我有点卖弄风情?当然,这是不容误会的。那么,让我告诉你吧:我正在开始这种行业。这!鬼惹你们这一类,我的亲爱的朋友!"她的话完结在一种发狠的悄语之中。她的眼里闪射着怒火。

"我——我不是一个道学家……"萨木金咕噜。他想要服从她,和她妥协。她的美貌和她的气概都压迫着他,使他惶恐。她的所谓"行业"使他更加感觉到危险。她往往对着餐室里的看她的人们加以挑战的顾盼。她半闭着眼睛对萨木金宣言:她无疑地是惯于会争吵的,她绝不怕他们。她的声明使他更为惶恐不安了。挤满整个餐室的人们似乎全都注视着她,紧张起他们的耳朵倾听着她说些什么。当那侍者送上盛在碗、碟、盘里的各式各样食品的时候,她好像一个鉴赏家似的端详着它们,称赞道:

"很好!你快就要做饭店经理了!"

一个迷惑的微笑辉煌在那侍者的脸上。他弯着腰,用一种心腹人献密谋的声调说:

"许可我介绍香橙蜜酒吗?非常之好。还有红波尔的酒——很醇又很老。"

"我爱侍者们!"阿连娜宣布,声音又响又粗,"今天只有他们对于妇女献出骑士的劳役。告诉我,马加洛夫在哪里?"

萨木金大笑了。

"你必须承认,从侍者想到马加洛夫……"

"不是从侍者想到他,是从骑士。"她诚恳地纠正他。

"他在读书。住在刘托夫家里。我很少去看他。"

"为什么?"

"他有点儿讨厌。"

"你或许惹恼了他。"

"或许吧。"

当阿连娜开始吃的时候,克里回想他从来没有见过任何人吃得这样优雅而同时又这样愉快。他相信这时候餐室里的每个人才留心他们的刀叉的用法。这时餐室已经沉静了。

吃完了,阿连娜离开萨木金。

"我要去算算我的命运。"她解释。

一秒钟之后,圆而小的台格尔斯基,满脸泛红,忽然从某一角里滚到萨木金面前。他用一种颤声问道:

"那妖精是谁?从巴黎来的?哦呵!"他叫喊。嗫着他的明亮的嘴唇,他佩服地说:

"你真够消受的了。"

在他蹿出来的那角落里,桌子旁还坐着另一个人,圆得好像台格尔斯基似的,但是是中年人,秃头,有须,很沉醉,有一个大肚子和两只长腿。萨木金急于要走,辞谢了台格尔斯基的邀请加入他们。

七

丰美的酒食使他稍微沉醉了,萨木金悠闲地沿着林荫道走到斯推拉斯诺亚广场。

"而且因为她的美貌她已经惹起那么多的无谓纷扰!而现在——"他想,笑了一下。他想要思索里狄,但是忽然看见刘托夫的一个熟人,这女人有一种似乎牵强而又怪不能忘记的微笑。她坐在一条长椅上,又用那种他以为特别的方式向他微笑了。但是当他恭敬地举起帽子的时候,她的无趣的面孔就皱成一副吃惊的鬼脸。

"我弄错了吗?"他问他自己,回头又看见一个穿丧服的人坐在一株光秃的树下。

"不。那确是她。捣什么鬼。这蠢材。"

他向着发尔发拉家走去，希望从她那得到一点儿里狄的消息。他走进餐室就大吃一惊。他看见里狄坐在桌子前面，狄欧米多夫坐在她对面，而发尔发拉坐在长沙发上。

"是的！我说是的！"狄欧米多夫竭尽肺量地大叫，"那全是你的错。你的错！"

他坐着，沉重地伏在桌面上，把双手伸到里狄面前，摇来摆去，好像在把搔或撕破什么。桌布弄皱了，狄欧米多夫用手掌抹平那些皱褶。他伸出僵冷的手给克里而又急忙缩回去。

"你好吗？"里狄问。那声调和在车站上一样淡漠，而又转面对狄欧米多夫说：

"好，接着说吧。"

狄欧米多夫仍然继续着他自己的独白。这回声音低而且快，吞吞吐吐，把右手一摆，左手指在桌边上一按。算是补足他咽下去了的字句。

克里坐在发尔发拉旁边。她把两个手指当作钳子，从她的膝上的盒子里捡起一片糖果，放进萨木金的嘴里，并且悄声说：

"小心。里面有液汁。"

克里也悄声说：

"她怎么会知道？"

发尔发拉默默地耸动肩头。狄欧米多夫得意扬扬地叫道：

"你们的那马加洛夫——他是不正直的。他曲解真理。他纵容你们。老人费多洛夫说的完全和这不同。我知道那老家伙。"

克里正在回想："里狄除了两次问'你好吗'而外曾经对我说过别的什么话吗？"一种轻快的醉意引起他的滑稽感觉。他的座位几乎正对着里狄的背面，他正在揣摩里狄看着狄欧米多夫时她的面部的表情。当他，萨木金，试行暗示一些道理给她的时候，她板起她的面孔，不相信地半闭了眼睛。

"纵容妇女的人们是该责罚的!"狄欧米多夫说,"责罚他们扰乱了生活。你们全都喜欢针呀、香料呀、缎带呀、帽子呀、指环呀、耳环呀——无数的废物。你们没有精神生活——也不过是诗歌和绘画。还有长篇小说。"

"胡说八道!叫人难受。"发尔发拉很平静地说。里狄毫不动容地说道:

"等一等,发尔发拉。"

狄欧米多夫生气了:

"这不是胡说八道。这是糖果。"

"为什么?里狄,这怎么能够听着不作声呢?"发尔发拉抗议,"没有精神生活?艺术是什么呢?"

"简直是无知无识!"狄欧米多夫怪叫,"你应该读一读先知以诺[1]。她说人间的女儿跟堕落的天使学习艺术。而谁是堕落的天使呢?"

现在克里能够看见狄欧米多夫的脸了。他的蓝眼睛凶狠地发光,他的黄胡子恼怒地耸立起来,他的下巴是抖颤着的。克里从来没有见过狄欧米多夫这样的激动。今天狄欧米多夫算是顶整齐的了。他的鬈发梳理得油光光的,头发中间的一条深切的直线似乎把他的头划分为两半。穿着新山东绸的衣服,他的外貌是洗刷一新的了,好像快要去结婚或吃圣餐似的。他继续移动着他的手,捏成无力的拳头,又伸开手掌去称称空气的重量。

"你们使用一切艺术来刺激肉欲,引诱刻苦生活的男人们。艺术全是谎话、谬误。你们,毁灭的魔鬼的驯服的奴隶呀,用花朵来装饰丑恶的生活——还有虚荣,文字的尘垢、污秽、罪孽。由你们才发生一切灵魂的腐败、惨死、男人的暴乱、各式各样的钩心斗角的庸俗和恶劣、耶

---

[1] 以诺,曾与上帝同行之主教。见《创世记》第五章第二十四节。

稣会、互助团、异端邪说——一切破坏精神的东西。精神是你们的主人魔鬼的敌人！"

从他的椅子上跳起来，狄欧米多夫用手掌砰地拍了桌子一下，那声势这样凶猛，以至里狄也受惊了。她的窄背脊忽然一挺，她的两个肩头一耸，好像她要把它们像开着的书似的合起来。

发尔发拉无厌足地消耗着巧克力糖果。她在每一个糖果上打开一个小洞，吸食那里面的汁液，把巧克力糖面抛进她的嘴里，舔着嘴唇，然后用手巾小心地揩揩它们。萨木金机警地猜疑道：使她高兴的并不是巧克力，而是他的参加在里狄和狄欧米多夫的会晤之中，她眼见里狄处于一种狼狈地位，被一个半狂的人的昏话压迫得哑口无言。

"一个狡猾的小坏货。"他暗中批评，斜起眼睛看着发尔发拉，并且倾听着那咆哮的、疲乏的宣教士。宣教士现在摇着他的分为两半的头，口讲指画：

"自夏娃以来，你们就传播着罪孽。亚伯是在天堂里受孕而生的，而该隐却生于乐园之外，所以那天上的人就有一个地上的仇敌。"

"夏娃的第一个儿子是该隐。"里狄平静地提醒他。她站起来走到炉子前面。

狄欧米多夫也慢慢地站起了一半，双手沉重地支撑在桌面上。他的眼睛是突出的，他的脸不自然地紧缩了，他的双腮陷下去。

"好，就算该隐吧。我错了。"他咕噜着，眯着眼睛，"该隐。好，怎样呢？诱惑夏娃的是那魔鬼，是不是？"

"你至少应该读一读《圣经》，狄欧米多夫。"萨木金插嘴，咯咯咯地笑着。他原想要说得温和有礼，而实际却说得显然刻毒。他看见里狄已经感觉不快。然而他终于说：

"你应该学习，否则叫人笑话了。思想——是引人向上以别于畜生的根本力量，而你不知道怎样运用它。"

"我是一个简单的人。"狄欧米多夫回答，屏息地含恨着。

"不错。"萨木金赞同,"你应该记住这一点。你用托尔斯泰的作品喂饱了你自己吧,倘若我没有猜错?"

"那或许是的。"

"但是托尔斯泰厌倦了文化生活的无限繁杂,而他以艺术家的才能把握住这生活的最繁杂的深处。他是该受批评的。他知道得很多。但是你!你懂得什么?"

"那种生活是不可能的。"狄欧米多夫反驳。

"停止吧,克里。你说得可怕。"

里狄坚决地说,几乎是尖锐地。她直挺挺地站起来,斥责地瞅着他。背对着炉子的白色花砖,披着灰绿的披肩,她的形体是扁平的。克里觉得他的喉咙里有一口痰。他清除了它,然后说:

"可怕?或者是的。但是我不愿以恭顺的沉默来鼓励鄙陋的胡说。"

"就为这个,我要走了。"

狄欧米多夫勉强从他的椅子上站起来,但是以足够的速度一气走到门上,他的会响的靴子奏出一种新奇的音乐。

"等着,西门。"里狄叫他,摇着披肩跟他走进厅堂去了。克里对着发尔发拉点点头。她平静地说出她的颂词:

"你好好地收拾了他一下。活该。"

在厅堂里,狄欧米多夫顿着脚,穿上他的橡皮套鞋。发尔发拉悄声说:

"当然,这是她的无礼。你看出她是怎样高傲了吗?而且——从巴黎……"

"真是,巴黎并不是西罗亚圣水池[1]。"他咕噜着,紧张起他的耳朵,准备听取里狄要说什么。门砰地关上了,发尔发拉偷看着厅堂。她通知:

---

[1] 在耶路撒冷附近,在此洗浴者能得道云(见《约翰福音》第九章第七节)。

"她跟他走了。"

"什么事情使你这样高兴？"克里问，严肃地对她皱着眉头，"好，我也要走了。再见！"

但是他不急于起身。他握着发尔发拉的手，尽站在她前面，想着他的家里并没有什么等待着他，除了关于他自己和里狄的种种烦恼的和纷乱的思想而外。

八

在家里，里狄手写的一封厚重的信正在桌子上等待着他，明明白白地扔在那里。他站住了好几秒钟，他的眼光全被它吸住了；他站在离开桌子两步的地方，呆看着，不敢把它拿起来。然后，并不动脚，他弯起腰，摇动得几乎要倒下，用手掌轻轻地抓起那封信。

"这算什么呢？"他责备他自己，斜眼看着镜子。他坐下在桌子前面。

这信里有五页小小的厚纸，密密地写着字。有几行是全句都涂掉了的，有几行写得歪歪斜斜。看了几分钟才发现这华翰开头的地方。

"这些是我想要从巴黎寄给你的信件。"他读了，莫名其妙地按住他的眼镜好像害怕它会从鼻梁上滑脱掉似的，"但是我不能写出你所需要的，很明白，甚至不能写出我想要写的。你知道我不会写，不会说，只会问。我现在寄给你的全是几封信的开头。或者这样就可以使你知道我所要说的了吧。我知道我所需要的——或者至少我不需要的。我不需要和你有任何关系。昨天我得到这印象：你不相信这个，你的心里还以为我将要和你从事于叫作恋爱的那种体操。但是我必须解释给你为什么我不需要它，我似乎不能把它解释到我自己明白的地步。我不能。解释事物真是可怕的困难呀，克里。"

在另一页上，只剩两句没有涂掉。

"你好像一面镜子,我在它里面看见我的言语和思想。你有时容许我问我想要问的许多问题,你给了我许多帮助,使我明白问题是怎样的无结果。"

第三页说:

"有些人似乎既不算好也不算坏,而一和他们接触就只引起人的坏思想,我和你相处的时候有时并不如此。我并不是说那'爱的甜劲'。那是我能够和任何人都可以经验到的——正如你也能够一样。"

在这几行上面。批着一些小字,他读道:

"你很可以算是叫作'肉欲的'人们之一。这种人只图自己快活而不恋爱——虽然我不懂恋爱的意义。"

在这上面又加了一句:

"我没有伤害你的感情的意思。"

读这样的信是困难的。克里把他的眼镜按得这样紧,以至它压痛了他的鼻梁。他的手发抖,但是他想不起把手从眼镜上放下来。纸面上爬满了波动的涂抹的线条,这破坏了文字之间的联系。

"我并不以为我能够对其他任何人说话像对你说话似的。你的自信是很恼人的。我曾经常常觉得你并不理解我——而你也并不想理解我。后一层我尤其明白,因为我是固执的。我对于我自己是完全明白的,所以我对你说过,我不能了解为什么我们之间会有那一切事情。我觉得其间必有我的错误,虽然我并不觉得我是该受责罚的。我也记不起我是否告诉过你我爱你。我想我是可怜你。你那时的行为是这样恶劣。自然,其间有着女孩子气的好奇心。"

"自然"这两个字是被涂掉了的。

"不要恼怒。虽然恼怒也一样——或者更好一点——倘若你恼了。"

萨木金觉得恼怒。他愤愤地把那些纸片抛在桌子上。有一片跌落在地板上,萨木金拾起它,开始又读:

"讲革命的人们说要帮助人生活。粗浅地说,我说,革命将要给予他们什么呢？我不知道，我相信另一些事情是必要的，这些事情是这样可怕，威逼着各个人不能不思索他自己和他所做的一切。甚至让一半人死去吧，或者疯掉吧，这时另一半人才能疗治生活的庸俗无聊。你讲革命是不行的。你像一个法庭的书记似的推理度势。你没有制造革命的热情。革命的造成是由于慈悲，或者由于你的伯父甲可夫所用的那种方法。"

另一片纸是完全涂掉了的，萨木金仅只能辨认出：

"或许我对你谈话就像狗对它的影子谈话一样，它是不能了解的。"

萨木金把那些纸片全操作一团，紧紧地握在手里，而且闭起疲劳的眼睛，摘掉他的眼镜。这些精神错乱的信件引起他的愤怒。他的脸发烧得好像冻伤了似的。但是，他静心体察他自己，立刻就明白他的愤怒全是表面的，是生理的，在皮肤内面的。他相信假如街上的顽童打了他的脸他就会经验到同样的感觉。他的记忆亲切地献给他一些图画：里狄那时的裸露的、卑屈的、软弱的种种姿态。

"好，说真话，我确是常常期望她做这一类的事的。愤怒是愚蠢的。她是呆头呆脑的。一种退化。一言以蔽之，就是堕落东西。"

他坐下来开始在桌子上平整那些打皱的信纸。他重读了第三页。把它夹在他的日记里面，他慢慢地把其余四页撕成碎片，那纸片很结实，像皮子似的。他将要撕那信封的时候才发现里面还藏着一页，这显然是从札记簿上扯下来的。

"克里，我在这里，在这号称为世界上最奇异、最欢娱的城市里。是的——它是奇异的、美丽的、堂皇的、欢乐的，这些是人们常称赞它的。但是它压迫我。当生活愉快的时候，人是不做肮脏的事的。只有在此地人才明白人类变为玩物是何等卑鄙呀。昨夜我去看狂欢舞。看她们是和看拿破仑的坟墓一样必要的。她们是被喜欢的皇冠。各式各样的奇装异服的和完全裸体的妇女，她们玩，她们被玩，而且……"

下文全被涂掉了，他只能索隐出这几个字：

"——一种害死人的,羞死人的……"

把这片纸撕成碎片是容易的。克里离开桌子,躺在床上伸了一个懒腰。

"当我怀疑这恋爱是我自己骗自己的时候,我是很近于真理了的。"他判定,闭起他的眼睛。

侍女送进茶炊来了。克里倾听着那茶炊的慰情的歌吟,然后站起来倒一杯茶给他自己。两片茶叶浮在杯子里乱动好像活的东西似的。他尽力用茶匙去捉捕它们,但是它们总是逃脱了。他放下茶匙,瞻望着窗子,黄昏的幽暗已经蒙住玻璃。

"那么,我也有了不幸的恋爱事件了。真蠢哪。"他叹息,单调地轻拍着那窗玻璃,"但是,好了,疑难已经过去,现在我是自由的了。"

他的感情是矛盾的:他忍不住他受虐待和羞辱这思想的压迫,同时他想道:

"倘若我从前对她更诚恳些呢……"

关于里狄的各样事情,愉快的或不愉快的现在都具有实质,变为感觉的了。它的分量是出乎意料的,它不由他自主地浸透了他的全心。他记起了沉醉的刘托夫谈论阿连娜的话:

"她好像是第三十三颗牙齿。你知道我有一个智齿长起来了。它厉害地妨碍着我的舌头。"

第八章

一

第二天下晚,鲁伯沙·梭莫伐打电话问他是否害了病,为什么他不到车站去送里狄。

"我伤风了,我现在在家里,"他回答,而且毫无理由地又说,"复活节前后我也要回家去。"

"我们一同去吧,好吗?"

他确乎没有回到他的母亲那里去的企图,并且也不会去。他在莫斯科度过整个春季,一直到考试的时候,每天都按时到大学里去,并且在家里刻苦用功。星期六的日子,他偶然跑到普里士家里,但是那里是沉闷的,虽然还有些人聚集着。其中有一个市立工业学校的学生,一个面目呆滞的瘦长家伙;一个塞木斯基团的骑兵军官,衣冠楚楚,但是很像一个青年商人由于饱闷无聊而穿上军服似的。他们计算数字,台格尔斯基懒怠地提示着："六十四万三千吨——不。对不起。那是错的。农民银行的倒闭是表明……"

斯推拉托那夫雄赳赳地走来走去，呵责着德国人、英国人、日本人。

下晚的时候，萨木金间或去访问发尔发拉消遣一点钟，和她开些他已习以为常的玩笑，或者和鲁伯沙谈天。鲁伯沙虽然妨碍着那些玩笑，可是逐渐增加了兴趣，因为她说出各种学生团体，以及她叫作"解放"运动的种种发展。

梭莫伐和发尔发拉很要好了起来，前者常用好姐姐的音调对后者说话。发尔发拉，原是吝啬的，给了她的新朋友几件小礼物。有一天，在梭莫伐面前，克里鄙夷地嘲弄发尔发拉。鲁伯沙立刻勃然大怒：

"这种土耳其方式的态度，我要打你的耳光。"

"这不过是说笑。"发尔发拉伶俐地而且和蔼地说。

克里发现鲁伯沙具有一种他莫名钦佩的精神——为别人服役的热心和才能。台尼亚·古里科伐也有这种精神，使她在他的眼睛里成为圣徒似的博爱的人物。快活的鲁伯沙却有一种活跃的才能，像一只麻雀似的毫无忌惮地跳跃在人群里、马群里、猫群里、房屋里。她吱吱喳喳地跑来跑去，永无厌足地急于要明白人们相互间的关系、联系，使她可以帮助每一个人，排解纠结，拉紧松弛，弥补一切裂痕。她在政治的"红十字会"里工作，她到监狱里去看马拉可夫，自称为他的未婚妻。

"发尔发拉才应该这样做的。"萨木金声明。

"我替她做，因为发利亚[1]应付不来监牢里的事情。"

萨木金露齿冷笑着：

"也因为她厌弃了马拉可夫。"

---

[1] 发尔发拉的昵称。

"这是你要负责的。"鲁伯沙恼怒地反驳,停住了她的针线,她投给克里责骂的一瞥:

"你对她很不好,克里,她是这样善良的。"

萨木金的脸又糅合成一个反讽的冷笑。

"媒婆。"他悄声咕噜了。

鲁伯沙完全不像古里科伐,后者的行为十分像是虚怀自抑的样子。鲁伯沙为每个人服役却绝没有什么谦逊。明白了这一点,萨木金开始把她看作一个有趣的凡士科克,或安娜·斯科科伐-里士戈夫的长篇小说《势不两立》里的一个角色。这小说和庇希木斯基的《激流》,克里以为它们的"社会教育"的价值是比得上陀思妥耶夫斯基的《迷惘》的。

鲁伯沙永远是那样忙,唯恐耽延了时光。早晨起床的时候总是焦急地一瞥墙上的时钟,半夜上床的时候就命令她自己:

"七点半钟起来。"

她能够同时做成这些事,读书,缝纫,轻咬着她爱吃的杏仁饼干,而且沉思地问克里无数的天真的问题:

"阶级战争完全抹杀了人道主义,是不是?"

"绝对是的。"他要她相信。想要搅乱她和折磨她,他就用一种惯于无情的思想的哲学家的声调说:"人道主义和斗争是绝不相容的两个观念。只有拉辛和普加乔夫[1]这些'无情无虑的俄国的叛乱'的作家,才有那真正的阶级战争的观念。在我们知识分子之中,只有尼卡也夫懂得革命对于人的种种要求。"

说到这里,萨木金觉得他的话与其说是为梭莫伐倒不如说是为他自己。

"革命要求人承认他自己是历史的仆役,或它的牺牲品,使他不再梦想个人自由和独立创作的可能性。"

---

[1] 农民革命的领袖。

急于要高声说出他内心苦思着的东西，却又尽力隐藏起他的真实的感情，萨木金用一种十分冷淡的声调说：

"历史待人比自然更严肃更残酷。自然要求人的不过是要他满足他的天赋的本能。历史却摧毁人的理智。"

"这似乎有点近于托尔斯泰喽，我想。是不是？"鲁伯沙质问，尽力要弄个明白。

萨木金看见发尔发拉坐在那里好像一个恋爱着教师的女学生，十分紧张地预防着他什么时候会问到她她所不知道的事情。有时，好像要安慰这男人似的，她会插入一句阿谀的批评，带着一种同情的感叹。

"你把生活看得何等可悲哟。"

"他是一个悲观主义者。"鲁伯沙插嘴。

克里的言语并不会搅乱了她或惊吓了她。

"我呢，至少，没有怜悯我就不能思想。"她常常说。

萨木金意识到在鲁伯沙内心有一种温和的、无敌的固执，这固执使他小心看待她，好像他怀疑她的机诈似的，虽然她的外貌尽管坦白，甚至过于饶舌。而当她笑话她自己的时候，往往有些反讽似的，只是使他更加难以理解她而已。

二

萨木金有机会给他自己证实鲁伯沙的为人并不是她所表现的那样，当他偶然遇见她和狄欧米多夫在一处的时候。狄欧米多夫照例是悄悄地忽然出现，好像他是从墙壁里面幻化出来似的。他的剃过的头显出一个尖脑壳，扁颈项，以及庞大的灰色的没有耳垂的耳朵。他的脸是臃肿的，他的眼白已经变为黄的了，眼珠是恼恨地和厌倦地突出着。

"我在医院里住了二十三天。"他解释，并且问发尔发拉借一点钱，预约他病好做事的时候就归还她。

突然停住她的针线，梭莫伐铁面无情地看着他。他也看了她一两眼，然后恼怒地问：

"你为什么呆看着我？你不喜欢我的面貌吗？"

"我很知道你，里狄告诉过我了。你是一个无政府主义者，是不是？"

"我是一个人。"他冷冷地回答，走开了。

鲁伯沙调侃狄欧米多夫的话是这样丰富而且毒辣，以至萨木金被惊骇了。她的小眼睛闪烁着冷光，倾听着狄欧米多夫的同样恶毒的回答，她突然特别清脆地咬断她的线。萨木金几乎不能相信：这圆球似的小"妈徒里希加"，自认为没有怜悯就不能思想的人，会这样鲁莽，这样毒辣，批评一个半病的人类。她迫使狄欧米多夫垂头丧气得好像一匹狼狈的野兽。他说：

"算你厉害，你会拿我开玩笑。等着吧。有一天你也会被笑话的。"

"我吗？暂时还不会的。"她驳回。然后使萨木金更加惊异了，她忽然改变为一种亲切友爱的声调说：

"你愿意会见一个思想和你相同的人吗？他是一个养蜂子的，一个分教派，一个很有趣的人。他有好几大堆书籍。你到乡下去，你的身体就会强健起来的。"

"我不喜欢分教派。"狄欧米多夫反对，同时和女主人握手告别。他不理会萨木金，并不和梭莫伐握手，他对她说：

"我不愿到乡下去。"

当他走了之后，克里问鲁伯沙：

"你为什么要他去会什么分教派呢？"

"好，我还有什么办法处置他呢？"

"你自以为你负有按照你自己的意思处置人们的义务吗，是不是？"

"不错！无义务！"她回答，仍然做着她的活计，并不抬头看一看。

想要惩治她，萨木金盘问她一个问题又一个问题。他始终迫使她勉强说道：

"乡村是那样鄙陋，人们都无知无识，一切思想在那里都是有用的，只要它能够刺激人心。"

"这是一种创见。"萨木金讽刺。并不看他，她解释：

"你不懂得乡村。"

她妨碍着萨木金想出他的前程：在这前程之中他看见他自己是一个重要人物，他的生活是稳当的，著名而且被尊重；还有一个很有教养的贤妻，既能操持家务，又能通晓一切问题。他期待着一个女人显示出胜任"沙龙"[1]的女主人的才能——这沙龙是由认真有志于文化问题的人们所组成的，他们的态度、他们的标准、他们的原则全是由克里·萨木金所规定的。

梭莫伐讨论到将来，那腔调就好像一个爱打架的街上的顽童相信下星期又要有一场战争似的。人已经不能不忍受这种气概，这是像一种流行病似的传染到各处去了的。克里忧虑到他正在不由自主地逐渐屈服于某些强大势力的必不可免的冲突的旋涡之中。

三

谢谢鲁伯沙和发尔发拉所传说的种种故事，萨木金已经变成了一切流行的观念、意见、牢骚、警句、逸闻轶事和讽刺小说的储藏室、保管者。他甚至开始收集种种政治的"明信片"。当初梭莫伐硬塞给他几张，后来他开始自行猎取。不久他就有一本专集，收藏着芬兰抵抗双头鹰[2]侵害它的独立的各种绘画的明信片：一个正在耕田的俄国农民旁边站着一个沙皇、一个将军、一个教士、一个军官、一个学者、一个商

---

[1] Salon，法语，或译为客厅，文人学士雅集之所。
[2] 旧俄国徽。

人和一个乞丐，全都武装着刀叉和汤匙。这图画下面附加题跋："一耕七食。"发尔发拉不知从哪里找到一张画片的照片来给他：背景是残破的乡村，直立着裸体的沙皇，戴着王冠，双手捧着他的生殖器，跋语是"君主独裁"[1]。有一张上画着休得林被许多妖怪包围着，有一张把波比多诺兹次夫画成一只蝙蝠，还有许多这一类的珍品。萨木金虽然看这集子有些危险，却很引为骄傲，而且还在继续收集，好像法庭检察官搜集讼案的材料似的。

他不过偶尔才到大学里去，而学生的习气更加反叛起来了。在一个集会上他听见一个学生公然邀约同学要求政府恢复一八六四年的皇家学院条例。

"我们要求哇！"狂叫的是一个二年级的灰头发的漂亮学生，就站在克里旁边。他用手肘轻轻地推了克里一下，说道：

"不要像这样站着，同学。要求呀！"

"我不知道那些条例是些什么。"克里干脆地回答。

"我也不知道。"那学生承认。但是他又叫喊：

"赞成！到教育部请愿！"

"发尔发拉说得对，情绪的对立。"萨木金回想着，这并不是第一次了。

他机械地、冷静地研究着，已经意识到他进入法律科是一种错误。他不能想象他自己是一个律师，替杀人犯、放火犯、骗子们作辩论。他永远感觉不到有任何必要替那些骗子和伪善者辩护，这妨碍着他的生活——一个精神高贵的个人的生活，有时他以为甚至是另一种族的生活。

---

[1] 原文俄语读为 Samoderzhetz，通常的意义是"一个独裁者"，严格的意义是"抬举自己的人"，此处双关谐语。

四

　　巡回法庭的刑事审判把萨木金吸引去旁听了五六次。以前他不曾到过法庭。虽然他也很少到教堂去，法庭却给予他多少类似教堂的印象：审判长的长椅就好像祭坛，沙皇的肖像就好像祭坛上的圣像，陪审员和被告就好像唱歌队。

　　他的第一次旁听是失望的。这一次审问三个再犯的窃贼。年龄不同，而他们几乎同样漠不关心于他们的命运。他们熟悉法庭的进行程序，知道他们将要得到的判词，他们的行动镇静得好像他们在法庭以外不能不遵守的种种讨厌的礼仪似的。他们回答问题，机械、简洁而又客气。而首席审判官和检事的盘问也同样机械、同样倦怠的。窃贼之一，头脸修剃得好像一个伶人，灰头发，扁鼻子，疲倦的黑眼睛，和审判官之一相像到可以被误认的地步；这窃贼固执地尽力替他的同伴洗清罪过。两个年轻的律师，显然是由法庭指定替被告做义务辩护的，好像唱歌队员似的正在互相私语，很少注意他们的当事人。陪审员们打瞌睡似的呆坐着。陪审之一，一个完全秃头的小老人，玫瑰色的新生婴儿似的光面孔。项上挂着一个勋章，随时动着下巴，用尖利的小眼睛看着被告们，而且恶意地微笑着，每当那灰头发的窃贼起立问话的时候：

　　"可以容许我说？——许可我提醒你？"

　　厌倦了审判程序，萨木金就计算旁听席的人数。二十三个男人和九个女人。一个大眼睛的胖女人，穿着华贵的皮外衣，戴着黑珠镶边的帽子，看来就好像表演奥斯托洛夫斯基的剧作中的无数商人妻之一的女优。想到十几个人审问三个人，萨木金以为这是很浪费的事了。

　　另一次，他看见了野蛮得使他吃惊的案件。在被告席里有四个中年男子和一个大鼻子的老妇人，她的一双小眼睛深陷在好像用破布缝起来的脸上。这五个人是犯了谋杀一个他们相信为妖精的女人的。

冬季正午的阳光射入法庭两条宽阔的光线，照明了检事的光滑的青铜色的头以及十个陪审员的各式各样的横侧面，第十一个和第十二个陪审员是遮隐在第十个的大头和厚发后面的。在陪审员对过的是那些被告，穿着囚衣，长头发，彼此相像得好像兄弟似的，一致愤愤地瞅着法官们。在他们前面被告的律师忽隐忽现地波动着他的细腿——这小男人有一个凸肚皮，秃头上有一撮灰头发。他的模样就像一只公鸡。而且有一种喔喔的生气的声音。首席审判官是修剃得精光的。他的镀金的衣领太紧了，以至他的耳朵张开而且发青，他的胖脸也紫胀着。他用温和的，甚至娇柔的声音说：

"那么，你承认你是第一个看出这被害的女人是妖精的喽？"

被告之一，双手抱着肚皮站着，愤愤地回答：

"为什么第一个？全村的人都知道的。因为风的帮助我才看见她的尾巴。她在河里洗衣服，我正在用麻絮填塞船缝。风卷起她的后衣襟。我一看，那是一条尾巴！"

"听着。你知道不知道屁股眼上是生毛的呢？"

"那是什么呢？"被告怀疑地问。

审判官加以解释，坐在萨木金两旁的人们都把身子向前倾斜，好像在期待着听到什么稀奇的事，被告愁苦地听着那解释，然后他耸动肩头，不平地诉说：

"我们知道那个的。她所有的不是毛。那是一条尾巴，好像一把扫帚，像牛尾巴或兔尾巴一样，翘起来的。那就是她的。"

陪审员们咬牙苦笑，旁听人们吃吃地窃笑。

"肃静！否则我就禁止旁听！"首席审判员恐吓。他解开他的法衣的镀金领子，又随便问了被告几句之后，宣告退庭。

萨木金退了出来，茫然感觉压迫。但是几天之后，克服了他的嫌恶之情，他又坐在法庭里面了。这一回是一个弑亲案，被告是一个矮胖的黑发青年，替他辩护的是一个著名的律师，也是矮胖的。律师的声调明朗而又圆和。他很善于操纵言语,每一句都针对检事——这人有一张被父亲纵容的荡子似的面孔。律师的风采和姿势很像一个戏子。然而终于好像是曾任重要法官的样子。旁听的人们很多,房间都挤满了,每个人都注意被告的律师,而完全忽略了被告。被告孤零零地坐在两个佩刀的木人似的兵士中间。他的双手夹在两膝之间,他瞌睡似的瞅着众人,不时眨眨眼睛。他的骇呆了的眼睛,他的低窄的前额,他的黑漆似的敷在脑壳上的头发,他的沉重的下巴和紧闭的嘴唇,全都自然而然地镂刻在萨木金的心上。后来他在每个案件中看见每个被告都和这弑亲者有相同之点。

"朗布洛叟[1]似乎是对的,确有犯罪的类型。杜来不承认它,那不过是因为他的博爱,而在刑事上这博爱是不相宜的,甚至是有害的。"

对于这结论,萨木金感觉完全满足,就不再去旁听了,却又想到他应该去考察土木工程学会,这是伐拉夫加曾经劝告过他的。

五

萨木金还有另一次很不愉快的经验。在一个月明之夜,他沿着林荫道从发尔发拉家走回寓所去。一点钟以前春雨曾经浇湿了地面。温暖的潮气里饱和着新鲜的树木气味,月光在地上画成许多纷繁的树影。萨木金正在一种温情之中,他想他自己或许应该转回到发尔发拉家里。她是渴望着他的,而且也很方便。她和安弗梅夫娜都要竭诚招待他的。他已经发现发尔发拉有一种积极性——追求一个舒服的家庭。她不倦地装饰她的小窝。萨木金联想:

"她正等待着家主公呢。"

---

[1] Lombroso(1836—1909),意大利犯罪学者,主张犯罪乃由于生理的特殊,此种特殊即所谓"犯罪型"。这学说完全忽略了犯罪的社会原因。

"是你吗,萨木金?"

他听见他刚走过的那人的声音。他的手臂立刻被台格尔斯基的手臂挽住了,后者穿着灰衣服,帽子歪戴在脑后。他竟然是沉醉了的。他的细白的脸上泛着红斑,他的眼睛大睁着,而且有意地呆看着好像不敢眨一眨似的。

"猎取姑娘吗?很晚了。而且这里能够猎到怎样的姑娘呢?"他可厌地大声唠叨着,"我恨姑娘们。我使用她们。我老实对她们说:'我恨你们,因为我曾经和你们爬在一处。'那些白痴只是笑。她们是些窃贼,每个都是的。"

萨木金记起大约一个月以前那庸俗的《莫斯科公报》曾经载过一则学生诬告的新闻,那学生的名字略称为"台某"。那学生告发"幽会场所"的一个女侍者偷了他的钱。被告的证人证明她当夜一直到早晨都在食堂里招待顾客,并且曾经陪伴着另一个客人。所以原告必定是错误的。的确,他简直就不曾见过她。这一则新闻的标题是《学者之误》。

"谈到姑娘们,"台格尔斯基继续唠叨着,脱下他的帽子来扇他的脸,"有一天我和县里副检事——苦钦还是古钦,你记得那女青年维托洛伐的煤油灯案件吗——有人尽力要把它弄成政治问题。这位古钦据说是对于维托洛伐有鲁莽的行为,但是我相信那全是废话——他并不是这样'维托洛尼克'[1]的。"

台格尔斯基胡乱地大笑了,非常高兴他的双关的谐语。

"不,他并不是一个斯维得里加洛夫。总之,他不是一个残忍的人,而是一个'原则的人'——很严肃的,你知道。"

他的脚一滑,萨木金抓住他。

"等一分钟。我把一本有趣的书和手套失落在饭馆里了。"台格尔斯基含糊地说,摸摸他的衣袋,而且呆看着他的脚,好像他是惯于把手套

---

[1] 俄语"轻薄",此处也当作"维托洛伐的人儿"。

戴在脚上的,"我们转过去吧?并不远。我们可以喝一瓶酒,谈一谈。你说怎样?"

不等克里回答,他就用一种巧劲把他拉转去了,这在半醉的人并不是完全自然的。萨木金很奇怪他;因为他在普里士一群里的态度——他自以为比其余的人聪明,说起话来好像富人散下布施物似的。克里也注意他的修饰整洁而且放荡自喜的身体,这好像特为漂亮衣服和安乐椅子而创造的。

"你近来没有到普里士家去了吗?"萨木金问。

"我在那里有一点吵嚷——不过是消遣时光。"台格尔斯基漠然回答。他用脚推开饭馆的门。他在那里面严肃地命令一个侍者找出书和手套。在酒馆里他似乎清醒了。在桌子上,摆着一瓶御园葡萄酿成的酒。他津津有味地漫谈下去了。

"这古钦的理论是很有趣的。他说:'虽然马克思主义是一种坚实的宗教的理论,我却觉得它是不能接受的,因为我是天生的资产阶级。'你必须承认要说这话是需要一点勇气的。"

他的变幻叵测的眼瞳挑衅地直视着克里的脸,他的突出的红嘴唇扭转成一个刁狡的微笑。他用又尖又细的狗舌头舔着嘴。他和萨木金坐近门旁边,一架自动音乐器正在那里咿咿喔喔地响。房间里很嘈杂而且弥漫着烟雾。在紧邻的桌上,一个有一管漫画似的过度的鼻子的犹太人,正在激动着,不住地摇摆着他的十个手指在一个吸着烟的俄国人的胡子脸面前。这犹太人低声谈论着,脸上有恐怖的表情。他在椅子上摆来摆去,摇着他的鬈毛头。另一张桌子上,一个颜面辉煌戴着碧玉耳环的妇人正在泰然自若地吃着,她的对面是一个好像维特大臣似的男人,正在专心一志地敲开一只乳猪的脑壳。台格尔斯基,一口一口地喝着酒,用更为低调的声音继续讲着他的故事:

"他说,'我的这一阶级的人们,承认这种历史哲学为真理,束缚住他们,这在我看来,全是些傻子——由于愚昧而成为叛徒,因为真实历史的不容置疑的法则是榨取自然力和人力，榨取越厉害，文化就越高'。你以为怎样，呢？有些习染太深的自由主义者……"

那音乐突然停止了，笛子的最后一声好像是被棉花塞住了似的。那犹太人只顾说话，来不及放低他的声音，泄露了这失望的话在餐室里面：

"但是谁愿意把工厂建设在没有人的地方呢？需要坐七点钟的烂马车才能够到达那里咧！"

好像维特似的那男人敲开了那露着牙齿的白的猪脑壳，把一半献给对面的太太，并且责问侍者：

"脑子在哪里呢？怎样能把这样东西送给我们呢？"

那犹太人不知所措地看着他，把头一缩就看见台格尔斯基对着他的一副鬼脸。乐器又响起来了。台格尔斯基啜了一口酒，把身子伏在桌面上对萨木金说：

"真的。他是一个胆大的角色，是不是？"

"或者有什么刺激了他。"克里提示。

"或许。但是即使如此吧！他说政府确要废止行政司法而主张公开审判一切政治犯。他说，公开审判就不免使公众觉得那些人是真理的殉道者。他说，这种办法太过富于同情心了，对于囚犯，对于下流人，对于罪人，以及对于一切正在设法违反和降低文化的人们。"

他把他的装满细纸烟的烟盒推给萨木金，并且问：

"你曾经注意到马克思主义怎样使人间关系尖锐起来了吗？"

萨木金默默地耸动肩头。揩揩他的眼镜，他注意倾听着，疑心这潇洒的圆圆的小家伙是在复述着他自己想出来的事，而不是他听来的事。

"他好像尽力在引诱我说出我的心事。"克里想。

台格尔斯基比在街上清醒得多了，他的尖声是镇定的，言语敏捷地从他的长舌头上滑出来，脸上泛着喜悦的光辉。

"你或者会赞成吧，萨木金，像我们的朋友坡阿可夫那样人所学所教的不过是仇视这文明世界而已。"他继续说,把瓶里所剩的酒全倒在克里的杯里,挑战地微笑着看着他。

"我不知道坡阿可夫教过谁什么。"克里干巴巴地回答,"但是我觉得在这文明世界里有太多的奇怪人物,他们的存在就是这世界不健康的证据。"

当他说出这意见的时候,他想道:

"他确是在勾引我说话,这猪!"

改变了话题,他问:

"现在你们正在举行毕业考试吗?"

台格尔斯基点头承认,然后为了某种理由用他的小红拳头砰地拍了桌子一下。

"毕业之后你要到哪里去呢?"

"倘若我做一个区检事,你会惊异吗?"他问,呆看着克里,用舌尖舔着嘴唇。他的眼睛以一种不自然的明亮反映着灯光,他的髭胡子的末梢翘起来了。

"这没有什么可惊的。我是一个律师。你是一个区检事。"

"假使你是一个政治案件的被告,我是检察官呢?"

"你就不留余地了吗?"

"不。那苦钦、古钦——见鬼!他说,被告越聪明,他的罪就越大。你是聪明的。我诚恳地说。看你善于保持沉默的技巧就明白。"

酒馆已经空了,侍者们恼怒地和疑问地看着这两位流连的顾客。一个侍者公然打哈欠而且皱眉头。

"是我们走的时候了。"克里提示。

在街上他们默默地走了几分钟,萨木金提防着台格尔斯基的另一个引诱。他并不曾落空。

"俄罗斯需要清除沟渠的打扫夫。这是谁说的?你记得吗?"台格尔斯基问。克里直接说:

"你说的。"

"不。我不过是引用。里昂提夫说的吧,我想,不是他就是卡提可夫。"

"我一点也不知道。"

又走了几步,台格尔斯基又问:

"你喜欢去看两姐妹吗?她们日夜随时接待上等客人。并不远。"

克里辞谢了。台格尔斯基把他的手捏在他自己的小的硬拳头里面,然后翻起他的外衣领子,把帽子拉在眼睛上面,走进转角里去了,走着一个意识到饮酒过度的人的坚决步态。

"一个清除沟渠的打扫夫!"萨木金想,目送着他的后影,"幻想他自己为聪明人。他不过是一个拉皮条的龟奴,一个有钱的老淫妇的安慰者。"

流着汗,他揣想在那些话里面具有怎样的犬儒主义的思想,而且又在后悔选习法律了。那侮辱区副检事的统计学家斯孟林往回闪现在他的心里,他也回想着台格尔斯基的长舌头。

"他是一个说谎者。他永远做不到区检事。他是可怕的人。"

六

当他考试完了之后,萨木金决定回家去住两三天,然后沿着伏尔加河到高加索去。他并不喜欢回家。里狄呀,他的母亲呀,伐拉夫加呀,斯庇伐克呀——对于他全都几乎是一样可厌而又不必要的。还有《我们的园地》、杜洛诺夫、伊诺可夫——没有一个是他高兴的。一件意外的事指示给他另一条路。他把行李收拾好了的时候,他的母亲的电报到了。

"尔父病危。即赴维堡。"

他的父亲是久已被忘却了的。他的病并不能刺激克里,但是借此不回家却是格外可喜的机会。他把多余的行李存在发尔发拉的家里到芬兰去了。

维堡是一个清秀的小城市。街道是宽阔而幽静的，一条优雅的林荫道穿过市中心。正对着一家走廊上花圃中音乐悠扬的酒馆，萨木金停在一座坚实的、花岗石的小房子前面。一个穿灰衣服的身体结实的平胸的妇人来开了门，默默地静听了他的解释之后，把他引到一个半暗的房间里。伊凡·阿乞莫维奇·萨木金躺在一个大沙发上，他旁边的窗子是开着的，而百叶窗却是紧闭着。他的脸是变形了的，他的面浮肿而下垂，舌头伸在歪曲的嘴外面，下唇拖着，露出金色灿烂的牙齿。老人的右眼看定了一个角落，角落里有一座麦加利用一只脚站着的青铜雕像。他的左眼微笑着，眼皮抖颤着，落下几滴眼泪在长久没有修剪的湿面颊上。父亲萨木金用喉咙说：

"克……狄……"

他的儿子看了他几秒钟，然后低着头不去看见他。在那沙发的顶端站着那花岗石雕成似的灰色妇人。她恼怒地开口了，加重母音，破折字句地说：

"这这是两两次。一次小小——没有事。"

她的阔脸上有一张大而没有唇的嘴和一管压扁了的鼻子，在左眼下面的颧骨上有一颗茸茸的黑痣。

"两两个孩子。"她说，正对克里直伸着两个手指，好像恐吓小孩似的。

"对她我能有什么办法呢？"他问他自己。为避免听着他的父亲，他有意地倾听着窗外传来的酒馆里的嘈杂。乐队已经停止演奏。当它又开始的时候，另一个妇人走进房里来了。和第一个一样的灰色，她更年轻，有着美好的苗条身材。她的高鼻子上安然放着两个镜片。她惊异地看着克里，然后温柔而且安详地问：

"你不是狄米徒里，你是克里吗？哦，我明白了。"

在第一个妇人的石像旁边,她的面貌给予克里愉快的印象。她用手掌摸抚病人的跋扈的头发,又用手巾揩揩他的流泪的眼睛和潮湿的面颊,那脸是苍白而且毛蓬蓬的。此后一切都平平易易地过去了。这好现象开始于她把他引出他的父亲的房间外面的时候。看着他的临死的面容是使克里沮丧的。他毛骨悚然地觉得窗外的提琴和竖笛所吹奏的"华尔兹"慢舞曲不能淹没那垂死人的鼻息。

在餐室里,墙壁是用轻木板镶成的,一只镍制的茶炊正在桌子上歌吟着,那妇人说:

"我的名字是婀诺,你可以叫我安娜·阿里克西夫娜。那一位,"——她指着他的父亲的房间——"是我的姐姐克利斯丁娜。"

她想要点燃一支烟。火柴总是一燃就熄了,她把火柴凑近她的脸又擦了一根,小小的火焰反映在她的夹鼻眼镜里面。当火柴烫着她的手指的时候,她把它抛进烟缸里面,而且把手指搁在嘴唇上好像接吻似的。

"你怎么会知道的?"她问,"我打了一个电报给狄米徒里。"

克里解释给她,因为他的兄弟在警察监视之下,他不能来,所以打电报给他们的母亲。

"这样的呀!"她说,倒茶,"是的,他没有接到电报。他被警察监视已经一个月多了,而且他在做人种学的研究。我们得到他的一封信。他说他快就要到此地来。"

她的声音是强大的,但是缺乏多样的表情。虽然她的俄国话说得不算十分正确,却是一字不误的。

"你要等待他来讨论财产,或者你不要等呢?"她问,送一杯茶给克里。

她的关于狄米徒里的详细消息使他有些惶恐不安,萨木金就客气而又坚决地明白告诉她,他并不要求继承权。她看着他,她的两个嘴角上现出一种微笑,好像缩短了她的脸似的。

"不。"她说。"那是不愉快的,而且必须立刻弄清楚,免得挂虑。

我要直说：有一个遗嘱，呢？你可以讲遗嘱而且看看：这房产和一切，"她敞开手，"太多了——对于两个男孩子，我觉得，遗嘱分给狄米徒里一部分财产，而对于你什么都不给。这是不公道的，我想，必须使它公道，等你的兄弟来的时候。"

克里重复声明他不要任何东西，但是她大笑了：

"这是因为你还年轻，不知道你需要多少钱。"

在一分钟之间她的面容是更加柔和而且愉快的，然后她的嘴唇缩成一条直线，她的两道稀薄的眉毛结成一副愁容，而且抗议的表情弥漫在她的脸上了。

"你的父亲是一个真实的俄罗斯人，像一个小孩似的。"她说。她的眼睛有些红了。她偏着头听一听。乐队正在活泼地演奏着，乐声悠扬地传进来。没有别的声音从外面侵入。家宅里也是幽静的，好像它已远离了城市。

"她谈起父亲好像他已经死了似的。"克里觉得，同时她正在固执地反驳着某人的意见，一面说一面把脚跟轻轻地一顿，并不提起脚来。

"他是一个善良的人。知道各样事情，但是不知道他自己。他坐在这里那里。"她指着房间的各个角落，"但是总不自在。有这么一种人。他们永远不知道怎样才自在。俄罗斯人好像是这样的，我想，你明白吗？"

克里点头默认。

把声音放得更低些，她说：

"他喜欢玩'十里菲林'[1]，同时想着英国人是被竞赛弄愚蠢了的。这激动了他，而他常常失败，但是打牌的时候他们喜欢他输，不打牌的时候他们也喜欢他，因为想要赢他。他是这样有趣，这样有趣！"

她的灰眼睛更加红了起来，但是她微笑，露出她的细密的白牙齿。

---

[1] 一种英国的赌博方法，直译为"优先权"。

萨木金偶然觉得这面貌和身材好像他的母亲三十岁的时候。

"或者父亲就为这个爱上了她。"

但是使他喜欢他的父亲的这位伴侣的并不是这种类似,而是她的含情脉脉的态度,她的言辞和围绕着她的她所手制的各样东西的异常的特色,简洁、舒适,那种优良意趣表现在那些光洁朴质而又坚固的家具之中,在那些悬在墙上的明朗的画幅之中。触动他的是她谈到他的父亲的死亡,说得这样好,甚至巧妙。他也不觉得这是多余的,当她回想了一下之后她摇摇头沉静而悲哀地说:

"他有一个很好的身体,但是他喝红酒太多了一点,肉也吃得太多。他不想好好地管理他自己,好像一个农民骑在别人的马上似的。"

她的石造的姐姐进来了。她坐下,那气势简直可以跌破屁股和膝头。虽然她的身体丰肥而她的一切行动都是直角形的。婀诺问克里他住在什么地方。

"我叫人去搬你的东西来。"她说。当克里竭力推辞的时候,她简洁地说:

"倘若儿子不住在临死的父亲的地方,我觉得是可耻的。"

总之一切事情都极其简便地过去了。克里不觉得,或者几乎是忘却,他的父亲躺在床上快要死了。第二天大约清早六点钟的时候,伊凡·萨木金死了,这时家里的人全都还睡着;或者婀诺除外。她来敲克里的门,用一种奇异的低音高声说:

"伊凡死了。"

葬礼准备占去了两天的时间,并无克里所悉知的在俄国参加丧事中的种种忙乱。他不能不接受他的父亲的俄国朋友的慰问,这是一个不小的麻烦。尤其可厌的是那青年教士,用一种低音神秘地、喜欢地讨论着死者,好像讨论着刚才完成了一件很有价值的事迹的某人。但是即使是这面貌有点类似台格尔斯基的教士也显然是一个快活的人。他张扬着友好的微笑,用一种很高的中音歌唱着,明朗地宣布了祈祷文的字句。或者他以前不常埋葬人吧，似乎很感激这一次机会使他表现了他的技艺。

婀诺穿着黑色衣服，挺直身子，扬着她的头，跟在棺材后面。她的脸是呆板的、抗议的，但是她不哭，即便是在那木箱子放进坑穴里的时候。她不过耸起肩头稍微弯起身子。克里急于要对她造成一种良好印象。在回家的路上，他甚至于问她：

"那两个小孩在哪里呢？"

"噢，他们不在这里，当然。孩子们不应该看见病的或死的父亲或任何死人，当他们还小的时候。我早已把他们送到我的母亲和兄弟那里去了。他是一个农业专家，有妻而无子，而她以一种奇异的妒羡爱着我的孩子。"

又过了一天之后，克里想要走了，但是她大吃一惊而且不许他走。

"这是怎么回事？你多年没有看见你的兄弟，不是很想看看他吗？这是不好的。而且我们必须讨论那遗嘱。"

萨木金羞愧地说在他的兄弟来到以前他愿意去游览芬兰的地方。

"是吗？游览苏阿米。是的，你可以去吧！"她许可，"我要给你我的朋友们的住址。你去到这里，那里，看看这国家。"

七

萨木金沿着塞阿目运河逆流而上，游览了科提卡、赫辛孚士、阿堡，几乎花了一个月的时光漫游着这美好的国家的"这里那里"。以前他不过从地理教科书上或别的书上知道一点这国家的情形，他的记忆里还保存着这么一句：

"在这里我深入了一个沼地、湖塘、荒林、岩石、沙碛的无欢的国度的中心——残酷的自然的面目可憎的养子们的国度。"

这一句话是似是而非的，倘若合意或有用的话，他很想把它认为真理。但是在这些沼地、森林和岩石之中他发现了清洁的小城市和良好的道路，在俄国所没有的；看见了精美的校舍，和森林边上的喂养得很好的牲畜；看见了每一块地都是认真耕种过和用篱笆围着的；各处都在顽强地工作着，迂缓的芬兰人正在克服岩石和沼地。

"呼伐白伐。"[1]他们用齿音对他说，带着一种庄严的神气。

他佩服这种人民在任何地方要建筑家宅就能建筑家宅，所以每一个家宅都好像是那家主给他自己建立的纪念碑。一种严肃的沉静笼罩着这乌马尔和乌克科的国家，尤其加深了这氛围的是那母牛脖上的铃子的忧郁的叮当。然而，这并不是空虚疲乏的俄罗斯原野的寂静，而是坚实寡言的人民确信他们自己的神圣的生存权的沉着的表现。

萨木金记起他幼年时代曾经读过《卡里伐拉》，他的母亲给予他的恩物。这一本难以记诵的韵文书是他所厌憎的，但是他的母亲一定要他读完它。而现在，从他的全部生涯的废墟上闪现了苏阿米的英雄们的叙事诗的面影，那些抵抗胡西和劳希以及原始的自然力的战士们；苏阿米的阿菲育斯[2]凡拿莫伊恩，伊尔马太怀孕三十年所生的儿子；那快活的拉敏介恩，芬兰人中的巴尔都；伊尔马里恩，抓住塞波这国宝。

"这种人民已经得到自由的权利。"萨木金想，好像几十年要欺骗自己而不成功似的，恼怒地回忆着称赞俄国农民的种种歌颂，俄国农民并不知道怎样堂堂正正地生活在比这不毛的荒原更丰饶更广大的土地上。

"是的。此地的人们知道怎样生活。"他得到这结论，访问了两三个婀诺的朋友的整齐的家庭之后，这些亲切爽直的人们熟悉俄罗斯的生活与艺术，但是没有习染着俄国人好辩论治平天下的脾气，而且知道他们自己的国家好像一位诗人知道他所作的诗集似的。

温和的月夜的岩石似的沉静是奇妙的，暗影是异样浓厚而温柔，有种种非常的薰味——克里觉得他们全都混合为一种康健的妇人的体气。

---

[1] 芬兰语，无从察知其意义，大概是一种普通的问候语。
[2] 古希腊音乐家，其琴声足以感动禽兽草木云。

总之，他达到了一首抒情诗的心境，生活于一种异常空阔的心旷神怡之中，几乎是无思无虑，一切思想都轻易地悠然消逝了。

然而，当他转回维堡的时候，他所丰收的新印象和新情调使他有点感伤了，好像一个官吏不能不回来处理无聊的日常公事似的。就要和兄弟会晤不但引不起他的兴趣，反而恐慌着关于政治的冗长的谈论，其间还要夹杂着流犯生活的可怜的故事，更加上关于父亲萨木金的回忆。谈到父亲，狄米徒里绝不能比婀诺谈得更好。

第九章

一

狄米徒里高兴活泼地欢迎了克里,而又立刻寂静沉默,显然迟重而又愚拙。他用坚硬的手指使劲抓住克里的肩头,睐着眼睛微笑着,仔细观察他的眼睛,然后用丰富的声音承认道:

"你现在是这样的啊!好,我们拥抱吧?"

穿着印花布的内衣,油腻而褪色的短外衣,一双村妇穿坏了的皮靴,他的模样就像一个不很富足的小商店老板。他的头发剪成圆形的农民式样,他的鼻子上是有鳞的,他的被风雨侵蚀的宽阔的脸上长满了浓厚的黑胡须,他的眼睛里闪烁着微醉甚至羞怯的光辉。

"这是我到此地的第六天。"他解释,声音低得好像是故意迁就这家宅的寂静,"由于当局的容许,我得到一次非常有趣的旅行,而且步行了五百多俄里。我所听见的歌曲是很奇妙的!而这时,父亲——是的——"他搔着他的耳朵后面并且一瞥婀诺,"虽然,我想不到这样快。"

他显然已经和婀诺建立了友好的关系。当她从她的纸烟的烟云中看着狄米徒里的时候,克里以为其间有着妇女们窥看有趣的年轻男子的那种高尚的爱悦。她曾经对克里说过:

"他比你更像你的父亲,我想。"

这话是在狄米徒里暂时走出房间外面的时候说的。他拿着一个银的鼻烟盒进来了。

"这是给你的一件赠品。它是伊立沙弗它女帝时代在乌斯塔所制作的。不坏,是不是?我要作一篇关于这种艺术的论文,已经收集了一些材料。我曾经送了一个阿里克先·米海洛维奇时代的有足无柄的酒杯给婀诺……"

他正在称赞那酒杯的时候,克里问:

"那里的生活很沉闷吗?"

"一点也不,那是很兴奋的地方。"

狄米徒里显然不曾失掉他的心的单纯,恰恰相反,他似乎更增加了它。他的农民的特质似乎是自然的,而在克里看来这证明了他的兄弟的德性的温厚,他的适应环境。

"像他这样的人们觉得生活是容易的。"克里想,倾听着狄米徒里谈论海滨的居民,以及捕鱼。狄米徒里一面讲故事,一面喝茶,喝得马车夫似的津津有味,而且微笑。他随便乱用极端的形容词:

"一种最不能征服的人民。那最稀奇的事。"

"现在,我想,你要回家吧。"

"家?噢,不,"狄米徒里坚决地回答,垂下眉眼,用手背揩揩他的湿的胡须,他的胡子是向里卷的,加重了他的面部的好性格的表情。"我很不喜欢伐拉夫加,你知道,还有他的《我们的园地》——下流的报纸!还有——鬼才知道!——他有一种天才,把他自己堆在各样东西上面——房屋上,森林上,人上……"

"在一个陌生的人面前这样说是愚蠢的。"克里想。但是他的兄弟仍然在说:

"我要住在庇士可夫。首都、大学和都市自然是与我无缘的。我要在庇士可夫一直住到秋天,然后请求许可到坡尔塔伐去。他们曾经许可我到此地两个星期,但是我必须每天报告警察。好——你怎么样?我记得你是不满意马克思主义的。"

克里微笑着,想道:

"他又来了。"

回忆着托米林,他玄学地说:

"要明了一切,必须不急于相信,理解的能力在于怀疑。"

"我也是这样想。"娴诺说,点点头。

狄米徒里把眼光从娴诺移到他的兄弟,似乎咬紧了牙齿了吧,因为他的脸可笑地扩大了,他的腮上的胡子在抖动,他举起手摇一摇,叹息了,摸摸他的脸说道:

"那里,你知道,每件事都要费许多思索。人智是渺小的,自然是浩大的。一种严酷的境地。一个需要填塞的空虚,你知道。当我被转移到密森的时候……"

"为什么?"克里问。

"鬼知道!他们以为我想从乌斯塔逃跑。好,十三个月以后他们又把我赶回乌斯塔。我并无不平。我看过了一些最有趣的地方。"

他咯咯地笑了,双手抹过他的面部,摸着他的胡子。

"好,那时。我到了密森。不大的一个地方——一个乡村,大约有两千人口。海水好像米得加[1]巨蟒似的把这个地方包围在它的环抱之中。那叫作白海简直是坏思想。它是更像锡的颜色的,你知道,而且它

---

[1] 天堂地狱间之境,见条顿神话。

有一种可厌的性质——狂呼，怒吼，尤其是在夜间，而那夜永远是连续着的。还有一切骇人的恶作剧，例如，那北极光。我第一次看见火的猖狂，数百万虹霓的最疯狂的、最幽静的幻术，我不怕羞地承认——我被惊骇了。在长久的期间我毫无心事地活着，觉得完全空虚了，好像一个肥皂泡似的反映着这寒冷的火的游艺。种种世界都燃烧着，而我不过是这浩劫中的一个空虚的旁观者。"

狄米徒里好像瞎了似的眯着眼睛，好像要眯掉他的前额上的皱纹。立刻，他倾身向着他的兄弟，问道：

"孤陋寡闻或许是更好些吧？啊？"

"为什么呢？"克里质问。

"人有一种归真返璞的倾向。"

"神学思想。"

"是是——不错。"狄米徒里承认。思索了几秒钟之后，然而，他说：

"这就是国家法律的固有属性。"

他请婀诺倒给他一点茶，开始兴奋地说下去了。

"我的房东，一个渔民的头领，有一次对我说：'你，狄米徒里·伊凡诺维奇，宣讲人们本来可以生活得更好、更容易，而世俗反对它。我也是反对它的。因为我看见生活优裕的人比生活困苦的人更坏。我对你直说，狄米徒里·伊凡诺维奇，我的雇工们比我更好。但是我不愿把我的网和绞轮给他们。我不愿做一名工人的工作，倘若上帝容许我。而我还是确实承认工人是比我更好的，也承认我和一切雇主一样并不绝对诚意地看待他们。但是倘若他们做了雇主呢，那么他们也要遵守我现在所遵守的定律。这是一个难解的纠结。'"

狄米徒里当初说得很沉重，但是忽然轻快起来了，拖长和缩短某些字句，用手掌斩截着空气。克里知道他正在尽力模拟某人说话的特点。这并不很成功。

"一个无才能的家伙。"

狄米徒里停止了讲话,他的期待着讯问的神气逼得克里说:

"似乎那人的思想并不曾改变那人的行为。"

"那是一个坏人。"婀诺坦白地说。

"你以为,坏吗?"狄米徒里问,看着她。

"噢,是的,我想。我不知道怎样说才好,但是我知道他很坏。"

狄米徒里皱起眉头,叹息,而且含糊地说:

"好,那是缺少着什么,我不知道它是什么。"

对着他的兄弟,他继续说:

"我竭诚和那里的人们谈话,但是他们不理解。或者他们理解了,但是不愿接受。作为一个宣传家我是无技巧、无魄力的。那里,每一个人是一种个性。你不能动摇他们!有一个人对我说,'我为什么要打搅人们呢,倘若他们不理会我?'而另一个人说,'或者大海明天就要了我的性命,而你还要叫我打算十年以后的生活'。他们全是这样的。"

他使克里觉得他是一个狂人。克里是高兴的,由这高兴又觉悟到简单的生活确比他的兄弟所佩服的智慧的书籍更坚强。

婀诺吸着烟,舒服地坐着,提高声音说:

"这些全是成熟的思想,刚强的人们的思想。我喜欢刚强的人们,是的。不能独立生活的人们将要像树上的多余的嫩枝似的死掉。知道怎样在日光之下养育自己的人才能够生活下去而且把各样事做好,自来是如此的。勤苦和节俭是必要的,这就可以使每个人有各样的东西。我们的生活好像一种探险,深入了未知的国度,甚至无人迹的国度。软弱的人们顾虑太多,成为一种障碍。当你有两种意念的时候,你就成为不必要而且有害的人了。俄罗斯人有十种意念,所以全是软弱的。他的头脑里有一个斗鸡场,我想。"

她平静地好笑着,然后,抑制着勃发的哈欠,她说:

"我要睡了。"

克里也走了,以疲劳为借口,说要去静静地独自思索他的兄弟的谈话,但是一到房里他就赶快脱掉衣服躺下,立刻睡熟了。

第二天早晨喝咖啡的时候,他问狄米徒里:

"你听说古图索夫被捕了吗?"

"又一回?什么时候?"狄米徒里叫喊,显然吃惊地。克里说明了。狄米徒里露出牙齿宽阔地微笑着:

"他现在在尼忌尼·诺弗戈洛得,在监视之下。我曾经不断地和他通信。一个不得了的人物,这斯徒班。"他沉思地说,把奶油散在他的面包上。歇了一会儿之后,他说:

"昨晚婀诺谈论刚强的人物,谈得不坏。"

"那是她的国家的精神。"克里威严地批评。

"一个好女人。"

"你以为马利娜怎样?"

"她的事我一点也不知道。"狄米徒里十分冷淡地回答,"当初还通信,后来停止了。在某一时期她开始思索上帝,思索得太多了——太多书本式的想法,你知道。海滨的人民也讨论上帝的,但是你不能蒙着你的耳朵。"

他笑着,摇掉他的胡须上的面包屑。

"我几乎在那里结婚了,兄弟。"

"一个流犯?"

"不。一个渔师的女儿。昨夜我告诉你的那人就是她的父亲。这样一个强健的家族。三弟兄。两姐妹。"

沉思地摸着他的胡子,他叹息:

"你知道在那些地方人就有一种保爱自己的强烈的欲望,抵抗大海,抵抗北极的不毛之地——自我保存。女人的引诱力是强的。那里的女人是不可思议的……"

二

婀诺进来了，微笑着，指着克里，她说：

"有一个人要见你。我可以带他来吗？"

"要见我？"克里惊惶地叫，站起来了。

"你，你。"她重复了，连连点头，然后就不见了。不久，一个陌生的人，粗野而又高大，走进餐室来。

"你是克里·萨木金吗？"他问，用一种警察官的腔调，不高兴地观察着这房间。他也观察了狄米徒里，指着他质问：

"这是谁？"

"狄米徒里·萨木金，我的兄弟。"

"啊哈！"这宾客欢呼了，大为满意似的。他用两个手指夹着一个小纸团递给克里。

"这是梭莫伐写的。小心打开它。纸很薄。"

他毫不客气地走到桌子前面坐下。克里正在展开纸团，听见他的沉静的问话：

"你离开你的流放地多久了？"

克里读道："这是我们的同乡人。普拉顿·道尔加诺夫。他要给你一点东西。你把它带来——鲁。"

克里撕掉那纸片，觉得很想要痛责鲁伯沙一顿。这鲁莽的姑娘真是可惊的顽固，硬要把他纠缠在她的网里，把他拉进"活动"里面！他站在门口，疑问地瞅着这没有礼貌的来客，回想到作家卡丁的访客之一。总之，道尔加诺夫好像是突然从"遗忘的黑暗"中闪出来的人物。

克里不愿看他们的女主人，恐怕看见她的亮眼睛里的不愉快。她站在食器架旁边，正在专心制造第三次咖啡，前两次都被狄米徒里喝完了。

"你喝咖啡吗?"她和蔼地问道尔加诺夫。

"再好不过了!"他说,把双脚并拢直伸出去好像旋关木[1]似的,阻拦住婀诺到桌子前面去的过道。萨木金骇了一跳。他觉得道尔加诺夫故意撒野。但是当婀诺提起她的裙子——显然是故意的——跳过他的膝头的时候,道尔加诺夫称赞道:

"敏捷!你要原谅我。我简直疲乏得想要躺在桌子下面。"

"桌子下面是不能睡的。"婀诺训诫他,那声调好像是对一个小孩说话似的。

"芬兰人吗?"道尔加诺夫问,察看着她。她和蔼地点点头,访客也点点头说:

"看得出来的。"

克里打断了这会话,凑近道尔加诺夫,他问:

"你知道那字条的内容吗?"

"我当然知道,你可以告诉她我来迟了——虽然她确是正当其时就知道了的。"

道尔加诺夫喝咖啡的时候,屡次烫着他的嘴,东瞻西顾的。默默地把他的杯子推给女主人,他站起来,看来好像踏在高跷上似的。克里希望他告辞就走,但是他走到墙面前,用手指敲敲那镶木板,称赞道:

"实用,这是什么木?"

"枫木。"狄米徒里急忙回答。

"不。"女主人否认。

"好,都一样。"道尔加诺夫说,摇摇手。解开他的燕尾服的内衣,他又坐下,捶捶他的脚,这时那女人忽然仰头大笑,从笑声中叫道:

"为什么,那么——啊,那要是一样,为什么要问呢?"

道尔加诺夫吃惊地呆看着她,微笑着,而且也忽然大笑起来了,在

---

[1] 立于路口,行人可转动腕木而过,但牛马则不能。

他的椅子上摇摆而且腾跳着。笑完之后,他对狄米徒里说:

"她是这样有趣!"

把两只手掌坐在屁股底下,他转向婀诺说:

"自然这是蠢话。人说的蠢话多到数不清。你也说的。"

这更加使那女人觉得有趣了。但是道尔加诺夫把他的注意从她转移到狄米徒里,好像会见老朋友似的,以一种沉静的喜悦瞅着他。那眼睛并不离开他,他说:

"我害风湿病。我的腿见鬼似的疼痛。无缘无故,他们把我关在牢里十一个月。那里潮湿。我的脚肿了。"

这些滑稽场面并没有排遣了克里的恐慌:这人会做出或说出什么并不有趣的蠢事来的吧。克里从道尔加诺夫进来的那瞬间起就不喜欢他,现在觉得他更可厌了,因为他把手插在屁股底下——这种姿势显然并不是想要使任何人觉得有趣的。克里见过许多这种古怪的角色,而且他以为古怪是吸引注意的,简直是一种好奇立异的把戏。道尔加诺夫的服装就有一种荒唐的气氛。一件古旧的油腻的燕尾服套在他的窄肩头上,这下面是一件蓝色的农民的内衣,一条新的粗布灰裤子穿在他的长腿上。他有一副灰色的皱脸,一顶稀疏的草绳似的头发,他的下巴上的毛很有长成尖胡子的希望,一部长而稀薄的上髭恰恰挂在嘴角上,那对于嘴是有妨碍的。他的陈旧而好动的面孔上点缀着一双快活的眼睛——灵活的、微笑的、金色的。

"女儿气的、愚蠢的眼睛。"萨木金判定它们的特点。他倾听着道尔加诺夫柔和的低音:

"在牢里我的唯一消遣是和那看守长吵嘴。他是一个懒骨头,一个醉汉,带着一种装疯作怪的神气。他常来看牢房,'想要吃人',吵吵嚷嚷,好像在酒店里似的。我故意气他:'不要发脾气。你心里难过所以你发脾气,但是你总不是一个坏家伙,虽然你是一个步兵。'他曾经做过工兵,叫他步兵他是要勃然大怒的。他呵斥我:'你胆敢叫我家伙?

我的年纪长你三倍!'我们的口角一直进行了许久许久。然后他对我说:'你破坏我的权威,道尔加诺夫!见鬼!什么意思呢?'我们俩都好笑起来,于是那权威就得以保持了。我终于劝他开了一个钉书的作坊。"

婀诺用手肘靠在桌子上,倾听着,微微张着嘴,脸上有一种惑乱的表情。她的黑衣服的胸襟上有些球根形的大纽扣,她的手腕上围着一条淡绿色的饰带,带端是向下垂的。

"他所说的话她一个字也不会相信的。"克里断定。道尔加诺夫忽然问狄米徒里:

"平民主义者?"

"马克思主义者。"狄米徒里改正,微笑着。

"是吗?"道尔加诺夫大叫,惊异了。他叹息说:"你不像一个马克思主义者。这样一张俄罗斯人的面孔,一般地说来,一个马克思主义者是一个光滑清洁的小家伙,站在德国哲学的高塔上观察一切,常说'人和俄罗斯人'的黑格尔[1]呀,宣言'打斯拉夫人的头'的慕森[2]呀,都是小家伙们所崇拜的。"

道尔加诺夫说话的神气,克里懂得,这古怪东西正在对克里挑战咧。他用双手把他的长头发抹到后面,但是它总是乱七八糟地直竖起来。道尔加诺夫逐渐具有一种宣传家的声调,痛骂特里次克、俾斯麦以及克里所不知道的一些德国人。人觉得这人是一个老练而能干的演说家。

"我很担心尼戈拉·米海洛维奇和一般人民,'由于犹大的畏惧'而不敢承认平民主义与斯拉夫主义之间的精神的联系。斯拉夫主义是属于统治阶级的,这没有关系。拉得次夫、赫生、巴枯宁,以及别的许多人都是如此的。斯拉夫主义不过是表明俄国民众的真实的特殊性。要感

---

[1] Hegel (1770—1831),德国哲学家。
[2] Momsen,德国诗人。

觉和理解这种民众,并不经由农会的统计数字,而是经由民间习俗和传说。乞里夫斯基、阿芬那绥夫、萨卡绥夫、斯尼基里阿夫——这些人教我们倾听民众的灵魂。"

道尔加诺夫皱着脸好像是要发怒似的,但是他的眼睛闪射着感兴与亲切。他的圆软的音调说出来的字句越恼怒,克里就越看清这人是不能发怒的。他不迟疑地说:在他看来,马克思主义是"德国的犹太人关于利润的一种学说"。狄米徒里蹙额倾听着他,不时疑问地一瞥他的兄弟,好像期望他来辩驳,虽然他自己是迟疑于辩驳的。婀诺喜悦地微笑着,她显然在期待着什么,克里觉得不能不说话了,就冷冷地说:

"这全是真正老牌报纸的气味。"

道尔加诺夫露出他的黄色的大牙齿,显然要说出讥刺的话来了。他拉着他的上髭,他的嘴就自动地闭住了。然而,他立刻又开始演说,在椅子上摇动着,用手掌搓磨着他的膝头:

"'意识被现实所决定'这观念是有害的。它把人当作一种被动地接受现实的影响的机器,它并不说明这现实的卑屈的奴仆怎样可以改变现实。而现实自来不曾,将来也不会比人更贤良。人自来和将来总是不满足于现实的。"

"你是一个神学的学生吗?"克里突然问,他想要扫掉他的兴头。使他大为懊恼的是这人竟自显然能够说出了一个克里·萨木金的神秘的心事,说得如此亲切。

"是的。我是一个神学的学生。怎样呢?"道尔加诺夫突然响起来,两手一扬,在椅子上一蹦,好像要冲到空中去似的。

"他不过是小孩所画的一个人的轮廓,"萨木金认定,"可怪的是狄米徒里不回答他。"

"是的,一个神学的学生。"道尔加诺夫固执地说,把他的头发向后一抹,露出他的疑问号似的两只耳垂,"而且,我敢相信理解世界是由于想象,不是由于理性。人首先是一个艺术家。理性不过是使他的经验组成秩序。怎样!"

"这是理想主义。"狄米徒里不高兴地抗议。

"好,假定如此吧。除了理想主义而外还有什么能够使动物的本能人道化呢?现在你们深深地钻在经济学里面,否定政治斗争的必要。但是民众不听你们的领导,不听你们的庸俗的唯物论,因为民众感觉到政治自由的价值,因为民众需要他自己的领导者,需要在精神、身体上和他亲近的人们,而你们是和他疏远的!"

他站起来,弯着腰,伸着脖子,他的头发又跌落在他的额上和腮上。把双手藏在背后,胜利地笑着,他说:

"正确地说,你们,马克思的嫡嗣,确是虚无主义者的精神的子息,不过你们有追求信仰的渴望,和妨碍信仰的坏遗传。因为你们的无力,你们就在一切可能的信仰之中选取了那最为便宜的。"

他的嘲弄的笑声响得异常放肆,完全不合于他的长条的身材和微老的脸相。

"含含糊糊的人们。"他叹息,扣起他的燕尾服,"结局你们要跟从我们的,无论你们怎样说。你们的反政治态度是不会长久的。"

他伸手给婀诺。

"你要到哪里去?"她问。

"到托尼阿,你知道,你自己明白。"他回答,笑起来了。

婀诺仔细从他的头顶到脚尖看了他一遍,摇摇她的头。他毫不在意地摇摇手。

"没有关系。他们会打扮我并且替我理发的……"

婀诺用双手握住他的手。

"祝你一路福星!"

"好,朋友们,再见!"道尔加诺夫说。

他和婀诺一同出去了。

三

萨木金兄弟们互相看看。各自等待着对方开口。狄米徒里走到墙边,站在一幅画的前面,然后平静地说:

"这时他逃走了——越过国境去了。"

"一个古怪的角色。"克里说,揎揎他的眼镜。

"是的。"他的兄弟说,并不看着他。"我看见过他们这一类人。平民主义者有他们的一些特别货色。乌斯塔有一个从喀山来的学生。人们非常喜欢听他讲话,但是很少人听我的话。我觉得很奇怪。"他咕噜着,"我觉得我离开乌斯塔的前夜我见过这家伙。他们派到那里三个人,他必定是其中的一个。非常相像。"

忽然一转身,狄米徒里沉重地大步走到他的兄弟前面:

"你看,这真是糟透了——大错——父亲不留给你任何……"

"无聊!"克里说,"我不讨论这个。"

"不。不要着急!"狄米徒里恳求,莫名其妙地敞开他的双手,"有四千——我想,五千,拿一半去,呃?我本来想把这钱送给婀诺——但是,你知道!我要到外国去。我必须研究……"

克里严厉地阻止他:

"婀诺必定已经得到足够抚养孩子和安家乐业的充分款项,而我是不要任何东西的。"

"你听我说……"

"我不愿再讨论它。"克里宣言,走到对着庭院的窗子前面去了,"而你是必须到外国去研究的。"

他说下去了,带着一种事务家的镇静,而又自己吃惊于他的父亲的遗嘱这样伤了他的感情。当婀诺告诉他他的父亲什么也不留给他的时候,他并没有这种感想。但是现在他却伤心于这种不公道。他越说越觉得痛苦起来。

"呸！真愚蠢！"他暗中痛骂他自己。但是没有一点效果。他的心里很想要说几句讥刺他的兄弟或他的父亲的话。要控制这种冲动是很困难的，他终于含糊说道：

"法律，或者是法律的缺陷，支配了同情或无人情……"

这时婀诺进来了，立刻就大为兴奋地说：

"这一个——他是一个真实的俄罗斯人。比你们俩更其俄罗斯的，我想。你们记得萨拉托弗拉斯基的《金心》吗？这！他谈论那看守长，多么奇妙呀！喂，这人能够做出许多事。人们将要听从他，相信他，爱惜他。他能够——怎么说好呢？——安慰。对吗？是的。他是一个好的传道者。"

"不错，"克里说，"一个安慰者。"

"是的，是的。我想是的。不对吗？"她问，有意地注视着他。忽然摇着一个手指，她说："你很冷酷。为什么你对他不好呢？"

克里说："我以为，你不喜欢他到这里来咧。"

"噢，不！"她告诉他，"我懂得他。伊凡常常帮助他们这一类人到他们要到的地方去。他们常常写信给他说：'有一个人要来。'那人就来了。"

"好，我就要到警察局去——报到。"狄米徒里声明。婀诺和他一同出去，要去定造一座墓上的纪念碑。

有时克里·萨木金检阅着他自己，好像一个人翻阅着一本画册，那些单调的画幅并不好看，而标题也不切当，使人感觉到留着无用而弃之可惜的哀愁。现在坐在他的房间里，在一个暗角里，在寂静中，他又经验着这种心情。

他对于父亲和兄弟忽然愤火中烧，使他惶惑不宁了，而且这火自行延烧到婀诺。他努力把他的受伤的自我看作一个尴尬的陌生者，他尽力把这种感觉看作可笑的。

"小气,"他想,"愚蠢。"而且他也想到,"两三千卢布是很可喜的,我也可以到外国去"。

那伤感已经在他的喉咙里发胀,并且硬化在那里。

"自然,事情的中心并不是钱……"

他回想到他的父亲曾经怎样可厌地折磨他,父亲的情爱怎样凉薄,父亲和母亲对于狄米徒里怎样漠不关心。而在他的想象中他觉得他的父亲的温柔的手抚摩着他的头。他摇掉这感觉。他记起他的兄弟和父亲在花园里为了涅克拉索夫的《俄罗斯女人》而哭泣。他的心里忽然又闪出寒灰无情的言辞:

"家庭是国家的基础。血族。而我刚有十岁的时候我就觉得我的父亲是一个陌生者——或者一个束缚我、玩弄我的人。"——萨木金这样回想着,不知道他是在责备他自己或是责备他的父亲。

扭着他的小胡子,他定睛看着那沉闷的说不定颜色的墙壁:面对着他的是挂在墙上的一张油画的习作,用粗壮的笔触大胆地描画了生动的晴空和碧绿的波涛,泡沫飞溅在橙黄的沙滩上。

"其实这些房间的整洁是严冷逼人的。在莫斯科,在发尔发拉的家里,温暖得多,舒服得多了。我必须回去。今天就走。否则他们要我讨论遗嘱——干脆些吧。是的——回家!"

他挺起身子,扶正眼镜。他的心眼看见了他的母亲的敷粉的淡紫色的脸,因为年老而女性未衰正在伤感着咧;他也看见了伐拉夫加,圆得好像一只桶似的……

"我要在圣彼得堡停留一星期。然后到别处去。我就说我曾经接到一个电报。婀诺会知道我不曾接到的。不管她。"

然而,他决定要说他刚一出门就在街上接到一个电报。于是他出去散步。而且在晚餐的时候他申明他要走了。他看见狄米徒里是相信他的,他的女主人却皱起眉头,开始讨论遗嘱。

"我不明白有什么理由改变父亲的遗嘱。"克里慷慨直言。

婀诺默默地耸耸肩头。

晚餐之后，在克里的房间里，狄米徒里好像一根木柱似的直竖在墙面前，他的手指在裤袋里面活动着，他看着他的脚，迂拙地努力在分析着什么：

"你知道这是糟透了的。你说得不错，法律缺少同情。我的地位是白痴的。"

克里分明觉得他的兄弟真诚地深为不安了。

"这对于他是为难的。"他想。

婀诺高傲地和克里告别。狄米徒里想要到车站上去送他，但是他的裤脚挂在旅行箱子的铜扣上，撕破了。

"啊呀，"婀诺同情地叫喊，"现在你怎么能去呢？你还有一条裤子吗？没有吗？那么你不能到车站去了。"

克里·萨木金却欣喜他的兄弟不能去送他。然而，他对他自己说：

"她不愿意他去。狡猾的贱妇。她布置得真巧。"

当他离开的时候，他觉得他自己沉没在一些零乱的思想之中，但是他相信这些思想是从外面闯入的，违反着他的意志，总之，不值得什么，将来不难自然归结为某种决定。而各种决定都是束缚自己的，所以克里并不急于要得到什么决定。

四

他在圣彼得堡住了几天，很恼恨那里生活的不整洁，在白天，那些正在建造中的房屋波扬尘灰在街道上。尼夫斯基大街的木板道正在被翻修着，使全城充满了烂木头的臭味。这地方是不安静的。白色的夜间以它们的矛盾现象激怒了萨木金，并且以使人神经衰弱相恐吓。这氛围似乎充满了秋季的腐朽的烟雾。而这烟雾好像凝结为一种透明的可厌的尘埃。

街上行人的执拗，荒唐，好像是着魔似的。他们每一个都确乎是在奉送传染性的麻木症。尤其是有一个高而瘦的生物，戴着一顶莫名其妙的帽子，帽子下面突出来一管僵死的灰鼻子，远远地和克里平行走着，悄声对他说：

"你不来吗，学生？好，学生，你不——？"她走近来对着他的耳朵哼哼：

> 我的心肝，
> 跟我来……

当他威吓说要叫警察的时候，他突然转到旁道上，不慌不忙地摇摇摆摆走过马路，然后消失在加它林大帝的纪念碑后面。萨木金以为这纪念碑很像沙皇宫的警钟，而圣彼得堡却不像俄罗斯的城市。

"我必须改变我的环境。我必须接近简单、正常的人们。"克里·萨木金思索着，坐在回到莫斯科去的火车里。他以为他已经有一种坚实的决定。

怀抱着第二天就要回家的企图，他从车站直接就往发尔发拉家去，并不因为他要看她，而是因为要给梭莫伐一个严厉的警诫，她没有权胡乱介绍给他道尔加诺夫似的角色，无疑地这人是从充满了荒唐离奇的黑暗的来源中钻出来的，从这黑暗中钻出了刘托夫之流，教堂庶务之流，狄欧米多夫之流，总之，一些头脑支离破碎的人们。

安弗梅夫娜，照样那么庞大，照样不受时间的消磨，欢欢喜喜地接待着他，欢喜在她心里丰富得好像松树上的松脂似的，而且愤愤地告诉他发尔发拉已经到孔士托洛马去了。

"那些戏子带她去演戏。但是演戏有什么好处呢？他们不过是演她的钱罢了——就这么回事。"

用她的围裙揩揩她的麦壳色的脸，她谴责地忠告他，喷着她的嘴唇：

"你为什么不娶她，克里·伊凡诺维奇？到底为什么你不娶？你总是拖延拖延。可怜的姑娘好像拴在皮带上的狗似的被拖拉着。你真是一个好忍心的男人！"

这样笨重的身体却有那样出奇的敏捷，她给他预备了茶，她的圆溜溜的念佛珠似的眼睛发闪而又混浊，好像洋灯里面的煤油。她伤感了：

"就说鲁伯沙吧。她不是和每个人都要好吗？人数多得数不清。但是她没有一夜不在家睡觉！第二天早晨我去叫醒她——我看见什么呢？嗨，她睡熟在椅子上，一只鞋脱掉了，另一只鞋还穿着。她还来不及脱完鞋子就睡觉了。人们不断地成群来找她，但是还没有一个人说要娶她。这真叫人看了难受：这样一个水汪汪的姑娘，好像一个甜橙似的……"

安弗梅夫娜对人的真纯亲热，她的母性的慈悲，她的调制良好的咖啡，以及那些充满安居乐业意味的房间——这一切都使萨木金怡然自得。他回想到台尼亚·古里科伐，他的乳母，杜洛诺夫的祖母，普希金和其他俄国大人物的乳母。

"涅克拉索夫忘记描写这些俄国女人。在养育人类灵魂的任务上她们的成绩是无人能比的。而且对于朴质的人民，她们所播种的情爱和善意或者比她们养成人们的工作更为广大。"他推测，"'她可以阻住狂奔的马，她可以走进着火的家宅，'[1]——这说得好，但是尤其有用的是这般简单的女人深入日常生活的深处，毫无私心地尽瘁于清除生活的尘垢和污秽。"

他以为这是一种创见，增强了他对于他的环境的亲和力。他立刻把它写在札记上，而且得意地想道：

"是呀——这是比芬兰更温暖的地方。"

---

[1] 涅克拉索夫赞颂俄国农妇的诗句。

他翻阅了几本《俄国记事》，忽然熟睡在长沙发上。他被鲁伯沙惊醒了。

"大白天睡什么觉？"她大声说，胡诌着科尔曹夫的诗句，并且拉拉他的手。

她坐在长沙发旁边的椅子上，显然很疲劳，长伸出她的穿着泥靴子的两只短脚。她的脸上泛着喜悦的光辉。用手巾扇着她自己，她不断地抹去沾在她的汗津津的前额上的头发，然后她解开她的蓝色领带，嬉笑地告诉他：

"克里，亲爱的！你知道'俄国社会民主党的宣言'已经出来了吗？一篇出色的文章！你看。我们有——一个——党！"

"谁是那些'我们？'"克里问，戴上他的眼镜。

"噢，亲爱的！'我们'吗？俄罗斯呀！你不懂吗？这就是说结束了辩论和纠纷。每一个人现在都知道要干什么，往哪里走。这宣言断定政治斗争的必要，直接继承平民主义者。明白了吗？"

因为太兴奋了，她出了许多汗。她脱下她的领带，解开上衣的领子：

"我喘不过气来！"

用一种鸭子的姿势强调着她的言语，她开始发挥那"宣言"了。萨木金忽然鲜明地记起农民扛起乡间教堂大钟那一天，当他烦恼地走到夏季别墅的时候，他看见一个呆头呆脸的乱头发的年轻村妇，怎样跪在教堂前面不断地画十字，对一个制瓶商叫道：

"上帝呀！上帝保佑你！上帝允许你……"

萨木金觉得鲁伯沙很像那村妇，突然大笑起来。于是鲁伯沙更加激昂了。用她的胖胖的小手拍拍他的膝头，她大叫：

"可不是吗？要紧的是好人们都停止互相挖苦，一致努力于积极地工作。"

萨木金轻轻地拍拍她手臂，想要更尖刻地挖苦她一下。

"你且慢告诉我那宣言的事。现在我问你……"

"发尔发拉吗?"她插嘴,"你想她。她出去演戏去了。她说:'我要试试我自己。'"

"我不管她的事。要做女伶,她不如你——或任何女人,因为那个。"

鲁伯沙对他伸出她的舌头。

"你是一个小傻子,我的亲爱的。不要迟疑!她为你受苦了,而你——好狠心的唐璜[1]啊!你哪里得来的这种高傲,我很想知道!哦,你知道吗,里狄也已经加入一个团体。她去到伏尔加上流各处,到了克生尼次。她写信来说会见一个什么人,叫作彼林的夫。他是研究分教派的。而她也研究了。这全是因为饱闷无聊。一种反社会的性格——她是。安弗梅夫娜,亲爱的,给我一点凉东西喝一喝。"

"我没有凉东西给你!"安弗梅夫娜说,抱着一些洗好了的衣服进来,"先吃一点吧。等一会儿我给你冰牛奶。"

萨木金找不出一个机会来使鲁伯沙受他的训诫,实行他的心愿。真的,他觉得这心愿正在离开他,她的快活的神气已经使他对她妥协了。

"哦,是呀。我几乎忘记告诉你。马拉可夫得了一年的徒刑,监禁在克里基提。教堂庶务是宣判为精神错乱,押解回他的家乡第米徒洛夫去了。那几个工人全都在做工,除了萨坡兹尼可夫而外——据说他说话太多,还有一个,虽然奥丁佐夫已经押送回家去了。"

霍地跳起来,她走到门口。

"我热得快要熔解了,我要换衣服。"

站在门口,她突然转身向着他,双手抱着她的头,唱歌似的说:

"克里呀,亲爱的,我遇见一个怎样的马克思主义者呀!这样的人。噢!他的声音好像是天鹅绒。他好像一只张满了帆的船似的航行着。奇

---

[1] 风流才子。

妙！而且他对于每件事都是这样正确。你笑什么？愚蠢。我告诉你吧，像他这样的人们在制造历史。他好像支来波夫。是的。他像！"

萨木金觉得她的这些消息有些扰乱了他自己。那"宣言"引起了他的急切的好奇心。

"那些学生们或者烹调出什么拿手肴馔来了吧。我要去看看普里士。"

思索着鲁伯沙的过分的快活，他觉得有一点反感。自然这快活是由于她的胖胖的小身体有一种渴望，渴望那天鹅绒的马克思主义者。

"但是，我还要和她谈谈。"

她又出现在门道里，用一大幅手巾包裹着她的肩头和胸部，而且抛两封信在桌子上。

"寄到这里好久了。"

五

在一封信里，克里的母亲主张他必须到芬兰去。在字里行间克里觉得颇有埋怨父亲为什么要害病的意味，而同时又相信他的病必定是很危险的。末后一段使克里微笑了。

"我想伊凡·阿乞莫维奇不会留下遗嘱的。以他的性情而论他是不会的。但是倘若你愿意代表你自己或你的兄弟清算父亲的财产，提莫菲·斯蒂班诺维奇可以介绍给你一个好律师。"下面是一个著名的私法律师的住址。

第二封信是更为具体的。

"因为你还没有告诉我你在维堡的住址，所以我写信到莫斯科。现在我很烦恼。伊立沙弗它·勒孚夫娜不幸做了一个大不名誉事件里的女主角，这事件的结局大约是监禁伊诺可夫，这人你是知道的。他简直是发疯胡闹。就在我们的庭院里他打坏了主教的唱歌队长，这队长帮忙利沙在'合唱爱好者协会'里工作,而且显然是求爱于利沙的。她不否认这个,而且她还说没有一个男人不想求爱于一个女人的。自然她是非常烦恼的,但是高傲地隐忍不发。卓斯弗主教对于这案件已经有积极的行动,而伊诺可夫必然要受重罚的。他愚蠢到这地步,他拒绝辩护,声言唱歌队长胁迫利沙,捏造事实说她对着协会会员讨论政治(会员是些店员和学徒)。深知利沙如我,自然不相信这故事,坏是坏在伊诺可夫不理解他怎样破坏了我的学校。利沙使我大为惊异,她怎么能够容许一个刚愎任性的青年恋爱她呢!她对于现时的那些危险分子有一种变态的好奇心。你说得真不错:时势越变越惊人,当今执政为维持秩序,不顾情面,是当然的事。"

以下是一大篇关于秩序及秩序必须维持的话,但是萨木金没有机会读完它,因为有人在客厅里咳嗽、吐痰,而且门限上出现了一个小男人。

"我可以进来吗?"他问,停留在那里。

"当然可以。"

"梭莫伐在吗?"

"就来!"鲁伯沙叫喊,哗啦地打开了门。

那男人移行到从窗里透进来的光线之内,向萨木金走来,疑问地看着他的脸,以至萨木金不能不站起来介绍他自己,心想道:

"显然是一个'教书先生'。"

"我看",那访客说,把他的冷硬的手放在克里的手掌里。等待着对方的一握,他问:"你总是甲可夫·阿乞莫维奇的一个亲戚吧?"

"他是我的伯父。"

"哦呵!我和他同住在萨拉托夫监狱里。"

"他死了。"

"对了。他死在我面前。"

这人自行坐在克里对面的椅子上。用他的耗子似的眼睛惶惑地注视了克里几秒钟之后,他迁移到长沙发上,又开始他的观察,那热心的神气就好像一位艺术家在开始作画之前研究一个模特儿似的。他的高度是在平均量之下的,很瘦,穿着秋云色的上衣,很像列夫·托尔斯泰的上衣。他的脸是一个胡子出得太早的青年的脸。他的细小的黑眼睛不愉快地吮吸着克里,他的脸上装着一管尖鼻子和一张确是没有牙齿的嘴,隐蔽在一片稀薄的耸立着的白上髭下面。

"在本市的大学里?"

"是的。"

"学法律。"那人鉴定。又把他自己移回桌子前面,他从他的衣袋里拉出一个小皮袋子和一些卷烟纸。卷起一支烟,他说:"学法律的和学自然科学的一见就辨认得出来。"

"他们这种人每个都想法标明他自己。"克里愤愤地想,虽然他不能不承认这人是早已标明了他自己的。鲁伯沙飘进餐室里来了,全身白色好像去赴圣餐会的服装,但是赤脚拖着拖鞋。

"怎样,米霞叔叔?"

"他被拒绝了。"米霞回答,摇摇头。

"这小孱头!"鲁伯沙叫喊,用力拉着她的发辫。她痛苦地皱起她的脸。然后她问:"怎么办呢,依照你提议的去办吗?"

"一点不错。"米霞叔叔决定,平静而又坚定地说。他显然高兴地望着天花板吐出一长串烟云。鲁伯沙回头对萨木金解释:

"米霞叔叔和教堂庶务伊伯提夫斯基很相熟。"

"他们父子俩都是相熟的。"米霞叔叔又说,竖起他的手指,"我和那儿子同住在弗拉得米的监狱里。他是一个聪明的小伙子,但是偏狭而且傲慢。像一切神学的学生一样,太过于哲学化了。他的父亲不过是一个在生活上失败的人。一个去职的教士,一个酒狂。像他这样的人结局总是变为游方僧,从一个修道院流浪到一个修道院,依赖信神的商人的老婆生活,散布各种废物在人间。"

米霞叔叔的声音是平静的,但是丰润而又明朗,好像地下的泉源似的不断地喷出清凉的水。

梭莫伐不耐烦地顿顿脚。她问:

"你读过'宣言'了吗?"

"读过了。还是我发出去的。"

"怎样呢?"

"一件最重要的事,"米霞叔叔确定,噘起他的嘴唇,好像要吹口哨似的,"可以算是一个历史的事件……"

"自然!"

"可惜那小册写得太好,对于做工的人们太深奥了。而且那样崇拜时髦的经济科学。自然,科学是科学,但是我们必不可忘记霍布斯[1]的话:'科学是相对的知识,绝对的知识是经由情意所启示的。'计较太多的头脑对于情意就有一种坏影响。米海洛夫斯基的论斯宾塞[2]说得好……"

这演讲被鲁伯沙毫不客气地打断了,她要米霞叔叔吃点东西。他默默地默认了,而且到桌子前面坐下。他捡起一片裸麦面包,倒了一杯牛奶,然后跳起来,在房里走来走去寻找抛置他的烟尾的地方。这种动作立刻就使萨木金看轻了他。萨木金观察过不少的人:他们的生活被烟尾之类的琐事所牵累,这就显见得他们是平凡的人了。

六

把他自己当作一辆小车似的歪斜着推进餐室里来的是一个中等身材

---

[1] Thomas Hobbes(1588—1679),英国自然主义的哲学家,所著《人类性质》一书最为著名。
[2] Herbert Spencer(1820—1903),英国哲学家。

的人，矮胖一点，有一部黑胡子，湿眼睛，一副愠怒的面容。

"庇门·苦沙洛夫。"鲁伯沙介绍他。

他点点头，然后把一包杂志抛在她前面，用铿锵的声音说：

"文章都印在封面上。"

他也立刻开始讨论那"宣言"，但是懊恼地。

"那是久已过时的了。每个人都在谈论我们必须想些什么，而我们应该谈论的却是我们必须做些什么。"

米霞叔叔点头赞成，而苦沙洛夫显然不以这为满足，用同样盛气的腔调说：

"自由主义的老人们还在论文里呻吟说像这样的生活是不可能的，其实我们这一辈早已解决了我们应该怎样生活和为什么而生活的问题了。"

"你是一个马克思主义者吗？"克里问。苦沙洛夫用一只眼睛看了他一下，然后回头望着一只盘子说：

"我的意见是混合的。我承认经济因素在历史上的作用，但是也承认个人的作用。至于唯物论——无论你怎样解释，都是一种悲观主义的理论。而种种革命都是由乐观主义者所造成的。没有社会的理想主义，没有爱人群的中心动力，你就不能创造革命。而唯物论的中心动力是纯粹的犬儒主义。"

他不迟疑地说着，把他的冷酷的眼光从米霞叔叔转到梭莫伐，又从她转到克里。克里虽然以为和这家伙辩论是不智的事，然而终于审慎地问了他几句关于犬儒主义的话。

苦沙洛夫颇为无礼地回答：

"我从来不和人辩论。我已经说明了我的意见。听不听由你。第一，我们必须推倒贵族政治。然后再说什么是什么吧。"

鲁伯沙看着他，显出一小点不友谊的表情。米霞叔叔赞赏地点着他的几乎无毛的灰头，正在用一只发针清除他的烟管。苦沙洛夫开始很快地吞咽覆盆子和牛奶，他的脸皱得好像正在喝醋似的。他有明亮的嘴唇，他的脸上和颈上的皮肤白得好像擦过粉似的，除了长着浓厚的发亮的黑毛的地方而外。他的烟黄色的衣服是紧鼓鼓的。他的行动是小心的，他的浆硬的内衣不时发响。把手插在背心下面，他拉着他的吊裤带，以至它大声拍在坚硬的前襟上。吞下了两盘覆盆子，他用手巾揩揩嘴唇和胡子，站起来，照照镜子，然而和他出现的时候一样突然不见了。

"一个好角色。"米霞叔叔称赞。萨木金有这样一个印象：苦沙洛夫是因为有要紧的事才从很远的地方赶来的，譬如来和他所爱的女子结婚呀，或者追捕他的逃妻呀——总之，一到达就急忙标记了他的行李，奔赴他的大欢乐或大哀愁去了。

米霞叔叔即刻也就走了，给予萨木金一次亲热的握手和一个和蔼的微笑。在客厅里他对鲁伯沙说：

"好，好——不要急。"

送他出门之后，梭莫伐才说：

"你当然知道米霞叔叔是谁的……"

萨木金不知道。他扬起眉梢，好像表示不必谈论米霞叔叔似的，苦沙洛夫却是包揽彩画房屋和安置屋顶的富商的游荡儿。在高级中学的六年级的时候离开他的父亲，加入喀山兽医学院，不到一年就被开除了，去到台波夫领地做财产管理人，后来又在伏尔加汽船上做水手。他现在没有工作，但是已经预定在一个工厂里做工头。

"据说他是一个出色的宣传家。但是我不喜欢他。他粗鲁而且虚浮。你留意到他的牙齿有多大吗？就好像手风琴上的键似的。"

"他似乎是愚蠢的。"萨木金提示。

"不。那正是他的虚浮。"鲁伯沙解释，"要说我同情的人，那要数道尔加诺夫。你喜欢他吗？啊，克里，现在真有许多新人物！生活……"

克里完成她的话：

"抛掉那些不适当的、不必要的、从一家流浪到一家的人们。"

他想把这句话当作他申诉鲁伯沙的序言,但是她一看她的表就焦急地抓头。

"啊,迟了!我就要到彼得洛夫斯基公园去。我要走!我要走!"

她跑出房间,留下一只偷懒的拖鞋在门口。

第十章

一

萨木金在他的房间里闲踱着,恍惚思索着他的母亲、伊诺可夫、斯庇伐克——但是他们似乎很远,无趣。在他的心里最扰乱他的是那"宣言"和它的真实的意义这思想。一个实际的政党真是可能的吗?能够组织知识分子,指导学生的和工人的运动,扫开一切饶舌家、歇斯底里的狂人、无政府主义者,这样一个政党是可能的吗?在这样一个文化人的政党里面他也可以有一个地位的。于是他去访问普里士。但是那漂亮的使女欣欣然告诉她的主人已经到外国去了。萨木金逗留在一个酒馆里,听着那沉闷而无才能的小歌剧,消磨了两点钟的时间。大约半夜的时候他才回到寓所。安弗梅夫娜通知他鲁伯沙刚回来不久,但是已经睡了。他也就睡了。他梦见他坐在一个黑暗空虚的厅堂的演说台上,凭空有人愤愤对他叫道:

"请，起来！"

他不能起来。沉重的被盖压住了他。后来那声音像一阵风似的扫过他上面，摇撼着他，吹进他的耳朵里面：

"起来！"

萨木金醒来，坐在床上。

"你的名字？"一个宪兵军官问，倒退了一步，站在一个穿着法院制服的人旁边。在他们的旁边有一个青年兵士高举着一支蜡烛，烛光正照着克里的脸。通到餐室的门上朦胧现出另一个宪兵。

"你的名字？"军官凶狠地又问。他是一个青年人，有一张异常苍白的脸和一双炯炯的眼睛。萨木金手忙脚乱地摸索着他的眼镜。找到了，他叹一口气，说出他的名字。

"什么？"那军官不相信地大叫。他要看萨木金的文件。克里捡出他的短上衣，摸索了好久才找到他的衣袋。他默默地把各个袋里的东西一件一件递给那宪兵。

"灯！"军官命令那兵士，当他打开那些纸片的时候。餐室里的灯燃起来了，而且一个沉静的声音在命令：

"这边。"

鲁伯沙的质问的声音莽撞地响起来了：

"这是怎么回事呀？"

"搜查家宅。"那沉静的声音告诉她，而且反问道，"你是发尔发拉·安托洛坡伐吗？"

"我是鲁伯沙·梭莫伐。"

"谁是这公寓的主人？"

"房东。"谁又粗声地说道。

"什么？"

"房东。我已经告诉过，她到孔士托洛马去了。"

"这公寓里还有谁住着？"

"没有。"鲁伯沙回答,发脾气似的。

穿着衣服,萨木金看见那军官和法官交换眼光。然后军官拍着那些纸片,问道:

"你住在这里好久了吗?"

"我从芬兰回来,路过此地,不过停在这里一天。"

军官凑近他,问:

"从哪里来?"

"从维堡来。我也游览了别的一些城市。"

法官露齿微笑。摸摸他的胡子,他走进餐室里去了。军官退开一步,用手指着餐室:

"请。"

在餐室里,桌子前面坐着另一个军官,一个黑脸尖鼻子的矮汉子。他的秃头是显著的,他的脑袋上和他的上唇上都各有一撮耸立的灰毛。他不能算是一个漂亮的军官。他的燕尾服的后襟是突出的,领子掀着他的后脑壳。他翻阅着那些文件,而且当克里进来的时候,他呆看着他,问道:

"这是游戏文章吗,是不是?"

又低头看着桌子,他自言自语道:

"讲演录。"

他转眼瞅着鲁伯沙,她恼怒地坐在长沙发的一只角上。副官把克里的文件放在军官前面,弯着腰,对着他的灰耳朵私语了许久。军官终于用手势停止了他,问克里道:

"你从芬兰来吗?什么时候?"

"今早。"

"你到那里去干什么?"

"埋葬我的父亲。"

军官站起来,咳嗽,走进克里睡觉的那房间里去。副官和法官也跟去了。法官走得快，拉着他的胡子，显出讥刺的苦笑和鬼脸。克里看着他们一进去就关紧了门，想道：

"我将来也要陪着宪兵搜查家宅，也要装出苦笑和鬼脸了。"

明白了这搜查和他毫无关系之后，他是镇静的，半瞌睡的。在通到客厅的门边坐着一个警察官，他的佩剑夹在他的两个膝头中间，他的一双鲜红的手搁在那剑柄上。两个毫不动弹的市民，见证，堵塞着门口。宪兵们在那些房间里各处搜查，移动家具，取下墙上的画片——这种手续是萨木金所熟悉的。

"真是岂有此理！"梭莫伐突然大叫。萨木金离开她，坐下，而她大声要求：

"警察！告诉他们送点水来给我喝！"

警察不动，命令门后面的人：

"告诉他们，彼得洛夫。"

即刻安弗梅夫娜就端着一个水壶进来。梭莫伐把水壶举得很高，倒水在杯子里。在水的奔流声中，克里能够听见她的悄声私语。他惶恐地向四面一看：

"她要吵架……"

副官从门里窥看出来，问道：

"这里有电话吗？"

"搜查吧！"鲁伯沙回答。宪兵赶紧回答：

"没有，长官。"

安弗梅夫娜出去，瞎撞在站在门口的见证身上，埋怨道：

"你看不见我端着盘子吗？"

但是她的手里并没有盘子。

萨木金惊异了，结局完全出乎他的意料。灰色的宪兵官和地方副检事走进餐室来了，看样子好像他们曾经争吵过似的。副官坐在桌子前面开始写字。地方的副检事，站在窗子前面，转背对着房间里的一切。但

是灰色军官走到鲁伯沙面前,沉静地说:

"我请你穿好衣服。"

她站起来,故意缓缓地走进她的房间。军官看着她不见了之后,才对萨木金说:

"请你也穿好衣服。"

二

一点半钟以后,萨木金走过街心,前面是一个摇摇荡荡的见证,后面是一个马刺铿锵的宪兵。东方的天上已经显出淡绿的曙色,而沉睡的城市却包裹在微温的可厌的黑暗中。萨木金颇为赞赏他自己的镇静,虽然走在空虚的街上,跟随在那样一个人后面,是很讨厌的。那人把双手插在衣袋里,默默地向前移动,好像用手推着大腿,脚不落地似的前进。

"那么,我也要坐监了。"他猜想,觉得十分英勇,毫不怀疑他的被捕是由于误会——其实他早已觉得地方副检事的举动就不赞成捕他。他们走过许多大街小巷,在一条巷里,离萨木金前面大约五步远,走廊上的一道门打开了,出来一个宽帽子灰衣服的女人,同时一个看不见的男人一面关门一面说:

"请您不要忘记它。"

那女人向克里走来,他让开她,认出她是刘托夫的一个熟人。她似乎也认识他。

"明天他们就会全都知道我已经被捕了。"他想,觉得很骄傲,"那男人不说'你'字。这是地下室的秘密,并不是恋爱事件。"

他大吃一惊的是并不把他送到警察局,这是出乎意料的,而把他送到宪兵司令部似的处所,走进地下层的一个房间,有一道外加铁栏的窗子,下层的窗玻璃面对着砖墙,上层的窗玻璃上露出一方块淡红色的天。

"那么——我已经改变了我的环境了。"他自己好笑地想着。觉得十分疲劳,他脱了衣服,立刻上床睡觉了。他醒来的时候,由房里的热度判断,大约是正午。那些墙壁,已经粉刷过好几次,可是仍然纵横交错着一塌糊涂的字迹。这里有一种石炭酸混合着发霉的气味。他们显然曾经等待着他醒来。门闩一响,门开了,一个穿着很旧的制服的老宪兵进来请他洗脸。后来他又送茶点给他——依照小旅馆的方式,两杯茶,半块法国面包,一片柠檬,四块白糖。吃完了茶点,他期待着被传去审问。虽然没有人来叫他,他也并不失望。晚餐是饭馆里送来的,虽然凉了,可是滋味还好。第一天过得很快,第二天就很长,但是还不如第三天那样长,以后就突破地球绕日而行的法则,日子一天比一天长起来。

每天都增长着无感觉的厌倦,而且显露出他的灵魂的空虚。在这空虚里面,起了一种愤懑,愤懑逐日增大。然而不能胜过那厌倦。一种修道院的寂静笼罩着这房屋,偶然才能听到门后面的马刺的铿锵和喃喃的怨声。有一次,克里听清楚了一句责备的话:

"不是奥西林,你傻子,是奥西尼呀!我告诉你,他们不是……"

到了最后一天,就是第十一天,一个戴着勋章的军士来打开门,用一种压倒一切的神气估量着萨木金,理直他的灰胡子下面的一大片金色勋章,然后命令:

"这里来,请。"

三

一分钟以后,萨木金有理由预料他从前经验过的事就要重复了。他发现他自己坐在一间办公室的桌子侧面,隔着桌子对面坐着一位军官。这办公室的陈设并不如波坡夫上校的那么家常、随便,而是更严肃、更官派的。克里觉得这军官比在寓所里见过的那一位更漂亮些。他的脸是黑的,就好像白皮肤的北方人常住南方之后的那种脸色。他的眼睛是明朗的,甚至是欢乐的。萨木金在这人的生相上找不出一点军人的特质,觉得安心了。这宪兵好性格地问:

"你觉得厌烦吗?"

"有一点。"萨木金直说,"我因为什么……"

宪兵趁他迟疑的机会就打断他的话,说应该下雨了偏不下雨,又说天气闷热。然后他问:

"你吸烟吗?"

突然之间,他把两肘搁在桌上,这一只手握着那一只手,很低声地问:

"好,怎么样?"

默默地静候了一分钟,萨木金得不到这问话的解释,才反问:

"关于什么?"

"关于你。"

军官把头向后一靠,把脚伸在椅子下面,把双手也藏在衣袋里,他的脸上现出惊异的表情。他吹鼻子,咳嗽,然后开始抑扬顿挫地说:"当我执行公务的时候,我幸而得读你的高贵的母亲的信件。我也读了你的杂记——还没有读完!我敢说我糊涂了。在你的心的深处你是那样灵敏纯洁,为什么你现在第二次又落在宪兵司令部的官员的活动范围以内呢?"

"你知道那一次吗?"萨木金回答,微笑了一下,但是立刻就明白他的话是欠斟酌的,而且也不应该微笑。

"我知道一些事实,但是不知道动机。动机——那是我所不理解的。"宪兵官宣言。他把手从衣袋里拉出来,拾起桌上的一把剪刀,铿铃铿铃地玩弄着它。

"先生,你看,"他继续说,皱起他的眉头,"我知道我的同事们往往用父亲教诫儿子的方法，譬如说，处置学生们。他们慰问，劝勉，总之，说些感情话。我不是那一类人，"他叫喊，然后把剪刀拿到桌子下面，开始用它来剪断他的干巴的言语，"我尽忠于我的职务，保卫国家秩序。我一发现谁是国家秩序的敌人，我就绝不通融。不，先生。一个有知识的人，倘若他应该受刑罚，我就要尽我的能力依法处以应得之罚。有时即使罚得过分一点也是有益的，以儆将来。你明白的，不明白吗？"

萨木金几乎忍不住要说"是的！不明白！"然而答道：

"我了解你的意思。"

军官又把剪刀弄得很响，而且把它抛在桌子上。他的眼球失去了自然的轮廓，扩大而且似乎变为平面的了。

"你冒着危险，交结那些你所反对的政治嫌疑犯，这是怎么一回事？"

"你不能从我的杂记里得到这样印象。"萨木金仓促申明，有意地看着那军官。

"我不能得到什么印象？"他问。

克里并不回答。他的发展好了的不信任人的动机的直觉鼓励他相信这宪兵并不如他故意装作的那么可怕。

"你的杂记确乎没有把犯罪的端绪全都隐匿起来，如他们所说。"那军官叫喊，"你对于那些政治小贩的批评态度是明白表现在那里的。虽然你不写出名字，我知道你是参加马拉可夫的团体……"

"你不能说我是那团体的一分子或我的思想……"

"你的事我很知道——可以说每一件。"宪兵打断他的话。但是萨木金觉得他已经说了多余的话，却暗中欣喜这一打岔。现在他觉得那军官的脸异常活动，好像他的筋肉并不是附着在骨骼上，而是附着在软肋上似的。那脸阴沉沉的，似乎集中在鼻子上变成尖的了。除了那眼睛而外，满脸都是恶狠狠，这真是十分古怪。他提高声音：

"而且这也就足够使你不能在大学里完成你的学业,足够把你从莫斯科押送回你家去,交付警察监视之下。"

歇了一会儿,他慢慢地松动他的软骨和颜面筋,鼓起他的眼睛,咂咂嘴唇。

"但是政府是宽仁的。它并不愿增加不能善自适应生活的人数,以至补充了那些铤而走险的人的队伍——革命党人全是这样的。"

他玩弄着剪刀,疑问地看着一片纸,并且用手指轻拍着它。

"这里你写着:'"不属于任何阵营的一个战士",我甚至不愿在这一面或那一面做一个"偶然的宾客"。'——这种地位在这样时代是完全不可能的。这一篇杂记就显然和另一篇冲突,在另一篇里你极其同情地描写了老人可索洛夫,赞美他对于俄罗斯的认识,他对于她的爱。爱,和信仰一样,没有行动是死的!"

他的脸又变为一个楔子形,他开始用父亲的声调规劝萨木金。

"不。你必须决定:我们或他们?"

"很像一个傻子。"闪过萨木金心里。

"'我们'是拥护俄罗斯的势力,这些势力曾经创造了她的光荣的国际地位,她的内心的美,她的固有的文化。"

用这种父亲的语调他说下去了,说到农民银行,说到移民局,说到教区学校,说到工业发达而工人的数量增多,说到政府调节劳资关系的必要——怎样缩减工作时间。怎样创办工厂检查,怎样筹备卫生、保险、俱乐部等等。

"我可以使你相信政府不容许经济运动变为政治运动——绝不容许!"他叫喊,而神气却温和了许多。瞅着萨木金的眼睛,他又问:

"好,怎么样?"

"我不明白你的问题。"克里说。他觉得他自己比宪兵更聪明;因此,他喜欢他——喜欢他的爽直,并且有自信心,甚至赞美他的体格、他的坚定、他的天真。

"你不明白吗?"他重复,他的眼睛又变成平的了,"这很简单。我劝你用行为来表现你的诚意,确定你的立场在秩序与法律方面。怎么样?"

这出乎萨木金的意料。然而他并不觉得特别惶惑或讨厌。他耸动肩头,默默地微笑了。宪兵凭空地用剪刀剪了一下,把它塞在桌上的纸张里面,一只手按在它们上,站起来,弯腰向着萨木金,沉静地说:

"我请你做我的通信员——等着!等着!"他急叫了,因为萨木金霍地跳起来了。

"你侮辱我,"克里说,很镇定地,"我不愿做暗探。"

"我说的不是这种事。"军官用一种愤恨的声调叫喊,"我知道我在和什么人说话。什么意思!什么叫做暗探?各个大使馆都有一个武官。你能叫他作暗探吗?你读过米兹克维的《可拉伐林洛》吗?"他急促地说着:"我并不是聘你做一种有薪给的工作。我是说你自愿合作,为了你自己的理想的缘故。"

他坐下,继续喳啦喳啦地玩弄剪刀,灵敏地好像一个理发匠似的,平静而又柔和地说:

"我们需要熟识革命思想发展情势的知识分子——记住,思想。通讯员并不必须去和秩序的敌人战斗,只要满足正义欲,避免错误,分别公羊和绵羊就行了。在学生运动中,有许多青年是偶然误入迷途的……"

萨木金也坐下来。他的腿开始发抖,他受了不小的惊骇。他听见那宪兵说到那"宣言";说到平民主义者梦想恢复平民主义运动的种种方法;说到没有正确情报就很难判定事实的真相;说到不容易决定言论的效果和行动的范围;说到他们必须充分明白各样的事情,以保卫青年人们,不论是热诚的和浪漫的,或意志薄弱的和政治文盲的。

"好,那么——怎么样?"

克里又听见这时常出现在这军官的舌尖上的问题。

"我不愿干这个。"萨木金回答,竭力镇静地。

"真的吗?"

"是的。"

军官站起来,微笑着,摇摇头。

"我不愿问你为什么。但是我要明白告诉你我不相信你的决定。我所指示你的路——为国牺牲的服役的路,这才是你的路。记住——牺牲的服役。"他缓缓地重复,"现在你自由了,在莫斯科境内。我应该请你给我一个书面的声明,不离开本市——不过是短时期——但是我将来一定可以得到你的满意的答复的。你不走吗?"

"当然不走。"克里说,放心地喘了一口气。

"你可以把你的这些文件拿去——这!你还要住在安托洛坡伐的公寓里吗?那么,你早已认识鲁伯沙·梭莫伐喽?"

"从小在一起。"

"她是哪一类人呢?"

"一个很好的女子。"克里迟疑地回答。

"我看。好,再见。"

他伸出他的手。克里捏着它,感觉到那强硬的手指的高压。

"你自己想想吧,克里·伊凡诺维奇。想一想,要大胆,可也要爱你的国家。"那宪兵嘱咐。在他的声音里,克里听出一种为他自己打算的诚恳的腔调。

四

在街上,萨木金低头走着,好像一个被打的人期待着又要来的打击似的。天气是热的。一阵热风弥漫过城市,拨弄着尘灰,使萨木金想起那门房,仔细地打扫着一群走过的罪犯的脚下的尘灰。有一个犯人的叫喊在克里的心里回响起来：

"拉萨留斯[1]起来了！"

克里漠然想到福音书里的关于身体残缺的死人复活的故事，模模糊糊地飘过他的心上。在家宅的房顶上飞驶着云雾，一道电光穿过莫斯科河以外的一团乌蓝的积云。萨木金在市声的喧哗之中倾听那雷鸣，但是一点也听不见，它隐藏在云里面了。人们推挤着他，向他对面赶来，从他后面追过。要逃避他们，他转入救主耶稣的教堂面前的广场里，坐在一条长椅上。在他的心里的第一个清楚的思想是这问题："为什么那宪兵这样使人惊恐呢？"现在他觉得似乎在那军官还没有提议要他做暗探以前他早就已经预料到这提议了。使他惊恐的并不是侮辱的提议，而是别的某物。萨木金不能不承认那宪兵曾经从他的杂记里得到一个合逻辑的结论。用手摸着他的衣袋里的纸包，他决定：

"我要烧掉它们。我从此不再写了。"

他的思想是不相连贯的，搅碎在一种无名的忧愁上面。两个少女走过他面前。一个看看他，用手肘推着另一个，悄声对她说话。另一个也看看他。两个都放缓了她们的脚步。

"白痴！我像是一个想要自杀的人吗？"他想，"我的面容一定是很可怕的。"

他站起来，走向寓所去，尽力劝勉他自己：

"当然，我的难受是道德的，一切正直的人都会如此的。道德的！"

他暗自怀疑他觉得需要自勉正是反面的明证：那宪兵的提议并不曾辱没了他。要消灭这怀疑，他急忙推论道：

"倘若理论都要见诸实行，那么叔本华[2]和哈提曼[3]都非自杀不可

---

[1] 马利与马太之兄，耶稣使之复活者。见《圣经》。又作穷人解。
[2] Schopenhauer（1788—1860），德国悲观主义的哲学家。
[3] Hartmann（1842—1906），德国哲学家，否定人生的意义与价值。

了。勒诺[1]、里阿伯第[2]……"

但是萨木金是明白的。他之所以惶恐确是由于这事实:他自己并不觉得那人要他做暗探是很可耻的。他可怕地惶恐起来,急于想要忘掉它。

"我是在毁谤我自己。"他想,"至于那上校或上尉——他是蠢材,而且是一个混蛋。牺牲的服役!对抗鲁伯沙的积极的斗争啊。白痴!"

他慢慢地走着,在一种焦急之中,觉得喉咙和嘴是干而苦的。

安弗梅夫娜一见他就满心欢喜。

"噢,我的亲爱的,你出来了!感谢上帝!我以为他们要关你许久的,像彼得·马拉可夫似的。"

画了十字,她揩掉脸上的眼泪,很小心地坐下,悄声说:

"鲁伯沙呢——她怎样了?这个。她跳呀跳到哪里去了!唉,我的好人们。你们就这样牺牲你们的年轻的性命——为了百姓们!"

像蒸汽机似的长叹了一声,她卷起她的袖子,用更为严肃的声调开始说:

"你被抓去的那一天早晨,我提着我的篮子。好像要去买菜似的,我去看西明·伐西里奇,去看阿里克先·戈金,把事情全都告诉他们。当天他们就派台谛亚娜到孔士托洛马去看发尔发拉有什么事。"

她又哭了一下,她的紧张的脸上不自然地失去了皱纹。然后她站了起来。

"你要吃点东西吗?或者喝点茶吧?"

萨木金说不吃也不喝,但是跟着她走进厨房去。

"这些文件要烧掉。"

---

[1] Lenan(1802—1850),匈牙利诗人,所作抒情诗以优雅著称。一八四四年,害精神错乱病。
[2] Leopardi(1798—1837),意大利诗人。

"把它们给我。我来烧。"

萨木金站在厨房里看着她烧他的杂记。她把纸灰倒进污水桶里,用扫帚在桶里一搅。在这全部过程之中有点不愉快的意味。萨木金觉得他的喉咙里有一个歇斯底里的硬块,他想要叫喊,想要发誓。有半点钟之久,他疯狂地在房里走来走去,苛刻地看着那些名人画像的死板的脸,而终于决定去洗澡。

五

两点钟以后,他的被水汽蒸软了的身体坐在一只沸腾的茶炊前面的桌子旁边,他正在努力写一封信给他的母亲。但是从他的笔下爬出来的字都是阴郁惨淡的。他涂抹了几张信纸,把它们撕成碎片,然后又开始在房间里绕圈子,不能停住在那些雕像和相片前面。

"牺牲的服役!"他想,注意地瞅着别林斯基[1]的肺痨病的脸。

有人在客厅里大笑,而且用莫斯科农民的腔调说:

"不要紧的,我的亲爱的妇人。把它看成平常的事吧。"

一个青年男人走进餐室里来。他有一种花花公子的模样。他有美好的、梳得光滑的头发,穿着法兰绒的衣服,拿着一顶草帽,帽里有一对手套。

"阿里克先·西明诺维奇·戈金。"他自己介绍,幸福地微笑着。安弗梅夫娜也微笑着跟着他进来。他坐在桌子旁边,把帽子抛在长沙发上。手套从帽子里飞出来,落在地板上。

"不必忧愁。"来客对安弗梅夫娜说。她并不忧愁,站在门口,双手交叉在她的肚子上,温顺地仰望着他。

"你出来得快。恭贺你!"戈金大声说,毫不客气地研究着克里,好

---

[1] Belinsky (1811—1848),俄国文艺批评家。

像他们是老朋友似的。"吸你的血的是谁?"他问。

克里觉得他好像一个头等妇女时装店的助理员,从早到夜都笑嘻嘻地伺候着一切妇女,无论是老的或少的。他有一张青年农民的自满自得的蠢脸。这样的脸缺乏特征,平凡得使人容易忘记,而他的蓝眼睛里的过度的和蔼使他更像那种店员了。

"啊哈!那是伐西里夫上校!他是一个混蛋!他应该去卖马——他有一张吉卜赛的脸。"

"你认识他吗?"克里问。

"可以这样说吧!谢谢他的努力,我才被骗出大学以外。"戈金宣言,近视眼似的看着克里,咯咯地大笑着,好像一个胖子似的,虽然他确是瘦高的。

萨木金几乎不能想象这漂亮家伙是一个学生,但是他觉得伐西里夫上校的"通信员"们必定正是这种没有特征的人们。

"关于鲁伯沙,那怪物问过你一些什么?"戈金询问。

"关于她吗?一字不提。"

"绝对一字不提吗?"

萨木金摇摇头,说:

"他不过问我认识她有多久了。"

"是是,"戈金唏嘘,用一个手指摸着他的金色的小胡子,"你看,我的爸爸想要保鲁伯沙出来,她是他的姐姐的女儿。"

"那么她是你的表妹。"萨木金说,一半是说明事实,一半是因为他看见美发的戈金和鲁伯沙有相似之点。

"不。我是一个养子。我是从孤儿院里抱来的,"戈金解释得很简单,"那些皇位的保卫者恐骇我的父亲,把鲁伯沙描画得好像一个篡位的奸雄似的。这些话阻碍着我的爸爸的人道的热情。我们想或者你可以告诉我们他们是怎样诬害她的,除了她在'红十字会'里的工作而外。"

"我毫无成见。"克里干脆地说。这并不曾使戈金灰心,他仍然继续说:

"她曾经到过尼忌尼·诺弗戈洛得。在那里她有过什么纠纷吗?你是从尼忌尼·诺弗戈洛得来的,是不是?"

"不。不是。"萨木金否认,反而询问戈金是否知道发尔发拉的消息。

"她没有事。"他回答,看着茶炊上的他的映影而且做了一个苦脸,"以某些征候看来,鲁伯沙的事件是发生在外省的——并不由于当地的宪兵。"

萨木金听着,取消了他的疑心。这人的外貌这样平凡,而他的说话的态度却泄露了他的真相。的确地,他并不如他故意装作的那么简单,他有些奇特的言语,而且有好讥讽的倾向。

"一种自动跳跃的性质。"他批评鲁伯沙。他说他的养父是"留滞在自由主义的中途"的,而且用拳头打着《俄罗斯纪事报》,喝道:

"在我们的时代,你不能依靠自由主义这便宜货为生活啊。"

他的态度是放肆的,过分地饶舌的,从他的不很高明的笑话里流露出许多毫不愚蠢的言辞。当萨木金试探地说明一般革命情绪的高涨的时候,戈金很平静地说:

"最大多数的人们都不是被一种信念所支配的,而是被他们的私生女——公鸡般的自豪——所支配的。"

当这访客走了的时候,萨木金是高兴的。

"他是什么人?"他问安弗梅夫娜。

"你不知道吗?"她惊异地问,"西明·伐西里奇,他的父亲,是莫斯科的一个著名人物。"

"为什么著名?"

"何消说,他很有钱。他建立了一个儿童医院。"

"他是一个医生吗?"

"什么话？何消说，他有他自己的行业。"安弗梅夫娜说，好像很伤心似的。

六

第二天米霞叔叔来了，疲倦的，满身灰尘的。他握着萨木金的手，有一种慈爱的表情，而且问安弗梅夫娜：

"给我一杯水，可以吗？要一点果酱，倘若有的话——或者一小片糖。"

他通知萨木金他有一些鲁伯沙的好消息，而且说：

"请你在梭莫伐的书里找一本《神秘主义的哲学》。或者我没有读过它。什么神秘主义的哲学是可能的吗？"

当萨木金拿来一本杜普里尔所著的厚书的时候，米霞叔叔大不为然地摇摇头。

"你能够相信他吗？"他突然大叫，"这样的哲学确是存在的。"

他打开书的包皮，闭起一只眼睛，窥看着背面的书脊。

"给我一点长的东西。"

他用一支铅笔尖戳开一个叠得好像药粉包似的纸封。他展开它。那里面所写的显然使他高兴了，因为他欣然微笑着说：

"这就证明既然是神秘主义，人也可以从其中得到有用的东西的。"

萨木金看着他，想到不过是一个短时间以内这一幕滑稽戏就已显出这必然过了五十岁的人的无聊和可笑了。然而，记起了伐西里夫上校，他就不由自主地对着米霞叔叔赞赏地微笑了。

米霞叔叔把那纸条搓成了一小团，用左手的中指和拇指捏着。

"你注意到这家宅被监视了吗？"

"不，我没有留心。"

"他们准是监视着它的。"这小男人说，他的声调并不十分肯定。他用茶匙捞出茶杯里的残余的柠檬,吞吃了它,用手巾揩嘴。带着一种开玩笑的表情,这使他的猫头鹰脸好看得多了,他拍拍克里的胸襟,说:

"你是怎么一回事呢?你曾经发表'俄罗斯社会民主党宣言',而现在又以'俄罗斯社会民主党'的名义刊行《工人之旗》,而且它的政策比那'宣言'更加坚决。这是怎么的,呃?"

克里反驳说他还没有见过这些东西。

"原来如此!"米霞叔叔大声说,他的小黑眼睛高兴地闪烁着,"你们太匆忙了,你们还来不及征求你们彼此的同意。再见。"

萨木金打开窗子,看着他不慌不忙地走过庭院,这灰色麻雀似的小老人拿着一顶铁锈色的帽子出去了。一个红发的男孩子在产婆堪特太太家的走廊上磨洗食用的刀叉。

"生活是人类的永劫。"萨木金想,看着那少年吐口水在小刀上,"上校必然还要和我谈论暗探。能够和我谈论的人只有古图索夫——而他要把我推到反对的方面……"

菜汤和肥肉的腥腻气味正在从庭院里飘起来。酷热的空气是寂然不动的。那少年忽然好像火烧着他自己似的,尖声唱起来:

乖乖为何这般愁,
我的亲爱的小糊涂呀?
为何低着他的头……

一只红手突然从厨房的窗子里伸出来,倒一壶水在那歌人身上,立刻不见了。少年怪叫了一声,跳过庭院去了。

"那宪兵真是可怕,而且因为这理由……"

萨木金思索着,却又高兴地看着那顽皮孩子在那少女周围乱跳,她用一块潮湿的破布去扑他。当她终于把他赶进庭院的角落里的时候,他爬在她的脚下。爬了一会儿,从地上跳起来,跑到街上去了。差不多同时，门房塞卡尔，那样子并不是不像圣尼古拉，从街里走进门来，埋怨道：

"你，马莎，应该选择更大一点儿的孩子来玩。"

"等下次我再选择。"那少女回答。

七

在重忧深愁的心情中，他常常急于想要振起精神，因为他觉得这样忧虑的时期摇动了他自己的独创性的信心。他的急于想要恢复平常心理状态的欲念今天特别紧张。因为这几天以来他已经把他自己看作一个无法避免兵役的备补兵了。在不知不觉之间，他自己已经习惯了革命思想，好像一个人习惯了不停的秋雨，或本地的方言似的，他不再回想那驼背小姑娘的恼怒的叫喊：

"你们胡闹够了！"

但是他分明记得那怀疑的言辞：

"但是果真有过一个孩子吗？或者并没有过孩子吧。"

克里相信他曾经屡次说服他自己："并没有孩子。"他发生了这样的希望：各种敌对着他的事物都会自行窒息在它自身的言语之中，沉溺在这些言语之中，好像波里士·伐拉夫加沉溺在河里面一样，这时生活之流就会顺着它的深掘的故道循轨而下了。

在发尔发拉家里孤寂地住了三个星期，其间他才知道鲁伯沙所扮演的角色的重要远过于他曾经相信的程度。有一个装束时髦的上流妇女来了，戴着面幕，拿着一把有流苏的遮日伞，才一知道梭莫伐被捕就很惶惑，甚至惊骇了。用遮日伞戳着地板，她仓皇地说：

"但是我是从别的城市来的，而我必须看一看她的较为亲密的朋友。"

她强调"亲密的"这个词，使克里给了她阿里克先·戈金的住址。

后来又来了一个衣服不合适的怪男人，好像一个乡学教师。他生气了：

"被捕？你在这里——或者，你知道我怎样才能够找到马利亚·伊凡诺夫娜·妮戈诺伐吧。"

克里不知道。那人走了，含糊地说：

"真古怪，你是在这里干什么的。"

一个青年学生来了，通身都是崭新的，显然是从外省刚来到的。一个面貌温和的平常女子拿着一包书和一卷农家的手织布来了。还来了别的两三个人。在这一切访问之后萨木金判断鲁伯沙所制造的革命是并不很可怕的。两个社会民主党的同时成立就是这判断的明确的佐证。

到了第二十三天他被传到宪兵司令部去，接待他的仍然是那上校，全身制服上辉煌着几枚勋章。

"好，怎么样？"上校匆忙地含糊说。他显然觉得这问题说得太随便而且有些突兀，所以他扫清喉咙，开始迅速而干练地说：

"是这样的。请你签名在收到这些文件的收条上。我细心读了它们之后，我更加相信我的结论。你已经改变了你的意见了吗？"

"不。"萨木金宣言，十分坚决地。

"真可惜。"上校声明，看着他的表，"你为什么不做新闻记者？你有一种风格，你也真有些好意见。譬如，关于学生运动中的感情的作用那一节。那是很真实的！"

"我以为我自己不够资格做这样工作。"萨木金回答，狡猾地审察着那宪兵的松弛的肿脸。和搜查家宅那一夜一样，他的表情是十分疲倦的，他的眼睛并不凝视萨木金，他的全身是软的，弯腰曲背的，好像不能担负他的全副武装的重量。

"还有关于乳母那一节。一个最有趣的意见。为什么不把它作成一篇论文呢？"

"牺牲的服役。"克里想，有一点胜利的感觉。他想要说："不必太过担心我。鲁伯沙才是革命的制造家咧！"

想象着这一句笑话会发生的效果，他几乎忍不住要微笑了。

上校摸着他的秃头，似乎是在猜测克里的心事。他沉思地问：

"那么，鲁伯沙·安徒诺夫娜·梭莫伐很早以前就留心唯心论这一类东西了吗？"他移动一个手指在他的前额的前面。

"她还是一个小孩的时候就很有神秘主义的倾向。"克里说，小心地说出冷淡的声调。

上校看着他摇摇头。

"不见得吧。"他说。毫不客气地张嘴凝视着克里，那眼睛里又放射了兴奋的光芒，他说：

"完全不是的。"

克里耸动肩头。他问：

"或者你可以告诉我拘捕我的理由吧，上校？"

上校挺直了他自己，用一只脚拉拢另一只脚，而且尖锐地看着克里的脸。他慨然一笑，说：

"我不应该告诉你，但是我喜欢会见你——好，总之，是一个很长的故事，故事的作者一半是你的兄弟，一半是地方当局。大概你总知道你的兄弟有过逃出放逐地的嫌疑吧？刑期满了之后，他得到地方当局的许可，跟着某种科学团体去探险，为了这目的他发表过一种相当的著作。从前，他曾经得到旅行到庇士可夫的通行证。这通行证被别人使用了。"

上校歇了一会儿，握响他的手指，叹息道：

"后来证明你的兄弟对于这证书的转移并没有关系。"

"别人逃走了吗？"萨木金无意地问，回想着道尔加诺夫。

上校坐在桌子边上，他的眼睛一瞪，温柔地问：

"你怎么会知道他逃走了呢？"

"我不过是问一问。"

"但是，或者，你知道吧，呃？"

克里干脆地反驳：

"要是一个人使用别人的证书……"

"哦，是的，是的。"上校满不在意地让步，看着他的勋章且理直它们，"但是这些事情是不值得询问的。这些事情是有趣的吗？"

他站起来，伸出他的手给克里。

"但是，我还是不明白。"萨木金固执地说。

"你的被捕就因为那人使用那证书。"

"这简直是捏造故事。"萨木金判定。

"当然，他已经被捕了。"

"说谎！"克里想。

"好，再见。"上校说，叹息道，"哦，是的。我要到别处去几个月。所以关于一切误会，或者，总之——倘若你需要什么，罗曼里翁托维奇上尉就会代理我的职务。请你关照他吧。我对于你最好的期望！"

萨木金走到街上的时候，感觉到那失败于他的这人的可笑的谦逊，几乎忍不住这胜利的心中的愉快。

"这傻子并不放弃要我做暗探的希望。道尔加诺夫无疑地已经逃走了。我相信这宪兵没有一点反对我的意思，他不过是想要我做一个暗探而已。"

他觉得他的内在的力量复苏了。他在过去一个月中的全部经验证实了他对于生活和人群的态度。暂时之间他甚至以为他自己确是一个独立的存在，能够随心所欲选择展开在他前面的两条道路。真的，他不愿接受宪兵队的任务。但是倘若有一种独立于党派社团之外的良好出版物，他却愿意替它写文章的。他能够写出一篇很有趣的论文，讨论孔士坦丁·里昂提夫[1]和密凯尔·巴枯宁[2]之间的精神的亲族关系。

---

[1] Constantin Leontiev，斯拉夫主义者。
[2] Mikhail Bakunin（1814—1876），无政府主义者，虚无主义者。

生活很有些类似于容貌庸俗，服饰太艳，而又不很聪明的发尔发拉。用漂亮的言辞盛装着她自己，而其实她不过追求一个强健的男人照顾她，使她怀孕而已。他回想到发尔发拉怎样骄傲地告诉里狄和阿连娜她的家宅被搜查，真是可笑可鄙。而且米霞叔叔也继续说过：

"我和他在监狱里。他和我在监狱里。"

一切人或多或少总是傻子，也是夸大狂。每个人都尽力用这样或那样方法标明他自己。甚至超群出众的安弗梅夫娜也夸口说她从来不害病，但是只要有点牙痛，那烦恼就可以把任何人的头颅拿去撞墙壁，虽然她当然是勇敢地忍受着那疼痛的。是的，人都装模作样地夸张牙痛或者其他不幸。刘托夫过于重视因为貌丑而失恋的事件，伊诺可夫过于夸大他对于工作的厌恶，伐拉夫加过于夸张他的夺取、霸占、致富的才能。作家卡丁显然以生活于警察监视之下为骄傲。各处都有这同样的情形。古图索夫原来能够以他的声音为骄傲的，却又以轻视他的歌人的天才自豪。

第十一章

一

几天以后,萨木金在家里陪着他的母亲和伐拉夫加吃晚餐。伐拉夫加的肥大的身体填满了一把深椅,他大声咀嚼着,哮喘着:

"那么宪兵又抓了你一次了,伙计?其实你是一个——虽然鬼也知道一次革命或者是必然的。显然地,我们需要一种代议政治——三四百个企业家可以打那些省长和别的行政官的耳光,老实说,那些官儿全是罪人。"他说完了,他的臃肿的脸慢慢地红起来了。

"这白痴的国度需要各样东西——安抚、整顿、恐怖。它需要一次地震。都滚它的蛋!切实——整顿。搓揉这酸的生面团,强迫人人做工。罗马式也好,埃及式也好,用皮鞭和皮条,这是应该做的事!我们没有公路,不能活动——你懂吗?例如,我买了一些森林,不久以前——好极了的森林!用极贱的价钱买来,才七个戈比克。我想要建立一个造纸厂、一个锯木厂、一个造酒厂。但是那些匪类已经骗了我了。在我开始建立以前，一条运河已经开掘在那些沼地上，十七俄里了！你能够想象得到吗？我，我的朋友，就破口大骂……"

"可怕。"维拉·彼得洛夫娜说，闭起她的褐色的眼睛而且摇摇头。

"太太，倘若你也有点工作的话，你也要发脾气的。"伐拉夫加嘲骂。

"可怕的事不是那个……"

"一说话就是'不那个''不那个'！"

伐拉夫加把他的胡子从餐巾下面急扯出来，用手捏着它，显然高兴地看着它，然后开始吃，继续发牢骚。萨木金暗中思索：伐拉夫加从前很贪吃，但是镇静而准确地填塞着他所需要的一切，现在却显然失掉了那镇静，慌慌忙忙地横吞着，争取一切能够到手的东西。他是很臃肿的，两腮是膨胀的，眼睛下面悬着浮包，虽然眼睛比以前更锐利了。他的胡子已经褪色，显出铅一般的光泽。

"不久以前宪兵抓去了我的一个雇员——一个漂亮的小伙子，你知道。一个美国人。一个马克思主义者。他是一条活电线，不错！呸！但是拉狄夫和我竭力运动县检事和省长，把那蠢材波坡夫上校开除了。现在他们从圣彼得堡或莫斯科派来一个叫作伐西里夫的，我想又是一个驴子。聪明人是不会被派到这鬼地方来的。伙计，你去看看我替地方检事设计建筑的那小家宅。检事辞职了，经营着别的事业。那是一种'世纪末'的样式——颓废的样式——总之，就像一片果子加糖的饼干。"

"可怕！"维拉·彼得洛夫娜又用低音说，皱起她的紫脸，"那是隐秘的女人的家宅。"

"我管得着吗？"伐拉夫加大叫，"那是雇主的趣味。他拿德国杂志上的一张画片给我看，问我：你能够建筑这个吗？啊——谨遵台命！只要你喜欢，什么都行。我能够替你建筑一个狗窝、一个猪圈、一个马厩……"

"你绝不会这样对他说!"维拉·彼得洛夫娜叫喊。

"我能够说,但是那时我不愿说。我能够要说什么就说什么,我的亲爱的太太。"

用手把椅子向后一推,伐拉夫加使劲提起他的身子,弯着腿滚去睡午觉了。

"半点钟以内我要到俱乐部去骂人。"他通知克里。

维拉·彼得洛夫娜慢慢地转过头来目送着他,好像目送着一个用帽子打了人一下就跑了的车夫似的。

"他工作得很勤苦。那是他的一种毛病。"她批评,垂头丧气地叹息了,"他将来要留给里狄一大份遗产。来,到我的屋里去坐。"

一股浓重的脂粉和香料的气味充满在她的房间里,这房里堆积着许多家具,好像旧货商的栈房似的。她坐在阔沙发上,那姿势就好像达维得所画的里开米尔夫人,然后询问他的父亲的事。克里告诉她他看见父亲的时候父亲已经不会说话了,她立刻就用鼻音问:

"那女人把他的遗嘱给你看了吗?没有?你真老实,我的亲爱的。"

她叹气,又说:

"情妇们都是很贪鄙的。"

关于狄米徒里,她问道:

"他好吗?什么?他们说,住在北方的人比住在南方的更健康。请把纸烟和火柴给我。"

她点烟的姿态是非常仔细而又郑重的,颇有一种喜剧的意味。克里立刻想起狄更斯的一部小说里的一个可笑可怜的人物,一个贫穷的女人。为要忘却这类似,他询问伊立沙弗它·斯庇伐克的事。

"我的天!伊立沙弗它的行为是极不聪明的。她全想不到我的学校里的女孩们都是来自良好家庭的。"他的母亲说,那腔调就好像一个人突然害了剧烈的牙痛似的,"她把她的丈夫送到夏屋里,而伊诺可夫和他们来往。真怪,她以为他有才能——确是期待着他会有什么表现。上帝才知道那是什么。而且终于表演了一次凶暴的袭击，这就把他带到监牢里去了。这是一种不可思议的恋爱故事，我简直想不通，以她的非常明净的性格而论——而且那样智慧。但是我仍然爱她，她是一个血统高贵的女人。啊，克里，血统是大有关系的！"

带着一个蠢笨的微笑，她问：

"告诉我，阿连娜真是加入音乐喜剧团了吗？总之，她已经变为一种性质轻浮的女人了吧？是吗？真可怕。试想！谁会喜欢她这样？"

"或者她所接近的一切男子吧。"克里说，自以为无限智慧。

"那是笑话。"他的母亲说，但是她并不笑。

四天的时间已经足够使萨木金明白：在他的母亲和伐拉夫加之间，他处于两个相反的人格都决意要表示他们的命运的艰苦的地位。伐拉夫加痛骂商人、官吏、工人，特别喜欢说些淫猥的话，好像忘记了维拉·彼得洛夫娜在面前似的。她就尽力表示伐拉夫加何等"可怕"地使她惊异，说道她完全不能理解他。她看待他好像从前外祖母看待"真正老人"阿金爷爷一样。

二

在晚间，萨木金在街上闲逛，故意选择僻静的地方，避免和熟人见面。他不想去访问《我们的园地》报馆，伐拉夫加曾经批评过这报纸：

"报纸？全是废话。教士们在它上面说教，而编辑是一位所谓学者。不，先生。俄罗斯还没有发达到足够有一个正正经经的报纸的程度。"

克里观察着在过去二十五年内伐拉夫加所建筑的石造的房屋。在这古旧的木造的城市里，它们就好像旧衣服上的新补丁，破坏了这小城市的外观，它原是有它自己的一种美的——它是恋慕着它的过去的那整洁的小老人，有历史癖的可索洛夫的安居之所。萨木金想到：有五十多个这样的省会，各个省会被十多个小"县城"环绕着，"县城"以外的沼地和森林里又隐伏着几百个文盲的村落。综合起来就成了这俄罗斯。这样的俄罗斯需要宪兵上校们、鲁伯沙们、道尔加诺夫们、马拉可夫们吗？这些人的活动似乎不由于人民生活的需要，而是由于马克思主义者的吵嚷，这种人是连"人民"这观念都抛弃了的。而尤其可怪的是俄罗斯会有古图索夫之流，以及发表"宣言"和《工人之旗》的那一类人。至于半狂的教堂庶务、刘托夫和伊诺可夫之类，他们都是多余的，不必要的，好像人的脸上的赘疣。

在市外有三百多个工人正在挖平一个小山，用他们的铲子掘着青红色的泥炭岩，掘着连通河流和火车站的横坑道。人们都弯腰曲背地走着，穿着没有带子的内衣，开着领子，用草绳扎住蓬乱的头发。手推车吱吱地怪叫着。好像被鞭打的恶狗似的。工作的嘈杂、烂泥的腻味和人身的汗臭混合在空间。一群工人在地面上拉着一件丑怪的、铁造的东西。有一个工人叫道：

"走啊，走啊，走了！"

另一群正在打平一堆土。一个尖锐的声音紧张地歌唱着：

伙伴啊！一拳还一拳！
我们的东家只要钱！

然后是合唱：

嗨，伙计们，打哟！

铁桩沉重地砰然落在土堆上，克里脚下的地面震动而且呻吟了。

克里生平曾经听见过这种歌的，那声调就好像号召四旬斋的凄凉的钟声，或者墓地上的挽歌。一种宁静的忧郁悄悄地潜入克里的心里，并非不舒服的。他自己在想：几百人用他们的短小的、丑陋的铲子，用他们的倦怠的歌声，开掘着地面，甚至还有一片暗云悬在越过河道的电报线上。这些人全是自来如此，或者永远如此的。这种情形是无可避免的命运注定了的。

第一千次了，克里·萨木金看着太阳倦怠地落在枞树林的缺齿之间。云层集结成一个透不过的铁似的灰色的团块，团块之后确乎一无所有了。除了舍拉菲马·尼卡叶伐曾经恐怖地说过的"宇宙的阴暗的黑色寒冷"而外。

在要到莫斯科去的前夜，萨木金坐在修道院的森林里，在河流的彼岸，倾听着晚祷钟的乐声悠扬。他替他自己设想了一个前程。他在大学毕业之后，娶了一个驯良的姑娘，治理家务，毫不搅扰他的生活。他要住在外省，在一个安静的城市里，不是这一个——在那里并没有太多的纪念，那里并无堂皇的演说和美丽的幻想来蒙蔽人生的不幸的真相，那里的人所尊崇的是智慧、朴质。生活绝不是果戈理的寓言所说的三驾马车的狂奔[1]，而是一匹老马，负着重伤，缓缓驰去，慢慢地摇摆着它的头，沿着一条踏平了的轨迹到未知的将来去。真的，有人说过，一切都是智慧的——除了那些自以为是圣贤的人们而外。

离他不远的地方，灌木丛里出现了两个妇人。一个是老的，曲背的，黑得好像雨淋过的粪土似的；另一个大约四十岁，胖胖的，有一张红腮的大脸。她们坐在树丛下面的草地上。年轻的一个从她的衣袋里取出一小瓶麦酒、一个鸡蛋和一条黄瓜，从瓶子里喝了一口酒，把它递给那老妇人，又给她黄瓜，然后剥开鸡蛋。她一面剥，一面用唱歌的声调说，好像讲神仙故事似的：

---

[1]《死魂灵》第一部的结尾，果戈理把俄国比喻为三驾马车，大胆地飞驰着，奔赴她的未来的光荣。

"后来呀,她的丈夫无出息——害病,而且挣得钱不够吃……"

"她和他有过孩子吗?"老太婆冷冷地问。

"何消说,当然有喽。她有什么办法呢?就为了那些孩子的缘故,她才到尼忌尼·诺弗戈洛得去,到市场去,去弄些额外的收入。她的身体好,颜色好,性情又快活。"

"我也说她是快活的。"老太婆用喉音说,用她的没有牙齿的嘴吸吃着黄瓜的软心。她又喝了一口酒。

"四年以来她常到那里去,弄钱回来。盖房子,买了两头母牛,给她的孩子们做衣服鞋袜。到第五年她就从一个男人那得了坏毛病……"

"这是不能逃避的命运,我的亲爱的。"老太婆说出了这格言,很有意思地看着那黄瓜的皮壳。

"什么?"

"我说,身体总免不了要害病的……"

"或许是的。"年轻的一个同意,"所以她喝酒。喝呀,哭呀,或者唱呀。她已经卖了一头母牛……"

"她还要卖第二头咧。"老太婆十分肯定地说。

萨木金站起来走了,思索着这事实:既相信上帝而又信仰异教的命运。

"卡丁或尼可丁·伊凡诺维奇之流的作家就会把这偶然故事作成一篇可怜的小说的。"他想,阔步走过城郊,走过那些蜷伏在地上的小家宅旁边,谁也不明白住在这种家宅里的穷人们是怎样活着和为什么活着的。

三

他站住了,因为有一种高兴而惊异的声音在招呼他:

"你怎么会来到这里的?"

从挨近一道门的一条凳子上,邓那夫跳起来抓住克里的手,用劲握着它。

"我是本地人。"克里回答,并不很亲切。

"是吗?我也是的。这是我的姑母的宫殿。来,坐一坐。"

邓那夫挥手指着有两面窗子和一个斜屋顶的一间小房子。这泥造的小房子靠在一间残破的房子的侧面的墙上,它的前部是烧焦了的,窗子都是些空洞。

邓那夫把凳子上的木板、铁线和小钳推落在地面上,请克里坐在他旁边。他看着克里的眼睛,带着他的永远的微笑,开始急促地询问他:

"我们得到一个报告——你被拘留了一些时,是吗?你到这里是在警察监视之下的吗?我是在监视之下的……"

萨木金看看左边又看看右边,看不见一个人影。三只母鸡正在奔忙。一条长毛狗躺在草地上,呆看着它的鼻子下面的什么东西。

"马克思主义者发表了一篇'宣言',真的吗?你有一份吗?你能够找到一份吗?不能?真可惜……"

"你在做什么事?"萨木金问,急于想要完结这会晤。

"我做捕鼠器。一种微末的职业,但是一天也可以得七十个戈比克——有时一个卢布。你在此地要住多久呢?"

"我明天就要走。"

"真的吗?"

邓那夫的脚是光赤着的。他穿着一件旧内衣,系着一条带子。他的裤子是泥污的,他的右膝头上包着一块皮子。他的头发是蓬乱的,他的卷胡子皱成一团。然而克里觉得他是大有出息,机诈的家伙,这一类人是常常成功的。他们总是自信的,譬如伐拉夫加吧,而且不信赖别人,这或者就是他们成功的秘诀。邓那夫是这样一个人,萨木金想。邓那夫的眼睛里潜藏着的微笑似乎在说:

"我看透了你了!"

他高兴会见克里显然是真诚的。证据就是他的询问是急促的,他的言语是兴奋的。

"你在监狱里住了一个长时间。"克里说。

"长时间,是的。但是那是为了某种志愿的!我们五个在一个小房间里。我们读了许多书。第六个人来了。我们当初以为他是一个暗探,但是后来才知道他是一个被开除的学生,一个森林学者,大约四十岁,很沉静。有时他真是古怪的。但是我们发现他是很精通他的行业的。"

"行业是第一要紧的,"萨木金想,"或许还是一个店铺的掌柜吧。"

克里想到他青年时代读过的萨拉托弗拉斯基的小说《根基》,故事是叙述几个知识分子努力以革命理论教导青年农民,那不过是要他变为富农而已。

"他和我们谈话的方法是奇异的。他读给我们正式的演讲稿,关于莠草怎样吸收土壤的养分;关于容易繁殖的贱价的木材如接骨木、柳树、白杨之类怎样长起来:对于我们毫无用处。他说它们全是些寄生物,应该铲除它们的根株。牛蒡、酸模和荨麻生长的地方,就能够种植向日葵和蔬菜;应该拔除那些连作燃料也不行的杂木,栽培有价值的木材,如桦木、菩提树、枫树之类。他说容许寄生物繁殖是不经济、不合理的。"

邓那夫一面谈着,一面敏捷地用铁钳剪短一束铁线。铁线躺在那包着皮子的膝头上,钳子像饿鬼叫似的嗒的一响,铁线就剪齐了落在地上。

"我们对他说:'喂,同志,直说吧。不要谈论荨麻、刺草,谈论有产阶层好了,因为我们明白你所谈论的寄生物是什么东西的。'但是他是谨慎的。"邓那夫赞赏地说,"很谨慎!他说:'孩子们,你是什么意思?这不是政治学,这是我对于科学的幻想。你们把我认为做别样事情的人了。我并不是研究政治学的,我曾经替农会办过森林的事务。'我们说:'好,好,我们不明白你的意思。说吧。我们不是暗探,你知道,我们是工人,所以你不必害怕我们。'但是不久他被提到别的牢里去了。"

邓那夫的故事并不曾给予克里良好印象。他疑心这全是想象的虚构。他站起来,邓那夫也站起来,即刻问:

"你知道这里还有别的在监视下的人吗?"

"你知道我原是住在莫斯科的,并不住在这里。"萨木金提醒他。他对他告别,就匆匆走了,好像赶去赴一个约会似的。他相信倘若他回头一看就会正碰着邓那夫的眼光,要瞄准射击目标的眼光。

"这家伙还在进行……"

直截了当,还是完全不想邓那夫吧。

四

回到莫斯科,萨木金又定居于他住过的那设备周全的寓所里,然后到发尔发拉家去取他的行李。他遇见了发尔发拉。她一往直前地奔来,伸手给他,笑眯眯的,高兴地嚷着。这时萨木金自己觉得喜欢这姑娘,她也禁不住欣喜之情似的惶惑着。

"我前天刚回来,现在我还不觉得是在家里呢。我还有着要去对剧词的感情。"她说,把一件鲜亮的羊毛外衣披在肩上,虽然房里是温暖的,而发尔发拉扣好她的毛衣的纽子。

"我演得怎么样?"她重复了她的问题,摇摇头,负疚地微笑着,"啊呀!糟透了!"

她显见得更惹眼了,她的上衣的华美的领子似乎使她的颈项短了一些。可怪的是她的双手那么狼狈地摆动着,好像它们拦阻着她,不听她的使唤似的。

"但是我满足了。我明白了我是不能登台的。我没有表演的才能。第一次上台我就知道了。我心神不宁地表演了奥斯托洛夫斯基的愚蠢的商人妇的忧愁，希巴青斯基的女英雄们，法国的主妇与婢女。"

她笑着说明在《茶花女》剧里她就简直不能想象她要死，而且在别的演员前面而觉得难堪的羞怯，在《妖妇》里她不能用她的发辫绞死她自己，害怕假发会脱落掉。匆匆说了她自己的新闻之后，她就询问克里被捕的事。

"你在那里也受麻烦了吗？"他问。

"不，有一个警察来问经理我什么时候离开莫斯科。但是我真惊异了，当我听说你——我绝不能想象你会坐牢！"她愤慨地说。

萨木金笑着问：

"为什么不会？"

"我不知道。我不能知道。"

"她的舞台经验已经使她更单纯了些。"萨木金判定，而且开始用他习惯的冷话来和她开玩笑。这回她可不喜欢了。疑问地看了他一眼，她退缩着，沉默了。和她会见几次之后他相信继续用他惯常的态度对待她是不行的了。她不接受他的玩笑，用沉默来抵抗他的油嘴滑舌——闭紧着她的嘴唇，低头一言不发，这伤了萨木金的虚荣心，同时也使他不安，引起了这思想：

"她已经和别人恋爱了吗？"

不久，他明白了严肃地对待她是与他有利的，他可以把她当作一面镜子，一个他的思想的容受器。

"在逻辑上有排中律，"他说，"但是我们看见生活并不是依照逻辑的规律建立起来的。譬如，倘若生活竞争是必不可免的，那么宣传人道主义是什么逻辑呢？况且，有人既不宣传人道主义也不扼别人的喉咙。"

"你把各样事都说得异常简明。"发尔发拉回答。

她是容易被说服的，她相信孔士坦丁·里昂提夫和密凯尔·巴枯宁同样是革命的，而且她赞扬克里的智慧和博学，这就很容易地使他惯于把她当作一块磨石，在它上面磨利他的思想。他们也有他们的争论，第一次争论开始于阿连娜出演《美丽的海伦》[1]。

五

阿连娜出现在尘垢的小剧院的舞台上，她的压倒一切的美丽是这样辉煌，以致一阵惊奇的悄语飘过黑暗的厅堂。每个人似乎全都向着舞台挤去。一道灰色的暗影似乎笼罩着男人们的秃头和女人们的赤膊。正在表演的时候，剧场好像波澜似的向着舞台动荡着。

阿连娜唱得并不好。她的强烈的声音是粗杂的。这粗杂强调了那歌词的淫猥。她的身体的活动，显露出紧身裤的一道曲线，也是淫猥的。发尔发拉显然欣喜地低声说：

"我的天，她真粗俗呀！"

"这好像是《娜娜》[2]的上演。"克里说，默默点头，虽然他不愿同意于发尔发拉。阿连娜的声音，她的娇弱无力的姿态，她的面貌的画意的美丽，使每个人都倾倒在她的魔力之下。她的每一动作和顾盼，她的每一音调，都显示了她的肉体的不可抗的权力。她并不是在表演一个皇后，墨涅拉奥斯之妻。她是在表现她自己，她的肉体的渴望，她的性欲的敏感。她挤在合唱队里，用她的手肘，她的肩头，她的屁股推开他们。克里觉得她似乎是在跳着一种缓慢的和陶醉的单人舞，应和着一种唤起热烈的色情的音乐。

"《娜娜》的初次上演。"他又说，环顾着紧张的沉默着的观众。他并不是看不见发尔发拉这时不高兴地用眼角瞅着他。从这时起他才开始注意她。他看见她的耳朵发红，她的面颊紫胀。她用脚跟拍着错落的节

---

[1] Helene，海伦，见希腊神话，墨涅拉奥斯之妻，因其被帕里斯所诱拐，以致引起特洛伊战争。诗人常称引海伦为女性美之典型。
[2] 法国自然主义小说家左拉的名作，客观地描写色情的现象。

奏，用手指敲着她的膝头。她的激动比阿连娜肉体的荡漾使他更为陶醉。第一幕之后，观众给予阿连娜一阵大声喝彩。发尔发拉也疯狂地叫好，她的眼睛里有着沉醉的微笑。她中毒似的，好像要跳上阿连娜露齿欢笑着的舞台去。阿连娜的动作好像是把全剧院的人们都当作受她款待的孩子们似的。从乐队那里送上一大束玫瑰花，经过脚灯前面，接着是饰着宽阔的橙黄缎带的一篮兰花。

"你似乎终于是喜欢她的。"萨木金评论，向着剧院华丽的客厅走去。

"是的。"发尔发拉承认。

"当初你不是觉得她粗俗吗？"

"我曾经觉得——那是一种酒神的粗俗。弗里尼神在伊留西教中必定是如此的——我甚至可以说它并不粗俗，而是一种圣洁的裸体——力的裸露，一种原始的力的裸露……"

她匆促地说了，似乎不安，似乎感伤。萨木金以为这全是由于嫉妒。

"啊哈！"他讥诮地叫喊。这突然的失声使她沉默了。她看见她的朋友，而且离开了他。当他转身的时候，他看见刘托夫站在食堂的门旁边，穿着晚礼服，衔着一支纸烟，头发散乱。刘托夫是从来不吸烟的，他似乎不曾学会吸的技艺，因为他吸的次数太多，咬着纸头，而且做着鬼脸。他的衣襟上沾着烟灰。他阻碍着人们进食堂去的路。他喷烟在他们上。他们推开他，向他道歉。他什么也不说，只是用一只手指不断地摸着他的小胡子，这胡子很薄而又长，在他的浮肿的光脸上绝对是多余的。

"哈喽。"他咕噜了，迟疑地，瞌睡地，用狞野的眼睛瞅着萨木金，"喂，你以为怎样？呃？你看，她是一个艺术家了！是的，我的朋友！她是对的！你要喝白兰地吗？"

他从门上倾侧下来，踉踉跄跄地靠在萨木金上，搂着他的肩头。他醉得几乎站不稳了，但是他的斜眼睛用一种特别锋利的，甚至可怕的表情，看着萨木金：

"马加洛夫——反对她。他走了，这疯子。我送给她兰花。"他咕噜着，揉碎他的手里的燃着的纸烟。它烧着他的手掌，他呆看着它，把它塞进他的衣袋里，又说：

"我们要喝白兰地吗？提一提我们的精神吧？呃？呸！真美呀！真美呀！噢，地狱……"

他蹒跚地走进食堂，推挤着人众好像他是一个瞎子似的。

"好难为情的光景。"萨木金想，走进剧场去了。

将近闭幕的时候，发尔发拉的行为简直是不可理解的，好像舞台上的戏曾经是一个妖魔剧。演员们，被阿连娜的成功所激动，竭力娱乐观众。发尔发拉笑得特别起劲，当卡尔卡士从诱惑者的箱里取出三杯酒来邀请阿伽门农王和墨涅拉奥斯王与他联合的时候，三个人开始跳俄国舞，巧妙地和欢乐地顿着脚跟之后。

"真庸俗！"萨木金评论。发尔发拉不作声，低着头，不看舞台。克里以为她快要哭了，这使他高兴地微笑着问道：

"你觉得不好过吗？"

"没有什么。不要管它。"她低声说。萨木金暗中决定：

"她被嫉妒所苦了，当然！"

歌剧完结在一阵爆发的对于阿连娜的喝彩声中，观众疯狂地吼着，叫着：

"拉——蒂莫——伐！"

"你要到后台去看看她吗？"萨木金提议。

"不，不！"发尔发拉立刻叫喊。

在街上，他说：

"音乐的戏剧对于你有一种奇异的效力。"

"那么——你高兴吗？"发尔发拉沉静地问。她拉起他的手，走得更快些，道歉似的说："我知道它是叫人高兴的。但是倘若我是一个男人，我必然觉得伤感——而且可怕。这样污秽……"

他捏着她的手，几乎是温柔地问：

"有点嫉妒了吧，是不是？"

"嫉妒什么？她并没有才能。嫉妒美吗？而美是这样被贬损……"

走起路来，她屡屡冲撞着克里，他觉得和她手挽手地走着是不舒服的。这搅扰了他听她的话。

"你知道，里狄常常埋怨自然，埋怨本能的动力，那时我不理解她。但是——她是对的。阿连娜是美丽的，这样的压倒一切。她的美叫人流泪，悲喜交集的泪。我的意思是这样的。但是她所引起的情绪却是兽性的——是不是？"

"妇女的胜利确就在于这一点。"萨木金宣言。

"不幸你有这种滑稽的脾气。"发尔发拉说。此后，一直走到她家的门口他都保持着沉默，用她的暖手筒遮掩着她的脸。在门口，她叹息了：

"大概我不能把我自己表现得十分清楚。"

六

萨木金，把发尔发拉的行为认为是有意逃避他的影响，大为愤恨了，就绝迹不到她家一星期之久，自信她会来找他的。她的不来使他很惶惑不安。他觉得发尔发拉是他的思想的一面镜子，已经变为他的必需品了。他反复沉思着阿里克先·戈金这角色，一个好像商店助理员的花花公子——这种类似当然使他容易亲近年轻女子。克里终于想到发尔发拉或许害病了吧。于是他找她去了。在客堂里他碰见了鲁伯沙，衣冠齐整，照常抱着一包书。

"啊，是你呀。我正要看你去，"她叫喊，慌忙抛掉皮外衣和雪鞋，

"那么你被扣押了几天了吗?为什么他们把你留在宪兵司令部呢?到餐室里来。我的房间还没收拾好。"

在餐厅里,她一跃就落在长沙发上,而且开始解开她的发辫。

"我的头上很不舒服。我或许要剪掉我的头发,我的牢洞是潮湿的,而且没有行动的生活我绝对过不下去。"

她的腮上的玫瑰色显然已经消褪了。分明是觉察到她的苍白,她揉着她的腮,她的额,而且摸着眼睛下面的暗影。

"我是前天放出来的,现在还不自在。他们要把我送回家,随便什么地方吧。那些蠢材!在四天以内我必须离开,而我是必须留在这里的。有人要替我调停,或者可以准许我留在莫斯科,但是……"

"审问你的是伐西里夫吗?"克里问,觉得她的烦躁不安也感染了他。

鲁伯沙在长椅上一蹦而且用拳头打着她的膝头。

"真混蛋!你想!他尽力恐吓我。好像我才有十五岁似的,这样愚蠢。这鬼东西。我对他说:'注意,上校。我承认我是替红十字会收钱的,但是捐给谁我可不能告诉你。除此而外我们之间无话可说。'然后他说开去了:你是一个人,我是一个人,他是一个人,我们都是人,你们都是人,而且胡扯到你……"

"什么?说到我?"克里问,突然站起来,因为他的心跳得厉害,再也坐不住了。

"他说你劝告妇女做乳母,或者看护妇——总之难以形容的愚蠢!而且那种慈爱是不合时宜的了,甚至是罪恶的。他做出那满腔热情的样子,你知道,好像一位严厉的父亲——哦,那庸懦的鄙夫!"

"他还说到我的别的事吗?"萨木金要求。

"哦,鬼才知道!总之——胡说八道。"

萨木金坐下,略微安心了,想着那上校:

"这骗子!"

他看着鲁伯沙把她的头发打散披在肩上和背上，舔着嘴唇，皱起眉头，他不能相信她说的关于她自己的话是真的。很可能的是：这不出色的，也不很聪明的女孩抖颤着静听那宪兵官的训斥，当那宪兵官顿脚咆哮的时候。

"你没有受惊吗——真的吗？"克里问，微笑了。她耸起肩头，答道：

"啊，俗话说，'倘若一个人随时都想着狼，那就不要到树林里去'。"

"你没有想到维托洛伐吗？"

"维托洛伐？啊，那必定是神经病的事例。我不相信那强奸的故事。"

"你忘记了妇女们在喀拉被鞭打吗？"克里固执地问。

"那是上古的历史。嗯，"鲁伯沙说，倾起身子问着他，"你为什么对我说得这样奇怪？你想逗恼我吗？"

"有一点。"克里自认，被她的眼光骇退了。

"一个奇怪的愿望。"鲁伯沙批评，用一种挑战的音调。"你的神气也有些阴险。"她又说，采取了一种极度厌烦的人的姿态，"虽然，最初两次审问的时候我恐怕他们在搜查的时候发现了某几个人的住址。而事实并不如我所预料的那样严重、那样厉害。他对我说：'你读拉萨尔[1]的书吗？'我问他：'你没有读过他的书吗？'他说：'我读这些东西是执行公务，而像你这样的女子读它干什么呢？'他不过是问了些这一类的话。"

萨木金问：

"发尔发拉呢？"

"她到戈金家去了。她很苦恼，忧愁，甚至哭泣——因为阿连娜加

---

[1] Lassalle（1825—1864），德国社会主义者，其著作以《科学和劳动者》最为知名。

入音乐喜剧。"

"戈金——什么人呀?

"我的姨夫,好像是这样。这是最近才认出来的。他不仅是姨夫,但是他和我的母亲的一个姐妹结婚,而他很重视家族关系,要我把我自己认为他的侄女。我并不措意这些,他是一个慈爱而且有用的老爸爸。"

关于阿里克先,她说:

"他是有趣的,但是懒惰——而且有些怪脾气。"

她深深地叹息了:

"啊,克里,你知道我被送出莫斯科是怎样地难过呀!"

萨木金对于这感叹并无回答。他在思索着发尔发拉,相信他对她的把戏已经到了不改变就得停止的地步。

当发尔发拉突然冲进房里来的时候,她的脸被霜风冻得通红,似乎很激动,并不脱下外衣。他站起来用友好的微笑欢迎她,但是她不过向他掷来一声"哈喽!"就跑去拥抱梭莫伐,叫道:

"鲁伯沙!胜利了!你可以在莫斯科停留六个星期,由专家诊治你的精神病……"

"真的吗?"鲁伯沙叫喊。

"这是事实!只要你肯去见见他。"

"天呀!就去见什么大主教我也肯的。"

"那么我们要开庆祝会了。戈金们立刻就来,而且我买了些好东西咧。"

七

狂欢开始了,姑娘们跳着"华尔兹"舞。安弗梅夫娜,趴在桌上唠叨着,露出她的黄牙齿。

"跳呀,跳呀!你们要跳出一点儿祸事来的。"

她的紧张的脸上闪出喜悦的光辉，她吸着鼻子，好像空气里有一种异香似的。戈金出现在餐室的门上。他用嘴唇很巧妙地吹出舞曲的节拍，用手指按着那美好的胡子下面的嘴吹出一声尖锐的长啸。和他同来的是一个圆头上有一蓬乱头发的姑娘，用她的金色的眼睛顽皮地瞅了克里一眼，说道：

"萨木金吗？我们早就听说了，你是一个神秘的人物。"

"谁告诉你的？"

"我们永远不相信那亚科夫·台格尔斯基。但是他这回似乎不错。你有一副学者的面貌，一部怀疑的胡子。我们已经佩服了。阿里克先，不要胡闹！"

最后一句是呵斥戈金的，因为他拉起她的手肘把她从克里面前拉开。

"不必吃惊。"戈金对克里说，"她不过是一个偶人。她的内部全是木渣，而且她说……"

"你不要相信他的一句话。"台谛亚娜叫喊，用她的肩头推开她的兄弟。鲁伯沙引着他去了，而那姑娘也被发尔发拉叫去帮忙。萨木金欣然以为这可平安了。这一类人常常使他惶惑不安，因为他不知道在他们面前如何是好。照他的想法，这一类人完全是装模作样，莫名其妙。他们总是嘻嘻哈哈，以开玩笑为职业。对着毫无趣味的笑话欣然一笑，这在严肃的人是难为情的。阿里克先·戈金正在指教鲁伯沙。

"不要咆哮！这已经证明政治学是经济学的女儿，所以他当然追随着女儿……"

他用一种传教士宣读祈祷文的声调训诫发尔发拉：

"亚里士多德说得好，'人纵然能够高升到月球以上，他也只能死在那里'！所以，亲爱的发尔发拉，不要太高傲了。"

台谛亚娜自称为"我们"也是没意思的，当答复萨木金"为什么"的时候，她说：

"因为我觉得我自己是人群里面的一个，他们全都在互相斗争着。"

后来，萨木金是承认她的话了的。她的喜欢是太吵嚷的，也好像是故意掩饰内心的不安宁。他觉得不能想象她这一类人独处的时候是何光景。萨木金以为得意的是他终于霍然想见了他们的独处的光景，脱去了一切堂皇的服饰。甚至台谛亚娜的外貌也是闪烁不定的，她的迅速而敏感的姿态和她的缓慢的言语是不一致的；她的戏谑的言辞虚饰着她的金光闪闪的黄眼睛的诡诈的顾盼。她的身段是分明合格的，但是她的深灰色的外衣散漫地挂在她的身上；她的直条的栗色头发没有自然的波纹，这头发粗野地覆盖在她的俄罗斯型的圆脸上。

"不要为难阿里克先。"她恳求鲁伯沙；并无间歇，立刻就回头对她的兄弟说，"你捣乱够了"，而结尾是，"倒一杯浓茶给我，发尔发拉！"当她说的时候，她推开她的还没有喝完的茶杯。克里决定：她说这些话全无目的，而她这人确是习染坏了的，轻浮的，而且可恶的。她坐在他旁边，直视着他的眼睛，问道：

"严肃的人，你有什么要指教我吗？我是一个资产阶级家庭里的姑娘，我的生活舒服、良好。而我想要把我的舒服生活送给鬼去。为什么呢？"

"那或者是思想太多的结果。不要紧的。"克里回答，颇为鲁莽地。他以为她想要开始"严肃"谈话了。

"我的思想并不丰富。"她说，玩弄着一只茶匙，"那是由于情感，我想。我应该怎样才好呢？"

她激怒了萨木金，因为她拦阻着他，使他看不见她的兄弟玩把戏给发尔发拉和鲁伯沙看。从他的眼镜里看了她一眼，他回答：

"设法坐几个月的监狱试试看。"

"你以为那就可以治疗我了吗？"

"那确乎可以使你赏鉴资产阶级生活的舒服。"

她微笑了，说道：

"你不很看得起人们。"

"是,不很看得起。"萨木金诚恳地承认,而且站起来看戈金的手法。戈金举着一只手,说道:

"请看,太太们和先生们,并无稀奇古怪,全靠手疾眼快,完全合乎科学。请看,我的衣襟每一边三只纽扣——一!"

他拉拢衣襟,立刻叫道:

"二!"

他敞开衣襟,就有一边是两只纽扣,另一边是四只纽扣。"这是我自己发明的。"他夸口。

"阿里克先,这是怎么回事呀?"鲁伯沙叫喊,孩子气地请教。发尔发拉拉着他的衣袖,要求:

"告诉我那内容。"

台谛亚娜坐在钢琴旁边唱起来了,用一种忍笑的声音,好像模拟某人以为笑乐似的:

> 我走遍了花园、郊野——
> 看遍了一切花朵,
> 但是世间没有一朵花,
> 更比你被我的灵魂所爱!

平凡的声调完成了平凡的词意。鲁伯沙笑得喘不过气来,因为发尔发拉困恼地尽力要打开戈金只用小手指一点就开了的烟盒。戈金把那盒子放在他的肩上,摇动肩头,盒子就冉冉地滑进他的衣袋里面,然后,揉乱他的头发,板起面孔,他走到他的妹妹旁边:

"弹《莫斯科小姐》。喂,来合唱。"

他用快活的声音开始唱:

当桌上有三支烛的时候——
是的，三支烛，
某人就要死了。

"就要死了！"使合唱成为阴森的了，而立刻又欢乐地高扬起来：

是的，每一个梦和每一个兆
都充满了这意思——

第二节是戈金的独唱：

是的，因为一个空虚的灵魂
需要一个信仰来装满；
夜间的猫儿全是灰的，
女人全都漂亮！

"傻子！"台谛亚娜叫喊，用乐谱打他的头。他双手举起她，而且，出乎意料的有力，好像他练习过多次似的，把她搁在他的肩上。姑娘们动手为她们的朋友而战了，开始一阵扭打。萨木金早已觉得他在这一群里面是多余的，趁此机会悄悄地走了。

第十二章

一

灰色的蒙雾笼罩了装点着白霜的城市。树枝和电线都是毛茸茸的。一阵奇寒刺痛他的面部。萨木金迈步前进,心里想着倘若发尔发拉成了他的情人的时候她和他是没有快乐的,是的。她必定什么都干过了,和马拉可夫,或者和某个伶人。她在恋爱中没有天真少女所应有的权利。而且她装模作样是应该受惩罚的。

"我不必迟疑,太温厚了是傻的。"他决定。

在几天之内,他惊喜地觉得他正在集中他的整个人格在一个绝对确定的欲望上。比照从前追求里狄的经验,那时他分明觉得性的本能曾经朴质地显现于浪漫的梦中,渴望着某种异样的事物,以致成为一种压迫。这一回却没有经验到这样心情。他认为这一回是他完全自由自主地要占有一个愿他占有的年轻女人。他自信他的行为的自由使他更加顽强了。他窥伺发尔发拉好像猎人窥伺狐狸似的。他屡次告诉他自己：

"就在今天。"

种种障碍偏偏随时发生。每失败一次就增强一度他对她的恶意，同时也就把他缠在她上更紧。他分明认清了这一点。他总没有遇见她独自居处的时候。他没有勇气邀她去访他——她从来不曾去过。每当他来到她的家里的时候，戈金们就都已在那里了——总是兄妹同来。否则他就遇见那面目可憎的苦沙洛夫，这人正在忧愁，因为社会民主党的"宣言"不但不想联合马克思主义者和平民主义者，而且实行把他们推进反对的方向。

"为什么我们这样困苦，还有这么多计较呢？"他发牢骚。他的眼睛一会转到发尔发拉。一会转到台谛亚娜，她们都不理会他。苦沙洛夫称戈金为"您"，熟悉而又客气，很用心地听着他说笑话，好像学生听先生讲书似的。

"不要着急！凡事都有一定程序！"阿里克先对他说，挤眉弄眼地，"马克思主义者是精明的，他们懂得你的意思，他们并不反对把愤怒和精细的头脑联合起来。"

遇见戈金一回就使萨木金嫌恶这花花公子一回，他的不显著的外貌，他的滑稽，他的平整的裤子，他的轻快的举动。并非没有嫉妒和激怒，克里不能不承认无论如何戈金是一个有趣的人。戈金读书的方面很广，戈金知道很多，而且驾驭知识和他穿衣服一样敏捷。他显然是熟悉革命运动的，虽然他似乎不属于任何党派。把这魔术家，这丑角，想象为一个政党的党员是颇不容易的。而宪兵的暗探确是这一类人——什么都知道，而又能把真实的信念伪装在研究的假面之下。

萨木金听见戈金同样赞赏马克思主义者和平民主义者，安慰着那正在发愁的苦沙洛夫。他说：

"自由主义者也会硬凑成一个小团体的，倘若要教育他们的放荡的朋友和驯服他们的倔强的子女。各样事都有它的必然性。不要干着急，空牢骚!"

总之,克里是有点伤感的:戈金对于他固然相当看待,却也没有进一步成为朋友的意思。关于鲁伯沙和发尔发拉,戈金看待她们就好像一个有着许多玩具的小孩儿而又同样喜欢它们似的。发尔发拉显然在对他卖弄风情。萨木金以为她太浪了。

台谛亚娜,可厌得好像秋天的苍蝇似的,总是用些问题来使他为难:

"你以为颓废派怎样?这时候才从法文翻译过来,为免太迟了,想要惊骇世俗吗?或者别有用意呢?但是你不觉得魏尔伦[1]和维尔哈伦[2]同样是很有趣的吗?你不觉得这是怪事吗?"

萨木金认为这大眼睛的姑娘不相信他,想要捉弄他,他也不理解她对于她的哥哥的态度;她的不愉快的眼睛瞅着阿里克先的脸的次数太多了,也太不宁静了。那神气恰好像壮健的妻瞅着害心脏衰弱病的丈夫似的,否则就好像快要做出什么意外的事似的,也好像一个人看着他所急于想要理解的一个不可思议的人物。

有一次,当发尔发拉送别萨木金到门口的时候,他恼恨她喜欢他的离开,他用一只手搂住她的颈项,另一只手按住她的前额,勇猛地对着她的嘴硬接了一个长吻。她踉跄后退,喘咻咻地咬着嘴唇,眼睛流泪了。萨木金飘飘然逃窜到街上,心里痛快得好像报了一个小仇,而且堂堂地警告了敌人似的。

二

几天之后,萨木金又去看发尔发拉,但是她不在家。他在餐室里看

---

[1] Verlaine P. M. (1844—1896),法国象征派诗人。
[2] Verhaeren E. (1855—1916),比利时诗人、剧作家。

见戈金兄妹和鲁伯沙。

"哦,我们全都忘记了他了!"鲁伯沙指着克里叫喊。她用急流似的言语通知克里要在刘托夫家里开夜会——有音乐,有跳舞,有作家,或者连尔莫洛伐也要来。

"阿连娜也要来。总之一切都十分出色!随意化装跳舞。座券每张五个卢布以上,以至一千卢布!你能够代卖多少?"

"为什么筹款呢?筹什么款呢?"他问,尽力在想出一个借口来推脱代卖座券。台谛亚娜,正在一张纸上记录着什么,答道:

"为瞎眼睛的卡木克达人筹款。"

她的哥哥,正在数着一叠粉红色的票子,说道:

"也为修理克里姆林宫的城墙。"

在这些人面前,萨木金没有勇气拒绝这不合意的差事。他接了五张座券,暗自想道全由他出钱吧,宴会可不参加。

然而,他改变了意见。几天之后,他装成一个炼金术士站在刘托夫家的熟识的大厅里,那里有一修女坐在桌子前面收座券。虽然修女的脸被假面掩饰着,那薄嘴唇的牵强的微笑立刻使萨木金认出她的真相。在通到大厅的门道上,刘托夫直立着,穿着缎质的古罗马束腰紧身衣,毛帽子,摩洛哥皮靴;把一柄曲形的剑当作伞似的举着,他咳嗽,而且像招待员似的对来宾鞠躬,用愁苦的声调咕噜着:

"进来,请!欢迎你!"

他的斜眼睛比以前转动得更急促更焦躁,他的固执的眼光似乎想要撕掉化装跳舞者的假面。汗水洗浴着他的灰脸;他用手巾揩掉它,抖抖那手巾好像那上面全是尘灰似的。萨木金想到中古时代的俄国书吏的服装更适于刘托夫,用皮带上的墨水瓶代替那一柄剑。

用一种演剧的姿势推开刘托夫,萨木金停止在门道上。

"巴拉西苏士吗?阿格里拍吗?嗯?"刘托夫含糊地问,对着他的肩背,"你去欢迎——唏!唏!"

一群宾客阻止萨木金的进路，其中有两个他所认识的律师，穿着全套晚礼服，和在法庭上一样。他们的前面是一个瘦农民，穿着条子花的蓝衣服，腰上束着一条草绳，蓝短裤，新的席草鞋，戴着一顶红头发，脸上粘着一部有趣的散漫的胡子，这化装的全部效果并不比下等酒馆里的滑稽歌人所装作的农民更有趣。克里认识这人。他是尔马科夫，一个著名的讲故事者，契诃夫的小说的最精细的读者，一个十分温良的灵魂，同时也是真无所为的人。

"《可尔苦诺夫》吗？"他正在颤声对别人说。"嗯，那是给学校儿童看的。我要告诉你关于他的事——走开，魔法师来了！"他叫喊，让路给萨木金。

大厅里大约有四十个人，门和窗之间的呆滞的镜子把他们的数目加了几倍。吉卜赛人、侯爵夫人们和丑角们似乎都从阴暗的墙上蹦跳下来。使人恐怕要挤满大厅，不能跳舞。萨木金能够在镜子上看见音乐是从一个角落里来的，在那角落里一个头发蓬松的小黑人在椅子上蠕动着，用长手指敲打着钢琴的键，好像在搓面团似的。在杂沓、大笑、叫嚷和谈话声中音乐几乎听不见了。但是两个枝形灯架上悬着的水晶坠子的惊动的丁零却清脆可闻。

在舞客之中萨木金立刻认出发尔发拉来了。她穿着绿色的衣服，饰着缎制的花草。长袜上有银色的鳞纹，一顶黄色的花冠戴在她的蓬松的头发上。她没有戴假面，但是技巧地化装了——大而深陷的眼睛，异常弯曲的眉毛，苍白的嘴唇，使她的脸上显出一种受难的表情，一种惊心动魄的非人的美丽。以异常轻快的舞姿环绕着她的是一个穿蓝袍的中国人，一个近于矮胖的角色，圆圆的头，雄猫似的脸。他的长发辫拍打着发尔发拉的裸露的肩头。她大笑了。她的鳞状的脚轻飘飘地驰过地板，她的头上的盛大的装饰迫使她的头向后仰着，她的细米牙闪烁着馋涎的光辉。

"请原谅，"一个阔肩的水兵，冲到萨木金前面，"法律的科学已经发现在庇徒拉忌次基……"

萨木金用他的魔杖一触那水兵的手肘,水兵就打了一个旋,招呼熟人似的叫道:

"啊,魔法师!走你的吧!"

"不是魔法师,是变把戏的。"有人严厉地斥驳。

"承受我的轻蔑吧。"萨木金阴郁地命令。

像一个染色的圆球似的旋转着,腾跳着的是鲁伯沙,打扮得像一个农家的姑娘,她的圆脸上绘着可笑的漫画。她用手肘推着每一个人,跳来跳去,嚷着:

"喂,你们!谁是我的小情人?"

萨木金摇摇摆摆地阔步在舞客里面,妨碍着他们,用近视眼固执地仔细观察那些假面舞客,而又悔恨自己不该选择这种不舒服的服装,他的脚总是不断地缠在那长袍里面。在那些戴假面的人们里,他认出了戈金,装扮成歌剧里的浮士德。戈金抱着的那丑角很像是台谛亚娜。一个精瘦的丑角莫名其妙地戴着一部姜色的假发和一顶意大利强盗的帽子,推开萨木金,抓住他的肩头,低声道歉:

"请原恕,偏见先生,你是偏见,是不是?"

萨木金用手肘推开他,并不回答。一个戴着半截假面的巨人,戴着宽大的假发,坐在窗台上吸烟。他的服装是中古行会的工匠的服装。他系着皮围裙,使他在这些杂色人们之中格外显著。跳舞终场的时候,那中国人小心地把发尔发拉放在一把椅子上,弯腰向着她,手摸胡子,说道:

"女人鱼呀,有着这样一双眼睛,你是不该生存在水里的,而应该在火里——在地狱里……"

"地狱就在我的灵魂里。我不是女人鱼,而是一个山林的女神……"

听那声音,克里认出这工匠是古图索夫。他以为他像汉斯·萨克

斯[1],而且对他自己说:

"他是不能毁灭的。"

三

有些假装跳舞者围绕着发尔发拉,她用一把草叶做的扇子扇着她自己,不宁静地注视着他们,回答他们的笑话,她的声音是颇为高扬的。

"她想着我咧,故意大声说话使我知道她在什么地方。"萨木金推想,并不感谢,似乎他的这种行为完全是毫不足异的。他惶惑而懊恼地觉得他漠然超越于这些戏嬉的盛装的人们之上,这种感觉从来不曾使他消沉,却愉快地增强了他自己的独立不群的信心。他勉力解释他的懊恼是由于他的不合适的衣服,这衣服迫使他装出土耳其公鸡似的妄自尊大的神气。但是他分明知道他的真意是想瞒过他自己他在古图索夫面前的那种惶恐,唯恐古图索夫认出了他。

"他在莫斯科确是违法的。"

钢琴又轰响起来了,中国人好像要跌倒似的双手抓住发尔发拉;那锡似的骑士伸手给一个肥胖的土耳其宫妃,而她和一个裸体的丑角一转身就不见了,当骑士弯腰去收拾一片卷脱的护膝的时候。

"混蛋!"那豪侠气概的典型人物含糊地说。他撕掉那护膝,退到一面镜子后面,对萨木金说:"一座古旧的房子——没有流通空气的装置。"

觉得一切都异常沉闷,萨木金悠悠地走到小食堂里,那里的一张长桌上堆积着许多点心和酒瓶,桌子后面有两个贵妇人正在奔忙着:一个是西班牙型的、魁梧的、黑眉毛的;另一个是肥腮的,梳着俄罗斯发,还有一架夹鼻眼镜。她的鼻子有些扁平,那眼镜常常滑下,她一面愤愤

---

[1] Hans Sachs(1494—1576),日耳曼诗人。

地抓住它，一面教训一个秃头侍者说：

"请看这简直没有办法。"

在角落里好像一尊偶像似的直立着一只庞大的、光滑的茶炊，正在嘘汽。西班牙型的太太倒茶在许多杯子里，一面在说：

"不，庇拉吉·彼得洛夫娜，这是不对的。橡子使肉味苦，麦芽使它发软。"

俄罗斯髻的女人回答：

"那麦芽必然是腌透了的。"

萨木金拿起一瓶白酒，走到窗前的一张桌子前面。在墙壁和食物架之间坐着台格尔斯基，用他的撕破的硬质面具拍着他的膝头。他穿着蓝色的短上衣，笨重的大皮靴，戴着消防队员的头盔，这些和他的嫩白的面孔成为一种奇特的对比。他露齿微笑着，用一种狂醉的固执的眼光看着萨木金。

"觉得快活吗，魔术家？"

"我知道得太多了，所以不会快活。"克里用一种忧郁的变音回答。

"我也是的。"台格尔斯基赞同，点点头。他的头盔滑到他的耳朵上，显得那耳朵格外突出。

这并不是克里看见他酒醉的第一次。而他满怀着好奇心想要发现这娇养的漂亮人儿为什么这样纵酒。

"这是平民主义者们布置的吗？"台格尔斯基问，他的前面的桌子上有一只空酒瓶。

"我不知道。"萨木金回答，看着服装鲜亮的宾客们迅速地闪过门外，他们的影映滑过那些镜面，消失在银灰色的空虚中。鲁伯沙跳跃着她的短脚，和汉斯·萨克斯旋转着。他俩的后面细步急走着那中国人和台谛亚娜。

"他们正在作乐呢，"台格尔斯基含糊地说，"他们已经换了衣服，而且他们觉得快活了！但是看吧！炼金术士先生，看这些古代法国哑剧的角色，丑角和傻子！这是怎么一回事？"

萨木金并不回答，把酒倒满在台格尔斯基的杯子里。假面跳舞的人数已经增多了，人群的颜色变为更加辉煌，也更喧闹。听见刘托夫在门的近旁暴躁地叫喊：

"那么你怎么回答坡条斯·彼来提[1]呢？基督也没有胆量说：我是真理。你竟敢说吗？"

作家尼可丁·伊凡诺维奇进来了，穿着温暖厚重的褐色短上衣，颈上包着一条围巾。对着他的袖子咳呛着，他缓步在人群里面，让路给每个人因而也推挤着每个人。发尔发拉，和台谛亚娜手挽手地进来了，扇着她自己。她要了茶，坐在克里的紧邻，把她的细脚伸在桌子下面。台格尔斯基急忙戴上他的揉皱了的假面，那假鼻子已经脱皮了。台谛亚娜大嚼着一片面包夹火腿，说道：

"那提琴家奏得颇为莽撞，他们说他是一位将来的名人。他已经预先摆起架子来了。"

"你真刻薄，台谛亚。"发尔发拉叱责，叹了一口气。

"我真嫉妒。将来的名人们百分之七十五都在这里呢，而我算什么呢？我为什么不刻薄呢？"

台谛亚娜仔细地窥看着克里，然后又看着台格尔斯基，皱着眉努力地回想什么，而终于用低音对发尔发拉说：

"你在此地也是一个成功者。"

"或者就因为我的短裙子吧。"发尔发拉沉静地回答。

鲁伯沙来了，一进门就叫喊：

"真快活，姑娘们，是不是？庇拉吉·彼得洛夫娜，现在轮到你唱歌了。"

梳着俄国髻的太太尾随着鲁伯沙滚进大厅里去了。

---

[1] 罗马太守，耶稣即在其治下被钉死于十字架上。

"南瓜！"台谛亚娜对着她后面叫唤。

四

萨木金走到通入大厅的门上。许多椅子正在被移动，各方面发出要求肃静的嘘嘘。钢琴师的手指好像被琴键烧着似的，从钢琴上拉出乐音，这时那梳着俄国髻的太太雄赳赳地挺着胸部，开始愤恨地唱出一种很高的音调：

我不是生长在原野里的草吗？

她一唱就振摇了系着一条黑纽带的夹鼻眼镜，而且那神气就好像在暗示给听众——"那伴奏者是不懂得怎样弹琴的"。台谛亚娜在萨木金后面，插入歌声里一些不客气的话。这一类话她是储存着无穷无尽的，而且挥洒自如。刘托夫和作家尼可丁·伊凡诺维奇走进食堂来了。刘托夫踮着脚尖，轻轻地走着，他的摩洛哥皮靴温和地发响。他双手拿着剑，一只手捏着柄，一只手捏着鞘，横拦在他的肚子上。那作家凑近着他的肩头，诉苦似的说：

"他在《导游者》这刊物上发表了一篇甜腻的故事，他们立刻就纷纷议论他，一年之后他作出了一本书，大家又都叹为'惊人！'，他们不知道这不过是损害他……"

"白兰地或是烧酒？"刘托夫打断他的话，观察着那几个年轻女人，并且问萨木金，"占星术先生，在你的青年时代，你喝些什么？"

"胆汁。"克里回答。

"一种可怕的饮料。"刘托夫说明，抬起他的头。尼可丁·伊凡诺维奇却仍然坚持着他的话：

"他现在是包裹在赞颂里面，像一只苍蝇落在糖水里似的……"

"我们喝吧，古圣人。"刘托夫邀请萨木金。后者辞谢了，走到大厅里，从那里来了一阵喝彩的声音。梳着俄国髻的太太不肯再唱，继承她的是一位穿乌克兰服装的妇人，满身饰着花朵和缎带，一张毫无表情的面孔。站在她旁边的是古图索夫。他已经脱掉了他的假面。萨木金觉得他并不会脱掉似的，因为他的灰色假发使他的面貌老得辨认不出来了。在萨木金前面的那肥胖的侯爵夫人批评道：

"一种非凡的声音。她是一个邻村学校的教员吧。第一流的歌唱。"

《黄金云霞度终宵》的三部合奏已经美满地唱过了，然后古图索夫和那女教员开始合唱：《不要诱惑我呀》。古图索夫的容貌是温和的，而他的歌声却过度庄严。破坏了那诗的伤感的气韵。他的合唱者像真正艺术家似的歌唱着，带着深微的戏剧的情感；克里察觉她屡次厌恶或惊异地顾盼着古图索夫。大厅里变得这样寂静，萨木金能够听见发尔发拉紧身褡的塞窣。她就站在他后面，她的手挽着台谛亚娜的腰。刘托夫缓缓地轻步到大厅里。夹着他的剑，弯着他的脖子。紧跟着他的是那作家，手里拿着一片面包夹火腿，而且摇摆着它，好像一位指挥似的。

歌人们被狂热地喝彩了。梭莫伐跑过来，她的眼睛是湿润的，她的容光焕发，而且狂喜地对发尔发拉叫喊：

"喂？不是这声音吗？你记得我告诉过你他……"

"但是他的歌唱是机械的。"台谛亚娜说明。

"嘘！嘘！"刘托夫呵斥，把他的剑推转在他的背后，像一条尾巴似的悬挂着。他咬紧牙齿，突起的软骨显现在他的脸上，汗水在他的颊上发亮，他的左脚在打着拍子。站在他后面的是一个裸体的丑角。他的下巴孩子气地搁在刘托夫肩上，他的一只手臂抱着他的头，他的手掌一开一合的。

古图索夫唱《平静呀，汹涌的热情》，唱完之后刘托夫冲到他面前，在欢呼声中，尖声叫道：

"我说呀！原谅我！你有一种绝妙的声音，真的！"

激动得喘咻咻的，刘托夫转移着他的脚，他的小胡子戟指着古图索夫的脸，摇动着他的手巾，叫道：

"但是不是这样唱法！你不能这样唱！"

听众全都沉默了，因为这古代俄罗斯贵族的歇斯底里的袭击和那戴假发的工匠的幽默的惊异引起了他们的好奇心。

"我不能？"他问，"为什么我不能？"

"你反对这些歌词的意义，你故意唱出讥讽的音调……"

"你夸大了那冷静。"鲁伯沙叫喊。古图索夫热烈地大笑了。

"你随便说吧。据说唱得不好吧。"

"让我来解释。"尼可丁·伊凡诺维奇断然要求。刘托夫用他的眼角看着他，突然沉默了，鲁伯沙做了一个鬼脸，跳在一边。那作家咳了一通，然后自信地说：

"你唱得好，但是你还能够唱得更好。歌曲是关于受苦的。关于汹涌的热情的……"

"得了，得了，我是不喜欢调味料的。我甚至不愿放胡椒在我的汤里。"古图索夫微笑，"我喜欢这曲子，可不喜欢那些硬栽在它上的词句……"

刘托夫转过来对着食堂里叫道：

"尼戈拉———张桌子——两张桌子！"

他急扯着剑的佩带，坦白地请求那丑角：

"请你替我解掉这愚蠢的剑！"

由于这一叫喊，萨木金猜想那丑角是马加洛夫。

"原谅我。你是什么意思？"那作家严厉地质问古图索夫，当群众向后者拥来把他推进食堂去的时候，"历史的造成是由于热情、苦恼……"

一个侍者把一张桌子插入群众里面，之后又加上一张，而且以魔术家的敏捷推开了一些椅子，然后把酒瓶和酒杯放在桌子上。有人急扯着侍者的手，一只瓶子跌落在酒杯上，打碎了它们。

"这鬼!"刘托夫叫喊,"倘若你不能……"

他立刻又自言自语:

"好,赶快,朋友。赶快呀!请坐,太太们,先生们。让我们来谈谈……"

很闷热。大厅里回响着轰然大声,有人正在讲着亚美尼亚的笑话。站在克里下边的是一个鬈发的、漂亮的、古代贵妇的少年侍从,正在对那乌克兰太太说:

"没人能够证明给我人群中的斗争是永远不能避免的……"

一个农民服装的人,手挽着那曾经收检入座券的修女,正在对着她的耳朵说:

"不。我们的人民并不会传染着唯物论的病毒……"

萨木金站在门上,看着刘托夫坐立不定,倒酒在杯子里,把它们推给宾客们,泼洒了许多酒,不停地对古图索夫说话,说道:

"这里有一个人装成骑士。为什么?什么不可以装,要装骑士呢?"

古图索夫大笑,手里端着一杯酒,他的头向后仰着,露出他的假须下面的真须。他必定是说过什么使众人大为激怒的话了,因为同时有许多人向着他叫嚣。农民服装的汉子叫得最响:

"这不是什么新闻!先知们早就说过:'不义之财将如车轮上之土,将如尘埃飞去。'哈哈,先生!"

五

在大厅里钢琴又响了,跳舞的人们顿着脚,绿色的女人鱼闪出耀眼光辉,在中国人的怀抱中滑行着。克里觉察那修女在他旁边,靠在门枋上,双手虔敬地交叉在胸前。他窥看着她的半截假面的裂缝,并且很清楚地对她说:

"我认识你。"

"你认识吗?"她问,十分冷淡地。

"你的名字是马利亚·伊凡诺夫娜。你住在……"

萨木金说出他曾经遇见这女人的那巷道,当他被一个侦探和一个宪兵押解着的时候,女人从她的袖子里拉出一串念珠,用她的美丽的细手指摸抚着它,勉强一笑,问道:

"还有别的什么呢?"

"我知道你的一切。"

"是这样的吗?那么你比我更知道我自己喽。"她反驳,用萨木金曾经在什么地方说过的这一句话。

"书虫。"他默想,眼望着那修女悠然走到桌子前面。围桌而坐的人们已经不再叫嚣,古图索夫的声音正在流畅着:

"八十年代证明知识分子,以大体而论,完全不是革命的……"

"这是不确的。"

"这是的确的。"台格尔斯基坚持,捧着他的头盔好像瞎子捧着茶杯子似的。

萨木金把他的尖顶小帽加紧地按在头上,用手指摸着他的假面,移动到桌子前面。那面具的纽带被酒和汗濡湿了,粘在他的下颚上,那长袍阻碍着他的脚的行动。他烦恼地拿起一瓶很冷的啤酒,贪馋地喝着,一杯又一杯,同时倾听着古图索夫沉静的、明朗的言辞:

"现在马克思主义已经削除了知识分子非法获得的荣誉和特权……"

"你神经过敏——"有人怒吼。

"安静些,请!"

"一句话。关于那合法的问题……"

"打倒虚无主义者!"一个人突然急叫,他显然是醉的,穿着古罗马武士的蓝外衣,一顶白假发,长筒猎靴。

鲁伯沙的激流似的声音滔滔地穿过那些愤懑的叫嚣:

"你以为你对于政治学花过五个卢布,你就买得你自己在历史上的地位了……"

从角落里，从食物架后面，飘来了斯推拉托那夫的低音调，连带着他身上的骑士铠甲的响声：

"反动是合法的，反动的时代就是文明进步已经被加强的时候……"

"由于托尔斯泰之流，由于波比多诺兹次夫[1]之流。"有人叫喊。

每个人都同时说起话来，好像恐怕被打哑了似的。人们都挤在古图索夫的周围，好像在动物园里围观他们想要逗恼的一只野兽似的。那作家大发脾气，叫道：

"你们的'宣言'是一件新闻记者调制出来的乏味的混合物！"

古图索夫的眼光闪过那作家的头顶，说道：

"所谓社会这东西看着平民主义者反抗独裁政治的斗争，就好像看非职业剧团所演的滑稽戏似的……"

台格尔斯基在萨木金前面跳起来了，他用全力按紧他的铜盔，捏起拳头，开始摸索他的衣袋。找到了衣袋，他把拳头塞进它们里面，然后耸起肩头。他的粉红的颈项变紫了，他咂着嘴唇而且自言自语。他的声音淹没在古图索夫和别的两三个人的笑声里面。然后，古图索夫说：

"好，朋友们，我们孵坏鸡蛋已经够了！让我们玩玩吧！倘若我们愿意玩玩。"

萨木金被推开了。推他的是那中国人，鼓着他的眼睛，舔着他的嘴唇，正在用手肘开路到食堂里去。萨木金跟着他，看他贪馋地喝了一杯凉茶，抛一张脏纸币在点心的木盘上，立刻又冲回大厅里来了。那作家已经恢复常态，正在倒啤酒进一只杯子里，并且教导着那蓝衣骑士：

"戈士拉夫斯基，熏香肠是特别危险的——像一切熏制品似的……"

萨木金吞下一大口白兰地酒，等待嘴里的辣味过去之后又吞了一口。他早已讨厌这些人们，早已觉得孤零。在这感想里面混合着一种忧

---

[1] Pobedonostzev（1827—1907），俄国政治家，主张拥护沙皇。

郁的嫉妒。倘若他也具有古图索夫的那种豪放,倘若他也能当着群众大声说出他对于他们的意见,那是多么愉快呀!倘若他能够大声说话,他就要对他们叫:

"白痴们!你们要干什么!人民会吸引你们像草地吸引小牛似的吗?工人们会把你们从你们的空虚的、咬文嚼字的生活中救出来吗?"

唉,他能够对那些书虫、那些教徒说的话真多呀!

"我的时机总会到来的——那时我要对他们说!"

六

他走进大厅里,用肩头推开那修女。虽然她把她的念珠对他一摇,他并不道歉。钢琴家疯狂地弹着俄罗斯的舞曲,在一群按着音乐节奏拍手的密集的杂色的人圈当中,两只脚正在敏速跳跃着——那中国人和戈金正在舞蹈。

"我要改正你!"那中国人急叫,以可惊的轻快从地板上跳起来。

发尔发拉双手抱着她的头,摇摆着她的屁股,滑行到中国人面前。她流着汗,她的面上的脂粉已经溶解为动人的新容颜。她无羞耻地在那中国人前面扭扭捏捏,后者弯着腿围着她跳跃,她那样风骚地微笑着瞅着那中国人的肥脸,以致萨木金激动到发怒了。这一怒,他觉得,陶醉了他。

发尔发拉的有鳞的脚疯狂地摆动而且歪曲,露出了她的膝部以上的吊带。

克里·萨木金紧紧地闭住他的眼睛,咬紧他的牙齿,而且想到他要以一种侮辱的方式取得这姑娘——把她弄到手以报复他自己,为了他和里狄的事件的失败。总之,为了种种一切。

"现在她简直不会想到我——她简直不……"

跳舞停止了,一阵狂呼、喝彩。中国人把女人鱼夹起来,带她到食堂里,食堂里的人群吵闹得好像在小菜市场似的。中国人窥看着发尔发拉的眼睛,悄悄地和她私语。他的脸无端地扩大、软化,当他微笑的时候,他的耳朵向后贴近他的脑壳。萨木金悄悄地逃入一个角落里,坐下,脱掉他的假面,把它藏在他的衣袋里。

"合唱啊!合唱啊!"一个红头发丑角叫喊,跳到一把椅子上站着,摇动着他的手,一大群人立刻围住他,全部仰望着他。

"一,二,三!"他命令,伸着他的手在那些头上面。那一群人就开始不谐和地唱起来:

> 从辽远的国家,
> 从宽阔的伏尔加河母亲,
> 来做光荣的劳役……

"难道我们全是偶然会集在这里来……"一个戴白假发的醉汉突然咆哮。

"来享受我们的自由的欢乐……"

"难道我们全都是偶然会集在这里……"那醉汉重复着,而且叫道,"为什么说从伏尔加来?我是从坦博夫来的!"

在合唱的第二节末尾,他又叫第三次,但是用中音,他的眼睛向上翻着:

"难道我们全是偶然会集在这里……"

他只说这几个字,而且说得很熟,向着合唱的指挥扬着他的红拳头,好像要打在他的肚子上似的,他变得凶恶而又凶恶。他的脸是紫胀的,他的眼睛突出着,他总是叫喊,用变调的声音:

"难道我们全是偶然会集在这里……"

他叫喊着,一直到那些歌唱者认为不能淹没他的声音,这才突然停止而且立刻走散了,而那独唱的醉汉,无力地垂着手,仍然在叫:

"难道我们全是……"

他东瞻西顾,然后愤愤地问:

"这又为什么呢?"

萨木金高兴了,当这醉汉停止重复那不太聪明的滥调的时候。他在椅子上摇摆着,大笑着。那醉汉向他走来,观察着他,也大笑了。

"他们干些什么鬼把戏?什么鬼……"

抓住萨木金的领子,他把他拉起来,说道:

"听着,老家伙,吓乌鸦的草人——乖乖,让我们去喝一杯。你是——孤独的——我是——孤独的,两个连起来!这里各样都是贵的,但是——不要紧!革命是费钱的……不要紧!'难道我们全是偶然会集——'"他对着克里的耳朵怪叫,拥抱他,吻他的肩头:

"我爱你这样的人。"

萨木金和他共同喝了些烈酒。台格尔斯基来了,昏迷地伸手搂抱他。

"亚沙!我早就寻找你——寻找你……"

大厅里的嘈杂忽然沉寂了,然后听见刘托夫的含泪的声音:

"这是我们的明星——女神——维纳斯[1]——哈啦!"

阿连娜站在食堂门口。她的白衣服是这样炫目,以致萨木金眯着眼睛。她的腰部围着花环,沿着臀部以至裙边都披拂着荣誉的标章,她戴着花冠,她的手里闪动着一柄扇子,她的全身辉煌得好像一条大鱼。突然沉静了。每个人都默默地、小心地渐次离开她。刘托夫奔忙着,推着椅子,咕噜道:

"香槟酒,哀戈。可斯恰,你在哪里?可斯恰!"

他似乎软化了,缩小了,快就要像一个影子似的消失了。阿连娜倚靠着鲁伯沙,正在悄悄地对她说笑。发尔发拉拖着台谛亚娜的手跑过

---

[1] Venus,司美与恋爱之女神。

来。古图索夫忽然出现在克里旁边,叹赏道:

"有意思,真有意思!"

在陶醉的朦胧中,克里觉得因为阿连娜的出现这集会具有一种很虔敬的空气:这观念是不能容忍的。他很想表明:每个人都被这女子的美所倾倒,而在他看来却不算什么。他冷笑着向她走去,决意用某种刻毒的言辞使她惶恐。但是她叫道:

"天呀,是克里吗?醉得这样糊涂!但是这服装倒还合适。你——醉了?这是一件怪事!"

"是的,我醉了,"克里说,"我在这里。"他有千言万语想要说,但是它们全是沉重的,他的舌头不能举起它们。他终于说:

"我醉。孤独。这是我的'宣言'。你读过了吗?没有?我也没有读过。"

他站在桌子旁边,发尔发拉小声问他:

"你觉得不好过吗?"

"不好,"萨木金承认,"你的跳舞不好。不端正。"

"你喜欢一只蝶鲛吗?"他听见。

喝了一杯柠檬水之后,萨木金觉得清醒了些。他皱着眉头问道:

"那中国人,他是谁?"

当发尔发拉说出一个活泼的报纸的编辑的名字的时候,悲哀淹没了他。

"一个犹太人,"他说,摇摇头,"一个犹太人!"

自此以后,他什么也记不起了。

七

他醒来了,在他所不认识的房间里,但是乞里沙斯叔叔的大相片庞然出现在他面前。颜色奇异的太阳光线透过窗帘,折穿了房里的阴暗。

窗玻璃的上部露出一片青天，这使克里回想到宪兵司令部里的小房间。

过了几分钟。两分，或者二十分吧。这是难说的。门后面有一阵窸窣的声响，一只茶匙叮地碰在茶杯上。

"是的。送去吧！"有人小声说。门开了，萨木金觉得发尔发拉站在他的床前。

"你睡着了吗？"

"不。我不。但是我觉得我自己是可耻的。"他说，睁开他的眼睛。

他不由自主地说了。使他吃惊的是他的声调响得好像一个孩子在认罪似的。他必然说过什么蠢话了，因为他已经无缘无故地住在这房间里面。

发尔发拉显然不曾听见他说过的话。她高兴地悄声说：

"你真有趣，那样紧张！那样感动！我把你带到这里来，对吗？在早晨四点钟的时候，我是很不方便把你送到你自己的住所去的。你已经睡了十二点钟了。不要起来。我就送咖啡来给你……"

萨木金坐起来，摇摇头，戴上他的眼镜，立刻又把它摘下。

"现在就动手吧。"他想，还是不很确定，正在讯问他自己。安弗梅夫娜打开门，发尔发拉端着一只盘子进来，咬着她的嘴唇，焦急地看着咖啡锅下面的蓝色的酒精灯焰。当她递杯子给他的时候，克里觉察她的手发抖，她的胸部忽起忽落。她的脸是苍白的，她的眼睛周围有浓厚的暗影。她敏感地眨着眼睛，一看他的脸就向旁边一瞬。

"鲁伯沙还不回来。"她告诉他。"你知道，你病了之后，大家可真胡闹起来了。那上低音——啊呀，他的声音真奇妙呀！后来大家觉得他是一个很快活的家伙。他和戈金，和阿连娜闹得翻天覆地！——还要咖啡吗？"她问，当克里递一只空杯子给她的时候。杯子从碟子里滑跌在地板上，破裂为无数碎片。

"啊！"发尔发拉小声叫喊。萨木金微笑说：

"这是一个好预兆。"

他抛开被盖,跳到地板上,趁她还来不及移动的时候就抱住她。

"不要——你不要——"她小声说,尽力要挣脱,"你知道你不爱……"

她忽然抱住他的颈项,几乎是呜咽地说:

"可怜我——啊,行行好吧!"

萨木金保持住一种暧昧的沉默,推她仰卧在床上。

八

一个月以后萨木金就能够相信:发尔发拉的那几句做戏似的言辞是她已经厌于扮演的角色的最后的结语,而她也拒绝扮演一种新角色——一个体贴入微的伴侣,一个标准的妻子。他觉察人民怎样改变到意料之外,这并不是第一次了。发尔发拉,以及别人的装模作样的把戏,使他不相信人们,增强了他对于人们的轻蔑。他认为他自己是不能装假,不会掩饰的,然而他终于不能疗治他自己的妒忌心,妒羡别人装什么就像什么的那种才能。

发尔发拉使他惊异的是证明她是一个童贞女,这是出乎意料而且并不希望如此的。这也就是说,她已经保留她自己给他,一个可喜的思想。还有使他高兴的是她不要孩子,总之,不要他负任何责任。她很直接地告诉了他这一点。她是十分满意于她已经变为一个妇人了的,她大为得意于她的新任务——这自得包含在她对于鲁伯沙和台谛亚娜的抚爱和谦抑的态度里面。她异常机敏地抛弃了她习得的姿态、做戏的举动,以及那动辄大声感叹的习惯。她的性格变得更柔和,更自然,她也不再那样激动地顿着她的鞋后跟。最使克里吃惊的是她对于他随时都保持着一种试探的意识,就在爱抚亲热当中也不放松,虽然她对于亲热是毫无吝啬。她有一个灵活可爱的肉体。但是克里鉴定她的腿部的皮肤是粗糙的,并且想找一个机会告诉她这个。她默默地沉醉于她的肉感。只有一次，她躺在克里的膝上，闭着眼睛，悄悄地说：

"自然我曾经屡次试行想象它是怎样一种感觉。但是现实是超于想象之外的。"

"你的想象是不很敏活的。"克里想要说。

计算了发尔发拉的这一切小好处之后，他仍然保持着他从前对她的那种态度。但是他的不相信人的习惯使他很仔细地考察着她。他不久就明白她是把这种苛细的趣味看作爱情的。和从前一样傲慢、淡漠，他对她投掷莽撞的言辞，随便讥剌她的趣味、同情、信念，甚至硬要亲热她，当她并不需要的时候，或当她生理的不方便的时候。就在这种极端的情况之下，发尔发拉也谦卑地承受他的一切纠缠，而克里，轻视这温顺，傲慢地想道：

"这就是和她们相处的方法。"

他偶然也发现过她的绿眼睛里的悲哀的闪光和迷乱的期待。他猜想她正在等待着他还没有说过的那个字。以本心而论，他不能说那个字，而他又认为有和她说的必要，于是警告似的说道：

"我不喜欢玩弄'爱'字！"

这并不坏，甚至还有趣咧。他屡次问他自己发尔发拉可以顺从到什么限度呢。

"她或者快就要问我是否我要娶她了。我不明白里狄对于这件事怎样想法。"

他不准他自己想到里狄，记起她就使人痛心。有一次，在一个甜蜜的时间，他很想把他的恋爱的全部故事告诉发尔发拉。这思想惊骇了他，因为他分明觉得这故事将要怎样在她的眼里降低了他。恼恨着他自己，他迁怒于发尔发拉了。

"你似乎已经完全忘记了马拉可夫。"他讥诮她。

这又使他吃惊了，发尔发拉的眼里充满了泪水，悄声问道：

"你责备我这个呀！你？我不是为了你吗？"

投到他的怀里,她抱着他,而且痛哭了:

"你为什么这样说?不要这样没良心。我的最亲爱的!"

萨木金把她放在他的膝上,自己觉得好笑。他以为发尔发拉又在做戏。他确实不曾说过什么伤她的感情的话呀,也没有理由流泪、叹气,以及那么用劲地亲热。

"她用撒娇来对付我。"他想。自此以后,这就成为他对于她的亲热的一个定义。

"我真高兴、快活,看着你们。"安弗梅夫娜说,抿嘴一笑,双手抱着她的大肚皮,"可惜你们不住在一处;这太费钱,也好像不应该。为什么你不来和我们同住呢,克里·伊凡诺维奇?来住在鲁伯沙的房间里吧?"

发尔发拉不说话。萨木金从她的眼睛里知道她是欢迎他来的。安弗梅夫娜催请过一两次之后,克里就搬来住在最初是里狄后来是鲁伯沙住过的那房间里,这房间已经特别为他重新裱糊过,而且整洁地陈设着乞里沙斯叔叔的古雅的家具。

第十三章

一

鲁伯沙终于被驱出莫斯科了。临走的时候,她把她在"红十字"会里的某种工作委托给发尔发拉。萨木金是不高兴这件事的,然而也不反对,因为他想要知道在莫斯科所有的各样事情。那时鲁伯沙以为必须把马利亚·伊凡诺夫娜·妮戈诺伐介绍给发尔发拉,并且通知克里说:

"她是一个温良可爱的女人。"

他并不抗议,虽然他相信那温良的女人的护照确是假的。她已经被证明是刘托夫的一个老相识。萨木金曾经看出妮戈诺伐和台尼亚·古里科伐是同类的女人——后者机械地尽着某种不重要的责任,耐心地继续下去,因为完全缺乏才能和意志,也因为没有能力爬出更强的人物把她推进去的道路之外,或不幸的境地之外。鲁伯沙对他称道妮戈诺伐的话证实了他的估量不错。妮戈诺伐——这确是她的真名,是一个富裕的地主的女儿。她从年轻时代就脱离了她的家庭,坐过几个月的监牢,这三年以来是做着一个发行廉价通俗书籍的书店的会计员。萨木金觉得这正是必然的:正如那些温良的人们,全是平凡的面貌,都必然是发行通俗书籍的书店的店员一样。

　　穿着平淡的暗色衣服,她就好像一个新近死了丈夫的寡妇,通身还是哀愁的。她的匀整的姿态可以算是美好的,除了她的呆板的神气以外。在平均高度之下,她坐着似乎比站着更高些。她有斜肩头,小奶包,好腰肢,穿着黑长袜的圆腿,以及很窄小的脚板。她的勉强的微笑和过于简短的答话引不起人想要和她交谈的欲望。而且,她使萨木金想起米莎·苏也夫——这忧郁的人不时来陪乞里沙斯叔叔过礼拜六,说些拘捕的故事。然而她总有一点什么激起克里的好奇心。

　　"告诉我,她是哪一类人?"他问鲁伯沙。

　　"一个好人。"

　　"说得更具体些呢?"

　　"一个很好的人。"

　　"你没有别的话要说了吗?"

　　鲁伯沙,对于她的被迫出境正在啼笑皆非的时候,像一只愤怒的母鸡似的呵道:

　　"我讨厌你的问题,你不断地问,好像一个作'哀启'的书记似的。"

　　发尔发拉小心地笑着,而且同样小心地说道:

　　"我相信这女人是不幸的,因为那职业。"

　　萨木金的疑问的一瞥引出发尔发拉的一番解释:

　　"我想有这么一类人——当他们第一次经历一种不幸的时候他们充分意识着他们自己,以后就永远固执着这一点,成为他们与众不同的特征。"

　　"说得好。"萨木金称赞,温和地微笑着。他又得意地想到自从她和他恋爱以来，发尔发拉很快地聪明起来了。她已经停止收集名人画像，就是一个证明。

"这是怎么回事呢？你厌倦了那些英雄了吗？"他问她。

"他们已经太多了。"发尔发拉回答，"这真怪。男子们不讲英雄主义，但是确有英雄的努力。他们被鞭打，而他们歌唱《那加伊乞卡》[1]。"

"是的，她一天比一天聪明了。"萨木金又想，把她拉向他自己，热情地抚弄着她。一种比别人优越的自觉心往往鼓励克里对于他们豁达大方。就在这样的瞬间他慨然对妮戈诺伐谈话了，甚至设法要她坦白地对他谈一谈——这愿望的发生是由于发尔发拉，因为她开始极其诚恳地看待她的新相识，但是带着一种考察的趣味。当克里问她为什么这样做的时候，她说：

"这是有趣的。她有某种隐私，她防卫得很严密。她的眼睛里有闪光。"

是的，有闪光。萨木金发现了这闪光，当他和她谈到他们的几次偶然遇见的时候：

"其实我们是久已彼此认识了的，是不是？"他对她说。

妮戈诺伐疑问地看着他，并不回答。她的眼白是淡的，好像薄薄地粘着一层灰，约略减低了她的蓝眼瞳的魔力。

"你不记得了吗？"

他就列举出来：第一次在夏屋里，她来通知刘托夫"那洛多卜拉夫兹"被捕了。

"哦，是的，"她想起了，点点头，"那时我还很年轻。后来不久，我也被捕了。"

克里又提醒她在刘托夫家里的那一次晚餐，在沙皇来访问的那一

---

[1] 一首革命歌曲，结尾的叠句是"那加伊乞卡"——哥萨克的皮鞭。

天,以及她在一个酒店里读一封信的时候。

"我没有注意到你。"她淡漠地说,拾起一本书来翻了几页。

她不很有礼貌,萨木金想。

"有好几次你都没有'注意'吗——因为保持政治的秘密吧,我敢说?"

她抬头看看他,照例那么勉强地一笑。

"但是你确是注意我了的,当我被宪兵押解着的时候。记得吗?"

他觉察她的眼睛阴暗了,抖颤了,然后大睁着,眼瞳里发出蓝色的闪光。

"我看,"她兴奋地叫起来,她的脸忽然漂亮了,"那是——那是在什么地方?"

克里说出那巷道的名字,想一想,微笑着说:

"在早晨四点钟的时候,一个男人陪伴着你……"

"不。"她说,也微笑着,用那本书掩蔽着她的面孔的下部,以至萨木金只能看见她的光亮的眼睛。她紧张地坐着,好像准备跳起来似的。

"但是那确是你。我听见……"

"什么?"

"他要你赶快……"

妮戈诺伐把书抛在长沙发上,叹一口气。然后她耸动肩头。

"那人并没有陪伴我,不过是开了门。"她纠正他。"是的,我记得。我在那里和几个人过了一夜,又不能不早起。他们都是朋友。"她说道,舔着她的嘴唇,"可惜他们都已经离开此地到各省去了。那么,你是被押解着的吗?我并不认识你。我看见一个学生,被押解着——这也是常有的事。"

"我得到你已经认识我的印象。"他固执着。

"不,"她说,淡漠地,"我对于面貌的记忆力不好。而且那时我心里很慌乱。"

那闪光从她的眼里消失了。她拾起那本书,又低着头在看它,显然是不高兴。萨木金用手指敲着他的膝头,想道:

"发尔发拉说得不错。她有点隐情……"

二

这场面的不快的余象很快地就消失了,而萨木金也没有时间来考虑妮戈诺伐。学生运动正在蔓延着咧,人必须十分小心以避免缠在什么蠢事里面。萨木金的为人稳重的声名,并不能保障他置身事外,反而引起运动的组织者们要他加入"灌输平民精神于将来官吏之基本工作"。主持这个的是脸麻口吃的波坡夫,克里在圣彼得堡时代的一个熟人。波坡夫显然是献出全身给这工作了的。萨木金被他逼得无可奈何,就主张:学生运动是资产阶级的运动,和工人阶级的利益无关,使青年人的注意离开了直接援助劳工运动的目标。

"但是,要……要全体学……学生都去到工……工厂里,这……这是荒谬的要求,浑……浑蛋。"波坡夫吐出了这些愤懑得可惊的话。

这并不要紧。波坡夫在莫斯科嘲骂了一两天,又吵嚷了一回,以后就不见了。萨木金觉得应该重视的是发尔发拉近来的行为。他已经逐渐习惯于和她相处,她和安弗梅夫娜都留心伺候他。他分明觉得他已经有一个舒适的家庭,而且他欣赏这事实。然而,这几天以来,发尔发拉格外敏感易怒,失了她的常态。她显然颜色憔悴,显然精神恍惚——这绝不是她的本来面目。这种变态或者是由于她有什么奇特的毛病吧。她总是坐着或躺着在长沙发上,半闭着眼睛,好像紧张起她的耳朵在倾听什么。在他的抚爱中,她变为沉默、谨慎,几乎是机械的。她会忽然从家里冲出去,动作极其迅速,一直到晚餐或晚茶的时候才转回来。萨木金不能提起勇气问她她到过什么地方,恍惚害怕着他会问出意外的和不快的事来。他也不敢问她,因为,虽然她幸而不像里狄似的爱研究两性哲学,他却疑心她现在正在想表演在舞台上"记熟了的台词"。总之,他憎恶那种心对心的交谈和精神间的感通。他认为在他和发尔发拉的关系中尤其不宜有这些事,因为他相信他们的关系,虽然愉快,是不能长久也不能留恋的。纵然他愿意谈论他自己,他也不愿对她谈,只愿对一个更智慧、更有趣、更高雅的女人谈。他毫不怀疑他将来要遇见一个非凡的女人,而且他将要和她经验一种在他和里狄的浪漫史以前就已梦想着的恋爱。

"是的,她并没有和别人发生新关系。"他正在想,瞅着发尔发拉,而她的神气使他恼恨而又恼恨,他已经想象出这关系破裂以后必不可免的种种麻烦了。

这一切紧张忽然完结在一种最明白的场面之中。一个寒冷的四月天,萨木金从大学里回来,心里很烦恼,因为那无聊的功课,因为那雨,因为那风。当他正在脱外衣的时候,他听见那教堂庶务的低音回响在餐室里面:

"那里他们有九个人。有一个作些不通的诗——一个毛茸茸的家伙,就好像鬼似的,有点疯癫……"

克里走到门边。发尔发拉披着一条格子花的围巾,斜靠在长沙发上。她看了克里一眼,好像在梦中似的,默默地移动着她的嘴唇。教堂庶务也默默地伸手给他,并不站起来。他穿着一件厚棉布的短上衣,系着皮带。这装束,以及那长筒靴,给予他一种猎人的状貌。他的颜色很灰暗,而且又留起三角须和长头发来了。他的小脸又恢复了俄罗斯"圣像"的平扁型。把他的穿着脏靴子的长腿放在桌子下面,他好像是跪着而不是坐着似的。

"从哪里来?"萨木金问。

教堂庶务勉强回答,甚至有些不耐烦:

"刚来……"

"你还在那玻璃厂里吗?"

"不合格。他们说我精神错乱。"教堂庶务黯然说了。

"你刚才说得真好。"发尔发拉感叹。

"许多人很会说话，需要的是说真话。"教堂庶务回答，鼓起他的脸腮，他这样用劲地吹了一下鼻息，以至他的胡子都耸立起来了，"在那里他们把我拉进他们的争论里面，搅扰了我。但是'正如贪得的财富败坏肉体一样，语文的财富败坏灵魂'。我变为社会主义者是因为信仰那并无奇迹的基督——或者只有一个奇迹：他爱人类。"

雨泼洒在窗子上，好像孩子的手指敲着窗玻璃似的。风呼呼地吹进烟囱里。萨木金饿了。他讨厌那庶务的低音，当时庶务窥看着桌子下面，正在说：

"这爱是世间最光荣的奇迹，因为虽然我们并无相爱的理由，我们还是相爱。而且曾经有过许多人能够自我牺牲地爱，崇高地爱。"

他咳了，从衣袋里拉出一块灰手巾，吐在它里面，然后捏在手掌里，拍着他的膝头。

"但是他们反对基督。他们说科学能使这爱圣洁，这才是更强的爱，他们说。不，他们缺少宽度，它们是不确的。"

"你在谈论谁呀？"克里问。

"谈论你，"庶务说，并不看他，"谈论那些把哲学研究得太精细的人。我已经在精神上和你们分离了，我现在要走我自己的路，向人们宣传基督的福音和他的规律……"

"你要喝茶吗？"克里问。

庶务惊异地看着他。

"这是怎么回事？"

"你要喝茶吗？"

"不。"庶务愤愤地说，用劲把他的脚从桌下拉出来，蹒跚着站起来，"那么你仔细写信给鲁博夫·狄米徒里夫娜。不行吗？"他对发尔发拉说："五月初我就要到她住的乡间去……"

"你或者需要一点路费吧。"发尔发拉提示,站起来。

"不。我什么也不要。请你不要忘记那青年人……"

"我当然不会。加莫夫?这是他的名字吗?"

"巴维尔·加莫夫。再见。"

他鞠躬,并不伸手给她或萨木金,摇摆着出去了。

三

"你献茶给他的情形真难堪!"发尔发拉即刻就发表意见。

不回答,萨木金阔步走进厨房里,要安弗梅夫娜给他茶。当他又回到餐室里的时候,发尔发拉蹲在长沙发的一角上,她的下巴敲着她的膝头,说道:

"关于爱,他说得真奇妙。"

她温和地、沉思地说了,但是他在她的话里听出一种责备,一种挑战。站在窗子前面,背对着她,他教训地回答道:

"是的。这种话题是奇妙的……"

他停住了,用手指甲敲着窗子,结束道:

"因为这种话题的无聊。"

庭院里吹啸着一阵风声——冬季的暴风的孱弱的子孙——鼓动了恶意的言语:

"谈论这问题,由于庶务这一流人,头脑支离破碎的角色;讨论这问题,由于伪善者和懦夫,没有胆量承认在这世间各样都是建立在竞争和斗争上的,就没有童话和感情存在的余地。"

"没有余地?"发尔发拉重复。萨木金不能决定她是疑问或是抗议。在他后面杯盘刀叉响起来了,安弗梅夫娜的沉重的脚步振摇着地板。他的食欲已经消失了。他慢慢地说着,堆砌着他的言辞好像泥水匠堆砌着砖块,欣赏着它们的安排妥当似的。

"男人的爱,是空想家发明出来调和不能调和的东西的,而女人的幻想的爱,是稚气的浪漫主义者所发明的,同样是可笑的……"

他听见发尔发拉从长沙发上站起来,相信她移动到桌子面前去了,期待着她叫他吃饭,仍然继续着他的演讲,一直到安弗梅夫娜好笑地问道:

"你是对谁说话呀?"

萨木金转过身来。发尔发拉并不在房间里。走到桌子面前,他坐下,不耐烦地等待着,用一只叉子敲着桌面。

"她是怎么一回事呀?"

他走到她的门边说:

"吃饭了。"

"我不吃。"发尔发拉回答。

"你病了吗?"

"有一点。"

午餐之后他回到他的房里,躺着读勃留索夫的诗集,在别人面前他批评这诗人的反社会的倾向,而暗中却赞赏他的作风的冷峭。他读了几句就瞌睡了,然后他出去看看发尔发拉在干什么。她已经出去了。

"愚蠢!"他勃然大怒,看着风挥洒晶莹的雨滴在窗玻璃上。家宅是冷阴阴的。他叫安弗梅夫娜燃起他的房里的炉火,然后专心一志地研究着赛吉伊维奇的《农会联合会议》。他不喜欢这本书,因为作者不承认莫斯科政治系统的创制权。风在呼号。炉子里的柴在爆裂。这法律史学家的议论似乎无足轻重。他觉得舒服起来了。他忽然想到他尽可以离开这安乐窝,搬回那有家具的寓所去。他站起来,把椅子移到火炉前面,摘掉眼镜,提着它摇了几下,然后摸着胡子,很沉静地想道:

"或者我对她太冷酷、太玄学了吧。可是,她总比里狄容易对付。"

火把木柴烧成粉红,通红,以至变为灰色的余烬。想着发尔发拉,

听着风号和火烧,同时他的心里响着戈金的小曲:

> 是呀,因为一个空虚的灵魂,
> 需要一个信仰的负担;
> 夜间一切耗子都是灰的,
> 一切女人真漂亮!

倘若发尔发拉在家,让她来抚爱他或许会高兴起来的吧。当她的奶被吻的时候她会那样快活地发抖,而且她会像一个熟睡的小孩似的喘气。那戈金是一个机智的家伙,"因为一个空虚的灵魂,需要一个信仰的负担"。一点也不错!发尔发拉必定是到戈金家里去了。戈金这样的人为什么帮助革命党呢?因为游戏吗?因为投机吗?因为生活的无聊吗?作家卡丁是一个猎人,因为屠格涅夫和涅克拉索夫都是猎人。无疑的,戈金在摩登小姐群中有过许多成功,就好像理发匠在裁缝姑娘群中一样。

"我是在妒忌吗?"萨木金问他自己,焦急地瞅着壁上的时钟。七点多了,而发尔发拉是三点前就出去了的。他记起了一本英国小说:主人公是一位好心肠的男人,明知道他的妻出去幽会了,他也就这样坐在火炉前面,思索着,想到当他的妻回来的时候,他将要怎样被羞辱所苦恼,怎样惶惑失措,怎样对她假装不知道,这是何等困难呀。但是当她终于喜形于色地回来的时候,他把她推出家宅之外去了。萨木金叹息着,慢慢地走进餐室,在黑暗中站了几分钟,然后点起灯,走进发尔发拉的房里。或者她曾经留下一封信,解释她的行为的吧。并没有信。墙壁上的克拉龙、马尔斯、朱得格这些名媛的脸面都呆看着他。当他举起灯照着她们的时候,她们显得更为异常可恶。王子们的情妇,坡特斯的狄阿娜,从一个角落里注视他。英雄们的情妇,阿洛拉·狄得文,从另一个角落里瞅着他。

萨木金惊疑地退回餐室，躺在沙发上倾听着。雨已经停了，风轻柔地抚摩着窗玻璃，市声隐约可闻。时钟响了八点，从这时起一直到九点，时间异常地缓慢，可怕地空旷。在这时间的空漠中飘浮着萨木金的各种经验的残象。他又分明记起：他是一个与众不同的人物，命定孤独的。但是他往常引以自傲的这种自颂在今日却是一种轻飘的记忆——甚至并不必要。

四

发尔发拉终于回来了，在十一点以后。才听见她走上台阶，他就去给她开门。并不脱掉外衣，一言不发，她竟直走到她自己的房里，那步伐是摇摇荡荡的。有一分钟之久，他羞辱地停留在客厅里面。

"醉了吗？"他想，"这就是……"

有几分钟之久，他在餐室里踱来踱去，脚步很响，在衣袋里的手掌捏紧了拳头。踱着踱着，选择着立刻就要对发尔发拉说出的字句。

"不。我明天才告诉她，今晚她什么也不能理解。"

绝对的寂静和黑暗笼罩着发尔发拉的房间。

"她连灯都不能够点了。倘若她要点，或许会烧掉这家宅的吧。"

萨木金抬着灯，紧皱着眉头，打开了她的房门。镜面上反映着一张难看的脸相，灰暗而且又长又丑，两个黑点算是眼睛，第三个黑点是张着的默默叫喊的嘴。发尔发拉弯着腰，靠着椅背，举着双手，她的头向后仰着，她的下巴在发抖。

"你是怎么回事？"萨木金问，把灯放在梳妆台上。她回答得很镇静，她的声音是嘶哑的：

"帮助我脱衣服。关门——门。"

她的神气好像是紧张着要理解什么非常的事故，昏迷地。她的眼睛睁大，放光，而又暗淡下去。她的嘴唇已经歪曲了。替她脱掉衣帽，萨木金激怒地问道：

"这算是怎么回事？"

"我发抖。"她呻吟，站起来，小心地走到床前，弯着腰好像肚子痛似的。

"你跌倒了吗？你受伤了吗？"克里问她，觉得恐怖起来了。

"拿药粉来——在外套里，"她请求，她的牙齿嗒嗒地响，然后躺在床上，伸开手臂，捏着拳头，"给我一点水。关门。"她叹气，呻吟，"天呀……"

"喂，"克里咕噜，翻检着挂在手上的外套，"什么药粉？我去请医生。你中毒了吧。"

"叱叱！麦角粉。"她低声说，闭着眼睛，"我堕胎了，关门呀。不要叫安弗梅夫娜知道。真难为情……"

萨木金好像发昏似的垂下手去，外套跌落在地板上，绊着他的脚。他倒了一杯水，把药粉给她，然后弯腰看着她的脸。

"为什么你——不告诉我？你知道这是危险的。会致命的！想想看！真可怕！"

他分明觉得他说了错话。发尔发拉抓住他的手，把它压在她的发烧的面颊上。

"去吧，亲爱的！"她悄声说，她的牙齿嗒嗒地响，"不要害怕。在第三个月。没有危险。我要脱衣服。给我一点水——拿茶炊来。可是不要惊醒安弗梅夫娜——真难为情，倘若她……"

克里觉得他的手上有眼泪。发尔发拉的眼珠不自然地突出，好像要蹦出来似的，为她着想顶好是闭起它们。萨木金走进黑暗的餐室，从食物架上拿来茶炊，把它放在发尔发拉的床前，然后，并不看她，又走进餐室，坐在门旁边。

"她为什么要堕胎？倘若她——我就——真倒霉了！"

然而，他分明觉得他是在机械地思索他自己，由于习惯。他正在恐慌之中，觉得自己的无能力这意识压迫着他。这意识扭脱了他的积习、他的机智。但是，并不理解发尔发拉的动机，他本能地暗自赞赏她的行为。

"要有勇气才敢做这样的事的。"他觉得对于发尔发拉发生了一种新感情。

他听见她脱掉她的靴子，她小心地在她的房里移行着。那房里的各样东西似乎都跟着她移动了。抽屉被打开的响声，剪刀叮铃地响，棉布被割裂了，椅子擦着地板，水从茶炊的嘴里奔出来。克里扭着他的上衣的一只纽扣，扭脱了，把它塞在衣袋里。他拉出一张手巾，像一面旗子似的摇着它，毫无理由地揩揩他的脸。房间里是黑暗的，窗外更加黑暗。外面的黑暗似乎能够冲破窗子，它的阴森的巨流就泛滥在这房间里面。

"愚蠢！可怕的愚蠢！"他含糊说，几乎叫了起来，立刻弯着腰，双手抓住他的头，摇了两下，"怎么办呢？"

五

发尔发拉哗啦地打开门，悄声说：

"进来。"

他服从了，但是并不立刻动身。发尔发拉仰面躺在床上，她的两腮已经陷下，她的鼻子是尖的。刚才在几分钟以前，她是弯曲着的，可怜的渺小；现在她不自然地伸开了，很扁平，她的脸相严肃得骇人。萨木金坐在她的床前的椅子上，摸着她的手臂，悄声说着似乎是别人的言语：

"这是可怕的！你应该告诉我！我并不是白痴！小孩——算什么呢？冒着生命的危险，冒着康健……"

痛感到自己的无能力这意识逐渐增强了，其中混合着对不起这似乎很陌生的女人的一种感情。鼓起勇气，他才能斜看着她的蓬头，她的流汗的前额，她的深陷的炽热的眼睛——这眼睛使他想到还在冒着一点蓝焰的余烬。

"你需要一个医生，发尔发拉。我害怕。真发疯啊！"他悄声说着。听见他的话说得这么可怜，他忽然流泪了。

"发疯啊！"他重复，"为什么把事情弄得这样糟……"

他的眼睛里并没有多少眼泪，但是它们使他眯瞎了。他摘掉眼镜，把头埋在发尔发拉的脚边的毡子里面。自童年以来，这是他第一次哭泣。他羞愧，他也喜欢。在眼泪之中显露出萨木金所不认识的一个男子，对于这熟悉而又十分陌生的女人发生一种亲近的新感情。她的温暖的手抚摩着他的颈项。他听见她的破碎的私语：

"谢谢你，亲爱的——好呀——那眼泪。你不必害怕。并没有危险。"

她的手指深深地掘在他的头发里面，紧紧地摩着他的颈项和面部。

"我不愿使你受累。你是一个伟大的、非常的人物。一个母亲比一个妇人更自私。你明白了吗？"

"不要说话了。"克里请求，"你很受伤了吗？"

"不。但是我——疲乏。我的最亲爱的，无论什么都——不要紧——倘若你爱我。而现在我知道了——你爱我，不爱吗？"

"爱的。"

"你不会许我堕胎的吧——倘若我和你商量……"

"当然不许。"克里说，抬起他的头，"我当然不许。这种冒险。为什么呢？一个小孩？那是——自然的。"

他悄声说着。他觉得他的真实的自己要他说得更小声些。

发尔发拉深深地叹息了。

"用东西盖着我的脚呀。告诉安弗梅夫娜说我跌倒受伤了。她，而且台谛亚娜来了。那些血污的垫褥，我将要叫看护妇拿去。她明天要来的……"

她似乎在发昏胡说。然后她忽然不说了。这是奇怪的,似乎她已经走出房间之外。萨木金又害怕得发冷。看着她的削尖的状貌,静听着她的呼吸,坐了几分钟之后,他走进餐室里,忘记了关上那房门。

窗玻璃里映着小小的一钩月牙,它的边缘上好像镶着蓝色的天鹅绒。举着双手站着,他尽看着它,倾听着他的新感觉的波动,迟疑地问他自己道:

"真是这样的吗?"

他又觉得这怀疑是机械的,一种思想的习惯。他的今夜的真思想是好的,可喜的。

"她深深地爱我,这是明白的。我曾经薄待了她。以前我能够相信她会这样冒险吗?无可疑的,其间有着可喜的某物——庆幸的情感。那一回在夏屋里跪在里狄前面,我并没有错,我并没有撒谎。里狄也并不曾完全毁掉我的热情……"

空举着的双手已经疲乏了,他把手塞在衣袋里,在桌子前面坐下。

"感谢发尔发拉,我从一个新的角度上看见了我自己。我应该欣赏这个。"

他惶惑地记起他曾经怎样哭泣。

"当然,一个小孩将要拖累她。她爱快活、独立。她对于生活的态度不严肃。怎样一个女人……"

靠在桌子上,他睡熟了。安弗梅夫娜惊醒了他。他说:

"叱!发尔发拉不好了。"

"她不好?什么事?"她叫喊,好像是恐怖的私语,弯身对着他,"打胎吗?上帝不许的!"

克里站起来,戴上他的眼镜,用劲看着那执拗的脸上的明察的小眼睛,看着那就要叫喊的圆嘴。

"嗯,胡说!为什么?"

"不是有血腥气吗?"安弗梅夫娜质问,颤动着她的鼻孔。他还来不及阻止她,她已经像一个绒毛枕似的软软地滚进发尔发拉的房里去了,而立刻又默默地走出来,她的手臂夹紧在身上,手肘是举着的,好像抱着圣处女马利亚神像的女修女。她的强硬的短手指在颤动。她的嘴唇发抖。她悄声说:

"唉,倘若是你教她干的——我伤心。我简直没有话说……"

她还是那么举着手肘,悄然走进厨房里去了。萨木金被她的悄声所惊骇,而又厌恶她的言辞,静静地站了一会儿,然后跟随着她进厨房去。庞然隐现在早晨的曙光之中,她坐在房间中央的椅子上,双手支在膝头上。小小的泪滴泛流在她的棕色的紧张的脸上。

"我完全不知道。一切都是她自己决定的。"萨木金用一种低音急促地说了。看着她的湿脸,她的猜疑的眼睛——那些异常细小的泪滴就从这里降落到她的半裸的胸上。

"唉,我糊涂了!唉,我疯了!以前我以为这屋里要有一个小娃娃了,我要领他!把他留在厨房里!啊,克里·伊凡诺维奇,亲爱的!你们这样生活是不合法的。我爱你们,真的,但是这是不对的。"

然后,她亲切地问道:

"我敢说你昨夜通宵没有睡吧?"

克里抓起她的手。

"我要,"他含糊地说,忽然觉得心中感激,"握你的手。我尊敬你……"

"什么握手。"安弗梅夫娜叹气,用她的庞大的手臂,抱住克里,咕噜着:

"啊,你们这些孩子,孩子——别样神道的孩子们!"

萨木金在他的房里洗了脸,惶惑地好笑起来:

"我简直是开玩笑。"

然而他觉得十分高兴,因为他能够这样开玩笑,这是别人所不能的。

六

奇异的日子接着来了。各样都洋溢着异样的愉快：克里·萨木金格外喜欢他自己，飘飘然活泼起来了。他很想和人们谈话，清新地、柔和地、爽朗地谈话。甚至对于他毫无好感的台谛亚娜他也不能敌视了。她坐在发尔发拉的床上，交叉着腿，摇着一只脚，花言巧语地谈着米霞叔叔：

"我不喜欢顽固家、官僚，以及一切方块石似的人们。昨天他对我说明：亚古波维奇·门兴，那被判罚苦工的革命家，不应该翻译波特莱尔[1]，而应该译戈勒的讽刺诗。严肃得可怕！"

"狭隘。"克里补充，客气地，"一个宣传家必然是狭隘的。"

"哟，我可不知道。"台谛亚娜说，"但是我见过而且还在见着许多老革命家，他们的浪漫感情是已经被磨净了的，代替了这情感的却是小气和苛刻。你看他们是怎样不愿理解青年马克思主义者。简直是——拒绝。"

发尔发拉疲倦地闭起眼睛，她的贫血的脸上就显出畏怯的神气。萨木金悄悄地触了一下台谛亚娜的手，向着门点点头，站起来。在餐室里这姑娘开始盘问克里：发尔发拉怎样跌倒，在什么地方，请医生了没有，他说了些什么。她问得这样唐突，以至克里不能回答。这时发尔发拉叫他了。他进去关上门。她拉着他的手，无血的嘴唇微笑着，温柔地问道：

"我犯了轻率的错误吗？"

他点点头，还她一个微笑。

"不要对台谛亚娜多说话，她是诡诈的。"

---

[1] Baudelaire（1821—1869），法国诗人，所著《恶之花》诗集最为知名。

"不会的。"他约定。抬起头好像发誓似的,摸着她的头发,他又说:

"'轻率'的意思是'顽皮',从拉丁字'山羊'[1]演变来的。"

枉然等待着她再说话,他问:

"你在想什么?"

"正义。"她回答,叹息了,"只有一个正义,就是爱。"

克里·萨木金突然决定地说:

"我的考试一完,我们就到母亲的家去,倘若你愿意,我们就在那里结婚。你愿意吗?"

发尔发拉不回答,只是静默地躺着。克里看见她的睫毛里面闪着晴朗的光辉。一种豪情推动着他,他继续说:

"然后,我们游历俄加河、伏尔加河,到克里米亚去。去吗?"

呻吟着,发尔发拉稍稍竖起身子,抓住他的手,把它搁在胸上。她说:

"随便怎么样都好——明白了……"

"不要兴奋。"他请求她,对于引起这样的感激觉得很得意。

三个星期之后,他在想:

"这是我的蜜月。"

他有充足理由发生这种感想,因为发尔发拉已经恢复康健,长得更活泼更漂亮了,使他燃起一种飘飘然的热情。她对他的态度似乎比以前更加关切于他的舒服,这关切使他感激到对她说道:

"你知道,发尔发拉,你可以做一个异常慈爱的母亲。"

正是五月中旬,一群穴鸟翱翔在彼得洛夫斯基公园上面,镜面似的池水中映着青天和泡沫似的流云,一阵和风扇动着阳光,在树枝中间燃起浅绿的晴辉。同样的光辉闪烁在发尔发拉的眼睛里。

---

[1] Joat,山羊,另一意为"淫乱""兽式的淫乱"。

"我们回去吧,时候到了。"她提示,从长椅上站起来,"你说你今天要读完四十六页。我很喜欢你在大学里毕了业。那些无益的纷扰……"

她用一声叹息完结了这一句话,却说道:

"莱蒙托夫[1]说得真美呀!'一个欢悦的日子!'"

萨木金和她走近池边,看着镜面似的绿水上映着穿着蓝衣的她的苗条的形影,戴着高雅的呢帽,荡漾着绰约的风情。

"我想天下的春天都不会比莫斯科的更可爱。"她说,"我得声明,虽然,我并没有到过别的任何地方,而——信不信——我也不想到别的任何地方去,我似乎害怕看见比莫斯科更好的地方,以致我不能像现在似的爱它。"

"孩子气。"萨木金说,立刻严厉而又爽直。爽直地和她谈话是使他喜欢的,这能够使他在一种新的光明中看见他自己。

"当然是孩子气。"她承认。歇了一会儿之后她问:

"你以为爱不必须小心维护吗?"

"但是不可盲目。"克里说。

七

几个星期之后,克里·萨木金——精敏的"候补法官",在家里坐在伐拉夫加对面,倾听着他的嘶嗄的声音:

"那么,你是一个检事啰,或许是一个区检事吧,嗯?我不喜欢这个。将来是属于工程师的。"

他的脸鼓胀得好像一只氢气球,其中似乎有一道红光。他的耳朵好像醉人似的发紫。他的眼睛细得好像两条线,正在研究着发尔发拉。他的举动慌忙得不近情理,他把饼干胡乱塞进金牙齿放光的嘴里,喝着汽

---

[1] Lermontov(1814—1841),俄国诗人。

水,时时加些白葡萄酒在汽水里。克里的母亲,看待发尔发拉好像一位从英国来的拘谨的家庭教师,说道:

"谢谢提莫菲·斯蒂班诺维奇[1]的努力,我们就要有电灯了……"

发尔发拉端着一杯茶,恭敬地听着,显然是要装作饶舌家而又苦于无话可说的样子。

"这里是一个很可爱的城市。"她努力发表意见。这意见立刻就被伐拉夫加反驳了:

"一个白痴的城市,居民的百分之八十五是白痴!百分之十是骗子;大约百分之三——能够工作,倘若他们不被官厅牵掣。其余是些聪明过度的家伙——没有他妈一点儿好处的梦想家。"

他摇摇手,又转面对着萨木金。

"我要给你一点儿工作,克里……"

萨木金听着他说,看着发尔发拉。觉得她在他的母亲面前局促不安。维拉·彼得洛夫娜接待她,虚伪而又客套,好像对于一个不能不见面而见面又无趣的人。

"但是你写信给我说她有绿眼睛咧!"她责备克里,"我很惊奇。绿眼睛是在神仙故事里才能遇见的。"

她又立刻说道:

"你知道,我们的厢房里有一个人快要死了。"

她接着就谈论伊立沙弗它的丈夫。她的声调是刻薄的,说完一句就撇一下她的嘴唇。她给人的印象是疲倦不堪因而厌憎每一个人。然而,她说得很响,发尔发拉好像一个女学生听一个讨厌的男教师讲书似的听着她。

"在这里她一定觉得很生疏。"萨木金想,他自己也觉得在这家宅里比以前更不合适了。

---

[1] 伐拉夫加的全名是提莫菲·斯蒂班诺维奇·伐拉夫加。此处如此称呼,以示尊敬。

伐拉夫加对着他的耳朵叫喊：

"你一个月可以赚一百，或者一百五十……"

卢包莫多洛夫医生进来了，手里拿着一只表。看看壁上的时钟，他说：

"你们的钟慢八分。"

他看待克里好像是昨天才认识而又久已讨厌了的人。对于发尔发拉，他怪客气地对她鞠躬，闭着他的眼睛，当他在桌子前面坐下的时候，他把一只空杯子推到维拉·彼得洛夫娜面前，她就疑问地看了他的皱脸一眼。

"他今晚要死了。"他说，"他的生命固执得真可惊，他没有肺了，那不过是泥土一类的东西。他的呼吸是非法的……"

"他历来是没有才能的人，但是曾经有过许多知识。"萨木金的母亲解释给发尔发拉。

"他现在也还是的。"医生纠正，放一片糖在他的茶杯里，"他还活着，不错。这对于我们医生并不足奇，但是这家伙死得——很绅士派的，可以说。好像不过是预备搬家似的。他有点儿精神异常，但是一点儿也看不出来，他明白得——不应该那么明白。"

医生大为惊慌地看看他们各个人。看见他的故事并未引起他们的注意，他咳起来了，然后问克里道：

"喂，你还在反叛吗？在我们的时代，我们也反叛。毫无结果，不过使俄罗斯丧失了一些出色的人物。"

维拉·彼得洛夫娜教导她的儿子：

"你应该去看看伊莉沙——在那个以前。"

克里是高兴离开他们的。

"他说'那个以前'，真刻薄得难听。"他想，走出来到庭院里，窥看着那厢房，它好像已经变得更蠢更矮了，衰老似的垂着头。墙壁好像热铁板似的发亮。克里走进那喜色洋洋的花园。鸟雀在鸣啭，灿烂的花朵在炫耀。这里的阳光是这样的丰盛，似乎这花园是太阳在地上的得意的休停之所。

在一道窗子里出现了伊立沙弗它，穿着白色的便装。她正在倒空一只瓶子。

克里沉静地问：

"我可以进来吗？"

"当然可以。"她高声回答。

她来接待他，拿着两只瓶子，胸上系着围裙，好像一个小孩似的。必定是瓶子热得烫手吧，她的脸痛苦地发颤。

"你要到他的房里去吗？"她问。不耐烦地观察着萨木金。克里并不愿见那临死的人，可是默默地跟着她去了。

那音乐家躺在床上，床头正对着开着的窗子。一张黑白格子花的被子盖到他的裸露的胸膛上，太阳就不愉快地照明了那灰皮肤和它上面的黑毛圈。在那间歇地弛张着的皮肤下面，起落着孩子气的肋骨。奇怪，胫骨间的深洼之一是在阳光之中的，别的深洼却在暗影之中。斯庇伐克似乎缩小了三分之一，这印象使人感觉不寒而栗，以至克里一时不敢看他的脸，这病人哼着说：

"啊，是你？我现在，你看——过着这样的日子。我为这时代可惜……"

他的妻弯身把热水瓶放在他的脚下，在洁白的枕头上，萨木金看见那黑毛蓬松的头，那汗津津的前额，那闪烁的眼睛，那露着小黄牙齿的半张着的嘴。

"我并不怕死，但是我现在厌倦得要死。"斯庇伐克说，声音有一点嘎哑。他的细颈子从锁骨上长伸着，那头好像要自行拔脱似的。一个字必须喘一口气。萨木金分明看见他的嘴唇吸入阳光的空气。那瘪嘴唇的颤动是可怕的，还更可怕的是那阴森的、深陷的眼睛里的半狂的、可怜的微笑。

伊立沙弗它·勒孚夫娜站着，双手交叉在胸前。她的固执的眼光盯在她的丈夫的脸上，好像她在回想它。克里觉得她的脸色并不悲哀，而是烦恼的。他记起他的父亲的死，虽然也可怕，似乎更自然，更可解。

"当然我不相信我会完全死灭。"斯庇伐克说，"那是沉入寂寞，沉入超于人间听闻的一个完全的音乐王国。谁能够歌咏——'超于人间听闻'的呢？"

听着他说，萨木金十分艰苦地忍住一个微笑，这种勉力歪曲了他的脸相。他知道这是愚蠢而且不合适的。然而他终于说：

"你说得太过了。人们带着你的这种病仍然长久活着的。"

"他们带着它死了很久了。"斯庇伐克回答，他的喉结向前一动，"我原来可以活下去，但是这城市完结了我。尘灰和风——尘灰——而且钟常常响，真厉害——响呀！当生命壮大的时候，钟是……"

"我们烦扰着他。"伊立沙弗它·勒孚夫娜轻声地说。

克里接受这讽示。

"再见。"他说，急步退走了，唯恐那临死的人会伸出他的手来。他第一次看见死怎样缠住了人。他觉得被恐怖和厌恶所扼住。但是不能不在那妇人前面掩饰这个。当他出来到会客室里的时候，他说：

"太阳真残酷……"

但是伊立沙弗它注视着他的肩背以外，对他摇摇手，截住了他的话。她说：

"在这种场合，照例要说些哲学的话。但是这是不必要的。这里，无话可说。"

她的厌烦的、期待的注视使萨木金很想回头看看她在瞅着他的肩背以外的什么东西。

八

走回花园里,他看见发尔发拉在他的房里的窗子里面。她正在玩弄一朵花的叶子,他走到窗子外面,认罪似的悄声说:

"我们到这里的时间不对。"

"他——快了吧?"发尔发拉也悄声说,回头看了一眼。

萨木金点点头。他说:

"过来,这里。"

当她的穿着珍珠色绸衣的苗条身体沿着新叶的树丛中的通路向他走来的时候,萨木金确乎觉得有些对不起她。他殷勤接引她到花园的一个僻静的角落里,放她坐在樱桃树下的长椅上,摸着她的手,叹息道:

"那是一个腐朽的老东西。"

她高兴地回答:

"是的。"

好像背诵一段记得透熟的功课给一位教师似的,她流畅地用低音叙述着:

"一位衣冠齐楚的男人走过阿巴特广场。当他走近一群鸽子的时候他失脚跌倒了。鸽子飞去了,人们跑来把那人放在马车里,一个警察护送他去了,人们走散了,鸽子又回来。我看见这个,我以为那人必定是跌断了踝骨。第二天我看报,却说他已经跌死了呢。"

她讲着这故事,眼睛遥望着花园的一角,那角上现出厢房的一段屋顶和一只烟囱。烟囱上冒起一股蓝烟,淡薄得和空气一样。跟着发尔发拉的眼光看去,萨木金也望着那轻烟,也很想讲些日常的琐事,可是想不出一件合适的。发尔发拉说:

"当我大约十三岁的时候,我家对面的屋顶正在修补,那一天我受罚,坐在我家的窗子前面。一个修屋顶的男孩对着我做鬼脸。另一个工人开始唱歌,小孩也唱,唱得还好,忽然歌声破裂为一声尖锐的绝叫。什么东西像椅垫似的落下来了,那男孩仰面朝天地平躺在地上,像一个……"

她停住了,然后结束道:

"当人们忽然死掉的时候,那并不骇人。"

"不要谈这些。"克里说,"你喜欢这城市的哪一点呢?"

"我还没有看过它呢。"她提醒他。

听着她谈话怪天真的,好像一个女学生,甚至有点无聊,不自然地,几乎平淡乏味地。萨木金开始把他从老人可索洛夫那学来的关于这城市的知识告诉她。她用手巾驱逐一只蜂子,岔开他的话道:

"他们为什么在那里生火炉呀?"

"烧水吧。"萨木金勉强回答。他更移近她一点,也看着那烟。

"或许是那婢女在生火吧,这里有一种迷信,你知道。倘若一个妇人难产,就得打开教堂里的沙皇的门。这似乎有些意思——象征地。倘若一个男人难死的时候,就得在炉子里燃起柴火,使那灵魂能够看见上天的路:'指示灵魂的出路的一道光明。'"

看见发尔发拉的眼睛眹的次数多得可疑,他就嘲弄她:

"你正在揣想为什么飞出烟囱会好像宣告破产[1]呢?"

发尔发拉并不想笑。低着头,揉着手巾,她说:

"你知道,那一次在产婆的家里,有一个时间我觉得一个生命从我身上撕去了。"

萨木金吻着她的手,他问:

"你不喜欢母亲吗?"

"我不知道。"她回答,看着他的脸,"差不多第一个字她就说起那个……"

---

[1] 俄谚"飞出烟囱"与"宣告破产"同义。——译注

发尔发拉大有深意地看着厢房的屋顶。在那烟囱底下照耀着落日的红光,环绕着一层炫目的银辉。萨木金自恨无能使发尔发拉的注意离开那愚蠢的烟囱,他也不该询问她关于他的母亲的意见。总之,他讨厌他自己了。他不能认识自己,或者甚至不能相信自己了。几个月以前,他能够想得到他现在对于发尔发拉所经验的这种情绪是可能忍受的吗?

"你们的提莫菲·斯蒂班诺维奇是怎样了不得的人物哇!"发尔发拉叫喊。一挥手拂去她的脸上看不见的某物,她提议他们走到城里去。在街上她兴奋起来了。萨木金虽然以为这兴奋是有意张扬的,却也喜欢她想要装作快活。她说这城市是一个好地方,对于老年人、老处女和残疾者。

"特为这些人设立一些城市来消磨他们的时光并不是坏事呀。"

"一个刻毒的思想。"萨木金微笑着。

她沉默了,回头一看。她终于沉思地说:

"坏是坏在用了——死亡来迫使我想一些我所不留意的事情。"

萨木金恼恨她又转到这话,干脆地说:

"但是我怎样能够离开这里,譬如说,明天你就走吧,能吗?我母亲要生气的。"

"当然。"她立刻同意。

九

天黑以后他们回来了。在餐室里,伐拉夫加正在玩着一种很复杂的纸牌戏,叫作"忍耐",一面玩一面叽里咕噜的。医生坐在他对面,翻阅着一厚本月刊。

"今晚要下雨了。"医生说,闭起一只眼,用另一只瞅着发尔发拉。他预言:

"这雨就会完结了他。"

"你总是不耐烦地谈着你的死人,医生。"伐拉夫加埋怨。

医生纠正他:

"不是死人。是病人。"

"总之,那垂死人并不是一个名人。"伐拉夫加说,用一张牌擦擦鼻子。

发尔发拉借口疲乏,退回她的房里去了。萨木金也回到他的房里,久久站在窗前,他的心里是空虚的,他注视着黑色的云片缓缓地消灭了星星。并没有雨,但是空气中充满了沉重的郁闷,使睡眠困难,从开着的窗里灌进来无色的热气,使人遍身流汗。一种奇异的、沉寂的、惊骇的气氛充满在每个角落里。这使人窘迫得要叫喊,但是这城市却是哑静无声的,好像今夜它已失去了生机,连狗都不吠了。只有米凯天使长——警察的祖师——的教堂的钟声还在报告时辰。

克里闭着眼睛躺在床上,想着发尔发拉已经加入他的生活里面,比尼卡叶伐和里狄更为重要。啊,尼卡叶伐说得好:分析到最后,生活并不给人一点儿没有混合着苦味的甜蜜。人应该生活得更简单些。是的,人应该……

早晨七点钟雨忽然来了。它威胁着已经有三个星期之久了。现在它带着闪电、霹雳和狂风一旦来临,好像一个迟到的宾客,觉得误了时间,急忙抖擞精神,即刻显出他的最擅长的本领。雨用力洗濯着那厢房和这家宅的铁屋顶,稀里哗啦地给尘垢的树木洗澡,认真地浇湿那干燥的土地,而且忽然替一个宏丽的太阳扫清了天空。

克里首先走进餐室来喝茶,家宅是寂静的。各个人显然都还在睡着。楼下的伐拉夫加的房间里住着医生卢包莫多洛夫,那里有些响动。几分钟之后,发尔发拉飘然而来。已经盛装着了。

"我也睡不着。"她先开口,"我从来没有听过这样死的寂静。夜里有一个女人从厢房走进花园,穿着白衣服,双手抱着后颈。后来维拉·彼得洛夫娜走进花园,也穿着白衣服。她们久久站在同一地点上——好像巴卡伊[1]似的。"

"巴卡伊?她们是——三个的。"克里提醒她。

"我知道。那男人,他还活着吗?"

因为通夜失眠的疲乏,克里快要生气了,当那医生用手巾揩着脸进来的时候,医生宽阔地微笑,说:

"早安。好,那病人还是活着似的活着。真稀奇!"

克里向他发泄他的怒气了:

"你不应该靠望雨水……"

"这是一件稀奇事。"医生含糊地说,打开那些窗子。他走到桌子前面,倒一杯咖啡给他自己,端着杯子,焦躁地在房里踱来踱去,然后坐下在桌子前面。他埋怨:

"我的行业是呆板乏味的。可惜我不是一个妇科专家。"

维拉·彼得洛夫娜出现了,邀约发尔发拉和她同坐马车到学校去。萨木金决定到报馆去收他的一篇书评的稿费。

十

城市被雨水洗净了,闪出欣喜的光辉。太阳竭力蒸发着花园里的泥土。植物的新鲜气味饱和在沉静的空气里面。人们也显出轻快的样子,悠然走过。

"究竟,省会是安居的地方。"克里想。

爬在通到编辑室的铁梯上,他遇着杜洛诺夫匆匆跑下来。

"哈罗!你什么时候回来的?斯庇伐克死了吗?我以为你是送讣闻来的呢。我正好去访问他的妻,打听哀启的事情。"

他引着萨木金上去,称赞道:

---

[1] 命运的女神。

"你穿普通衣服比穿穷学生服要好得多了。"

杜洛诺夫也是穿着崭新的衣服的。他的稀头发上擦了油,梳成光滑的两半。他的新靴子很客气地响着。总之,他发挥了礼貌和幽默了。坐在桌子的一边,面对着萨木金,他挺着被背心紧箍着的胸部,他的脸显出急于想要说些和做些必需的事情的样子。

玩弄着一支金铅笔,他在椅子上摇动着,好像他热得很不舒服似的。他说:

"我们近来怎么样?恰和从前一样。编辑悲哀了,因为没有什么人物或故事可以引得起他的特别注意。鲁滨生已经离开我们。他反叛。说这报纸是愚蠢而且庸俗的,说我们应该每天用大号字印在本报上'打倒贵族政治!'他或者快要死了……"

杜洛诺夫的鬼祟的小眼睛尽盯在萨木金的脸上。克里摘掉他的眼镜。它们好像忽然昏暗了似的。

"连你的文章编辑都皱眉头。他以为你太宽恕颓废派、象征派——随便你叫它什么……"

那铅笔从他的手里滑脱了,滚到萨木金的脚面前,杜洛诺夫瞅了它一秒钟,好像在期待它会跳进他的手里来似的。克里觉察了杜洛诺夫所期待的事,就把身子向后一靠,开始揩着他的眼镜,这时记者拾起铅笔,而且把它滚到萨木金面前。

"一个女伶送我这个。你知道,我也负责戏剧栏。普拉夫丁自称为马克思主义者,因此编辑驱逐了他,这石头是一种真正的青玉,嗯,你好吗?"

编辑的进来幸免了萨木金答复的必要。

"你好吗?"编辑招呼他,脱了帽子。他说道:"天气真热!"

几句闲话。他的头脸光滑得好像一只濡湿的南瓜。到了他的房间里,他揩揩他的秃头,颓然坐下在他的办公桌前面,叹气,打开中间的抽屉,拉出一卷原稿放在萨木金前面。这一套——这一切动作,克里是早已看见过多次了的。

"原谅我的匆忙,但是我必须去看检查员。"

他悠悠地说着,用失望的眼睛看着萨木金。

"我不能同意于你对于青年诗人的态度,他们胜过我们的是什么呢?不过是会偷看沐浴的美女而已。而我们的第一流的诗人和作家……"

他说开去了,显然忘记了他必须去看检查员,而且终于把一个手指用劲儿塞进萨木金的原稿里面,以至那手指都充血了。

"不!必须无情地和他们争论。"

他站起来,紧闭着他的嘴唇。

"我不能发表这个。有许多人传播污浊的色情,逃避生活,逃避现实——而你鼓励他们。"

萨木金默默地愤怒,竭力保持着一种超然的风度。他不愿和编辑辩论,辩论是有伤他的尊严的。他们一同去到街上。编辑伸手给萨木金说:

"很对不起,但是……"

"老蠢材!"萨木金暗中咒骂急步转到街道的阴暗的那一面。他羞于承认由于编辑拒绝发表他的评论所引起的烦恼。

"有什么价值——由伊凡·杜洛诺夫所提供给你的那现实?"他恼恨地想着,漫步走过那些闲适的小家宅。他回忆到可索洛夫的动人的言辞了。

加快走了一百多步,他被两个人阻住去路,一个戴着贵族的小帽,另一个戴着巴拿马草帽。他们的阔肩背占据了整个旁道;若要过去,就得走过稀泥的马路。克里走在他们后面,屡次看看那红胖的颈项。在左边戴巴拿马帽的人用一种嗄哑的低音说:

"在你的梦中无论你吃了多少,你都不能满足你的饥饿。而你在梦中咬嚼脚绊!我们是这国家的怎样主人呢?我的儿子,一个二年级的学生,更比我们明白农业的事。现在,我的朋友,人们都相信犹太人的政治经济科学咧。连女孩子们都研究它咧。卖掉你所有的东西吧,让我们走啊!然后我们赚钱,你看犹太人呀,伐拉夫加呀,鬼才知道他是什么——卖掉吧!"

萨木金走进马路里,绕到他们前面。一个忧郁的中音就在他后面响起来:

"好,倘若非卖不可,我们就卖;倘若非向东走不可,我们就向东走。"

萨木金很想回头看看那中音的脸相,然而又觉得懒于动弹。失眠的一夜已经在他脸上显出痕迹,熏味的空气陶醉了他,他甚至不能思想了。但是他觉得,虽然他的记忆保留了在街上偶然听见的这些会话的大部分,而以全体而论,却好像苍蝇粪落在镜面上似的。这些会话只不过是趣闻的材料而已。后来他对他自己承认他并不十分了解那些象征主义的诗人,但是他喜欢他们,因为他们不仅歌咏民间的疾苦,也不叫喊"前进哪,不要害怕或迟疑!"更不呼唤"神圣的更生"的曙光。

十一

他一到家就很想要躺下睡觉,但是发尔发拉站在他的房里的窗前,瞻望着花园里。

"静静的!"她小声警告他,"看!"

在花园里的苹果树下的一条绿色的长椅上坐着伊立沙弗它·斯庇伐克,她的手按着长椅,像一座石像似的毫不动弹,直视着她的前面,她的眼睛似乎不自然地突出而且愤怒;她的脸上映着光明与暗影的斑纹,似乎在燃烧和溶解。

"美的姿态。"发尔发拉悄声说,"你猜我在那学校里遇见了谁了呀?邓那夫,那工人——这样一个爽快的男子。你总记得他吧。他在那里做门房,或者什么。他不认识我,但是那是故意装作的。"

她悄声说得这样高兴,以至萨木金揣测这激动的原因,然后问道:
"他死了吗?"
"我想是死了,你去看看吧。"
萨木金走进餐室,卢包莫多洛夫医生正在那里写什么,喷着烟气在那纸面上。
"病人怎样了?"
"没有病人。"医生回答,并不抬起头,他的笔生硬地在纸上发响,"我正在写报告给警察,证明这人确是合法地死掉的。"
引起一种奇特的好奇心,好像不相信那医生似的,萨木金走进花园去,窥看着那厢房的窗子里面。那瘦小的钢琴家躺在挨近窗子的一张床上,他的下巴几乎是压在胸上。他的半闭的眼睛深陷在两个黑洞里,他似乎是吃惊地看着他的反卷着的像杯子似的手掌。那房间是空虚的,除了一张床而外没有任何家具,这光景恶意地增加了那音乐家的完全孤独。几只苍蝇爬在他的脸上,萨木金又被一种心情所压倒,觉得这死比他的父亲的死更可厌、更可怕。这种情感间歇地扼住他的喉咙。他赶快逃走了,留心着怎么避开伊立沙弗它·勒乎夫娜。
"怎样?"发尔发拉问他。
他点点头。
"我猜中了。"她告诉他,带着一声轻微的叹息,坐在桌子边上,摇摆她的脚,那脚上穿着粉红的长袜子。萨木金走到她面前,搂住她的肩膀,想要说话,但是他的心里的言语是愚蠢无聊得不堪出口的。他希望她开始谈论些身边琐事。
"你当心推倒了我。"她说,用她的腿环抱着他的腿。
他把他的头搁在她的肩上。她小声说:"等一秒钟。"推开他,悄悄地走去关了窗子,锁上门,然后她坐在床上。
"来这里,你不好过吗?"她说,温柔地急忙搂抱着他。几分钟以后,萨木金感谢地小声对她说:

"你真灵敏，真聪明。"

后来的几天充满了琐细而又必要的事件，然而很快地过去了，那钢琴家，穿着燕尾服，被小心地安放在一口好棺材里，边上雕花而且装饰着鲜花。这一位合法的死人的绿脸上已经失掉使萨木金难堪的那种可怕的表情。在庭院里，在厢房的窗下，"合唱爱好者们"唱着挽歌，唱得异常之好。指挥这合唱的是科尔文，他的前额上有一个V字形的红疤，这疤微微提高了他的左边的眉毛，使他的颇为呆板的脸上显出一种英雄气概。当科尔文要求他的合唱队里的时髦姑娘们唱得更悲凉一些的时候，他把他的手迟重地按下去，好像压下什么东西似的，而他的大鼻尖也低垂在他的威武的上髭的夹缝里。克里想起了伊诺可夫，就问他的母亲他到哪里去了。维拉·彼得洛夫娜虔敬地在她的松弛的胸部上画着十字，祈祷似的小声说道：

"那工程师——写些大小学生的事的——雇用他，带他走了。"

从厢房的窗子里飘出来香炉里的檀香气味，庭院里站着一群虔敬的旁观者，伊凡·杜洛诺夫斜靠在花园门上，沉思地用草帽边搔着他的面颊。

出丧的日子起了一阵大风，向着墓地狂吹。风推着人们前进，把妇女们的裙子吹得紧贴在她们的大腿上，揉乱了男人们的头发，把它从脑后吹到前额和脸上。风把行列先头的合唱队的歌声吹得五零四散，以至萨木金，挽着发尔发拉走在伊立沙弗它和他的母亲后面，只听见一阵窒息的叫喊："啊——啊——啊！"

男人和女人，弓着背，抱着头，尽力抵挡风的袭来，互相推撞着而又悄声互相道歉。他们一面顺从风力一面加快脚步，好像在追赶那飘忽的歌声：

"啊——啊——啊！"

这种情形引起萨木金的不快的思想。想到生命的脆弱，想到某人的哀歌：

——一个偶然的恩赐哟，
　　生命呀，你为什么给我？

他记起了，把它们丢开，他想到了别的诗句：

　　人生，当你冷静地瞻望着你的时候，是这样一场空虚，这样一种愚弄。

当他急于想要把人生归纳为他自己的言语的时候，他痛感到凡是可能说出的关于人生的各种悲哀都已经有人说过了，而且说得极好。

风的袭击和人的推撞激怒了他。发尔发拉也阻碍着他，她弯下腰去理直她的裙子，失掉了她的步调，又跳起来跟着走，脚仍然缠在裙子里面。克里看着伊立沙弗它·勒孚夫娜雄赳赳地阔步走着，头扬得太高，好像夸耀她的丈夫的死亡似的。她有一种走绳者的神气，惶恐着，焦急着，一直直线地走去。阿娜也是直竖着头跟在棺材后面的，但是她的姿势比较更好些。

"一个古怪的女人。"萨木金想，看着伊立沙弗它的背面，"一个革命家。或者正在教导着邓那夫咧。她干这一切，我相信，都是由于恐怕像驯良的台尼亚·古里科伐似的虚度了一生。"

这之后，他不能不站在墓地里一点多钟，在那姜黄色的坟坑的边上。坑的一边残破得好像一个老叫花婆的没齿的下牙龈。律师普拉夫丁演说，大胆主张自然现象的偶然存在，教士宣讲大卫王，他的抒情诗，以及上帝的慈惠。风不断地扫荡着，在十字架和森林中吹啸着。燕子闪电似的飞过人头上。在教堂对过，在小山脚下，自来水厂的汽笛尽力怒吼了。

第十四章

一

一天之后,克里站在一只白鹅似的小船的甲板上,这对于他是一个显著的愉快的变化。他遥望着那披着紫云华服的城市。市立公园里的军乐队正在奏着小歌剧的杂曲;空中悠扬着军笛的旋律,奥芬巴赫、勃郎格提和赫尔勿的谐曲。小船轻快地顺流而下,它走得越远,那城市就越像一个玩具,也越可爱,烘托着柔和的夕晖;教堂的黄金的球茎就越辉煌,而缩小在远方的家宅就越密接着古城的堡垒和钟塔。船身直转入一个枞木繁茂的小山后面,那城市好像被一只黑毛爪子一扫就消失了。在温和的寂静中,只有船轮激荡着狭窄的赭色水面,把多沫的波浪推到岸边,使这船更像一只伸开大翅膀的鸟儿。

萨木金和发尔发拉同站在甲板上,享受着"两人独处"的甜蜜。天渐渐黑了。黑云,它的阴影遮暗了水面和地面,伸展到船上来了。他们遇见另一只船，灯光辉煌，正在向他们驶来，这船涂成棕色，看来好像铁制的，它的灯光投射在河面上好像一只耙子的齿齿，造成利齿划开水面的奇迹。从左边的小山后面旋转起来巨大的黄橙似的月亮；右边慢慢地移动着一张熊皮似的粗毛的云片，正在被闪电振摇着；但是并没有雷声，闪电也不骇人。发尔发拉以孩子气的狂喜欣赏着这景色，紧紧地挽着萨木金的手臂，叫道：

"啊，看！看！你看见吗？"

"不坏，"他答应，"自然是一位夸张者。"

他也不由自主地受了这夏夜的魔惑，在温暖的暗中悠然沉入寂寞。一种愉快的、空阔的冥想不知不觉地袭来。在颤动的黑暗中，闪烁这蓝色的电光，他看着河岸的黑影缓缓地向后退走。他感谢过去的岁月也无可挽回地正在消逝。

他们停留在尼忌尼·诺弗戈洛得，要看看刚开幕的全俄博览会，虽然他们并没有必要的事务。有趣的是看着发尔发拉惊慌地望着人们忙碌地卸下无数的箱子，打开包裹，填满货仓，装饰店面。

"我的上帝！天地间的东西真多呀！"她说了又说，眯着睫毛，大睁着惶惑的眼睛。

暗中好笑，萨木金记起马加洛夫所引述的费多洛夫的话。

"各样都是为你们的！"他告诉她，"这一切都是由于'妇女的并非压迫的然而毁灭的支配力'所招引到生活里来的。你应该自豪呀！"

发尔发拉不懂这些话，陶醉于不断的活动的流里；人们的品类的繁多，声响的嘈杂，车轮在圆石路上的转动，铁的铿锵，木的碾轧。她异常兴奋起来了。她发现这城市是一本以这博览会为主题的精装的好书。当一个人看着数千人工作的时候，生活具有宏丽的壮观。

她说了这些话，在那西伯利亚码头上，那里蚁似的排成行的阔肩的码头夫们正在忙着卸下木船和汽船里的货物。把棉花、羊皮、干鱼、铁块、稻米和葡萄干的袋子堆积成山，滚动着水泥、鲱鱼、酒、煤油、机器油的桶。工作的声浪更高更杂，在那些发号施令的人们的声音之下。

"他们真是异常强壮啊！"发尔发拉叫喊，呆看着劳动的码头夫们，"你听见吗？他们唱咧。走近去看看。"

萨木金欣然赞同了。因为他初次听见这悲苦的《杜宾尼希卡》[1]响出一种活泼顽强的调子。唱歌的一群正在从一只货船上卸下"留宾诺夫工厂"制造的曹达。十个人成双行站在甲板上，迅速地拉着两条从货舱里伸出来的绳子，桶就好像是空的似的从深处滚了出来。证明这些桶的真实重量的是两个人用力才能够抬起一只，然后滚过甲板和跳板到岸上。

《杜宾尼希卡》是由两个人领导着歌唱的：一个是矮胖的，穿着汗津津的破的红衬衣，没有皮带，破的树皮鞋。露着锈铁似的胳膊，高唱着一种很尖锐的中音，顿着脚，摇动全身，同时他的铁手抚弄着那拉紧的绳索，好像在弹竖琴似的。他绝不迟疑地唱道：

嗨，伙计啊！滚过去呀！推——
要是你不能，顶好你就……

发尔发拉躲在萨木金后面，从他的肩上窥看着。

"嗨，杜宾尼希卡，嗨合嗨！"人们欢欣鼓舞地合唱了这尾声。刚一唱完，另一个单穿着一件背心的黑发大汉就用轰响的低音唱：

嗨，伙计啊！拉呀拉得好！
不要让绳子推着你跑！

这似乎不是苦工，倒好像是游戏。虽然杂多的声浪激荡在尘灰的空

---

[1] 即有名的《船夫曲》。

气里,似乎互相抵消了。码头夫们的壮歌却冲破混乱的叫嚷,自成一种爽朗的旋律。不久以前,克里曾经听过铁路建筑工人的《杜宾尼希卡》。那是唱得懒洋洋的休息之歌。现在这里所唱的却是激昂的谐调,威凛凛地,熟悉的字句响出惊人的新声。体会着这种感觉,萨木金忽然想起教堂庶务和他所引述的拉克坦丢[1]的话,他又证实:

"词句相同,音调却不同。词句本身并不能影响什么。"

在货船后面碧绿的伏尔加展开在灼热的太阳之下,远远的一段沙岸灿烂得黄金似的,它周围的河水平稳地流着;绿色的灌木低头亲近水面。甲板上的人们的二十只手似乎在拉紧的两条绳上弹奏着奇异的乐音。

"走啦!"有人在岸上呼唤。

那些人就放下绳子。有几个人软软地躺下在甲板上,有几个走到岸上,一个高颧的大汉,用草绳扎住他的长头发,来到克里旁边,傲然看着他的头顶到脚尖,然后说:

"给我一支烟,先生,可以吗?"

他用他的黑手指从克里的烟盒里捞起两支烟;把一支塞进嘴里,把另一支放在耳朵后面。但是那中音的歌唱指挥者跳来抢去那耳朵后面的烟,衔在红胡子下面的自己的嘴角上。他提起他的用一个旧布袋做成的短裤,然后双手叉腰,翻起那异样突出的眼白看着萨木金。他的粗糙的脸好像兵士的;他的破领衬衣裸露着他的胸膛,那是像他的脸似的画着灰尘和汗水的条纹的。

萨木金觉得他正在面对着一个爱开玩笑的人,而且那玩笑是异常粗鲁甚至毒辣的,这家伙就要做出或说出什么莫测的事来的吧。他的这种推测更加证实了,因为码头夫成群地匆匆来围绕着这唱歌指挥者,微笑着用期待的眼光窥看着他的络腮胡的脸,那人大声呷着纸烟,渐渐移动

---

[1] Lactantius,三世纪末埃及修辞学者。

他的树皮鞋，扬起尘灰在萨木金的靴子上。就在这时候，黑发大汉沉重地走来了，用严厉的低音呵道：

"又要干什么歹事，米海洛？还要再闹一场乱子吗？"

穿红衬衣的歌人巧妙地把纸烟吐在空中，又用手接住它，然后跟着黑发大汉走了。别的也就成单行跟着他们，其中的一个惋惜地说道：

"他已经原谅他了吗？——啊！"

这全部插话不过经过一分钟，但是萨木金以为它将要留存在他的记忆里一个长时期。他惶愧地觉得他曾经害怕那红衬衣汉子，他曾经呆看着那带着一个愚蠢的微笑的脸，总之，他曾经失掉了他的威仪了。发尔发拉当然是察觉了这一切了的。用手臂挽着她走过工作的人群中，听着"当心哪！"的呼声穿过疲乏的马匹的鼻子下面，萨木金含糊地说：

"在我和……之间有什么共同之点……"

"当心哪！"

"在我们和那些人之间，"他自行改正而且补足，"有什么共同之点呢？以文化生活的复杂性而论，他们比我们落后几个时代……"

他立刻觉得他的话说得不好而又可厌，这些话是会引起辛辣的批评的。

"这确是由于我的民主主义的感情才迫使我看出我和那些半野蛮人之间的深远的鸿沟……"

不。他所说的不是他应该对发尔发拉说的话。

"建立在文化程度如此悬殊的阶层上的社会是不能安定的。北美的千万黑奴迟早总要引起生存的问题。"

发尔发拉解除了他的困难了，她说：

"我渴得要死，我们走快些吧。"

走了几步之后她才兴奋地说：

"他们唱得真奇妙！他们是何等敏捷而又强壮呀……"

萨木金温柔地问答，几乎是感谢地：

"是呀,码头夫们的工作并不如一般人所相信的那么艰苦。"

二

早晨,他们坐在舒服得好像在旅馆里似的江船上,向前驶去,遇见互相连系着的一队货船,激起了污浊的逆流,骇走了动荡的渔舟,从岸上飘送来繁荣的乡村里的手风琴的乐音,衣服鲜艳的农妇们欣喜地看着这江船;孩子们在水里,在沙岸上叫着跳着。船尾上的三等舱里也有音乐和歌唱。发尔发拉判定伏尔加河是真实的美丽的,值得千百首诗歌的赞颂。萨木金告诉她他的父亲怎样教他歌唱:

> 来到伏尔加。
> 在这俄罗斯的伟大的"母亲河"上
> 听见的是谁的呻吟呀?

"但是,你看,并没有呻吟。他们在玩手风琴,吃葵花子,穿漂亮衣服。"

"今天是星期日,"发尔发拉提醒他,又立刻急忙说道,"当然我赞同你。人民的疾苦被涅克拉索夫过分地夸张了。"

她的话说得又快又含糊,好像要想掩饰不敢争论或不能苟同。她的大睁着的眼睛里现出一个奇异的微笑,她说:

"除了莫斯科而外,我从来不感觉俄罗斯的任何部分的存在。我学过地理——但是地理算什么呢?那不过是我所不需要的东西的一张目录吧。但是现在我看见一个浩大的俄罗斯的存在了。你说得不错,它里面的坏处是为了种种政治的理由被有意夸张大了的。"

他记不起他说过这种话没有,但是他欣然对她微笑了。

"甚至里弗坦、尼士特里夫这些艺术家也不能充分画出俄罗斯的光辉和色彩。"

"对了，这是我的思想。"萨木金反省着。他觉得他的心中也富有情思。日日夜夜都给予他这样未曾经验过的天惠。他所见的都使他惊疑。他觉得这些印象全都需要秩序，必须加以组织，使它们适合于一种"成语的体系"，这才不至于扰乱他的心境。对于这一点，发尔发拉帮助了他了。

奇迹出现了：这样顺从，这样随事将就而又这样诚恳温良的发尔发拉使他觉得一天比一天更加亲爱了。更加亲爱不但因为和她在一处他觉得舒服，也因为那亲爱的程度已经引起他想要使她喜欢，对她更温柔些的欲望。他不能记起里狄曾否唤起过他的这种欲望。

他想要对她说些不平凡的和明确的话，使她更加亲近他。他找不出这样一句话。本来差不多要找到了，但是一恍惚就覆没在无数的别的言辞下面。

穿红衬衣的那码头夫也是一种妨碍。他好像一个不愉快的污点似的生存在萨木金的记忆里面。好像跟随着他似的，这家伙的肖像隐约出现在一个水手上，或那萨马拉商人的书记上，或那三等乘客上。这乘客坐在船尾上吃胡桃，用一种特别的姿势嗑开它们——把胡桃咬在后牙齿上，用手掌拍着下巴，胡桃就破裂了。这些人全有着像那码头夫似的嘲笑的眼睛，而且全都似乎刁顽得就要作出或说出什么可恶的事物来。那吃胡桃的家伙屡次仰望着站在甲板上的萨木金和发尔发拉。而且大声说道：

"我发誓，这位太太穿的是肉色长袜。"

在阿斯图拉康，萨木金遇见特里孚诺夫，伐拉夫加的一个朋友，一个圆圆的小男人，粗脖子，一张无须的脸上闪烁着一对母珠纽扣似的红色小眼睛。他轻浮而又唠叨，全身发散着科龙尼香水气[1]，穿着一套

---

[1] eau-de-cologne（法语），德国科龙尼地方所出的香水。

棋盘花的衣服,就活像一个小丑。显然他是一个所谓"地方长老",热心地夸耀着这城市的市容之好及其种种便利。然而,这城市就站在污浊的沙地上,笼罩在热雾和咸鱼、硝皮、煤油种种臭味之中,在码头上和尘垢的街道里,各处都散着云母石似的鱼鳞片。各处都是戴瓜皮帽、包头帕和穿长袍的东方人,慢悠悠地走着,他们的脸相众多到使这城市不像是俄罗斯的了,教堂也像是多余的。在灰色的矮城墙的阴影中,躺着和坐着许多鞑靼人、加立克人和波斯人,携带着长刀和枪棒。叫人想象到他们刚才攻占了这城市,正在休息着听候拆毁这城墙的命令。

特里孚诺夫带着萨木金俩坐在由两匹极笨的懒马拉着的一辆阔气的车里,在这热透顶的城里驰骋了两点钟之久。特里孚诺夫通身泛流着汗水,用一张香手巾揩着他的光秃的阉宦脸,仍然孜孜不倦地胡乱讲着阿斯图拉康的美景和奇迹。

"每到春天伏尔加就吞吃掉我们的码头。我们每年都得重新修理,花了的钱真是装得满一只大船!我们需要的是石头,石头。"他伸着他的两只短手向萨木金乞求,又戏嬉地埋怨说,"但是我们没有石头。我们藏在衬衣下面运来的石子[1]并不足以防御伏尔加。"这是他的笑谈,而且大吹起来了:"像本地人似的傻子在别处是找不出的。我们需要一位带着皮鞭的省长,或者提莫菲·斯蒂班诺维奇·伐拉夫加来做市长——他就会把沙子变成石头了。"

特里孚诺夫的家族是住在乡下的。一直谈到萨木金俩目瞪口呆,他才在船上款待他们一顿精美的晚餐,还有香槟酒,这回很快活了,邀约他俩坐着他自己的小汽船"雕"去看看"九只脚"停泊处的航海大船。

"不年轻,但是崭新的。"他夸口,"在路上我要指示你们我的渔场。"

萨木金俩不能找出一种口实来谢绝他的邀请,在他们的窒闷的旅馆

---

[1] 商人私运宝石以避课税。

里交谈着他们的忧郁的思想。

"好古怪的一个人。"发尔发拉说,"他就好像一个瞎子。"

被热和那位渔商的议论弄得十分疲乏了,萨木金愤愤地回答道:

"盲目似乎是一切企业家的共有的特点。"

一分钟以后,发尔发拉正在梳理晚装,说道:

"他称赞这城市和伏特加就好像店员称赞必须赶快卖掉的货物,恐怕它们快就要过时了似的。"

"她更加聪明起来了。"萨木金又在想。

三

在早晨六点钟的时候,他们坐在一只肮脏的小汽船里,顺着有油污的虹彩的伏尔加河驶向开阔的海里去。正对着他们的是吉几士人的脸似的一个太阳,慢悠悠地升入干燥无味的天空。特里孚诺夫指点着停泊的船只,说出船只所有者的名字,嫉妒地牢骚道:

"诺贝尔[1]正在吃我们,诺贝尔!他和那些贪污的美国人……"

好像被这议论所震动了,汽船在那些小木船中间跟跄走过,好像在小菜场里的一个老太婆似的,发出叽叽咕咕的声音。一个容貌潇洒的白髯的鞑靼人站在舵轮前面,对着太阳半闭着他的眼睛。

"这里,你知道,他们全是自然的孩子,一些懒骨头。"特里孚诺夫想要引起发尔发拉的兴趣。

汽船滑入海边的泥滩里,紧沿着岸边走了一俄里多,摇荡起来了,发出鸦叫的怪声——而且引擎停止了鼓动。

"她有一种脾气,我的这美人儿,好像吉几士人的马似的。"特里孚诺夫笑嘻嘻地解释,"另一只,那'哥萨克姑娘'——她不顽皮。她是

---

[1] Nobel(1831—1888),瑞士工业家、发明家。

一支箭!"

鞑靼人把舵轮快转了一下。

"怎样了,育尼斯?"

"引擎不动了。"鞑靼人说明,很高兴地。

特里孚诺夫立刻滚到引擎前面,对着扶梯下面叫喊:

"鬼东西!猪儿子!我不是对你们说过吗?你们脏狗!育尼斯,开到岸上去。"

那汽船可怜地嘶鸣着,缓慢地向沙岸驶去。这时,特里孚诺夫解释:

"这些家伙并不是人类。他们像是猴子,什么也不懂,就只会吃!"

在岸上,挨近一只破船的旁边,坐着一个人。他戴着一顶褪色的制帽,穿着女上衣似的一件外褂,裤子卷在膝头上。把一大块面包按在胸上,他正在用小刀切它,在他旁边的沙地上放着一个黑绿色的大西瓜。

"瞧,"发尔发拉说,"他好像是坐在一张餐桌面前似的。"

真的,那人似乎把展开到地平线上的海面当作他的餐桌。这海面上点缀着许多桅樯。特里孚诺夫指示道:

"你看,那就是'九只脚'停泊处。"

拾起传声筒,他对着岸上叫道:

"喂,哥萨克!快跑到停泊所去。叫他们立刻把'追风'号开来。特里孚诺夫要它来。"

"不用那筒子我也听见了。"那人回答,拿着一片面包,看着那汽船漂流到更接近他的处所。特里孚诺夫严厉地挥着手:

"滚你的蛋!"

"你肯给多少呢?"那哥萨克问,咬着面包。

"一个卢布。"

"二十五个。"那人说,并不提高声音。他开始嚼面包,一只手拿着小刀,另一只手把西瓜滚到他自己面前。

"你听见了吗?"特里孚诺夫问,瞟着发尔发拉而且露齿一笑,"他要二十五个卢布,而停泊所不过是在那小山后面,离这里大约一俄里半。真笑话!"

又把传声筒搁在嘴上,他叫喊,好像要炸了似的:

"三个!"

"不,我不去。"那人宣言,把小刀戳进西瓜里面。

"他不去,我知道!"特里孚诺夫低声说明。"一个哥萨克人——在这里他们全是些窃贼——生活便宜,从网里偷鱼。——五个!"他大叫。

"不。我不去。"那哥萨克又说。把西瓜划成两半,他把他的赤脚放在水里,好像放在桌子下面似的。

"这里的人坏透了,我要说。"特里孚诺夫快活地微笑着解释,双手旋转着传声筒,"剃光头的亚细亚人不知道怎样工作,而俄罗斯人不愿工作。喂,哥萨克人!我是特里孚诺夫呀。你不认识我吗?"

"每个人都认识你的,伐西里·伐西里奇,不错——"哥萨克人回答,用小刀挖起一块西瓜塞进他的毛嘴里。

发尔发拉坐在汽船边上,很有趣味地观察着那哥萨克人。那舵工好兴致地微笑着,转动着舵轮。他已经把船头驶到浅滩上,防备着潮流把它推去。机器间里有两个人争吵的声音,铁锤在敲打,汽管在嘶鸣。被太阳和寂静所磨光了的外港的海面上现出好像画成似的货船,好像甲壳虫似的往来移动着的小汽船,以及好像苍蝇爬在窗玻璃上似的小舟。

热得疲乏了。克里·萨木金懒于动弹,闲眺着一片炫目的太空,在其中的一切事物都显得渺小和微末。他恍惚想到这多血质的胡说八道的特里孚诺夫和那歇斯底里的刘托夫有着相同之点,虽然他们的外貌毫不相像。特里孚诺夫赞赏固执的哥萨克人,正如几年前刘托夫赞赏假装钓一种并不存在的"猫鱼"的那狡猾的钓客。

"喂,你为什么不去呢,你这野杂种?"特里孚诺夫质问,几乎是欣喜地。

"我不愿奉承你,伐西里·伐西里奇。"那哥萨克漠然回答。他把一半空的西瓜抛在海里,然后弯着腰用手捧起一些水,把它当作食桌布似的揩着他的毛脸。

"发尔发拉有一种巧妙的观察力。他是把海面当作他的桌子的。"萨木金回想,"自然,像这家伙似的人,或用古怪方法嗑开胡桃的那农夫,或尼忌尼·诺弗戈洛得的码头夫,都是革命家们所重视的人物——还有,那些以激动的新姿态唱着《杜宾尼希卡》的人们也是的。"

特里孚诺夫把他的脚伸在船边上,继续和哥萨克辩论:

"我必定要调查你是谁,汉子。"

那哥萨克,吃完了第二半西瓜,漠然答道:

"瞧着吧,伊凡·加米可夫就是我。"

"他并不怕。"特里孚诺夫解释给发尔发拉,"他们不怕这里的任何人。"

从一个平坦的海角后面忽然现出一只绿色的汽船。

"那就是她,'哥萨克姑娘'。"特里孚诺夫喜欢地大叫,然后通知,"可惜太晚了,现在我们不能去看我的渔场了。"

四

夜间,汽船驶进里海,月光的烟霭笼罩着加米克平原,这时萨木金觉得异常兴奋。他在这奇境之中,各样事物都很悲凉而又极其亲切。在几乎没有星星的、深蓝的天空中,那下弦的缺月是静穆而且明朗的。海是碧绿的,而且像天空一样,一片旷远寂默,好像已经达到一切风暴历来所争取的那一种绝对和平。船顺着一道银色的窄路滑去,但是船似乎是静止的,因为那路推动着它,把它送入无边的烟霭里。被压迫的水面发出辗转骚乱的声音,这船好像是被潜伏在深水里的怪物追逐着似的。

萨木金羞愧地自认他陷溺于一种孩子气的恐怖,久已忘却了的恐怖，他的心境被突然袭来的一些孩子气的天真的问题所搅动。他觉得他似乎已经跌落在一只永无脱出之望的透明的袋子里。这船并不移动，却是虚悬着，在太空中发抖。

摘掉眼镜又戴上，萨木金瞻望四方，想要看见一只汽船，或者甚至一只鸟——什么从陆地上来的东西。然而眼所见的无非是银绿色的平整的幅员，那"气袋"的面，船的各方都闪现着一条光带；在这浩瀚的平面之上的是星光稀微的天空，并不像陆地上面的弧形的苍穹。萨木金觉得需要说话，需要用言语来填塞他的心内心外的虚空。

发尔发拉坐在另一面，两肘支在栏杆上用手掌捧着腮颊。她的头是动荡的，头发在发抖。克里挨近她站着，低声朗诵关于海的诗歌。他怯怯地不敢高声谈话，虽然乘客们全都在他们的舱房里。萨木金知道的诗并不多，他一下就搬空了他的韵文的仓库，应用起散文来了。

"自然憎恶空虚，这是不确的。确有没有空气的空间……"

发尔发拉曾经默默地倾听过那些诗歌，而现在并不动弹，她沉静地请求：

"啊，克里，不要作声——"

她的脸，被月光所照明，有一种不自然的苍白，因此她的眼睛像猫眼似的闪出不愉快的磷光。萨木金有一小点儿气恼，呆站着，但是一分钟之后，他提示：

"大约是我们睡的时候了。"

"不，"她说，祈求地看着他的脸，"我简直就不能离开这地方。真神妙呀。"

"你会厌倦的。"

"坐在我旁边。"

他坐下，一只手搂着她的腰，小声问道：

"你正在想什么？"

她小声回答：

"我不是在想。"

"你正在瞌睡吗?"

"我也不瞌睡。"

她并不愿谈话。摸着他的小胡子,萨木金瞅着被月光照明了的她的侧面的轮廓,而且敌对她的种种思想在他的心里激动起来了。

"我待她太善良了,而现在她不理我。我必须更厉害些。我必须完全占有她,随时我都能够要她怎样她就得怎样。我必须侦察明白她所感所思的一切,但是不讯问她。一个男子必须把女人吸引到这个地步:她的一切隐秘的思想和感情都完全和他相通。"

这思想使萨木金异常欢喜,而且想了又想,好像要记熟它似的。这绝不是第一次了,他看着她睡去。照例,感觉到困难和特别紧张的嫉妒,当那女人被他的爱抚弄到疲乏和流泪,把头靠在他的肩上睡着了的时候。她的头异常之轻,颈发有点粗糙,但是好像丝似的轻凉。在她的额上,在她的耳朵上,绽出一些静脉管,白天是青的,夜间就近于黑色。萨木金想象这脉管正在悄悄传达幽梦到发尔发拉的脑中,告诉她的肉体生活的秘密。睡在床上,发尔发拉孩子气的无助地蜷成一个小皮球,她的大腿贴在肚子上,双手垫在头下或屁股底下。克里往往以为她的半开着的嘴正在狡猾地微笑着;以为她正在从长的睫毛里胜利地窥看着,并不像一个被征服者。有时,她的脸上也显出这样异常的表情,以至克里想要叫醒她,严厉地质问她:

"你在想些什么呀?"

激动了他的是这问题——为什么他不能够经验发尔发拉所感受的呢?为什么他自身不能吸取他自己所给予女人的女性的快乐呢?矜持着这种意见,萨木金觉得在夜里他所得到的相互间的快乐还没有达到他的应得之分。有一次他对发尔发拉说:

"爱情将要更完美、更丰富,倘若男子能够同时感觉到他自己和女人所感受的,倘若他所给予女人的能够反映在他自己身上。"

"不是反映了吗?"

他看见她并不了解他的话而且她的这一问不过是由于客气似的。他屡次想道:在里狄几乎是无耻地唠叨着,把恋爱作为研究对象的时间;发尔发拉却太缄默,太拘谨,或者简直是呆板。

"可是,我希望她放荡,故意恣纵和邪淫。不错,我要造成一种可喜的错误,但是……"

一天以后,他又问:

"告诉我,你想要感觉我所感觉的吗?"

"我想。"她很爽快地回答;但是他不相信她,尽在详细解释他的意思。这使发尔发拉吃惊了,使她庄重起来——直挺挺地躺着。

"但是我感觉着你的。"她低声叫喊,而且他以为她惶惑了。

"现在你觉得怎样?"

"我不知道怎样告诉你那个。我想我觉得你——好——好像每次我支持着你那样。我不能确切知道它是怎样,但是你有时——有时不是生理的。"

现在显然惶惑起来了,满脸通红,她请求:

"请你不要谈这个,亲爱的。我害怕这些话。"

克里抚弄她。但是他懊恼了——发尔发拉,究竟,不能理解他。

"她也说得真愚蠢——'好像我支持着你。'"

五

不久之后,克里几乎和她争吵了。在彼得洛维斯基上岸,他们坐着马车从勿拉的卡夫卡斯沿着达勒尔峡谷到提弗里去。他们向着山道的顶点格打上去,但是他们越上升山岭也就越增高。人得到一种受欺骗的印象,好像马匹并不是向上走而是向下降,降到无底的峡谷里,其间充满着蓝烟似的黑暗。从谷里出来,更加狭窄和黑暗,夜就由这里升入被山顶挤缩了的天空中。天空好像是一条蓝色的飘带。天越黑，这氛围就越浓厚，在这浓厚的物体中闪出异样的星星。在后边的右方升起一片加士比克的头帕似的白雾，对着克里的项背吹来一种潮湿的爽气，一种凝固的寂静。铁铸的寂静毫不受马蹄的厉响和鞑靼车夫的呵斥所扰动。从深广的下层传来了不祥的异响，好像峡谷两方的巨崖正在互相摩擦和挤轧似的。

尊严的丑陋的岩丛激怒了萨木金。由于它们的无用，它们的无耻的自大，它们的凉薄的气焰。

"安得我能够摇动这一切，粉碎了它们。"他咕噜着，看着那些岩石的张着的嘴壳，看着那倾斜的山的腹部的裂缝。

他们才一离开戈比车站，发尔发拉就沉入一种颓丧的静默之中。她垂头坐着，她的脸是尖削的。她似乎年老了，被可怕的思想所压倒，正在紧张地集中思虑于久已忘却而又急需的某物。克里不时向她一瞥。看见她的阴郁的眼里有一种集聚的怒焰，虽然这也可以看作是恐怖或惊异。

"你记得冈察洛夫[1]的——《战船帕拉斯[2]号》吗？"他问。

"我记得。"

"其中有一节——冈察洛夫出来在甲板上，看着那动乱的海，觉得它无情而且可厌。你记得吗？"

"是，"发尔发拉说，"不，真的，我记不得。我没有读过这书。你为什么想到冈察洛夫呢？"

"他是一个好作家。"

"我不喜欢他。"发尔发拉尖锐地批评，"况且，那种可怕绝不是丑陋。这是不确的。"

---

[1] Caneharov I. A. （1843—1891），俄国小说家。
[2] Pollag（希腊神话），司智慧之女神。

虽然她的声调使他吃惊,克里却欣喜听见她说话了。沉默了几分钟之后,决定要逗引她,扯脱她的他所不能理解的思想,他继续说:

"这就好像是到地狱去的路,但丁[1]必定看见过这种光景。瞧!虽然我们是往上升,我们却似乎是往下降。"

"是的,是的,"她回答,异样地迟疑着,"但是一个人想要沉默。他能够说什么呢?"她环顾左右,耸着肩头:"诗人们说过了——但是他们也能够一言不发。"

"对了。"克里承认,"莱蒙托夫说:

到了一群山头聚集之前……

可笑吗,呃?"

发尔发拉低着头离开了他,而他仍然冷笑着说:

"自然对于你有一种奇特的影响。原始人屈服于自然大概就像这样的吧。你在想些什么呢?"

"真的,我不知道。"她几乎是负疚地低声回答,"那是没有文字的。"

"没有文字——没有形象,人就不能思想。"

"我单是,呼吸,"她说,"我呼吸。似乎我从来没有过这样深的呼吸。你说得很奇怪:当往上升的时候,我却是往下降。这样——刻毒呀!"

这黑暗,现在完全黑暗了,发出一种死寂的、无味的寒冷。萨木金恼怒地说:

"在俄罗斯,甚至雪也有气味的。"

---

[1] Dante. A(1265—1321),意大利人,中世纪大诗人,所作《神曲》(Divina commedia)历叙人间、地狱、天堂诸境界。

"像盐似的。"发尔发拉说道,好像在做梦似的。

他们到了格打关,吃着"沙氏立克"[1],喝着青色的浓酒。在他们的过夜的房间里,发尔发拉疲乏地半裸着坐在床上,并且窥看着黑暗的窗子,说:

"我曾经看见过这一切的。我记不起是在什么时候。这必定是在我很小的时候,在一个梦中。我在往上升,而别的各样也在往上升,但是比我更快,所以我觉得我是在往下降落。这真是恐怖呀,克里。真的,亲爱的,它是这样可怕。而今天这里……"

忽然,她高声哭起来了:

"而你给我难堪!"

当萨木金开始安慰她的时候,她像猫似的敏捷地揩掉她的眼泪,悄声说道:

"我知道你是聪明的,讨厌我没有才能表现我自己。但是我不能够呀。没有这样的文字呀。现在我觉得我见过那梦境并不止一次,有过好多次的。甚至在我还没有诞生以前。"她肯定地说了,微笑着:"甚至在洪水时代以前!"

用手搂着他,她问:

"你从来不会觉得你自己是古老的人吗?"

"还没有过。"萨木金回答,得意扬扬地爱抚着她,"但是你疲倦了。而且你把颓废派的诗读得太多。"

他们和解了,而且萨木金觉得这场活剧使发尔发拉更加亲近他。第二天清早,当他们开始往下走进阿拉伐谷的时候,克里甚至认为必须对她说:

"昨晚我的行为有些乖张。"

然而,他立刻觉得他不应该这样说。发尔发拉踮起脚尖,扶着他的

---

[1] 一种用铁扦串着烧成的羊肉片。

肩头,惊异地俯视着那黄金的河流,那披着青绿的厚羊皮的柔软的山岭,那像灰色小球似的在山上滚动着的羊群。

"真美呀!"她得意地悄声说,"何等动人的美呀!昨天以前谁能想到这个呀!瞧!一个女人抱着孩子骑在驴上,一个男人牵着那驴子。但是这是圣母,和约瑟[1]!克里,亲爱的——这是奇观!"

他微笑着,听着她的天真的惊讶,小心地从眼镜里面向下看看。下山的道路是曲折的,马车常被停滞住,车辆在石头上发出尖锐的急叫。有时这灰色的带似的道路几乎陡成一个直角,那黑须的车夫拉紧了缰绳,马车蹒跚地走下散布着巉岩的利齿的斜坡。这光景震摇了他们的神经,而萨木金屡次恼恨的是发尔发拉的唠叨,和她的昨天的态度正相反。

"普希金曾经赞美过阿拉伐山。"她说,"你记得吗——《在乔其亚山间》……"

"'由于你,只有你——'"他含糊地说。

发尔发拉捏紧了他的手。

"那是不可思议的。诗人能够把许多事化为几个简单的文字!"

"是。"萨木金承认。

马车平安地滚到了米里台车站。

石砌的、灰色的提弗里市,拥塞在一道山夹缝里。无数的悬楼胡乱附着在家宅上,看来很像一些鸟笼子。浑浊的、狂乱的苦拉河。结构谨严的教堂。这一切给予萨木金的印象都不大好。黑头发的人群似乎有一种嘻嘻哈哈的性质,用油光光的眼睛好奇地观察着发尔发拉,而且说起俄语来带着亚美尼亚的怪腔调。这些像一阵油虫似的在热闹街道上跑着的人们使发尔发拉大为高兴了。她以为他们漂亮而且善良,但是萨木金声明他宁肯看俄罗斯农民也不愿见俄国边疆的格鲁吉亚人、亚美尼亚人

---

[1] Joseph,《圣经》:甲克之子。希伯来之教长。

之类，总之，带着凶相的异族人们。他这样说不过是要泼冷水在发尔发拉的不绝的赞颂上，因为他讨厌它。他甚至冷笑着问她：

"你已经传染了特里孚诺夫的盲目病了吗？"

不知不觉之间他的内部发生了一种奇特的印象：他觉得，俄国有着无数的多余的人群，他们不知道做什么，或者简直就不想做任何事情。他们坐着或睡着在码头上，在车站里，在河岸上，或者坐在海面前把它当作桌子。他们全都在等待着什么。但是在全俄工业博览会中他曾经欣赏过他们的各种劳作的人们呢——这样的人们是看不见的。

萨木金尽力把这印象传授给发尔发拉，但是对于他的话她完全是聋的，而且好像一只初生羽毛的小鸟预想它快要会飞了似的欢乐。

第十五章

一

一直到他们游历完了而且回到莫斯科,克里才感觉一种宁帖的喜悦。他的和发尔发拉的性情之间的缺乏谐和在莫斯科并不像在旅行中那么显明。他俩都刻意调理他们的生活——一种互相娱乐。他们从这庭院中间的宅子搬到一座面对街市的宅子,在那里的二层楼上布置了他们的舒适的新住室。发尔发拉把它装饰得焕然一新。克里把乞里沙斯叔叔所留存的全部家具陈设在他的书房里,使这房间具有一种庄严的气概。借着伐拉夫加的势力,克里变为一个富裕的律师的助手,一个保险公司的法律顾问。伐拉夫加也派他做他的法定代理人,和莫斯科的各企业接洽。

在短时期内,鲁伯沙·梭莫伐被允许回到莫斯科,就住在那厢房的房间里。她已经瘦了一点儿,好像长高了,而且她的蓝眼睛以更加慈祥的光辉看着这世界。台谛亚娜·戈金娜对发尔发拉说。

"我看鲁伯沙就好像一个刚吃完一顿美餐的人。"

像从前一样，鲁伯沙组织夜总会和彩票替政治犯募捐，替他们缝衬衣和织短袜、围巾。为谋生活，她翻译长篇小说。竭力去理解颓废派的诗词之后，她叹息了，承认：

"真困难。'野菜派'、颓废派和'牡蛎派'都不合我的口味。"

有几个晚间，发尔发拉对她和戈金兄妹们谈论"多重悬楼"的提弗里、格里多夫墓、可怕的野牛、卖炭夫的玩具似的驴子、异常俊美的各族男女，以及种种有趣的光景。萨木金默默地听着，想道：

"她在捏造。全不是这回事。"

他屡次看见人们怎样夸张，怎样粉饰，自欺欺人。当鲁伯沙游历了一些城市之后，也大吹学生群中的革命情绪的高涨，马克思派的宣传的成功，工人组织的发展。他立刻觉得这些至少是夸张了三倍的。他相信一切人们的虚构之词在他的眼前好像尘灰在阳光里似的。

急于想要卸下他的心里的过多的印象，他又开始写下他的思想。写了几页之后，他真正吃惊地发现了他的手和笔是被一个极端保守的人指挥着的，这一发现使他这样懊恼，以至撕毁了他的札记。

安弗梅夫娜，已经擅自负起这家宅的经纪责任，把那厢房改变为供给家具的公寓。除了鲁伯沙而外，还有一些房客，两个学生，一位中年的太太，一个当校对员的姑娘，还有一位职业不明的绅士米托罗方诺夫先生。关于这先生，安弗梅夫娜说过：

"他在找工作，并且等候他的妻。"

米霞叔叔住在顶楼上，而且在那局促在房顶下面的窗子里，从日落一直到深夜都朦胧现出一盏白罩子的煤油灯光。这一点猫眼石似的光辉并不会搅扰了萨木金。

代替了安弗梅夫娜的厨房职务的是一个红鼻子的干枯老人，看来非常之轻，好像是空心的。他说着一种和他不相称的响亮的声音，而且他的面孔上装点着些许小胡子，就好像猫脸似的。他醉醺醺地出现在发尔发拉和克里面前，并且告诉他们：

"不必担心这个。我是从小就醉了的，简直就不知道什么叫作清醒。这是莫斯科的上等厨房大半都知道的。"

安弗梅夫娜加以保证道：

"他是有名的厨师，而且是一个好人。我认识他差不多三十年了。"

发尔发拉微笑着，问道：

"你和他有浪漫史吗？"

"我没有读过书，不懂浪漫史。我凭我自己的蠢心做事。"安弗梅夫娜简短地说了，然后提出警告，"不过在他面前不能谈论那些事；他十分尊敬沙皇家族，甚至于从圣彼得堡订了一份报纸。他是一个古怪家伙。"

后来证明，那报纸是《政府公报》，而且这古怪家伙是一个很安静的人，有一种昂然自尊之气。他是认真关切国家大事的。萨木金屡屡觉得，生活将要是美好的，倘若没有古怪家伙之类，没有粗制滥造的杂色人等，因为他们和人一会面之后，就留下污点似的印象，愚蠢的微笑，以及种种奇谈。安弗梅夫娜和这一类人是何等不同啊！像一匹马似的强健，她却从来不推撞她的邻人。她似乎停顿在五六十岁之间，不会变得更老，也不会丧失一点力气。关于她，萨木金对于发尔发拉说过：

"我尊敬那些毫不自私地加入在别人的生活里的人们。他们是真正的英雄。"

萨木金很快地就变成很出色甚至被尊敬的那种人之一了，这种人站在交叉点上，在各种议论分歧的中心点上。他们不信从什么派别，而知道一切，同情一切，有时甚至肯公开地或神秘地献出一种性质不大严重的劳役。他们常常把他们自己的劳役看得价值很高。萨木金的合适身材和干净的脸相，加上小黑胡子，以及那不很有力而颇为明晰的声调，和能够冷却过度热情的口才：这都显出他是一个懂事的人——或许是懂得各样事情的人。他少说话,说起来也很审慎。他的听者可以得到这结论:虽然他所说的并不深切,这不过是因为他的智慧的言辞并非为一般人说法,而是使深者见深浅者见浅的。他的灰绿色的眼睛在眼镜后面冷冷地放光,直视着对话者的脸,装出一种高明的神气。大多数人都啧啧称道说缄默是使人伟大的。他的广泛的记忆力替他建立了博闻多识的声名。他以为这声名的价值很小,因此他对人群的态度就逐渐刻薄起来,同时他是醉心于以辩护人间的欺枉和错误为己任的律师业务的。他所扮演的这种角色有过几次特殊成功之后,他觉得他自己神通不小了。

有时他会觉得他在这大都市里正在指导着、管理着什么。不是每个人都有权相信他自己是足以使时代生色的人物之一吗?在普里士家里聚会过几次,一次比一次热闹,克里曾经在会场上庄严地说过:

"学生运动完全是情绪的。那不过是'血气方刚,易于冲动'罢了。但是我们不能忽视这事实:其中潜伏着一种大危险。平民主义者的浪漫思想完全适合于学生们的脾气。因为平民主义者又在梦想暴力革命——"他谨慎地提示了。

二

在普里士家里,一切主张都是谨慎地研究出来的,差不多每个人都引用爱德华·伯恩斯坦[1]的意见为根据。萨木金觉得似乎和他自己同类的人都集合在那里了,这种类似使他特别厌恶他们。斯推拉托那夫和台格尔斯基不常到普里士家里来。彼林的夫却很少来,来了就像一个醉汉、迟疑者,在这一群陌生者之中不知如何是好似的,试行理解他们在讨论些什么。他羞怯地微笑着,忽然跳起来,从这椅子跑到那椅子,好

---

[1] Eduard Bernstein(1850—1932),德国社会民主党领袖,属于修正派,与革命的马克思派对立。

像被一种奇异的压力推荡着似的——把所有的椅子都坐过来了。有时他激昂地摇摇头,叫道:

"不对。不对!全不是这么回事。"

萨木金早已知道彼林的夫组织了一个宗教团体,而狄欧米多夫就在其中担任重要职务。

聚集在普里士家里的新客人之中,只有兹米伊夫是有趣的。高而且瘦,穿着奇特的短燕尾服,他有一张乡下教士的妻的肥脸,也有一种乳娘讲神仙故事的温柔声调。他很喜欢歌颂俄罗斯生活的"美满的事实",而且不断地吸着薄荷油,并且对着每个人保证"俄罗斯醒过来了"。离开他三步远,萨木金就闻见薄荷脑的凉味。兹米伊夫主张社会主义必须慢慢地浸入现存制度里面才能成功,而且常常讲到他和米勒朗的私人交谊,热烈地称赞这位绅士的魄力,敢于在任何人之前首先指出:社会主义不是一种革命的而是一种改良的学说。

"你是一个乐观派。"厚嘴唇的大汉台拉梭夫摇着手指对兹米伊夫说,而且用他的黑眼睛的浑浊的光芒观察着他,"什么意思——'俄罗斯醒过来了'?好,我们可以说我们现在有另一只双头鹰[1]了,代表两个社会主义的党。但是它并不显现在地上,而是潜伏在地下的。"

他越兴奋,他的"f"音就吹得越猛烈,而且用亚洛斯拉夫的腔调歌唱似的说:

"好,它们已经分裂了——据说,一方是农民的党,另一方是工人的党。但是哪一党是拥护民族、文化和国家的利益的呢?我国知识阶级并不理解整个俄罗斯帝国的问题,也没有愿意理解的表示。我们所需要的是一个第三党,统一全国的意志,譬如说。其实,你看,我们所有的全是各式各样的鹰,并没有一只家禽。"

"对了!"彼林的夫跳起来叫,"我们需要一个民治的改良的党。言

---

[1] 旧俄国国徽。

论自由，信教自由……"

普里士点头赞许，同时兹米伊夫用手按着胸部，说道：

"我绝不反对社会主义者参加反抗运动！"

萨木金觉得使这些人懊恼和惊恐是有趣的。于是他用一些简单的术语告诉他们他所知道的劳工运动的一切，强调着其中的无政府状况。他告诉他们那些码头夫、哥萨克人，以及他自己发明的另一些人们，总之，这些人们的阶级仇恨的觉悟都已经明白表现出来了。他不知不觉地渲染上一些动物学的色彩在这仇恨上。这并不是出于虚构，因为他的心里原有这些东西。他曾经会过许多像兹米伊夫和台拉梭夫似的一类哓哓不休的角色，他十分了解他们，对于他们，也并非毫无趣味。普里士家里的别的宾客们都是缄默的，显然好像出售贵重物品的商店里的零星小品似的。他们仔细地看着，听着，问着，但是小心地，含糊地，很少发表自己的意见。这种缄默态度最为显著的是瘦高的里多助波夫。这人的长脸的真相被隐藏在一部灰胡子里面，那胡子开始于耳后，蔓延到眼下，茂盛于颈间，而且还给人一种错误的印象：恰像平躺在他的脑壳上的直头发是假装的。

萨木金知道他是《为民众》这很人道的小说的作者，曾经得到了批评家们的一致称赞。里多助波夫常常好像全能的上帝坐在宝座上似的，从打结的浓眉之下俯视着别人，而且不时哼出沉闷的喉音，好像警告各个人说他要说话了。但是哼了之后，他又沉默了。萨木金觉得这人的某些处所是他早已熟识了的，他尽在竭力回想他在什么时候和什么地方见过他。忽然，里多助波夫的姿态使萨木金记起了作家卡丁的房间和一个托尔斯泰主义的宣传家，服装像一个农民，有一张冷面孔和一双负疚的眼睛。可疑的是在十年之内这人就这样衰老。要证明这疑惑，萨木金问：

"对不起——你认识卡丁吗？"

里多助波夫慢慢地把头转过来，皱起眉头。

"认识,怎样?"

"我以为我在他那里会过你。"

"不见得。"

"大概十年或十二年前。"

"嗯——或许。"

里多助波夫就傲然把头转过去了,但是,歇了一会儿,说道:

"那时我不知道卡丁是一个空人,他并不爱民众,但是他描写民众。总之,我要说,我们的作家……"

他摇摇手,用手掌使劲摩擦着膝头,然后含糊地说:

"尼采派。颓废派。言论自由派。"

对于坡阿可夫——在学生群中神秘组织马克思主义的团体,生活在一种困斗的状况之中,随时移动着下颚,好像在咬嚼着一种硬东西似的,萨木金就常说起学生们习染了资产阶级的积习,什么也不能接受。

"我知道。"坡阿可夫冷酷地回答,"但是我们需要能够组织工人的人。"

坡阿可夫替私家研究室做些搜集材料的工作;以他的衣服粗陋和颜色憔悴而论,那报酬一定是很菲薄的。他往往忽然去看鲁伯沙而又立刻就走,用命令的口气对她说话,而且常常叫她跑腿。鲁伯沙服从他的训话,而且在他背后称他为"活铁条"。

坡阿可夫对于萨木金的态度是疏忽而又粗鲁的。当萨木金从鲁伯沙那知道坡阿可夫在戈龙那被捕的时候,这消息并不曾惊动萨木金。

对着学生运动的领袖们,他常说:

"我以为你们什么事也做不成,而显然是把有用的精力浪费在于国家毫无裨益的事情上。而且俄罗斯还在急需数万个科学人才,这比什么都更为要紧。"

他虽然这样说,可是经由鲁伯沙的怂恿,他帮忙着印刷和分送学生们的宣言与各种传单。

在晚间，他向鲁伯沙探听新闻。有时他甚至访问到她的房间里，在那里他常常遇见不说话的妮戈诺伐，而更常常遇见的是米霞叔叔，他的真名字是沙斯洛夫。这小男人使他有趣而又不安，由于他的沉静和执拗，由于他的生活的迂拘的秩序，这有时是暗藏着阴郁气氛的。带着一种并不吵闹的热骂，沙斯洛夫喜欢很详细地叙述革命的知识分子在牢狱里和流放地的种种痛苦。这些情形他是极其熟悉的。他也宣说战斗和自我牺牲的必要。他说话的时候，他的头总是略微偏向右边，好像有一个看不见的人站在他后面正在悄悄告诉他要紧的话似的。因此萨木金得到这印象：米霞叔叔正在号召人们援助那些为人民自由而奋斗到疲惫不堪的知识分子。克里很想知道这人干过些什么。当他问鲁伯沙的时候，她简单回答：

"他干他应该干的事。人不该问这种问题。"

三

因为替主任律师去办事，萨木金常常旅行于莫斯科省，就能够看见，离莫斯科市这沸腾的巨锅不远，一种异样简单的生活正在缓慢地流行于那些小城市之中。在那些商人、市民或教士的会谈之中，他觉得这些人们并不像一般议论和作品所描写的那么贪鄙愚蠢，而他们的敌视新事物确是由于谨愿成性的人们的那种不肯轻信。他们有他们自己的年深月久的生活秩序。他们的偏见和迷信都是由于他们的生活环境所证实了的远古真理的遗风——由于他们接近那些蒙昧的乡下人。他们喜欢好吃好喝，在他们之中很少有神经变质的毛病，比之都市的人们。追求妇女的种种热昏的技巧对于他们是既荒唐而又可笑的。因为他们不读书，他们的理性就不被关于尼采与托尔斯泰，马克思与伯恩斯坦的优劣论之类所损坏。管理他们的官吏是喜欢叫嚣的，这是一种坏习惯，但是其实他们和他们的被治者同样是好心肠的。这是不能想象的，以为这数百万人会听从那些梦想大同幸福而主张摧毁现存一切的人们的领导。

萨木金,坐在驿站的门槛上,等待着新来的马匹,并且和驿夫、农民闲谈着。农民当然埋怨没有土地,捐税太重,工厂"害人"。农民也说出那些爱农民的作家们的小说里的同样字句。萨木金向来不相信作家们,因此也不相信农民,觉得他们的牢骚是由于习惯,而且因为想向他要酒钱。但是他不给他们酒钱,当他们向他要的时候,他微笑了,想到凡士卡·加鲁山宁从基督那得到一张假纸币的故事。总之,他不喜欢乡下。他不喜欢狡猾的农民,被烈日晒焦,被雪风冻坏,瘦骨伶仃,而且不干净。有时,他觉得他们把他看作莫名其妙而且毫无用处的东西。

农家妇女们的呆钝的好奇心是讨厌的。他在她们的眼睛里看出某种绵羊似的畜生相,或者枉然尽力要记起什么似的蠢相。那些水眼睛、厚耳朵的老人们,那些恼怒的蠢老太婆们,那些粗鲁的壮丁们,都使他对于乡下没有同情,这似乎多半是由于他们的生活状况的粗俗和懒惰。

萨木金悠然坐在车上驰过迷离曲折的道路,沿着懒洋洋的河流的岸边,或者穿过丛林。远方的淡蓝烟雾,森林的暗绿,麦郊的轻风,云雀的歌声,醉人的熏味,全都浸入他的灵魂,使他充满了和平。地主们的华屋显现于田野之间,乡村教堂的十字架闪出灿烂的光辉,于是萨木金想道:

"这俄罗斯是真的俄罗斯,是朴质的人民的美丽的乐土。"

这风景被工厂的红色建筑和烟囱所破坏了。在晚间或休沐日,工人们成群地聚集在道路上。在工作日他们的外貌是肮脏的,乱头发,坏脾气。在休沐日他们穿上他们的好衣服,喝酒,拉着手风琴散步,唱歌,好像新征来的兵似的。于是工厂就很像兵营了。有一次,一群这样的好汉排成一行横过马路,而且对马车夫叫喊:

"让路!"

马车夫服从了,让路给他们,这时一个有胡子的、不戴帽子的男

人,头上扎着一条带子,手里拿着"淡波林"[1], 一面用拳打着它,一面向萨木金叫喊:

"喂,做官的——你们是我们的一切不幸的根源。"

这是难以相信的,这样的人们也会加入革命党。有时马车从早到晚奔驰着,还不能走出莫斯科的砂石的掌握中,这地方似乎以母亲的慈祥抚爱着人咧。郊野的明朗恬静显然和萨木金读过或听过的一切大不相同,消散了可能发生任何社会灾变的种种思想。从这些旅行中,萨木金常常带回来宁静的心情。在出发之前,他接受鲁伯沙给他的书籍、小册子以及通告,传送给乡村教师和农会统计员,这些人都是被弃在乡村的愚民之中,或小城市的顽民之中的。他肯传送确是由于他自信纸片绝不能燃烧起这阴暗寒冷的生活。

四

有一晚,萨木金正在喝茶的时候,房客米托罗方诺夫来请求缓缴房金。

"那的次达·安弗梅夫娜不肯通融,所以我胆敢来直接请求你。"他解释。

发尔发拉答应了他的要求,而且献茶给他。带着一种感激和庄重的表情,他自行就座于桌子前面,但是一分钟之后又站起来,在房间里踱来踱去,两手插在裤袋里,考察着那些雕像。

"这是谁?"他问,用他的下巴指着莎士比亚的肖像。他用一种暗示莎士比亚和他有交情的声调说:

"很像他。"

他把拳头当作望远镜,热心地窥看着休得林,叫道:

---

[1] 旁边附铃的单面小扁鼓。

"威严的脸相！"

他又自行坐在桌子前面，叹息，说道：

"是的，'有时我们也是竞走的马呀'。"

由于这一句话他的房东们大感兴趣了。发尔发拉就讯问他的文学的好尚。用一种均匀而无色彩的声音，米托罗方诺夫通知他们：

"我最喜欢诡异的小说——譬如，《罗昌保》《街马车第十三号》或《孟提克里斯托伯爵》。在俄国作家之中最使我感动的是沙里亚伯爵，尤其是他的小说《谛亚丁巴尔的斯基伯爵》——一种历史的著作，你们必定知道的。虽然我并不留意历史……"

"为什么？"发尔发拉问，有些高兴了。

"好，你知道，我们不是生活于昨日，而是今日，以及明日。甚至没有书籍的助力，我的头脑也能发现人生的科学……"

他有四十多岁。一片匀整的秃块闪现在他的头顶上。他的两鬓也略微有些秃相。他的脸是宽阔的，他的眼光没有锋芒——他的整个面容并无别的特点。萨木金回想到那教会庶务没有留起三角须以前的样子。米托罗方诺夫的脸相也具有和许多熟悉的假面具相类似之点，他的清楚而欠谐和的声音响得好像远方传来的许多声音。

"有名的作家——托尔斯泰，譬如——使我觉得太散文的了，缺乏幻想。"他说，"有一个伊凡·伊立支害病死了咧，波士雪伐太太不忠于她的丈夫咧，这些事实有什么意味呢？平常的事实是不足取材的。"

发尔发拉的眼睛快活地闪射着克里，后者正在注意倾听着这宾客的谈话。

"倘若一切事情都是出于必要，那就毫无趣味。靴匠制造靴子的时候是无味的。但是当他杀了人，躲起来……"

米托罗方诺夫站起来说：

"对不起。我忘乎其形地谈下去了。我很感谢你们的宽容。"

"有工夫来谈谈。"萨木金邀请。

又谢谢他们，米托罗方诺夫出去了。

"蠢得出奇！"发尔发拉高声说，大笑起来。萨木金不说话。

几天之后的晚间，米托罗方诺夫又来访，用一种熟人的音调，解释道：

"我看见你们这里有灯，我问那女仆有没有客人。她说'没有'，所以我就不客气了。"

那一晚上萨木金知道伊凡·彼特洛维奇·米托罗方诺夫是一个商人的儿子，他生于叙亚城，在中学读了七年的书，但是才到第五级，当升入第六级的时候他就退学了。

"就在这时候我的父亲死了。我的母亲是一个病人，害怕我走错路，就在我二十岁那一年给我结婚。四年之后我丧失了我的妻。后来我又娶，七年之后又做了第二次鳏夫。"

他摇摇头好像尽力要弯起他的短脖子，然而它不弯。垂下眼睛，他叹息：

"我和第二任妻子住在奥里阿——她的家乡。那里患肺病的人很多。而且荨麻刺草多得可怕。所有的板围都被那些刺草遮没了。现在我有第三个妻。自然，我们没有经过结婚仪式。她到托木斯克去了，在那里她有……"

他旋起眼睛看着房间的暗角。他似乎努力在记忆他的妻在托木斯克有一个什么人，来了：

"一个兄弟。"

他是中等身材，并不粗壮，但是骨骼是大的，而且他身上的各样东西都是肥厚的。他的手是笨重难看的，他常常把它们藏在衣袋里或桌子下面，好像羞于把它们摆出来似的。他表示他曾经游历过全俄罗斯，从阿斯图拉康到阿昌格，从伊尔库次克到奥得赛；他也到过高加索和芬兰。

"你喜欢旅行吗？"萨木金问。

"不。我是——寻找工作。"

"那么你是——一个有钱人吧?"

米托罗方诺夫惊异地望着他:

"我不能按时交房金还算什么有钱人呢?我曾经有过钱,但是我和我的第二任妻子把它全花完了。我和她过得很快活,而在快活中人是无所吝惜的。"

萨木金问他正在寻找哪一类工作。

"依我的能力而定。"米托罗方诺夫回答。他又不很确定地加以解释:"看管什么吧。"

默想了一会儿之后,他微笑着说道:

"我还是小孩的时候我就羡慕站在瞭望台上的消防队员,站得那么高,看见各样东西。"

萨木金觉得这人虽然也有些尴尬,可是并不讨厌。这是为什么呢?

发尔发拉现在判定米托罗方诺夫已经不像初次来访时候那么有趣了。克里对她说:

"他有一切半通不通的人们所特有的那种哲学化的怪脾气,但是好在他的常识丰富。"

不久伊凡·彼特洛维奇·米托罗方诺夫就变为萨木金家的一个……

五

早晨,在他到克里姆林的路上,萨木金看见尼克次卡亚街头挤满了人。

"警察正在把学生赶进骑兵学校。"一个沉静的男人说明。他拿着手杖,而且牵着一条恶狗。走近萨木金,他说道:

"常有的事。"

萨木金想起鲁伯沙最近接到了流放中的古图索夫的一封信上说:

"你不必这样担心,我的鸽子。而且你被错误的观念所苦恼了……"

古图索夫接着就说明托尔斯泰是对的。学生运动有一个限度,大事件不能由此而推进,无论自由主义者如何努力。"同时,青年们的动乱,中年人的沉静的抗议,助巴托夫[1]的调和运动,以及其他——全都是细小的溪水。但是我们必不可忘记沼地的潺潺之水曾经造成了伏尔加、第聂伯和其他洪流。所以大学校里的运动对于工厂并不是完全无用的。"

回想着那封信,萨木金走到了由警察们的宽脊背所组织成的壁垒面前,肩膀挨肩膀,这些人成了一道真实可怕的城墙,他们的红脖子上的头就是那城垛。在广场上,一群学生正在放开喉咙高唱《那加伊乞卡》[2],很不谐和,这时只能辨出那歌的旋律,歌词完全淹没在叫喊和呵斥之中。警察正在把另一些穿绿色外衣的青年从莫科伐亚街驱逐到唱歌的一群里面,这一群立刻就增大了。萨木金看见许多激动地张着嘴的面影。他觉得这激动不很像愤怒而颇近于狂欢。雪正在降落,干燥得像鱼鳞片似的。

在求学时代,萨木金曾经留心避免参加街头示威。然而,有几次,他曾经在远处瞭望过警察驱散和拘捕激烈分子的光景,那时他以为他们的行动是粗暴而且可恶的。今天警察们似乎既不粗暴也不凶残,而是机械地,好像在执行一种无益而又讨厌的业务。骑马的和步行的黑制服的东西把一致绿衣服的东西驱入正在歇斯底里地咆哮着的一个大集团里面。在这光景之中有着一种愚蠢的性质,那巨大的深绿色的球正在被推着滚进骑兵学校的张着的嘴里面。萨木金混在其中的旁观者群,虽然一直沉默着,现在却咕噜起来了。

"'他们摧残树木,正在发育的嫩绿的树木。'"有人在萨木金后面

---

[1] 尼古拉二世时代莫斯科政治警察特务部长,在莫斯科组织"机器工人互助会",主张工人在经济上应与厂主斗争,而在政治上则应尊崇沙皇。

[2] 哥萨克的皮鞭。一首革命的歌曲,以"那加伊乞卡"为尾声,故名。

凄然引用这名句。他讨厌加利那的这一句诗，认为它是错误的廉价品。他看见学生群中的激昂正在增加，旁观者们的嬉戏态度迅速地变为一种愤怒。

萨木金在不远的地方，看见一个剃光了脸的高人，双手插在衣袋里。看他的服装和烟熏的面色，克里立刻知道他是一个金属工人。这人衔着一支熄灭的纸烟，在两个警察的头颅之间窥看。警察推撞学生越凶狠，这人的鼻子就越加长，脸就越加尖。看了他几次，萨木金想到列宁在《伊斯克拉》[1]上的一篇论文：

"学生曾经帮助过工人，工人必须援助学生。漠然看着官府派遣军警拘捕学生的那种情形的工人是不配称为社会主义者的。"

"好，那么怎么样呢？"萨木金问他自己，"现在他并不是漠然地看着，而是惊异地。"

他正在被推来挤去，而且有人在他的肩上急叫道：

"先生们，你们应该抗议呀！你看他们已经打他们了。先生们，他们是我们的子弟，我国的希望……"

萨木金看见，在群众的压力之下，那警察的墙已经摇动起来。他急于要逃开，要退后，但是那时他却被推上前去。他发现他自己已经到了广场里面，左前方是一位肥胖的警官，连爬带滚地奔驰着，像一捆行李似的。这警官的面孔很像《我们的园地》的编辑的面孔。

"这边走，请。"他命令萨木金，用他的戴着手套的手指着骑兵学校方面。

"我是有要紧事到法院去的。"克里解释。但是警官仍然摇摇手，大叫：

"这边走，我叫你走！"

第二分钟克里发现他自己在一群被警察推进骑兵学校去的学生之

---

[1]《火花》。

中。一个狮子鼻、红面孔的青年,没有帽子,一顶乱头发,指着克里叫道:

"同学们!这是一个便衣侦探!"

然而,立刻有一个阔肩宽脸的、黄胡子的学生抓住萨木金的肩头。

"你怎么跑到这里来了,克里·伊凡诺维奇?"那学生吃惊地叫,"你不能来这里看热闹呀。让我送你出去……"

他开始用手肘和肩头推开他的同志们,那些人就好像风吹草动似的异常容易地让开了。把萨木金推出了密集的人群之后,他说:

"再见。不认识我吗?"

克里还来不及回答,就有一个瘦小的灰衣服的男人,鸭舌帽遮着眼睛,抓住他的公事皮包,怪叫道:

"拘捕他!"

"为什么?"那学生质问。

"你管不着!"

"为什么?"那学生又问。他抓住那男人的领子,用力一摇,以至那鸭舌帽从他的头上落下来,露出一张有疤的小脸。有人从后面拉住萨木金的两肘,但是只听见哼了一声立刻就释放了。他的上衣被人紧紧地拉着。他踉踉跄跄,几乎站不稳了,警察的哨声响起来了,那学生把那男人摔在地上,狠狠地叫道:

"你混蛋!"

那学生挤出去了,打了某人一个很响的耳光。萨木金竭尽全力叫喊:

"你干什么?你知道你是在干什么?"

他的双脚发抖,他的声音咽在喉咙的深处。摇着他的公事皮包,他说出了连他自己也听不见的话,而他的周围却有许多声音:

"勇敢!打倒警察!打倒……"

萨木金看见各样东西都在旋转,跳跃。许多手和脸闪过他面前;一只手打落了他的帽子；另一手扯拉着他的公文皮包。忽然之间，米托罗方诺夫出现了，一面推开一个警察一面说：

"你在捉谁呀？你不认识我吗？"

他把克里拉到他面前，从学生群中闯了出来。当他们到了自由的空场上的时候，他拖着克里飞跑。有什么东西打在萨木金的头上。他以后就昏迷了，一直到米托罗方诺夫和一个警察把他扶上雪车才清醒过来。

"走啊！"米托罗方诺夫命令，用那公文皮包拍着车夫的脊背，然后把它塞在萨木金的腋下。他哼了一声说：

"混在那里面于你自己有什么好处呢？"

到了谛图拉那亚广场，米托罗方诺夫把住址告诉车夫，并不叫他停住，就跳下车去了。萨木金逐渐觉得身体不舒服，心境迷茫，不能看见他自己的思想。一种钝重的疼痛在他的头里面跳动。

六

在家里，萨木金无助地爬跌到长沙发上。发尔发拉不在家。紧张的寂静泛滥在那些房间里，而他的头里面却轰响着许多声音。萨木金很想记起他说过些什么话，但是记忆拒绝供给这种言语。然而，他记起来了，他曾经用奇怪的声音叫喊过奇怪的事。

"歇斯底里。"他批评他自己，"这一切是怎么发生的呢？"他惊异，闭起眼睛，不由自主地记起那一次兵营崩倒时候的他的行为。

"恰像一个不通世故的少年。"

要整理这散乱的迟滞的思想是困难的，它们集结成一种敌对他自己的苦痛的意识。

"这种群众的感情。群体的磁力。"他宽恕他自己；然而还是不自在，他说过些什么话这问题加紧地使人烦恼了。

发尔发拉终于回来了，望着他，焦急地讯问他出了什么事了，这时他拉起她的手，拉她坐在长沙发上，忽然嬉戏地谈着他自己，好像谈着一个不认识的人似的。他甚至引用了几句他想象中的他的演说词——在学生集会中常说的那一类演说词。他立刻惶惑起来，而且沉默了。

"你被打得很重吗？"发尔发拉问，温柔地，而且有点惊奇。

"不。"

小心地，他继续叙说这意外事件，留心只告诉她确实记得的事情。他并不愿意捏造，但是他显然不能不说他已经作过一番激昂的演说。

"我毫不偏袒地痛骂了警察和学生。"他解释。

他的故事使发尔发拉大为惊奇了。走近他面前。她叫道：

"你干过这种事呀？你，这样谨慎的人？"

他站起来，走了几步，停止在镜子前面，抚摸着他的头发，而且感叹道：

"分析到最后，人才知道他自己是怎样的不健全呀。"

发尔发拉用一种奇怪的声音问：

"为什么你不被捕呢？"

"他们想要捕我的，但是吵闹起来了，学生们把我推出来，推进群众里面……"

这时他才记起了米托罗方诺夫。他把他告诉她。发尔发拉用手巾扇着她的脸，急步走出房间去了。他又想到：

"我失掉我的自制力了，这是怎么回事呀？"

他惶恐地觉得他已经告诉发尔发拉的和那房客将要告诉她的其间会大相悬殊的吧。而且那些侦探当然已经注意到他，所以这故事必定还要继续下去……

发尔发拉转回来了，说：

"你的外衣上玷污了许多石灰，一个衣袋也被撕破了。噢，克里，亲爱的……"

她把她的头投在他的胸上，正在发抖呢。但是萨木金想：

"她为什么注意那外衣呢？她不相信我吗？"

然而，这并不曾伤害他的感情。他也是同样不相信或不认识他自己的。发尔发拉的温柔和惊恐却使他有些安慰。到午餐的时候，米托罗方诺夫回来了，怯怯地走进来，负疚似的微笑着，把双手藏在背后。

"他要说些什么呢？"萨木金焦急地忧虑着，眼望着他的惶惑的神情。

发尔发拉以种种感谢之词迎接米托罗方诺夫，并且请他坐在桌子前方，斟了几杯麦酒，祝贺他的健康。她开始讯问他。伊凡·彼特洛维奇却尽是咳嗽，喘气，大吃，大喝。萨木金看见他越加惶惑起来了，忍不住问他道：

"你怎样想法把我从那警察手里拉过来的呢？"

这房客抬起他的正在眯着的眼睛看看他，然后慢慢地，好像害怕说出什么不必要的话来似的，说道：

"好，你看，他们不喜欢受伤的人。那是，他们害怕他们，这是于他们不利的。所以我说：'停住！这家伙受伤了。'那巡官又恰好是我的一个熟人。我们经常在一起打象牙球……"

"他问我是谁吗？"

"不。就即使他问，他也不会找出来的。"米托罗方诺夫回答，露齿一笑。

"吃呀，伊凡·彼特洛维奇。"发尔发拉劝诱，"啊，你这人真好！"

米托罗方诺夫抬着头看看她，又看看萨木金，好像他忽然发现什么可喜的事情似的，他高兴起来了，恢复了他的自信的常态，然后欣欣然继续说：

"我站在开兹夫的书店门前。我忽然看见克里·伊凡诺维奇被人推撞着。好，我觉得想要打仗，好像我年轻时候一样：不要动着我的人呀！"

这回萨木金俩大为得意了。从那一天起,伊凡·彼特洛维奇对于他们变得更像是他们的家里人了,好像被欢迎到家里来做窝的一只野猫一样。他具有一种不招惹别人的稀有的才能,而且本能地知道他该进该退的正确时间。当萨木金夫妇有客的时候米托罗方诺夫立刻就告退了。甚至鲁伯沙来他也要走。

"对不起得很,我怕认识年轻的妇女。"他后来解释。

发尔发拉觉得他更加有趣起来了,因为他讲给她许多逸闻趣事,关于各省的生活习惯、礼仪、信仰、火灾、谋杀,以及恋爱事件等。他的善于观察的眼睛缺少滑稽的意味,甚至有些抱歉的神气,他的言语却很幽默。他讲述在白海钓鳕鱼,在西伯利亚捡柏实,在乌拉尔山采宝石。发尔发拉以为他有口才。

萨木金也倾听着他说,甚至更加注意和严肃,觉得米托罗方诺夫有着某种坚定而柔和的性格。他每次旅行回家,都把他的印象复述给他,高兴地倾听着米托罗方诺夫的娓娓动人的言辞。

"当然,我们的农民是处于不安的境地的。"米托罗方诺夫自信地发表了意见,"每个人都急于要做一个所有者,不愿做租借者。譬如,我可以用自己的钱把我的房间裱糊一新,而你做房东的却可以要求我搬出去。农民就是处于这种为难的境地之中的。这就说明了他的生活的懒惰的原因。倘若把他放在他自己的田地上他就会勤快得像一条小狗似的了。"

把双手插进他的衣袋里,他继续说:

"总之,种甜菜在别人的园地里是一种徒劳无益的事。在奥里阿有一个政治犯,在警察监视之下,是一个可敬的仁慈的老人。然而,仁慈并不能治疗那无聊。那城市是污浊的、尘垢的,充满了猪猡气,所以这好心肠的人就决定要修饰他周围人们来做他自己的事业。这样一来,我的妻——第二个,可遭了他的殃了——被高等学校开除了……"

发尔发拉突然放声大笑,以至流泪了。萨木金恐怕他们的客人会讨厌，斥责地看了她一眼，但是米托罗方诺夫并无不愉之色，显然他是以使这年轻女人开心为乐的。把手从衣袋里拉出来，他的无色彩的眼睛闪出一种微笑，他用一个手指摸摸他的稀胡子。

"好，后来——这说好话的家伙自然宣传：'播种理性的种子，仁慈的种子——'总是这一套。后来，忽然之间，你知道，他娶了一位律师的寡妇，一个房产家的寡妇，而且结婚后两年之内，我必须告诉你，他变成这样可厌的人了，好像他是一生下来就在奥里阿住了一辈子似的。"

萨木金越加确定地觉得，伊凡·彼特洛维奇对于他的旅行中的印象提供了一种正确的意见。有一夜，萨木金夫妇从剧院回来，正在铺床预备睡觉的时候，发尔发拉说：

"你知道，米托罗方诺夫可以做一个很好的丑角。他有才能。"

"你夸张了。"萨木金回答，他毫无把这房客看作一个有才能的人的意愿，"他不过是一个典型的俄罗斯人，一个精通世故的人。这种人多得数不清。"

在复活节的夜间，米托罗方诺夫在克里的眼里才具有确定的色彩和形态。

七

自从科登加广场的惨案之后，以及骑兵学校外面的事件之后，萨木金更加小心避开成群结队的人们。甚至在剧场的华丽客厅里的人群也使他嫌厌，他本能地随时挨近门口。在大街上，倘若他看见有一群人为一件偶然的事或一场争吵聚集着，他就十分留意地绕开走了。

在复活节的夜间，经不起发尔发拉的坚持的邀请，他才很勉强地一同去到克里姆林。而且一到那里的城墙上，大群人立刻就把他吸进它的黑色的胶黏的形体里面，剥夺了他的自由而且开始推动他，这时萨木金就被惨淡的失败经验所扼住。一直到他和发尔发拉被拥挤到那沙皇的荒唐的纪念碑前面,人群比较不多的地方,他的呼吸才更和缓了些。

寒冷的黑暗已经把人们挤缩成一团可怕的实体,摇动着,澎湃着,沉重地压在地面上。从加特立教堂的窗子里流出来的肥大的黄色光波浇在群众上面,使它的边缘上的黑暗显得好像蓝冰似的,而且横切过裸露的人头,显得许多光秃的脑袋很像马铃薯、胡桃和豌豆。人们比在阳光之下更小,越远越小,一直到全都变为无头无身的乌黑一团。好像黑色的"申屠"[1]似的,骑马的警察竖立在群众之上。在挨近这些马巡之一的处所站着一个高大的胖人,穿着皮领外套,一只马头似乎是从那外套上伸出来的,弯曲着,露出它的牙齿,以及灿烂的马勒。骇人地,伊凡大帝的钟塔好像一个巨大的丑陋的手指插在黑暗里面,它的基础淹没在好像波涛起伏的海洋似的一片黑色的人群之中。似乎被浪潮摇动着了。

克里·萨木金想:倘若这钟塔倒了,那就要打死几百个从阿可尼街、中国城各处来的人们,以及奥斯托洛夫斯基[2]所描写的从莫斯科河彼岸来的那些人物。还有许多人,在死的恐怖中,互相践踏的断肢残体。或者别的一种恐怖会爆裂了这集结的群体,使它毁灭,以至毁灭了周围的东西,一切建筑物、教堂,以及克里姆林的宫墙。

人群的熙熙攘攘使萨木金记起当大钟建立起来的时候的乡间的热闹。现在人们也似乎在努力举起一种在黑暗中不能看见的重大东西。人们互相冲撞着,摩擦着。他们的全部力量似乎紧张着涌向温暖的黄色光带,急于要把它自身嵌进那加特立教堂门里面,那门里正在流出一种隐约可闻的挤轧之声。这里也有一种特殊的冷静,这冷静逐渐增长,使人觉得好像沉溺在寒冷的夜和冻结的地的不灭的寂默之中。萨木金觉得挨近他的人们的面孔是含怒的,焦急地等待着曙光和温暖。发尔发拉紧挨

---

[1] 半人半马的怪物。
[2] Ostrovsky(1823—1886),俄国著名剧作家。

他站着，屡次耸动肩头，迟疑地移动着她的压在胸上的右手。萨木金以为她的受寒的面孔必定严肃起来了，然而他仍然沉默着，期待着她埋怨那寒冷和挤着她的人群。

从人群中忽然闪出了米托罗方诺夫，帽子夹在腋下，手里拿着一只银表。他站在他们旁边，用一种低音吃吃地说：

"钟立刻就要响了。"

半张着嘴，抬起头，他用突出的眼睛呆看着天，好像一个少年魅惑地仰望着一群飞翔着寻找食物的鸽子似的。

忽然有人在乌黑的天空中倾倒一个发出叮当的铜音，什么东西炸了，好像放炮似的，寂静爆裂了。光波冲开黑暗，照明了欢欣的微笑、闪烁的眼睛。整个克里姆林全都光明灿烂。许多钟的肃穆的、热闹的声音泛滥在莫斯科之上。千万只手像雀鸟飞翔在人群上面似的，画着十字。穿金色法衣的僧侣辉耀在教堂门廊上。一个头上放着多样光彩的人用一只火十字架为人民祝福。千万口舌以热情和信心同时复诵了三遍：

"真的，基督复活了。"

"基督复活了！"米托罗方诺夫呼号，而且抱吻克里。被热情所陶醉，他呜咽着，感激地抽噎道：

"你想！噢，主啊……"

他也拥抱发尔发拉，吻她摇她，咕噜着：

"即使你不相信，你也得相信呀。真的，基督复活了！不是真的吗？"

他的面颊上泛流着这样多的眼泪，好像是出汗似的从面皮上涌出来。发尔发拉，惶惑着，推开他，用祈求的眼光一瞥克里，抗告似的叫道：

"克里？"

她的声音因为怨愤和斥责而抖颤了。他们的周围已经变为这样一种神异的形势：萨木金被那房客的激动所惊扰，悔恨地苦笑了，然后不顾哪怕不雅观的惴惴之念，抱住了他的妻。

"基督复活了！发尔发拉！"

她紧挨着他的身体，同时他从她的肩头之上看着米托罗方诺夫，看着他的濡湿的脸和幸福的眼睛，而且听着他的狂喜的声音：

"何等的一瞬间啊！世界上别的任何地方他们都不能像我们这样，他们能吗？是的，为了他们全体！这不是很好吗，克里·伊凡诺维奇呀？有这么一种存在——是为他们全体的！而又在他们全体之上。对于乞丐和沙皇都一视同仁！噢，我的亲爱的人们！我们就是这样的人民……"

群众迅速地分开为显著的、不相同的各个人，很平常的人，但是都庆幸地欢喜着。他们互相脱帽，拥抱，接吻，不停地叫唤：

"基督……"

"真的……"

他们好像是第一次听见这消息似的。萨木金禁不住想到他从前把复活节的欢娱当作可笑的伪善，而现在他却莫名其妙地觉得并没有什么可笑或伪善，甚至于异常感动而且喜欢了。回头一看，他看见一切可怕的和压迫的光景都消失了。明晃晃的灯光照耀在各处，伊凡大帝的钟庞然出现了，全市的教堂的欣喜的钟声都不能淹没全市的欢呼。全个莫斯科，在还是漆黑的天下，花爆响了，火花飞升着。人能够相信无数的黄铜的声音以光辉充满了空间，相信那些教堂好像童话里的金船似的从杂乱的家宅之间升起来了。米托罗方诺夫侧身走着，转来转去，既莽撞而又小心，在群众中用手肘开路给发尔发拉，重复说着什么重要的事情。

"我们，"他继续重复，"我们……"

人们的欢悦的喧闹使克里难以听清他所说的话。萨木金夫妇是被克里的主任律师邀请去"开斋"的，但是克里忽然决定：

"发尔发拉，我们回去吧。伊凡·彼特洛维奇加入我们一起——好吗？"

"啊，我真快乐！"她叫喊。

"而我是这样——异常兴奋。"萨木金自白，迟疑地，而且有些惶惑，"明天我要向主任律师道歉。"

"千万感谢。"米托罗方诺夫说，"我以最大的欢喜加入你们。"

他不断地用手巾擦着脸，那样狂喜地挥舞着它，以至它继续触犯着一切陌生的人。当发尔发拉委婉讽示到这件事的时候，他叫道：

"不要紧。今晚谁也不会生气的。"

他们和安弗梅夫娜交换了复活节的接吻，她穿着宽大的衣服好像一座小教堂似的；又和那厨子接吻，他已经醉了，打扮得好像趣剧里的小丑似的；又和那女仆接吻，她穿着发亮的粉红衣服而且有许多飘带，使萨木金想到乡下婚礼中装饰起来的迎亲的一匹马。注意了这一切细事之后，他很幽默地微笑着，把眼镜摘掉又戴上，随时都意识到他的行为异乎寻常。他有一种奇怪的欲望，使他感觉羞惭。他想要拍着米托罗方诺夫的背，高唱"基督复活了！"想要对发尔发拉诉说欢娱的软语。她全身白色，打扮得好像一位新娘似的，漂亮而又娴静。这也激动了萨木金。他站在装饰着花朵的餐桌前面，看着那烧猪的露齿微笑的面孔，摸着他的小胡子，倾听着米托罗方诺夫在他后面说：

"道尔加诺夫先生，有这么一个人竭力证明给我基督永远没有活过，基督不过是一种捏造物。好，假定这是真的吧。怎么样呢？他或许是捏造物，可是他是，他存在！他活着，发尔发拉·吉里洛夫娜呀。在我们每个人之中都有他的一小片。那是的确的。我们或许是坏的，亲爱的太太，但是并不如此可怕，究竟……"

"我们都坐下吧。"克里邀请，欣然观察着那房客的兴奋，仔细研究着他，结论是他同时类似于巡回法庭的书记，麦尔和莫利里士百货店的会计员，"普拉加"酒店的一号侍者，大学里的一个学监，以及其他一些很平凡的人。他穿着一件黑色燕尾服，紧而又紧，一件凸花棉布的白背心，一件浆硬的衬衫，硬领显然是磨坏了又剪齐的。一杯又一杯地喝

着"兹布洛夫卡"酒,他主张:

"我们全都是源出于基督的,这是每一个人的唯一的来路。我们全都想要一种富裕而和平的生活,正如基督也想要……"

"有一个诗人。"克里说,"其实,他不是一个诗人而是一个教堂庶务……"

"一个教堂庶务,是的!"米托罗方诺夫慨然承认,"怎样呢?"

"他对基督说:

即使是我们恨你的时候:
我们也还不过是爱你;
即使我们憎恨吧,
我们总不过是你的仆役。"

"这是怎么回事?"米托罗方诺夫问,举着一只酒杯到嘴面前。当克里又重复他的话的时候,他把没有喝过的酒杯放在桌上,眉头打结,大有深意地眯着眼睛。

"那或许是真的,但是有些——新异。"发尔发拉说,沉思地。

"一个教堂庶务,你说?"米托罗方诺夫质问。"他是一个醉汉吗?只有醉了的时候人们才会说这种话。"他解释。他喝完那一杯酒,然后请求:"够了,够了,发尔发拉·吉里洛夫娜。不要再倒给我了,否则我要醉了。"

他又说:

"我不知道憎恨。没有可恨的人也没有可恨的事。感觉苦恼一小时或两小时——那是十分可能的。但是恨,为什么呢?恨谁?各样事都依照自然法则而行,因此而向上发展。我的父亲常用棍子打我的母亲,但是我从来没有对女人动过手,虽然或许我应该打人。"

"那就或许不是向上而是向下了吧?"发尔发拉提示,疑问地。这一说引起了萨木金的一句笑话：

"你想要我打你吗？"

"这是不能想象的。"米托罗方诺夫叫喊，大笑起来了。把他的头向左右摇摆了两次，他站起来：

"我只能喝——你知道——一小点儿。而且我醉了的时候，我就不好了。"

他又大笑，这回声音很高，而且用同样高声说：

"现在我醉了。我甚至会哭，对神发誓！哭呀哭呀，而我必定要说鬼才知道我哭什么！好，谢谢你们的厚爱……"

"一个可爱的人。"发尔发拉叹赏地说，当那房客走了之后。

天亮了。一些淡蓝色的云洞出现在灰白的天上。在一个洞里辉耀着一颗星。

"一个从民间来的人。"克里说，走近他的妻，"就是这样。从民间来的。确是这样。但是我也有一小点儿醉了。"

他紧抱住发尔发拉，把她从椅子上举起来，而且吻着她，但是她捶着他，轻声祈求：

"不。请你不要动我。"

温婉地从他的环抱中挣脱出来，她用手拍拍她的前额，颇为喜剧地。

"头痛吗？"

"不，但是——这是怎么回事，各样都是不能理解的呀，亲爱的克里，"她悄悄地说，闭着她的眼睛，"美是不可思议的吗——那是使人眩惑的美吗，是不是？现在他去了——我们来吃烧猪并且讨论基督……"

"我的小乖，你是怎么回事了？"萨木金问，温柔地，但是有些烦恼了。

"这是我的愚蠢，我知道。但是，你看，人觉得有一点儿伤感——不觉得吗？"

她注视着他的脸,疑问地,悲哀地。克里觉得她快要流泪了。

"你过于兴奋了。就是这么回事!"

"是的。我还是去睡吧。"她说,而且急步走进她的房里去了。门栓响了两下。

"她疲乏而且神经过敏。"克里判定,感谢她在没有破坏他的心情以前她就离开了,"她似乎比从前更年轻更天真咧。"

回到桌子前面,他喝了一杯葡萄酒,双手抄在背后,从窗里看出去,看着天,看着现在在蓝天上约略可见的白色的星,又看着家宅门上的灯。在他的记忆中这几个字自然复现了:

"基督死而复生了……"

克里·萨木金环顾左右,悠悠地歌唱:

"以死克服了死……"

"或是正在'克服'呢?"他很严肃地用低音质问某人,他温和地用中音再唱。

"正在以死来克服死……"

他又向四围看看,而且听听。只有寂静存在家里和街上。

"我唱歌自然是可笑的事。但是我——并不呜咽。这就是我的价值的所在。"他大声说明,"我唱是因为我有一点儿醉了。"

他想要高声歌唱,庄严地,好像在教堂里似的,那么发尔发拉就会从房里出来,穿着白衣服,好像要行婚礼似的。

"这是有些愚蠢的,但是完全不可思议!米托罗方诺夫醉了的时候就哭,而我就唱。"他自己辩解,羞惭着,紧紧地闭住眼睛防止泪水的流出。他的眼睛还是闭着,他摸索着一只椅背,小心地坐下,留意不要发生一点响声。现在他已经不想要发尔发拉出来,他甚至恐怕她会出来。不顾他的努力,眼泪从睫毛下面奔出来了。急忙用手巾擦掉它们,他想:

"有些错误——不应有的错误——在我的生活中。"

那颗星已经消灭了,但是那盏灯,虽然苍白,还在燃着,淡淡地照明了对面家宅的窗子,纱布窗幕,和幕后花草的影荫。

八

回想着他的抒情诗的心境和对于生活的不满意,萨木金谦卑地好笑起来了。不。生活并没有把它自身安排得那样恶劣。发尔发拉正在专心熟读象征派的诗歌和散文,而且用艺术史一类书籍围绕着她自己。觉察了她正在预备充当一个"沙龙"[1]的女主人,萨木金就教导她:

"必须知道各样事情,倘若可能,但是不要执迷于任何事物,'各样事物来来去去,大地却永远留存'。虽然关于大地的话也未必是真的。"

她曾经向他提议星期六晚间召些朋友来家里"座谈",但是克里问道:

"你相信你能够对付每星期六来你家里的各种人物,妥当无误吗?不。我以为还太早咧。"

关于这一点,她和他有些争执了,但是不很坚决。萨木金是喜欢逗恼她的。事情偏不如他的意,他们的熟人的数目自动地不断增多了。人们不倦地从那家游到这家,越来越多。他们都为好奇心所苦,渴望新闻,而且有一种新奇的焦躁不安。

"你知道吗?你听说了吗?你以为如何?"他们互相讯问,也讯问萨木金。

他们互相证明俄国很快地富足起来了。奥斯托洛夫斯基所描写的商人阶级几乎衰亡了,不再显现于莫斯科市。现在新兴的一般实业家并非完全没有兴味于文化、艺术和政治。萨木金以为说起这些话来应该是津津乐道,表示满足之情,甚或妒羡别人的成功。而他在这些谈论中所

---

[1] Salon,法语,意译客厅,文人学士雅集之所。

听见的却全是仇恨之词。人们所乐道的却是学生的捣乱、工人的罢工、农村的贫穷化,以及政府官吏的愚蠢。他仍然不为所动,完全赞同台谛亚娜·戈金娜在一场热烈的争论中的叫喊:

"依我的意见,我们全是些懒人、游荡儿,以及社会动摇中的牺牲者。我们不过是如此而已!"

"这是真的。"他对她说,"正确地说,这些害热病的人们,不知道他们自己要干什么;这些知识分子就只能在房间的墙壁以内制造所谓社会动摇,至多也不过是在莫斯科境界以内。超出这境界以外,却和平地流行着素朴的人们的正常的勤劳的生活……"

"喂,你知道,你似乎也是……"台谛亚娜插嘴,停了一会儿她用一个轻蔑的微笑补足她的意思,"谁也不知道你是什么!"

这姑娘,虽然不善于俏皮,却时常对每个人说俏皮话。

米托罗方诺夫常来访问;他悠悠地喝完五六杯茶;漠然吃着面包、饼干,以及任何可吃的东西,因此带和平到这里来了。

"好,你找到了工作了吗?"发尔发拉问。

"不!"他回答,既不忧愁也不烦恼,"因为在此地找工作是困难的。你不能硬钻进什么地方去。这里的人们,像蜜蜂一样,喜欢吃甜头。那或许不过是十个'戈比克',但是你必须给他们!一种贪鄙的人民!"

他用揉成一团的手巾揩揩他的湿嘴唇,然后讲起哲学来了:

"人为什么要贪鄙呢?我们都活不到一百岁。各人都有着足够的一份的。不!莫斯科是贪污的。西伯利亚人、乌克兰人,以及别的人们都不喜欢莫斯科,这不是没有原因的。你试看鞑靼人,和这种人相处是快乐的。鞑靼人是一种安静的人。他们的《古兰经》禁止他们贪鄙或匆忙。有一个人,几乎可以称为一位教授的,有一次向我发牢骚:狄密徒立沙皇解除了鞑靼人的束缚,他说,这是毫不必要的,因为我们正好借此从安静的、整洁的、不贪的鞑靼人那得到大利益咧。而且后来彼得大帝又输入了德国人和犹太人——据说有一个犹太人做他的国务大臣——于是这些外来的人们的贪欲就污染了莫斯科。"

是的。克里·萨米金的生活是很顺调地流动着的。然而，它忽然冲破了它的平稳的提防。

第十六章

一

事情开始于查理·阿孟的著名的大戏院中。阿孟的信条是:"各个都市必须像巴黎一样。"他又常说:"当人不很快活的时候,就不很像人,不十分适于生存。"

因为要教导俄罗斯人"适于生存",阿孟在莫斯科创立了一种巨大的白热的炉子似的东西,在其中他陈列了最美最荡的女人来烘干这潮湿的俄罗斯人。

走进阿孟的建筑物里,看客真是得到了走进火炉的印象,光亮得令人目眩,而又过度温热。无数的镜面把光线增强了一千倍,正在熔化似的金色油漆在墙上反映出炽热的红光。一个热火炉的印象更加明显了,从厢楼上向下看的时候。在晕眩的眼睛前面张开一个长形的深坑,好像墓穴似的。那底层和两旁的包厢都被雪亮的灯光交相照明。男人们的秃头红得发紫。女人们的裸露的肩背像奶油似的在熔化。所有的手都拍起来赞赏那更其裸露的发光的女优。舞台前的音乐轰响着,各民族的女人尖声歌唱着,抽动地舞蹈着。

萨木金夫妇到阿孟戏院去看阿连娜·提里卜尼伐的初次上演。她刚从外国回来。她在巴黎和维也纳上演之后,更加增了她的豪奢和泼辣的名声,大半是因为她激怒了那些鉴赏家和道德家的种种逸闻轶事。甚至在她漫游外国以前,她就已享了"心血吸食者"的盛名了。她曾经和歌剧团游历了几个省城。纪念她的游踪的是两个人为她企图自杀,和她拨弄那些作威作福的富豪的种种恶剧。萨木金的母亲写信给他说,鲁滨生死前不久,已经脱离了《我们的园地》,曾经和编辑争吵,因为后者不肯发表他的论文《关于疯麻患者》——"在这最粗鄙的论文里,这可怜的病人称阿连娜为'塞洛木圣水''疗治泥'云云,天晓得她是什么东西"。

在阿孟戏院里,阿连娜出现在最后一个节目里,表演了一个不很真切的场面:开幕的时候,在"全莫斯科"眼前现出一个女优的富丽的化妆室;在室的中央,在一个三面镜架的前方,阿连娜穿着像外套似的一件寝衣,背对观众站着。低声歌唱着,她正在梳理她的头发,移动着她的好像是假造的手。忽然,外衣从她的肩上滑下来。她裸露在浮云似的轻纱里,然后带着娇懒的微笑,在脚灯前面逍遥地走了两三回。观众用长柄眼镜和望远镜默默地观察着她。在厅堂的寂静中,提琴和小提琴凄婉地歌吟着,竖笛哀鸣,横笛料峭,来尼华尔兹的细腻肉感的悠缓的音乐充满了辉煌的厅堂,但是并未淹没了阿连娜低唱着的感伤的法兰西歌曲。

这女人表现得如此自信和熟练,她好像在她自己的房间里,既没看见也没感觉那些观众似的。她看着剧场好像是一片空场,或者一个远方,而且她的容貌好像是一个正在做着美梦的少女似的,她的柔和的大眼睛,使她的不合身的服装显出圣洁的气氛。然后她拍拍手。两个少女出现了，一个黑头发红衣服，另一个红头发淡蓝衣服。她们灵巧地替她穿衣脱衣，换到第三次——妒羡的私语和赞颂的乐声从观众席上和音乐队中悠扬起来了。幕落下来了，观众吝啬地喝彩了，因为都知道这不过是序幕。

当再开幕的时候，阿连娜的重要场面开始了。她堂皇地走到脚灯面前，她的异样轻薄的白衣显露出她的肉体的每一活动。红玫瑰花戴在她的栗色的发上和胸上。摇摆着她的屁股，她开始歌唱，以娴雅的姿势加强那法国香艳的小曲的特殊的词意。当她举起手的时候，那宽袖子就好像翅膀似的鼓荡着。她的洁白的双翼和她的艳冶的容颜，她的慈祥的眼光和她的无耻的歌词，其间所有的矛盾是使人惶惑的。

她唱的是被税官搜查的情节。

"好了！好了！"她命令，笑着，娇懒地叫喊和叹息，抗议那无形的税官的手冒犯了她自己，种种防闲的姿势和拘挛的运动都遵循着逐渐增加的音乐的肉感的旋律。萨木金以为倘若她的运动不加以节制，那就要成为无耻的了。

她的身体抖颤着，飘浮着，软弱着，显然是任随那些无形的手的鄙俗的抚摩。这时她的脸上有一种厌烦而傲慢的微笑，她的眼睛里闪出莽撞的、嘲弄的光辉。她的歌声才一停止，她的灵敏的举动就有一种效力，使她所厌倦的无形的手变为数百双真的、活的手，疯狂地拍着，贪馋地向她伸着，预备脱光她的衣服和揉乱她的头发。她的眼睛变成窄的了；用舌尖舔着嘴唇，她胜利地俯视着那些热衷的人们，对着他们点点头。

"是的，这是巴黎式。"有人在萨木金后面用内行人的声调满足地批评。回答这批评的是一声赞叹：

"真漂亮的女人！"

萨木金不拍掌。他是愤愤不平的。在中歇的时间，当他打开男子休息室的时候，他看见图洛波伊夫的形象映在镜子里面。他想要退出，但是图洛波伊夫并不转身，在镜面里微笑了。

"居然遇见你了！"

他正在刷他的头发，但是他把闲着的一只手伸给萨木金。然后，扭着他的拿破仑三世式的胡子，他讯问萨木金的健康，而且把刷子抛在洗手台上，碰着一只黄铜烟缸。刷子跌落在一个黄脸的矮胖子的脚上，胖子期待地瞅了图洛波伊夫一眼，但是后者毫不动容。那人咕噜道：

"这是应该道歉的。"

"不必定人人如此，也不常常如此，你看。"图洛波伊夫傲然批驳。他机械地微笑了，观察着萨木金。

"你喜欢这小酒店吗？"

萨木金默默地耸动肩头，同时图洛波伊夫继续苛刻地说道：

"我没有见过比这场所更不堪的东西。虽然——更讨厌的是这些男人。显然，他们都是特种的男人，是不是？再见。"

他又伸手给萨木金，而且用齿音说："你知道，人在开始理解拉伐科[1]了，嗯？"

这些话引起了萨木金的满腔敌意。克里觉得他内心的某种东西炸裂了。干硬的、恶意的话自然而然地从他的嘴里流出来：

"倘若这里有第三个人你就不会这样说了吧？"

"我为什么不会？"图洛波伊夫问，竖起他的眉毛。他的勉强的微笑消失了，他的脸色是阴沉的，"绝不是的。我常常怎样想就怎样说"。

"常常？真的吗？"萨木金咕噜，看见镜子里的他的怒容。

"你——有点坏脾气吧？"图洛波伊夫质问。随便点点头，他走出去了。萨木金摘下眼镜，用发抖的手指揩揩镜片，而且他还能看见他前面的英爽的体态，以及一个时髦人物鄙视一个衣冠不入时的人的眼光。

"这骄纵的标本！"萨木金苦恼地想，"猪猡！他来替被他弄成娼妇

---

[1] Ravachol，未详，疑系无政府主义的掷炸弹的著名人物。

似的那女人捧场。他以穷光蛋嫉妒富人的那种动机高唱着急进的论调——他已经丧失了他的财富了。"

嘲骂着那人，他朦胧认识他的恼怒是过分的，但是禁不住它的激增，好像什么毒气弥漫在他的心里似的。和发尔发拉并肩坐着，他继续思索着那血气方刚的贵族子弟，这人以为赞成一个无政府主义者的行动是可能的。克里就这样损坏了这一宵。怀抱着怨恨，他的眼睛固执地在拥挤的观众中搜索着图洛波伊夫。

舞台上的白翅的人又唱起来了，散布着兴奋与诱惑，使观众中发生轻笑和私语。发尔发拉俯身向前，翘起她的头。萨木金横看了她一眼，悄声说道：

"女人们应该向她抗议。"

"为什么？"发尔发拉问，刚才睡醒似的。

"这是诲淫。"

"那么男人也应该抗议——"发尔发拉回答，又沉静地入梦了似的。然后她赞叹了："她有何等的风姿呀！何等的魔力——她是了不得的！"

"她是无才能的。"

"美貌不是一种才能吗？"

萨木金，觉得他的舌头上有一句粗鄙的反语，并不回答。

他不能在观众中发现图洛波伊夫，但是他幻想他看见刘托夫的特异的脸面在一个包厢里。他察看着观众，使他越加恼怒，以至违心地承认图洛波伊夫的话是对的：在这异教崇拜的场所里聚集着各种邪恶的典型。男的多半是秃头胖子，女的多半是过于裸露的年长者。许多裸露的脊背、肩头、手臂，显出黄的或红的皮肤。在包厢的围栏上，和巧克力糖盒及花束摆在一起的是女人的奶包。那样显露的奶包使人想到故意显示残疾以催起怜悯的乞丐的夸张性。镜面出奇地把这些似乎要熔解在强烈的灯光之下的肥肉增多了几倍，灯光也被镜面的白亮增加了一千倍。

那白翅的女人正在唱着肉麻的歌曲，风骚地摇摆着她的肉体，诱起男人们的性欲。女人们也显然动心了,耸耸她们的肩头,好像脊骨酥痒似的。这是不能想象的:这些为父为母的人们,倘若有思想的话,想些什么和怎样想法呢,对于政府要用兵役来惩罚的学生们,对于俄罗斯,在其中有革命热情的人们正在飞速地增多,在其中有一个帝室贵胄称赞无政府主义者的炸弹。

默念着这点,萨木金忽然精神一振,觉得他自己能够站起来痛骂一通。甚至他似乎看见许多人惶恐地回头看着他。但是他立刻明白,即使他的声音异常强大,也要淹没在人们的狂噪里面,在他们的震响的掌声里面的。

"顶好是用水龙来冲刷这些混蛋。"他说,十分大声地。发尔发拉站起来,咕噜着:

"大喝彩了——好像那一次对于尔莫洛伐似的。瞧!她好像一只天鹅……"

"走啊!"

二

街上正下着大雪,把人和马都弄得一塌糊涂。白色的绒毛积在发尔发拉的帽上和肩上,而且迷瞎了萨木金的眼睛。有人突然推了他一下。

"对不起——噢,是你吗?"

刘托夫,上衣没有扣好而且帽子偏戴在脑后,把萨木金推挤到墙边,对着他的脸小声说:"他们已经枪杀了一个大臣——包戈里坡夫——这是事实。"

提高他的声音,他说:

"和我去吃晚餐吧?我们包一个房间,谈谈。哀戈·加波维奇!"

他招招手,立刻就有一匹马拉着一辆小雪车来了,好像那手把它从雪里招出似的。把萨木金推到它前面,他小声说:

"加波维奇——这是他的名字——哀戈，到提士托夫去！发尔发拉·吉里洛夫娜，坐在我的膝上来。"

他的动作匆忙得好像要劫掠发尔发拉似的。萨木金用手抱住刘托夫的腰以免从车上摔下去，气得无语可说。当他们到了空旷的大街上的时候，车夫弯起脖子用低音小声说道：

"弗拉得米·伐西里维奇，一个警察说学生们杀了一个大臣。"

"真的吗？什么大臣？"刘托夫机警地问，做出一种恐慌的表情，同时用手肘撞了克里一下。

"管理学生的大臣，我想。"

"为什么？"

"上帝知道为什么。"

"你怎样想法呢？"

"他们反叛。那些学生那些新兵——他们常常……"

"好，赶快！噢，他们这些鬼东西……"

"他是一个老人吗？"发尔发拉问。

"不很老。"刘托夫高兴地大声回答。坐在酒店的雅座里，他搓着手问她："鲟鱼汤、果汁面饼？"

对着一个好像一尊神像似的老侍者，他说："你听候命令，马加里庇特洛夫！其余的你去配合。快。"

侍者刚一出去，刘托夫就拍拍萨木金的肩头，用低音开始急促地说下去，同时做出种种鬼脸而且东瞻西顾："好，平民主义者对于你们马克思主义者施展卑劣的手段。嘻！嘻！现在大家都说青年们愿受他们的领导。我敢说！事情的全部不在于一个大臣被刺——他们将来还要刺杀另一些哪。莫狄文这一流人造成新偶像了。重要的是青年们愿意追随那些不空谈只是实干的人。是的，先生！"

"倘若革命运动又转入了恐怖主义的路线。"萨木金严肃地开始，但是刘托夫遮断了他的话，"早已转入了，正在进行。直线是最捷径……"

"不要忘记了恶兆的乌鸦……"

"它一直飞去而且好好地活着。我的好朋友！更简捷的是战斗，更困难的是坐待。"

"你说话的声音太高了。"发尔发拉警告，正在仔细考察着镜子里的她自己。

踌躇于这暗杀的事件，这必然使生活混乱的事件，萨木金还没有决定怎样和刘托夫谈论它，而后者的不自然的，几乎无理由的兴奋和他的离奇的、责备的声调却使他恼怒了。

"或者这事件是用他的钱组织起来的吧？"萨木金想。

禁不住他自己，他咕噜道："你谈论这宗事好像它对于你有些好处似的。"

毫不客气地推开发尔发拉，刘托夫跑到萨木金面前，张开嘴，而立刻又闭起，这才说出了显然是他不愿说的话："我是——我的国家的国民，在它里面发生的事……"

侍者们进来了，送上食物的盘子。他中断了他的谈话，瞅着萨木金："那车夫——不是伟大的吗？谈起来好像在谈论一只野兔似的。请坐下，发尔发拉·吉里洛夫娜。"

在吃的时候，刘托夫激动地胡乱吃喝，说话最多。萨木金越加被他的荒唐话所扰乱了。发尔发拉恹恹地吃着，而且当刘托夫急叫一声的时候，她的肩头就一耸，好像害怕什么打在头上似的。克里觉得他的妻还是坐在阿孟剧场里的那一副神气。

"是的，你已经迷失了道路。"刘托夫重复说，几乎是嘲弄地。

"我以为现在，劳工运动必须是群众运动——"萨木金开始说。刘托夫推开他的盘子，而且欣欣然轻声叫道："好，好——那么怎么样呢？"

他忽然大笑，他的脸皮皱成老人似的，他的身体动摇着，他的手搓了又搓。他的眼睛，隐藏在皱纹的褶缝里，看着萨木金，使他觉得好像被苍蝇撩着似的。那大笑使发尔发拉放下了她的刀叉。她低着头急忙揩揩嘴唇,好像吃着很辣的东西似的。萨木金觉得刘托夫的笑声的讨厌正如从前在别墅里钓那幻想的猫鱼之后一样。

"什么事情使你这么喜欢?"他恼怒地问,但是有些惶惑。

"噢,我的好朋友!"刘托夫叫喊,笑倒了,正在恢复他的呼吸。转向发尔发拉,他说:"劳工运动,他说,嗯?你的意见怎样,发尔发拉·吉里洛夫娜?他需要劳工运动干什么?"

"我对于政治学没有兴味。"发尔发拉干硬地回答,把酒杯举到唇边。

刘托夫又笑倒了,骇得萨木金恐怕会闹出乱子。这笑里面是有着某种爆发性的。

"恭贺你的前途发展哪!"刘托夫尖声地叫,举起酒杯,然后反讽地说,"哦,是的,是的——劳工运动引起某种知识分子的大希望,他们想要——好,我真不知道他们想要干什么。另一方面,以助巴托夫[1]为例。他也是一个知识分子;他显然想要工人和厂主斗争,但是不可冒犯沙皇。这就是政治学!这就是马克思主义!知识阶级的将来的领袖……"

发尔发拉惊恐地呆看着他——刘托夫已经醉了。他的斜眼睛失了活气,他的四肢抖颤着,他的手指捏不稳叉子。萨木金不相信这突然的沉醉。他看见过刘托夫装醉作怪,这并不是第一次了。况且,他看见这穿着商人燕尾服的人一点不像学生时代的刘托夫,除了那斜眼睛而外。甚至他的腔调都变了。他不再使用"教会斯拉夫"的词句,或炫学的成语,而是说着莫斯科的土话。这一切都暗示给克里某种狡计。

"是的,"刘托夫说,"现在手枪登场了。你听说过甲堡的三角自杀

---

[1] 尼古拉二世时代莫斯科政治警察特务部长,在莫斯科组织"机器工人互助会",主张工人在经济上应与厂主斗争,而在政治上则应尊崇沙皇。

吗？一个男学生、一个女学生和一个官吏。一个官吏。"他重复，用重音，"我以为这不是浪漫故事，而是浪漫主义。不久之后，辛非洛甫的另一个学生也把一粒子弹射进脑袋。这是俄罗斯的两个极端……"

他降低声调说："还有一个学生，波次尼，或是波支尼——一个外国人，你知道——从列车窗子里高呼：'革命万岁！'他是被征调去服兵役的，而他这样叫喊，你瞧！那么我们政府的天才的官员怎样把这叫喊翻译成他们懂得的言语呢？他们应该对他们自己说，'我们是一个白痴的政府'，而且……"

发尔发拉站起来了。萨木金欣然对她点点头："是的，现在是我们走的时候了……"

"我们生存在一个疯狂的国家里面。"刘托夫悄声对他说，算是临别赠言，"在这最疯狂的……"

在街上，他俩才一离开刘托夫，发尔发拉就大声批评："我的天！什么东西！真恶心。村夫的傲慢！那笑声！你能忍受吗？你为什么不早叫他走呢？"

萨木金恐怕他一回答就会失之夸张，保持着沉默。在家里她又谈到刘托夫："我不明白他的意思——暗杀了那大臣，他是喜欢呢或是害怕呢。"

在她看来这显然不是一件很严重的事，因为她立刻就接着说："据说他为阿连娜花了许多钱。"

"十分可能。"萨木金咕噜，正在被他自己的思想夹缠着。他觉得释然了，这时他的妻把她自己隐藏在床里，叹息道："但是阿连娜是了不得的美呀！"——然后沉默了。

三

萨木金可以把他自己比作广场里的一个柱灯。人们忽然出现了，从街道上匆匆走来；走进他的光圈之中，叫嚷了一小会儿，又不见了，已经表示了他们的无意义。他们并不能带给他任何新事物或兴味，他们不过是使他记起在书上读过的或在生活中见过的熟悉的东西。但是这暗杀大臣的事件却有些出乎意料而且令人失措。他当然不赞成这种行为，但是他无法决定要怎样说才好。

甚至在去到那酒店的路上，他就已想过：鲁伯沙在三个星期以前到圣彼得堡去了，现在据说在那里害病咧，他疑心她，由于她的仁慈，或者和这暗杀有关系吧。像她那样仁慈的人是什么事都能干出来的。这样的人们是神秘的怪物，往往变态。无论如何，他们是意志薄弱的。米托罗方诺夫却是一个正常状态的人，既不仁慈也不凶恶。很可惜他已经到各省找工作去了。米霞叔叔在医院里治疗他从监狱里得来的风湿痹。他和鲁伯沙都是讨厌的房客。可怪的是发尔发拉不理解这事实。她平常是很能识别人物的。

她对于梭莫伐的态度是不一贯的。有时她差不多是爱惜她，照顾她，帮助她替囚犯缝东西，勤快地替政治的"红十字"募捐赠；而忽然她会问她："鲁伯沙，你打算从事修女事业一辈子吗？"

这样说过之后，她就故意避免和那姑娘会面。萨木金并不关心她们友好的动机或她们失和的原因，但是有一次他问发尔发拉："你以为梭莫伐怎么样？"

发尔发拉立刻回答，好像是早已想定了的："她是一个真正的俄罗斯人，一个仁慈的姑娘，一个即使没有幸福也能快活的人。"

又有一次她说："有时我以为倘若她没有受过教育和不热心于公共事业，她就能够变为，仅仅由于她的仁慈，一个荡妇，甚或一个妓女，而且我相信她能够作出这样感伤的歌曲：

> 我的母亲，她爱我，打扮我——
> 她看见女儿就快活。

如今女儿跟着情郎私逃了，
　　正在黑暗秋夜中……"

　　郑重地凄然背诵了这几句之后，发尔发拉问："像这一类的小曲，或《马路茜亚饮毒药》，不都是妓女作的吗？"

　　"关于这一点我没有知识。"萨木金回答。

　　他又想到圣彼得堡的暗杀，怎么一回事呢？一个激烈的男子的个人行动吗，或者是平民主义者终于决定"从言论到实行"了呢？他昏昏入睡了，心想着：恐怖主义在道德上是不许可的，在实践上也不重要，这是二十年前早已证明了的。当然，暗杀了一个大臣是要引起一切敏感的人们的激动的。

　　然而，第二天早晨他才一走进他的主任的办事室，主任迎接他的是一通激动的叫喊："喂，你看报了吗？包戈里坡夫被一个年轻的蠢材打碎了。这是政府自身造成的结果，一群没有脑筋的东西！你要喝咖啡吗？你自便吧。"

　　萨木金做出专心喝咖啡的样子，因为这才能够守住缄默。他的主任从来没有和他谈过政治，而且萨木金知道他对于政治没有多大兴趣，保持着一种自由职业者的超然态度。然而，现在他说："我们必须承认这事件是对政府屠杀大批青年的当然的回答。强迫学生当兵，这简直是倒退回尼古拉一世时代……"

　　主任律师大约五十岁了，仪表堂皇——一个硕大的头颅上顶着一蓬灰色粗毛。他的眉毛也是粗而且灰的。他的明亮的嘴唇，像女人似的，缩成一种娴雅或怀疑的表情。那毛发和嘴唇很增加了他的剃光的面孔的俊俏，好像一个表演英雄故事的男优的面孔。他的颈骨上有一张紫色静脉的细网络。他的下眼皮略微松弛，使他鼓起的鱼目似的眼睛显出闪烁的表情。他走路的时候，头向前伸着好像公牛似的，庄重地运送着他约略突出的肚子。他的左手继续玩弄着表链上的各种小饰物；他的右手以一种固执的姿势在空中一起一落,他的阔手掌飘来飘去,好像小鲷鱼在水里面似的。他的手肘是异样地长,他的手扁平到难看的程度。他有办事很认真的声名。他常在斯托里那或雅尔饭店狂饮,每年游一次巴黎。已经和他的妻分离了许久了,单独住在一处大煞风景的公寓里,这地方即使是在晴朗的白天也有一种灰暗的暮色,而且空气中充满了雪茄和腐败物的万难铲除的臭味。这种臭味在他的简素的办事室里尤其浓重,这房里的两只书架好像是当作窗子用来开通这肥大书籍的世界的,真的窗子却紧靠着一座奇异的小教堂的后院,隐藏在树木之中。主任是喜欢引用诗句的,常常背诵纳特生[1]的名句:"青年视我辈,已成陌路人。"他特别偏爱戈林尼乞夫-苦杜莎夫的悲观的抒情诗。不久以前,他曾经对萨木金说过:"我是一个孤独的人,我的朋友,而且我已经尽完了我的任务。"

今天,挥着他的雪茄烟好像乐队指挥的指挥棍似的,他说:"我们,有经验的公务员……"

他的声音好像从他的雪茄上流出来的烟似的缥缈。

"我们的工厂的锅炉的生产力还小,所以我们必须长期等待,俄国农民才能被溶解为无产阶级,感受国家的重要问题——你们这一辈,生活意志很旺盛,当然要采取积极行动对付那反动的统治,这是十分自然的事……"

他说下去,一直到那支雪茄烧完了。萨木金以为他的主任急于想要使他领会某种东西,但是他不能理解那是什么。

他和这前辈同车到法院去。律师们和法官们正在那里专心讨论那暗杀事件,好像它是一件普通罪案似的。一种使人安慰的情形出现了:几乎每个人都承认这是私人的报复行为。有一个律师,绰号磁石,红头发,大牙齿,使萨木金记起一个英国人的一幅拙劣的漫画。这家伙公然

---

[1] Nadson(1862—1887),俄国诗人,感伤的人道主义者。

大叫:"作为私人的反抗,那是没有意义的。"

几天以后,萨木金自信莫斯科没有一个聪明人,因为他没有遇见过一个愤恨这暗杀的人。学生们装出胜利者的神气招摇过市。只有在普里士的团体里面,这事件却引起了一场争吵。兹米伊夫激昂地摇摇手,叫道:"这种刺激不过是使那些反动的猪猡愤怒起来!"

这一叫是对着里多助波夫的,他坐在角落里,两臂照例支在膝头上,仰望着兹米伊夫,活动着眉毛和嘴唇,随时呻吟着。彼林的夫也攻击他,摇着一个手指好像要戳穿里多助波夫的前额似的:"据说:'举起剑者……'嗯,嗯。"

"但是说这话的人也说过:'没有和平,但有一剑……'"里多助波夫威吓地反驳。

"出于失意的行动不能有有益的结果。"台拉梭夫教训他。

甚至普里士,常是拘泥礼节的,也分明用一种和野蛮人会话的声调对里多助波夫说:"你还不能懂得恐怖主义是用土法医治老毛病的办法吗?我们需要领袖人才,教养很高的人才,不要乡下的土医生……"

里多助波夫哼了一声,冷酷地说道:"将来的领袖都被武力押解进兵营里去了——你懂得这意思吗,不懂吗?这就是说他们正在使军队革命化。这就是说政府正在把国家引导到无政府状况。这是你所需要的吗?"

这里的一切都是萨木金所熟悉的,并无变动,可异的就只是这从前主张"勿以暴力抵抗罪恶"的人替恐怖主义辩护。是的。或许在这里谈话的就是些聪明人吧,但是萨木金觉得他有些超过他们了。他们还在文字的旋涡里绕圈子,不知要绕到什么地方停滞在生活的旁道上,而生活自身正在日益剧烈地变动着。

四

鲁伯沙回到莫斯科了,冷得缩作一团。她的眼睛红了,发着高热,咳嗽而且打喷嚏。她粗声大气地告诉萨木金两人关于圣彼得堡的喀山教堂门前的示威[1]，关于警察和哥萨克兵袭击示威者和旁观者的情形。她发狂似的讲着她的故事："想想看！当那些凶暴的奴才冲过来的时候，没有一个人逃走——一个也没有。他们打退——啊。打退！怎样！我的亲爱的人们哪！"她叫喊，挥舞着她的手："我在那里看见了不得的好汉：斯徒洛夫、台干-巴拉诺夫斯基、米海洛维斯基、亚古波维奇……"

用同样的声势，她又说了圣彼得堡大学生的另一个团体，他们的口号是：大学是学术机关，打倒政治党派。

"你也喜欢这个吗？"萨木金苦笑着问。

"你或许以它为奇怪，我可一点也不担忧。"她回答，好像吃惊似的，"你知道，各样事情都更分明起来了——谁是什么，因为什么。"

克里讯问包戈里坡夫事件，她答道："噢，是的——他们说加波维奇不会处死刑的，不过是判罚苦役。他行刺的那一天我在普士可夫，但是我回到圣彼得堡的时候，已经不成问题了。噢，克里，他们在圣彼得堡过着怎样的生活啊！"

她的热情干涸掉了，当她谈到她和萨木金俩的朋友们的时候："里狄正在研究宗教史，但是她为什么需要那个，我不明白。她像一个修女似的单独住着，去歌剧场，去音乐会。"

鲁伯沙忽然沉默了一会儿。然后她说，悲哀地："她原来古怪，而现在简直是莫名其妙了。她总是谈些乏味的事情。她正在迷恋着一个什么女诗人，那女人把她自己扮作天使，在衣服上装起两只翅膀，当众歌诵着：'我需要不存在的东西呀。'马加洛夫也迷住了，虽然有些不同。他和里狄辩论，但是我不说辩论什么。我听说马加洛夫在此地发了一次脾气。他帮助那教授行医，教授调戏了一个女病人。手续完了之后，马加洛夫就骂他，拒绝和他合作。"

---

[1] 一八九六年十二月六号。

"好个任侠的骑士。"发尔发拉用鼻音说,讽刺地。

"好个无聊的人!"克里附和,而且问道,"他们有浪漫史吗,他们没有吗?我说马加洛夫和里狄呀!"

"哦,没有!"鲁伯沙断然给他保证,"他俩是不适合于那回事的。他们都很——聪明。但是别人在那里结婚了。里狄的房东太太普里米洛伐的侄女,马利娜和一个教堂用品商店的主人结婚。这婚配是使人战栗的——就好像读叔本华的书一样——新娘是那样魁伟美丽,一个真实的凡尔开里[1];新郎是那样矮小,秃头,黄脸,有着伐拉夫加那样的胡子,严肃的圣者似的眼睛,但是强健得好像一株榭树。他大约四十岁。"

"你知道马利娜和古图索夫有一段浪漫史吗?"萨木金问,微笑着。

"不!"鲁伯沙叫,大为惊异地。但是当克里肯定地点点头的时候,她骂道:"你真傻!"

她的生气使萨木金两人觉得有趣。

"我不知道你们好笑什么!"她呵斥,真的恼怒了,"和一个卖教堂法物的人结婚,有什么好——噢,滚开!"她叫,这回萨木金两人更加大笑了。

谈得疲乏了,她退回她的房间里去了。发尔发拉点起一支纸烟,闭着眼睛坐了一会儿。然后她终于叹息道:"她把一切都看得何等简单哪!"

萨木金站起来,在房里走来走去,回想着图洛波伊夫的话:"在俄国的大学里,谁也不研究。他们狂热地诵读着不可抑制的行动的诗歌。"

"我们的厨子说学生反叛——有些是因为饥饿,而另一些是因为是前者的朋友。"发尔发拉吃吃地笑着说,"他说:'倘若我是一个大臣,我要发给每人一份口粮——贫富一律,肚子饱的人就没有反叛的理由。'他还提出一个可惊的证明:'乞丐有足够的食物,所以永远不

---

[1] Valkyrie,北欧神话中的女神。

反叛。'"

"他是一个酒精中毒者。"萨木金提示她,仍然走来走去。发尔发拉说,很柔和地:"你知道,这是有些意义的——可怕的——在这事实之中:一个人活了七十岁,经过许多事情,而他的全部生涯都被这些奇怪的思想和愚妄的成语所规定……"

"成语并不是愚妄的。"萨木金说,权威地。"依据格言而思想正是庸众的特征。"他继续说,而且觉得难堪:他的妻竟自不听信他了。

"他很不喜欢那些学生,我是说——那厨子。他向我表明他们应该放逐到西伯利亚,不应该强迫从军,他说他们会弄坏士兵的头脑——不信上帝;不尊重沙皇家族!他们用知识煽乱了兵士的头脑。"

熄灭了她的未吸完的纸烟,她站起来,拉住她丈夫的手臂,和他一同踱着。

"不。我不喜欢依据成语而思想。我不。你试去听听那厨子和米托罗方诺夫的谈话,一次就够。"

"是的。"克里不负责任地胡乱答应。

"克里,亲爱的,"她继续说,拉着他,"你不觉得生活变得很——离奇了吗?"

"我觉得现在是我们睡的时候了。"他说,"明天我有一大堆事要做……"

觉得他的妻想着纵谈哲学,萨木金就迎头挡住,这并不是第一次了。他并不能认清发尔发拉想要讨论什么,但是他确信这种谈话谈不出可喜的东西。

"关于人生,以及一切,我们将来要谈一谈。"他预约。看见发尔发拉的脸凄然变色,他就拍拍她的肩头,又说:"我的爱,谈论人生应该头脑冷静。不要理会鲁伯沙的政治消息。你觉得她谈到斯徒洛夫那些人就好像赞美上帝的使徒似的吗?"

"是的。"发尔发拉说,扑哧一笑,但是侧目看着那被月光照明了的窗子。

五

三个星期以后,萨木金坐在一辆长途四轮马车里。一对精瘦毛长的枣红马,好像紧在一处的两只玩具似的,机械地移动着蹄子,拉着车沿着被春泛冲坏了的道路驰去。他经过耕过的田地里,其间生长着一些可怜的冬季农产物。这硗薄的土地上铺着被雨洗白了的沙石。

"这里的谷物都给平茸[1]毁坏了,鬼惹它,"马车夫解释,用鞭子指点着田野,"这种东西是有害的植物,平茸——黄色的就是。"他又说,并回头看看他的乘客。

"他和我谈话好像我是一个外国人似的。"萨木金觉得。

这是星期日。田野是寂寥的。不过这里那里昂首阔步着黄嘴乌鸦。在田野中看不见的路径上有些小得像鸟似的人们向各方面摇摆移动着。从铺着烂羊皮似的云层的天上,太阳迟疑地露了一下脸。破布条似的云影悬挂在丛树的光秃的小枝上,在赤杨的灰色的枝干上,或者趴在潮湿的地面上。看厌了这阴郁单调的风景,萨木金任随车的颠簸,靠在车里打瞌睡。一切思想都被震抖掉了,虽然他还在倦怠地回忆着某人的惨淡的故事:这人几经努力想在生活中发现一种意义,但是毫无所得,回到家里觉得更加无聊。萨木金的小旅行皮箱也在颠动着,拍打着他的脚。他太懒怠了,连把它安放在一个更稳当的地方也做不到。

他们走进一片细小的铅色赤杨林里面,遇着一阵湿土和朽木的酸臭。马车下面哗啦一响,车身向后一倾就翻倒了,把萨木金摔了出来。两匹马立刻站住。萨木金的手肘和肩头撞在地上。他爬起来,怒吼道:"真糟……"

---

[1] 一种菌类,寄生于谷物上。

车夫，一个中年的农民，尤血色的脸上有点儿稀薄的灰胡子，赶忙爬出来，看看车子下面，然后微笑着解释道："车轴破成两段了，这混账东西，这不是我的错，老爷。这铁条已经支持不住了。"

在这寂静而忧郁的境况中，他显得有些活气了，戴好他的破鸭舌帽，紧紧他的腰带，安慰似的说道："这不算什么。这里到台拉梭夫加不过是一里路，那里有一个铁匠，一分钟就能修好这东西。你慢慢地走去吧。叱，我的小鸭儿们。"他欢喜地叫唤着他的马匹，帮助它们。

他从车座下面取出一柄手斧，三下就砍倒一株赤杨，削掉它的枝子，说道："那里有一个铁匠，伐西里·米启谛乞，好本事。你就找不出第二个，连莫斯科也没有。真了不得，他是……"

"喂，我要走了！"

"一路福星。我就会赶上你。"

虽然马都像铜铸似的站着不动，他却警诫它们："静静的，我的乖！"

萨木金从地上拾起一根树枝，缓步走在树林中谲诡弯曲的道路上。从阴暗到光明，又从光明到阴暗，他走着，想着：他在中学和大学研究了十四年，结果是和这半开化的家伙同坐在不舒服的车子里，由两匹病马拉着走在糟透了的路上，真不值得。在他的头脑里面，好像在他衣袋里的铜币一样，丁零丁零地和着他的步伐响着这些诗句：

村村皆瘦削。

自然何悭吝……

荡子格里戈洛维奇[1]、赌徒涅克拉索夫[2]、萨拉托弗拉斯基之流

---

[1] Grigorovich（1822—1900），俄国小说家，以描写农民生活著名。

[2] Nekrasov（1821—1888），俄国诗人。

真的具有所谓爱民众这种奇异的情绪吗?

矮树丛逐渐稀薄,从路边退入原野,向着壑沟下去了。在东方的小山顶上现出一个磨坊;它伸开两翼,似乎在保护行旅。萨木金停住等待着马车,倾听着在湿风袭击之下的树枝的窸窣混合在一只云雀的歌声里。当马车来到的时候,克里看见那泥污的车轮躺在车上,压在他的旅行皮箱上。

"这不会压坏那箱子吧?"车夫急忙讯问。听从萨木金的大声命令,他把车轮放在车座底下,说道:"我们立刻就到了。"

但是刚一走出丛林,到达壑沟的桥上,车夫立刻就勒转马头向后退走。

"我想。他们暴动!噢,这些鬼……"

然后他低声忠告:"你顶好躲在树丛里,老爷,因为谁知道他们把你当作什么人呢。这是一种犯法的事情,用不着什么证人。"

在回答克里的惊慌的讯问中,他悠悠地说明了台拉梭夫加的农民已经许久没有粮食,曾经派出小孩和老人去乞求周济。

"他们没有吃的也没有种的。他们要求种子,但是什么都得不到。他们被喝退了。所以他们决定抢粮食——这叫作暴动。他们在上星期三就想要动手,但是区检查官来压下去了。况且,那是工作日,不能人人都来,今天可是星期日。"

经过这一番解释,萨木金仔细观察,看见一大群农民、女人和小孩,结队穿过乡村,向边界上的仓库方面走去。他们并不吵嚷,只有一种不平的喃喃;在他们的前头走着一个短粗的、阔肩的农民,肩上扛着一捆粗绳子。

"那是古巴索夫炉匠,这里什么事都是他领头。铁匠、炉匠、木匠——他们全一样,好像工厂工人似的。他们全都瞧不起法律。"车夫叹息,好像替法律担忧似的。"这意外的事阻碍了你了,老爷。"他说,转侧了一步,一种忧虑的表情出现在他的脸上,脸上的汗水奔流到他瘦削的脖子上。

他们距离那村子大约有三百码远。许多小家宅散布在窄狭的河流满是蔓草的沿岸上。萨木金能够明白看见村里所发生的各样事情。他能够感觉它,但是不能理解它。他觉得群众庄严地移动着,好像一个宗教行列似的,这杂色的人群似乎比抬着神像和旗帜的时候更为团结。风悠悠地把那些声音向萨木金吹来,使他能够辨明他们的言辞。一个很尖锐的声音特别固执,突破了那些混杂的吵嚷,叫道:"尔马可夫!兄弟们,尔马可夫要逃跑!"一个穿红衣的人,没有紧腰带,赤脚,裤子卷在膝盖上,从一道短墙上滚进街里来。跑到群众前头,摇摆着他的手,他叫喊,好像很痛苦似的:"倘若尔马可夫逃跑,我也要逃跑!"

那炉匠用绳子打他。这人跳开了,跑进一家后院里,站在那好地势上又叫,歇斯底里地:"我不愿干这个!——这宗事是不正当的!"

"把尔马可夫带到这里来!"那炉匠命令,他的话十分响亮,好像就在萨木金面前说的。

"他们要干什么?"克里问。车夫用鞭子柄把鸭舌帽向后一推,并且用它搔搔他纠结的乱头发,叹息道:"干什么?他们要打开仓库,但是他们没有钥匙。其实钥匙是不必要的。"他用手掌遮在眼睛上面窥看着那村子。"钥匙只能由一只手用,而这是全村都必须动手的事。甚至小孩们。你不能判罪吧——那些小娃儿?"他问,望着萨木金的脸疑问地一笑。萨木金不回答,看着两个农民拖着一个穿长上衣的有胡子的人。这人抵抗,想要摆脱,他的胡子在动,尽力说了些被红衣汉子的叫喊淹没了的话,后者跳到那胡子面前,扼住他脖子,叫道:"你离开我们,你敢,你坏蛋!"

"看那人生气了!"车夫叫喊,赞扬地,他自己坐在车子里而且开始脱靴子,"这是应该的。干这宗事必须大家一起干,好像一个人似的。"

他脱掉他的长筒靴,然后解开脚布,那强烈的汗臭就散播开了。萨木金急忙退避。但是车夫警告他:"不要太过露脸。他们拖着的那一个,尔马可夫,是这里的怪人,他养蜂、打鱼。你看,他是一个分教派。有这么一派,叫'门诺托[1]'逃避兵役。"

这分教派被拖到炉匠前面。群众都沉默着。炉匠的声音响起来了:"怎么回事,尔马可夫?你总是说,'基督','基督'!而你自己要做民众的敌人?当心,你这废料。我们要把你倒栽进池塘里去。"

叫嚣的红衣农民,他的光脚杆是发亮的,像苍蝇似的绕着人群乱飞,推着、打着小孩们,叫道:"排好队伍,基督徒们!"

暴徒们就从乱七八糟的一堆变为一个楔子形,它的尖端正对着谷仓。在尖端顶上,那红衣的小农民转来转去,好像要把他自己旋进门里去似的。

炉匠,面对着延伸在他后面的群众,抛出一条长绳子在他们头上,然后摇着拳头叫道:"你们全体——都拉住绳子,你们……"

那红衣农民也在恐吓,歇斯底里地大叫:"绝对的!否则我就折断你们的胳膊!"

男男女女都画了十字,握住绳子,排成一行,一直延长到街里面。萨木金分明记起了从前他看见过的抬起一座大钟的情形。恰和那时一样,人们都变为严肃的了。拴在谷仓的锁上的绳子拉紧了。炉匠在自己身上画了十字,叫道:"当我数三的时候——就拉!"

"每个人都拉好了吗?"

"来!一!"

"留心尔马可夫……"

"你要到哪里去,你狗东西?"

"三!"

---

[1] Mennonite,福音主义的基督新教的一小宗派,因其领袖为佛里斯朗的门诺·西蒙(Menno Simons, 1492—1559)而得名,其信条为濯足、仅与同派通婚、对于暴行不加抵抗等。

这一大串人摇摆着。那绳子一动就从墙上跳起来，然后带着铁锁跌下去。

"好，谢谢上帝，完事了！"车夫叫喊，穿起他的靴子，看着萨木金，而且微笑，"我们都没有看见过这样的事，老爷，我们见过吗？谷仓打开了，但是怎么办呢，我们不知道。倘若打开了，这就是说可以借贷了——不对吗？"

他开始整顿那些马具，继续高兴地小声说："那锁自然是破坏了。但是谁是罪犯呢？除了那些绵羊和老人以及躺在石头上等死的妇女而外，全村老小都犯罪了。你不能把全村，连小孩和女人，都赶进监牢里去？老爷，你能吗？这是有些狡猾的：暴动了，不错，可是没有一个罪人！好，我们走吧……"

马匹已经休息过了。走起来很是活泼。代替了车轮的那一条木棍划着地面。车夫带领着马匹，随时叫唤、呵斥："我的小鸭子，我的鹧鸪！"

六

萨木金自己走着，皱着眉头，仔细观看那些乡下人跑来跑去，提着布袋，互相呼唤，而那有胡子的分教派，尔马可夫像一根木柱似的直立在街心里。当他们走进村子的时候，车夫急忙扯下他的鸭舌帽，叫道："嗨，伐西里·米启谛乞！"

嘈杂立刻沉寂了，人们好像被惊骇似的，十分安静地站定了一分钟，看看马匹，看看萨木金。他们小心地走近来了。

"你们借得粮食了吗？"车夫欢喜地问。但是穿红衣的小农民已经跳到前面，慌忙问道："你送什么人来的？你要把他送到哪里去？"

炉匠，一个最结实的人，一张岩石似的面孔，还有一个人黑得好像一个吉卜赛人，来到萨木金前面。炉匠用那样严重的、挑战的眼睛看着他，以至萨木金不由自主地向后退走而且爬到马车里。车夫和那黑男人把马匹牵走了。穿红衣的小农民冲到萨木金前面，卷起他的破袖子，旋转得好像一只陀螺似的。

"你要到哪里去？你是什么官位？"他问，惶恐似的。炉匠抓住他的肩膀用力一推。当那红衣农民倒在地上的时候，他喝道："滚开，伊凡！"

他吐出这四个字好像异常使劲似的。他的麻子脸是石造的似的。他的淡蓝色的眼睛阴郁地在打皱的眉头下面呆看着。他敞开腿站着，两个大拇指插在腰带里，挺着他的大肚子。他的下巴默默地移动着，他的稀少而粗糙的胡子不谐和地动弹着。萨木金觉察了这人不知道要怎样对付他。他自己也不能预料这家伙在第二分钟要干什么。许多别的农民，很严肃而险恶地，都围拢来了。

"你是村长吗？"萨木金问，相信这人第二下就会拔出一支手枪。

"村长已经被捕了。"有一个农民说。炉匠瞅着他，对着他的脚下吐了一口，命令道："不要撒谎！村长害病了。他现在城里。"

一个怀孕的妇人走过来，摇摆着一条布袋，咕噜道："你们这些唠叨鬼一遇到机会就——你们顶好赶快去做完事情吧。"

"你找村长干什么？"炉匠质问。"我自己能看护照。我能读。我们有命令检查一切过客的护照。"他说，虽然显然他是别有所图的，"你是从县政府来的吗？"

"我是一个律师。"

"一个律师。"炉匠重复，看看那些农民。

有人小声说：

"这就是说替两方面做事的。"

"噢，对了，你要吃软煎蛋饼吗？"那炉匠问，看着那些农民。几乎是快活的，他说明："绅士们常常想吃软煎蛋饼。"

他从他的衣袋里取出一只小皮夹和一个烟斗，用烟斗在袋里挖起一

些烟草,用手指使劲地按一按。萨木金吃惊了,突然问:

"你们想要我干什么?"

"我们?"炉匠叫喊,惊异地,"我们能够想要什么?我们都在家里。一个陌生的人到了,因为必要,所以我们来看看。"

皱起他的脸,他吸着烟斗一直吸到冒烟,才走近萨木金,鲁莽地命令:

"走!"

"到哪里?"

"那里。"炉匠用他的烟斗指着左边,那边的白柳丛中传来了风箱的叹息,铁锤的打击。一个嘶哑的声音喊着:

"打哟!打哟!"

车夫赫赫地坐在钉马蹄的架子的横木上,摇摆着他的脚,正在和铁匠谈天。炉匠走近他,命令道:"来这儿,科沙略夫。"

他们三个走开几步,开了一个临时会议,结果,铁匠问车夫:"你不说谎吗?画十字发誓。"

他威胁地又说:

"记住。"

铁匠又回来狂躁地工作着。好像中魔似的,他急促地来往于铁砧和火炉之间,他的敏捷的活动是疯狂的。

"打呀,打呀,拿煤来!"他粗声大叫。一个看不出年纪的蓬头女人,面上被烟熏得不成样子,坐着抽风箱,摇摆着,好像祈祷似的。

"快点,伐西里。不要叫这位绅士尽等。"炉匠催促,离开了那锻冶场。

"一个厉害的工人,是不是?"科沙略夫问,走近萨木金,"现在肺痨虫吃坏了他了。他常常这样蛮干,叫人害怕走过他面前。这女人,他的妹妹,一生下来就是呆子。"

不停地唠叨着,他从怀里拉出一块裸麦面包,吹吹它,拍拍它,又轻轻地把它藏起来。

"这是可注意的,老爷,呆子的数目增多了。在这区以内每村都有两三个呆子。有些人说这是因为生活的贫困,另一些人说呆子多是将来的好兆相。"

"嗨,科沙略夫!来这里!帮帮忙!"铁匠叫唤。

风已经吹起来许多春云。它们聚集在太阳周围,形成一些可笑的怪相,好像十八世纪贵族的假发似的。在街道里面,男男女女背着谷袋偷偷地奔跑着。孩子们好像从匣子里泼出来的棋子似的乱跳。一个秃头老人,双下巴上有一撮公羊须,走过萨木金前面,说道:"鬼把他们弄得……"

七

萨木金走到离开那锻冶场很远的地方,问自己是不是害怕农民。他以为并不怕,但是他觉得在那炉匠的公开敌对之前他毫无防卫,他屈辱了。

"他们当然要这样的,因为我是个证人。我看见他们怎样打开铁锁,抢掠仓库。"

他悠悠地在他的心里面搜求着惩罚这"聚众滋事"的刑法的条文。他不能发现这条文,也就不用心去想它。别种思想在他的心里:

"那炉匠的本来性质当然是属于无政府主义者一流的,好像那些码头工人和哥萨克人一样……"

"敏捷极了。"科沙略夫喜欢地说,而且开始称赞那铁匠,"这车轴现在比以前更坚固了。一个了不得的工人!"

那工人走来,摇着手掌里的钱,昂然告诉萨木金:

"添上一点儿酒钱。好的。那么,科沙略夫去吧。"

马匹活泼地走起来了,街面上也沉静下去。聚集在马车旁边的男

女,用呆眼睛目送着车子,默默地和勉强地对着科沙略夫点点头,后者挥起鞭子,欢喜地叫出他的熟人的名字,而且催促他的马匹:

"噢,我的小鸟儿!"

他们才一走出村子,他就回转头来对他的乘客说:

"下贱的人们!"

这是很意外的,以至萨木金不能不问:

"为什么?"

"当然的!"科沙略夫大声说,愤愤地,"这还成体统吗——偷谷子,不,老爷!我不赞成随便拿东西。当然,人不能不吃饭,而且正是下种的时候。但是都一样,官府也知道他们在干什么——或者官府不知道吗?"

他向着原野恐吓地挥着鞭子,在暗淡的暮色之中,而且好像惊觉似的继续说:

"倘若你报告这桩盗案,为首的就是那炉匠。其次是那穿红衣的家伙,米式加·伐弗洛夫——那铁匠也是的。还有莫伊西夫兄弟们——你应该把他们的名字写下来记住,你不想写吗?"

"不要胡说!"萨木金严厉命令,"这不关我的事。"

他恼怒了,但是想不出足以窘辱这车夫的言辞。

"你不羞吗,告密你的同类?"

"但是我并不属于这里……"

"都一样,这是很不正当的。"

"当然没有什么正当。"科沙略夫承认,"什么生活啊,真是……"

"我觉得奇怪。"萨木金继续说。但是车夫抢先说:

"谁能够不奇怪呢?当我看见他们所做的事的时候,我自己就受惊了。"

"够了!"萨木金呵斥。

"随你的便。"科沙略夫说,叹气。使他自己坐得更稳定些,挥起鞭

子打在马屁股上,他凄然地说:

"你亲自看见的,老爷,我在此地是一个陌生的人。叱,我的狠心的人哪!"他呵斥马匹。歇了一分钟之后,他通知萨木金"今晚要下雨",然后,像乌龟似的,把头缩起来了。

"这样的人民,"萨木金自己怒骂,"暴动者!"他想,滑稽地。但是他的心不满足于仅仅这几个字,而恼怒和滑稽忽显忽灭,和闪过地平线上的电光一样。在东方的远处,蓝云浓厚起来了,暗黑了灰色的道路。当马车驰过孤寂的树林的时候,黑暗的尘埃似乎从光秃的树枝上筛落下来。寒冷的黄昏的阴郁引起萨木金一种抒情诗的感伤。他怜悯他自己——这人,并非出于自愿,不能不旁观着和倾听着不愉快的和莫名其妙的事。这些原野,这些农民,以及一切引起无穷的、无效的思虑的事物,在其中这样容易使人迷失掉内在的自由的意识,迷失掉依照自己的理想而生活的权利,在其中人被别人的观念所影响而丧失了自己的个性和思想的意识,这样的事物对于他有什么必要呢?什么东西强迫着他见识各样,知道各样,谈论各样,使他自己成为阿奥连的琴[1]呢——而且为了谁呢?

想到这里,他忽然认识引他陷于矛盾的确是由于有名人物的思想,而且他立刻提醒自己争取名声,显示个人自己的重要性是一种十分自然的志愿,没有这志愿生活就失掉一切意义。

"我把我自己作为某人的意志的工具了。"他反省着。

八

马车疾驰到了一个小火车站。科沙略夫接了他的车钱,就迅速地驰入黑暗中,驰入几乎无声的细雨中去了。十分钟以后,萨木金在空旷的

---

[1] 希腊神话,风神阿奥连的琴,因风作响。

二等车的间隔里脱了外衣，不时窥看窗外，看见恶兆的闪电投射在潮湿的黑暗中，刹时照明了黑色树丛和好像大棺材盖似的农家屋顶。一道工厂的墙延展着，它的许多红窗子好像牙齿似的。窗子或许是咬牙切齿的声音的来源，这声音继续混入列车的扰攘之中。

萨木金躺下了，但是太疲劳了不能入睡。第二次停车的时候，一个大汉声势汹汹地撞进来，命令车守点灯，一瞥萨木金，叫道：

"哈喽！是你吗？你到哪里去？不认识我了吗？斯推拉托那夫。"

解开衣扣，他的行动使车都摇动了，他开始和克里谈话，好像急于想要和他吵架似的。

"你听说了吗？有一个白痴在街上企图从窗子里枪杀波比多诺兹次夫——鬼惹他！你喜欢吗？嗯？"

他是不很清醒的。弯着腰脱下他的靴子，他的头几乎撞着萨木金的肚子。克里站起来移动到角落里，挨近门边。

"半开化的乡下人们！"斯推拉托那夫含糊说。

从前使他像一位军官的那学生制服必定是已经妨碍他的身体发展了，因为现在斯推拉托那夫穿着普通衣服，向各方面扩大开了。他更高，肩膀更阔，大腿更粗；他的脸更圆；他的眼睛和嘴似乎更扩大。他的气势压倒了萨木金，由于他的形体、他的声音，和他的马戏团的拳师似的鲁莽举动，萨木金难以相信这家伙曾经是一个学生。

"那些蠢材前次失败了。"他说，打开他的提篮，"但是因为那倒霉的三月一号[1]，现在我们必须抓住欧洲的牛角[2]……"

他说得并不严厉，就好像虽然恼怒但是很知道怎样改正别人的错误并且准备立刻改正似的。穿着条子花的骑师的衬衫、颜色古怪的大裤子，他弯着头，从提篮里急扯出一些纸包。他催请：

---

[1] 一九一八年三月一号俄皇亚历山大二世被暗杀。
[2] 喻不畏艰难，毅然处事。

"来，在就寝以前我们吃点东西。我不吃就不能睡——一种习惯。有一次我和一个商人阶级的太太，一个寡妇，过了四天，花费了三十多。你自己想想这是什么意思呢！而且甚至在那时，在夜里，正在最高最热地为爱情劳作的时候，有时我也要停下来吃东西。'对不起，我的爱——'我说……"

萨木金正在饥饿，判定吃东西确比和这半醉的汉子谈话好得多。斯推拉托那夫从一只黑瓶子里倾倒香气浓烈的液体在一只银杯里面。

"喝这个。最有味的东西……"

克里喝了，呛了，而且张着嘴，懊恼地咝嘘着。

"什么——毒药吗？我的太太认识一个卖酒的。这样一个人——他的名字是门提里夫！吃点鹅肉……"

雨忽然停止了洗刷窗子，月亮像一只金球似的滚入天空。车站和工厂的灯光更加向后退隐，以至消失。窗玻璃上似乎洒着水银的点滴。乡村的茅舍好像河里的木船似的滑过去。

"你喜欢马克·吐温[1]吗？还有哲洛米呢？谁也不能像他俩似的引起康健的欢笑——"斯推拉托那夫说，津津有味地吃着。用餐巾擦擦手，他悲叹了：

"聪明的国民有马克·吐温，而我们却有契诃夫[2]。最近有几个朋友劝我读《小官普里希比伊夫》，据说是很有趣的。我读了，毫无趣味，但是很悲哀。你就不能理解作者为什么对于每个爱秩序的人采取嘲笑的态度。我们再喝一杯！"

斯推拉托那夫喝着那"毒药"，好像喝柠檬水似的毫无惧色。喝了之后，他就收拾残余食物，把它放进提篮里，说道：

"总之，俄国没有有趣的事物，除了那些社会主义者而外。我们的

---

[1] Mark Twain（1835—1910），美国小说家，以讽刺滑稽著称。
[2] Chekhov（1860—1904），俄国小说家。

滑稽行为是愚蠢的。某个波兰人或犹太人从街上开枪，打进宗教裁判所的检事家的窗子里——总是这一套。我相信手枪是一种下流东西。"

几分钟以后，他躺在长椅上，沉默了。他的胸部一起一落地波动着，好像窗外的地面似的。窗子的亮光截断了树梢或者从根砍掉它们，摇摆着枝子，它们逃跑了。萨木金看着斯推拉托那夫的反卷鼻子和他的露着的牙齿，心想着自己在台拉梭夫加村里面对农民群众的情形。那炉匠或者会犯在他手里吃一点苦头的吧。

克里曾经把斯推拉托那夫看作一个十分自负而才智平庸的家伙，但是现在他忽然觉得想要用某些性质来装饰他，于是他即刻就发现他有伐拉夫加的精力、可索洛夫的民族精神和米托罗方诺夫的乐天主义——集合起来就成为一个最伟大的人物了。

"或许这就是俄罗斯现在所需要的人物吧。"

他记起了米托罗方诺夫的关于学生们的纷扰的议论：

"这没有什么。不过是我们的皮肤上的痒痛。我们的肉体是十分康健的。譬如吃荞麦稀粥。当煮的时候——当滚的时候——轻谷壳就会浮在表面上，然后你就能够除清它们。对不对？但是我们吃的是稀粥——并不是谷壳……"

临睡的时候，萨木金想：

"是的，俄罗斯需要健全的人物，乐天主义者，而不需要'肝火旺的人'，如赫生常称呼他们的。休得林和乌斯班斯基[1]——这两个人比其他任何人都更加损坏了知识阶级的风气。"

但是第二天早晨斯推拉托那夫使萨木金失望了。他先起来，走来走去，惊醒了克里，邀约他喝咖啡。

"我有一只暖水壶。车守就会拿杯子来的。"他说，嘻嘻地穿起一条浅色的新裤子。克里问：

---

[1] Uspensky（1840—1902），俄国小说家，善于描写意志薄弱者及农村生活。

"你似乎久已不到普里士家了吧。"

"不。我有时也去的。"斯推拉托那夫回答,勉强地。"但是那里是沉闷的,你知道。而且在我们之间,'不去到不敬神者的集会的人有福了'。这是对的。但是再进一步我就不能赞成他们了。只有两条路。不站在罪恶的路上阻止他们通过,就得和他们一同前进。那里,普里士是一个聪明人。"他继续说,皱起他的鼻子,"一个学识渊博的聪明人,但是他所领导的一群却是些单会说说的人,一群空头。"

用餐巾揩着杯子,他大为兴奋地说下去了。

"历史,我的好朋友,放在我们前面一个问题——达到太平洋沿岸——首先开拓满洲,然后,毫无疑问,通过波斯湾。是的,这是真的。你不要好笑,满洲和波斯湾同样是必要的,正如必须开通黑海一样。时机不可错过,因为……"

客车猛烈地一震。斯推拉托那夫的咖啡从暖水壶里泼在他的浅灰的裤子上。他骂起来了,分明地说出了粗鄙的话。

"真恶心。"他叹息,懊丧着,努力用手巾擦去裤子上的棕色污渍。把杯子里的咖啡都倒进痰盂里,把暖水壶也塞进提篮里,他忘记了他曾经邀请萨木金喝咖啡。

"那么,关于革命呢?"克里问。

脱掉他的裤子,斯推拉托那夫咕噜道:

"啊——你说那是革命吗?孩子们用手枪打人……"

"不管孩子们不孩子们,他们已经组织了两个政党,而你们这一派人……"

斯推拉托那夫翻转他的裤子,郑重地把它折起来,然后从行李架上提起一只沉重的皮包,鼓着他的脸腮,用恼怒的眼睛瞅着萨木金。他伸出手掌,掌心向上,对着它吹了一口气:

"这就是你们的政党。尘灰,这就是你们的政党。"

然后,从皮包里取出另一条裤子,仔细地考察着它,咕噜道:

"俄罗斯已经走上世界政策的道路。但你们讨论手枪,可笑……"

萨木金沉默了。在他的眼睛里,斯推拉托那夫降低了他自己,因为他的愚蠢的举动,他为裤子伤心。离开列车,克里小心而又淡漠地和他告别。坐在马车里,他想,轻蔑地:

"公牛。白痴。你攻击那些为信仰而准备牺牲自由和性命的人,你有什么好处呢?"

这思想异样明确,以致使萨木金羞愧了。偶一兴奋,思想就这样激越起来,这是不行的。

"自然,我为的是不愿这样的公牛得胜。"他反省着,而且决定从他的记忆里删掉这不愉快的会晤,好像他从前尽力删掉在他的印象的仓库里找不到适当位置的许多东西似的。

第十七章

一

萨木金逐渐明白所谓"民众运动"发展起来了。民众似乎正在准备着一次大检阅，等待着高声号召就到红场去，到敏尼和坡札斯基这两位英雄的铜像前面，等待着一种伟大的声音，召集他们，从洛伯诺伊空场上严厉地审问你们信仰什么呀。种种议论更加激昂起来，而且常常遇着这问题：

"你的意见是什么呢？"

苦沙洛夫已经剃掉他的下须，留着一道暗淡的黑上髭的根芽，使他好像一个亚美尼亚人似的。他的浆硬的衬衣已经换作布上衣，呢帽换作鸭舌帽，他穿着长到膝头的靴子。这全副装束使他的姿态更惹眼，甚至有些远离之感。他不再宣传两党混合的必要，他称社会民主党为"灰头

人",称社会革命党为"灰色人"[1]。他发明了这两个名词觉得很骄傲,而且常常说道:

"灰头人必须以行动为宣传,需要的是工厂里的恐怖主义,痛打厂主、管理员和工头。倘若灰头人这样做,那么灰色人就完事了。"

"饶舌家。"鲁伯沙批评他,"他说他在工人群中有广泛的联络,但是他不肯把他们告诉任何人。许多人夸耀和工人们有联络,而其实很像是猎人的故事。另一方面,助巴托夫却真有理由夸耀……"

鲁伯沙逐渐被忧劳所苦了,脾气也大起来。她瘦了许多,一着急就说不出话,留下大半句,而且,有一次在发尔发拉面前,她竟突然怒责萨木金:

"你越来越糊涂了,克里,我敢发誓。你说话总是用这种夹缠方式,我一点也不明白。"

"你有一种坏习惯,把各样事看得太简单。"克里反驳,说出了他能想到的第一件事。

鲁伯沙常常接到古图索夫的长信,萨木金称它们为"使徒传道书"。这些信的到来使鲁伯沙觉得好像过生日似的,谁都可以看出那几张细密地写着清秀的字的薄纸是这姑娘在生活中最宝贵最欢喜的事实。萨木金难以相信古图索夫,他的手那么笨重,能够在这样小的薄纸上写出这样精细的文词。

"世界害着严重的大病,自由派的人道主义的糖质化合物是绝不能医治它的。"古图索夫写着,"外科手术是必要的。成熟的脓疮必须开刀,恶性瘤子必须割掉。"

"真的。"阿里克先·戈金同意,翻起他的眼睛,用小手指甲搔搔眉毛,"他前次来信也写得好。这里又说到突锥和布袋。"

---

[1] 此处所引两党的党名通常略称为"S. D."(俄语读如"esdeki")及"S. R."(俄语读如"eseri")。前者读音近于"灰头的人",后者近于"灰色的人"。

"不论平民主义者怎样巧妙地用美丽的言辞弥缝那些布袋,阶级利益的突锥并不能隐藏在它们里面[1]。"

"斯徒班·古图索夫有一个精敏的头脑。"戈金赞叹。但他的妹妹却摇摇头,说:

"我不恭维这种类型的人们。能够一见明了,能够分划无遗的人们是无趣的。一个人必须尽其可能包容一切。"

大家并不理会台谛亚娜的空谈的高论。只有鲁伯沙挑剔她说:

"这,台谛尼卡,你是从颓废派偷来的。"

台谛亚娜反驳:

"颓废派也是革命的呀。"

萨木金,已经听了这一切意见,选择了一个适当机会,说道:

"我们需要古图索夫这样的人们,固闭在一个单纯的观念之内的人们,即使他们被它所限制以至偏僻——即使他们被他们的信仰所眛瞽……"

"我们为什么需要他们呢?"台谛亚娜问,不相信地看着他。

"因为救济我们这一切畸零的人们:空谈的浪漫主义者、异端和时髦的迷恋者、知识空疏的……"

他已经发展了一种不曲折的语调,好像从一本严肃的书上引用来的,这本书给予他的言辞一种沉重的外表,同时也掩饰了这言辞的暧昧性。但是他戒绝深思远虑,因为他注重"种种事实"。他也用这样的态度高声朗诵他的兄弟的来信,但那些信常是忧郁的:

"此地的人们的生活好像是还在果戈理[2]的时代。使人觉得居民的百分之九十五是'死魂灵',这样可怕的死寂使人对于他们没有复活之望。"——"在高等学校里,军事训练已经开始。由当地的驻军军官来

---

[1] 谚语:"你不能隐藏突锥在布袋里。"这是说:明白而尖锐的事实迟早必然显露出来。
[2] Gogol(1819—1852),俄国小说家。

教练,竟自有些孩子们对于这种把戏发生热诚的兴趣了,倘若你能相信。最近有一个军官犯了带孩子们去逛妓院的罪过。"

伊凡·杜洛诺夫也曾经写信给萨木金,问后者可否在莫斯科的报馆里替他找到工作。萨木金回了一封信,因此杜洛诺夫也就常常供给他"种种事实":

"有一个从西伯利亚释放回来的学生已经和一些高等学校的女孩们组织了某种白痴的黑色团体。他熄灭了灯,设法使洗脸架上的水滴进一只铜盆里,然后,在黑暗中按照水滴的节奏,读恋爱的和神秘的诗给女孩们。因此他把她们制造成歇斯底里病患者。据最近消息,有一个十四岁的女孩已经怀胎了。"

伊凡·杜洛诺夫所有的这一类事实丰富得好像刺猬身上所有的刺似的。他写给萨木金哪些学生请求大学准予复学,哪些人为什么常常饮酒,他知道人们所做的一切丑事恶行,欣欣然把他的"人生的知识"提供给萨木金。克里也对他的宾客描写他的旅行所得的印象,高兴地看见他的故事在听众中引起一种黯然的沉默。这是他对于那些不合他意的人们的一种小报复。因为要表示他的先见之明,他早已声明过他认为他的种种事实都一贯地是阴暗的,但是他也声明他的目的是要记录生活的现象,准备作成一本书,《在两世纪间的边界上》。

"我要指出在大叛乱时代的前夜各种'纲纪'和'传统'的崩溃过程。"他说明,用社会科学者的那种冷静的声调。

以全体而论,他完全满足于他在别人之中所采取的地位。他自己已经习惯于和某些群体相往来,使他们成为他的生活的一部分,而且,他以为他通晓那些"成语的体系",他相信他在生活中再也不会遇见另一个波里士·伐拉夫加,强迫他做屈辱的事,像在他的幼年时代里狄的兄弟所做的那样。

二

在萨木金的不知不觉之间，发尔发拉继续扩大了她认识的范围，显出对于"新"人的无穷渴望。围绕着她的一群青年男女对于"政治""主义"和"传统"不是漠不关心，便是像老年人似的加以讥讽和怀疑。他们使萨木金记起久已忘怀的舍拉菲玛·尼卡叶伐的谈话，关于爱情与死亡、关于宇宙观、关于伐来尼[1]、关于易卜生[2]的戏剧。这些青年正在发现爱得加·坡[3]和陀思妥耶夫斯基[4]，倾倒哈姆孙[5]的《牧羊神》，认定他们有权随意任性，恣情纵欲。萨木金喜不自禁地故意挑起个人主义与社会主义之间的争斗，故意强调这些相反的原理的不相容的性质。

他觉得发尔发拉特别注意尼逢·加莫夫，一个细高的青年，有一个丑陋的窄长形的头，一管窄长的大鼻子，一部下垂的黑髭须。从远处看，这瘦长的形体是一种可笑的傲昂之概的，一旦他仰起脸来，那就更加滑稽了。然而，从近处看，他"仰起鼻子"[6]不过是因为他的宽脖子掀住下巴而已。加莫夫是平和而且羞怯的，说着一种沉闷的低声，略微有些含糊。他常常站起来。甚至说一两句话也要站起来，好像学童似的。他的黑脸上闪烁着两只灰眼睛，圆而且很柔和，好像鸟的似的。

他是乌发的一个牲畜商的儿子。他曾经在高级中学读书，到第七级的时候被捕去了，坐了几个月的监牢。这时他的父亲死了。加莫夫在警

---

[1] Verlanine（1844—1896），法国象征派诗人。
[2] Ibsen（1828—1906），挪威剧作家。
[3] Edgar Pol（1809—1849），美国诗人。
[4] Dostoieosky（1821—1881），俄小说家。
[5] Hamsun（1859—1952），挪威小说家。——编者注
[6] 俄谚"仰起鼻子"。意谓态度傲慢。

察监视之下在乌发住了些时日，终于被他的养母所驱逐，从此流浪于俄罗斯国内。他曾经到过乌拉尔山和高加索，和"杜孔包尔"[1]住在一处，真要想和他们到加拿大去。但是他在格里提岛上害病了，被遣送回奥得赛。他从南方一直步行到莫斯科，在这里住下了，打算"学点东西"。

在这安静的人心里，萨木金发现了某种感动。他雇用他做他的书记，于是加莫夫每天都在浴室隔壁的小房间里使笔尖发响了，到了晚间他就沉静地、神秘地说：

"我们必须分别'精神'"——他把他瘦弱的手高举到头上——"和'灵魂[2]'，"——他的手轻缓地降落到膝上。"你知道基督说过，'我把我的精神交给你手里'，并没有说'灵魂'，还有'精神不灭'。精神是不受实践理性引诱的，而灵魂却是的。一切分教派，以我所见过的而论，都不是以精神而生活，而是以灵魂而生活的。譬如'杜孔包尔'——他们把精神囚禁在灵魂里面。群众并不以精神而生活——他们的人生观是错误的。群众是灵魂、理性、实践力量的表现——一种很残酷的力量，完全发源于人世间的利益。以精神而生活的是知识阶级，所以它应该是非实践的。在库班，那'赛包丁尼克[3]'们歌唱，'我们寻求郁山圣城，我们要到那里疗治我们的灵魂'。然而他们还是富而且贪。'杜孔包尔'也是同样的。他们似乎为精神，为自由而奋斗，但是他们已经到物质生活更好的地方去了。知识阶级的处境却更加困苦，更加恶劣了。"

萨木金微笑地听着，认为和加莫夫辩论是不必要的，因为他已经试过了，毫无结果。当他和他辩论之后，加莫夫仍然继续陈述他的意见，

---

[1] 俄国农民的一种宗教的共产主义者，因受压迫而移居加拿大者甚多。
[2] 俄语，"杜乞"，即呼吸，精神；"杜沙"，心，灵魂；这两个字的语根相同。
[3] 俄国分教派之一，流行于高加索，直译为"安息日严守者"。

好像不可动摇地深信他的真理是唯一的真理。他并不对驳,也不厌烦;不过有时被他自己的言辞所陶醉,说得佶屈聱牙完全莫名其妙了。他从椅子上立起半身,指指窗子,带着一种喜悦而又近于恐怖之情,说道:

"身体。肉体。要灵魂而没有精神。知道保戈米尔派的教旨吗?上帝给予形体,撒旦给予灵魂。非常真实。这就是群众没有精神的理由。精神是由天之选民所创造的。"

"好,你喜欢这种哲学吗?"萨木金问他的妻,吃惊而又有趣地看着她那样注意地听着加莫夫说。

"他好,"发尔发拉回答,含糊其辞,"而且这样天真。"

狄欧米多夫间或会出现。他的稀有的访问似乎遵循着某种暧昧的周期律似的。他好像是沿着一个大圆周慢慢地游行着,游到某一点上就停下来访问萨木金两人。他这一来好像是赐予他的主人们多大光宠似的。

"好,你们近来干些什么?"他问,谦虚地,"还是把所有的人们都赶进一个角落里去吗?"

他好意地反讽,露齿微笑着,他已经具有一种自重自满的神气。他慢慢地走来,挺起胸部,好像一位军官似的。他又留起长头发,拖到肩膀上,但是现在除了尾端卷曲而外,就像一匹农家织的土布似的厚重地从额边和腮上直披下来。在他的荒凉的眼睛里面凝结着某种骄傲,使它们成为呆滞的了。

那无所不知的鲁伯沙宣布狄欧米多夫已经有大批徒众,都是些小商人、小店员、工厂工人,和几个从女裁缝及厨子群里征集来的妇女。警察认为他的说教是有益的。她自己对于狄欧米多夫的态度几乎是刻毒的,而他也用轻蔑的讽刺报答她。

"要我读你们的书吗?"他问,"它们印得太小了,我看不见。"

他不大和她辩论,但是常常有这样举动:他故意看着她的脸,用手搔搔他的脚,好像要擦掉什么东西似的。

有一次,戈金当着他的面对加莫夫说:知识阶级只有两个前途,不

是服役于资本,便是完全消融在工人阶级里面。狄欧米多夫便突然大叫起来:

"这是错的。人只有一个前途——归依上帝。其他一切都不过是纠纷的网。"

发尔发拉的朋友们哗地都称赞狄欧米多夫的智慧,而萨木金却看出这从前的资产家和加莫夫之间有些类似。因此他试行使他俩互相反对。他错了。加莫夫拒绝争论。把他的精神与灵魂绝不相容的学说叙述了之后,他就耐心地静听着狄欧米多夫的怒吼:

"这完全错了,完全是空想。灵魂以外没有精神。'余之魂兮,余之魂兮,尔何为而眠兮?已渐臻于终极矣。'这就是说:人的目的快达到了,因为生活太饱闷了。而你,青年人,你尊崇知识分子是错误的。他们已经开始把人诱惑进党派里面,建立新的兵役制度。"

怒气冲冲地,狄欧米多夫走了,并不和任何人握手,而鲁伯沙也恼了,质问加莫夫为什么不回答狄欧米多夫。

"我不能辩论——和他这样的人。"加莫夫表白,负疚地,从椅子上站起来。然后他坐下,沉思着,微笑了,又站起来:"我不能——和这样。有这样的人们,你知道——他们是很有趣的。他们满腔愤恨,他们想要报复……"

"你是在说梦话呀,我的亲爱的人。"鲁伯沙说,对着他摇摇手。

"不,我相信事情是这样的。我敢发誓!"加莫夫固执地说,有些兴奋了,又是那么负疚地微笑着,"我见过许多像他那样的人。我认识一个'杜孔包尔'——一个好人,但是他的靴子太紧了,倘若你相信,他一穿上那靴子见人就发脾气。你不必笑!这甚至是——可怕的,因为一双坏靴子人就会仇恨一切。"

萨木金也大笑了,但是他的妻忍不住责备他说:

"不要笑,请……"

"认真地。"加莫夫继续说,把他的手搁在椅背上,"我的同伴,从伊立萨弗格勒骑兵学校逃出的一个候补士官，也是这样的，你知道——有人咬了他的脖子。那脖子肿起来了，于是他就暴躁起来，甚至对于我也乱骂，虽然我们是朋友。这是一种自我惩罚。报复。为了脸上有一个瘤子，或者为了干了蠢事，或者，总之，不满意于自己，为了自己有什么缺陷。这是一种很普通的事，我相信。"

"你以为狄欧米多夫是报复什么呢？"克里问，十分认真地。

"当然，我不知道他，但是从他的言语上我可以说他是这样一个人。"加莫夫回答，而且坐下了。

萨木金对于这书记维持着一种距离，谦恭但是很少和他交谈。加莫夫是心神恍惚的，总之，是一个不满意的职员。萨木金恐怕这书记留意他的雇主的民主态度以致减少工作的效率。他看加莫夫这人才智有限，是被他的薄弱的理性所不能控制的众多印象所压倒了的。但是关于报复这一段话却使萨木金吃惊了，他认定这书记绝不是像他的表面那样天真的。他开始更加注意地观察他，并不是全无恶意地。

三

在一个晚间，和他的妻出去散步，萨木金遇见马加洛夫，并且邀请他来饮茶。马加洛夫的胡子已经灰了。他的两鬓几乎是白的，头顶的黑发丛已经褪色，这使他的二重色的头发更为自然些。他的淡红褐色的眼睛更加沉思，更加温和。虽然并不显得更老，他的外表上却有一种悲哀。他用脚打着拍子，谈论拒绝生育的法国妇女，谈论德国的两儿制度，谈论德国社会民主党中的新马尔萨斯主义[1]。他把这一切都看作工业文明高度发展的国家中母性本能消失的征候。

"妇人不愿养孩子给公司和机器。"

---

[1] Maithusianism，英国经济学家马尔萨斯（1766—1834）所主张之人口论。

他不动感情地说了,好像仅仅是把他的观察报告给萨木金似的。克里嘲笑:

"妇科医生恐怕营业不振了吗?"

"不。认真地说。"马加洛夫说下去了。在没有说完之前,他擦燃一支火柴,等待它燃烧,然后吹熄它,小心地用那余烬点着他的纸烟。

"保守习惯像一个农民似的。"萨木金想。

"事实是,"马加洛夫继续说,"资产阶级,或统治阶级,不愿生孩子。恐怕麻烦和损坏女性的美。工人们戒绝生育,因为避免饥饿。这不是我的意见。这是图洛波伊夫的……"

萨木金暗中好笑。

"这是有趣的。他现在干什么?"

"他?他实行洁癖。以我看来,他完全被他的洁癖所麻痹了。"

看了发尔发拉一眼,马加洛夫歇了几秒钟,然后十分沉静地说:

"里狄·提莫菲夫娜有一次对他生气,问道:'你为什么不自杀?'他回答:'我并不想被登载在《证券交易所时报》上。'"

萨木金开始讯问他里狄的消息。发尔发拉,默默静坐着许久了,突然站起来出去了。马加洛夫毫无兴致地谈着里狄,并没有告诉萨木金一件新鲜的事,就和他告别了。

"明天我要回圣彼得堡,春天我要迁移到——大概是喀山,或者托木斯克。"他说着就走了。他留下一种淡漠无趣的印象。

"你为什么逃走?"萨木金问他的妻。

"我讨厌马加洛夫。"她恼怒地回答,"一种没有男子气的村夫……"

"哦,这样的啊!"萨木金欢喜地叫。同时她一面倒茶一面继续说:

"虽然我不相信像他这样脸面的人——会因为某种哲学思想而和妇女隔绝,那不过是由于怕做父亲的浅薄的恐怖罢了……还有,他埋怨妇女不肯生育……"

"你忘记了……"萨木金开始,微笑着——他即刻停住了,因为他的妻向后一靠,她的眼睛变为深绿色的了。

"好,什么呢?"她问,咬着她的嘴唇,"你要提醒我那一次堕胎吗,是不是?"

"不是那么回事。"他坚决否认,"你怎样会这样想呢?"

"那么,你想要说什么呢?"

"我不过想要说明这事实:富裕阶级的产儿确是减少了,而这是一种恶兆……"

他讲演似的说下去了,一直到发尔发拉截住他:

"好,对不起。我弄错了。"

萨木金以为她的道歉太敷衍,这是大可不必的。他早已懂得发尔发拉的脾气。在她懊恼的时候,他并不想问她有什么事。他单是留心不去惹动她,随她去吧,相信这是避免可能发生的不愉快的口角的最好方法。发尔发拉开始几乎不断地吸烟,但是他对于这一节很快地就自宽自解了,甚至认为发尔发拉的嘴上是合该衔着一支烟的。然后他自己也开始吸烟。以大体而论,他所过的这种生活并不坏。忽然,在新年之后,他的生活常轨支离分歧了。

四

关于塞吉·助巴托夫[1]的议论已经流行颇久,而且传播得广了。当初是轻蔑地、嘲笑地谈着,后来就严重起来了。终于使萨木金注意到宪兵工作在工厂工人中的成功扰乱了社会民主党,而平民主义者对于这

---

[1] Serghei Zubotov,尼古拉二世时代莫斯科政治警察特务部长,在莫斯科组织"机器工人互助会",主张工人在经济上应与厂主斗争,而在政治上则应尊崇沙皇。其所组织之"机器工人互助会"于一九〇二年二月十四日经政府批准成立于莫斯科。

一切却是快意的。沙斯洛夫的灯又照明了中层楼窗。他耸动头，笑着说道：

"助巴托夫主义是马克思主义者宣传的自然结果。"

叙说了工人加入"互助会"的踊跃之后，鲁伯沙恼怒地吹吹鼻子，无情地拉着她的发辫，而且表明了她的恐慌：

"倘若是纺织工人，那还可以说——而现在被这种钓饵钓去的却是金属工人哪。你想！"

她拒绝安慰，甚至古图索夫来信也不行，那信里说：

"这位化学家的实验是大胆想出来的，但是终必归于失败，因为甚至警察也不能设计破坏化学的亲和力的法则。然而，倘若有奇迹出现，宪兵、步兵和骑兵都自行站在被剥削者方面反对剥削者方面，那么我们还有什么话说呢？但是奇迹并不出现，而错误却到处都可能发生。"

"我完全不懂得还能对于这种事情说笑话。"鲁伯沙用悲愤的声音说。

阿里克先·戈金也努力说笑话，但是不很成功，不过尽到他是一个快活的人的义务而已。

"在我的十七个门徒之中，只两个明白助巴托夫是骗子。"

人们只是忧愁，哄传着在"农民解放"日[1]工人们要到克里姆林宫，到解放者纪念像前集会。

工人们去到那里，不在二月十九日，而在三天以后的星期日。天气是柔和的，差不多好像在三月里似的。虽然有些变化不定。一阵潮湿的风旋转在红场上面，预告雪的暴风的袭来。云层从莫斯科河对岸疾速地低飞过克里姆林宫，教堂的钟声钝滞地响着。黑色的、参差不齐的群众分两股流入广场，滚到克里姆林宫墙下，到斯巴斯基和尼戈尔斯基门前。工人们不慌不忙地走着，步态悠闲，既不喧嚣也不庄严。他们喃喃

---

[1] 俄皇亚历山大二世于一八六一年二月十九日宣布农民解放令。

地低声谈话，而他们的交谈并不发生一般群众运动所常有的那种混合的嘈杂。许多人受寒咳嗽了。几千双脚踏在积雪上的沉重的摩擦非常类似一种大喉咙的咳呛，加甘图[1]的痰喘。

克里·萨木金和一群旁观者站在历史博物馆的石阶上。工人们流动在博物馆的两旁，迟疑地停顿在克里姆林宫门前面，集结成一只拳头，塞在好像要咬碎他们似的石门的嘴里。当他窥察着那无数的闪过的面孔的时候，萨木金看见工人的三分之二是四十岁以上的人，大都有灰胡子，少壮者的人数是稀少的。年老的工人们默默地茫然走着，间或低声交谈，而年轻的工人们却挤着他们，大说大笑，而且瞅着博物馆前面的衣冠整洁的旁观者，不客气地，甚至放肆地。人声都沉没在脚步的杂沓之中。在鸭舌帽的洪流中，包在围巾和披肩里的颈脸闪现在这里那里，但是那些妇女是很沉静的。一个穿男人短上衣的妇人拿着一条棍子走着，她的屁股那样出奇地歪扭着，使人得到横行的印象。她有一张大脸，瓦灰色的，狞野地颤动着，而且不断地旋转着她的头，像别的许多人一样，窥测着那广场。他们的眼睛睁得很大，因为初次看见这古代的宫墙，那拱形的走廊，那杂色的教堂，以及敏尼和坡札斯基的铜像。

克里的眼睛屡次撞见那教堂庶务的狭长形的干瘪脸，和米托罗方诺夫的没有表情的圆脸，前者出现的次数比较后者少些。只有一个人使克里想到邓那夫。

"这些人是以怎样的情感进行着的呢？"萨木金问自己。

他以为他们之中的某些人——大多数，或者过半数吧——看他和他在其中的旁观者群，正和站在他旁边的人们看他们一样，那眼光同样是鄙视、淡漠、讽刺、放肆、阴暗的——总之，是完全陌生者的眼光。

"我们。"他回想到米托罗方诺夫在复活节夜间所说的这温暖而沉重

---

[1]（Gargantuan）俄国王加甘图，巨大无比，硕学健谈，能饮干河水，是法国拉比拉斯（Rabelais）所著童话《加甘图》中的人物。

的词。"阶级。"他回想着,记起了在农民拉开仓库的铁锁,或沙皇游览尼忌尼·诺弗戈洛得以前,他早就在分教派的说教里面感觉到国家的阶级结构的真实了。

冲撞着克里,一个人硬挤进来站在他旁边。这人有一道圆圆的小胡子,穿着农民的外套,镶着狐皮的边,戴着一顶阿斯徒拉康便帽。他手搁在衣袋里,他痉挛地摇曳着他的衣缘,好像要跳进空间去似的,而且转移着他的脚,终于十分大声地问道:

"这到底算怎么回事呢?这叫人怎样想得通呢?昨天打架,今天改悔——是这样的吗?"

他响亮的小声音,以及他的笑声,都是含有恶意的。

"唏!唏!"

站在萨木金后面上方的某人明白回答:

"这是反对学生们的。有些工人要造反,而这些工人……"

第三个声音,衰弱而且嘶哑,呜咽道:

"我想容许这样的行为是没有意义的。"

两个人同时立刻回答道:

"这是真的。"

"为什么没有意义呢?"

"好,你知道,"那衰弱的声音迟疑地答道,"倘若他们现在要纪念二十年前被谋杀的沙皇,顶好是到各自的教区的教堂里,或者开一个纪念会……"

"对了。他们应该等到三月一号,不该……"

"那些被解放的农民都快要饿死了……"

"这是上帝的真理。"戴阿斯图拉康便帽的人急忙承认,"全是胡闹,成群结队地跑到街上来,甚至冲到克里姆林宫,这是王冠、国宝、帝室珍藏等等的所在呀……"

"这是什么人的主意?"一个严厉的低音问。他没有得到回答,于是在一分钟之后,大发脾气,说出了这喜剧的歌词:"把克里姆林变作牲畜场……"

"我反对。这是胡闹!"在萨木金后面的某人用愤怒的声调宣称,"我们在这里亲见一个表示人民和沙皇联合的大事……"

"不是和沙皇,而是和沙皇的祖父的造得不好的铜像联合……"

立刻就有一个轻飘的声音背诵着被忘却了的讽刺小诗:

> 一个很荒唐的雕刻家
> 做了不很荒唐的事,
> 把这解放者沙皇
> 安放在儿戏的础石上。

旁观者群逐渐增大了。一个高等法院的法官带着一张害心脏病的脸钻到萨木金前面。绰号磁石的那律师,是和萨木金认识的,也走到他旁边。他和法官握手,而且用手肘推着萨木金问道:

"好,你说怎样呢?"

萨木金默默地耸动肩膀。法官用黄眼睛看着他,说道:

"一种奇怪的观念——想要使工人相信政府和他们一致反对他们的厂主的。"

"在将来的起诉书中你应该重申这一句话。"律师告诉他,而且笑得这样大声,以至有些过路的工人都注意他了,而且一个灰头发的人和两个年轻人也加进旁观者群里来了。工人在旁观者群里的人数已经增加得很多。他们脱离了行列,站在博物馆前面,尽力深入旁观者群里。萨木金最初以为他们想要躲藏,但是立刻就明白这是一种错误。工人们现在也有站在他前面的,而且他闻见了机器油的重浊的臭味。在广场里,警察们无目的地游散着,他们的衣缘被风吹动着。说不定还有大批警察隐藏在走廊里,在中国城的窄街里。大群人拥在洛伯诺伊空场上,好像一只装满了的桶似的。许多旁观者也密集在莫斯科救主的铜像的周围：叩士马·敏尼用他的铜手指示给他们克里姆林，但是他们站着不动。

同时工人们被推挤成堆，缓缓地继续进行，而且分裂成几股。有许多人是垂头丧气的，把手放在衣袋里或脊背后。他们使萨木金想起曾经在《尼伐》杂志上看见过的一幅翻印的画面：莫娄赫[1]的凶恶的怪像朦胧出现，一行垂头丧气的人被铁链拴着牵过迦太基[2]人群里面去做献给那凶神的牺牲品。

但是机械地袭入他心里的这回忆显然是不合宜的。它立刻消失了。然后萨木金继续思索这问题：这些单调一致的，须发被风吹乱的人们，和他曾经见过的一切其他群众之间有什么不同吗？他想到他们正和其他群众一样。平民主义者说得不错：没有领袖，没有英雄，群众是一个无生气的肉体。今天的群众领袖是宪兵司令部的一位官员，塞吉·助巴托夫。

"阶级意识。'但是真有一个孩子吗？'"

萨木金回想到苏赛林和可米沙洛夫，以及加尔它林。但是这些思想迅速地互相交替，隔靴搔痒地滑过一种深刻的、恼人的印象上面。况且，旁观者的唠叨也妨碍着思想的联络。

"在这些人群中并没有特异之点。我不过是受了一点马克思主义的影响。"萨木金劝解自己。这时他正在观望着工人们迟重而散乱的行进，看见他们逡巡在宫门前，然后拥进克里姆林去。

"像一些瞎子似的。倘若有人跌倒在他们的脚下，他们也要看都不看就踏过去的。"他忽然对自己说了。这思想比其余一切更接近他的心理。他意识到某种强烈的情绪，从前曾经感觉它的发端，虽然是微弱的，现在却像一种烧热病似的在他心里增高起来。它像一个脓疮似的正

---

[1] 古代腓尼基人所崇奉之火神，祭祀时以人身为祭品。
[2] 古国，曾征服腓尼基，以腓尼基人为奴隶。

在扩大,带着一种刺痛,而且不受他的思索的控制。他分明认识他必须让这种情绪形成,使它穿起确切的语言的外衣,然而,恰恰相反,他不能不压抑它,使它从心里消去。

宫门口吼起来了:

"脱帽啊!喂,伙计们!脱掉你们的帽子啊!"

这命令使萨木金想起那朴质的傲慢的韵语:

  在神圣的克里姆林门前,
  什么浑蛋敢不露出他的脑壳?

一个穿着敞开的黑羊皮上衣的小老头从他的同伴中跑出来,摇着帽子,欢喜地叫道:

"他们刚才抓住一个人。这杂种问,我们要到哪里去呀。总是叫:'你们要到哪里去?傻子,坏种!'就像一个疯人,这猪儿子!"

"我们不论做什么总要出丑。"一个烟熏脸的、长胡子的人焦急地说。

"'污秽的废物。'他说……"

"一个学生吗?"

"不,一个市民。"

"醉了吗?"

"谁知道。一眼看不清。"

"他是个年轻人吗?"

"是的。他是个年轻人。他暴跳着,好像发狂似的——'你们要到哪里去?'他说。"

"这里有几千人?"在萨木金前面的一个普通服装的胖子怯怯地问。回答来了:

"大约一万。"

"更——更多些。"

有人在克里上边的门廊上轻快地叫道：

"莫斯科并不害怕群众。"

一个阴沉的低音立刻表示赞同：

"群众对于莫斯科好像谷类对于石磨。"

这时穿羊皮上衣的老人正在讯问刚来加入旁观者群的两个工人：

"你们为什么脱离你的队伍呢？"

"不关你的事。"一个工人斥驳，看样子就好像凡拉克辛，而另一个工人，有一副老兵的面孔，却客气地解释道：

"太挤了，挤不进门里去，简直挤断人的肋骨。"

"为什么当初又要来呢？闹起来了，这时又走开了？"

在这些唠叨之中，从旁观者的深处流出来一道焦躁的细声音：

"我不明白。这行列是为什么的？我发誓，我不知道它为什么。譬如，倘若它是军队，奏着军乐——或者教士们抬着旗帜和神像，总之，全体人民——那么，我说，欢迎！但是像这样，有什么好看呢？不过是吵闹，我觉得。今天工人们来了；明天或许是店员，或者是扫烟囱的，或者什么。但是为什么呢？我问你。这是我们必须回答的问题。总而言之，这并不像是到科登加广场来散步的呀，是不是？"

在这些旁观者的不相连属的闲话之中，和在这惊愕的牢骚之中，萨木金辨认出十分熟悉的，甚至合意的片段，然而都是这样牵强，这样肤浅，这样容易为脚步声所淹没，以至克里愤怒地想道：

"市侩主义！精神贫乏！"

一阵集团的呼啸从克里姆林漫溢出来了；这声音好像绵软的羊毛，温暖了寒冷潮湿的空气。穿着镶狐皮的农民外衣的汉子很神气地通告每一个人：

"他们唱歌——唱'上帝救我们！'"

他脱帽，画十字在他自己身上，对着瓦西里大教堂鞠躬，然后急忙地走了。

旁观者们似乎都是在等待着这个的。他们的密集的墙立刻瓦解，走散了。萨木金也迈步走了。在拱形的街上他遇见了米托罗方诺夫。伊凡·彼特洛维奇背靠在一个灯柱站着，鼓着腮帮，噘着嘴唇。他的帽子盖在眼睛上，他好像刚才被人打了颈背似的。萨木金这时以为他喝醉了。伊凡·彼特洛维奇的两眼直视着他，并不招呼。克里喜欢这会晤，好像在长久的孤寂之后忽然遇见可喜的人似的。他伸手给他，并非没注意到他的房客在握手之前仓促四顾的情景。

"好，你以为怎样呢？"

"好极了。"米托罗方诺夫立刻回答。"好极了。"他又重复，把头向后一扬，因此也就戴正了他的帽子。"有秩序。"他批评，手指摸着衣襟上的纽扣，"最——伟大！"

他的行为是有些古怪的。萨木金的好奇心被引起来了。他邀请米托罗方诺夫和他去吃午点。米托罗方诺夫并不立刻同意。他惶惑地推诿着，探望着他的周围。但是接受了这邀请之后，他迅速地走了，默默地走在萨木金前面。

五

在挤满了人的一间地下层的酒店里，他们择取了挨近食橱的角落里的一张桌子。食客们的言行是这样没节制，这样没礼仪而又这样吵闹，好像他们全是互相邀约来举行周年纪念会，或聚餐大会似的。萨木金倾听着那些嚷嚷的会话，听不见一句是有关这次工人游行的。他急于澄清自己的心境，想听一听某种常识的解说，但是暂时之间他不能引起米托罗方诺夫的谈兴。伊凡·彼特洛维奇对于克里的议论只是默默点头，然后装出会意的样子说道：

"这意见是明智的。一点不错，厂主们只看见他们自己的直接利益。

白然,工人们的生活必须改良。"

但是喝了几杯酒之后,他深深地叹息,闭起眼睛,皱起脸,然后摇摇头,沉静地说道:

"唉,这全是蔓越橘[1]呀,克里·伊凡诺维奇!"

"什么意思?"萨木金问,同样沉静,相信他就要听到什么独创的意见,和米托罗方诺夫所常有的确切的言辞了。

"蔓越橘。"米托罗方诺夫重复,伏在桌上望着他。"你不要相信它,克里·伊凡诺维奇!你不能用蔓越橘喂狼啊,它不吃它的!"他悄悄地私语着,眼睛眯得很快,而且更加俯伏在桌面上,"你不要相信他们。他们不过是欺骗人。我知道的。"

他的手指恐慌地发抖,他仓促地倒一杯酒给自己,抓起一片面包,闻闻它,又放回盘子里。

"你被你的谨慎所蒙蔽了。许多人都已看出他们的愿望,虽然他们所愿望的东西是不存在的。我们见鬼,幻想的东西,像真有这么一回事似的。"

看看周围,他小声说:

"我和那所谓军队同走了几乎两小时,在它的正中心。我听见他们所谈的话。你以为他们真是去见沙皇,和他讲和平吗?"

吃吃地笑起来,米托罗方诺夫用手在桌面上摇摆着,敲着一只酒瓶,然后拿起它,从椅子上跳起来。

"原谅我!我知道工厂的工人们。"他仍然小声说,"他们是一种特殊的人群。他们轻侮一切,是的,先生!今天其中的一个就拒绝和他们鬼混,所以他们抓住了他。"

"是的。我听说过这回事。一个粗鲁的青年人吧?"

"嗯?不。他是剃了胡子的,但是你确比他大几岁。"

---

[1] 日译:"鹤苔桃。"

"一个工人吗?"

米托罗方诺夫点头承认,回头看一看,微笑着继续说道:

"他痛骂他们。他一面走一面对着他们的脸痛骂。'你们是些废物。'他说。'你们是废物。他们杀了那沙皇,'他说,'因为他欺骗人民,懂吗?而你们,'他说,'你们排队去跪在他前面。'别人打他,你知道,推他,叫喊:'住口,蠢材!'但是,像醉了似的,他什么也不觉得,又挤进人群里面,叫道:'臭死尸!'这一个人的反叛,克里·伊凡诺维奇,十个人之中七个人是同情他的,倘若他们打他,那也是安全的。简直就是一种诡计!这一切动作,克里·伊凡诺维奇,全是假装的。我听见一只蠢鹅呱呱叫着:'人民要沙皇来领导他们!'但是人人都知道我们的沙皇是一个祸害的、不成功的沙皇!在登极那一天就打死了几千人,而他连十字都不曾画一个。也不绞杀几个警察。他的祖父绞杀人民,毫不迟疑。但是这家伙是怕他的叔父的。你以为人民已经忘记了科登加惨案[1]了吗?不。人民记得虐杀他们的事。除了这虐杀而外,他们什么也不记得。"

米托罗方诺夫把头一扬好像受惊似的。

"当然,这不是我说的,而是一般人民……"

"是的。"萨木金承认,用手指敲着桌面。

这并不是他所期待于米托罗方诺夫的。它不曾使他安心,却给予他一个双重印象:米托罗方诺夫增强了使他惊恐的那种情绪;而增强它的是他,并不是别人,这又几乎是可喜的。

"是的。我们的政府是无能的。沙皇是无力的。"克里咕噜,漠然观测着许多肥满的脸相。在烟雾弥漫之中那些发光的脸使他想到截作两半的西瓜。这些声响、气味和酒香混合起来,使人有些晕眩。

"现在你,伊凡·彼特洛维奇,你是一个简单正直的俄罗斯人……"

---

[1] 一八九四年尼古拉二世登极时之惨案。

米托罗方诺夫低头看着桌面。

"好,你告诉我,你的印象怎样呢?我们将要有一次革命吗?"

米托罗方诺夫仰起头,小声说道:

"那是一定的。要有一次大叛乱。"

"要有吗?"萨木金问。米托罗方诺夫回答的确定性显然是使人不快的,而且阻止了他的心里自然形成的大思想的发表。

"你自己知道。"米托罗方诺夫小声说,皱着他的脸以至它成为波纹的,"人民已经苦到极点,由于物资的缺乏和警察的压迫,"他确切地说了,捏起他的拳头,"愤懑正在增加而且——"他把椅子拉近桌子而且这样伏在它上面,以至他的下巴几乎搁在一只盘子里。他继续说:"我要向你表白,我曾经安慰我自己,你知道,以为各样事情会逐渐好转,以为我们是一种聪明的人民。而现在我眼见因愤懑而丧失理性的人数继续增多。我每次到小旅馆或小酒店里,我听见些什么呢?大家都互相比赛着述说生活的凄惨。人们在谈话中衡量生活的辛苦,看谁的负担更沉重。他们甚至夸耀它,发狂地爱说它。我的生活更坏呀!不。你说谎。我的才是更坏的!这是怎么回事,岂不是夸大其词,以便将来的借口吗?"

这时萨木金看见米托罗方诺夫的圆眼睛里充满了悲愤:

"试想这是何等癫狂的作孽啊,生命是这样短促!因为,真的,人间已经没有做人的余暇。但是每天都好像是过着禁食节似的人们继续增多。无论是一个小偷或一个正直的人都没有立足的地方。人是喜欢周围有多余的空间,脚下有稳定的立场的。那立场在哪里呢?"

克里·萨木金阻拦了他,举起他的手好像要打米托罗方诺夫的耳光似的,而且问道:

"那么革命早些爆发或者更好些吧。"

"克里·伊凡诺维奇!"米托罗方诺夫用低音叫唤,他的脸不自然地紫胀起来,甚至于耳朵都激动了,"我了解你!我敢发誓,我了解你!"

"因为不断地恐惧着一切东西明天都要化为飞灰是不能活下去的,而你要在外面袭来的种种热情冲动之中发现你自己吗?"

"不错。我们要发现我们自己。"米托罗方诺夫暗暗吃惊地说。

萨木金也伏在桌面上,胸部压紧在它的边上以至于疼痛了。因为在他一生中他第一次完全真诚地对别人说话,也对他自己说话。在他的脑筋的某一点上,他认识了他否定着他自己的某部分。这解救了他,因为它把恐吓着他的一种黑暗情绪压下去了。他说出了别人的书上的言辞,但是他的虚荣心并不因此受扰乱:

"贵族政治是没有力量治理人民的。政权应该转移给强有力的人们,他们能够扫清俄国使生活窒息的刺人的尘灰。"

他听着米托罗方诺夫赞同的私语:

"真的。为了优良的制度,我们甚至可以忍受一次革命。"

萨木金前面的一张桌子边上现出一个好像是割掉的头颅,捧在一只手掌心里。它具有一副变异而又习见的面孔,皱着眉头,咬紧牙齿。他的黑眼睛似乎在努力阅读一种印得不清楚或字形太小的书籍。

"政府并不能遏止工人或学生的运动。"萨木金小声说。

"天哪。"米托罗方诺夫长叹,放松了他的紧张的脸,因此它显得异样的宽大和忧愁,同时他的蓝面颊变为灰褐色了。"我明白,克里·伊凡诺维奇。你是在说服我呀,譬如说。"他在身上画了三次十字,然后说道,"我愿意的,我全心愿意!"

萨木金陷入了沉默之中,那忏悔使他有些冷静了。在一秒钟之间,他甚至觉得这忏悔有些可笑。但是米托罗方诺夫长叹了,很沉静地继续说道:

"不过我相信你要拒绝我的,因为我是——一个可疑的人,一个意志薄弱的人,而又有些空想。在意志薄弱的地方,空想简直是毒药,这是你知道的。不,等一等!"他请求,虽然萨木金并没有说话,也没有做出拦阻他的姿势:"我早就想告诉你,但是我不能提起足够的勇气。

前天我在戏院里看见一次很成功的表演：一群当然受苦的不幸的人们说出鬼才知道的心事，而其中有一个善于劝解的小老头，左骗右骗……"

他感叹了，畏怯地一笑，皱着脸，敞开手，说道：

"我恍然大悟，以至全身发热。那混淆是非的小老头在行为上确是像我的。他真像呀。"

"我不十分明白你说的。"萨木金声明，皱着眉头。

"是的。他像我——虚构事物，这坏蛋！克里·伊凡诺维奇，我尊敬你和……"

他略去了某几个字，摇摇头：

"你看——我告诉过你关于我自己的事都不是真的。我请你恕罪。那全是我捏造的，为了适合社交习惯。我捏造出几个妻子和全部生涯，其实……"

"这是怎么回事？为什么？"萨木金质问，用一种敌对的声调。

"因为面子上好看些……"

伊凡·彼特洛维奇用一只抖颤的手倒出一些酒，但是他并不喝它。把杯子推开，他爆发了一种咳呛的笑声，汗水从他的额上和眼下冒出来。他敏捷而坚决地用揉作一团的手巾擦掉它。

"所以我并不是米托罗方诺夫，也不是伊凡，而是彼得·亚各弗里维奇·科提尼可夫，是尼忌尼·诺弗戈洛得的一个商人的儿子，在那里是有名望的……"

他又擦掉脸上的汗，打开手巾，而且在椅子上烦躁不安，好像就要跳起来跑开去似的。

"自从我有二十三岁的时候，我就被雇用为重大罪案的侦探，因为某种功绩我被升调到这里来……"

"重大罪案？"萨木金焦急地小声讯问，不知道他还要说些什么，但是意识到米托罗方诺夫伤了他的感情了。

"不要难过。"伊凡·彼特洛维奇安慰他，"我并没有别的任何关系。而且即使我有，我是你的仆役！因为，你和你的妻是我生平第一次遇见的……"

并不说完，他深深地感叹，疯魔地眹着眼睛，继续说：

"在那一次学生们的斗争中你显然没有认出我是什么人。倘若我是一个平常人，你以为我能够被许可伴送你到警察那里吗？这是第一点。其次，一个人和你相处在一家有两年之久，并没有职业，说他是找工作的。但是他怎么生活呢？他的钱从哪里来呢？他甚至不在家住宿。你们是简单的好人哪，你和你的妻！至于安弗梅夫娜。我相信她以为我是一个窃贼……"

好性格的、负疚的微笑展开在他的脸上了。

"请不要把这件事告诉你的妻。"米托罗方诺夫严厉地警告，"将来有机会我自己告诉她。"

他叹气，然后沉默着，好像让萨木金有时间来构成某种决定；而萨木金却在思索着他一向把这人看为同调似的，看为一个富有常识的正经人……

"但是事情已经改变到什么地步了呢？"他问他自己。他想不出答案。

"或者我应该离开你的家吧？"他听见他的房客悲哀的私语。

"不。这是不必要的。我要——想一想——怎样……"

"我变为一个侦探，并不因为贪财，而是因为必要。"米托罗方诺夫咕噜，在喝了一点酒之后。"空想，自然也因为。我曾经贪婪地饱看了一些侦探案的书籍。很有趣！里可格是一个大智慧的人。噢，我的天，我的天哪！"他高声大叫，"我希望你能够原谅我的欺骗。我发誓，我的欺骗你是由于爱和忠实，而且你知道，克里·伊凡诺维奇，要爱任何人都不是一件容易的事。"

"不，不是的。"萨木金茫然不自主地说，看着那阴郁的、固执的眼睛变为潮湿而且融解了。除了感觉被这家伙所羞辱而外，他是惊异于米托罗方诺夫的忏悔的。然而,这忏悔终于感动了他一小点,由于那不容否认的真诚,而且听着米托罗方诺夫的亲热之词是很愉快的。他已经变为不大引动人,但是更有趣。

"我从来没有遇见过好人,"他说着,哀愁地看着他的刀叉,"所以我已厌倦了梳理狗身上的蚤虱——这是说我的工作。总而言之,克里·伊凡诺维奇,倘若你堕落到那境况的时候,什么叫作窃贼呢?一个小木片——或者,换一句话说,一只跳蚤。就说一只蚊子吧。除非你遇着它,就是一只蚊子也不会叮你的。自然有些人是惯于犯罪的。但是我们全都依据必要而生活,并不依据福音书而生活。例如,因为必要,工厂工人才来向著名的沙皇敬礼……"

缩起他的肩头,米托罗方诺夫像乌龟似的把头藏着,指着他的后面说:

"这,你看,商人们安坐着,悠悠地吃着好东西,喝着高价的白兰地酒,谈论他们的交易,好像什么事也没有似的。但是,以我的意见而论,工人们被领导到克里姆林是为了和平与秩序。守夜人被冻伤,窃贼被捉住,其实一切作为都是因为必要!但是我没有见过真实关心人生幸福的人——不,克里·伊凡诺维奇,我发誓我没有见过!而这好像是突锥刺痛似的。当你想到真实关心群众,并不吝惜自己的,只有那些政治犯的时候——他们当然没有罪,但是——你读过《牛虻》或《斯巴达克思》这些小说吗?鲁伯沙小姐介绍给我看的。我看得很高兴!"

萨木金暗中好笑。他觉得想要高声大笑,虽然在他这一方并没有什么可喜的理由。米托罗方诺夫小心地站起来,并没伸手给克里,告辞道:

"我感谢你——多谢——从我的心底深处感谢你!"

萨木金觉得在这时间内他的房客长高了,而他的脸也清瘦了许多,更好看了些。

萨木金慨然和他握手。

"我自己告诉你太太。"

米托罗方诺夫鞠躬,走了。

克里又停留了十分钟,尽力想把他的思想整理为某种秩序,但是他的心不能解决许多矛盾和纠纷,只有一件是明白的——那就是米托罗方诺夫是真诚的。

"分析到最后,他是把他自己放在我的掌握中了。一个刑事警察的侦缉员——刑事的——"萨木金对自己重复说,"端正的人们对于这类工作感觉厌恶,但是这是不公平的。在近代社会中秘密警察和犯罪者同样是必不可免的。他无疑地是——一个好心肠的人,而且不蠢。他是台尼亚·古里科伐和安弗梅夫娜这一类人。一个为别人而生存……"

第十八章

一

当萨木金走出来到红场上的时候,这地方照常像在休假日一样,有一种荒凉的气象。天宇低垂在克里姆林宫上面,散播着浓密的雪花。雪并不停留在伊凡大帝的金色的头巾上。在博物院上面,一群铅色的鸽子正在奔忙。谁能相信,不过是一点钟以前,在这同一广场上有几千工人走过,拥入克里姆林宫,而那些工人全都可以说是并不知道克里姆林,或莫斯科,或俄罗斯的历史的呢。

"是的。甚至米托罗方诺夫也以为革命是必不可免的。他说'我们'。谁是'我们'?这人有一种可惊的而且——奇怪的癖性……"

在家里,悠悠地脱掉外衣,懊恼地想着他现在必须告诉发尔发拉关于游行的事,萨木金听见餐室里茶匙的铿锵、加莫夫的低抑的颤声,以及米霞叔叔的嘲弄的声音:

"青年人，你把席勒[1]的作品读得太多了吧？"

"我从来没有读过席勒的东西，总之，我并不留意理性派的哲学。和列夫·托尔斯泰一样，我不相信理性。"

"和托尔斯泰一样？哟，又来了！"

"滚你的蛋！"克里暗中咒骂。不愿会见这些人物，他走进他的书斋里，躺在长椅子上。但是因为餐室的门没有关紧，他仍然能够分明地听见那老平民主义者和他的书记的会话。

"人的生活并不依据理性，而是依据想象。"

"是吗？"

"也有依据理性的，但是那是一种低级的形式。高级的成就都不是由于理性的……"

"譬如，科学呢？"

"科学也是开始于想象的。"

"要我倒些茶给你吗？"发尔发拉问。由于她的问话的温和的音调，克里猜想她问的是加莫夫。他觉得他想喝茶，走进餐室去了。加莫夫从座位上站起来，克里的妻惊异地问道：

"你回来了吗？从哪里来？"

"我看过工人的游行。后来到主任那里。"

"啊哈！"米霞叔叔急叫了，他的小脸上闪出恶意的亮光。

"好，他们怎么样？唱《上帝保佑沙皇》了吗？没有唱吗？来。把一切都对我们说一说。"

"可是苦沙洛夫把各样事都说过了。"发尔发拉提醒他们。

"我们要比较证明。"沙斯洛夫回答，玩笑的，显然在准备一场战斗，袒露出他的胸上的橙黄色毛线短上衣，这是鲁伯沙替他编织的。但是在萨木金还没有开始他的故事之前，他却自己说道：

---

[1] J. B. F. Schiller（1759—1805），德国诗人，浪漫主义者。

"这位苦沙洛夫是诚惶诚恐的。他以为他看出什么道理来了,而且他曲解普列汉诺夫[1]的理论,擅立原则,硬说工人阶级的解放是工人自己的事,而我们是知识阶级——必须退在一边……"

加莫夫不听他说,把他的长身子倾向发尔发拉,低声咕噜着:

"那些克利斯提[2]在他们的礼拜中看见圣灵,但是圣灵是没有的……"

萨木金从眼镜里面惊异地看着他,加莫夫惶惑地一笑,就沉默了。

"据他说,知识阶级总不过是工人阶级的事务员而已。"沙斯洛夫说,皱着眉头,把一果果酱放在他的茶杯里,"'不,'我对他说,'事务员并不制造革命。领袖是必要的。'领袖,不是事务员。你们马克思主义者跟从着德国的坏榜样,这确是自居于工人阶级的事务员的地位。但是德国有倍倍尔[3]、阿特勒之流。而你们并没有这一流人,上帝不肯把他们给你们——使他们陪你们到克里姆林去向沙皇敬礼……"

但是,虽然沙斯洛夫是愤恨的,萨木金分明看出他也是悲哀的。他的小眼睛颓丧地眯着。他的声音破了。茶匙在他的手里发抖。

"不。这苦沙洛夫正是其中的一个,你知道——似乎是一个'有福的人',而其实是'心理失掉平衡的……'"

"你们已经知道了吗?"台谛亚娜·戈金娜问,走进餐室来了。萨木金回头一看,几乎不认识她了。她穿着简素的服装、粗俗的鞋子,平梳着头发,看来就好像一个不很阔气的人家的婢女。跟在她后面进来的是鲁伯沙,一言不发地坐到椅子里。

"我们知道什么事?"沙斯洛夫问,窥察着她和鲁伯沙。鲁伯沙愤愤地吹着鼻子:

---

[1] Plekhanov (1850—1918),俄国著名马克思主义理论家。
[2] 当时分教派的一宗。
[3] A. Bebel (1840—1913),德国社会民主党领袖。

"他是助巴托夫主义者,这苦沙洛夫……"

"我请求你的原谅。"沙斯洛夫惶惑地高声说,"年轻的女士们,这种话是要有确实的证据才能说的。"

"他是一个蠢材,但是想要占重要地位。我看他就是这样的。"台谛亚娜大声说,神气很是宁静,"发尔发拉,请你给鲁伯沙一杯浓茶。我要送她到她的房里去。她病了。"

不耐烦地用茶匙敲着他的手指节,沙斯洛夫问:

"好,怎样呢?"

"在克里姆林,苦沙洛夫对工人演说了,宣传这样的昏话:打倒政治理论;不要相信那些学生;知识阶级想要站在工人的背上争取权力,以及种种胡说八道。"台谛亚娜解释,带着一种冷淡的神气。"你怎么会知道这个呢?"她问。

"不。你先告诉我们你在什么地方听见这些话。"沙斯洛夫急叫。

"演说的时候我就站在他的后面——我和一个工人,一个我的学生。"

"原来如此。"沙斯洛夫批评,看了克里一眼。

在几秒钟之间有一种不愉快的沉默,其中孕育着某种期待。然后萨木金露齿微笑,提醒他们:

"就在最近他还主张工厂恐怖主义的必要的。"

发尔发拉试验着鲁伯沙的温度。加莫夫站起来走了,踮着脚尖,张开两手维持自己的平衡,摇摆着出去了。台谛亚娜坐在椅子的扶手上,一只手端着茶杯,另一只手搁在鲁伯沙的肩上,又开始叙述她的故事,沉静地,毫无她平日的刁钻古怪的意思。

"大约三十,或四十个人听他讲演。他站在沙皇的钟前面。他无精打采地说着,不很神气。有一个工人觉察了,对另一个工人说:'这家伙不敢张大他的嘴。'他们对于各样都是异常敏感的。"

"他们一般的情绪怎样?"沙斯洛夫问。

"我觉得都是淡漠的。虽然这不过是我个人的印象。一个金属工人，鲁伯沙的熟人，在走向广场去的行列中说得不错：'我们到陌生的树林里去采菌子。那里或许会有菌子的吧，而没有的成分居多。但是不要紧，就算是来散步吧。'"

发尔发拉想要去点灯。

"等一等。"萨木金说，虽然房里已全黑了。

搓着手，沙斯洛夫镇静地笑起来。

"我觉得工人们并不兴奋，但是我距离发挥种种演说的铜像前面是颇远的。"台谛亚娜继续说，萨木金的吃惊妨碍着他听她的叙述，"在那边，有些人在歇斯底里地叫喊，摇帽子。我看见人们在画十字。但是要走过去看是不可能的。"

"三十八度六[1]。"发尔发拉大声宣布。沙斯洛夫举起一只手警告大家：

"嘘嘘！"

"好像他是主人似的。"克里觉得。

中止了她的故事，戈金娜尽力劝勉鲁伯沙回到她的房里去睡觉；但是那姑娘固执地、愤愤地拒绝了：

"不要管我。你说完了我就去。"

"好，不要打岔，梭莫伐。"沙斯洛夫严厉地命令。"说下去呀，戈金娜。"他又命令，用教师的声调。发尔发拉微笑着，坐在他旁边。

"在修道院和法院之间的转角处有一位穿着奇特的外衣的绅士正在痛骂维特[2]，并且劝告工人们说纸卢布是'基督教道德形态的钱币'。他真是这样说的……"

沙斯洛夫大为高兴了。他用手掌拍着膝头，笑着说道：

---

[1] 摄氏寒暑表，约合华氏表一〇二度。
[2] Witte，一九〇二年间，俄国财政大臣。

"那蠢材必定读过塞吉·沙拉坡夫的《俄国财政备忘录》了。你听见了吗，萨木金？想想看。和工人们谈论基督教道德的卢布咧！嗬，这些经济学家！"

"工人们也默默地听着道德卢布的故事，吸着烟，但是不笑。"台谛亚娜说了，斜起眼睛看着梭莫伐。"这里那里都有人召集一小群工人，开始演说。也有些一声不响的旁观者。台格尔斯基就是以这种角色登场的。"她说了，看看萨木金，"我很恐怕他会认识我。工人们立刻把我认为一个'小姐'，而且有些疑心。有些年轻人想要爬进'沙皇大炮'里面。"

她闭起眼睛，好像在回忆着久远的事情，这时萨木金在推想：为什么她要挤进工人群中呢，她原是爱穿漂亮衣服，尊重庇里·路易士的著作，嗜好恋爱文学，赞美勃留索夫的诗的冷峭的呀？

"他们用奇异的眼睛观看着各样东西，"台谛亚娜继续说，这回可就有点狂劲了，"好像他们初次看见克里姆林似的。但是他们的大多数，倘若不是全体，在复活节的夜间都到过那里的呀。他们却好像是来到一个奇异的城市——或者是来租房子的。一个工人说：'这里的房屋没有多大价值。'有一个有趣的老婆子，高大，跛脚，穿着男人的上衣，显然有点聋，因为她似乎随时都紧张着耳朵听别人说话。她的脸是肿胀的，完全不活动的，眼睛也不显现。一张可怕的脸。她总是说：'他们许给什么了？'而且警告每个人：'不要相信他们呀，农人们。我自己从前就是一个农奴。我知道的。这沙皇欺骗人民。留心些。他们又在骗你们。'"

沙斯洛夫平静地笑了，说：

"我知道她。她是加它林娜·波区卡里洛伐。跛脚，是不是？破腿。就是她。"

"工人们告诉她：'不要嚷嚷！'"

"就是她。她说话就是这样。还活着吗？她必定有七十岁了。我认识她很久了。我介绍阿历克山大·普鲁加文给她。有一个时期她是许它夫分教派的信徒。后来她变为算命的。我们并不十分同情这种人,这种人顽强地破坏对于沙皇的信念,可是……"

鲁伯沙忽然跳起来,蹒跚了几步,好像要扑下去似的,跌倒了。当萨木金看见的时候,她的脸已经碰在地板上了。发尔发拉和台谛亚娜把她扶出去了。

"她不是太固执吗!"沙斯洛夫愤愤地叫喊,"她早就应该去睡觉,但是她尽坐着!"

他移近萨木金,立刻问他道:

"这苦沙洛夫是在组织里的吗,在党里的吗?"

"我不知道。我想他不是的。"萨木金回答,觉得台谛亚娜的故事已经异常激动了他,甚至使他有些苦恼了。

"好个浑蛋。"沙斯洛夫含糊地说,咬着牙齿,"而你,萨木金,你看那游行怎样呢?"

"我没有到克里姆林,你知道的。"萨木金勉强地说,吸着纸烟,"以我能够见到的而论,戈金娜说得不错。工人们看这些事总不过是由于好奇心……"

"嗯。"米霞叔叔吹鼻子,不相信地。

"我站在旁观者里面,他们从我面前走过。"萨木金继续说,看着那冒烟的纸烟头。他叙说某些工人怎样加入旁观者群,然后热心地谈论到旁观者们了:

"我以为多数旁观者都觉得他们被欺骗了。他们都反驳那些愚弄工人的花言巧语。当然,这是一种本能的……"

"你说阶级的感情吗?"沙斯洛夫笑了,"不,亲爱的朋友,你不要相信它!这不过是嫌恶产业工人的表现——这种嫌恶的发生在我们的农业国家里是容易解释的。久已相习成风,把产业工人看作脱离耕地的坏人……"

这插话阻碍了萨木金的议论。他忍不住恼怒，继续说道：

"这是有毒的意见。近几年来的迭次罢工，使我们相信工人已经有一种充分实现它自身的重要势力。况且，还有一种成熟的哲学供他们应用，这是资产阶级和农民都没有的一种武器。"

"是吗？"沙斯洛夫插嘴，故意激动他。

但是萨木金不听他的话，也不反驳他；他越说越有劲地说下去了。他兴奋到连他的妻又进房来都看不见，一直到她点燃了灯他才突然中止。发尔发拉把手支在桌面上，用惊异的眼睛瞅着他。同时沙斯洛夫站起来，拉直他的短上衣，显然大为高兴什么似的说道：

"萨木金，你似乎究竟并不是一个正统派的马克思主义者，甚至……"

他把这一句话的下半段吞没在一个微笑之中，和发尔发拉握了手，然后转身对萨木金说：

"我想不到你会这样。而我却是更高兴的。"

二

当沙斯洛夫走了之后，萨木金问他的妻：

"你为什么那样瞅着我？"

"我听你说话呀。"她回答，"你谈论工人为什么那样——恼怒？"

"恼怒？"他叫喊，真诚地，"没有的事。你为什么这样想？"

"你的声调。你的言辞。"

"第一，我是谈论中产阶级，不是工人……"

"是的。但是你声讨他们不能理解他们在劳工运动中所受的威胁……"

"他们理解的，但是……"

"但是什么？"

"他们没有能力，这是一种罪过。"

"我不明白。为什么是一种罪过？"

"因为无能力就是罪过。"

发尔发拉的绿眼睛微笑了。叹息之后，她说，她的声音里有一种新腔调：

"啊，克里，我不喜欢你，当你谈论政治的时候。我们到你的房里去。他们要在这里谈话。"

她沉重地倚靠着他的手臂，迟疑地走到书房里，把她的丈夫安放在长沙发上，而且还塞一只垫褥在他的背后。

"你的脸色显得十分困倦。"她解释她的行动。

"你不喜欢这样吗？"他开始了。

"不。"她急忙表白，坐在长沙发上收起她的脚，理直她的裙子，"当然你说话总是伶俐地、有趣地，但是你好像是在翻译外国文似的。"

"嗯。"萨木金哼了一声，尽在回想他对米霞叔叔说过些什么，尽在推想在他说过的话之中有什么使那人高兴，使他的妻说出抚慰的新腔调。

"我的亲爱的，"她说，玩弄着她的手指，"我想要和你谈一谈——心对心地谈一谈！我以为你不能胜任你所要扮演的角色……"

"不，请不必。不要谈什么角色——"他严厉地打断她。发尔发拉向后一靠，耸起肩头。

"你忘记了我是一个不成功的女优。我要坦白地告诉你，生活对于我是一座戏院，我是一个看客。舞台上正在表演滑稽歌剧，服装不同的各种角色来来去去，正如你自己常说的，他们都想要表现他们的才能、他们的内心的世界给我，给你，给彼此看看。我不知道内心的世界是怎样的。我以为加莫夫是对的。你待他——敷衍而又冷淡。但是他是一个很有趣的青年人。他是一个忠实于自己的人……"

萨木金有意地看着他的妻。她点点头，然后温柔地说：

"是的。确是——忠实于自己的人。"

"而他又在宣传什么呀,这加莫夫?"克里质问,讽刺地,而且暗中吃惊。

发尔发拉接近他。她的高亢的声音软下来了,甚至更温柔了:

"他说要领悟内心的世界是不能由于以唯心或唯物的名词来思维外界的推理习惯的。这些习惯不过是使真正的人性偏狭而且歪曲,这些习惯以观念和信条杀灭了想象的自由……"

"这是幼稚的。"萨木金说,对于他的书记的哲学的玄想毫无兴趣。"而且也不成话。"他加添,"但是你为什么要告诉我这个呢?"

"好,所以我说——"她回答,惊惶地,"你看——好,你知道你对于我是何等亲切……"

"是的,怎样呢?"萨木金催促她。

他的妻玩笑地拍拍他的肩头。

"你说得好神气呀!"

但是她即刻皱起眉头。

"我并不想要怜悯你,但是你或许以为奇怪吧,我以为你需要人怜悯。你迷失了你的本性,你精神委顿……"

她说到别的事情去了,但是萨木金不听她说,尽在思索:

"今天真倒霉。她是有些认真的。"

他恼恨他自己,因为他不能对他的妻发怒。然后,从匣子里取出一支烟,他问:

"你觉得有什么失望吗?"

"我对你失望了,当然。"发尔发拉回答,好像她自始就等待着这问题似的。她从他的手里拿起那支烟,点燃它,然后模仿图画中的土耳其宫女的姿势伸开了她自己,用手肘靠在他的膝上,向天花板喷着烟圈。就在这姿势之中,她说出了萨木金常在小说里读过、在戏院里听过的一句话:

"你已经不感觉我了。我们已经不和谐了。"

"不过如此。"萨木金想,对于这烂熟的话微笑了。

"引不起嫉妒的女人觉得她不被爱了……"

"听我说,"他严厉地开始,"我们生存在这样的时代……"

"一切男人女人,唯心论者和唯物论者,都需要爱。"发尔发拉急躁地补足他的话,这回用的是她自己的语汇,她说着就坐起来而且把未吸完的纸烟抛在地板上,"这是一切时代的主要内容,我的亲爱的,这是你自己知道的。而且为了这个——你不要难过——我牺牲了一个小孩。"

"而那是我所不赞同的行动。"萨木金提醒她。

"是的。"

她突然从长沙发上站起来,在房里踱来踱去,玩弄着她的腰带。她继续说:

"人们不论干什么,结果无非是想要安稳舒适,男人对于他的女人,女人对于她的男人都是如此。这是不可移易的唯一真理。就以我看那些唯心论者和唯物论者来说吧。我多少是一个书店经理,我不是吗?好,我告诉你,唯心论者是更嗜利的,更热衷于追求生活的舒适的。姑不论他们比唯物论者更纵欲更会打算的种种事实。是的。真是的。唯心论者并不好高骛远。他们比那些因为要改良生活必须制造革命的人们更急功近利。我的朋友们都不需要革命。他们需要钱来开书店。我能够极其自信地告诉你,那些热心于数字的唯物论者并不能使我工作得那样好,使我自己的利益那样受损害,像我的唯心论的朋友们似的。你说加莫夫幼稚,但是他是无所求于我,也是显然无所求于人世的唯一男子。"

"你说得极其亲热,我觉得。"

"他是值得如此的。或者你想要表示你是能嫉妒的吧?"她漠然提出这问题,"加莫夫是典型的旁观者。他甚至于爱谈论斯宾诺沙[1],这喜

---

[1] Spinoza (1632—1677),犹太人,德国哲学家。

欢研究蜘蛛生活的哲人。他终于是和你有些共同之点的,因为你一向是……"

"说得怪好听的。"克里微笑了,觉得窒息在她的言辞下面好像在雪下面似的。他叹息了,说:

"你说得奇怪,发尔发拉。"

"奇怪?"她问,看着摆在克里的书桌上的时钟——她的赠品,"你顶好耐心想一想。我觉得我们是生活在——我们可以不这样生活。我就要去接洽书店的事务,或者有两三点钟的耽搁。"

她吻了他的前额之后就不见了。虽然她已经做出了完全出乎意料的事,萨木金却喜欢她的离开。他点起一支烟并且把灯熄掉。街灯的一段熹微的光辉把窗架的暗影投射在地板上,形成一个十字形。各样东西都缩拢了,使房间紧密而且温暖。窗子外面,风声飒飒,大雪纷纷。全市寂然无声好像在迟眠的深夜中。

三

躺开在长沙发上,闭着眼睛,萨木金在想。

发尔发拉以前从来没有对他说过这种腔调,他一向都觉得她对于他还是保持着她处女时代的同一见解。在什么时候,由于什么力量改变了她的意见呢?他想起了在几个星期以前,她送一些访客出去之后,曾经倦怠地打哈欠,问他道:

"你觉得人们都已逐渐变成沉闷无趣的了吗?"

还有,不久以前,她审慎而又带着责备地说道:

"你的眼镜使你的鼻尖发红。"

萨木金记起一件偶然的事故来了。两个月以前,他和加莫夫长久工作到半夜以后,照例他邀请他的书记在他的家里歇宿。第二早晨起得很晚,他去洗脸,但是发现浴室的门是朝里锁着的。他相信他的妻必定早已梳洗好，或者已经在餐室里了。他终于敲敲门。毫无回答，他就判定锁齿必定滑落在锁眼里面了，或者由于关得太猛的缘故吧，于是他就到餐室里去取面包刀，想用它来拨开锁齿。发尔发拉并不在餐室里。他又走进昏暗的客厅，却看见她站在浴室门口，头发是散乱的，用寝衣包裹着她的裸体。她窒息地急叫道：

"你要干什么？"

把寝衣拉在胸口上，背靠着门枋，她往下缩，弯着膝头好像要坐下去似的。

"你要干什么？"她又说，声音低抑而略带哀戚，她的腿更加弯曲了，同时她用一只手捏紧她的衣领，另一只手按住胸部。

克里拿着小刀走到她面前，在薄明之中他看见她的眼睛恐怖地大睁着，闪出猫眼似的磷光。他惊骇地看着这样子，放下小刀，双手抱住她，把她带到餐室里；在餐室里一切就都很容易地解释明白了：

发尔发拉昨夜通宵不安，起来得很迟。洗漱之后，躺在浴室里的沙发上，她做了一个可怕的噩梦。

"我醒起来，开了门，忽然看见你拿着一把刀向我走来！真是可怕的愚蠢！"她说了，提高声音大笑着趴在他身上。

"你以为我要谋杀你吗？"萨木金问，玩笑地。

"我并不以为什么，不过那噩梦似乎还在继续。"她解释。

萨木金又回到浴室里，但是他走过加莫夫的工作室——就在浴室的隔壁——的时候，他忽然心血来潮，悄悄地打开那房门。加莫夫背对房门站着，双手是垂直的，头低垂在肩上，好像一个吊死的人似的。门的响音使他转过面来。照常有一个卑屈的蠢笑展开在他的苦脸上。

"抄好了吗？"

"好了。"

"放在我的书桌上。"萨木金命令，想道，"不可能的！像这样一个呆子，不会的！"

但是到了现在,他准备相信加莫夫和发尔发拉在浴室里干过那一回事了。这就说明了她的突如其来的恐怖。

"这是无疑的。"他想,觉得既不嫉妒也不憎恨。他想来想去总不过是要他把这种思想抛开一边而已。他所必须思索的却是发尔发拉所谓迷失本性和精神委顿的话。

"她这样说是因为被俄国的或外国的社会主义的哲学所迷住的人们更加多了。"他想着,并不睁开眼睛,"迷住的人们是更容易理解的。她对于我所说的话已经不像从前那样注意倾听了。这就是困难之所在。"

他记起沙斯洛夫批评他的马克思主义的话,以为这害过各种疾病的人其本身也就好像一种病魔。他居然更年轻了,更强健了,而他的专横的声音也格外响亮。鲁伯沙最近说过:

"克里,你讲起理论来就好像一个年老的自由主义者。"

这或许是出于沙斯洛夫说的话。她组织了一个"援助劳工运动"的团体之后,显然自以为是革命健将。

台谛亚娜·戈金娜正在一个半公开的学校里教育工人,这学校是附设在某个自由主义的商人的工厂里面的。她的讽刺更加刻毒了。因为过于注重那些根本的矛盾、尖锐的问题,她的这种毛病是谁都觉得更加显著了的。就在最近的期间,她说波特莱尔的《恶之花》是"魔鬼对于基督教文明的挽歌",而波特莱尔是"莎士比亚的掘墓人"。今天她又在一种不同的情调之中,或者因为疲倦了,并且担心着鲁伯沙的病吧。萨木金就此又想到台谛亚娜对于她兄弟的态度是一种平常的恋人的态度;而且阿里克先不过是戈金氏的养子。阿里克先显然是一个"执行委员"。他是快活而且富于笑谈的,然而常常现出一种可疑的缄默。萨木金认为阿里克先现在看他是由于一种混合着不信任的好奇心的。

"是的。每个人都在改变……"

社会主义者毫不客气地,甚至傲慢地,嘲弄自由主义者,而自由主义者好像自惭形秽,因为不能把自己变为社会主义者似的。但是他们援助革命青年,捐钱,借房间给他们开会,甚至保存革命文件。

他愤愤不平了。他从长椅上跳起来,点燃一支烟,心想着那驼背女人的叫喊:

"你们胡闹够了!"

"助巴托夫是一个白痴。"他暗自咒骂,在黑暗中忽然撞着一把椅子,他又坐下。是的,自由主义的灰胡子们虽然常和年轻人们争论,又往往声明争论不过是警戒他们的错误,而其实他们却是鼓励那些年轻的小子们加紧活动。台谛亚娜的父亲,戈金,责备他的同辈不能继续民意派的工作,以致波比多诺兹次夫[1]所倡导的反动政策得以立足于俄国之内。在一次集会上他曾经悲愤地说:

"休得林尽力惊醒我们,而我们还是在睡觉。历史将要不饶恕我们这种罪过的。"

这老人是中等高度,身体厚实,谨慎地移动着,每一动作之后就喘一口气。他或者有心脏衰弱病吧,他的和蔼的灰眼睛下面悬着鼓胀的液囊。在他的秃头的两只耳朵上面有两撮灰头发,留着当年华发的残余,好像两只角似的直竖着。他的下髯是剃过的;一部浓密的哥萨克式的上髯颓然低垂在他的软鼻子下面,在他的嘴唇下露出浓髯的尖端。他看待阿里克先和台谛亚娜显然是慈爱而又略带哀悯的。

"援助后辈奔赴他们的卡尔伐里[2]是我们这一辈人的义务。"他有一次对着他的同居的朋友朗丁说。

"这些牺牲品的制造家。"克里想,回想着那一句话。

朗丁是一个破产的地主,从前是民意派的友人,后来是托尔斯泰的信徒,现在是浪漫派作家和无政府主义者。一个凸腰的大汉,大约六十岁,但是很善于保养。他的脸上不变地带着一副愁眉。他的声音是尖锐

---

[1] Pobedonostzev,俄皇尼古拉二世的太傅。
[2] Calvary,古代耶路撒冷附近山地,基督在此被钉死于十字架上。

的，他的手臂是长的。他有为人极其慈爱的声名，号称为"非今世俗之人"。他的长子在流放中，他的次子在监牢里，他的少子才十六岁就不愿住在中学校里读书，到细木工作坊里去了。有一次台谛亚娜说到了老朗丁：

"为了怜悯人民，他愿意杀掉他们。"

四

星期日，在戈金家里聚集着青年律师们，从各省来的自由主义的地主们，地主政府的统计师们，热心争论的男女学生们，坐立不定、形神疲困的青年人们。里多助波夫也偶然出现在那里，带着一副教士的阴郁顽迷的神气。

萨木金到过两三处这样的家宅，暗中称它们为"朝山香客歇脚处"。台谛亚娜却形容它们是：

"语言恐怖狂的巢穴。"

萨木金差不多在各处都遇见妮戈诺伐。温驯而又静默，她友好地微笑着招呼他，但是从来不和他讨论政治。然而，有一次她忽然问他一个可惊的问题：

"塞弗伐·莫洛索夫[1]出钱印行《火花》[2]，真的吗？"

克里一惊之后，大笑起来了。

"塞弗伐·莫洛索夫？这当然是一个笑话。"

"我也是这样想。"她说，走开了。

萨木金对于她逐渐发生同情。她有些像米托罗方诺夫，鼓励人的自信。她使人觉得她是一部单纯正直的机器。

---

[1] Sauva Morozov，当时俄国富豪。
[2] *Iskra*，列宁所主持的革命刊物。

"一件牺牲品。生活的一个服从的奴隶。"萨木金往往这样想着她。

谣传百万富翁塞弗伐·莫洛索夫和帕木的某轮船公司的主人资助革命党,这是盛传已久的。躺在长椅上,在黑暗中吸着纸烟,萨木金悲苦地思想着:

"一切都是可能的。一切都是可能的,在这疯狂的国家里人们都在尽力欺人自欺,全部生活已成了一篇恶劣的谎话。"

他默想着拉狄夫对于知识阶级的热情,刘托夫对于妮戈诺伐说话的资产家的声调,塞弗伐·莫洛索夫对于一个保守派的科学家——一个有国际声名的化学家——的刻薄的言辞,以及别的事情。

"是的,他们资助他们是可能的。而且,果然如此,那就是说他们鼓励他们去行动。但是在这样一幅荒唐的情境之中哪里有我的地位呢?我必须躲藏在乡间的洞里,孤独地生活,努力写作……"

他觉得这也不行,那里总免不了有工人的宣传家们,或者他的妻的朋友们会来嚷着宇宙呀、爱情呀、神呀和死呀。他是从心里敌视着这些人们和他们的废话的,这些人似乎认真自信他们不但是欧洲人,而且是巴黎人。他们的言辞常飘浮进他的书房里,使他记起尼卡叶伐的可怜的光景,她的对于死的恐惧和她的渴求爱情的单思病。他们激怒了他,因为他们胆敢嘲笑社会问题;他们似乎已经摆脱开去,逃避了他不能不想的种种思想的纠结,这种纠结是缠住他的生活更使他受苦的。他自己不承认这一点,只觉得这些人都有很好的教养,比起他们来简直是不学无术。总之,他们老是讨论那些他并不急于要想的事情。然而,他常觉得他们的话使他的言语滞涩,虽然他是记得许多嘉言警句的。

"这种'正义'的哲学是想要否定种种权利。"他常常说,而且加以解释道:因为既承认生存竞争为自然法则,那么想要在生活中发现宗教、哲学和道德的地位的一切努力都是徒劳的、伪善的。他记得许多这样的句子,知道怎样应用它们才有效,而且觉得它们的代价低廉,所以他私自称它们为"智慧的铜币"。然而,他总是避忌哲学的思索,偏重

"种种事实",而且当他的见解陷于矛盾或太牵强的时候,他就说这是由于客观的要求。

今天夜里,已经尽其可能的审慎地和客观地考察了他的近几年的一切印象,萨木金觉得他自己是完全孤立的,对于别的人们完全是一个陌生者,以至他经验着一种忧郁的苦痛,好像有什么东西紧紧地压在他的心底深处。他一惊就站起来,茫然尽看着凝霜的窗玻璃,那是被街灯的金色火焰约略照明了的。他的心境接近绝望的疆界。《我们的园地》的编辑的一句话闪过他的心头:

"我们全体知识分子对于现实都害了批评态度过分发展的肥肿病。"

"我或许也传染了这种病了吧。"萨木金想,"这一传染当然也就发生其他一切了。"

默想了一会儿,他立刻发现了一个"但是"。

"但是即令我害病,也和别人不同,我是知道这病的。"

第二分钟他就想到,他是这样孤独正是他确是一个非常人物的明证。他记起他从前也曾有过一次脱离人群的感觉,在他的家乡的征服者圣乔治的教堂的门廊上。那时他以为在孤独中有一种英雄的高亢。

"我对于我的灵魂的声息没有我自己的言语,也不能对别人诉说。"萨木金想出来了。

一道黑影滑过墙上,然后停住在玻璃框里的画片上。萨木金站住想到这是他自己的头,被从窗里进来的光线投射在那玻璃上。他走到书桌前面,点起一支烟,开始在房里踱来踱去。

五

将近半夜的时候发尔发拉回来了。一听见她按门铃,萨木金急忙点起灯,坐在书桌前面,铺开纸张,做出他已经工作了许久了的样子。他这样装作是要避免和他的妻谈论那些琐细的事情。十分钟之后她穿着长衬衫，拖着拖鞋走进他的房里来了，而且用她的冷的湿手掌抚摸他的面颊和颈项。

"正在工作吗？"

"你看见的呀。"

"奇怪。我坐车来的时候我看见你的房里并没有灯光。"

"没有？"

发尔发拉坐在书桌的角上，告诉他鲁伯沙的病重，医生以为或许是肺炎。

"戈金娜陪伴着她。"

"那就好。你去睡。我不久就来。"

发尔发拉顺从地走了。看着她的橙黄的脚踵，萨木金想到他已经读完这女人的最后一页了，已经觉得她毫无兴趣。他知道她的肉体的每一活动、每一叹气和每一呻吟，他知道她的面部的全套表情，而且他相信他熟悉了她的语言的别扭的转弯抹角，这都是她随意从流行的文学书里拉扯来的，她往往纠缠不清，陷入可笑的矛盾。但是她是一个方便的妻子，一个切实的主妇。萨木金也赏识她对于人们的怀疑态度，她对于一切虚伪的敏感，她认识欺骗的才能，总之，和她同居并不完全是坏事；但是和妮戈诺伐同居呢，譬如说，生活或许会更温和、更愉快的吧，虽然妮戈诺伐比发尔发拉的年纪更大些。

一点钟以后他悄悄走进卧室，希望他的妻已经睡觉了。但是发尔发拉躺在床上吸烟，枕着她的一只手臂。

"在卧室里吸烟是一种坏习惯。"他说，开始脱衣服。

"我和你说过好几次了。"发尔发拉反驳，说得好像她已经说尽了她的话似的。萨木金瞅着她，几乎说出话来，但是又忍住了，他注意到他的妻已经长肉了，并且想到这是因为她的颈项显得短了些的缘故。

"倘若她是不忠实的，那就会自然显现在她的爱抚之中，在她的肉体的活动之中。"萨木金想，而且决定要实验这种学说。

"过去一点。"他说,走到床面前。

"我很疲乏。"她诉苦,并不移动,闭着她的眼睛,"我不能睡觉。"

她从来没有拒绝过他,也没有用过这种口气拒绝他。请求是屈辱的。他也从来没有请求过。他大为伤感了,爬到他自己的床上。

"那里有一个犹太人。"发尔发拉先开口,熄了她的纸烟,好像继续着她久已开始了的一个故事似的说着。

"加莫夫也在那里。"克里说。听见他自己说的并不是问话,而是确定加莫夫已经在那里。

"他在那里,"发尔发拉说,"但是他和那一群人合不来。你知道的,他固执着他的意见:世间是一团漆黑;人用想象的火来照明它,种种观念是小孩们写在石板上的符号……"

"一种很素朴的形而上学——胡说八道。"萨木金怒冲冲地说,恼恨地觉察到他的书记的哲学和他自己的思想有类似之点,"我们睡吧。我也疲乏了。"

发尔发拉叹气,理直她的枕头,静默了几分钟之后,她又说:

"你知道,我不喜欢犹太人。这是可耻的吗?"

"当然。"

"不。我不喜欢他们。不论什么事他们总要超过别人很远,逼人太甚。也确有些犹太人似乎是专为引起反犹太主义而存在的。"

"也确有些俄罗斯人是能够引起反俄狂的。"萨木金咕噜着。但是发尔发拉固执着,显然讽刺地:

"这不是一个好回答。你自己就是不喜欢犹太人的,不过你羞于承认罢了。"

"胡说八道。请熄灯。"

她灭了灯,在黑暗中继续说话,她的声音和字句越加恼人了。

"你不是说过当一个犹太人是虚无主义者的时候,比一个俄国虚无主义者更坏一千倍吗?"

保持沉默,这并不是不困难的事,萨木金想到要告诉她米托罗方诺夫的事是错误的,因为她会耻笑他的。好像瞌睡似的胡乱应答着,克里终于成功使他的妻缄默了。

六

米托罗方诺夫的出现比以前较为稀少,也较为拘谨了些。他进来总是带着一副乞怜的神气和一个疑问的微笑,好像默默地质问:

"怎样?已经决定了吗?"

他悠悠地喝着茶,那光景好像在街道上和小店里似的,使发尔发拉觉得十分有趣,也使萨木金心安理得,相信不论知识分子怎样扰攘,生活在它的深处还是顺从着那些古老的、固定的习惯和法则的。

"我想我快要得到一种工作了,大概是做一个疯人院的二等管理员。"米托罗方诺夫对发尔发拉说。但是当她离开餐室的时候,他急忙悄悄地对萨木金解释:

"疯人院的事当然是说谎。请原谅我。"

"为什么呢?"克里惊异地问。

"好,你知道,倘若发尔发拉已经怀疑我的生活,你才有话解释我的离奇的行为。"

萨木金感激这侦探对于他的异常关切,但是,送米托罗方诺夫到门外之后,他问他自己:

"我对于发尔发拉的态度现在别人已经觉察了吗?"

这使他恼怒了:

"这蠢材以为我和他一般见识。"

几天之后,萨木金独自坐在餐室里喝晚茶,想到他的生活之中有着许多畸零的、陈腐的事物。他记起了幼年时代他突然打开的一个装满了断简残篇的房间。在这凄凉的默思之中走进来了沙斯洛夫,他悄悄地,好像一个鬼似的。

"听说了吗?"他问,微笑着,他的小黑眼睛闪闪发光。他装出主人的神气,自行就坐在桌子前面,倒一杯茶给自己,斟酌放些果酱在杯子里,用匙子丁零丁零地搅着茶水,然后告诉萨木金南方农民的暴动。他的干净的小手是抖颤的。他的脸皱成许多笑纹。他扩张他的鼻孔,而且这样那样地旋转着他的扎在硬领里的颈项。

"喂,你看,"他用一种抚慰的声调温和地问,"你们的纯粹的经济的工人运动,并不由你们指导,而是由宪兵指导的,那有什么价值呢——比之农民的争取社会正义的原始的冲动,那有什么价值呢?"

客气地微笑了,萨木金仍然沉默着。他不相信这小老头,以为农民的动乱或许不过像他所记得的抢掠仓库似的轻微不足道。然而,沙斯洛夫的响亮的声音仍然在说下去,同时尽力把袖子拉直,看来好像一个长大的壮年人穿着老人的衣服似的:

"我来告诉你我今天就走,要去三四个星期。这是我的房门的钥匙。请交给鲁伯沙。我已经去看她,可是她睡觉了。这姑娘病得很厉害,"他叹息,紧皱着他的灰眉毛,"而且恰在这倒霉的时候!她是应该送到一个特殊的地方去的,她在这里是……"

萨木金这才注意到这老人穿着得好像要去赴喜宴似的,或者好像今天是他的生日——穿着青色的新衣服,他的瘦身体像军人似的直挺着。他的神气甚至叫人想到甲可夫伯伯,那烧毁了而复活的半死的人。友好地和萨木金告别之后,沙斯洛夫穿着新靴叽叽吱吱地出去了。他留给萨木金一种朦胧的愿望,想在他身上找出什么可笑之点。并没有什么可笑,用心一想,克里终于想出来了:

"倘若有谁缝几个金纽扣在他的短上衣上——那就可以称他为一位革命伟人了……"

大约十分钟之后,继沙斯洛夫而来的是戈金,并不像平常那样高兴了。他确是消息灵通的,同时显然感觉着什么不快活。在房间里踱来踱去，烦恼地握响他的手指，他用清爽的低声说：

"这些动乱开始于里西乞亚村，蔓延到卡尔可夫省和颇尔它伐省的五个县。是的。你有一个兄弟在那里，没有吗？把他的住址给我。台谛亚娜要到那里去。替住在国外的同人去收集情报。我们已经有两个住址，但是那里的朋友们或许有几个被捕了。"

用手提着一只沉重的椅子的靠背，而且摇摆着它，戈金沉思地继续说：

"姑且不从某种立场来观察，但是这或许是对于助巴托夫的游行的补偿。我全不喜欢这种事情……"

"为什么呢？"克里问，觉得有些不快。

"我怎么能够解释呢？这在我是感情的事，我必须坦白地申明。最近有一个工厂罢工，机器都被捣毁了。技术的工人并不捣毁机器。干这种事的总是一般雇工，刚从田间来的人们……"

他放下椅子，跨坐在上面，扯着他的小胡子。

"国家经济是一部机器。你可以说它是老朽的。是的，但是——我们是一个这样贫穷的国家；而又特别感情用事，这——这或许是失算的。我们住在国外的朋友正在提拔技术工人的革命者。这是聪明的意见，因为……"

并不听他的话，萨木金尽在想象着这果戈理的国家的数万人民的暴动的光景，对于这些人民他所知道的不过是乌克兰歌剧中的那样下流的农夫。于是，借助于《德国农民战争史》，这是他在青年时代他的父亲硬要他读的，也借助于《俄国人民的政治运动》，他的想象中才绘出了一幅阴森的图画。在一个月明的夜间，沿着原野里纵横交错的道路，乌黑的密集的人群从一村滚到一村，包围着地主的邸宅，在那里绕来绕去。巨大的篝火燃起来了，人们嚷着，叫着，啸着，滚成乌黑的一团，移动到别的庄园去，那一团的体积逐渐增大，好像从土地上升起来似的。在他们前面横倒着一群牛马，在他们后面突起着许多火焰的山丘在他们脚下旋转着烟的云雾。天已经看不见了，地是空虚的。地的上层像一张地毯似的滚落下来，继续形成了新的、活动的、乌黑的波浪。

"那么，星期二吗？"阿里克先问，站起来，向周围看看。

萨木金同意地点点头，虽然他并没有听清楚戈金要求或讯问什么。

又在孤身独坐的时候，他似乎被包裹在烟云里，在颓唐的厌恨里。黑色的人群在他的记忆里苏生起来了。数十万人忽然骚动在科登加广场上，踏倒了他们脚下的地板。他想象倘若这群人突然猛攻莫斯科，就会把这城市踏为灰尘的。数万工人曾经走向那沙皇的铜像，就是那位蓝眼睛青年的祖父的铜像；那青年曾在万众呼声中乘车驰过，负疚地向他们微笑着。群众曾经扛起过一座大钟，曾经那样用力地拉着绳子，好像要拉倒那钟楼似的。全村的农民曾经拉断谷仓的铁锁。一只木脚的农民尽力去捕捕并不存在的猫鱼。另一农民曾经迟疑地问道：

"那里真有一个孩子吗？或许并没有孩子吧。"

在这两个农民上他发现了某种寓意和慰藉。或许人人都在尽力去捕捕并不存在的猫鱼，大家都分明知道猫鱼的不存在，然而竭力互相隐瞒这事实。

"不。我越想越糊涂了。"他判定，闭起眼睛，然后戴上眼镜。"我真没有办法。"他慨然承认，但是立刻又自行改正，"不——孩子气。我能够照这样长久生活下去吗？一个囚徒，一个奴隶？"

七

无聊把他从家里驱逐出来。在城市之上，寒冷的、高旷的天空中照耀着众多的星星；银马蹄似的月亮闪出柔和的光辉。城市的灯光染黄了天宇。在提弗斯卡亚街上，在菲里波夫咖啡店明亮的窗外排列着一行妓女。漂亮学生和轻浮少年们拿着手杖，悠然在那里闲游着。一个穿着粗毛上衣，戴着低顶毡帽，双下巴的汉子和一个姑娘手挽手地走来。当他

们走过萨木金前面的时候,他对她说:

"好吧,好吧。三卢布——但是你要……"

"当然。"那姑娘回答,响着诚实的音调,"人家都常说我很好咧。"

另一个披着外衣的长脸汉子,站在库兹涅斯基的角落的灯柱下面,对一个戴着打皱的帽子的曲背小男人说:

"真是太不成话!连教人读书和写字的教区学校都没有!"

一对飞奔的黑马拉着车过去了,其中坐着阿连娜和刘托夫,还有一个背对着车夫的背坐着的矮胖子,好像消防队员似的,挥着他的手臂。萨木金记起了里狄。她现在高加索,据鲁伯沙说,正在写作一本什么书。发尔发拉从来不提起她。马加洛夫是在莫斯科的,但是不容易看见。狄米徒里兄弟最近曾写来一封冗长的信。他正在研究农村工艺品,尤其是陶器。

"他或许已经被捕了吧。"萨木金想。

一队高大的兵士出来巡察,昂然走过铺石道。他们雪亮的刺刀横过空中,好像梳着空气似的。

"我们去吧?"一个姑娘问萨木金。她的阔边帽子歪扭成一个尖角。她的瞳孔不自然地张大,闪出针尖似的光芒。

"阿图洛宾[1],当然。"萨木金判定,当他严厉地看着那涂脂抹粉的脸的时候,他的心被这些妓女牵住了几分钟。在这样沉闷无聊的时间她们对于他是有某种效用的。

"有趣。"

已经不沉闷了,而且,在这热闹、淫猥的街上照例引不起他的纷乱的思想,或任何思想。房屋坚固而庄严,互相接连着,它们的基础紧紧地把持着地面。萨木金走进了一家酒店。

当他回家的时候他的妻已经睡熟了。他脱着衣服,斜起眼睛看了她

---

[1] Atropine,化学药品,中译"癫茄精",白色有毒之植物碱,有镇痉及放大瞳孔之效。

的脸好几次,那沉静而满足的脸相,好像忍住喜悦的半个微笑,正在倾听着特别合意的事情似的。

"她比我更幸福。因为她更蠢些。"

萨木金躺下,熄了灯,然后静听了一会儿她的妻的呼吸,悲苦立刻涌上心来了。

"一个愚昧的贱妇,装出淑女的样子来掩饰那无耻的淫荡。她曾经堕胎,就只因为恐怕孩子会妨碍她的享乐。"

黑暗使萨木金顺利地连结起那些辛辣的词,他快意于这情感的勃发,快意于自己的满腔憎恨。他觉得他自己强起来了。想着他的妻的言语,他对着她说道:

"是的,我当然不是一个革命者,但是我正直地做着一个端正的人的工作。经由这义务的良心我也就是一个革命者。而你呢?你算什么呢?"

他想要叫醒他的妻,把这些辛辣的话猛掷在她的脸上,用它鞭打她,使她哭泣。

"男人谋杀女人的时候必然是在这样情调之中的。"他分明想到了,忽然听见庭院里有一阵声响,马蹄的声音。一分钟以后就有人急叩着门,而且是安弗梅夫娜嘶哑的声音:

"警察已经来到厢房里了。不要点灯。假装你们都睡着了。但愿上帝慈悲。"

"糟了。"萨木金咕噜,从床上跳起来,推摇着他的妻的肩头。"快醒醒!他们来搜查家宅了。这第三次。"他咕噜着,用脚去探索拖鞋,一只在床下硬不肯出来,另一只翻扑着不肯接纳他的脚趾。

发尔发拉穿着寝衣,显得可怕地长,一跃就到窗前,好像凭空飞去似的。

"噢,我的天哪⋯⋯"

"不要打开窗帘。"

"你有什么东西?把它藏起来。把它给我。我去藏它。安弗梅夫娜会藏的。"

她跑出去,砰地关上房门,响得异常剧烈,而萨木金也急步走进书房,从书架上抽出一个纸夹,这里面保存着他所收集的禁止的明信片和诗歌,以及被检查官不许发表的他的论文的原稿。他自己是早就把这些东西看作平庸无才能的了,但是它们是他用以收买别人的注意的本钱,而且他觉得它们的价值就在于它们轻易地就增强了他对于别人的轻蔑。

"我恐慌。"他自己承认,用那纸夹敲着膝头,然后把这东西抛在长椅上。使他极其苦痛的是他看清了他自己的怯懦;倘若发尔发拉注意到它,他就要更加痛苦了。

"他们要拘捕我吧——我不管它!总不过是把我送出莫斯科去——"他急忙安慰自己,"我要选择一个安静的小城市,住在那里,避开这一切无益的纷扰。"

发尔发拉冲进房里来。

"把它给我!"

一把抓起纸夹,她一面跑出去,一面响亮地说:

"我想他们不是来搜查你的。"

小心地拉开一点窗帘,萨木金从窗里偷看了一下。他看见庭院里移动着黑暗的人形的凝块。"他们不是来搜查你的。"他重说了他的妻的话,"别的妇人就会说:'不是来搜查我们的。'"

发尔发拉又转来了。她从窗前走过来,坐在长椅上,呆看着她慌忙穿起她的长外衣,而她总穿不上那袖子。

"你怎么不帮助我?"

他替她拉好袖子之后,她凑近他咕噜道:

"我不能想象你在监牢里。"

"有无数人在监牢里咧。"

"哦,那无数人和你有什么关系呢?"

他们挨着同坐在长椅上。从窗帘的一个缝隙里,他们能够看见街灯的光彩爬在对面一家的墙上,好像要逃走似的。发尔发拉点燃一支烟。她问:

"你想她这样害病,他们会拘捕她吗?"

萨木金不回答。呆坐着,在发尔发拉前面恐慌地等待着宪兵,这是愚蠢而又可笑的。但是除此而外他能够做一点什么事呢?

"沙斯洛夫呢——他已经走了。"发尔发拉悄声说,"他必定早就知道他们要来搜查家宅了。他是伶俐得好像一只狐狸似的……"

"这倒不见得。"萨木金严厉地反驳。

他们又沉默了,静听着庭院里的一通咳嗽。这咳嗽开头是一种宏大的低音,渐次加强为一种尖锐的高音调,好像小孩的百日咳似的。

"这是可耻的——这样等待着。"发尔发拉声明,"我要去睡了。"

她走了,她的拖鞋发出恼怒的响声。萨木金站起来,又小心地窥看窗外,看见一片黑暗。那里毫无变化:像从前一样,街灯的灯光顺着墙壁滑过去。

"街灯的灯心管已经坏了。"萨木金想,"显然的,他们现在不会来了。"

并不急于要到寝室里去,他躺在长椅上,被孤独和自责之情压倒了。

第十九章

一

米托罗方诺夫,曾经做了搜查鲁伯沙时候的证人,今晨进来喝早茶。

"搜查得很严格,"他说明,得意地微笑着,"他们找不出一根针、一颗谷。但是还是把她带走了……"

"但是她害病啊!"发尔发拉愤怒地叫。伊凡·彼特洛维奇耸动肩头,叹息道:

"他们有他们的理由。他们并不关心嫌疑犯的健康。那些书也是完全合法的。"他继续说,又微笑了,"《圣经》啊,科学啊,屠格涅夫的作品啊,第四卷……"

"你为什么以为她会有非法的书籍呢?"发尔发拉惊疑地问。

伊凡·彼特洛维奇试探地看了萨木金一眼,露齿微笑着,摸摸他的

脸,低声说道:

"好,发尔发拉·吉里洛夫娜,明白对你说吧。我懂得,我相信。改变权力的时间已经到了,聪明的人们就要来接替蠢材们所占据的地位,并且正是时机,也很正当。倘若你要求正义,那么表示怜悯当然是无用的。我反对的是杀人、窃盗,以及扰乱公众秩序。"

他凑近发尔发拉,更加低声地说:

"然而,即使是杀人也可以谅解的。'控诉不能放在衣袋里',如谚语所说。当大臣被暗杀的时候,我就把它看作一个控诉,一个宣言——就是说,'让步,否则——这个!'而且,表示力量——哼!"

发尔发拉使劲地大笑了。

"你说得有趣,伊凡·彼特洛维奇。"她笑着说。

"这自然是说笑,"那房客承认,"但是我敢说在这笑话之中,我的意思是十分严肃的。我经历过生活的宽广的横断面,我分明看见并没有人替不能调理生活的人们担心,而且全都知道,就是大臣吧,也不过是一块废料。于是大家都毫不在意,就只剩下好奇心,好像一个不相干的人被杀了似的。他们旁观着他,很少谈论到那被杀的原因,然后各干各的事去了——到公事房去,到小酒店去,或者到别人家去偷点东西。"

萨木金皱起眉头,静听着米托罗方诺夫的哲学讲话,唯恐发尔发拉猜想到这房客的职业。"那么,这就是你的'正经人'的职业吗?"她会这样说的。萨木金设法对正了米托罗方诺夫的眼光,用眼色示意警告他,但是这家伙越来越热心,已经流汗了,好像他平常在大兴奋的时候一样。

"自然,倘若这种射击成了风俗,那就糟了。"他叫喊,眼睛鼓起来了,"我想,其间隐伏着一种危险,虽然一切生活都是建立在种种危险之上的。然而,倘若暴烈的青年们折断了木梳的齿——我们将要怎样梳理我们的头发呢?而梳头却是必要的,发尔发拉·吉里洛夫娜,因为我们是一种毛发蓬松的人民哪。我的天,我不知道乱头发的人是怎样……"

萨木金故意大声咳嗽,但是没有效果。

"那或许是当然的,我们喜欢这个。因为我们对于正义有不可抑制的欲求。因为,即使是窃贼吧,你知道,也在梦想着正义。其实每个人都在渴望着另一种生活——这是烂醉和放荡的真原因。而且我还要告诉你,发尔发拉·吉里洛夫娜,还有些伪君子,那些狗养的!我明白我的话,譬如,罪犯……"

"蠢材!"萨木金暗自咒骂,而且哼了一声,开始用茶匙搅响茶杯,但是立刻停止了,以免妨碍米托罗方诺夫的谈话。

两只眼睛狰狞地鼓起来,这家伙用拳头打着膝头,然后伸手向着发尔发拉,张开手指好像要扼住她的咽喉似的。他对她说,或者不是对她说:

"你叫你自己罪犯吗,你这猪儿子?"他粗野地小声说,"不消说,你不过是一个傻子——而且你生活在自己的梦想里。你就是所谓好心人,你就是这么个东西!你不过是空想的人物,你屄头!你是一个小丑,一个臭烂的小演员,一个骗子——不是一个罪人!你不是洛——洛开波,不要骗我!你并不是洛开波,你猪崽,比起鹰来你不过是一只鸡。你犯了冒用名义的罪,不是盗窃罪,你蠢材!"

他全身发抖,直立起来,庄严地举起一只手,好像宣誓似的说:

"发尔发拉·吉里洛夫娜,没有第二个国家像我们的国家!"

发尔发拉大为惊异地瞅着他,几乎呆了。她靠在椅子上,把双手放在她背后,这姿势使她两个奶包几乎是淫猥地鼓起来。萨木金已经没有阻止这侦探的牢骚的企图,觉得其中有着某种寓意。

"这样的国家,由昏人和疯子组织而成,社会生活是绝不可能的。各国都有窃贼,没有什么可说——这种人按事行事,完全是正常状态,好像我们穿着橡皮鞋走路似的。他们既没有什么成见——各样都十分坦白。但是我们呢,即使是最微末的生物,小偷吧,也常有些新花样,有些幻想。我举一个例给你看。有一次我奉命去……"

米托罗方诺夫一顿，机警地一瞥克里：

"那并不是奉命，真的，不过是由于偶然，我遇见过一个打磨地板的人行窃。他是异常灵巧的，偷小东西——指环、胸针之类。好，我就监视着他。他在一家公馆里打磨镶木细工的地板——在太太的寝室里。他把他的年轻助手打发出去，迅捷地就用铁棍打开梳妆台的抽屉。捡取他所要的东西，把它们藏在蜡块里面。妙极，然后……"

米托罗方诺夫在椅子上一跳，他的圆圆的猫脸上就闪出一个快乐的蠢笑：

"然后他跑到第二间房里，像一个小鬼似的倒立起来，而且用手走路，在镜子的下部观看他自己。这是怎么一回事呢？不消说，他有三十四岁了，有一部好看的胡子，甚至头发也有一点灰了。是的！所以他们问他——我问他：'很好，亚可弗里夫，但是你为什么要倒竖起来用手走路呢？'他说：'这个，我不能解释给你。但是这是我的习惯——也是一种迷信——每当我成功的时候，我必须倒竖起来走一分钟。'"

他又移动了，偏向着发尔发拉，用十分自信的镇静音调，悲喜交集而略带惶恐地继续说：

"这并不是洛开波，而是十足的荒唐和危险的胡闹。自欺和错误，可以说是愚弄自己，除了该打耳光而外没有别的。而且，你知道，法庭不追究这些花样，总算是一件好事，否则它怎么能够主持正义呢？我的上帝——愚弄自己！这真是叫人难堪，逼人流泪……"

他真哭了。他的鼓眼睛变成泪汪汪的了。萨木金觉得那眼泪是黄色的而且有泡沫。咬着抖颤的嘴唇，米托罗方诺夫强笑着说：

"要理解人类的行为是不可能的，叶马可夫，一个有名的畜马商人，用他多余的钱财开始建筑一个二层楼的寡老救济院，和一个教堂，等等。建筑架忽然倒塌了，有些工人成了残废。谁都可以说这是一桩意外。但是叶马可夫停止了教堂的建筑，而且当救济院完工的时候，他闹了一个大笑话，宣言要把它改为一种不正当的场所，法国话叫作'公会堂'，据说因为它很美好咧。我能够告诉你许多这样的例子。但是人们行为的标准是什么呢？这真使我糊涂了。你差不多可以相信没有人是没有怪癖的，可以说每个人随时都会倒竖起来用手走路。"

深深地叹息了，米托罗方诺夫站起来，说道：

"你以为这是简单明白的吗？人们做工作，吃，喝，到酒店，看马戏，上剧院——这就完了吗？不，发尔发拉·吉里洛夫娜，这不过是表皮、外壳，其中包藏着难堪的烦恼。一般人的生活方法全是伴装假面，只能维持一时，揭发的时机一到——就要倒竖起来的。"

他局促不安地鞠躬。

"请原谅我这样困恼。你生活，你明白，而且——你觉得不舒服。这就使你困恼了。对不起。"

他抖掉衣服上的面包屑，走出去了。

"真奇怪。"发尔发拉慢声说，惊异地，闭起眼睛而且摇摇头，"可不是——奇怪吗？揭发的时机，呃，你觉得怎样？"

"是的。有趣。"萨木金开始说，尽在思索那侦探的"成语的体系"。

"不，他有点类似你所说的'正经人'。"发尔发拉说。

"这似乎是真的。"萨木金含糊地说，向他的房间走去了。

"我不了解他有什么使你失望。"发尔发拉追着他问，"你要到戈金家去告诉他们鲁伯沙被捕的吧？"

"当然。"

他坐在书桌前面，打开一个厚厚的纸夹，夹上题着"有关各案"。但是发尔发拉才一离开房间，他就落进一个芳草丛生的洞里——落进文字的混乱的网络里去了。

"欺瞒。玩弄生活……"

在这些文字后面他觉得有着隐晦思想，惯熟而又恼人的。米托罗方诺夫惊骇于某种事物——这是显然的。他好像觉得自己有罪似的，在寻觅自安之道。

"正直的人才会自责。"萨木金结论，懊恼地觉得这结论并非出自心裁，而是外来的、不愉快的。

他的思想被发尔发拉打断了，她在邻室里命令道：

"喝咖啡呀。"

"谢谢你。"加莫夫回答。

"穿着寝衣，散着头发，而且赤着脚。"萨木金回想着他的妻。这时她正在问：

"你说什么？"

加莫夫的温柔的声音，当然是照常那么负疚地微笑着的吧，说道：

"他责骂那些写实主义的作家的对于精神的无知。这完全是对的，但是并不新颖。况且，他们自己也知道写实主义是已经过时了的。"

"你是这样想的吗？"

"是的——这是一个原则。当生活变为太悲剧了的时候，文学就倾向于理想主义；浪漫主义者就出现了，像十八世纪末叶似的……"

"嗯——是吗？"发尔发拉问。

"她正在较量可以得到出卖的货品的相当价格。"萨木金批评，站起来，嘭地关上门，以截住他的书记可厌的声音和他的妻煞有介事的问话。

二

晚间他去到戈金家里。这原是他不喜欢去的地方，因为在这家里，好像在车站上一样，总不免要遇见一些杂人。来开门的是阿里克先，头发乱蓬蓬的，耳朵后夹着一支铅笔，衣袋装着许多纸片。

"哦，是你呀！我们正在……"

"家宅被搜查了吗?"萨木金问,放低声音。

"现在还没有被搜查……"

"鲁伯沙昨夜被捕去了。"萨木金通知他,并不脱掉外衣,因为他已经决定立刻要走。戈金像瞎子似的眯着眼睛,吹了一声口哨。

"真糟。我的妹妹也……。在波尔台伐。呃!——好,我们进去吧。"

他弯着脖子向接待室的门走去,就听见那里一片哗啦的轰响,还有一声咳嗽。萨木金猜想那里一定有什么有趣的事了,而且现在要退出去是不好看的。在房间里,教会庶务正在咆哮而且咳呛。他坐在桌子前面,手臂交叉在胸前,两只大手掌是弯曲的,好像他是死了的似的。他的低音已经失掉了朗润,喉间有一口痰似的,沉闷的咳声标点着他的言语。他的言辞是胡乱的,断片的,吞吐不明的,而又忽然用劲大叫起来。

"好像从埃及的监牢里逃出来的难民似的,"他叫喊,当萨木金跨进门限的时候,"但是没有——摩西[1],没有一个人指示出到天国之路。"

萨木金立刻觉得他素来讨厌的这人有些新奇而且可怕了。教会庶务已经变成扁平而且丑陋的了。他直挺挺地呆坐着。他的胡须,完全灰了,疏落地悬垂着,好像乞丐故意装丑以引起怜悯似的。他原有的秃头,现在更加完全,是丑的。一片灰皮肤从他的前额延伸到后颈,其间星散着几撮短毛,两撮比较长的好像两只角似的耸立在耳朵上面。他的脸有无数皱纹,似乎更加长了,就好像廉价的圣伐西里的神像的面孔。

"而且他们什么也没有——没有来复枪或手枪——只有棍棒——和叹息……"

"他是有些戏剧性的。"萨木金想,尽力摆脱他的颓丧之感,但这感

---

[1] 古希伯来之预言家,曾率领受难之以色列人逃出埃及而至坎那亚,即上帝应许给予亚伯拉罕之国。

情反而更加强了，当庶务慢慢地转过头来看着戈金向他走来的时候。松弛的皮肤难看地裸露出庶务的眼珠，那眼珠垂下而又翻起来露出眼皮的红肉，同时眼睛放射着一种疯狂的混浊的闪光。

"好，你要怎么写就怎么写吧。反正都一样。"庶务说了，严肃地用手挥退阿里克先。

他是散坐在这房里的大约十五个人的注意的中心点。萨木金以为每个人都像他自己似的看着庶务，高傲地，惶恐地，期待着异常的事故。门旁边坐着一些家丁——女厨子、女仆、年轻的门房、阿金，女厨子正在默默饮泣，用头巾的角擦眼睛。在萨木金旁边弯弓似的坐着的人，两肘支在膝上用手掌捧着他的头。

"大大的失望了。"庶务嘶哑地叫喊，而且咳嗽，"人们像一阵高潮似的涌进那些没有耕种过的郊野。像一群瞎子似的，他们践踏着冬季的农作物，他们的财产。然后卡尔可夫的强暴的旃那支里[1]就来冲击他们[2]……"

"他是不清醒的吧，是吗？"萨木金悄声问他的邻坐的人。那人毫不动弹，大声答道：

"你自己才是喝醉了的。"

"一个村民领袖的肚皮给哥萨克的皮鞭打破了——漏出肠子。妇女们像牛马似的被鞭挞了。"

角落里有一个人用颓丧而沉静的声音问道：

"有任何抵抗的企图吗？"

"用什么抵抗？手指吗？皮肤确是抵抗到破裂了。"

庶务沉默了，用他的充血的眼睛顾盼着周围。从房间的每个角落发

---

[1] Sennacherjb 不知作何解释，好像是沙皇治下的一种军队的名称。
[2] 一九〇二年，南俄各省农民大众开始暴动，是年三月，波尔塔伐和卡尔可夫的农民捣毁地主庄园八十余处。后经政府派兵进"剿"，杀戮甚众。

出了问话,同样是怯弱的,同样是惶惑的。只有萨木金的邻人严厉地大声问道:

"那里有多少人?"

"我没有计算。数不清。"

听这声音,萨木金才知道他的邻人是坡阿可夫,就移开去了。

"现在你们全都想知道他们怎样打他们,用什么打,以及有多少人,"庶务继续说,又咳起来,把痰吐在一块脏手巾里面,"嗯,要作文章吗,在报上发表吗?无论什么事情一遇见你们就成为文章,成为言辞。但是行动呢?"

他挣扎着要从椅子上站起来,然而不能——他的大皮靴好像生根在地板似的。把双手搁在桌上,并不支使它们,却硬要站起来。他又失败了。然后,慢慢地转动着竖在灰上衣的油渍的领子里面的树干似的脖子,他观测着众人,说道:

"从前我也曾经在言辞里寻求安慰。我甚至还作诗咧。但是言辞是不足自慰的。它们在当时是不错的,时候一到你就要觉得羞愧……"

"揭发的时候。"萨木金回想,机械地。

"言辞是什么呢?灵魂的糟粕。"

弯着他的头,以至他的胡子擦着桌面,而且两手摇来摆去,庶务疯癫地吟哦起来了:

    恶魔仔细观看着我们的生活,
    耸然吃惊于这光景,
    恐怖地叫道:
    "上帝——我发狂地做成怎样的事了?
    "我战胜了你了,上帝呀——
    "你看明白了吗?
    "我完全破坏了你的律令和法规。

"噢，我的朋友和不成材的兄弟呀，
"你，我的爱伯尔[1]……"

他大咳起来，在他的椅子上震摇着，然后呼噜道：
"这是我从前作的——我忘记了下面的了——结尾是：

他俩互相拥抱，痛哭起来……"

庶务用手掌拍着桌子。
"上帝和恶魔为他们自己的无能而流的眼泪有什么用处呢？人们所需要的不是眼泪，而是吉狄安[2]、马克比斯[3]……"

他又拍桌子，这一拍帮助了他，他站起来了，瘦骨伶仃的，而且粗声大气地咕噜道：
"我们需要约叔亚[4]，这不是我说的。这是人民的呼声。我亲自听见过：我们没有一个男子，只要我们能得到一个男子！是的！"

一阵抖颤从他的肩头波动到膝头。
"从前这里有一个说教人，他住在地窖里，在沙卡里夫加市场上出卖荒货。他曾经教人：石头是傻子，树是傻子，而且上帝是傻子！那时我守住沉默。我对我自己说，你说谎啊，基督是聪明的。而现在我知道——这全都不过是聊以自慰。全是言辞。基督，也是一个死名词。真理在于否定者那方面，而不在肯定者那方面。肯定能够对抗恐怖吗？错误。错误被肯定了。人间除了大患而外一无所有。其余一切——家宅，信仰，各种粉饰，谦卑——全是错误。"

---

[1] Abel，第四世纪起于北非之一宗教主，以节欲行善著称。
[2] Gideon，以色列之英雄，曾击败狄马尼斯人。（见《圣经》）
[3] Msccabees，古代领导宗教革命之一犹太族。
[4] Joshur，南之子，摩西之继位者，曾率领以色列人入坎那亚。（见《圣经》）

庶务虽然被他的咳嗽所阻碍，说起话来还是很有劲的；说到某几句的时候，他的嘶哑的声音被那柔和的老腔调所润泽了。一道暗影忽然显现在萨木金的眼前：夜。一片无边的原野。地平线上各处都是熊熊的烽火。从千百农民所举起的烽火之中，昂然阔步着这凶悍的人，有着圆睁眼睛的疯狂脸相。——萨木金也看着那些听讲者，他们互相窥看，好像戏院里的观众不喜欢外来的名角。

"说到奴隶，那也是不真实的。那是错误！"庶务说着，用抖颤的手拉紧他的上衣，"基督以前没有奴隶——只有狱囚。那时奴役是身体的奴役。但是自基督而后，才有精神的奴役。这！"

坡阿可夫抬起头，挺直他的身体：

"说得对，神父。"

"不，先生！让我——"一个脚上绑着绷带、拿着手杖的人怒吼。坡阿可夫嘘止住他，同时庶务伸出了张开手指的手，叫道：

"从前我有一个儿子。还有过一个彼得·马拉可夫，学生，爱民众的人。他在流放中死了。许多可敬可爱的青年都死去了！民众也要灭亡了。一个浑蛋的哥萨克青年用皮鞭抽打那些老年人，老人们曾经在半世纪以来喂养过沙皇、教士，以及你们全体——全俄罗斯！他用皮鞭打他们！而且高兴地笑着鞭打他们。而且他能够杀掉他们——并不犯罪。唉！"

庶务轰地大叫了这一声"唉"，那音调使萨木金以为他就要粗俗地咒骂起来了。但是，庶务推开他坐过的椅子，像一只被雨淋湿了的鸟似的摇摇他的身子，从衣袋里拉出一条颜色鲜亮的围巾，把它围在脖子上，走到门边去了。

"我不能再说什么了。"他咕噜着，"原谅我。我觉得不好过。"

走在他后面的是阿里克先，还有一位穿丧服的太太。她焦急地问：

"可是你住宿在什么地方呢？"

庶务不回答，只是咳嗽。他走着，好像瞎子似的，用手探着前面，沉重地移动脚步。

　　坡阿可夫又弯曲在那里了,注视着地板。萨木金因为避免和他见面,也悄悄走进大厅里,到了门廊上。教会庶务站在街道的那一边,靠在一根灯柱上,正在阅读一个字条,用一只手把它凑近灯光,另一只手遮在额上。一顶奇形怪状的帽子装饰着他的头。萨木金想到有些艺术家所画的果戈理所描写的官员们也戴着这种帽子。

　　"这些骗子。"庶务咕噜着,好像醉汉,吹着鼻子而且咳了。他撕掉那字条。然后,蹒跚地离开那灯柱,他的皮靴嘈杂地踏在地上。街道是狭窄的,萨木金能够听见对面的牢骚:

　　"牺牲给神明——这种精神被践踏了——这种心意被辱没了。唏——唏!"

　　过路人回头来看看这瘦长的、无手的形体,因为庶务已经把两手紧紧地夹起来,深深地放在衣袋里面。

　　"在老年失去了信仰,这必定是很苦恼的。"萨木金悬想,记起了这半狂的、垂死的人曾经说过自刎的尼克塔咏基督的诗:

　　　　纵然我们恨你吧,也还不过是为爱你,
　　　　纵然是恨的时候我们也还不过是你的仆役。

　　随着时间的消逝,这印象并不曾长久重压在萨木金的心上。

三

　　几天之后,将近半夜的时候,发尔发拉已经睡了,萨木金还在书斋里做事,女仆格里沙忽然跑来不高兴地说,好像是说到一只狗或一只猫似的:

　　"那房客要见你。"

米托罗方诺夫踮着脚尖走进来,并且张开两手维持着他的身体的平衡。他的下巴可笑地扬着,他的胡子翘起来。他把门关紧,走到桌子前面,悄声说道:

"一个学生又枪杀了一个大臣。"

萨木金几乎忍不住微笑,因为米托罗方诺夫的脸,那下垂的肩头,以及那装腔作势是这样滑稽有趣。

"在出事的地方,他像一只山鹬似的。真聪明。他自己装扮得好像一个官员,后来就——嘭!"

"那是——真的吗?"萨木金问,并不认真。

"嗯,当然的。差不多才一出事我们就知道了一切。"米托罗方诺夫回答。叹了一口气,他坐下,把胸部靠在桌子角上。

"克里·伊凡诺维奇,"他悄声说,"请你解释给我——学生们和大臣们的这种战斗究竟是怎么一回事呀。这是很难明白的。他们枪杀了包戈里坡夫,屡次谋杀波比多诺兹次夫和我们的特里坡夫——而且这一回——我不明白他们怎么会采取——"他悄声说着,把手巾缠在他的手指上。

"这好像是在非洲,你知道——黑人,犀牛,一个十分野蛮的国家!"

"我不同情恐怖主义。"萨木金说,有些急促,但是不很确定。

"我知道你见识高,所以我就……"

米托罗方诺夫的不雅观的身体霍地滑到椅子边上。他靠近萨木金,鼓起眼睛问道:

"依我的意见,这不是革命,而是普通刑事犯,譬如杀掉你妻子的情人之类,比方说的话。装扮像官员,而行为如骗子——然后,嘭!这就不成国家。这是乡野。国家的秩序还能维持吗,倘若各人都动手开枪?"

"自然这些个人的逞狠都是发疯。"萨木金断言,严酷地。他看见米托罗方诺夫越说越震恐。他流汗了,而肘抵住他的腹部,两手难看地移动着——那手就好像鱼鳍似的。

"把自己装扮起来,"他重复说,"照他的办法,就可以装成一个教士去枪杀主教了。"

更移近萨木金一点,他说:

"克里·伊凡诺维奇,你当然知道这家宅是——在监视之下的……"

"你说,我的家?我?"

"是的,你的家,我知道那些侦探,当然,因为我们是同行。他们监视你的访客,克里·伊凡诺维奇。"

"而我,也是?"

"当然!有一个相貌驯良的女人常来看梭莫伐——妮戈诺伐,我想,这是她的名字——后来,沙斯洛夫先生,总之——你知道,克里·伊凡诺维奇,你应该……"

"谢谢你。"萨木金说,温和地。

米托罗方诺夫必定已经明白这谢谢是萨木金愿意结束说话的表示了。所以他站起来,一只手按住他的胸部的左边。

"我发誓这不过是因为我十分尊重你……"

"我知道,谢谢你。"

萨木金伸手给他,这侦探就双手急切地拉住它。他悄声问道:

"那学生枪杀他是为他的同学,或是为乌克兰人?你知道吗?"

"不。我不知道。"萨木金回答,不由自主地把他的客人向门边挤去,敏速地想到这暗杀将要引起新的拘捕,报复,新的恐怖行为,无疑地要重演二十年前俄罗斯所经验过的事。他走进寝室,点起灯,站在他的妻的床前面——她睡熟了,她的脸皱成一副恼怒的愁容。当他坐在他床上的时候,萨木金记起当他告诉她马拉可夫的死亡的时候,发尔发拉曾经冷静地答道:

"我知道了。"

"你为什么不告诉我?"

发尔发拉曾经答道:

"倘若你要举行一次安魂祭,现在还不太晚。"

"你的笑话是愚蠢的。"他曾经回答。

"我不是说笑。我曾经举行过的。"她说了,转过背去。

"是的,她越来越古怪了,"萨木金在想,脱着他的衣服,"叫醒她是可厌的。明天我要告诉她西皮亚金[1]的事。"他决定,好像这就可以惩罚他的妻似的。

四

她自己把这事告诉他了,当她早起的时候,摇着一张报纸,叫道:

"西皮亚金已经被枪杀了!你看!"

小心地坐在他的床上,她激动地叫道:

"学生巴尔马却夫。嗯,我觉得我看见过他在兹纳曼斯基家里,还有他的妹妹,或是他的未婚妻。她必定已经订婚了——一个小女人,年轻,戴着一条皮围巾。而且叫这样一个名字——阿尔曼妮亚,我想……"

搓揉着那报纸,她的睡靥上形成一个牵强的微笑,她埋怨道:

"快就要闹到无论到哪里非遇见这类英雄不可了……"

她没有说完这句话,但是克里,猜想着她所要说的,说道:

"你还记得你是怎样地渴慕英雄的吗?"

发尔发拉强笑了,走到镜子前面,敏感地梳着她的头发。

"这是替反动派工作。"克里说,把报纸抛在地板上,"将来又会有一个什么里维·提公米洛夫[2]将要忏悔说:恐怖主义是愚蠢的,俄罗

---

[1] 一九〇二年四月,沙皇的内务大臣西皮亚金被学生巴尔马却夫所暗杀。
[2] 一八八一年革命运动领袖之一,曾参加暗杀亚历山大二世,及至亚历山大三世统治时期,公开抛弃其革命意见,变为沙皇主义的拥护者。

斯只需要沙皇,并无别的。"

"我不明白为什么你要期望有一个提公米洛夫——总之——我全不明白。我国现在正在开始一种文化运动。新的诗和散文,以及绘画都放出异彩来了!"发尔发拉恼怒地说着,梳着她的头发,痛苦地蹙着眉宇。在她的恼怒中是有着很愚蠢的某物。萨木金冷笑着,洗脸去了。但是在浴室里,他坐在长椅上倾耳静听。他觉得家宅里似乎异常嘈杂,好像在大节日的前几天扫清家宅似的:门砰地关了;厨房里的锅壶叮叮当当;女仆带着盘子奔跑,铮铮锵锵,格外清脆;安弗梅夫娜沉重地走过,像一匹马似的。

萨木金以为大多数知识阶级的家宅里大概都有这样愚蠢的嘈杂;各处都有披着衣服、蓬松着头发的人们正在看报,欣喜着一个大臣被杀掉了,迷惘地猜测那结果。

"一种荒唐的生活……"

离开浴室,他在厅堂里迎头碰见那厨子,正在沿着墙壁向他走来,像一道暗影似的,手里捏着他的小帽,而且苍白得好像一具死尸。

"我可以问你一个问题吗,克里·伊凡维诺奇?"

他的脸是抖颤的,皱纹都从他没齿的滑稽的微笑的唇边爬到他光秃的脑壳上。

"我想要找出那些杀害沙皇的忠臣——人民的唯一保护人——的学生们的目的。"他说着,用一种颤抖的尖声;哭诉地,虽然他似乎想要说得义正词严。他的手搓揉着那顶僵硬的小帽;他的昏花的老眼里泛滥着黄色的眼泪,好像糖水里面的莓子似的。

"我活了七十岁——从前的许多学生都做了高官大员——我亲自看见的!我曾经在这位被害的爵爷的亲戚家里伺候了四年,这位西皮亚金大人——我看见他的时候他还年轻呢。"他说着就痛哭起来,并不听从萨木金的训示:

"镇静些,伊果·伐西里维奇!"

"除了沙皇而外我们没有别的保护者。"那厨子呜咽。"我从前是一个农奴,一个家丁,"他说着,用他的红拳头拍他的胸膛,"我一生都伺候着贵族——也伺候过商人,但是我讨厌这个!而且倘若商人的儿女们出头来反对沙皇,克里·伊凡诺维奇,我说,不——这是不能容许的……"

安弗梅夫娜威风凛凛地从厨房里走来,她的工作衣的袖子是高卷着的。伸出粗得像木柱似的一只手,她抓住厨子的肩头,像撕掉墙上的一张壁纸似的把他拉走了。

"现在,伊果,来做工!去拿那挥发盐。来!"

把他像一个小孩似的拉着走,她回转头来对萨木金说:

"你不应该纵容他谈话。他反正是这么一种人。他和苍蝇也会谈起来的。"

当她把那厨子推进厨房去了的时候,她埋怨道:

"主人们放纵了他。他从来都住在阔人家里,你知道。"

"一个多情的老人。"克里含糊地说。

"多情?情多!活了这么多年之后谁不是那样子?"安弗梅夫娜叹息了。

五

一点钟以后,克里走进他的主任的公事房。一个仪容庄严的大汉,穿着化装时所着的外衣,坐在桌子前面,伸出他的芬芳的暖手给他,眉毛一动,仔细察看着他的脸,低声问道:

"嗯,你以为怎样?"

"替反动派工作。"克里说。

主任用眼睛一瞥左边墙上的小门:

"不要大声。新来的书记在那里。"

他沉默了,眼望着天花板。

"替反动派,你说?嗯。那是一个十分复杂的问题。自然那青年有些粗野,但是……"

他又沉默了,沉思地;扬起他的眉毛。今早他格外漂亮,身上的白兰地酒气异常强烈。他的光华的面孔焕发着威严,他的指甲闪出珍珠的色泽。他的眼睛里有着疑问的光芒,甚至似乎是吃惊的。

"是的。年轻人们是激昂的了,但是这是可以理解的。"他谨慎地说,用嘴唇搓揉着他的字句,"这是健全的愤怒。人民眼见得政府没有统治的能力——其实这是无望的。而且也不可能,南方的动乱就是明证。"

主任转身倾听着那寂静。

"只有煽动家而没有领导者的革命,你知道。那是无政府的。那不能产生国家的健全势力所愿望的结果。正如单是领导者群的叛乱不能——我是说十二月党和民意派……"

回忆着教会庶务,萨木金想道:

"他也是在梦想吉狄安。他可以用那大肚皮以及金表链上的饰物装成一个漂亮的吉狄安的。"

"人都愿意青年们理解他们自己的使命。"主任说。他把一束文件推到萨木金面前,然后站起来,他的外衣敞开了,露出那绸汗衫,身体强壮得好像马戏团的斗拳家似的。

"真的,人们立刻就要在两条阵线上作战。"他宣称,郑重地,走来走去,用手巾揩着手指,"是的,两条阵线:一条是对抗右翼的恶棍把大众又推到普加乔夫主义,像从前在南方似的;同时是对抗那些绝望者的无政府倾向。"

萨木金觉得欣慰的是这舒服的人儿焦急起来了。一个滑稽的意念突然钻进头脑里。他想要请求米托罗方诺夫派几个窃贼到这主任家里面。米托罗方诺夫确乎是能办这宗事的,他确是结交了许多窃贼的。但是他立刻懊悔了:

"见鬼！我想的真无聊！"

"那么，后天晚间我要——有人要我召集一个小集会。来呀。有一个人——从外省来的，这样说吧——要作一个有趣的报告——所以我答应了。"

"他是高兴的。"萨木金想，恭敬地点头赞同。"显然是高兴的。不。我就绝不像这样。"他结论，毫无歉意。

"退庭以后。转回来。我今天不出去——觉得不舒服。在这星期之内我要到开路加去旅行。"

在这三天之中萨木金发现西皮亚金的死已经激动人们，使人们高兴，比起包戈里坡夫死的时候更甚。他觉得一般的情调好像是在戏院里看了很动人的第一幕剧之后的观众似的。

"他们似乎动了真感情了。"叫作磁石的那红头发律师说，搓着他的手。

"我们要看看什么结果。我们要看看。"有人说，禁不住露出他希望着有好结果的心情。另有些人用怀疑的腔调说道：

"什么结果也没有。这是从前试验过了的。"

老戈金说，好像是乞求和提示似的：

"啊，现在只要工人们能够趁机来一次罢工，我们就真能够庆祝俄罗斯制定宪法了。对不对，阿里克先？"

阿里克先怏怏不乐，比以前更加消瘦了，勉强答道：

"工人们似乎已经不耐烦替别人做事了。"

在街道里，萨木金遇见里多助波夫。

"没有意义。"那从前的托尔斯泰主义者说，"在必须疏浚一片沼泽的地方，他们打死了一只蚊子。"

克里觉得这一句话是被感动而又空洞的。说得更为自然的是里多助波夫焦急的问话：

"你的意见如何，以一个律师的地位而论？恐怕他们要绞杀巴尔马却夫像绞杀加波维奇似的吧?"

六

在萨木金的主任家里集会这一天的天气是恶劣的。一阵冷风从科登加郊野袭入城市里来,散下迟到的、黏湿的雪片,而且到晚间就刮起了真的暴风。克里是疲倦的而且觉得不大好过。他知道他来迟了,于是用种种呵斥催促车夫。车夫被雪花眯着眼,在座位上颠簸着,对于顾客的谴责保持着一种哲学的缄默,催促他的马说:

"跑哇,你蠢材!我们正在回家咧。"

"我们还不能不这样生活下去,就因为像这一类家伙似的人们也显出作用。"萨木金不由自主地想道。这念头使他感觉更寒冷更疲乏。

照例他主任的公寓门是由一个甜腻的老女仆来开的,而今晚来开门的却是男仆佐托夫,从前当过水兵,大约五十岁吧,剃过的脸显出蓝色,而且膨胀,好像吃得太饱的修道士似的,而且翻起眼睛不信任地窥着他。

"请进接待室。"他催促,接了那濡湿的外衣。萨木金停在樫木门前面,揩揩眼镜,然后轻轻地把门打开一缝,侧着身子挤了进去,同时醒悟他的这种动作是愚蠢的。在他眼前的光景使他记起庇希木斯基的一部沉闷的小说里所描写的石工的集会。在这大房间中央,在乳白色的球形灯下,围绕着一张椭圆的桌子,大约坐着八个人。桌子的首端是主人。他的旁边是白胸硬领的普里士。另一边是古图索夫,穿着铁道工程师的制服。古图索夫的出现并不使克里惊异,就好像他早已知道"从外省来的人"除了古图索夫而外没有别人似的。一个不熟识的身躯,穿着宽大的灰衣服,低着头,双手抱着后脖子,坐在古图索夫旁边的椅子上,克里最初一看,以为这身躯不过是一把空椅子上蒙着一块布似的。和普里士并肩而坐的是一个剃光了头的男人。他沉重地伏在桌面上。他的蓝脑壳差不多直竖在桌面中央。抽动着他的骨瘦的尖肩头,他似乎在用力要爬到桌子的顶端。

虽然桌面上的光度是适宜的,房间的其余部分都处于令人窒息的纸烟的烟雾的黑暗中。靠墙坐着的是坡阿可夫。他的腿长伸着而且显得异常弯曲。照例,他是弓着脊背,看着地板的。在他旁边的是阿里克先·戈金,还有一个穿着农民上衣和漆皮靴的人,看来好像一个车夫。在角落里燃着了一支火柴,照明了邓那夫的鬈胡子。克里数清了人头:共有十七个。

他数人头是因为大多数人都翘首望着古图索夫。依这种姿势看来,情景显然是很紧张的,好像他们正在不耐烦地等待着古图索夫说完他的话。

"自然,关于这一切你们都读过了的。"他说。一个烟圈,像一道弹簧似的,从他的手里的纸烟上盘旋到灯上。

"我们已经读过了。"那光头的人承认,他的声调是明朗的。"惊奇地读过了。"他继续说,趴在桌面上,"组织叛乱者!青年们起来奋斗!加斯它夫·伊马!一种学童的浪漫主义!"——这反对者热心地笑了,他的头皮皱缩得好像一顶夜帽。

"对不起。"主人告诫,用一支铅笔严厉地敲着桌子。光头转面向着他,露齿一笑,说道:

"我从前把这类作家看作严肃的青年,但是外国的生活显然……"

"我要请你不要妨碍发言人。"主人警告,生气的样子,两腮鼓了起来。

古图索夫弹着他的烟灰,但是烟灰落在烟缸外。他开始谈论,用克里所熟知的那种方法,谈论某种革命家,有的是由于饱闷无聊,有的是为基督的缘故,有的是由于浪漫主义,有的是由于喜欢冒险。他的言语是讽刺的,但是他的声音是镇静的,并非挑战的。他的楔形短须和剪过的浓密的上髭并不曾改变了他的农民的生相。

"他不论怎样打扮总不至于认不出来。"萨木金想,一面听着他说。

"我觉得似乎已经有一种俄罗斯叛徒的新类型出现,他们所以反叛是由于害怕革命。我曾遇见过这样的魔法师。他们是生理地不能跟从《伊斯克拉》[1],更正确地说,列宁——但是眼看着阶级意识在工人群众中的发展,明知道革命的必然性,他们不能不强勉他们自己相信伯恩斯坦[2]。"

"这是不准确的。"有人在暗角里埋怨,用压抑的声调。

"我能够举出实例。"

"助巴托夫的运动就是的。"有人提示。

古图索夫静默了,显然是在等待着反驳。他把纸烟抛在烟缸里,继续说:

"最近,我和一个这种聪明人谈话,谈到枢密大臣非立卜·魏格尔的真知灼见。他在他的《回忆录》里说:'或许我们将要经过极其混乱的血腥时代,然后再从长期大乱之中建立起法律与秩序——'在这几句话之中魏格尔表示痛惜亚历山大一世当时不会直接痛快地处置了十二月党[3]。"

他微笑着看定普里士毫不动弹的面孔,更加高声说道:

"斯推里夫[4]在维特的《县政备忘录》的序文里恐吓警政当局,预言了可怕的残杀,但是我觉得这预言里隐藏着一种警告:留心哪,你们这些蠢材!在这序言里他也确乎劝告他们'服从历史的进步,抑制贵族'。但是我们必须把这话解释为:'赶快分配权力给我们吧,我们将要帮助你们的战斗……'"

---

[1] *Iskra*,译为《火花》,当时列宁所主持的革命刊物。
[2] Bernstein,德国社会民主党的理论家。
[3] 成立于一八二一年间,当时俄国贵族们的革命团体。
[4] 一九〇〇年间,俄国小资产阶级知识分子的文化运动家,号称为"合法的马克思主义者"。

"请你原谅!"普里士叫喊,站起来了,"我抗议。这是攻击最有才能的……"

主人拉拉他的袖子,而且皱起眉头对着他的耳朵说话。但是古图索夫似乎没有听见那叫喊,继续说道:

"我十分相信革命家们并不急于要登台表演以满足那种牧歌的情绪……"

"这就反对了你自己,反对了列宁。"光头的家伙戏嬉地叫喊,"他是……"

"列宁并不着急。"古图索夫说,"他明白断言必须教育工人、知识分子,使他们成为革命的指导者和技术家。"

"民意派的理论。英雄啊,暴徒啊……"

"孵化阴谋呀!哈!哈!"

在座的过半数人都同时叫嚷起来。萨木金看着这么多人被古图索夫所激怒,他不能决定他是高兴还是不高兴。

在嘈杂之中一个有力的声音得胜地从角落里叫道:

"这是十分正确的。有许多人加入革命是因为被生活所威胁。好像夜间的羊群,当火灾的时候,它们一跳就正跳在火灾场上。"

主人用手掌拍拍桌子,枉然请求着:

"先生们!秩序,请!秩序!"

他的话被忽视了。古图索夫正在用舌头粘合一支破纸烟,而坡阿可夫就从他的肩上向着普里士叫道:

"是的,我们必须建立一种组织,在某一时期整顿一切革命力量,一切革命骚动——来征集和训练最后斗争的战士。这是我们所需要的。邓那夫,邓那夫同志……"

邓那夫被挤在墙边上,挤住他的是两个萨木金所不认识的人——其中之一穿着农民外衣。他们正在和邓那夫谈话,互相争着说,同时他大笑,用拖长的、愚弄的声调问道:

"是这样的吗?"

穿农民外衣的那人对着邓那夫的脸使劲说道:

"农民会把你们像耗子似的淹没在它的洪水里。"

"真的吗?羊会被烧的吗?由他们去吧。不会烧坏的。火烟是很浓厚的。那臭味也难堪,但是不会烧坏的。"

七

光头是特别激昂的。他趴在桌面上,支着两肘,伸出右手指着古图索夫的脸。他的头顶上的蓝块现在正在那乳白的球形灯下面,使它的状态加倍可笑而且怪诞。萨木金听不出他的话,但是认出他声音是苦恼的。然而普里士的干燥言语却分明地听见了:

"我从来想不到你们——你们全部——堕落到乞灵于人工制造的暴风雨中的海燕,总之,堕落到……"

在他的激动中他重读了某几个字的起首的音节。古图索夫微笑地听着他说,而且客气地从嘴角吹出烟云,烟云飘到主人旁边,主人就用手挥开它。主人的脸上现出没法可想的神气。他用一支铅笔蹭着下颚,看着那发蓝的脑袋在他前面摇晃。坡阿可夫疯狂地叫道:

"进化?你要闷死在这进化里面的,我告诉你。你们相信舐现实状况的脚,其实你们应该折断它的骨头。"

他咬着牙说出"现实状况"这几个字,每个字都很明晰,而说到"——状况"却像是诅咒的话似的。他的脸上现出许多斑点,他的眼睛像鲤鱼鳞片似的闪光。

"邓那夫系着腰带,好像一条恶狗似的。"克里心里想着。

"我们,老成的公务员们。"主人用重低音说,恼怒得发抖了。

谁也不听他说。分散在房里的人们都从暗角里逐渐冒出来,似乎不由自主地聚拢在桌子周围。光头站起来了。他是瘦长而且扁平的,好像教会庶务似的。萨木金现在才看清了他的脸——一个害了某种严重的干瘪症刚才好起来的人的脸,那脸是由老黄皮紧张在细骨头上所构成的。两只窄小的眼睛在暗黑的眼窝里闪光。

"狂想主义!阿弗伐古莫维主义!巴维里亚农民曾经证明——这种农村社会主义在意大利……"

他尖声叫喊,继续地惊叹,只说出某种纲领的几个标题似的。他的手臂是异常短小的。他用手肘排开两旁的空气,然后就好像脱了节似的悬垂着。古图索夫吸着他的纸烟,并不提高声音,颇为勉强地回答了他几句简短的话。克里听不见他所说的,觉得烦恼了,因为他是很愿意知道古图索夫正在说些什么的。他的注意被许多声音的轰响所搅扰,他对于他们的言辞不像对于他们的面部表情那么明白。

"先生们,"那光头叫喊,"'一个沉重的十字架已经压在我们上面'。我们每一个人都是一个奴隶,由于过去把我们锁在历史沉重的战车上,我们全是囚犯,被判罚在洼地里做苦工……"

"不,不。我不愿意。我不赞成!"穿灰衣服,鞑靼面孔上戴着眼镜的人宣称,"从必然的领域跳到自由的领域是必须造成的,否则我们都要被巴倭[1]吞吃掉。我们必须把我们自己从农奴转变为自由的劳动者……"

"那是你的事情。转变吧。"古图索夫大声说,他问,"但是工人阶级,真实的革命势力,和你有什么关系呢?"

他开始放低他的声音,迫使别人们静听他说。萨木金站在暗影的墙边,分明听见古图索夫说着揭发他的隐衷的话。在这房间里,在那乳白的球形灯——歪曲的月亮——的薄明的照射下,他看见了理智与情感冲突的人们。但是这些人们的自我离异又和他自己的不同,因为他的理智与情感是被不可思议的第三种力量所钳制,迫使他生活于违反他的心愿

---

[1] Baal,古腓尼基人所崇奉的日神,此处喻为异端的神祇,或流俗所礼拜的偶像。

的道路中。听着古图索夫的话,他觉得这人的沉静而有力的言语之流正在旋转,把他吸引入一个旋涡里面。他感觉古图索夫的催眠术的力量不是第一次了,但是从来没有像这一次的有力。

"他或许是对的。"萨木金思索着,记起了教会庶务高谈的吉狄安,以及他的主任所说的"只有煽动家而没有领导者的革命"。

他看见多数人都已经平静了,只有几句不平的牢骚,同时那光头随时都在嘲弄地大笑着。古图索夫却像一位教授对着学生似的演讲道:

"我知道每个人都在尽力寻求打开生活之谜的钥匙,把他们的努力认为了不得的事。但是他们不能发现那钥匙,于是他们求助于理想主义的撬锁具、铁棍,以及其他窃贼所用的工具。"

"这是窃盗嘛!"那光头叫喊,顿着脚,然后像扑倒似的向前伏下,"科学……"

"我并不是在谈论正确的科学,那解放人类劳动苦役的技术进步的源泉。说到窃盗,好——我并不要求措词的雅驯。我是有点粗俗的。你必须承认我是我。"

古图索夫一面说,一面用左手指敲着桌面,用右手指搓松那卷得太紧的纸烟。烟丝从烟纸里面撒出来了,主人洁癖似的噘起他的下唇,不耐烦地观察着这活动。当古图索夫做完这活动之后,主人拉出他的手巾,扫掉落在膝上的烟丝。古图索夫惊奇地看着他。萨木金觉得主人的耳朵通红了。

"以革命者的立场而论,我们当然不怕行动违反法律,像某些人所恐惧的。同时我们反对'放花爆'以及和大臣们决斗之类。一时的英雄是小说里的动人的角色,但是生活却要求英勇的工作者:他们认识工人阶级的伟大任务是他们的个人的和历史任务……"

"宣传着所谓不可移易的真理的你们——"那光头的家伙叫喊。他说得很快,而且含糊,以致萨木金不明白他的话。古图索夫把他的阔手掌扫荡地一挥,答道:

"那是不正确的，亲爱的人。文化确是在衰亡之中，但是并不因为生活的机械化，像你们所爱说的——并不因为技术的进步，这种进步的文化的意义你们似乎没有注意。不，文化确是衰亡了，因为资产阶级的白痴的心理状态，因为对于工作的爱欲被商人和市侩的贪心所摧毁。而且，我还要重复说，你们所夸耀的反叛是在于期待着一阵暴风，希望在暴风之后侥幸获得平静。这或许是完全合法的，但是平静却绝不能到手。至于我，我怀疑这种可能，甚至这对于人并非必要。"

古图索夫站起来，从他的衣袋里拉出一只厚实的银表，好像一个扁桃核似的，看着它，在手掌里掂量它的重量。

"然而，不是到了停止这些'对于灵魂的显微镜的研究'的时候了吗？这是一部研究'海杜拉'[1]的古书的名字，那种动物原是盲目的。"

不知不觉之间，萨木金开始侧身向门边斜行过去了。他很不愿遇见古图索夫，以及坡阿可夫和邓那夫。房间里又高声嚷叫起来了，有人恼怒地叫道：

"你使用显微镜的研究这种名词……"

---

[1] hydra，海勾力士所杀死的九头怪物。见《希腊神话》。

第二十章

一

荒凉的街道是难堪的沉寂。中夜使这大城市宁静了。阴郁的街灯照见暗黄的云雾。雪在融解,散发着春天的潮气。屋檐的轻柔的水滴使人想到夜蛾在窗玻璃上的敲打。

萨木金缓慢地走着,好像恐怕充满在他的内心的种种印象会泼洒掉似的。古图索夫所说的大部分他曾经从各处听过读过十多次了。但是在古图索夫的口中思想具有一种元素的重量和浓度。萨木金记起了古图索夫那样轩昂地挺立着,沉静而又自信,被包围在激怒的敌视的人们之中——每一记起就激起他的妒羡,也激起他的同情。

"能够像那样对抗人们……"

他想象着古图索夫处于毫无兴致地走向克里姆林宫去的工人们之中的光景。

"处于那种情况之中他将要怎么办呢?"

他不能回答这问题,但是他以为无论如何有许多工人是不会去到沙皇的铜像前面的,倘若这人和他们同在一处。然后他的记忆中古图索夫旁边出现了那蓝眼睛的、负疚地微笑着的青年沙皇,用手巾扫掉烟丝的他的主人,臃肿不堪的伐拉夫加,以及别的许多人。古图索夫似乎并不会消失于这些人之间,也似乎不会消失于劫掠谷仓的那些狞猛的农民之间。

"不。你不能称他为一个'锁在历史的沉重的战车上……'的奴隶。"

克里·萨木金现在第一次痛惜自己没有一个可与表白心事的人。

他将要到家的时候,从后面赶来一个人,黑外衣上有铜纽扣,戴着官吏的帽子,一直遮着眼睛。这人过去了,又回头一看,站住,用古图索夫的声音问道:

"萨木金?你好!我看见你在那里,在那公牛的家里,我想要和你说话呢。但是你忽然不见了。"古图索夫说了又停住,观察着那荒凉的街道,"我正要到你那里去,你知道——就是去看梭莫伐……"

"她已经被捕了。"萨木金说,声音很低,恐怕古图索夫在他的声调中察觉他所不愿被人发现的一种情绪——萨木金自己不能判定这种情绪的性质。

古图索夫突然停住了,用手肘和肩膀碰了他一下。

"啊,糟了——什么时候?在那里你为什么不告诉我?"

他脱了帽子,急走了几步,问道:

"她病了吗?真恶毒!是——是的——但是,那么我到什么地方去睡呢?她写信告诉我她可以替我安排住宿的处所。或许她以为我可以住在你的家里吧?"

"或许。"克里承认。

"或许不方便吧?明白地说,不方便吧?"

"已经到了。"萨木金回答,靠在门枋上按铃。

"就这样吧。"古图索夫含糊地说,环顾着四周,"在你的家里。我的名字是伊戈·尼古拉维奇·坡诺马里夫。你不要忘记了,记得吗?我有一张完全的护照。"

"我想我的妻会认识你……"

"嗯——她会吗?"古图索夫咕噜,在厅堂里脱下外衣,"刚才来开门给我们的那座纪念碑怎么样呢?她不会惊异于这样晚的来客吗?"

"她是惯于做这种事的。"萨木金说,他自己有意表示地下室的秘密对于他并不稀奇。

"那么他们把鲁伯沙抓去了!"古图索夫说,走进餐室而且左顾右盼,"我们不能见面这是第三次。第一次我被捕,然后是她被捕。现在是第三次!真是莫名其妙的愚蠢!"

萨木金相信他在古图索夫的话里听见了一点哀音,可惜不能看见他的脸相。古图索夫低头站在那里,把纸烟安排在一只盒子里。萨木金提议吃点东西。

"随便——但是没有仆役,呃?在那里他们拿出了茶、面包火腿、冷鸡肉——但是我急于要走。那集会是不很成功的。"

"那光头是谁?"克里问。

"一个落后的家伙。从前很有名的。"他说出那名字,这对于克里毫无意义。他走进他的妻的房间里,发现她正在忙着穿衣服。

"出了什么事?那是谁?"她问,用一种惊惶的私语,"哦,是的——我想起来了。那是鲁伯沙所激赏的歌人呀。要吃吗?你去。我即刻就出来。"

但是萨木金并不急于到餐室去。他们一同走到那里。

二

"啊,你好,鲛人?我一看眼睛就认识你了。"古图索夫兴奋地欢迎发尔发拉,"你记得吗,我们跳舞,在那商人的家里——那有钩曲的牙齿的家伙,他叫什么名字?"

这位客人的快活,萨木金觉得是假装的,但是他懊恼地想到他见过刘托夫一百次了,可是从来没有注意到他的钩曲的牙齿——而那牙齿又无疑是钩曲的!五分钟之后他惊异地听着,并不喜欢,发尔发拉很正经地声明:

"我们是在被监视中的,自然。但是明天我要给你两个十分安全的住址……"

"不!真的吗?几个星期可以吗,呃?"

"可以。"

古图索夫津津有味地吃着沙丁鱼、吉士,喝着红酒,从容得好像他在这房里并不是第一次似的,又好像发尔发拉是一个他的老相识,而且是可喜的一个似的。

"她好像是乡下人会见了大城市的名人似的。"萨木金想,觉得自己是畸零的,虚悬在空中。但是他能够看见发尔发拉对于古图索夫的谈话是活泼的甚至流畅的,很技巧地询问着古图索夫。这位客人很轻易地回答着她:

"流刑?那是一种使人思想和学习的制度。是的。有点讨厌。四千七百个居民,对于任何人,连他们自己在内,都是毫无裨益、毫无用处的。比起大城市来他们要落后三十年,或者甚至五十年。毫无例外,他们全都由于无知而害了怀疑病。纯然的无聊使他们变为浅薄浮躁的了。喝酒呀。在冬夜里,豺狼进城来了……"

安弗梅夫娜送进一只茶炊来,这是克里不高兴的。发尔发拉泡茶,问道:

"那些无用的人们在革命期间将要做些什么呢?"

"革命不是明天的事。"古图索夫回答,毫不掩饰地渴望着那茶炊,而且用餐巾揩着胡子,"在革命到来以前,那些人们之中的一部分确乎是要变为能够做出些有用的行动的人的,另一部分,或者大多数,却要自动地或被动地阻挠革命,而且就在这阻挠中灭亡掉。"

"你把一切事情都说得这样简单。"发尔发拉说,好像是恭维似的。萨木金皱着眉头,含糊说道:

"嗯,那是并不很简单的。"

"那是怎样的呢?"古图索夫质问,露齿微笑着,"在革命中——我是说社会革命——矛盾律将要以一种无情的力量发展起来——是,或否。"

萨木金想要说:这是残酷的。此外也还有许多他想要说的话。但是发尔发拉尽在盘问古图索夫,越来越起劲了。古图索夫昂然自得地喝着茶,过于殷切地对她说:

"倘若实际生活久已完全消磨了宗教和道德的一切迹象,宗教还能显出什么效用呢?"

"理想主义是人类灵魂的基本财产。"发尔发拉向他挑战。她的脸红了,她的灼灼的眼睛往上翻起。

"哲学的理想主义是敌对着工人阶级的。工人阶级除了它自身,它自身的权能外,不能容许某种神秘和不可思议的势力的存在。对于它,承认社会的理想主义就足够了,而且即令承认也必须有些保留的。"

萨木金想道:

"对于他,各种思想都是把他束缚于他的信仰的那锁链里的一环。是的。他是一个坚强的人,但是……"

但是——他想要和古图索夫争论。然而,要争论,除了有辩驳的欲求而外,还必须有一套自己的"成语的体系"的。也要有些彼此共同之点。现在有什么呢?

思索着,萨木金迷失了谈话的端绪。而发尔发拉已经问道:

"你是一个猎人吗?"

"我想要做猎人,但是我还不够起劲。有一次我打断了狼的脊骨。我不能不怜悯那畜生,它那样受苦。所以我就完结了它,而这是不愉快的。我也去射过交尾期的山鹬,但是我那样迷惑地贪看着鸟儿的配合仪式,以至来不及放枪了。其实我也并不急于要放。那是怪有趣的,鸟儿们的那种求爱!"

克里默默地开始觉得难堪且屈辱了,当他的妻和他的客人的交谈具有一种争胜的性质的时候,那竞争并不仅只是在言语上:一个梦幻的微笑闪现在古图索夫的眼睛里,萨木金以为那是狡猾而又蛊惑的;那微笑反映在发尔发拉的大睁着的过度注意的眼睛里。或许一个女人当抉择于本身有重大关系的事情的时候都现出这样脸相的吧。终于禁不住他的恼恨,萨木金说道:

"你怜惜豺狼,而你却以残酷无情的方法看待人类。"

古图索夫哈哈大笑,把红酒斟满在他的杯子里。

"啊,个人主义者呀!你还是反叛的吗?"他问,用一种淡漠的声调。他叹息了:"人类,其中的哪些人?他们自己已经安排了以白痴的无情互相对待。因此他们是将要赔偿一种残酷的代价的。"

他又重复了一句克里很熟悉的成语:

"你不能用人道主义的糖浆使现实恶毒的苦味甜起来呀。况且,现实的恶意嘲弄早已扫荡了一切福音。"

看古图索夫的脸相人就知道他是不胜疲乏的了,他也确乎伸开懒腰,并不顾忌有一位太太在面前。他的双手围抱着他的后颈,发出骨节的响声。

"无家的流浪者才有这种随遇而安的福气。"萨木金觉察了。

但是发尔发拉的注视似乎激动了古图索夫,因为他又兴奋地说道:

"资产阶级的社会正在趋于灭亡,它的头脑都化脓了。对于西欧,人是这样理解的:他们曾经工作得太多,精疲力竭了。而我们呢,那些颓废的形式似乎有点早熟。我们的颓废者是一些肥胖的小家伙。吃饱了,红红的面颊——而又无才能。在他们之中魏尔伦[1]是不会出现的。"

他豪饮着被他用红酒浇凉了的茶,而且用揉皱的手巾揩着嘴唇。

萨木金仍然在反感地思索着古图索夫,但是他的思索仅仅由于单纯的自卫,并未感觉严酷或讥刺,甚至暗自抑制着某种感想。

"统治阶级的格言是'文学,艺术,一切都退回原始的状态去'。你还记得'回到菲希特[2]去'的呼声吗?但是这是机械地承受了一切观念和惊骇的那些惶恐的经院派学者的呼声。自然,还有人要号召退回到更遥远的地方去:回到教会,回到奇迹,回到魔鬼。回到哪里都没有差别,他们只要你远离历史的道理就好,因为这道理日渐更加敌对着那些剥削别人的劳动力的人们了。"

发尔发拉低着头,睫毛遮掩着眼睛,说道:

"是的,很显然的,人们都被闹得失掉理性了,虽然那原因不一定是你所说的。"

"那么,那原因是什么呢?"古图索夫追问,倦怠地。

"由于聪明而生的厌烦。"发尔发拉回答,默想了一会儿之后。她叹气,又说:"人们都想要疯狂……"

古图索夫耸动肩头:

"谁还能够发现比现实生活更为疯狂的事吗?"

"是呀。"萨木金高声宣言,而又为了某种理由,感觉局促不安。他提示:

"你不是到该休息的时候了吗?"

三

半点钟之后,萨木金坐在他的房间里,在黑暗之中,注视着那镜

---

[1] Paul Verlaine(1844—1896),法国象征派诗人。
[2] J. G. Fichte(1769—1814),德国哲学家,唯心论者。

面,从还未关闭的门洞中射进来的一条光线落在镜面上,因此镜里显出一个半裸的人,弯腰坐在长椅上,提着一只靴子,好像拿不定主意把它放在什么地方去似的。那人用右拳无声地拍着他的膝头。那人这样坐了一两分钟。然后,把靴子抛在地板上。他从桌上抓起上衣,展开在腿上,从衣袋里捡出一些纸片,考察着它们,把它们撕碎,捏在手掌里,然后向四面观望,用劲咬着嘴唇,以至尖胡子翘起来,两道眉毛连成直线。他的脸是异样严肃的,敞开的衣领露出很白的、顽强的脖子,半月形的锁骨好像马蹄似的。他的眼睛变为圆的了。他必定已经咬紧牙齿,因为他的颊骨显然突起。这古图索夫显然是为某种强烈的情绪——或许是愤怒或悲愁——所苦恼了。他站起来,暂时之间直挺挺地显现在镜子里面,随即不见了。萨木金听见他拉开窗帘。

留心倾听着邻室里的那人,萨木金分明知道他正在受苦,而且心里觉得被他所吸引。苦痛使人衰弱,倘若他现在走去看那人,在他衰弱的时间,他或许能够极其清楚地看出迫使那人过着流亡者的凶险生活的那种力量的吧。绝不能说这种力量是他从书本上或从悬想中得来的。是的。他应该去看他,和他坦白无间地谈论他,谈论他自己。也谈论梭莫伐。他似乎和她恋爱了。

"我三十岁,"克里提醒自己,"我并不是一个不知道怎样生活的青年了……"

但是,已经唤起了他的虚荣心之后,他想道:吸引他到这特殊的"成语的体系"的是什么呢?

"遗传性。"

他不禁咯咯地苦笑起来,回忆着他的父亲、母亲、祖父。

"幼年时代的印象吗?"

窗帘拉拢了,古图索夫又出现在镜子里面,头大,白皙,那脸相是严肃而悲哀的。他双手摸着刚剪过不久的头发。然后熄了灯,消失在比萨木金的房间里更浓密的黑暗之中。克里站起来,用脚尖走到没有挡着帘的窗前。街灯照旧燃着,那光亮也照旧反映在脏污的潮湿的墙上。

"真是古怪——一个人不觉得自己被别人所观察。或许别人看来我也是那么古怪的吧——嗯,当然不像他似的。"

他并不觉得想要进寝室去。他的妻或许还在醒着。萨木金知道古图索夫所说过的话都是敌对着发尔发拉的,而她听话的神气是激动的。他记起从前他告诉她连"政府公报"都承认革命的存在的时候,她曾经惊异地问道:

"这是真的吗?什么蠢材……"

四

第二天早晨,当萨木金梳洗之后走进餐室的时候,他的妻和古图索夫都已经出去了。那一天晚间,发尔发拉为她书店的事务到圣彼得堡去了。萨木金在混沌的懊恼之中过了几天。然后他也走了,到开路加省去,在那些道路、田野、森林里面过了一个星期,访问了几个昏睡的小城市,由于身体十分疲劳而恢复了心理的平静。

在回家的中途,他停留在一个驿舍里。因为没有可以雇用的马匹,所以叫了一个茶炊。正在预备茶的时候,一阵好雨迟疑地开始落下,越下越急、越大,毫无停息的样子。蓝色的闪电,霹雳的巨雷,风在烟囱里像怒马似的咆哮着,倾盆大雨浇在窗玻璃上。在暴风雨中有人乘车来到驿舍门前。一道闪电照明了窗外的一双黑马的湿淋淋的头。门霍地敞开。门栏上出现一个穿着油布外套的男人,像公鸡似的抖动着他自己,吹掉好看的浓须上的雨滴。退在一边,他让一个妇人走进来,然后用一种发怒的低音吼道:

"我早就说过我们不能那个……"

"这是丈夫的呵斥。"克里想。

"萨木金?你吗?"那妇人尖声叫喊,好像处于一种惊恐之中。她挣扎着脱掉头上的帆布外衣的湿头巾,遮掩着她同伴的胡子脸。

"是的。"她对着那男人叫喊,"但是快去吧,立刻就走!"

那男人转过背来,那背面亮得好像铁屋脊似的,跟着就砰地关上门,不见了,同时马利亚·伊凡诺夫娜·妮戈诺伐一面脱掉湿外衣一面兴奋地说道:

"好厉害的暴雨。五分钟之内就没有一片干地!"

萨木金立刻注意到她已经不是她平常的自己,而这往往是使他恼怒的。他恼恨人们跳出他给他们所划定的观念的圈子。他才一听见她叫他的家名他就感觉到和她的素性驯良显然相反的某种鲁莽。

当她用小手掌摸着湿脸的时候,萨木金看见一个异常的微笑,爽朗而又宽阔的。她从来没有像这样笑过。萨木金甚至疑心到妮戈诺伐的这一笑就使她的脸上戴起了假面似的。她对于这驿站是熟悉的。一个胖女人叫她"马利亚·伊凡诺夫娜",而且亲热地叹道"啊呀",带她出去了。十分钟之后妮戈诺伐穿着鲜艳的衣裙回来,这衣裙或者是紧贴着她的肉体的。她的头上包着一幅黄花头帕。这种装束使妮戈诺伐更年轻了些。她的脸,被雨打过了,泛着红潮。她的眼睛快活地发光。

"现在你可以请我喝茶了。我很冷。"

但是看见萨木金难以措置那茶炊,她就把茶壶从他的手里拿过来。"你不会弄。"

她倒茶给自己,然后开始切面包,照农民的式样,把它按在胸膛上,可是两只奶妨碍着工作。她随意把上衣塞进裙子里,使奶子紧张地突起来。斜起眼睛瞅着它们,萨木金问道:

"同你来的是谁?你的——丈夫?"

"不。我刚才访问过的一个朋友的庄园的经理人。"

"一位军官?"

切着烧鸡,她敏感地看看萨木金:

"他像一个军人吗?"

"是的。我觉得我在哪里见过他。"

"赛沙,带一个小围巾来给我。"妮戈诺伐叫喊,用拳头拍着切板。

风正在吹啸。霹雳一声,震动了挂灯的火焰。窗玻璃透出闪电的蓝光。雨猛烈地鞭打着窗子。

"我们好像是在缓缓煮沸着的大锅里面。"那妇人沉静地说。

萨木金承认:

"好像是这样的。"

他俩都陷入沉寂之中。萨木金分明觉得仅缄默着是失礼的,但是某种心情阻碍着他,使他不能以平常的正经态度和这妇人交谈。她好奇地看着他,也不说话,好像在等待他先开口似的。看见他不肯,她终于叹道:

"这雨是绵长下去了。或者必须在这里过夜。在这样的夜间,或者在暴风雨的冬夜里,人觉得孤零零地在地面上。"

"人除了对于自己而外对于谁都是孤零零的。"萨木金说,想着他自己。"蠢哪。"他递了一支纸烟给她。

"谢谢你。我不吸。"

她向后靠在椅背上,仰望着上面。她的两只奶不端正地突立着,掀动着上衣,好像它们自己竭力要露出来似的。她的平凡的脸上现出瑟缩的紧张,好像尽在倾听着什么。

"昨天,那里,"她说,有意地看看窗子,"他们埋了一个农夫。他的兄弟,一个乡间的马兽医,说——对我的女朋友说:'你知道,人播种,每一粒种子穿出地面就给予面包,甚至死了还留下干草。但是人自己却被埋在土里。他将要烂掉——什么好处也不留下。'"

她站起来,走到雨淋的窗前,这时候萨木金看着她的赤脚,奶油似的黄色,说道:

"我不喜欢人们的这种小聪明。我有时觉得农民很精通我们的文士所写的关于他们的一切可怜的文学,而我以为期待外人的帮助,他们就无法改善他们的生活。"

她不回答。雷猛烈地响得骇人。窗子好像是从墙上炸掉了。妮戈诺伐站在蓝色闪电中,一时显得是透明的。

"它要打死人了。"她惊叹,走回到桌子前面,微笑着。克里想到:在她的微笑中唯一新异的是它的轻淡而且敏速。这妇人激怒了他,为什么她为革命而工作呢,而且她能够做什么呢——她这样不出色而又无才能的人,她必定是做着医院里的看护,或在穷苦的乡村里教小孩吧。沉默了一会儿之后,他告诉农民们怎样举起一座钟,农民们怎样劫掠一个谷仓。他连讥带讽地说着,想要使她难受。应和着他的言辞,冷雨正在潺潺地下着。

"我读过一篇叫作《绳子》的小说,就是讲这一类故事的。"她说。"我不记得是谁写的了。一个女人吧,我相信。"她加添,沉思着,然后走到窗子前面。她问:

"你想要做什么呢,这时候?"

用一种年长者的抚慰的腔调,很和蔼,她开始告诉萨木金一些他自幼年以来就熟悉而且讨厌了的事情。她发表了她的意见,叙述了她自己的轶闻逸事,但是说得并不使劲,并不想影响他或劝勉他,倒好像是她自己在用心理解她曾经知道过一些什么事情似的。听着她的柔和的、沉静的声音是愉快的,而且他的想要嘲弄她的欲望已经消失了。她的自信的态度也是可喜的。当她举手理直她的头巾的时候,萨木金抓住她的手指而且吻它们。她并不抗议,继续说着:

"乡下人喝酒,喝得穷而又穷——快要穷死了……"

萨木金听她说了一分钟,然后把手放在她的左奶上。她突然沉默了。他搂住她的脖子而且吻她的嘴。

"你是这样的男人!"她沉静地呼唤,加紧抱住他,并且悄声说道,"他们还没有睡咧。你去睡吧。我就来。要我来吗?"

"当然。"

她出乎意料地挣脱了他的环抱,接着就出去了。萨木金脱着衣服,想道:

"真爽快。显然的,她的同志们一要求就把她自己献给他的一种义务。"

他灭了灯,躺在房角里的宽床上,静听着雨的不倦的噼里啪啦,以等待他的妻的同一镇静等待着妮戈诺伐——他现在反感地记起了他的妻。他曾经读过几个法国老作家的作品——不是法维尔便是包尔狄戈格,据说在夫妇的亲密关系中,倘若那丈夫不是傻子,就会认出妻曾否在别的男人的怀抱中的征候。这法国人并不会指示那些征候,但是在等候另一女人的这时间之中,萨木金判定他曾经觉察了发尔发拉有过这种征候。那时她的行动显得神思恍惚,她想要人把她当作养娇了的孩子似的看待,这是她以前所没有的现象。这种心情,这种要求,只有热烈地被爱着的女人才会有的。因此他对于妮戈诺伐的冒险是可以原谅的。于是,勉力地,好像义不容辞似的,他想到:

"是的。这就是她们的真相——女人。"

雨声逐渐单调,产生一种寂静。萨木金觉得被这种寂静所困恼,正在期待着异常的事情。当那女人进来的时候他埋怨道:

"你一去就是这么久!"

"悄悄的!"她悄声说。

一点钟过去了,或者两点钟吧。把他的头压在她的奶上,妮戈诺伐问他一句他听见过的话:

"你喜欢和我一起吗?"

"喜欢。"他诚实地回答。

沉默了一会儿之后,她又问:

"但是你当然很看不起——我的道德吧?"

"你为什么这样想呢?"萨木金咕噜。

"是的。你当然看不起。因为我相信你是以理性来思想,不是以良心来思想的。"

萨木金竖起他的耳朵。她的话引起人想要说些聪明话的欲望。她也会像里狄似的在床上谈哲学吗,或者像发尔发拉似的谈事务吗?他听见她的话里并无责备之意,而且无法看见她脸上的表情。但是他被她的温柔所感动了。他想他从来没有经验过这样的爱抚,因此他想要给她几句感谢的特殊言辞,但是一句也想不出来,于是就用动作来表明了,同时妮戈诺伐悄悄地说道:

"我们第一次见面之后我就常常想念着你。你记得——在那乡间的夏屋里?你在刘托夫旁边是那样一只小羊。那时我是十六岁……"

她打了两个喷嚏,然后显然惊惶地悄声说,用一种大张其词的语调:

"我想我已经受凉了。好,我要走了。不。不要吻我。"

几分钟之后她像一朵云似的消散了。萨木金想道:

"一个奇特的女人。我绝想不到这回事。"

五

天已黎明。窗玻璃具有浅灰色的色泽。雨声被某处流水奔入池塘的哗哗声所淹没。当萨木金起来的时候,他知道妮戈诺伐早已经走了,暗自赞赏她道:

"她很圆滑伶俐。好像她曾经在一个梦中和我会晤似的。"他回想着,摇摇晃晃地坐在四轮车上。道路是潮湿的,原野像缎面似的放光。太阳和大地开着玩笑,好像一个高兴的小孩,一再隐藏在轻盈光洁得好像洗过的金羊毛似的碎云后面。风用温柔的手指梳理着桦树的嫩枝。一只羽毛鲜亮的樫鸟坐在光秃的柳枝上,用琥珀色的鱼眼睛窥看着青草围绕中的池塘的银色镜面。马蹄缓缓地搓揉着泥土,空间充满了砰砰的音响。蛋白的浆液从车轮下面飞溅起来。一只云雀正在歌唱。新鲜空气使

人欣欣然陶醉了,因此萨木金在半瞌睡中低吟道:

> 唯有爱的清晨好,
> 甜美不过初相会。

"愚蠢的诗。但是有人说过诗必须是愚蠢的——幸福也是在愚蠢之中。'幸福是在桥梁之上,手里拿着杯子'——这是说乞丐的话[1]。谚语往往是恶意的。幸福乃是存在于自我平静之中。这就是所谓正直的生活。"

看着沿路树叶中的叽叽喳喳乱嚷着的莺鸟,他又第一百次想道:自从幼年以来,在家里,在学校里,以及在大学里,他被注入心里一大堆无用的和繁重的言语与意见。后来他又读过无数的书本,而现在并不能在他这些强力注入的外来知识的蛛网之中发现自己!……

他们突然遇着一辆载货马车走在前面。车里俯卧着一个瘦骨伶仃的农民,头上扎着绷带。那凸肚皮的灰色马懒悠悠地慢步着,溅起泥水。萨木金的车夫,一个塌鼻子的青年,有些像一只鸽子,半身立起来喝道:

"喂!让开呀。"

"你要赶路呀。"那农民嘎声回答,并不动弹。

"他不肯。"那青年说,回头望着他的顾客一笑,"这家伙有点古怪。他是从我们的村子里来的。要去缝补他的耳朵。昨天吹大风的时候瓦片打破了他的耳朵……"

"绕过去。"萨木金命令。

那青年就设法绕过去,以致他的一匹马陷在泥坑里,而且他的四轮

---

[1] 作者意在讽刺萨木金以廉价的性爱为自得,真如乞丐以获得桥上过客之施与为幸福也。

车挂住了那货车的车轴。农民抬起头，开始咒骂：

"你要冲到哪里去，你这野狗？到哪里去呀？"

这意外的遭遇阻断了萨木金的思想的轻流，激怒了他，于是扶着他的车夫的肩头，半站起来，呵斥那农民。后者惊异地眨眨眼睛，把他的马拉向后退。

"你咒骂什么？我们是赶紧去——并不是出来游玩的。"

"赶上前去！"萨木金命令，然后又想道，"都是因为这些白痴的缘故……"

在这种情况之中是想不起妮戈诺伐的，一直过了两个星期，在空闲的时间他才顺便记起了她，然后想要看她的欲望逐渐增高。然而，他不知道她的住址，他责备他自己当时为什么不问一问呢。

"真糟！而且她嘻嘻地叫我小羊。她是什么用意呢？——你知道妮戈诺伐的住址吗？"他问他的妻。

"不。鲁伯沙被捕之后，我拒绝了那'红十字'会的工作，并且没有遇见过妮戈诺伐，"发尔发拉回答，她漠然提示道，"或者她也被捕了吧。"

"太懒了，连小刀都不肯去拿。"萨木金想。看着她用发针裁开书页。

发尔发拉从圣彼得堡回来之后，外貌显然改良了。她的眼睛装点在有趣的斑点下面，消退了它们的绿色闪光。她的头发编成两辫，盘旋在前额和耳朵上面，这增加了她的面孔的阔度和可爱。她曾经带回来几件没有腰线的宽外衣；看着这些衣服，萨木金想到这就很容易脱光她的身体。她也带回来了对于文学的新意见。

"书籍必不可使人生更加阴暗。它必须是悠闲的、娱乐的……"

然后，她大为高兴地说道：

"你知道，我被介绍给一位艺术家。我不能说他有没有才能，但是他是十分奇特的。他绘了几幅哲学的图画——所以我可以叙述它们。其中一幅，用很鲜明的色彩画着一些蛇——或者，你要说，一些无头的虫豸。每一个形象都有四只彩虹的翼膀。这些形象全都互相缠绕着，贯通着，盘成一个结，流动于青灰色的全部背景里。这些是宇宙之力，当它们还未受理性的干涉以前。那一幅画甚至可以称为'人类以前的世界'。你懂吗？那画使人得到一种混沌然而好玩的印象。"

她用里加米尔夫人[1]的姿势凭倚着那长椅子。萨木金翻起眼睛研究着她的脸，她的身体，她的全部，这都是他早已探检到最后一线了的。困恼了，他想到：他怎么能够想象他曾经爱过这女人呢，这样虚荣而且自私。

"她告诉我这种废话不过是当作一种练习，练了之后好去告诉别人——或者别的男子。"

"另一幅油画，色彩暗淡，那些小形象已经没有翅膀，而且是伸直了的。已经没有给人疯狂的速度的印象的那种流动的效果。最重要的是上一幅画的那精神已经失去，只剩下血色工厂的广告一类东西——各样颜色的阴暗的、死气的条纹。这是'在人力拘束中的世界'。那艺术家——他是这样细长，全身骨瘦、焦黄，有一双小黑眼睛，而且很唐突——那艺术家说：'这是表现世界怎样被人所损坏的真理。人也因此毁坏了他自己。他是宇宙之力自由发展的敌人。他是一个阴谋家。他的对于自由的憎恨曾经创造了宗教、哲学、科学、国家，以及一切污染生活的东西。他用他的白痴的机械的设计耗尽了宇宙的自由的能力，然后他也就将要窒息于这种死气的呆滞之中……'"

"这好像一种热力学函数[2]学说的图解。"萨木金说。

发尔发拉竖起她的睫毛，扬起她的眉头：

"热力学函数？我不知道。"

---

[1] Madame Récamiér（1777—1849），当时法国著名社交领袖。
[2] Entropy，随热之增减而变化之函数。

她继续说下去，好像在认真学习功课似的：

"还有另一幅画：两只多节的绿手，红指甲，从上面伸下来。一只有六个手指，另一只有七个手指。它们的下面跪着一个小男人，这人从他的肩上把他的'两面头'——比他的身体更大——搬下来，用那细长的手把它高举给那十三个手指。那艺术家解释给我，这叫作：'我把我的精神交在你的手里。'但是那手是属于魔鬼的，他的名字叫理性，而杀死上帝的就是他。"

她停住了，吸着纸烟，而且垂下她的好看的睫毛。

"我不喜欢这幅画，但是我以为这是因为我记起了古图索夫。不过，他是一个幸运的人，每个人都喜欢他。他还在莫斯科吗？"

"我不知道。"萨木金说。

"在圣彼得堡不像在莫斯科似的有那么多有趣的事情，但是那里所有的似乎更刺激、更微妙。我可以说，莫斯科是油腻的。"

在她回来的第一天报告了她的种种印象之后，她就永不再提起它们，而且萨木金立刻觉得她把她的事务告诉他不过是由于客套，并非想要得到他的帮助或指示。然而，他的心事太多，他没有工夫来挑剔这些。

六

他偶然遇见了妮戈诺伐。当他忽然看见她的时候，他正坐着一辆摇晃的马车在两条米士强斯卡亚街的地区之内。她穿着灰暗的服装，端庄地走着，用一种疾速飘过的步态，好像一个怀念着这世界是她的仇敌的修女似的。萨木金甚至想要欢呼她了，但是一座面带喜气的家宅的门里出来一个红胡子的男人，小心地抱着一个小棺材。接着滚出来一个暗黑的胖老太婆，可笑地踉跄着，还有一个脑袋像橡皮球似的圆圆的小中学生。一个尖嘴尖脸的军人一面开门一面向那红胡子车夫喊道：

"嗨，蠢材！等着呀！"

萨木金在马车里提起身子，观望妮戈诺伐，看见她回头注视那丧仪。看见了他，她反而更加快地走了。

"她自然是厌恶他的。"

赶快付了车资，他几乎是跑着去追那妇人。夹在他的臂下的公文皮包可恼地阻碍着他的步伐。他把它提出来像一只衣箱似的抬着。妮戈诺伐走进一座单层的前庭。他听见她走在木板上的响声，于是他冲进那前庭，看见了那门廊的三步阶梯。

"像一个中学生似的。"他反省。

在走廊的黑暗的凹坛里，妮戈诺伐悄悄地开着锁，听那声音就知道它是挂锁。

"马利亚·伊凡诺夫娜……"

"啊呀。是你？你呀？"

"请你原谅我这样来法。"

她打开门，光明就从房间里放进走廊里来。萨木金看见她的脸上显出仓皇的神色，或者简直就是恐惧、怨愤的。她咬着上唇，淡色眼睛里呆滞地闪出凄惨的荧光。

"我已经回来了。"他说，摇摆着他的皮包，把帽子按在胸襟上，"那时我没有时间问你的住址。但是我希望我能够遇见你。"

妮戈诺伐还是皱着眉头瞅着他，但是她的脸上的暗影消散了，她的面颊泛红了。

"脱掉你的外衣。"她说，把他的皮包从他的手里接过来。

脱着他的外衣，萨木金看见床是安在门边的角落里的，正和驿舍里的布置一样。代替了棉被的是一条棋盘花的粗绒毯。床对面的一端放着一张弯腿的牌桌，桌上有一盏灯和一堆书。桌下有一张加布里所画的基督像的复印片。

"你愿意原恕我吗？"他问，拉起她的手而且吻着它。那手上略有些湿汗。

"我还要请你喝茶咧。"妮戈诺伐允许,用手掌摸摸他的头和面颊。微笑了,不是平常那种强笑,而是欣喜的笑,立刻使萨木金觉得安心自在了。

"菲沙!"她开门叫喊。

"她过着清贫的日子。"萨木金想,观察着那有一面窗子对着花园的小房间。那窗子略有些歪斜,是由四片玻璃所构成的。其中一片已经磨损,显然是嵌在那架子里许多年了。窗子前面有一张小圆桌,桌上铺着一幅花边的布。对着床是一个平顶炉子,人可以躺在上面。挨近炉子的是一个抽屉橱,橱顶上放着一只大箱子、几只香水瓶,以及几只小箱子。一面镜子是正对着墙的。三只木椅都是弯腿弓背的。而且几只凹下的柳条椅子更增加了这房间的贫相。

"自然她是台尼亚·古里科伐一类的女人———一种简单的、自我牺牲的女人。"

妮戈诺伐站在门道上,悄声和一个女人私语着,那女人是大奶的,好看的,穿着水红的衣裳。

"是的,是的,"她说,不耐烦地,"不在。"

她走到萨木金面前,问道:

"我有一个舒适的、甜美的小窝,是不是?"

他拉起她的双手,而且开始极尽温柔地吻着它们。他悠然神移于一种抒情诗的心境之中,由于那清贫,由于那倦于为人服役的家具的卑贱的愁容,更由于使用着它们的,也卑贱得好像无血气的东西似的这女人。完全异乎寻常的言语都来到他的舌尖上了。他想要用对于别的任何女人都没有称唤过的名词来称呼她:

"我的灵魂的自己的!妹妹!"

但是他保持着沉默,抱着她的腰,贴在她的胸腹上,朦胧地觉得惊异,问他自己说:

"这能够是认真的吗?"

把脊背一弯,她就挣脱了他的环抱。

"那么你是——喜欢来看我的了?"

"我是。真的,我必须承认我是这样喜欢看见你,连我自己都吃惊了。"

"甚至于是这样的吗?"

她的眼睛变为深蓝色了。她笑着叫道:

"啊,你是——一个可爱的!"

他们喝着糖茶,吃着甜面包,他们随意谈论着书籍、戏院,以及彼此的熟人。妮戈诺伐告诉他鲁伯沙已经从医院转送到监牢里,快就要放逐出去了。萨木金看着她畏缩地、勉强地谈到那些入党的工人,以及革命工作。

"很有训练。"他称赞。

在花园里有一个穿棋盘花外褂的老人正在拔除花坛里的莠草。他的脸孔和脖子紫得好像腐肉似的。妮戈诺伐看定萨木金的脸,急忙通知他说:

"这房主,从前是民意党,长久住在西伯利亚。一个恨人主义者。"

她又回到文学上:

"我完全同意于托尔斯泰伯爵[1]。你知道,像《沉渊》这种作品的要点在什么地方呢?"

"和她相处是这样怪舒适的。"萨木金觉得,然后说道,"当我进来的时候,你似乎不高兴,甚至惊恐。"

"惊恐? 惊恐什么?"她问,她的眼光暗淡了,严厉地仔细看着他。

"我觉得你似乎是如此的……"

"我们不要谈这个。"她说,伸出她的手给他。

---

[1] 英译本原为"伯爵夫人"。

当萨木金准备离别的时候，天已经黑了。她半裸着，坐在床上，悄声说道：

"你什么时候再来？我必须知道确实。"

他告诉她他想要常常来看她。理着她的头发，她高举着两手，头发虚悬在空中，她的手指残废了似的凭空摸索着去抓什么东西。

"好吧。我们要常常相会，倘若你想要赶快厌弃我。"她低声回答。

他觉得她的话里毫无滑稽意味。

"她必定有过一段很困苦的经验。"萨木金想着，出去了。

七

相会了十多次之后，萨木金断定他终于获得一个可与之谈心的好朋友了，于是轻飘飘地畅谈着各样事，尤其是他自己。妮戈诺伐注意着他所说的话；她知道怎样默默地倾听，并不露出太多的好奇心。她自己说得很少，很简单，声音总是柔和的、慰情的。或许她对于人们太过谦卑了一小点吧。有几次萨木金以为她把人们看得疏远而又高上，因此就有些减损了她和台尼亚·古里科伐的相类似。又一次喝茶的时候，他嬉戏地对她说：

"你是一个不好的布尔什维克。"

"为什么？"她问，猜疑地，装出她的不愉快的、勉强的微笑。

萨木金解释：

"你对于资产阶级的态度没有布尔什维克的那种不能调解的敌意。"

"你的态度也是这样的。"她说，很温柔地。

克里不喜欢这结论。他对她作了一番简短的讲演，关于资产阶级社会的庸俗主义，关于他们的市侩的而又根本是短见的唯我主义。妮戈诺伐温顺地静听着，绝不反驳，好像一个惯于被训示的人似的。总之，她的行为好像一个自认必须学习而又迁就事实的学生。然而，不久萨木金就觉得这驯良的女人在某几方面是比他自己更坚强或更聪明的。他发现她有些类似米托罗方诺夫,这人曾经使他误信为常见的正经人。但是她不像那刑事侦探似的爱讲哲学,也不像他似的激动到流泪。但是她总是和那人唱着同一腔调的。关于政治,关于党的工作都是如此,虽然她很少谈到。这是因为她在地下室的秘密中的缘故,或者更方便的解释是因为作为职业的革命家的她厌倦了这种话题的缘故。据萨木金看来,这女人必定是做着某种技术的活动的。她毫无宣传家或煽动家的意气,她也没有使人想到她熟悉于阶级斗争理论的印象。她乐于讲些关于小市民的生活的故事,关于他们在追求幸福中的各种成功的和不成功的诡计。她十分明了他们生活的方法。在她的关于生活的故事之中,萨木金想起了发尔发拉的婢女的那种无休停的工作,那好心肠而颇为愚蠢的老婢女很善于用各色棉絮制造廉价的被盖。萨木金喜欢这种人们生活的景象,虽然他屡次讥讽地说:

"像你所描画的,进化是很可喜的,但是沉闷。"

"这就是生活呀。"妮戈诺伐回答,优柔地叹气。

说到"好"人和"美"景,她用一种低抑的声音说得很动听,好像在叙述一些小神秘,而那背面是隐伏着一宗说明一切小神秘的大神秘的。有时他听见她的故事里面有着老可索洛夫叙说日常生活的那种诗趣。但是这一切都无关紧要;这并不曾阻碍他一下就和这女人惯熟相安,那迅速是使他十分惊奇了的。

她对于他变成了储藏秘密文件的写字台抽屉似的一种东西。或者她简直就像是一个洞,他把他的灵魂的垃圾都倾倒在那里面。他觉得他把自幼稚以来与年俱进积累生霉的言辞全倾倒在这女人上了,其间他逐渐使自己卸下它们黏腻的重压,在自己心里解放出一个有意志、有行动的人了。和妮戈诺伐谈话的报酬是一种近于生理的释然的感觉,因此使他更加屡次想到教会庶务的话:

"言辞是灵魂的粪秽。"

他并不完全相信这女人了解他,但是他也不以要她了解他为虑,他所最需要的是要她倾听到底。这一点是做到了的,她不过偶尔才对他的吐泻物发生疑问:

"你为什么说这个呢?"

而且她又会用同情的眼睛仰望着他。

"我的兄弟刚才由一个朋友转交给我一封信。"萨木金说,"我的兄弟没有一贯的精神,他也是很柔和的。他被南方的农民运动所惊骇,然而施于农民的野蛮的惩罚使他踌躇。但是他写信来说他没有权利仇恨那些行施鞭打的人,因为那些被鞭打者也同样疯狂得使人战栗。"

"他是一个托尔斯泰主义者吗?"妮戈诺伐沉静地问。

"他自来是马克思主义者。好,他的信上说:'一个革命者是一个能够憎恨的人,而我的内心是不能有这种感情的。'我觉得在我们的熟人之中许多人憎恨现实也不过是由于理性,由于理论。"

妮戈诺伐点点头,他认为这是赞同他的一种表示。他很想告诉她一些独创的和有力的话。使她惊异,使她狂热地佩服他。这是必要的,可是终于不曾实现。然而他相信这总有一天会来到的,因为她屡屡欣赏地看着他,而且他觉得她对于他更加变成必不可少的了。

使这全部情势达到顶点的是性交的圆满,两个肉体的谐和贴切,这给予萨木金最大满意。这样饱足是他从来没有经验过的。在她的抚爱之后,他往往对于她的温柔不胜感谢之至。现在,已经和她的面容十分熟悉了,他看她和以前不同。她的脸孔是小的,不很活动,而且那皮肤的呆钝似乎是由于某种太激动的心事而继续紧张所训练成的,她的淡蓝的眼睛几乎是雄辩的,在兴奋的时候它们的颜色就加浓,焕发着这样的温热,使人想要用一个手指去接触那暖气。当他讯问这女人的过去的时候,一道蓝光就闪烁在她的悲哀的眼睛里:

"我不喜欢谈论我自己。"她说,颇为坚定地回绝了他的试探。

"你似乎很怕谈论你的过去。"

有一次被她的抚爱所感动,他问道:

"你有过小孩吗?"

"一个。八个月就死了。"

萨木金十分诚恳地说:

"我愿意和你有一个小孩。"

妮戈诺伐闭起眼睛而且伸直了自己。他继续说:

"你是我有过的第三个,但是别的那两个并没引起我的这种欲望。"

"你是一个可爱的——"她悄声说,并不睁开眼睛,用她的手掌摸着她的奶。她重复说:"一个可爱的……"

自此以后,她接待他简直大加温柔起来了。有一天,并不由于他的鼓动,她简短而又平淡地告诉他,她第一次被捕是在十七岁的时候,因为和民意派的关系,就在他看见她在刘托夫那里不久之后,她在监牢里待了十个月,然后在警察监视之下和她的继母同住着。他的父亲,一个"贵族",退职上校,是一个酒瘾很重的人,曾经娶了一个商人的寡妇,一个很愚陋恶毒的妇人。十九岁的时候,她,妮戈诺伐,遇见一个神学的学生,把她介绍给一群民意党人。学生自己却变为马克思主义者,被捕了,判罚流刑,死在路上,给她留下一个孩子。她的第二个爱人是在沙皇登极的那一年克里曾经在刘托夫家会见过的那个美男子。

"他是一个干脆的、高傲的人,"她叹息,"我以为我并不真爱他,但是——孤独是难堪的。"

她后来又认识了一个马克思主义者。

"一个学生,一个很好的人。"她说,她的平滑的前额上皱起一道像伤疤似的深纹,"一个很——"她重复说,"亚克夫同志……"

"科尔涅夫吗?"萨木金问。

"不,"她高声回答,小心地把她的奶塞进乳褡里面。萨木金觉得这就好像商人藏起刚刚记上他的赢利数目的袖珍账簿似的。他很想要把这比喻告诉她,当看着她处置她的奶子那样得意而又小心的时候。

"谁是科尔涅夫?"她问。然后萨木金把他所知道的这人的一切都告诉她。听了之后,她叹息,而且微笑:

"现在你知道我的历史了。平凡,是不是?"

坐在床上,她编着她的发辫,那是很好看而且柔软的。她把这辫子像一座小山似的盘在头顶上,因此增加了她的高度。虽然她好像是并没有很多头发,而当解散了的时候,却掩盖着她的背面或胸部一直到腰际,那时她就像改悔的马格达林[1]了。

---

[1] Mary Magdalene,见《路加福音》,改邪归正之娼女,其画像为一长发披肩的女人。

第二十一章

一

为了报复加于南方农民的野蛮刑罚，古玖拉枪击了卡尔可夫的省长。萨木金看见连那些反对恐怖主义的人们也都暗中赞赏这不成功的复仇行动。

米托罗方诺夫来了，沉重地坐到椅子上，然后深思地问道：

"这古玖拉——他是犹太人吗？你相信他不是犹太人吗？这名字是可疑的。一个工人？嗯。我还是不明白，一个工人怎么能够决心用自己的手主持正义呢？替农民报仇呢？岂不是好像必定有人从旁教唆吗？总之，这些手枪事件的本身似乎是难以解释的。"

当他听着萨木金的解释的时候，他摇摇头，然后结论道，几乎是高兴的：

"那就真是和我毫不相干了。我对于这发生兴味不过是由于爱国主义,譬如说的话。这是,例如,你自己家里出了盗贼——你明白这意思吗?但是倘若一个波兰人或希腊人来盗劫——那就完全不行。在自己人之中各个人都必然要偷偷摸摸的。"

把这故事告诉了妮戈诺伐,萨木金夸张道:

"这人是极其佩服我的。当然他知道那些侦探,所以他警告我说我是被监视着的。他甚至于说你是一个可疑的人。"

"他说?"她奋然叫起来,"那就好。"

"是的。怎样?"

"很好,你应该把握住他。他会有更大的用处的。你曾经去劝过他和'奥克拉那'[1]发生关系吗?没有吗?要是我处于你的地位我就要试试看。"

"她似乎有一种冒险的性质。"萨木金想。

生活变得更加多事起来了。每天都让人觉得正在新剧变的前夜。自由主义的报纸增加了牢骚,更为鲁莽的了;各种意见的冲突更加尖刻,政党的活动更加热烈。萨木金更加屡屡听见这宗话:

"非法的,一个地下室的工作者……"

当他为他的主任和伐拉夫加的事业奔走到各处时,萨木金承接了阿里克先·戈金和别的党人的种种差使。由于这些差使的激增,他自己就能够明了莫斯科工厂区的政党关系更加显著了。不知不觉之间,他十分习惯于执行那些差使了。这种执行满足了他的好奇心。有时他暗中好笑,觉得他自己像是一个"革命的忠仆"。他曾经这样称呼过鲁伯沙,也曾经这样理解过妮戈诺伐。他曾经有过许多次有趣的会晤,其中一次留存在他的记忆里特别长久。

下晚的时候,来到旅店里会见他的是一个中等高度的人,身体挺直,但是有着一个很不相称的大头,大到使他显得矮小了。他的头发是

---

[1] 当时的秘密警察,专事侦察民间政治活动。

剪短了的,然而又直又硬,戟指着各方面,使他的头更加大了。在他剃过的圆脸上凸着一双圆眼睛。厚厚的上唇上有一道浓密的胡子,使它带着一种轻蔑地翘起来的神气。他穿着短上衣,长筒靴,手里还捏着一根粗实的棍子。

"就只是这一点吗?"他问,从萨木金手里接了一封信和一小包书。他用手掌掂量着那书包的重量,把它放在地板上,又用脚把它推进长椅子下面,然后把那封信凑近右眼,仔细观看,看了之后,他说:

"我的左眼完全不行,将来一定会全瞎的。我的视觉还能支持两年,以后就——要沉入黑暗之中了。"

他说的好像矜夸他要变为瞎子这前途似的。他有一种粗鲁的军人气概,他把信折叠成更小更小的方块,宽阔地微笑着:

"听说自由主义者们正在提倡宪法运动。旧的新闻了。教授们和律师们,自然。好,让他们替我们争些自由吧。"

他打开信纸又用右眼窥看了一遍,用检察员的口气问道:

"那么那些学生怎么样呢?"

萨木金已经发现他前面有一个熟稔而又可厌的怪人的典型。他不大相信这人会变成瞎子,虽然那左眼是昏暗而且异样抖颤着的,这情形后面隐藏着一种目的是十分可能的……那就更奇特了。审慎地和干脆地回答着这家伙的问题,萨木金终于忍不住要说几句使对方难堪的话了。他说:

"总之,青年们都逐渐更加切实了。许多青年都抛弃政治,注重科学。"

"你说什么,抛弃?抛弃到哪里去?"那访客惊异地问,"为了政治的缘故,人们不是要用科学武装他们自己吗?我知道有一部分学生在嚷嚷'不要妨碍我们的学业呀'。但是这是一种误解。依一般行政的见地而论,一所大学是一个军事学校,在其中传授着操纵步兵群众的科学——以及,自然,各种战斗知识。"

当他说话的时候,他的耸立的眉毛惊奇地爬得高而又高。觉得他的讥刺已经失败,萨木金就改变话题:

"那么你是一个军人喽?"

"我原是研究物理学和数学的,后来被征集到普斯可夫第一百四十四团当兵。但是因为我的眼睛不行——一个哥萨克人一鞭把它们打坏了的——我被免除兵役,遣送到这里住着,在我自己的家乡里,一直住了三年。"

他把这故事很快地说完了,讽刺地问道:

"有些好心肠的人急切用左手拉着自由主义者们去争权力,然后又用右手打他们的耳光,你大约是这种好人之一吧?"

他突如其来地说了这个,而且忽然显得更年轻了,挺直自己好像要打架似的。然而,萨木金辞谢了这挑战:

"你是生长在这里的吗?"

"对不起得很!我是把莫斯科大学看作我的真正的生产地的。"

"这里是沉闷的吧?"

"我没有什么沉闷的经验,但是的确有些不方便:在十四个月之中,家宅两次被搜查,而且坐了七十四天的监牢。"

他沉默了几秒钟,好像是从远处考察着萨木金似的,然后威严地说道:

"你告诉戈金和坡阿可夫多送些文件给我,并且告诉他们派邓那夫同志到这里来是绝对必要的。还有不要派那些无出息的女人来见我。"

把那书包从长椅底下拉出来,他又把它放在手掌上称量着,然后严厉地说道:

"还有,我的名字是育索夫,并不是洛索夫或彼得洛索夫,像他们写在信封上那样。这种疏忽使我和邮政局发生不必要的麻烦。"

他把包裹塞在外衣里面,用手臂夹住它,默默地捏着萨木金的手指,然后走出去了。

"一个领导者,一个'教书先生'。他要变为瞎子,这是意味深长的象征。"萨木金想着,从窗子里观看着那些舒适的小家宅,好像被月光洗过似的。他们都是两层屋,建筑坚固,包裹在花园之中好像在皮外套里面似的。它们的地基也必定是坚固的。街道是用鹅卵石密密地铺砌成的,石子都被尘埃和月光磨滑了。沿着步道俨然飘来一大团茶褐色的可厌的凝块——一个衣冠华丽的女人,牵着一个海军服装的小孩。在她后面走着一个穿棋盘花衣服的丑角似的男人,正在用手巾大声擤鼻涕。这寂静正是俄罗斯小城市的特征。唯一的声音是旅馆下层打台球的滴答之声。人很容易想象到这声音是从那圆石路上来的,石子们因厌倦无聊而相互撞击着了。

萨木金想到这城市里有一个要变为瞎子的人,这人对于他是陌生的,好像一个外国人似的。他自己替这人设身处地一想,就好像受凉似的打了一个寒战。

"还是,人必须承认他们是勇敢的人。"他勉强地想了,"虽然这人是因为个人本身的理由而成为革命者的吧,譬如说的话;但是他们也不能克服这种厌倦无聊。"

二

在他回到家里的那一天晚上,米托罗方诺夫来看他,勉强笑着说道:

"我来告别。现在我被调到开路加,但是——我不知道,为什么。也想不明白。忽然……"

他不说了。耸起肩头,用手掌机械地摸着膝头,摇摆着他的身体。

"真是遗憾——我已经和你相处习惯了。"萨木金诚心惋惜。

惶惑的微笑掠过米托罗方诺夫的面孔。他深深地叹息,然后竖直了身体,大为兴奋地说道:

"而且我,倘若你原谅我,克里·伊凡诺维奇——我是全心全意地爱你的,你知道,你对于我是——一个智慧的人,而且,总之——一个十全的人物!"

"但是为什么要调去——你有什么过错吗?"

那侦探立刻忧形于色,耸动肩头,向四面探望。

"恰恰相反。"他大声说,"发尔发拉·吉里洛夫娜没有在吗?恰恰相反。"他叹息:"总之,我是很成功的了。我用好意捉住了几个窃贼。他们都上钩了。我甚至于梦想要学法文,因为有一个大贼头,党徒众多,常常到巴黎去。不——这有点幻想。"

他慢慢地站起来,然后说道:

"请你替我谢谢尊夫人对于我的好意,至于我对于你自己——我不知道要怎样才能谢谢你的宽恕。凭了圣乔治之名,我敢说那是一件奇事。"他叫喊,声音并不高,但是牢骚起来了:"人们把我们这一类人看作,你可以说,走狗,但是,你知道,我们也还是——好像医生似的!"

米托罗方诺夫的眼睛里充满了泪水。他转过脸去藏住他的伤感;然后,迅速而又热忱地握了萨木金的手,走出去了。

萨木金关心他,然而没有时间思索他,使他懊恼的种种印象正在急剧增多。萨木金看见青年人们变得更单纯了,然而并不是他所希望于他们的那种单纯。昨日的中学生才一进大学就自称为社会民主党,或社会革命党,那急躁是使他厌恶的。看他们解决社会问题那样并不费力也使他难受。

"小狗崽们!"他暗中呵斥那些比他年轻十岁、八岁、六岁的年轻人。他想要教训他们,冷一冷他们的热情。但是当他尽力这样做的时候,他遭遇着一种猛烈的抵抗,以致溃败,才知道这些小狗崽们比起他来是意气更盛,豪放不羁的。

某些小怪物忽然出现了。有一个大约二十岁的强壮青年,光滑伶俐得好像一条鳗鱼似的,有着高额和一双傲慢的眼睛,他追随在发尔发拉左右，算是她的秘书兼英文教师。有一次，当着他面前，萨木金说道：

"一个革命者首先应该是一个为社会服务的工人。"

那鳗鱼咯咯地冷笑着。问道：

"这样一个革命者是为了什么社会的利益而工作呢？倘若是为了现存的社会，阶级的社会，那么他算什么革命者呢？不成了反革命者了吗？"

萨木金庄重地驳诘了，几乎是严厉地，但是并不能压服那青年。静听了那议论之后，他摇摆他的剪短了发的头，说道：

"并不能说服。我们的使命是创造新的，并不是修补旧的。"

青年的名字是乌拉斯托夫。当发尔发拉问到他的父亲的时候，他答道：

"我是好像一篇逸话似的——无名氏的作品。十一岁的时候我的母亲死了。我是随随便便养大了的——记得狄更斯[1]吗？——由她的朋友，一个女裁缝匠。她也死了，去年。"

萨木金不能不动怒了，因为那青年，谈论到国外的种种争论，竟自说道：

"在根本上，这是按照马克思主义说话的人们和决意要实行马克思主义的人们之间的斗争。"

他显得是生性顽强的，走起路来特别稳定。在他的黑脸上闪烁着一双黑的细眼睛，有着一种讽刺地翻转着的神气。偶然遇见了他几次之后，萨木金问他的妻道：

"你为什么和那年轻的犬儒派来往？"

"他是很实际的。"发尔发拉断定，不高兴地露齿一笑，她加添，"加莫夫不是现世的人。他总是谈论着精神。但是这家伙却不关心那

---

[1] Dickens（1812—1870），英国小说家，所著 *David Copperfield*（中译本《块肉余生》），自述其早年的艰苦。

些玄虚。"

加莫夫有一件新燕尾服,那背面系着半条独出心裁的带子。穿着这衣服他显得更加长了。他用沉静的声音告诉发尔发拉:

"到民间去的路不是从马克思出发,而是从菲希特出发的。唯物论是和民众无关系的。唯物论使灵魂疲惫。生活的创造精神是显现于唯心论之中的。"

三

发尔发拉晚间很少在家,但是,当她在家的时候,就有别人们来访她。萨木金即使在他的工作室里也觉得不自在,人们诵读诗歌和散文的声音照例钻进来。他认为妮戈诺伐的房间才是他的真正温暖的家。而在那里确也有些不方便。那戴眼镜的房主使他惶惑。好像是专门等待萨木金似的,他常常站在庭院里,从眼镜后面的红眼睛里投射来憎恨的一瞥,咕噜道:

"你关门的时候要把门鐷提起来。应该擦一擦脚,这就是门廊上放着那席子的用处。"

"他为什么这样讨厌我呢?"

"我想老人们是不喜欢任何人的,不过有时候装出喜欢的样子。"妮戈诺伐回答,沉思地。

她的房间里是拥挤的。肥料的臭气从花园浸进来。床是狭窄的,而且吱吱地响。萨木金几次向她提议搬到别处去。

"对于我,'和我的爱人在帐篷里好像在天堂里一样'。"她嬉笑地说,不肯顺从。他把她的刻苦看作愚蠢,但是并不和她辩论。

他们变为朋友已经一年了,但是她还是那么聚精会神地静听他说话,并不厌倦。

"安息日是为人而设的,并非人为安息日而生。"他说,"各人都有牺牲自己与否的自由。即使承认意识决定于现实，也并不能说意识与意志一致。"

他自己觉得这样矫揉的、离乱的思想是不满意的，而且恐怕那女人会从它们引出逻辑的结论，以致对他失了敬意。但是她同情地点点头。

当他告诉她关于他和那些非法的政党党员的会晤和谈话的时候，妮戈诺伐听话的神气显然就不像听他讲哲学那么从容了。她并不打听那些人们。只有一次，当他说出育索夫请求不要派那些"无出息的女人"来的时候，她兴奋地问：

"无出息的？"

歇了一会儿之后，她又问，但是这一回最为冷淡：

"那是谁呀？"

她的隐秘使他惊异，甚至引起他的敬重。他仍然以为她已经习惯于革命工作，正如人们习惯于某种工作似的——譬如邮工已经习惯于在莫斯科的交错的街道里送信似的。但是她并不像意志薄弱的、无才能的台尼亚·古里科伐，更不像鲁伯沙，后者对于革命党人或者比对于革命更为有趣，更为珍重。妮戈诺伐呢，她就好像叙述着某种离奇的阴谋的书里的人物。她往往，几乎是常常出乎意料的，忽然不见了。有时萨木金按照她约定的日时来到她的住所，那房东就交给他一个信封，里面有一个简短的字条，并不署名："一星期内我就回来。"或者："不要等我，我已经走了两天了。"

他有一把同样的钥匙可以打开她的房门，而且有一天晚上，他开门进去等她，翻阅着一本他不大喜欢的一个青年作家所著的书。丛书里面落下一条窄长的纸片，纸片是空白的，所以克里把它抛在烟缸里。他点起一支烟，把火柴也抛在烟缸里。纸角被烘热了，几乎燃起来，当萨木金用手去弄熄它的时候，看见它上面现出字迹来了。

"育索夫"，他读。他思索了一会儿，然后小心地用火柴烘着那纸片。他就看出了："报，学，军，教。苏菲亚·鲁巴姬伐，雇，莫斯科饭店，报，工，弗克·桑斯基工厂安得里·安得来夫。"

他是这样专心研究，以致妮戈诺伐回来发现了萨木金。她打开门，慢慢地把它关好，站在门旁边。她的眼睛燃着愤火，异样阴沉地显现在她的苍白的脸上。难堪而冗长的几秒钟过了之后，她才温和地问，声音有些哽涩：

"你干什么？为什么呢？"

她的激动显示了恐怖，而且恐怖得这样厉害，以致萨木金说明了那偶然的缘由而且道歉之后，她还许久不能恢复她的心气和平。

"但是你为什么要烘那纸片呢？"她问，问了又问，紧张地，可怜地看着他的脸，"你看见它上面有字。你就该把它放在那里。可是你反而烘它。为什么？"

她的可厌而固执的对话使他恼怒了。冷淡地说了几句，他叫：

"我已经道歉了。我已经告诉你我是出于无心的，不过因为我那时枯坐无聊罢了。只怪你不小心，你埋怨我是没有道理的。"

这几句话使她平静了。她坐在他的膝上，用手掌温柔地抚摸着他的脸，乖巧地说道：

"我现在好了。"微笑着，她又说，"我自己也不知道为什么那样生气。"

四

那一晚她对他特别温柔，略带一种异常的凄凉。有时，近来更加屡次，萨木金觉得她在生活中的柔忍，她对于她所肩负的义务的驯服已经影响了他，传染给他。但是其间也发现了她有一个特点，以前没有注意的特点，这使她和尼卡叶伐有相通之处：像后者一样，她也能够超然自居地观察人们，察出他们的种种小矛盾。

"你听说过吗？休得林在他的临终的床上要求会见克隆斯达的伊

凡?"她问他。然后她说下去了,叙述给他一些关于列夫·托尔斯泰的身边琐事,这些轶闻显示托尔斯泰是一个装腔作势、顾影自怜的人。总之,她知道许许多多关于死的和活的名人的私事丑行,但是她只是讲故事,毫无恶意。那漠不关心的态度是得自这种世界里的;凡不卑鄙的事都是可疑的,不能相信的,卑鄙乃是常情常理,这是不正确理解人们的唯一的中庸之道。这些轶闻闲话之中伶俐地穿插着牧歌俗谣,以及纯朴人们的瓜豆纠葛,总之,画出了一幅平平稳稳的生活景象,其中既无英雄也没有奴隶,只有庸常的人物。

"她是很老练的。"萨木金以为,倾听着她的逸闻轶事,而且认为她爱讲这些正是革命者憎恶这旧世界的表示。他以为这憎恶是素朴的,但是他不反驳,觉得这才是符合于他对于人们的态度,尤其是对于那些想做领袖的人们,以及"生活的指导者""教书先生"之流。

他觉得因为像乌拉斯托夫或育索夫这类头脑固执的青年的出现,那些生理地仇恨着布尔什维克的革命主义的人也才大出风头。萨木金并不把他自己看作这种人之一,但是他恍惚觉得自己与他们之间有些共同之点。

在妮戈诺伐面前沉思着,好像在一面镜子前面,或者好像伏在一张空白的纸上似的,他说:

"无疑的,列宁的党徒正在澄清关于革命的各种意见的混乱。对于某些工人运动的同情者,这种澄清是有益的,因为他们之中的许多人还没有认清他们所同情的是什么,以及他们的同情可以达到什么地步。列宁最清楚地知道革命的观念必须分明尖锐,以排除各个——各种含糊的东西。你会见过斯徒班·古图索夫吗?"

"没有。"妮戈诺伐回答,皱眉蹙额,而且否定地摇摇头。

萨木金告诉她关于古图索夫其人和他的革命者的分类。在这种谈风之中他使自己彷徨起来了,固然想要替自己在生活中发现一个稳定的立场,而更为要紧的是服从生活的意志而又不至于损毁自己。这种情形发生的次数逐渐增多了,他就故意避免和那些他认为或疑为类似他自己的人们接触;他甚至轻蔑他们,或许是由于恐怕他们会看透他吧。

五

在冬季,萨木金曾经和刘托夫有过一次最不愉快的会晤。刚一到波多尔斯基,他就在一个二等旅馆的房间里喝茶,而且正在研究一件放火案的官厅调查报告。窗外无声地摇曳着一重厚的雪的绒幕,城市包裹在洁白的寂静里。忽然走廊里的一道门砰地开了,地板吱啦地响着,那皮货商人就站在萨木金的房间的门口,咕噜着寒暄的话。刘托夫穿着斑驳的鼠灰色上衣、灰长筒皮靴。他横跨在椅子上。勉力调节着他的破声音,申言他是来买马的:

"一匹非常之美的马,买给阿连娜。"

一个穿白制服的鬈发少年,有一张幸福的面孔,送进来一瓶琥珀色的麦酒和一盘酒糟苹果。带着天使似的微笑,他问他们要不要别的东西。

"去吧,蠢材!"刘托夫命令。

他更加丑陋了。他的乱头发已经脱落殆尽,剩下光秃不平的脑壳。他的秃块,延伸到前额以至眼窝,使他的眼睛似乎更小更尖;他的眼白上有着水银似的金属光泽,罩着一层均匀的红色网膜。瞳孔已经失去它们清楚的轮廓,变为参差的了,甚至更加乱动乱转。眼睛下面的蓝色肉包是臃肿的,而且鼻子低垂在厚嘴唇上。他的一切都显得歪歪扭扭,好像他曾经留几根毛在剃去胡须的地位上,故意增强面孔可憎的丑陋似的。在椅子上摇摇摆摆。松动着支离的骨节,他讥刺地问道:

"为什么你不到阿连娜家去呢?一个厉害的老婆?或者道德的踌躇?"

讨厌这种突如其来的打扰，萨木金回答道因为他的工作太忙了，但是刘托夫不听他的话，总是倒酒在他们的杯子里，而且说了些讥诮的话，露出他的小黄牙齿：

"道德家！唏——唏！这宗行业不算坏！现在我们喝吧，道德家！老朋友，那是容易的事，说别人是废料呀，别人的生活龃龉呀，而别人也就很容易地相信了，鬼才知道为什么。这就是使你们这一流人得到圣贤声名的理由。你不必生气，"他叫喊，用手掌拍拍萨木金的膝头，"我说这些话都不过是要练习俏皮，我的好朋友，我必须俏皮，否则我怎么能够得到一点高兴呢？"

偏着他的头，他用左眼瞅着他，而且悄声说道：

"'为说谎而活着。'你以为这俏皮话怎样？"

"不好。"克里漠然批评。

"刻薄呀！"刘托夫附和。

萨木金曾经屡次猜疑这歪扭的人物比任何人都更了解他，而且这人有意调侃他，玩着某种暗中捉弄的把戏。

"一个聪明的恶汉，虽然他是病的。什么时候他才会说出他的真意，他的信仰呢？或者，此刻他醉了，会比以前说出更多关于他自己的话的吧。"

刘托夫又喝了一些酒，捡起一片苹果迟疑地瞅着它，然后把它扔回盘子里面。他吹口哨而且叹息。

"喝吧！"他催促，"在沉醉的同伴面前充清醒是失礼的。喝吧，好像对着出卖她们的美给丈夫似的畜生的女人们一样。"

他嬉戏地说了这个，甚至还摇摇手；但是他的脸上立刻露出这话的虚伪。他并没有醉。那面孔是松弛的。他的水银似的眼睛停止了抖颤。那劝饮之词似乎烫着他的嘴唇使他吃了一惊。

"我刚才不过是——随便乱说。"他咕噜，眼望着一个角落，"这是马加洛夫应该——这鬼！唏——唏！"

他双手抓住萨木金的肘和腕,把他拉近自己,悄悄地说道:

"你是一位保了险的大人物——这是和你开玩笑。在一切胡乱的思想之中都隐藏着某种真理的米粒!彼来提[1]那蠢材,必定知道真理是魔鬼的玩意!我们的一切真理都由此发生。这就是一切聪明人们变为白痴,害了可惊的失眠症的根本原因。你的睡眠不好吗?"

"你是从陀思妥耶夫斯基[2]式的疯人院里出来的人,刘托夫。"萨木金声称,有些得意了。

"不,认真的吗?"刘托夫尖声叫喊。

"你应该去医治……"

"这样吗?你说,从陀思妥耶夫斯基式的疯人院里出来的吗?好,这还不算坏。因为,你看,还有从米凯尔·休得林[3]式的疯人院里出来的……"

"为什么这样——胡扯?怎么会扯到休得林呢?"萨木金质问,忍不住恼怒了。

"你不明白吗?"刘托夫叫喊,装出嘲弄的惊奇,"啊,你正常的人物哇!但是人是应该穿得齐整端正的,不应该吗,只要为了自尊?现在,陀思妥耶夫斯基式的可悲的褴褛人物比起休得林式的穿着肮脏的时髦衣服的人物打扮得更为齐整了。你明白了吗?唏——唏!"

他咯咯地笑着,而且挤眉弄眼,这时萨木金正在等待着一个适宜的时机阻住这可厌的胡说八道,搜集着刻毒的、致命的言辞,而且想道:

"我要和他争吵了,永远吵不清。"

但是刘托夫又吞了一杯麦酒,忽然变为更清醒的了,而且更安详地说道:

---

[1] Pilate,罗马太守,耶稣在其治下被钉死于十字架上。
[2] 陀思妥耶夫斯基所描写的人物多为被压迫和被损害的变态人物。
[3] 休得林指斥知识阶级的精神瘫痪,自尊自大而又卑怯迟疑。

"社会革命党正在打击着贵族政治的颈项,是不是?"

他推开萨木金的手,倒酒在他的杯子里面,说道:

"'我要敲掉罪人的牙齿。'耶和华恐骇,而他捣碎了几个王国。你有什么意见呢?这两个党哪一个将更快地得到宪法呢?"

"这里不是可以讨论它的地方。"萨木金声称,仔细地考察着他,被他的突然严肃所挫折了。

"是的,我们可以的——悄悄地说。"刘托夫说,"况且,这里有谁知道宪法是什么东西和你吃的是哪一碟菜呢?这里谁需要宪法呢?你听见说吗,圣彼得堡的某些卡尔斯台派,无政府的神学派,总之,并非我们的上帝的魔鬼,正在宣传某种教皇政治?这是重要的,人!"他悄声说,弯腰向着萨木金,"这是很有远见的。教士们,纯粹俄罗斯人,必须说他们的话!正是时候。而且你看——他们还要说咧!"

靠近萨木金,喷着热气在他上,刘托夫嘶嘘道:

"反社会主义各派的组织已经开始了——你明白吗?"

一两分钟之后萨木金相信,这机巧地假装醉酒的人,是完全清醒的。而且已经开始和他谈论政治,并不表示自己的意见,只是逗引萨木金发表意见。

"列宁正确地解释了'助巴托夫主义',而且得到正确的结论——俄罗斯人需要一个领袖。不是这样的吗?"刘托夫悄悄地问。

"好,怎么样呢?"克里笑着问,开始觉得醉了。

"但是哪一种领袖呢?倍倍尔或者——孙逸仙呢?哪一个?托马斯·孟萨尔或者孙逸仙呢?嗯?"

萨木金觉得他和刘托夫像两只斗鸡似的互相怒目而视了。

"你是一个不良的演员。"他说了,走到窗子前面,拉开了那顶上的小窗孔,觉得需要空气了。在黑暗中,他看见一阵浓密的雪的灰霭的摇曳,得到了一幅破碎的幕布的印象。在旅馆的入口处闪烁着一盏小洋灯,虚悬在雪片和冷气之中。刘托夫在萨木金后面含糊地说:

"他们假充观念论者——而这假充毁灭了他们。阿南,犹大的儿子,也是一个观念论者……"

萨木金深深地吸着那潮湿和似乎微温的空气,倾听着雪的窸窣,听出其中有几十几百种声音和言语。在他后面有一种吵嚷。刘托夫,起来了,撞着装苹果的盘子,两三个苹果扑通地坠落在地板上。

"我要去睡了。"刘托夫说,坚定地直立着,摸摸下巴而且露齿一笑,"你愿意——和我去试试马吗——明天?"

萨木金辞谢了试马的事,刘托夫连客套的"再见"也不说就走了。

六

站在窗子前面,克里以为这一切雪的飞旋和言语的流啭都只为一个目的——要掩饰冲突,填塞人与现实隔离的空隙。他记起了乌拉斯托夫和加莫夫之间的辩论。

"神秘?"乌拉斯托夫反问,用一种嘲笑的眼锋打量着加莫夫,"不可知,你说?倘若我是喜欢玩弄文字的,那么我就说如有不可知,那是因为科学已知其不可知。但是玩弄文字是观念论者的职业。其实科学并不服从杜步亚-累蒙[1],科学不承认不可知,只承认未知。你所谈论的那种知识在我看来不过是由陈言滥调编排的捏造物。真实的价值是由科学实验的材料创造出来的,而观念论者的创造品不过是假货币而已。"

萨木金砰地关起那小窗孔,觉得关于乌拉斯托夫的回忆比和刘托夫的谈话还要可恼。是的,乌拉斯托夫之类正在生长而且繁衍,全都把他看作现在世界中不需要的人。他觉得他们一下子就把他推来了,推在一旁——从一个有教养的人的稳固地位上,从一向迎合着他的虚荣心的地

---

[1] Emil du Bois-Reymond(1818—1896),德国生理学家。

位上。乌拉斯托夫的傲昂是特别气人的。对于发尔发拉爱说的话,所谓"颓废派也是革命家呀",他曾经回答道:

"这是可以承认的。化学的分解过程是一种革命过程。而所谓'颓废艺术'确是资产阶级分解的明证,什么'天蝎宫''天秤宫'之类都不过是加水在我们的水车里。"

"何等讨厌的、新闻记者式的小心眼呀。"萨木金想。在房里闲踱着,他踢着一个糟苹果,几乎滑跌了,忽然觉得十分衰弱,好像什么沉重的软东西打在他的头上。站在房间中央,把脸皱成一副厌恶的苦相,他从眼镜下面怒目瞅着那烂苹果,那脏靴子。同时他的记忆机械地和无情地提醒他各种名言警句:

"必须杀死的并不是那些大臣们,而是所谓具有批评精神的文化人的种种偏见。"加莫夫说过,双手压在胸口上而且局促地微笑着。此外,他还记起台谛亚娜·戈金娜的话:

"十九世纪的俄国历史是一篇连续的对话,间或被手枪的射击和炸弹的爆发所遮断。"

她坐了几个月的牢狱之后,被放逐到维阿提卡省的一个小城市去了。在临走之前,她的衣装更加朴素了,剪短了她的富丽的头发。夸耀道:

"我现在终于实行了革命的誓愿。"

萨木金坐下,脱着脏靴子,而又恐怕沾污了手。这种为难的情况使他想起古图索夫。那靴子固执地不肯离开他的脚,好像已经长在它上似的。糟苹果的酸臭在房间里增加起来了。时间已经很晚。他不想叫侍者来扫清地板。他不想见任何人。无论他是谁。

"这就是生活吗?"他对着他自己叫喊,弯起身子收拾着脚。他弄脏了手指。看着它们,他看见窘促的狄欧米多夫,听见他的呼声:

"使各人各得其所呀!"

七

这"无所谓"的狐狸是已经"得其所"了的。他以宣扬"中庸之道"为生活,他已经有数十或数百听众。在秋天的时候,发尔发拉和加莫夫怂恿萨木金去听狄欧米多夫说教。在一个温暖幽静的晚间,萨木金看见他在一座木造的两层屋的后院里,在一间斜面屋顶靠墙小茅屋的走廊上。这茅屋有两道窗子,有一只新烟囱还未被烟熏过。它可怜地依靠在一座古老的大仓库的灰墙上,那墙约略倾斜,好像是庇护着那斜面屋或者预备倒在它上面。狄欧米多夫的住宅的这走廊是新的,有两根木柱,一个尖角屋顶,这尖角是涂成蓝色的,其中画着一只白鸽,好像一只母鸡似的。

狄欧米多夫穿着擦光的长靴,膝上穿着黑色的阔腿裤,一件长的白上衣,坐在离地三步高的椅子上。长发,黄脸,耶稣式的胡子,他就像一尊供在神龛里的圣像。在他前面,在那糟蹋得不成样子的后院的地面上,站着、坐着一些黑灰色的人们。他弯着腰向他们,挥着右手,用左手拍着膝头,大声宣称:

"有一个旦族的男子,叫作马诺伊。他的妻子是一个石女。一位天使出现在他的前面,于是那石女就怀孕了,生出沙松,一个力大无穷的人,曾徒手撕破狮子的爪子。耶稣也是这样诞生的——还有别的许多……"

他的声音从前是平板的、惊惶的,现在却有确信的腔调了。他的字音是严厉的,略带尖声,教会派的。萨木金对于他的说教毫无兴趣,就研究起那些人。大约几十个人聚集在这后院里,大多数是男人,显然是些手工业者,全都上了年纪了。女人们好像是些种菜的、洗衣服的,较为穿着得好一点的几个人或者是小商人,或者是失业的仆役。被圈禁在这矮屋子和仓库的墙及家宅的后壁之内,他们形成一大堆旧衣服似的堆在地上,发散着肥皂、老皮革和汗臭的气味。那家宅的各个窗子里也伸出几个头来。在一道窗子里坐着一个补鞋匠,正在急促地、单调地抽着蜡线。克里旁边,一堆木板上坐着一个尖胡子的中年男人,他的农民上衣已经破烂了。和他同坐的是一个大约四十岁的胖女人。当狄欧米多夫讲到沙松受孕的时候,她咕噜道:

"不论和谁有了孕,你总得喂养那孩子呀。"

她的同伴点头赞成,叹气,然后转身向萨木金低声说道:

"他们搅扰我们,教训我们,而且好像为我们的好处似的——我们可管不着……"

半躺在萨木金脚前面的是一个遍身油污的男人。他吸着碎烟草,咳起来了,向四面探望吐痰的地方,并没有发现,他就吐在手上,把手掌在他的油渍短裤上揩揩,然后对着他的邻人,一个上衣破得露出脊背的人,说道:

"你听见了吗,亚可夫吃菌子中毒了。他已经被抬到医院去了。"

"他总是常常遇着麻烦,"那人回答他,用一种低抑冷淡的声音,"灾祸跟在他后面好像一道影子似的。"

各处都有小会谈,声音却是微弱的,而狄欧米多夫的言语却分明听见了:

"'饱足的肉体甚至拒绝蜂蜜,而饥饿的灵魂甚至以苦为甜。'所罗门王说的。"

狄欧米多夫转着他的头,他褪色的蓝眼睛严厉地、冷酷地看着人们,引起听众的注意,人们就几乎不自觉地移向走廊。在走廊上那说教人的旁边坐着发尔发拉和加莫夫,前者呆看着群众,后者仰望着天,天上放射着刺眼的光辉。萨木金得到这印象:群众都是颓唐丧气的,他们好像不愿挤促在这窄狭的后院里——几座残败的房屋之中的一个空隙。在走廊的后面站着一个年轻的警察官,衔着一支纸烟——饱足的红面颊,一个公子哥儿,好像一个新从外省来的人穿着警察制服。他小心折叠着一只手套,把它放在嘴上两次,把它吹胀了,那手套就有一种活手的模样。

"比肉体享乐更为有害的是任性的思想。"狄欧米多夫高声大叫,倾斜着身子好像就要跳进密集的群众里面,"那些学生和别的受了一点教育的人、顽固不化的人、追求名声的人,以及对于你们毫无怜悯的乱党,全都对着你们这些甚至以苦为甜的饥饿的灵魂,散播什么社会主义的梦想,灌输给你们肉体一满足灵魂也就得到满足的观念——不!他们说谎!"狄欧米多夫用力大叫,庄严地举起一只手。

萨木金发冷地一惊就站起来了。他觉得人们密集成一团地更加移近走廊来了。他甚至以为他们的脖子更加长。他们的头更加大了。这一群人使人产生都没有手的印象,各个人的手都是藏着的,在破衣服里,在胸襟里,在裤袋里。人们默默地、牢固地注视似乎吸引了狄欧米多夫,把他吸拢向他们自己。他滑跌到他们面前。他站起来,他的脚发抖,他的手在空中痉挛地乱动,好像在推拒什么东西。他站在那里,顿着脚叫道:

"而且他们杀害我们人世的忠实的仆役……"

"现在他该说完了!"那油渍的家伙说,站起来,咳嗽。

警察官跳到走廊上,对着狄欧米多夫摇摇他的手套,好像赶苍蝇似的。他说了几句。

"但是我并没有谈政治呀!"狄欧米多夫忧愤地叫了,"这不是政治,那是邪说!那是——知道的——这是真理——真理呀!"

"我要你停止。请走开。"警察官响亮地说,挥着他的手套。

人们从地上站起来相互挤轧着,推撞着。这后院里充满了叽里咕噜的声音。发尔发拉、加莫夫和别的三个衣冠整齐的人围着那警官,但是他威严地说道:

"我不能,我不能容许……"

"向他解释解释!"狄欧米多夫叫喊。

"那没有什么分别。他要攻击。别人就要防卫。那是不容许的。什么？不。我不是傻子。正论？我知道。正论就是政治理论的别名！不，我不同意。倘若不是政治理论那还有什么辩论的呢？倘若你喜欢……"

"我非报告不可！"狄欧米多夫叫喊，用脚推开那椅子。

"他生气了，"尖胡子的男人说，"但是他说得好。"

胖女人站起来，用手背揩揩嘴，颇为高声地说道：

"凡是公子哥儿都说得好。"

"他是一个吗？"

"他不是吗？"

"你们说的是谁呀？"那穿破衣服的人问，"警察官吗？"

"他们全都是一样的。"胖女人说，摇摇手，走了。

"乌鸦！"那破衣服的人叹气，"和你们这一类活在一起是人的肉体不能忍受的。"

转身对着萨木金，他低声说道：

"这警察是年轻的，但是狡猾。故意叫停止，看看有什么人出来说话。从前，有一个出来了，那警官就——抓住他！带到署里去了。他们必定是联手。"

群众逐渐稀少，走散了。萨木金走到走廊上。那警察官对着发尔发拉鞠躬，很客气，很温和地说道：

"请相信我。我没有疑问。有命令。西敏安·彼得洛维奇·狄欧米多夫是一个性急的人，他激起热情——彭梭瓦[1]！"

他又对着发尔发拉敬礼。他走在群众后面，好像牧羊人似的。

狄欧米多夫已经心平气和，现在正在欢喜地对发尔发拉说话，好像朗诵着他得意的诗歌似的：

"啊，是呀，他已经完全疯了呀。他住在西木连尼伐，一个皮货商

---

[1] Bonsoir，法语，意译"晚安"。俄国上流人常喜欢说几个法国词，以示其上流。

人款待着他。夜间他走在街上，念着：'和庸俗的匹夫们拼命啊，我的灵魂！'他自以为是一个沙松。好，再见。我很忙——他们请我去讨论——再见！"

他霍地一转身就没入一道窄门里面，门也就砰地关上了。

"你听见吗？"发尔发拉问，"那教会庶务——你记得的——已经疯了！"

萨木金默默地耸动肩头。

"你有什么感触？谁能够想得到呢？你还记得那庶务发过的牢骚吗？"

她兴奋地说了，眼睛里有着很像是胜利的光辉。

回想着这种种情景，萨木金忘记了刘托夫的打扰，站起来熄了灯。它的蓝焰在死灭之前固执地闪烁了一会儿。在黑暗中窗子上已经显出灰白的斑块，看来就好像一幅宽阔的土耳其毛巾。安步走过烂苹果上面，他躺在床上，闭了眼睛，想起妮戈诺伐来了。是的，她是一个真的正常状态的人物，一个靠得住的女人。她就好像前庭的花园，花木虽少然而都是刻意栽培出来的。可怪的是她不喜欢任何装饰。他记起了她怎样小心地把她的奶子装在乳褡里面。

"或者她要把它们保留给一个孙子吧。"

现在发尔发拉对于他简直是一个外人。她过着全然自私的生活，确也很优游自得。他以不偏不倚的善意，同样嘲笑着观念论和唯物论。她的嘴已经成为直线形，她的嘴唇闭得更紧，不用说她显然是过了三十的人了。她已经开始吃得很多，吃得津津有味。最近她在拍卖场上买得一批印书纸，又把它高利出卖了。

"她是很会投机取巧的。我们将要分散，我相信，并无悲喜剧。"克里想着，睡熟了。

第二十二章

一

对日宣战那一天[1]。萨木金在圣彼得堡,坐在尼夫斯基大街的一个酒店里,回想着他和里狄的会晤,心里交集着惊异之情和恶意的满足。就在一点钟之前,他忽然和她面对面地遇见了,当她慌忙从他右边的药店里走出来的时候。

"我的上帝!克里呀!"

单听那声音他就知道了这高的、衣装朴素的、带面网的、戴着插一根白羽毛的古怪而不时髦的帽子的女人,是里狄。

"里狄呀!"他急叫。

"我的上帝!"她说了又说,欣喜地,也恐惧地——他以为。她的双

---

[1] 一九〇四年四月初间。

手抱在胸前,按着她的轻裘的纽扣,手里捏着几个小纸包。她一松手,就落下一个纸包。萨木金弯腰,她也弯腰,互相撞了一下。他俩都笑了,莫名其妙地。

"好奇怪呀,真是!战争,而且忽然就——你!但是你已经老了。"里狄叫喊。

当她揭开面网的时候,他看见了一个四十岁的妇人的脸。她的暗淡的眼睛已经更明亮了一点,而它们的表情却是异样而且不能理解的。他提出他们同到一个酒店去。

"我不能。我的丈夫等着咧。是的,我结婚了。现在是第五个月。你知道吗?好,我还没有写信给父亲咧。"

他们约定在她的家里相会,然后她匆匆叫了一辆街马车,走了,叫道:

"不要忘记地址呀!"

"结婚了!"萨木金思索着,不相信地,尽在想象她的丈夫。他想不通。这饭店里充满了不自然地激昂的人们,挥舞着报纸,碰着酒杯,尽力大嚷大叫。一个蓝面颊的矮胖子,除了那胡子而外,就完全像一个戏子,拿着一杯香槟站在那里,用嘶哑的低音说道:

"先生们!终于——我们终于知道……"

把他的手指插进领子后面,他转动脖子,翘起他厚重的下巴,拉着有一粒大宝石的领结,然后伸开一只脚,又伸出另一只脚。他想要说话也想要别人听他说话。但是别的每个人都想要说,尤其是那短粗的小老人——技巧地把几十根头发从右至左梳在宽阔的光秃的脑瓜皮上。

"这是一种闻所未闻的不信不义!"他叫喊,皱起他的红脸,好像要打喷嚏似的。

"提公伐西里维奇,恭喜你!你是一个预言家!"

"啊哈!我的朋友们,你看……"

在萨木金右边有一群彼此怪相像的人们围着一张桌子。其中的一个，挥动捏着一只纸烟盒的手，好像指挥音乐一样，祈祷似的说道：

"我真愿意打赌……"

"'不计输赢'不更好吗？"

"不要这些俗套！"

"育斯丁，不要打岔……"

"先生们，贴丢目[1]……"

"简单地说吧。这并不是一种法律手续呀。"

萨木金听见一个熟悉的声音：

"英国人是写在《圣经》里的，'柔和者有福了，因为他们将要承继这世界'。"

带着一声大笑，斯推拉托那夫说：

"这是引用马克·吐温的话。"

忽然有人用一种响亮而又惶恐的声音叫喊：

"先生们——示威来了！"

地板一震，每个人都冲到烟熏的窗子前面去看。种种叫嚣沉静了，只有斯推拉托那夫的声音严厉地响着：

"不是示威，这是爱国游行。"

克里·萨木金把酒饭钱搁在桌子上而且急于要走。一分钟之后，扣着外套，他站在酒店门口。三个喜气洋洋的军官正在走上台阶；其中一个偶然碰了萨木金一下，欣然说道：

"对不起，戴眼镜的。"

一个披着皮外衣的中年醉汉，手里提着一只桶，走下台阶，惊异地注视着他的脚，咆哮道：

"上——上帝保佑沙皇……"

到了萨木金前面，他站住了。鼓起紫面皮，他的嘴唇上爆发出：

---

[1] Te Deum，拉丁文，基督教之古赞美歌，于晨间及感谢祭中唱之。

"嘭！嘭！"

一行稀疏的群众散乱地滚过木板铺成的步道，空间充满了他们的钝重的足音。他们就好像一把扫帚，帚柄是一列缓慢地曳行的马车。在对面移动着的马车靠近旁道来了，因为有一个高大的、鬈发的学生，好像"上流社会"的马夫似的，奔到群众的先头，拉着那马脸上的黑罩，吹号似的叫道：

"靠这边！"

群众浸入旁道，就扫开了那里的人们，但是似乎没有增大，不过好像更聚拢了一点，进行得更加缓慢。行列并不能吸收和带走它所遇着的人们。其中许多都贴近墙壁，或者跑进门去，或者躲藏在门道里或商店里。

"规律使敌人畏惧。嘭！"那醉汉大叫，跳进群众里面，好像一只熊跳进莓子树丛里似的。

这时斯推拉托那夫从饭店里冲出来；一群仪容端庄的人们也跟着他出来，围住萨木金而且把他推下旁道去。顺从着这种强力，他跟着这些暴众前进，决定一有机会就转进另一条路道去。但是那些转角上都有几群人直冲过来，迟疑地混进行列里面，把萨木金挤进中央，对着他的耳朵叫喊"万岁"。这叫喊并不一致，颇有些勉强地。

在这黑压压的人群里，特别出色的是学生们的青蓝衣服，他们的纽扣闪出金属的光泽。行列的旁边，这里那里，散布着警官的灰色形体。前头正在咿咿呀呀地唱着国歌。那高大的学生不倦地发出命令，像一个警察似的大叫：

"靠这边！"

萨木金后面有一个高兴的小中音唱着：

> 我的女友们曾经去
> 在安特列希卡的帐篷里喝茶呀……

萨木金回头一看,在他后面走着一群年轻人,为首的是一个工业学生,满脸通红,似乎不很清醒,跳着唱着:

> 你必须告诉我为了什么目的,
> 你在他的卧室里住了一夜。

他唱这个最起劲,一直喷到萨木金的脸上,使他想起某人的议论:"对于群众,一个滑稽角色比一个英雄更为必要。"

现在群众已经变为这样臃肿,以致不能把它自己挤过坡里提斯基桥去,于是停止在那里,好像正在思索着继续进行到什么地方去。有许多人已经沿着茂卡河向普弗乞斯基桥跑去了。领头的几个人正在往前进,但是萨木金觉得后面的人是迟疑的,并不热心。

"冷淡地进行着,只由于好奇吧。"他想,从他的眼镜下面轻蔑地窥看着那些"开步走"的人们的各种脸相。至于他自己,他觉得,仍然是完全独立于群众之中,一个超然的分子;他对他自己说明他也是由于好奇心而进行着的;劝勉着他自己,因为他心里燃着一种朦胧的希望,某种非常的事情会忽然发生的吧。

二

然而他终于吃了一惊,甚至退缩了,因为他随着那群众的落伍的尾巴,忽然走进宫廷广场里面来了,而且看见在他前面的人们都矮小了。他并不曾立刻认出他们已经跪下,全都一闪就双膝落地,好像一种无形的力量打折了他们的腿似的。看着距离那褐色的宫殿越近,那些人的光头就显得越小。广场上平铺着他们。从他们,一千多人,发出一阵呼号升入阴暗的天空:

"我们的光荣的皇帝胜利……"

萨木金被硬挤在一道铁栏杆上，被这既惯熟而又新异的呼号震聋了，觉得这呼号汹涌进他身体里，使他响得好像一座被铁铎撞着的钟似的。

"他克服了——他饶恕了一切——那科登加，一切！"

一件可惊的、激动热情的事实。然而人们妨碍着他的欣喜之情，不使他满怀高兴。在他前面的一个肥胖的秃头汉子跳来跳去，从野猫皮领里面伸出他的脖子，用一种骚乱的声音问道：

"他出来了吗？他能够不出来吗？"

在他旁边的某人愤愤地抗议道：

"小心些！你撞着我呀！"

"啊呀，这样尊贵！"

"跪下，你们全体，请。跪下。"斯推拉托那夫叫喊，就在他身边左面。

"万岁！"全场呼号，于是那秃头汉子把头一扬，撞着萨木金的胸部，可怜地细声哭诉道：

"他出来了——上帝保佑他的心——噢，他有智谋！啊！"

他被他的言语咽住了，说得断断续续，使萨木金感觉压迫，好像他脚下的地面正在往下沉似的。萨木金看见皇宫露台上的门打开了，门的玻璃的冰影发出闪光。从门里现出沙皇的熟悉的小形体，手挽着一个高大的白衣妇人。两个形体在巨大的皇宫的背景中，在千百个叫喊的头颅之上，显得好像玩偶似的。萨木金觉得人民看着他们的统治者越像玩偶，对于统治者的赞仰就越高。广场里回响着一种温热的、震聋的呼声，以致萨木金头昏目眩，而且，像从前在尼忌尼·诺弗戈洛得一样，有一种飘然从地上腾起来的感觉。同时他觉得有人打了他的肩头一下，而且拉扯着他的上衣：

"跪下，脱帽！"

当他跪下的时候，他觉得他自己也能够像在他旁边的那穿着黑蓝衣服的灰毛汉子一样无羞耻地叫喊。看着沙皇和皇后站在露台上使他非常感动了。他忽然确切觉得那饱受了人民赞仰的小男人立刻就要对他们说出某种历史的、奇迹的言辞了，那些言辞将要使各个人和好如兄弟。这并不是他独有的希望。他听见他周围的人咕噜，叫嚷：

"他说话了吗？"

"静静的——噢，上帝！"

"皇后——不是白的吗？好像一个护卫天使！"

"他开口了吗？他说话了吗？"

"他俩好像赫塞和格里太……"

"你觉得吗？群众的喜悦是宗教的。"

"他说话了吗，嗯？"

萨木金努力要站起来，但是有人又扯拉他的衣服，而且捶他的背。

"要站起来吗？我告诉你怎样能站起……"

这不曾冷却了萨木金的兴奋，并不曾使他厌憎。他不过问道：

"他说了吗？"

"在这里不能知道。"

"保佑您的——"群众在远方歌唱，在阿历山大圆柱前面。

"走了吗？他们俩？"

"万岁！"

是的，沙皇已经不见了。露台上的门的玻璃冰影又一闪。群众向前流动，开始走散。一切立刻沉静了。

"我们是做弥撒呀！"那矮小的工业学生叫喊。就在附近，斯推拉托那夫的强力的声音响了：

"全国的意气和权力都一致发挥出来，好像从前把拿破仑从莫斯科抛到厄尔巴岛一样……"

萨木金向四面观望。斯推拉托那夫倚靠在栏杆上，攀着一条树枝，高升在群众之上，正在摇动那捏着一只手套的红拳头，大叫大喊。他的肥脸一紧又一松，眼睛变成白的，闪出冰的光泽，而且他的阔胸的庞大躯体似乎扩张开。他敞开的皮外衣显露出他鼓起的肚子和粗实的大腿。萨木金注意到斯推拉托那夫的裤子上的一个扣子没有扣好，但是这似乎既不可笑也不猥亵，而是增强了那紧张，使人觉得有些性感，正适合于他强力的声音和他言辞的粗暴：

"我们要一脚就把他们踢进太平洋去。"他叫喊，下嘴唇一缩就露出一颗闪闪有光的金牙齿。他剪齐的耸立的上髭正在颤动。似乎他的耳朵也发抖了。有些人就对着他的肚子叫喊：

"好啊——啊！"

那工业学生把两个手掌罩在嘴上，怪叫：

"好啊——啊——啊——啊——啊！"

"为什么这样无赖，"一个戴烟青眼镜和海豹帽的男人质问，"现在你们要到哪里去？不。你们停在这里吧……"

萨木金慢慢地走出去了。

"是的，一个无出息的汉子。"他回想，颇为愤愤地，"伊凡暴君，彼得——他们都要说话，有话说……"

第二分钟他觉得被欺骗了，屈辱了，但是他也怜悯那灰色的小男人，不知道对于跪在他前面的人民及其首领说些什么才好。

"那无所为的狄欧米多夫也能够感动人们，他们听从他，相信他。"

现在他记起了自从科登加惨案之后，狄欧米多夫失掉了和沙皇相像之点。

灯光辉耀在那些商店里，街上的浑浊的寒冷正在加浓。灰色的尘埃正在筛落，刺痛人的脸。可恼的是看着人们互相走过好像不曾有过什么可悲的事似的，可恼的是听着妇女的语音和马蹄踏在木板步道上的响声——一种怪诞的声音，好像许多铁锤正在钉钉子进天里和地里，要把这城市和灵魂锁闭在一种寒冷厌倦的黑暗之中似的。

"倘若我处于沙皇的地位，我要说些什么呢？"萨木金问自己，而且加快脚步。他对于他的问题找不出答案，惶惑起来了，因为觉得本身有着和沙皇相类似的可能性。

"可笑。十分荒唐。"他想，斥退了他的想象。

三

一点钟之内他在一个小房间里，坐在一个倚靠着枕头的男人旁边——这人有一个剃光的头，面颊上有一片剪短的黑胡子，下巴上的楔形的灰毛把那胡子分为两叉。

"安东·莫洛木斯基。"他自己介绍，听来好像是一个主教的名字。

他有一张清秀的黑面庞，但是高而沉重的前额压倒了几乎美好的脸相，虽然是长鼻子。他琥珀色的大眼睛燃着狂热的光辉，浓重的暗影充满在那深沉的眼窝里。用敏感的手指卷着一张药方，卷成一只管子。他用柔软的声音，略约高扬"I"字音，说道：

"有人叫他菲阿多·伊凡诺维奇皇帝——不！他是卑怯的人民的皇帝，道德的侏儒们的皇帝。"

在邻近的房间里，杯盘刀叉丁零当啷地响着，而且有一个和悦的声音大声请求：

"让我来收拾，太太。各样事我都会做的。"

莫洛木斯基皱起眉头，叫道：

"里狄。"

她立刻进来了。穿着没有腰带的灰长衣，很高而且瘦，一顶摇晃的蓬松的头发，比在街上的时候显得更年轻了许多。而且她的急躁易怒的面容显然大变了。一种虔敬的表情凝固在她的脸上，使她好像一位英国的女教师，一个失掉找到丈夫的一切希望的老处女。她坐在床上，她的丈夫的脚旁边，从他的手里拿起那药方，说道：

"你又要撕掉它。"

莫洛木斯基从桌上拿起一把裁纸刀，玩弄着它，继续着他说的话。

"我做候补士官生的时候，常常在皇宫里守卫。那时沙皇还是太子咧。我早就知道他喜欢那些没有品格的人，那些庸俗的人。后来我看见他检阅军队，授国旗。我敢说他不喜欢有才能的人们，甚至害怕他们。"

"显然，他以为他是有才能的，因为沙皇忽略了他而怀恨了。"萨木金想。后来这人谈论到卑怯的人们，他对他发生了一种反感。

里狄插嘴道：

"你记得吗，图洛波伊夫说过，沙皇是个与一般生活隔离的畸零者，无力自拔，因此毁坏了他自己？"

她说的时候，冷眼看着萨木金。

"我相信他是意志薄弱的，任凭别人支配他。我不相信他是宗教的。他正是一个虚无主义者。我们已经弄到——一个虚无主义者坐在皇位上。而且我们现在……"

"晚餐好了。"一个团胖的女仆说，出现在门道里。

莫洛木斯基站起来的时候显示他是中等身材。他穿着黑色的工作服似的短上衣，他脚穿着毛拖鞋，使人想到猫爪子。他的动作敏捷，好像一个军人。在桌子上才知道他既不喝酒也不吃肉。

"为了卫生的缘故。"里狄解释，多余地而且荒唐地把头向后一扬。

不留意地用叉子叉着一片熏鲑鱼，莫洛木斯基说：

"是的。沙皇是典型的俄罗斯的虚无主义者，一个知识分子！当人们谈论他的时候好像他已经故去了似的，我以为这是不错的！因为在俄国已经开始了知识阶级的换置过程。知识阶级自身已经没有生气了。国家需要另一类型的人。国家需要一种宗教的义勇兵——这！我注重这——宗教的！"

把叉子抛在桌面上，莫洛木斯基用双手摩擦着他脑壳上的银色硬毛，突然问道：

"这一次战争你以为怎样？"

"那是疯狂。"萨木金批评，耸了一下肩头。

"是吗？"

"当然。"

莫洛木斯基把双手插进衣袋里，向后靠在椅子上，说道：

"这次战争我要去当一名义勇兵。"

"我要去做看护妇。"里狄宣言，有点轻率的样子。"这是我们昨天决定的。"她加添。

大为惊惶了，萨木金问道：

"你是骑兵？"

"警卫炮兵中尉，退伍了。"莫洛木斯基说，匆促地，用难堪的灼灼的眼睛看着他的客人，"但是横竖打仗的是百姓，农民。我们必须和他们同去。参加发疯吗？是的，参加发疯。"

"那么为什么不参加革命呢？"萨木金问，以他最为正经的态度。

"也要参加革命的，当人民自己需要它的时候。"莫洛木斯基回答，特别着重"自己"这两个字。低下他的眼睛，他开始用匙子搅着盘子里的稀米布丁。

萨木金觉得在这人面前极其烦恼而又毫无能为，而且里狄倾听着她丈夫的话好像一个稚气的女学生恋爱着她的文学教师似的。

"只有宗教才能使人们驯服。"莫洛木斯基宣言，用一个中指敲着另一个中指，那手指是细的，不成形的，黄的，好像一种芹菜，"我所谓驯服是说把人们组织起来克制他们自己的唯我主义。在战争中，人就不能成为一个唯我主义者。"

萨木金很高兴了，因为莫洛木斯基把餐巾抛在桌面上，声明他必须回到床上去。

"我有大肠炎。"他声称，好像这是值得矜夸的事似的，然后走了。

那快活的女仆送上咖啡。里狄拿起咖啡壶，但是立刻砰地放下，而且开始吹吹手指。萨木金并不表示同情,沉默着,等待着她要说什么。她问他不见她的父亲有多久了,他是否健康。克里答说他常见伐拉夫加,今年夏天她的父亲曾经想到斯它拉亚俄西去疗养,诊治他的肥肿病。

"去年我曾经接过一封他所写的最长的信,有十四行,而且全是双关的谐语。"里狄说,叹了一口气,然后突如其来地加添,"是的,我们就是那样的。安东以为我们这一辈人老得非常之快。"

"你曾游历过许多地方吗?"

"是的。"

"寻找圣人吗?"

"你看见的,我已经找到一个了。"她安详地回答。那咖啡确是异常之热,而且很淡。萨木金觉得局促不安。他略有一点怜惜她,而同时又想说几句使她难堪的话。难以相信的是这就是写那些伤心的信给他的那女人。

"她是不幸的,但是她的自尊心不许她承认。"他想。

"而你,你真相信革命将要使人民生活更好吗?"她问,同时倾听着她的丈夫在寝室里骚动。

"你不相信吗?"

"不信。"她回答,挑战地把头一摇,睁大了眼睛瞅着他,"而且也不会有任何革命。战争将要镇压住它。安东说得不错。"

"有信仰者有福了。"萨木金说,冷淡地,然后就讯问图洛波伊夫的消息。

"他是我丈夫的堂弟。"里狄告诉他。然后,用一种轻蔑的声调,她说图洛波伊夫曾经做过他称为"特里希卡的外衣[1]的委员会"的某种

---

[1] 这是引用克里洛夫的寓言《特里希卡的外衣!》,特里希卡常常剪下外衣的一部分去补缀另一部分的破洞。

委员，后来他们要他去做农村督导员，他拒绝了，说他不愿和警察往来。现在他正在替《圣彼得堡记事报》写作难懂的论文，并且宣传那报的编辑人——乌克托木斯基亲王——的缪斯[1]是一条养在他家中洋铁桶里的真正的尼罗河鳄鱼，而且在他的论文里鼓动亲王。

"图洛波伊夫说这些胡话说得这样认真，使人发生他是一个疯子的印象。"她加添，用一个手指指着她的额角。

他们又谈了几分钟，然后萨木金站起来要走。她并不挽留，只是窥看着那寝室。

"他睡熟了，谢谢上帝！他有失眠症。好，再见……"

"好无意思的一次会晤。"萨木金想，沉没在一条很是乡土模样的街上的冷雾里，其间建立着兵营式的家宅，其中突立着几座木屋，好像是一排假牙齿里面的几只破烂的真牙齿。

"卑怯的人们的皇帝。"萨木金重复说，恼恨地，"逃避在上帝之中——知识阶级的换置过程……"

在他的心眼之前又站立着那鸽子色的小男人，背对着露台门上的冰似的玻璃。这小形体之中寓有某种不快的讽示，好像那庞大的建筑物中的卑陋的柱头似的站着，高踞于跪着的、狂噪着的人群之上。他想要忘记这形体——以及里狄和她的丈夫。

四

几个月之后，他又看见了沙皇。在一个晴朗的夏天，萨木金旅行到斯它拉亚俄西去。铿铿锵锵的列车悠闲地驰过诺弗戈洛得省的郊野。沿着铁道，大约相距五十步之处，就站着几个新兵。在炎热的阳光中，刺刀发亮而且摆动，那些彼此相同得好像沙皇铜币似的面孔上闪烁着细小

---

[1] Muse，司文艺美术之女神（见《希腊神话》）。

的眼睛。农夫农妇们穿着喜庆的衣服,正在收集干草。在铁轨附近,那些女人好像是维尼柴阿诺夫画里的农妇复活了似的,从远处看去就像一些巨大的金黄的芙蓉花。在车厢里的间隔中,萨木金旁边有两个乘客:一个光洁的小老头,穿着农民上衣,脖子上挂着一面大银牌,一副红脸隐藏在灰胡子里面;另一个是大胡子的狰狞的男人,大肚皮搁在膝头上。他坐着,宽阔地摆开两条腿,喘吁吁的,激动着一部龙虾似的胡须,而且每一分钟哼一声。当列车靠拢一个小车站的时候,两个市民和一个宪兵走进那间隔。宪兵用黄眼睛注视着乘客们,然后用病夫的嗄声命令道:

"关窗子。放下窗帘。不准往外看。"

市民之一,一个瘦长汉子,一张烂脸上有一管宽鼻子,在萨木金旁边坐下,举起他的提包,用手掂量着它的重量,然后把它放在行李架上,高声长叹。戴银牌的老人十分兴奋,慌忙关闭窗子,放下窗帘。那大胡子嚷叫道:

"有什么事呀?"

"这就是说我们要替皇帝清道。"老人解释,快活地微笑着。

萨木金走进走廊里,推开窗帘的边缘,瞻望着月台。台上直立着车站的职员,领头的是站长,好像一排木头人似的。车站外是一道穿着短上衣和农民外衣的庄严人们的墙。

"已经叫你不要往外看。"那市民沉静而懒怠地说,走到萨木金面前,用手肘推开他。但是并不拉拢窗帘他就走了,因此萨木金仍然看见一个宏大的机关车驰过窗前,慢悠悠地喷着烟;跟着滚过几辆新车厢。在最后一辆的玻璃里面,他看见了沙皇,好像人家养鱼缸里的特里顿[1]似的,坐在一只柳条椅上,玩弄着一只金烟盒。他正在瞭望远方,对谁点点他的光滑的头。一阵抑扬的吼声在车站上爆发了:

---

[1] 半鱼半人的海神。

"万岁!"

那市民又打了一个长哈欠,走了。这时,那胖子理着他的大胡子,对萨木金说道:

"你是勇敢的。"

"那么他过去了吗?"老人咕噜了,显出沮丧的模样。"啊,我的上帝!我必须亲自去谒见他呀。我的侄儿耽误了我,这傻子!我应该昨天就来的,这流氓!你看,我有一件案子是陛下圣恩裁可了的……"

列车愤怒地一震,接合器铿地响了,缓冲机互相冲撞着,那老人跟跄了,他的牢骚也就听不见了。这是第一次,沙皇引不起萨木金的思想,激不起他的情绪;他才一闪现就消失了,只见覆盖着贫瘠谷物的田野和呆站在铁道沿边的小兵们。那些杂色的农夫农妇正在用手掌遮在眼上窥看。一个牧人站在那里,穿着红色的上衣。孩子们正在追逐列车。

"十七年来,我枉然努力研究着统治者的规律……"

五

两点钟之后,他在一所疗养院的公园里,坐在一只长椅子上。在他前面,一个有车轮的座椅里,平躺着伐拉夫加,膨胀得好像一只气袋似的。他的青脸,好像一个快要出头的脓包,胀得发亮。他的熊似的眼睛浑浊地瞻望着,是瞌睡的。风吹起他稀薄的头发,翻动着他的灰胡子。这原是拖在他的胸腹上的,现在拥塞在他的下巴上了。喘着,哮着,他催促萨木金:

"嗯?哈!三万七千?他是一个蠢材。噢,好——卖掉它……"

用香肠似的手指抓住椅子的扶手,他枉然努力着想要提起他已经不听命令的躯体。椅子的车轮移动,在沙上发出摩擦的响声,但是那身体拒绝移动。摇着他的看不见的脖子,他冷笑道:

"我要见鬼了,老朋友!我已经倒下了!我快要完事了!我曾经建立了我的全部生涯,但是没有建立任何有价值的物事。"

倾听着他断续、喘哮的言语,萨木金眼望着这公园的道路,有几个愚蠢的侍役推着几只轮椅,漠然从他们前面过去。那些轮椅里都躺着垂死的、膨胀的身体。在这小公园的中央,有一个浑浊的喷水口,散播着鱼店里的咸臭气。一个高大的女人走过,有一副黄色冻肉似的面孔。她玻璃似的眼睛已经因为巴斯徒氏病而突出眼窠。她那样持重地直竖着她的头,使人觉得她恐怕她的眼珠会滚下来落在沙上。一个肥得可怕的女子被推过去,正在轮椅里睡觉。从她的粉红的、半开着的嘴里流出唾沫。一个好像皮球似的短脚男人颤巍巍地走过,一步点一下头。那头好像一个吹胀的猪尿泡,而他的脸好像玻璃制的假面。诸如此类的古怪人物一个跟一个地过去赴那军乐队的音乐会,把他们自己暴露在无情的烈日之下。

"这似乎不公道,克里。我才不过六十二。"伐拉夫加不平地说,粗声吞吐着他的字句,"我们要战争吗?一件白痴的事。沙皇已经到了。来遣送后备军。陀思妥耶夫斯基在这城里住过。"

一个曲背瞎眼的侍役,系着一条围裙,走来用一种鸟叫的声音对他说:

"到时候了,老爷。"

"去洗澡。"伐拉夫加叫,"洗了之后,他们要压榨我。"

那侍役弯起腰,用力推动轮椅,推着去了。萨木金走出公园。门口有两个警察像木棍似的直立着,穿着落上灰尘的晒热的上衣。沿着这木屋的小城市吹来一阵风,扬起了尘埃的云雾,摇动着树木。在一道墙下面坐着、躺着一些士兵,大约十个。一个下级军士坐在土围子上,嘴里咬着一支铅笔,仰望着天,天空中飞翔着一群白鸽。

几个红脸的音乐家站成一个半圆形,尽力在吹着喇叭。铜乐的嗷嘈和喇叭的呜呜混合在城市经常的喧闹之中,那喧闹是这样强烈,似乎撼动着庭园的树木,而且奔流到各处,好像那些惊惶的油虫,那些背负包裹的农夫,和呜咽的妇女一样。

有一个农夫把他愤怒的头压在木板墙上,对着木板上的裂缝叫道:

"两个三十——拿去?我是卖我的灵魂给你呀,你猪儿子……"

他愤愤地踢着墙,而且用右拳打着它。他的左手提着一只破旧的手风琴,发出牛叫似的声音。

"我的灵魂——"他叫喊,"六十个戈比克?不是东西!"

把手风琴掼在墙上,他又把它摔在脚下,用力踢了两下,然后以一种清醒的人的稳快步伐走掉了。

在静静的坡路昔河的岸上,坐着一个大胡子的后备兵,戴着一顶军帽,是一个蓝眼睛的美男子。他用一只手抚摩着一个高大的妇人,她的玫瑰色的脸上有一双狂睁着的眼睛。他的另一只手握着她的头巾和一瓶烧酒。这样强壮而巨大的他,却说着一种尖锐的女性的声音:

"那么,好吧!那么,卖掉那阉马……"他用一句泼辣的恶骂完成了这句话。

把她的脸靠在他的肩上,妇人急叫道:

"阿里克山得,为基督的缘故……"

"停止。闭嘴!让我想……"

他把酒瓶的颈子塞进他的嘴里面,把头向后仰起。他浓厚的胡子痉挛地发抖。他一直喝到流眼泪。然后他把喝不完的酒瓶摔进河里,战栗着,厌恶地摇摇头。他又叫:

"那么,卖掉它。没有话说。所以我现在是——我们已经尽力工作了呀……"又用另一句恶骂完成了这句话。

妇人拿起他手里的头巾,揩着他额上的汗和眼里的泪,她忽然爆发了更高的呼叫:

"我亲爱的,并没有人怜悯我们……"

"闭嘴!我要打你……"

他跳起来,把妇人从地上拉起来,用他的长大的手臂间歇地拥抱

她,吻她。然后他推开她,喘着,摇着他的拳头:

"记着,那时!"

"阿里克山得……"

"闭嘴!你懂不懂?卖掉它!去吧!"

"啊,主啊!怎么会有这样的事呢?"妇人歇斯底里地叫喊,用手向前摸索着,好像瞎子似的。那农民摆着手,张着嘴,而且开始摇摇头,好像有人勒住他的脖子似的。

从此以后,萨木金觉得一切后备兵都是张嘴摇头像被绞的人似的模样。风、尘埃、妇人的呼叫、醉汉的歌吟,以及不断的胡吵乱骂,使他的头昏眩了。他走到一座教堂走廊的台阶上。台阶上站着几个人,全都是安闲无事的。在他们之中他看见了那戴银牌的小老头,就是在列车里的他的同伴。

"现在战争是一件轻易的事。"小老头说,"来复枪比以前轻得多,而且军官也好说话了。"

"这是真的。"

方场里充斥着一群游惰的小市民,都穿着喜庆的衣服。在阳伞下的妇女好像一些巨大的毒菌。后备兵从各方面涌进来,好像被驱逐似的。他们的背包在背上摇动着。他们全都好像被催眠似的奔到同一方向,向着军号的黄铜喉咙呜呜着的地方。

"太平洋。"萨木金回想,"赶快去把日本人踢进太平洋去。真是一场噩梦!"

真的,有着漫画的、噩梦的事物存在其间:那些有须的、张嘴的人们,一个跑过一个前头,越过那些木造的小家宅,粗声大气地叫骂着那些歇斯底里的妇女,同时她们的哭声和绝叫追随在他们后面。那些家宅的窗户都已关闭了。家宅的居人们,吃饱的老处女和小姑娘,安分的老男老妇,都是喜欢安静的,全都躲在尘封的玻璃后面,窥看着那些乡下人去参加疯狂。

"太平洋……"

方场上的人群都消散了,被炎热的尘垢的风吹散了。方场上剩下一片狼藉,一堆木板、各样破酒瓶,还有一只桶,桶上坐着一个灰色的兵,把来复枪挟持在两膝之间。风吹起各色包糖的纸皮和干草,而且刮进教堂走廊里,飒飒地吹进壁缝里。萨木金站着旁观了一会儿,厌憎着这城市和这人民,然后走回疗养院。他愿意他能够编排起这一切,把它输送到妮戈诺伐的修道院似的小房间里,那时他就可以告诉她这噩梦,然后忘却了它。

六

三天以后,克里在家里。他已经做完日间的工作,坐在书房的长沙发上休息着,等候黄昏的降临,那时他就可以到妮戈诺伐那里去了。发尔发拉已经和几个朋友去住在乡间。女仆进来说戈金要和他谈话。

"电话吗?告诉他就说我……"

"他进来了。"

萨木金站起来,相信这花花公子正闹着革命,又来请他帮忙,这是他不能拒绝的。皱着眉头,他扶正眼镜,走进餐室。戈金穿着法兰绒的衣服和白皮鞋,正在那里闲踱着,面貌异常严肃。他握了萨木金的手,又走了几步,倦怠地问道:

"你知道妮戈诺伐到哪里去了吗?"

"我不知道。"

"那么你知道她的一些事情吗,一般地说来?"

"很少。为什么呢?"

戈金自行就坐在桌子前面,谨慎地从衣袋里拉出纸烟盒,然后惶惑地看着他,并不回答。他反问道:

"但是你早已和她相熟而且——和她是好朋友,嗯?"

他用一种沉闷的低音提出这问题,好像心想着的并不是妮戈诺伐,而是别的事情似的。然而他的话对于萨木金却响得震聋耳朵。为避免猜测种种问题的原因,萨木金急促地、含糊地开始昏说:

"好朋友?好,是的——我怎么说呢?至少,同志的关系——完全靠得住……"

他沉默了,看着戈金那样仔细地准备点起那支烟,而且那样留心地考察着它。然而戈金的猜疑终于透露出来,激动了他。萨木金移动他的眼镜,用回忆的眼光仰望着天花板,继续说道:

"现在,我看——我和她第一次见面,我想,是——大约十年前。那时她和平民主义者有关系,倘若我没有记错。"

"是的。"戈金说,低着他的头,好像在鼓励,但又不相信似的。

"有什么事?"萨木金问。

"后来呢?"戈金问。

"后来我看见她在刘托夫那里——你知道的,有这么一位革命的米栖那斯[1],你的妹妹这样称呼他,"

戈金点头同意。

"鲁伯沙·梭莫伐介绍她加入'工人运动后援会',当那团体初成立的时候——或者,我说不定——或者那是'红十字会'。"

"嗯。"戈金说,站起来又在房里踱来踱去,手里拿着纸烟,似乎并不想吸。萨木金已经知道这人要说话了,但是骇了他不小的一跳,当戈金说的时候:

"简直说吧:有种种理由怀疑她和宪兵有联络。"

"这是不可能的!"萨木金叫喊,诚恳地,虽然他已经预料到这个。他甚至以为他早已猜疑着这种事,并不始于此日此时,而是在许久以前,当他读着那些显隐药水写成的字条的时候。但是他必须把这一点隐

---

[1] 古罗马政治家,拉丁诗人贺拉斯及罗马诗人维吉尔的保护者。

藏起来，不但要瞒过戈金，也要瞒过他自己。"那是不可能的!"他又说。

"为什么呢?"戈金问，沉静地，"这种事情已经发生——正在发生咧。"

"你有什么证据?"萨木金问，也沉静地。戈金站住，耸耸肩头，然后擦燃一支火柴。看着那火焰，他说：

"的确的——她的行为的种种暧昧之点是早已被看出了的。有些事似乎不十分妥当。有人暗示给她这意思——而且，我必须说，这做得不审慎，不适宜——她忽然失踪了。"

戈金说得可恼的缓慢，使萨木金忍不住动怒了。

"为什么不早对我说呢?"萨木金质问，焦急地。

"这种事不是对每个人都可以说的。"戈金回答，坐下，然后把纸烟搁在烟缸里。"你看，"他又说话了，更加坚决而且严厉，"我是处于负责的地位。姑且这么说吧。委员会叫我来问你，你是否看出什么——她的行为有什么可疑之处。"

"没有。"他赶快说，同时又觉得说得太快，而且一快就要引起疑心。"我没有看出什么。"他加添，更沉静了些，心里惊疑着妮戈诺伐已经报告了米托罗方诺夫的事。

戈金，这回莫名其妙地使大劲又把烟盒从裤袋里拿出来，看看它，然后把它放在桌子上，咬着嘴唇。

"有一个谣言，说你和她很亲密。"他叹息了，用一个手指搔搔额角。

萨木金也觉得额角里隐约有一种刺痛。

"是的，我去看她——常常去的。但是这是——另一种关系。"

"或许这就使你什么也看不出来了。"戈金说，含糊地。

"我觉得她是一个驯良的女人，忠实于她的工作——一个很简单的灵魂。总之，没有惹人注意之处。"

"她的房东也是一个暧昧的人。你不知道她和他的关系吗？"戈金问。

"不，我不知道。"萨木金回答，觉得前额上汗津津的，而且眼睛干燥，"我甚至于不知道她确是在干些什么。她是在做技术工作吗？或者是一个宣传家？对于我她完全保守秘密。而且我们很少谈论政治。她精通人们的生活方法，我以为这是很有价值的。我需要这个，因为我要作一本书。"

萨木金觉得他说得太多了，他应该更审慎些，因为在他前面的这人正在密切地注意倾听着的显然并不是他的言语，而是他的思想。这些思想也会引起一种反感：它们是急躁不安、断烂不全、无所依据的。但是他不能制止那些言语。好像有一个别人在他内心说话似的，违反着他的意志。他甚至开始恐怕这别人会说出那字条，说出米托罗方诺夫。

"她不像是这样的。"克里宣称，敞开他的双手，心里想道，"倘若我早已知道——倘若她已经告诉过我——那又怎么办呢？"

戈金沉默着，这沉默变为难堪的了。他坐着，摇着脚。萨木金以为戈金的耳朵——对着他的那一只——不自然地紧张着。

"或许——他也怀疑我吧？"忽然闪过他的心里。他大叫道：

"真是很可怕呀！"

"一件不愉快的事情。"戈金回答，握响手指，"但是重要的是，她失踪了……"

并不变更姿势，戈金依然那样坐着，虽然他已经问过了各样事情，而且似乎可以走了。他叹息道：

"她失踪在这种情况之下是……"

有人敲门。

"谁呀？我正在忙咧。"萨木金叫喊。

"一份电报。"女仆回答。

从她的手里接过那蓝信封,他并不打开就把它抛在桌子上。但是他立刻注意到戈金睁大眼睛瞅着那电报,而且咬着嘴唇。一注意到,他就惶恐起来。倘若它是妮戈诺伐发来的呢?

"我不能打开它。"他暗自决定。经过了焦急的几秒钟,他不能使眼睛离开那长方形的纸片,意识到戈金正在注视着他,等待着他。

"愚蠢而又迟疑。"他又判定。然后他开始慢慢地打开那电报,而且高声读道,机械地:

"伐拉夫加已故。速往运归。勿延。萨木金娜。"

并不用力隐藏他的感情,他解释:

"我母亲来电说我的继父死了。我必须到斯它拉亚俄西去。"

"是的,一件不愉快事情。"戈金又说,沉思地,站起来了。他问:"倘若妮戈诺伐写信给你,让我知道她住址,可以吗?"

"当然可以。为什么不可以呢?"

"是的,当然,这一切是你我之间的事。一直保持到相当时机。或者将来会有一切有利于她的解释。"戈金含糊说了,然后轻轻地握了萨木金的手,走了。

"他想要安慰我,似乎是。"萨木金回想,走到食橱架前面,倒了一杯麦酒。

他觉得自己很疲乏,被羞辱了。他甚至摇摆不定,当他走到书斋的时候,他的颞颥内有一种嘀嗒之声,好像有一只表隐藏在那里似的。

"我应该把我的种种疑难告诉他。"他想,坐在书桌前面,但是——他又站起来而且躺在长沙发上,"胡说,我自己并没有疑难。使我发生疑难的是他呀。"

他移动眼镜,紧紧地闭起眼睛。他惋惜着丧失了那女人。他很惋惜自己。带着一种苦笑,他和自己交谈起来了:

"我为什么常常陷于这种白痴的事情之中呢?"

安弗梅夫娜走进餐室。他要她收拾他的行李,要她把那电报交给发尔发拉。然后,他就任随琐碎的思想之流把自己飘荡去了。

"育索夫所谓无出息的人就是她。她倘若替宪兵做事,那必定是由于恐怕。或者她已经被伐西里夫上校之流威胁过了。她做这种事真不是为钱吗?或者因为报复那些支配她的人们?我能够理解反对育索夫之流、乌拉斯托夫之流、坡阿可夫之流的那种仇恨,虽然她并不是怀恨的人。况且,并没有反对她的证据。"他提醒他自己,用力打了长沙发一拳,"没有证据啊!"

七

在夜间,在列车里,第一百次看着那飘过窗外的同样熟悉的灯光,那好像驱策列车似的摇曳着的同样的黑树,他继续思索着妮戈诺伐。他尽力在记起有一次那女人曾经想要坦白地对他谈论她自己了,而他当时不能理解,没有注意她的这种欲望。但是在他的眼前他所看见的不过是那无表情的容颜,冻凝于"女性的厌倦"——这是他不满足于她的无反应之后形容她的喑哑的注视的话;他记得这种注视有时是有着漠不相关的意味的。他并不会忘记:当他复述给她伊诺可夫的警句——"人在言语上争胜就好像鱼在沙上挣扎"——的时候,她微笑着说道:"这是很可笑,然而——真实。"是的,她控制着她的舌头,多听少说。她似乎是不留一句名言在他的记忆中的唯一人物,除了"可笑,然而——真实"这一句而外。好像她相信凡可笑都大约不真实似的。从各方面说来,她都是一个十分正常和单纯的人物。

"她不能展开言语的孔雀尾巴,像米托罗方诺夫似的。"

想到这里,他忽然记起米托罗方诺夫当初也曾使他觉得他是一个精通世故的正常的人,而其实他也曾经泄漏他的任务——私通对方,但是终于是不忠实。

"说她是卖友的奸徒是并无证据的。"他又提醒他自己,"不过是有些嫌疑而已。"

列车正在冲下山坡,震聋地咆哮着,它的全部铁身都铿锵起来。在客车地板下面,有着凄然的铮鸣:

"噼格——噼格——嗒,哩格——嗒。"

响了一声告警的汽笛,列车冲进一道桥的铁笼里,似乎拖拉着铁槛,使那些斜形的构桁弯曲而且折断。已经冲破那笼子之后,又扫过路上的监守人的独眼茅屋,列车的音响逐渐沉静下去,而客车下的铿锵更加分明:

"噼格——噼格——嗒——嗒,哩格——嗒。"

萨木金沉思着十年以来他生活在两条路的交叉点上的尘埃的旋风之中,历来没有过向其间的一路前进的志愿。从前他早已想过这个,但是现在一切都更加分明,更加可怕。他并不是过着这种生活的唯一人物,有着几百、几千像他这样的人。这是他感觉的,知道的。那旋风越加疯狂地旋转起来了,把一切没有力量抵抗和走开的人们都卷入里面,同时古图索夫们、坡阿可夫们、戈金们、育索夫们,不倦地、疯狂地煽动着它。这种人们以不可思议的速度加倍繁殖起来,而且莽撞地和粗暴地指挥着那些由于误解而帮忙着他们的人。

他记起了台谛亚娜,一个二十岁的姑娘,对着一位老教授,著名的经济学家的脸叫道:

"据你的理论,好像历史,你的继母,命令你:伐尼亚,制造一次革命!但是你不相信你的继母,你不需要一次革命。所以,带着一副苦脸,你根据爱德华·伯恩斯坦,以及别人从李嘉图和吕班所得来的意见,告诉我:我们不必制造革命!"

这戈金娜坐了几个月的监牢之后,变为更加刻薄了,而且她的言辞里面响着人身攻击的意味。萨木金的记忆亲切地提醒了台谛亚娜和他的冲突情景。

八

有一次夜会举行在莫斯科近邻的某自由主义者的夏季别墅里。这一次的主角是一位时髦的作家——一个粗毛的家伙，有一副呆滞的面孔，一管大鼻子上夹着一副眼镜。萨木金从前曾经见过这人，知道他是被认为布尔什维克党的同情者的。他觉得他有点像尼忌尼·诺弗戈洛得码头上横蛮的脚夫，也有点像那坐在海滨把大海当桌子的哥萨克人。他和那码头脚夫一样言语粗鲁，和那哥萨克人一样倨傲自尊。畅饮饱足之后，那作家召集了十多个青年，领着他们到露台上，用一种嗡嗡的低音说道：

"在十分钟之内我们要给予你们一种高升赞。"

"'高升——赞'，"台谛亚娜重复说，"这家伙似乎有些蠢。"

在花园里，雨正在柔和地窸窣着，树木正在悄悄地私语。人能够听见露台上的人群正在凄然用低抑的声音谈话。人们沉静了，都在等候着什么事情发生。萨木金以为没有什么好事，果然不出所料。

大约有二十分钟之久，那作家才回到厅堂里。他端起肩头，直挺挺地走进来，连膝头都不弯，好像踩着高跷似的。萨木金觉得这种鹳鸟步伐使这位作家所说的每样事都具有高跷意味。昂然阔步在那一群青年前头，领着他们到房间的角落，那作家皱着眉头，挥着手，好像唱歌队长似的。

"我们开始！"

快活地，十分谐和地唱着一个老平民主义者的诗句，这是以手抄本流行于民间的。萨木金所收集的违禁文稿中也有这一本诗。特别惹人注意的是一个穿着蓝色水手紧身上衣的短小精悍的人，一副快活的和最出色的面孔上有一道卷胡子。他的清脆的中音，几乎是一种假嗓的尖声，是丰富无穷的。他唱得比别人高三倍。把激昂的词句唱得这样可笑地平淡，以至听众，甚至有几个歌者，都大笑起来。但是萨木金觉得沮丧了："高升赞"在哪里呢，捣什么鬼？他发现了；那作家把手像翅膀似的敞开，停止了那歌唱，然后用一种低沉的声音像教士读《使徒行传》似的嗡嗡着：

打倒贵族政治！自由万岁！
宪法会议万岁！

唱歌队立刻复诵了这两行诗，但是用这样一种神气，好像要把它们变为一种胡说八道的漫画模样似的。歌人们全都故意唱着假嗓音；全都挤眉弄眼，做出恐怖、迟疑、不决的种种怪相。有一个甚至转背对着听众，向着角落反复质问：

"打倒？打倒？"

那中音、弯着脚、坐下，咽呜道：

"倒了——倒了——倒了……"

"自由万岁！"那作家歌唱，冷淡地，机械地。每个歌人就跟着他重复这几个字，咿哩哇啦地。

结果是这一阵乱嚷变为一种微弱、失望、乞怜的咽呜。在这慌乱的哀鸣之中唱着这几个字：

"——宪法会议。"

这一切就结束在歌人们的哄堂大笑之中。有些听众也大笑了，但是萨木金看见其中较为端庄的几个是惶惑而且沮丧的。笑得特别响亮而且扬扬得意的是那作家的断续的低音：

"呵——呵——呵！"

他叉开两腿站着，他的头向后仰得这样厉害，以至他的喉结突起来好像一把小斧子似的。看着那怪相，古怪到近于漫画了，萨木金忽然义愤填膺，而且恐怕谁会突然袭来似的，他拔脚一跳，大声叫道：

"先生们！"

那作家用表演《沉渊》[1]的演员的腔调说：

即使是神圣的真理吧，
现世界上也找不出达到的路呀——呵！呵！

"请注意。"萨木金严厉地叫喊，双手握住一把椅子的靠背。把椅子放在他前面，他对着那作家说："你们刚才用那种戏谑的哭丧的声调唱着的诗歌，或许是拙劣的吧，但是这确是一位可敬的老革命作家的作品，他曾经因此而被处十年的流刑……"

"不错！"有人叫喊。听众逐渐沉静了。扇起了他的愤火，萨木金举起椅子，又砰地放在地板上，放声大叫地说下去了：

"但是嘲笑这些诗歌，你们不是嘲笑代议政治吗？不是嘲笑你们的祖先不顾牢狱、流放、死亡以争取实现的政治吗？"

"这是什么话？又是一位检察官吗？"那作家质问，傲慢地，但是惶惑着。他毫无理由地做了一个鬼脸，理直他的夹鼻眼镜。

"这是一个问题，"萨木金叫喊，"这问题我相信已经发生在在座诸君的心中。"

"我就毫无问题。"台谛亚娜说。但是有两三个外貌严肃的宾客阻止她，其中一个挑战地说道：

"是的，太不成话。嘲笑宪法会议，这是……"

"使我发笑的不是那意义，"那作家含糊地说，"而是那韵文。"

"我看，"萨木金反讽地说，"我是很喜欢听它的。这好像是一种流荡儿童的粗俗的笑话，一种象征的奚落——倘若你喜欢——而且是很可悲的一种。"

---

[1] 高尔基自己的剧本，又译为《下层》。

台谛亚娜插嘴道：

"萨木金，你相信你需要的是宪法，而不是荤菜鲟鱼吗？"她问。由此她就强调了他的每一句话，加以讥刺和恶毒的批评，以致引起那一群青年的喝彩和欢呼。现在他在列车里面，记不起她的反驳之词，就在当时他也并不能十分明了它们。牢固地印在他的记忆中的是那似乎要和他肉搏的紧张的体态、通红的面孔、燃烧着敌意的眼睛。她听着他说，把眼睛不自然地皱起来；当她对他说的时候，她就把它们大睁开，它们的光芒增强了她的言辞的灼热。被她的言辞所激怒，他在答话中必定是张皇失措的了。因为他看见那些青年人的微笑，而且这也是事实：一个庄严的绅士尽力迂拙地提示给他一些答辩之词，好像好心肠的教师帮忙着正在考试中的学生似的。台谛亚娜终于把他捆绑在她的言语之中，青年人们向她喝彩了，于是他提出一个警告：

"留心，你们不要把马克思主义变为无政府主义。"

"啊，亲爱的，好陈旧呀！"她叫喊，而且用一个质问嘲弄他道，"现在你或者记起布朗克[1]了？孟什维克也是卖弄这一点的！"

---

[1] Blangue（1805—1881），法国革命者，曾参加巴黎公社，半生消磨于牢狱中。他以暴动为革命的唯一方略。他的名字是作为小资产阶级革命者浪漫性的代表的。孟什维克尝以此种名词嘲骂布尔什维克。

第二十三章

一

他在这种种回忆之中过了一整夜，没有得到一分钟的安眠。到圣彼得堡车站的时候他几乎因为疲乏而病倒了，已经茫然自失。

在他常住的那旅馆里，账房先生交给他一封信，道歉说道上次他走的那一天忘记了交给他。

"我似乎觉得你今天要转来似的。"他加添，笑嘻嘻地。

萨木金审视那笔迹，他的手逐渐沉重起来，把信塞在衣袋里面。他慢慢地爬上楼梯，抑制着急奔上去的冲动。刚一走进房间他就立刻遣开侍役，锁上房门，抛掉帽子，打开那信封。

"分别了！当然我们将要永不再会。我并不全然像别人所描画的那样恶劣。我是很不幸的。我想你也——"这里的几个字被沉重地涂掉了，"——是不幸的。倘若你能够的话，完全不要干了吧。一个人不能够把自己隐藏一辈子,你看。不要干了。脱离了吧。我说这个是因为我爱你和怜惜你。"

这信写得这样潦草,笔画都纠缠不清,好像是在黑暗中写成的。

"什么意思?"萨木金机械地问,即刻把信撕为碎片,"不要干什么?或者她以为我也是……"

他把碎纸片捏在手里,然后又放在裤袋里面。拿起信封,他注视着那邮局的戳记:亚洛斯拉弗尔。

"她必定发疯了,她以为我是——和她自己一样干着同样的勾当。"

小心地把那信封撕成几片长条,又把它们叠起来撕为三段,也把它们放在衣袋里。

"发疯!"

他觉得头昏眼花,在他的眼前他看见了那女人平庸的姿态,稍微有些改变,带着一个勉强的微笑,这微笑逐渐展开,那眼睛大睁着,沉思地,温柔地。他从来没有见过这面孔的严峻表情。他仅坐着排遣他的心事,然后走进浴室,把纸片从衣袋里取出来抛进马桶里面,把衣袋倒翻出来,用水冲洗它们。有几片还漂浮着。他等待着那水箱充满了水,又把它抽出来。这一回碎片全都不见了。萨木金回到房间里,心想着现在他必须立刻去买锌制棺材给伐拉夫加,然后就到车站上去赶开到斯它拉亚俄西的列车。现在他已经处置了那封信,觉得自在了许多。放心了一件事。但是还是心绪不宁,这种不宁有一种惯熟的气味。他从前曾经经验过一次这种心情,而现在是激动着,惊惶着,想要记起什么时候和怎样经历过那种经验。

他立刻记起来了,当他走到街上遇见一队宪兵骑着粗野的马驰过的时候。他想到妮戈诺伐的疑案并不比伐西里夫上校的邀请更搅扰了他。当他和伐西里夫交谈的时候,他曾经经验过和现在使他迷惑着的同样奇异的情感——在自己之前惶恐着的情感。

"一种近于恐怖的不安状态。"他想要更为确切地说明那种情感,同时望着那些宪兵已经不见了。

在街道里，人们都可厌地奔忙着。这对于这肃穆的城市是大煞风景的。他们冲来冲去，互相撞着，像蚂蚁用触角互相摸索，然后又各自走开似的。每个人都好像失落了什么东西，正在寻找着，又好像迷失在这城市里，正在访问哪一条是他应该走的路。在这奔忙之中萨木金觉得有些装模作样。

他已经买了棺材，正在付款给那刮光了脸的红腮的店主。这人很像一位步步高升、得意扬扬的官吏。这时有一个脸上扎着黑绷带的青年人喘吁吁地跑进店里来，摇着一顶草帽，高声说道：

"普里夫大臣已经被炸死了！"

"这是第三个。"棺材制造者叫喊，急忙在自己身上画十字，"在哪里？"

"在街上，在华沙终站附近。"

付清了萨木金的余数，那店主大不为然地看着他，深沉地叹道：

"在街上。是的，先生！"

萨木金把帽子稍微一扬，并不说话，就走出了店门，想道：

"我应该和棺材制造者说几句话。他必定以为我的沉默是可疑的。是的，现在普里夫也已经被杀了……"

他雇了一辆街车。坐在里面，从眼镜里窥看着人们。他觉得自己变为稀疏的了，好像一面筛子。他正在被颠动着。他所看见的和听见的各样东西都被筛下去，一件也没有保留在筛子里。在车站的食堂里，他呆看着那一杯霉臭的、淡而无味的咖啡，用手赶走一些苍蝇，听见有人说道：

"在战争中，人已经死得不少了，但是生活并不因此而便宜一点。"

这话来自一个穿着揉皱的山东绸上衣的圆圆的软脊背。那背上的山东绸异样地动弹着，好像有些小耗子在那下面赛跑似的；难看地栽在那背上的是一只有着蓝色厚耳朵的秃头。萨木金想到人类的大多数都是生来丑陋的,就像这个似的。然而,世上显然没有简单的人。有些人貌似简单,而其实他们就好像是代数学的三次、多次方程式的未知数。

桌面上跃着走着几只苍蝇,用它们微细的长鼻子探取着糖和盐的星点。

"种种思想,像些黑蝇一样。"萨木金记起了某诗人的句子,想到古图索夫和一般革命党人是比所谓简单人们更为可以了解的;人都明白坡阿可夫之流和育索夫之流要干的是什么;而这山东绸衣的汉子或许是"俄罗斯人民联合会"[1]的一分子,或者也许是一个革命党吧。

二

这种种思想全都机械地、轻飘地、毫不激动地通过了他。在这种状况之中,在一种对于一切都不关心的昏睡状态之中,他到了他的故乡的车站。他被各种熟人和生人包围着,被他们的像煞有介事的问话压倒了。然后市政府的、伐拉夫加的雇员们的,以及别的代表们都来到了。他们都站在一边,让路给维拉·彼得洛夫娜,她手挽着伊立沙弗它·斯庇伐克走来,从头到脚披着一幅黑纱,看来就好像准备随时揭幕的一座铜像。

"午安,克里。"他的母亲用抑制的音调说。望着正在从行李车里小心地搬出来的棺材,她问:"他在那里?"

斯庇伐克也全身穿着黑衣服,面容很苍白而且忧郁。伊凡·杜洛诺夫闪过来了,手里拿着一只金表,他的头光滑得好像一只擦亮的鞋子。他正在奔忙,摇摆着表链,他的嘴是大张着的。在车站前面密集着大群光头的人们。在这杂色的背景之前灿然挺出那些教士,金头的主教的镀金的形象,很像一座钟似的。科尔文敲着他的大牙齿前面的音叉,摇动

---

[1] 一九〇四年间俄国官宪所组织的反动团体。

着手臂好像一个淹没在水里的人。孩子们的声音的柔波黯然飘流在热空气里面。维拉·彼得洛夫娜用手巾揩揩她的面幕，挽起她的儿子的手臂。

"啊，我的上帝！——但是你有一副可怕的面容，克里，亲爱的……"

那沉重的大棺材搬到装饰着花圈的运柩车里了。车身摇摆着。黑色的马也摇摇它们头上的毛缨。在萨木金后面，有人叹息道：

"这样的人们是应该用音乐埋葬的。"

伐拉夫加的葬仪从他所建筑的崭新的车站到墓地去的路想不到地长远。在教堂里，在俱乐部、工业学校和萨木金氏住宅前面都唱了告别纪念歌。在住宅门前站着一个美丽的红头发的姑娘，扶着一个大约六岁的光腿而穿皮鞋的小男孩的肩头。姑娘画着十字，而那小家伙皱着黑眉毛，把双手插在他的短裤的袋子里。斯庇伐克走到他面前，弯腰对他说话。那男孩耸动肩头，把手从裤袋里拉出来，交叉抱在胸上。

住宅外面的仪式完毕之后，行列运动加快了。走路是困难的。杜松的小枝挂住了萨木金老太太的裙子，她用脚踢开它，两次都踢痛了克里的脚。

在墓地里，大主教尼逢·斯拉孚洛梭夫，一个灰头发披到肩上而且有一副教皇面孔的巨人，一只手俨然戟指着那冷酷的锌板棺材，另一只手虚悬在它上面，明朗地说道：

"上帝所眷佑的人间世的这位同胞爱的工作者并不曾埋没了他的神赐的才能，而是自由发挥它们以崇教化而利民生。"

在灰胡子里面，那发亮的厚嘴唇是显然可见的。这高僧说话的时候并不移动他的嘴唇，或者就因为这缘故，他的圆润的词句就像水泡似的漂浮在空中。

"方今浅薄无识之徒，被人间的嫉妒的罪恶所诱惑，以为富人是平民之敌，有意忘却了我们的灵魂的得救并不在于世间的财富，凡人皆有死，甚至这位基督的忠仆也已经作了……"

一道蓝色的闪电从天上射下来，炫目地照明了那金色的法衣，用黑十字架交织成的。一群白鸽盘旋升入苍空。

"比林诺夫养着的一群。"一个低音来自克里背后。

"他们说他有一个儿子是社会革命党。"

"谁？比林诺夫？"

"不。大主教。"

"我没有听说。可是，好——现在每个人都是社会革命党。"

地方检事普拉夫丁站在一座坟墓上，用急促的语调演说着对于伐拉夫加的哀悼词，忽然放声大叫：

"不，不是在口头上，而是在行动上！"然后开始朗诵着德文的诗词。

薄明的太阳高悬在墓地上面，它的光线通过闷热的雾，触着那些坟墓上的十字架。在这一切十字架之上，在山坡之上，在一株宏大的白杨的华盖下面，有一个大理石的天使像，很像一个看护妇，一个老处女。

克里和他的母亲及斯庇伐克同坐在一辆关着窗帘的马车里从墓地转回来。他的母亲疲倦地发着牢骚，用鼻音说道：

"我打电报到军队里，给里狄，但是电报必然是不能达到她的。他们不是正在奔忙吗？"她批评，用她的长柄眼镜瞄准街道，街上的人家的门房们正在扫除杜松和枞树的小枝，把它们扫成绿色的堆。"他们急于要忘记这里曾经有过一个提莫菲·伐拉夫加。"她叹息了，"但是铺杜松在街上却是一种好风俗——可以压住尘灰。这也必定是起源于宗教的游行的。"

她闭起她的眼睛。歇了一会儿之后，她继续说：

"看护妇的红十字衣服是很适合于里狄的。总之，她原来不是那样——灰暗的吗？她的丈夫，虽然爱国，似乎是一个疯人。"

萨木金觉得她这样谈着是因为要排遣她的孤寂，因为要掩饰她的痛苦的悲戚；但是他不觉得怜悯他的母亲。从她身上发出强烈的月下香的气味，那是葬仪中所用的鲜花。

三

纪念宴会是布置在商人俱乐部的大厅里的。赭色帷幔和泥金的墙壁及天花板使这厅堂好像一座卖肉店似的——这比喻是由建筑设计家伐亚尼指示给克里的。伐亚尼坐在女高利贷者图路梭伐旁边，小心地把一片粉红色的鲑鱼卷在一张薄饼里面，颓唐地说道：

"伐拉加夫的食量是很大的，但是他并不能品味。"

"不要发牢骚了。"图路梭伐劝勉。"你吃得更多。这是客人的自由。"她加添，翻起她的傲然突出而且深藏侮蔑的眼睛望着那城市的权势者们围坐的那张桌子。在他们之中，萨木金看见那通身发亮的将军，阿布可夫，从下巴到肚腹装着这样庞大的一部胡子，很像一张图画里的英雄胡子，以至他似乎是特为引起小孩们的喝彩而创造出来的。副省长、区贵族长，以及其他五六个穿制服戴勋章的人们也坐在那里。在同一桌子上，在戴着红绶金章的市长拉狄夫和胸佩十字架的大主教之间，坐着萨木金的母亲，毫不动弹，好像硬化了似的。这桌子和其余的全都分离开，不单由于空间的距离，而且也由于这桌子上的在座诸公绝顶重要的意识。在别的几张桌上坐着几十个次要的人物；他们全都扣紧他们的燕尾服和黑绸衣，全都勤恳地吃着和悄悄地谈着。

前任区检事乞它也夫，一个黑须的长人，浓厚的头发中间有一个秃块，站起来了，用刀子敲了酒瓶颈几下，然后用责备的冷声音说道：

"这些日子，东方的情势已经不利于我们……"

"不必说东方。"建筑师麦苦洛夫含糊地说。一个含恨的声音就立刻响应他：

"这是真的。他们将来必定要越打越近的……"

木材商马辛，正在用一个手指整理着他的假牙齿，叹息道：

"我们有这么多的我们难以移动的德国人,而且现在……"

"对德条约有降服的意味……"

"总之,我们是生来降服于官僚的,那些报纸说得十分正确。"浴室主人多莫加洛夫高声说了,接着就讲到他是怎样被处罚金:

"他们说普通浴室那一部分不清洁。但是怎样能够清洁呢,我问你,倘若每星期的六天,从早晨到夜晚,都有人在那里洗澡,用肥皂?"

前任区检事的演说完了,教士们开始唱《永远记得》。各个人都站起来了。麦苦洛夫嗡嗡地哼着,并不张开嘴,而多莫加洛夫翻起圆眼睛仰望着嵌线的天花板,却懒洋洋地唱着:

"起——着——"

但是歌声并不能胜过萨木金所熟知的那些人的唠叨。他是把这类人看作冥顽不灵、并不关心政治问题的。这一回他觉得奇怪了,这些专心一志于他们的小利益的人们,忽然放开眼界,高谈着对德条约、官僚的压迫,而且因为头脑简单,谈起来比报纸更为粗糙。

大主教斯拉孚洛梭夫站起来,捏着他的胸前的十字架,把长头发向后一抛,昂然抬起他的狰狞的头。他说:

"约叔亚[1]贱民之子说得好:'愚人扬声大笑,智者不过沉静地微笑'……"

"又来了,这饶舌家!"图路梭伐说道;喝了一口酒,她皱起她的脸,"这酒是对付穷亲戚的……"

维拉·彼得洛夫娜倾听完了大主教的演说,然后她站起来,走到门前。权势者们伴送着她;次要的人物都站起来向她鞠躬,好像对于尊贵的前辈似的。并不答应,她威风凛凛地走了,她的寡妇的长裙拖在她后面的镶木细工的地板上,好像她自己的一道凝固的影子。

"还是那么骄傲。骄傲什么呢?"克里想。

---

[1] Joshua,见《圣经》,南(Nun)之子,摩西之继位者,会引以色列人入坎那安。

"现在事情完了。"她说，坐在那紧闭的马车里，"十分正式地举行过了。这种宴会是一种亚洲风俗。而且，我的上帝，我们俄罗斯人干这个！"

当他们到家的时候，她声明：

"我必须休息了。"

萨木金放心地叹了一口气，走进他自己的房间里。空气里有石脑油的浓厚气味，所以他打开了对着花园的窗子。浓眉长发的阿开底·斯庇伐克坐在一株枫树下面的草地上，正在努力把一只鸟笼的破门钉好。他问他的漂亮的看护小姐："为什么埋葬死人的时候我们不可以把手藏在衣袋里呢？他死是因为他失掉了牙齿吗？"

克里关起这窗子，打开对着后院的那窗子。他觉得倘若他躺下就非睡熟不可了。他是不错的。

四

困难的日子接着来了。克里的母亲似乎决意要说完她有生以来五十年留着不说的每一件事。她往往唠叨几个小时之久，厌憎地鼓着她的紫面颊。克里觉得她几乎常常坐在能够看见镜子里的她的影像的坐位上，那神气就好像是失掉了她自己存在的确信似的。

"是的，克里，我不能生存在这个国家里，人人都为政治发疯了。没有一个人想做一点正经事。"

她的面孔是松弛的，张开了她的下眼皮，露出那荒凉的眼白。

"所谓日本人，倘若你喜欢，据说不过是变戏法的人们，后来——忽然！真可怕！你听见过阿连娜的丑生活吗？"她问。她立刻就用一句警句使克里大吃一惊，他低眉听着，掩住他的笑意：

"女人有两条路：她不能成为英勇的母性，便要成为荒淫的肉体。——提莫菲说得不错。"

萨木金知道她并不曾用她的奶喂过狄米徒里,而对于他自己也只喂过五个星期。差不多她说的每一件事,开头或结尾总是这一句话:"提莫菲说得不错",好像是提醒她自己伐拉夫加曾经生存过似的。

在悲戚之中,她显得格外衰老了。分明知道了这一点,她就敏感地勉强振作,挺直她的身体,凸出她的不成形的胸部。她特别喜欢证明一切人都是暴君。

"在建立在专制主义原则上的社会里这是当然的。"斯庇伐克说,勉强地,也有些认真地。

克里的母亲抬起她的脸,使她的涂着厚粉的面皮粗糙得好像羚羊皮似的。

"啊,我的上帝,你总是这样的!"她懊恼地叫喊,对斯庇伐克挥着她的茶匙,"你的意见是可怕的,利沙!我在革命家中间活了一辈子,他们也是思想错误的人们,但是他们讲起道理来并不像你和你的朋友似的。当然,我们必须限制沙皇的权力,但是不可反对财产——那简直是发疯啊!坦白地说,我感谢上帝,他允许你说,但是他不许你做任何事情。虽然我敢断言春天那一次罢工是你们这般人干出来的——是的,是的!你是一个好女人,利沙,但是你不信上帝!信书本!你知道吗,克里,尼逢神父,我的听受忏悔者,叫她作修道院的无神论者?他玩'稳提'[1]。你要玩吗?"

"不,我不喜欢他。"

"我知道。你是一个对于赌机会的事情没有热情的人。"他的母亲说明,确信而又赞赏地。她谈起那省长来了。"他是一个可爱的老人,有点自由思想,然而愚蠢。"她断言,做了一个鬼脸,扬起她的松弛的眼皮,露出她的眼眶的空洞,"他说:我们不必着急,因为我们要用最好的方法去做各种事体;我们要忍耐地等待着能够在政府中发言的人们起

---

[1] 流行于俄国的一种纸牌戏。

来。但是我并不向他请求一个宪法,不过要求帝国音乐会赞助我的学校罢了。"

她看待伊立沙弗它·斯庇伐克好像是一个她已经讨厌然而又必需的不愉快的人。她催请她出席与伐拉夫加的无数企业有连带关系的各种业务会议,而且,倾听着她的指教,欣然附和道:

"是的,是的。我也是这样想的。"

五

每周她的家里有两次集会,参加者都是当地"社交界"人士:伊维林娜·图里沙夫人,制桶业家之妻,省长的情妇,一个美丽的女人,娇小活泼,灰头发;庇里莫伐夫人,高等法院院长之妻,一个好兴致的老妇人,低声音,上唇上有一道剃过胡子的黑影;贵族长之妻,高而且瘦,有一副修女似的严肃面孔,以及其他同样重要的太太们。男性来宾是省长私人秘书乞安斯基,一个蝶形领带与短裤同样颜色的年轻人;紫色的主教斯拉孚洛梭夫;监狱检察官托波可夫,一个善于修饰的男人,矮小而肥胖,一个光秃秃的脑壳好像一颗丑怪的大宝石似的,肥脸上有一双看不清的眼睛,肥鼻子埋没在鼓胀得好像壮健的孩子的红腮似的面颊里面。糖浆和粉糊制造家奥古夫也来了,和其他高官要员一样;主教的乐队长科尔文也在座,还有圆圆的小杜洛诺夫穿着很短的上衣,在这些人中间奔忙得好像一只陀螺似的。玩弄着一本黄色手折和一支铅笔,他坐在角落里,用他的尖锐的眼光好像要剥光他们的衣服似的窥探着在场的人们。他初见克里的时候是冷淡的,后来就简直避开他了。维拉·彼得洛夫娜的会议席上的问题是非常困难的——譬如要打倒贫穷和由贫乏而生的种种罪恶之类。萨木金吃了一惊,颇不以这些人或他的母亲为然,因为他明白了在这"贫苦邻人赈济会"里,关于实际问题她是被认为有不容争辩的权威的。善心的庇里莫伐总是爱着急的:在她还没有对

于那些邻人发挥太多同情之前,维拉·彼得洛夫娜就用鼻音冷冷地说:

"我们不要太性急,安娜·安东诺夫娜。要消灭贫穷只有等到穷人学会了善于用钱的时候。"

"绝对正确。"托波可夫笑嘻嘻地叫喊,"我想大概是加里夫说过:'猛雨浇土不如细雨润土。'"

托波可夫相信穷人们是能够活得十分舒服的,倘若他们养兔子。"法兰西的一半人民都养兔子。所以,你看——法国借钱给我们。"

萨木金未免太过注意这些会议里的滑稽角色了,然而有时他还是不能不想到这些人说蠢话是因为要想使彼此好笑。

"'健全之精神寓于健全之身体'[1]是一种异教的观念,所以是错误的。"大主教斯拉孚洛梭夫说,"真正的基督教精神是常常因为敬畏和爱慕基督而患病的。"

六

这种种情形对于萨木金分明变为悲喜剧了,当他发现住着鳏夫卢包莫多洛夫医生的顶楼里窝藏着另一类人的时候;那房间显然是作为当地布尔什维克的秘密会所。他看见星期二和星期五晚间常常有待诊的人来访问那医生,其间总不断地夹杂着那不死的统计学家斯孟林,以及别的几个至少不像病人的人。他一次再次看见邓那夫闪过庭院,他的难忘的微笑出现在那已经浓密得好像木雕底似的鬢胡子里面。邓那夫穿着高齐膝头的长皮靴、皮短上衣、皮便帽——皮子都涂满了机油,发出沉闷的闪光。

医生把他的寓所的房间出租了两间:一间租给《我们的园地》的一个撰稿人,名叫科尔涅夫,一个红胡子的瘦男人,有一双孩子气的眼

---

[1] 原文为拉丁语 Mens Sana in Corpore Seno。

睛，走起路来好像一只鹭鸶似的；另一间租给弗里洛夫，一个大约四十岁的人，尖鼻子上有一副夹鼻眼镜，脸好像是由小器官随便组织起来的，若有若无地装着一道稀疏的黑胡子。可以期望这人必定说着一种高调的中音，但是他的声音却是柔和的低音，还有一小点口吃。他在音乐学校里讲演某种科目，在《我们的园地》上发表关于科学的成绩的论文，而且正在著作一本书，叫作《精神错乱的社会原因》。

"各种精神错乱的现象差不多全起因于人的意志的被妨害。"他解释给萨木金，"现存的社会制度不是使人过度恣肆就是使人意志萎缩。只有社会主义才能使意志力得到自由的和正常的发挥。"

卢包莫多洛夫医生倾听着他，沉静地独自笑着，用手指敲敲他的秃头。他欣欣然警告他：

"留心，不要说谎呀，尼戈拉。"

这医生是干硬的、直接的；他似乎已经失去由于继续看着人间苦难而致心灰意冷的那种怀疑主义。他翻起眼睛看着克里，并不客气地含糊说：

"是——是的，谚语所谓'一只老鸦不会剐吃另一只老鸦的眼睛'，由伐拉夫加的事情证明是不确的——拉狄夫已经从他身上跳到市长的地位了。利用知识分子做跳板，跳过去了。这狡猾的老家伙，嗅到将来的气味了。那么你或许是一个布尔什维克吧？"

"为什么'或许'？"克里反问，避免直接答复。但是医生似乎不注意那反问。他用染着碘酒的手指敲着耳后的脑壳，含糊说：

"几个精明强悍的人。其中之一，有这样一道胡子，已经到这里来了——使我想到支来波夫的性格。"

萨木金讨厌那医生从脑壳上敲出暧昧的话来的神气，讨厌他弯腰曲背的整个丑态。听着这被生活残毁了的人对于布尔什维克表示同情是荒唐的。

"普里夫的被炸当然不是一件坏事。"他含糊说，"但是这究竟不过是要把病菌像跳蚤似的一个一个地扑灭掉。据说大学教授们都急于干预政治了。好，故去的斯其诺夫批评威尔卓夫的话是很对的：'一个好科学家，但是一个坏政论家。'威尔卓夫承认了这话的真实——他制造了腐臭的政论呀。"

那医生把伊立沙弗它·斯庇伐克看作一个女儿似的，称呼她"你"。她替他整理家务。萨木金有理由相信她是那秘密团体的书记，担任着颇为重要的职务。他也发现赛沙，那孩子的看护，是邓那夫的侄女；邓那夫是图里沙制桶厂的工程师；而他的面带怒容的同志凡拉克辛是铁道仓库的磅秤人。

"他们都已经学好了。"萨木金讽喻地说，但是斯庇伐克不知道他的讽刺。

"他们俩都很聪明。"她说，并且简单地告诉克里这城市的工作很有进步。他们有一个秘密的小印刷所，但是，当然，缺少钱和非法文件。

"现在伐拉夫加死了，更加缺少了。"

"他给钱吗？"萨木金问，不相信地一惊。

"是的。并不多。"

"他知道那是干什么的吗？"

"他当然知道。"

"真奇怪，是不是？"

斯庇伐克不回答。她的外貌并没有改变，不过更瘦了一点。她的圆脸上没有一丝皱纹，那蓝眼睛依然是那么静悠悠的。然而萨木金觉得她对待他更高傲了。对于这一点他的解释是，或许她已经知道妮戈诺伐和他自己的那回事。他冷淡地想着妮戈诺伐，确有些气恼，但是她差不多好像是一个好性格的奴婢，忠实地伺候过他很久了。但是不能取得他的信任，而又连累在某种暧昧的事件之中，以致使他也受了同样暧昧的嫌疑。他可以和斯庇伐克谈谈这可悲的事件，消愁解闷的吧，但是他不能鼓起勇气。她的儿子常常妨碍着他。

七

那小家伙执拗地看着他,苛刻而又显然不佩服地。他的黑眉毛,樱桃似的眼睛,梳不通的头发,细小柔嫩的肢体,全都使萨木金黯然想到孩童时代的波里士·伐拉夫加。

那孩子仰望着他的眼镜,用响亮的小声音问道:

"你会用两个手指吹口哨吗?你会做鸟笼吗?你会画熊和猫吗?你会做什么呢?"

萨木金什么也不会,而这是阿开底所不喜欢的。噘着他的明亮的小嘴唇,沉默了几分钟,又重复问了一遍,然后说道:

"弗里洛夫样样都会,格里沙·邓那夫也会。医生也会。但是医生不会吹口哨。他有假牙齿。弗里洛夫还在乌拉尔山外面住过。你会用手指指给我看地图上的乌拉尔山吗?"

他又说道在乌拉尔山外面的无穷长远的河流里弗里洛夫捉到一条怪鱼:

"这——样长!"

阿开底尽量敞开他的手,横比了又竖比。

"方鱼是没有的。"萨木金说。

那孩子惊异地看着他,显然不平了:

"有就有,怎么会没有?还有圆的,像皮球一样,还有像小马一样的。人才是全都相同的,鱼可是不相同的。你怎么能够说没有呢?我有画片,画片上样样都有。"

萨木金觉得很为难了,但是他急于想要缓和这孩子的母亲对他的态度,而且以为和她的儿子玩玩就可以达到这目的。而那孩子把他看作必须解释给他世间各样事情的人。

斯庇伐克对于她的儿子有一种颇为可笑的特别体贴,好像怕逗恼了

他似的。倾听着阿开底的唠叨,她几乎不肯反驳他,不过偶然问道:

"会有这样的事吗?"

"为什么不会有呢?"

"你想想看。"

"好,我想想看。"阿开底同意。

她答复他的问题往往是用笑话,用遁词,用反问,显然是引导那孩子离开那些要知道年纪还太小的种种问题。她很少抚爱他,即使抚爱也很小心,甚至不肯。

"这是有远见的。生活并不是柔和的。"萨木金想,记起了在他的幼年期他的母亲怎样机械地抚爱他,冷却了他的童年的温情。

八

已经是八月,而太阳的金色光焰还是从混浊的天空中倾注下来。城里的寂静是这样深沉,以至人能够听见花园以外的郊野里的严厉的口令:

"立——正!"

树木的尘垢的小枝似乎因为这叫喊凄然伏着不动。夜间也都还是闷热的。在深夜中,萨木金常常出去散步在最寂静的街上,在商人住宅的邻近,以避免遇见熟人。一种苛酷的心情和一种憎恨的陶醉潜滋暗长在独自沿着那些狭窄的步道的夜游之中,在那些建筑坚固的家宅的窗下,其中居民都是历史家可索洛夫曾说得那样娓娓清淡着的简单的、常识的人们。他承认卢包莫多洛夫的话:

"是——是的,可注意的是连下层的中产阶级也不相信依照旧习惯继续生活下去的可能性了。还这么继续着,那不过是由于惰性而已。每个人都觉得旧秩序需要辩明、解释。从哪里能够得到辩明呢?他是不适于生存的了。"

萨木金倾听着他说,想道:那政府确是使这在别的国度认为中坚的阶级怨愤的罪人。但是他不喜欢以一般承认的流行意见来研究政治,以为这样的研究贬损了个人的独创性,陷于平庸的窠臼。使他更为高兴的是那医生冷笑着含糊说的:

"伐拉夫加的志愿或者不过是建立巴别塔[1]和埃及金字塔的雄心,太迟了:没有足够的奴隶,而工人们是不愿从事于无聊的建筑的。"

萨木金终于往往被迫而承认不久以前他曾经得到的敌对着他自己的那结论——就是生活已经变为这样歪扭,在其中最正直最聪明的人们却是决意要拆毁它的基础,破坏它的支柱的人们。他记起了这思想初次发生于他在圣彼得堡接到妮戈诺伐的信的时候;他以为这以前没有发生不过是因为他害怕,不敢想。他自己并不愿意承认它威胁了他,他自己或妮戈诺伐,然而,他的心里几次闪现这思想:倘若那女人被捉住了,她或许会因为恐怕或仇恨招认她的嫌疑为事实,冤枉他的吧。

九

有一次正在散步的时候,他忽然遇见伊诺可夫从一家庭院里出来,砰地打开侧门,回头叫道:"好,再见,蠢材!"转身就撞在萨木金身上。

"对不起——嘘,是你呀!"

"你和谁告别这样特别呀?"

"波伊里。你记得吧——那警官——他到过你家,当它被搜查的时候。他升官了,但是他辞职。他害怕革命,要回法国去。这怪物!"

---

[1] 希伯来人欲建于巴比伦之高塔,使其高达于天,嗣后因语音混乱,遂中止。(见《圣经》)

"不要那样大声谈革命。"萨木金警戒,但是伊诺可夫并不理会。

"啊,一切狗都在吠着革命。"他大叫,毫不放低声音,"一切母鸡都在叽叽喳喳,甚至猪也哼起来了。真是闷人,老朋友。没有事做。人们都厌弃玩牌了。来制造革命吧,找些事做。我明白大家的心理。他们去革命就好像无信仰者进教堂去或参加宗教行列似的。你知道,我发表了一篇小说——读过吗?"

"没有。"萨木金说。他读过,但是不喜欢,所以不愿讨论它。伊诺可夫无论如何不像一位作家。穿着好像是借来的宽大上衣,戴着白帽子,一部胡子改变了他的粗脸的原形,他就好像一个富农。他说得兴奋而又嘈杂,好像不十分清醒似的。

"是的。我发表了它,已经得到称赞。但是我以为它是废料。况且,检查官和编辑把全篇都修改过了,那意识已经消失了,虽然它的无聊还是存在。我写那小说确是想要反对无聊的。好,再见!我就要从这里转过去。我跑到各处。我要寻找一个地方。我到过波兰、德国、巴尔干、土耳其、高加索。没有趣味。或者高加索算是其中最有趣味的。"

"一个粗野的、不很聪明的家伙。"萨木金想,看着伊诺可夫阔步走下狭街,拱着肩头,缩着脊背,好像他负荷着一种无形的重担。他向着一个朦胧的路灯前进。他记起伊诺可夫的小说来了。那是随便写成的,其中弥漫着的思想有很多漏洞。它发出一种烦躁的郁怒的音调。它的题目是《平凡》,描写着充满在常人每日生活中的琐碎的不能惩罚的种种罪恶。想到这里,好像有一支火柴燃烧在萨木金记忆中,在他前面显现出一片幽静的黄昏;在街的尽头,在郊野中,浮着辉煌如火的彩云。他和伊诺可夫向云走去。忽然,好像从云里面,来了一匹金色的细腿的骏马,马上坐着一个白色的骑士。同时,从一道门里,一个有胡子的农夫滚着一只空桶出来。金色的骏马摇摇头,直立着,用前蹄踏着路上的圆石,溅起火花。伊诺可夫站住,毫无理由地说道:

"真诚!"

然后他叹道:

"啊,真美呀……"

"革命确要毁灭伊诺可夫这一类人的。"萨木金判定,回想着刚才的幻景。

他努力要和伊立沙弗它·斯庇伐克谈话,但是她静听了几分钟之后,用一种不耐烦的声调说道:

"你似乎在从事于知识阶级的玩意——自寻烦恼。那是很——很不合时宜的了。"

他曾经不能自禁地对于她的许多冒险事情加以谨慎的帮助,据他自己的解释这种帮助是由于想要多多解释她的秘密工作,明白这永远幽娴的女人的革命热情的动机。在她那一方面,却把这种帮忙看作应尽的义务,不赏识他的冒险精神,就是说不表示愿和他更友好的意思。

这一个秋季,萨木金都在观察着这家宅的生活,期待着这家宅被搜查,拘捕几个人,同时和他的母亲讨论了一些极其讨厌的事务。在十一月中,萨木金老太太终于准备到外国去了。开了一次对于她备致赞扬的宴会之后,跟着就是带了鲜花和眼泪的送别。好像她这一出国使她觉得她自己格外重要起来,她似乎更奢华更骄傲了。注意着她,萨木金唯恐人们会看出这老太婆是怎样滑稽可笑,同时在他自己内心枉然寻求着对于她的好感,除了讨厌而外毫无所得。尤其使他惶惑的是,他觉得斯庇伐克必然也看见了他的母亲的可笑而又可怜,虽然斯庇伐克用悲哀的眼睛看着她,把她当作心灵脆弱的人似的伺候着。

一直到圣彼得堡的华沙终站,褐色的新机车喷出蒸汽,转动赤色车轮,车厢抖震着开行了,他的母亲的涂脂抹粉的脸上展开了一个丑陋的缺口就不见了,这时萨木金,又把已经戴上的帽子匆促抓下来,他的内心的什么处所才温柔地、疑问地回响着这哀音:

"永别了!"

十

一阵烈风把车站包围在寒冷的烟雾里,吹裂了墙壁上的破广告,摇动着轨道沿线的苍白色的荧荧的电灯泡,一片混浊的黄天浮动在城市上面;一种阴郁的骚音飘荡在潮湿的空气里面,转辙的机车的汽笛声冲破了那空气。萨木金走下滑溜的台阶,脚一滑就抓住了某人的肩头。这人摆脱了他的手,看看他的脸,惊异地叫道:

"哦,是你呀,萨木金!我想——你是来送人,或者会人,没有会着吧?"

图洛波伊夫的尖锐的眼睛从帽檐下瞅着萨木金。他显然高兴着什么了。

"并不是因为会见我。"萨木金判定,当他们走到街车前面的时候。

"你要走哪一条路?"图洛波伊夫问,瑟缩在他的薄外衣里面。

他们俩同坐着车走了。图洛波伊夫脸上带着讽刺的微笑,热心地盘问着萨木金做些什么。萨木金谨慎地回答了他。

"冷呀。"图洛波伊夫叫喊,瑟缩着,"我们去喝酒,或者喝茶吧?"

克里同意了。他发生了好奇心,想要看看图洛波伊夫的新闻记者的活动。

"你想不到我会干这个吧?"图洛波伊夫问,当他们坐在酒店里的时候,"这是一种很有趣的行业。"

萨木金喝着茶,狡猾地瞅着那熟悉然而黑了许多的脸,那黑下髯,小上髭。现在这面貌显现了某种刻苦的和犹太人的气氛,但是那眼睛依然不变,它们里面闪烁着尖刺的光焰,像从前一样使人不快。

"一个零落者。"萨木金想。图洛波伊夫喝酒的时候,很快地把杯子举到唇边,咳嗽了,就像工人似的吐口水。

"总之,生活变得很有趣了。"他说。他从衣袋里拉出一只贱价的铁表，用一只眼睛斜看着那指针，"现在，你愿意去看看一个很有趣的集会吗？当然你曾经听说过有一个小教士在这里组织工人。那也是完全合法的，得到官厅的保护。"

"是的，我知道。"萨木金答应，"但是那是什么意思呢？"

图洛波伊夫耸动肩头，而且皱着眉头，他的眼睛深陷在眼窝里。

"我不明白。德国曾经有过一个牧师——斯蒂克，我相信，这是他的名字。但是那好像不是同样的事体。虽然我不很明了。或许是的吧。有人——似乎知道的人——说这是又来一次助巴托夫的实验，而且是大规模的。这也不见得正确。总之，值得注意。我现在要去听那教士演说。你要去吗？"

萨木金要去，希望去看看像狄欧米多夫似的一个教士，以及一大批被生活压迫的人们由于无聊而在那里听对于他们自己毫无裨益的事。

他们驰过几条黑暗的街道，迎面的烈风妨碍着说话，冲进人的嘴里面。工厂的黑色烟囱对天直立着，好像一些凝固的阴郁的烟云，而这烟云自身发生于那些小旅店的门窗后面，这些门窗之中弥漫着黄色的火光。人似的形体流动在严寒的黑暗之中，醉人的吵嚷穿透了沉寂的空气，一个女人正在尖声唱歌。他们越往前去，街道就越毫无生趣。

"停住，就是这里。"图洛波伊夫命令，当他们靠近一道高木板墙的时候。他不等马车停住就跳到雪地上。

一盏角灯的小红光照明了用铰链系着的一条门，一个穿羊皮袄的铜盆脸的汉子，还有一个男人，比较矮些，也穿着羊皮袄，看来就像一堆干草。

"你是谁？"一个人问。另一个人用女人的声音回答：

"新闻记者。"

而且吐了一口唾沫。

萨木金蹭蹬走过一些木板，低头紧跟着图洛波伊夫，挤进人群里面，有人在他后面低声交谈：

"不要嚷。"

"不,兄弟。"一个高音的、歇斯底里的叫喊破空而来。萨木金撞在图洛波伊夫的背上,然后踮起脚尖从他的肩上窥看远处,听见那高音正在叫喊:

"不。我们不要说那个。我们要说——贫穷……"

一个沉重的声音从萨木金头上怒响过去,好像在扩音器里面似的:

"那不是因为我们贫穷,我们是被掠夺。"

"贫穷生嫉妒。我们要说——嫉妒生仇恨,但是仇恨不是正道,仇恨不是真理……"

"你听见了吗?"有人低声讯问,在萨木金后面。

"我听见了。"

"你听见了,呃?那么,我告诉过你……"

低声的咕噜、私语、咳嗽,忽起忽落在响亮的或抑制的声浪里,抹杀了说教者的急速的言语。在蓝色的烟草的云雾中,充满了皮革和油漆的臭气。萨木金看见弓着的脖子、肩背、毛蓬蓬的头,忽现忽隐好像水里的泡沫似的。在前面,人们密层层地坐着,全都向前倾着,好像正在围炉取暖似的。再往下看,地板显然高起来了。在两张桌子后面并排坐着几个衣冠整齐的镇静人物。在桌子前面有一个小教士,黑头发,暗色面貌,走来走去,左手和右手一摇一摆,摸着他的褐色的法衣的领子,用手掌把他的头发推到后面,倾身向着人们,好像要跳到他们身上。他们向他叫道:

"说呀,神父!"

"安静!"

"神父,我们要去多少人?"

"大概,在新年的时候,嗯?"

"安静!"

"沙皇也是一个人哪!"那教士叫喊,挥着他的法衣的袖子,"他是正直的!他会了解你们的悲愁的真理,他会演说给你们这些凭你们的汗、凭你们的血而生活的人们——他会对你们说话,有力的话,相信我吧!"

图洛波伊夫固执地往前挤去。跟在他后面,萨木金看着工人们,一个挤一个,准备让路给陌生者们。

"我们不能再往前挤了。"图洛波伊夫高兴地叫喊,停止在坐着的人们后面。

十一

工人们都三个人挤坐在两只椅子上,或者在别人的膝头上,形成那样坚固的一团,以致萨木金从他的昏雾的眼镜里面看见某人的肩上有两个头颅。定睛注视着那法衣里面的搐动的形体。萨木金用心研究着法衣。它摇摆而且流动,好像故意要模糊那教士的固定形体。那头发偶然飘拂在他的头上,拖在他的黑脸上的头发好像忽然加长忽然缩短似的。挺起胸部,他用拳头压在胸上,伸直身子,翻起眼睛看着头上的蓝烟,仍然沉默着,好像在倾听哑声的嘶嘘、深沉的叹息、咳嗽。萨木金现在才明了他所看见的情形和他所预料的大不相同,这拖泥带水的教士无论如何不像狄欧米多夫;而工人们也并不像那些狼狈的人们,忍受着压迫,静听着那破落的资产家的说教。

"妻子辛苦得衰弱残废了,孩子们害病没有钱医治,"那教士很温和地诉说着,"污垢而且拥挤的住所,游荡而且烂醉。"

"不要说了,我们都知道的。"一种响亮的声音,轰响过萨木金的耳朵上面。立刻有几个声音开始悄悄地制止他:

"停止,伙夫……"

"你喝醉了吗?"

"安静!"

"你为什么摸我的疼疮?"

萨木金小心地回头一看。他后面站着一个阔肩的高人,一个光秃秃的大脑壳和一张没有髭须的圆脸。这面容亮得好像擦过油似的,又像是害水肿病似的胀鼓鼓的。那小眼睛在面孔中央的什么处所闪闪发光,似乎离那大鼻孔太近,那嘴是宽大而没有唇的,好像用小刀划成的一条缝。露出他的洁白的、紧密的牙齿,那家伙咬牙切齿地在萨木金的头上嚷道:

"叫他说点正经事吧。我们自己知道生活是什么样子的。我们为什么要他——要他怜悯呢?"

萨木金觉得这人的脸似乎这样怪诞,以至他的眼睛不能即刻离开他。这人几乎比站在他周围,肩对肩,胸对胸的所有工人高出一个头。他们形成了密集的一圈,一样含怒的面容,用高低不齐的眼睛,同样注视着那褐色的小教士。点缀在这群众中的是一些妇女的面孔,有几个是不相信地恼怒着,有几个就像在教堂里似的感动到赞叹了,其中的一个站在图洛波伊夫旁边,不停地动着她的嘴唇,好像在咬嚼着什么很硬的字句。她有一张女巫似的钩鼻子脸,当她闭着嘴的时候,那面孔上就显出一种痛苦、坚决的表情,这也是怪诞的。萨木金觉得,倘若他处于那教士的地位,他也一定要转来转去,避免看见这些面孔的。他闭起眼睛,他的心头立刻就闪出查理·阿孟的炫目的火炉和一个异常敏速地在舞台上乱跳着的黑种怪人,表演着一条小狗和一只公鸡打架。那小教士仍然在叫嚷着、蠕动着,好像几只无形的手把他当作面团似的搓揉着,后来桌子背后的几个人站起来,围着他,拖拉着他,把他送进一个角落里,他就从此不见了。这使萨木金记起了在尼忌尼·诺弗戈洛得博览会里被大臣们围着的沙皇。寒冷、辛辣、窒息的空气刺激着他的鼻孔,妨碍他的呼吸,萨木金打了一个喷嚏。他的眼睛流泪了。他周围的嘈杂正在增多。人们都从椅上站起来,他们并不走散,反而集聚成若干群,叽里咕噜地谈话。图洛波伊夫问一个人:

"你打电话……"

"不错……"

"我们走吧。"图洛波伊夫邀请。

从群众中辟开一条路是一件长远而困难的事情。人挤成毫不动弹的一团。那有着一个光秃秃的大脑壳的汉子在叫喊：

"好像瞎子跌在河沟里似的。莫名其妙！"

在街上风又袭击他们，这回还夹带着稀泥似的雪花。图洛波伊夫瑟缩着，把双手插在衣袋里，问道：

"好，你以为怎样呢？"

"我不明白。"萨木金说，而且，因为避免图洛波伊夫盘问，他反问道，"你和一个工人谈话了吗？"

"是的，一个很好的家伙。契利米梭夫。倘若你想要再来，可以找他。"

"我明天就要走了。他是一个社会革命党，或者社会民主党？"

"都不是的，那教士不喜欢社会主义者，而社会主义者似乎也避开这种把戏。"

"把戏？"克里问。

"你看见的。围绕着他的那些人全是中年的，而且显然都是高级的技术工人。"图洛波伊夫说明，好像不是回答问话，而是解释给他自己，轻快而又沉思地。

萨木金的眼前显现了那光秃秃的脑壳，那有着小眼睛的圆脸；那脸好像薄雾中的月亮似的，它随即分裂为许多脸，又会合为一个怪诞的面孔。

"我觉得我受凉了。"他含糊说。

图洛波伊夫约他去洗热水浴并且喝红酒。

"他是很亲切的——好像他要请我做什么事。"萨木金想，他的头是昏晕的，他的温度增高了。在昏眩之中他听见。

"你告诉你的兄弟。"

"告诉谁?"克里吃惊地问。

"你的兄弟狄米徒里,你不知道他在这里吗?"

"不。我不知道。我今天才到。他在哪里?"

图洛波伊夫说出一个旅馆的名字,又说明天早上他就会看见狄米徒里。

第二十四章

一

在旅馆里，萨木金叫了一只茶炊和一瓶酒，而且洗了一次热水浴。这种做法并没有使他舒服，反而使他衰弱了。披着外套，他坐下喝茶。他头痛，冷起来了。眼珠要爆裂似的使他急忙闭住。黑暗中忽然现出一张平滑的面孔，和一个油光的脑袋，他的耳朵里面轰地响了：

"生活——我们知道它是什么样子的。"

在这脑壳之下聚着几十几百人，使人发生一头千手的印象。

"一位指导者。"萨木金想，冷笑了，他贪馋地吞饮着酒和热茶。那褐色小教士在他前面跳来跳去，继续变动着他的形态，这身体就具有种种熟悉的状貌：三个手指的宣教士、狄欧米多夫、码头夫、乡村炉匠，以及其他魔鬼崇拜者和命运反抗者。那教会庶务，夹着一本大书，经过克里的心里，像一个表演尼兹开士·特里弗次夫这角色的伶人似的，说道：

"被检察官禁止了！"

"我的温度增高了——大约四十度。"萨木金想着，看着那正在喷气的茶炊，那滚热的铜器上反映着他的脸相，以及一些条纹斑点，这些斑纹又幻化为许多人形，各人都分裂为几十几百个像他自己一样的人。这些一致相同的形态密集成一团，头都好像在滚热的炒锅里的咖啡豆似的蹦跳着，各色眼睛闪烁成几千火花，一种幽静的、含糊的哭声发生在他的头脑里面。

"糟啊！我真是——孤独啊！"克里大声说。这话似乎来自远方，是一个陌生者的嘶哑的声音。萨木金站起来，动摇不稳，倾侧到床边，跌倒了，一把抓住球形的按铃，同时他看见那小教士，挥舞着他的法衣的袖子，跳跃得好像一只枉然想要飞上墙去的母鸡。墙是高的，无限延长，伸入黑暗和迷雾之中。墙折转了，形成一个角落，角里站着图洛波伊夫，伸出一只手，叫道：

"他会明白的！"

两个胖子来到床前面，而且动手把萨木金从这一面翻转到那一面，一段时间以后，胖子之一，好像在阿克特尼街上卖腌菌子的人，显现为狄米徒里；另一个是医生，在朱里士·维尼[1]的著作里面常遇见的人物——总是做错事，人都不能信托他们。萨木金闭起他的眼睛。他俩都不见了。

当萨木金醒来的时候，银色的太阳消融在窗子后面的一片乳白的雾里，茶炊在桌子上腾起一道蒸汽。在茶炊面前，捏着一张报纸坐着的是他的兄弟。他的头发剪得很短，军人似的，他的红腮上长着一部大胡子，像商人似的。他穿着浆硬的白衬衫，没有领结，挂着青色的吊裤带。他的裤子的色调是极其混杂的。

---

[1] Jules Verne（1828—1905），法国浪漫派作家。

"好一个——乡下人。"克里想。但是这句话并没有充分表现那印象。咳着,他加上:"一个舒服的家伙。"

狄米徒里把报纸抛在地板上,走近床边。

"哈喽,"他叫,"你怎么会弄到这样,老朋友,嗯?你神志昏迷,胡说八道,那样厉害。教士咧,干鱼咧,格里布·乌斯班斯基[1]咧。你必须躺在床上三四天。"

他走到桌子前面,倒药水进杯子里,递给克里,然后倒茶给他自己,拿着茶杯,踌躇不安地坐在挨床的一只椅子上。

"我到这里大约半个月了。我正在研究北方民俗学。"

"你已经解除了警察的监视了吗?"克里问。

"早已解除了。"

"你要到外国去吧?"

"我没有钱。"狄米徒里说,把茶杯放在地板上。他的眼睛里面有一种负担的表情,好像和在维堡的时候一样。"你看,这是一种可笑的结合。我偶然住在一个人家——很好的人家!他们的家宅是抵押出去了的,快要到还债的日期了,所以我把钱都给他们。当时那女儿是寡妇,而且——你是自己做主结婚的,是不是?我怎样生活呢?好,不算坏,民俗学是一种十分有趣的学问。那果树园,也——我也常常在那里有事做。还有,社会活动——"他用小手指搔着鼻子,然后沉静地问道,"你是一个布尔什维克吗?不?我很喜欢,听我说吧!——"把双手夹在两膝之间,倾身向着他的兄弟,他兴奋地说道:"我不喜欢那特别团体。轻浮的人们,暴徒,布朗克主义者。列宁有些像尼夫也夫,我敢说!例如,他现在主张组织第三次党大会——为什么呢?有什么必要呢?这显然是由于个人的野心。一个使人不快的人物。"

---

[1] Gleb Uspensky, 俄国短篇小说作家,描写农民生活,享盛名于十九世纪八十年代,晚年害精神病甚剧。

皱着眉头,他更移近一点,把声音更加放低了说:

"那一次农民的叛乱使我非常灰心。那是社会革命党的布尔什维克派的一种作风。发动几千农民,而结果是使他们屈膝,因为这个我们全都互相争吵,而那些监狱的传道士[1]却一意孤行。这太坏了,老朋友……"

"你以为图洛波伊夫怎样?"克里问。

"他会怎样呢?"狄米徒里回答,叹了一口气,加添道,"他一无所有,不怕损失。你要茶吗?"

"请你给我。"

倒着茶,狄米徒里说:

"我在艺术剧院看过《下层》[2]。那里也有一个图洛波伊夫,不过更愚蠢一点。但是我不喜欢那戏剧。并无内容,不过是些空谈。一个报纸评论家的人道主义的言辞。而且那是过时的了——这种人道主义很近于无政府主义!总之,一种坏的化合物。"

虽然萨木金欣喜地听着他的兄弟的谈话,他的头里面却有一种混乱的噪声;咳嗽是困难的,他的温度又增高了。闭起眼睛,他说:

"母亲到外国去了。"

"要去多久?"

"住在那里。"

狄米徒里沉思地搔着他的下巴。他说:

"是的,我看。我搅扰你了吗?快要到一点钟了,我要到学院里去。晚间再来,要我来吗?"

"常来。把报纸给我。"

狄米徒里走了。一种疑问的、隐秘的寂静散布在房间里面。

---

[1] 意谓教人坐牢,指布尔什维克派。
[2] 高尔基自己的剧作,另一译名为《夜店》。

"他已经安居乐业，而又觉得惶惑不安。"萨木金回答那寂静，第一次发觉自己对于兄弟有一点友情，"但是俄罗斯的知识分子的观念是何等混乱哪！"他暗中苦笑了。关于兄弟他并没有什么疑虑。一切都明白了！在报纸上他发现一些愤慨的论文，关于战争，关于旅顺口，关于运输组织的混乱，在文艺栏里，有人热烈地称赞巴尔蒙[1]的诗，引出他的《小人们》的句子：

"小有产者，安分守己的人，伪善的族类呀！噢，但愿你，多头的怪物，忽然消灭无踪！"

萨木金抛掉报纸，他的眼睛发疼，读不下去了。咳嗽使他烦恼起来。狄米徒里到夜晚才来，说道他已经搬进克里的旅馆里来了。他询问他的温度，咕噜了几句安慰的话，然后急忙走了，说道：

"要去开一个秘密会讨论那教士加彭，见他的鬼！"

二

第二天下晚，萨木金觉得很好了。他喝了茶，坐在床上，当狄米徒里进来的时候。

"旅顺口失陷了。"狄米徒里说，咬着牙齿，"这消息明天就会公布。"

他走到窗前用手指在玻璃上写了几个字。然后用手掌揩掉，呻吟道：

"图洛波伊夫说沙皇对于这不幸的消息完全漠不关心。"

"他怎么会知道呢？"克里愤慨地问，"他说谎，当然……"

狄米徒里走到桌子前面。他撕下一片面包，放在嘴里，咕噜道：

"不，他知道的。他给我看过他抄的海军大将赤孔尼的秘密呈报，

---

[1] Balmont（1867—1942），俄国诗人。

那大将说西伐斯托坡是政治宣传的暖床,后备兵驻扎在民家是最不相宜的,那计划或是出自阴谋家吧。沙皇看了这呈报之后,他说'难以相信!'"

克里沉默了,看着兄弟的脸,冻红了的脸。今天狄米徒里显得更矮胖了,更平凡了。他说得毫不起劲,显然不是由衷之言,他的眼睛漠然凝视着。他似乎不知道怎样安置两只手,一会儿塞在衣袋里,一会儿放在脑袋后,一会儿抹着嘴唇,终于敞开它们,做了一个颓废的姿势,说道:

"一个莫名其妙的人,这沙皇,是不是?他漠不关心国家的命运,他没有意志力——人民都在谈论……"

"都在胡说。"克里说。"是的,都在胡说。"他重复说,坚持地说,"你记得从前他怎样阻止农会代表吗?"

"那是个人的问题,譬如说。"狄米徒里说。

"但是,倘若你喜欢,我想象得到他为什么——漠不关心的理由。"萨木金继续说了,忽然激昂起来——使他自己也惶惑了。"漠不关心是因为自幼以来就受着与众不同的待遇。"他说了下去,觉得将近把握住对于自己很有价值的思想了,"你懂吗?一个非常的人物。你必须承认,一个生来就相信不受约束的人,不能容忍一种要约束他的要求。但是他才一登极就遭遇这种要求。"

狄米徒里竖起他的眉毛,微笑着。那笑容扩开了他的髭须,他摸着它,仰望着天花板。他含糊说:

"那是真的。但是你的议论中有许多缺点。"

不顾他的言辞,萨木金再进一步说道:

"他看着他的左右全是庸夫、懦夫、冒险家、蠢材如维特[1]之流……"

---

[1] S. J. Witte (1849—1915),一九〇五至一九〇六年间帝俄立宪内阁首相。

"但是维特……"

"还有波比多诺兹次夫[1]，总之，一些面目可憎的怪物。他看见昨日为他欢呼的人民，今日却破坏国家的财源，以至于省长们不能不鞭打这同样的人民。他看见学生们曾经跪在他的皇宫前面，而不久之后他就不能不把他们发配在军队里，因为这些学生里面大多数就是革命党。他知道成千上万的工人在他祖父的纪念像前面欢呼万岁，而同时有一个社会主义的工人的党已经建立在俄国，不但要推翻贵族政治——这是人人要求的——而且要毁灭阶级社会，这都是不可解的，但是——他总得要求心理的平衡，灵魂……"

萨木金想不到辩解，更想不到防备。然而，他觉得他的话是漂浮的，而且他的兄弟是那么过度注意，大有深意地看着他。歇了一会儿之后，他沉思地加添说：

"由于要使种种矛盾现象得到心理平衡，是可以变为漠不关心于——生活的。甚至轻蔑人群。"

现在他恍然觉悟他所谈论的并不是沙皇，而是他自己，他相信狄米徒里猜不到这一点。然而他总觉得这思想使他不舒服。他沉默着，想道：

"倘若我不病，我就不会对他这样说。"

"是——是的，这是你的想法，"狄米徒里含糊地说，拉着上衣的一个纽扣，而且向四面观望，"现在是艰难的时代，老朋友！各样都变得更尖锐，逼迫着人走极端。在另一方面，工业是发展了；国家显然更强了，更欧化了。"

说了这用意含糊的话之后，狄米徒里好像害牙痛病的人似的，问道：

"我们要喝茶吗？"

---

[1] Pobedonostzev（1827—1907），尼古拉二世的太傅，当时权臣。

"要的。"

"一件白痴的事,这战争。"狄米徒里叹息,按了叫人的铃,"这战争是我们所有的战争中最不幸的……"

萨木金并不听他说,仍然思索着自己说过的话,是的,他刚才是谈论他自己,谈论之后他更认清了自己,他不愿他的兄弟在他面前扰乱他,狄米徒里在房间里踱来踱去,好像无法安置他自己似的,而且愤慨地张扬着迷惘的感情:

"各样都是奇异的。人们已经显出——一种好独创的风气。最近我遇见一个诗人——一个身体肥大的家伙。他吃得好像他历来都是饿着的,相信他永远不能饱足似的。他朗诵了一首关于犹大[1]的诗,把这叛徒赞美为一位英雄。然而,他似乎是有才能的。他的另一首诗也很有趣。"

狄米徒里把他的剪短的头向后一扬,仰望着天花板,背诵道:

> 撒旦和全能的上帝正在斗纸牌;
> 君王和后妃[2]——我们全都是。
> 上帝手里只有下等牌,
> 你看胜利全在撒旦爪子里。

"有趣,是不是?"狄米徒里咯咯地笑。

在第二周中,狄米徒里早晚必到,每天两次,按时而来,好像遵守办公时间似的,而且似乎一天比一天更加村俗。他的无限的惶惑激怒了萨木金;他的多毛的、肥厚的、不很生动的面孔,和他的怯怯的疑问的灰眼睛使他讨厌了。克里几乎欢笑起来,当狄米徒里说即刻就要到明斯克去的时候。

---

[1] 耶稣的十二门徒之一,后来出卖耶稣给罗马人。
[2] 牌名,即扑克里的 King 和 Queen。

"去办一件小事。三四天我就要回来。"他解释了,露齿一笑,不是矜夸他有事可做,便是欣喜那是一件不费力的事,"我已经告诉图洛波伊夫常来看看你,当你住在这里的时候。"

"那是不必要的。"萨木金说。

三

他还是不愿回家去,仍然在旅馆里消受着他的孤独生活,读了一些外国的长篇小说。这样优游的读书可喜地模糊了他所得到的种种印象的棱角,磨滑了它们的粗糙。他居然达到了无所思虑的境地,静听着他自己内心的某种新的波动。他偶尔一记起妮戈诺伐,悔恨得好像受了侮辱,就立刻压下她的影像。他写信给他的妻说他被事物缠住,不定什么时候才能回家,并不提他害病的事。在天气晴朗的日子,他到尼夫斯基大街去散步;看着休假日的群众的争先移动,他回想到那肥胖诗人的句子:

"撒旦和全能的上帝正在斗纸牌……"

在主显节的祭日,图洛波伊夫来访他,一看那进门的神气,并不脱外衣也不放下他的竖着的领子,一看他扬着美好的眉毛的讥笑的表情,萨木金就觉得这家伙要来说某种非常的和不快的事了。他猜得不错,图洛波伊夫客气地问候了他的康健。请原谅他不能早来奉访,然后,用手巾揩着他的潮湿的小尖胡子,说道:

"今早尼古拉二世被彼得鲍尔要塞开炮射击了。"

萨木金以为这是故意简略其词地说出来的。

"你开玩笑。"他说。

"这是事实。"图洛波伊夫固执地说,点点头。"事实。"他重复,莫名其妙地,那声调变为一种欢呼。解开他的上衣,他笑着说:"倘若能知道那是怎样的一道命令是有趣的。——'炮台!瞄准俄罗斯皇帝——放！'"

"谁放？"

"一尊大炮。你有酒吗？"

克里站起来按铃。他不明白他是怎样一种感想，只见眼前出现一列车的最末一辆，里面坐着那瘦削的军官，正在玩弄一只金烟盒。

"这是最有趣的射击。"图洛波伊夫说，"工人们已经决定在星期日去见沙皇。你知道吗？"

"你说什么呀？"萨木金说，歇了一会儿，"你认为那射击与派代表谒见有关系——是不是？"

虽然他觉得他的声调是不友好而且唐突的，他却不能说出别样声调。

"我认为有关系？——好……"

旅馆的侍役进来了，萨木金叫了酒，坐在他的访客的对面，客人看了他一眼，用手指摸摸耳垂。

"乱党们是敢作敢为的。"图洛波伊夫说，"乱党们是有才能的。"

萨木金沉默着，想要决定这贵族子弟的挖苦和反讽是否错误。图洛波伊夫站起来，把外衣挂在衣架上。他的动作现在是敏捷的，几乎不留一点以前的从容姿态。他贪婪地吸烟，深深地吸进去，慢慢地从鼻孔里冒出来。

"十足的波希米亚人[1]。"萨木金在想。"你以为那射击不会是革命党干的吗？"他问，当侍役送酒来又走了的时候。斟满了两杯酒，图洛波伊夫好像在自言自语似的，漠然答道：

"革命党是不赞成大炮的，即令是那些在彼得鲍尔要塞[2]住了一些时的人们，因此那射击不是万一的意外便是下劣的阴谋——是的！你

---

[1] 豪放家，放荡者（就新闻记者、美术家而言）。
[2] 彼得鲍尔要塞亦为帝俄时代拘留政治犯的牢狱之一。

说，派代表谒见。"他继续说，喝了半杯酒之后用手巾揩着他的嘴："你以为是五十个人吗？你错啦，那是五万人——或者更多些！这，我的好朋友，有些像儿童十字军[1]。"

图洛波伊夫似乎不很激动，只是把酒当作水似的喝下去，完了一杯之后立刻就斟满而且又喝下半杯。然后，交叉着手臂，他开始详谈："昨天，在一位作家的家里，塞弗伐·莫洛索夫[2]叙说实业家们访问维特的情形。他说那狡猾家伙显然在策划着某种大规模的阴谋。他还说或许勿拉得米大公在一两天之内就要统治首都，而且要逮捕知识分子。当然新闻和杂志也免不了要遭殃。"

"真奇怪。"萨木金断言，"塞弗伐·莫洛索夫和革命有什么关系？"

"我不知道。我没有打听过。但是你为什么谈到革命呢？不。那还不是革命。我没有想到星期日有谁要闹革命。"

"工人哪。"萨木金提醒他。

"由一个教士领导吗？抬着沙皇的像和神像吗？"

"他们是要这样干的吗？"

"是的。他们不过是这样干。那简直是送葬的行列。就是这么一回事。倘若不更坏……"

萨木金站起来，在房里阔步着。他听见他后面有倒酒在杯里的潺潺之声。

"好，我要走了。我高兴我看见你好了。"图洛波伊夫说，带着一种失意的冷落神气。把萨木金的手握在他的柔软的手掌里，他提示：

"听我说，据说一切公正人士在星期日都要到街道上去，要有公正的见证，这是重要的。鬼才知道会有什么事情发生。倘若到那一天你还

---

[1] 中世纪耶路撒冷被伊斯兰教徒占领后，欧洲基督教曾组织十字军东征以恢复圣地，屡次败绩，教皇以为十字军中人信仰不诚，故未能得圣灵之佑而克奏肤功，乃组织儿童十字军东征，结果无一生还。

[2] Savva Morozov，当时莫斯科的百万富翁。

没有走,那么,不要紧的,你去……"

"一定去。"克里仓促答应。

图洛波伊夫给他一个地址,要他在星期日上午八点钟到那里去,然后走了,突然用劲砰地关上房门。

"他激动了,那射击使他兴奋了。"萨木金认定,缓步在房里踱着。但是他并不思索那射击,他拒绝相信它。站住了,他看着一个角落,眼前恍然出现一幅严肃的光景:晴朗的白日,蔚蓝的天空;在冬宫前面的广场上跪着一群工人,皇宫露台上站着蓝色沙皇,一个金色法衣的教士侍立在侧;在沉静之中,在嘶哑的跪着的人群之上,悠扬着贤明的和谐的言辞。

"总之,在不久以前他们不是曾经跪在他前面的吗?"萨木金想,"这样一来就给革命运动一个致命打击,而且沙皇与人民之间从此发生了新的关系。或许这就是斯拉夫主义者所曾经梦想的关系……"

四

萨木金心中油然发生了一种信念,一个伟大的历史事件将近到来了。此后社会秩序就要逐渐稳固,一切精神错乱的人们就要恢复健康否则灭亡。这样默念着,在星期日早晨他沿着尼夫斯基大街走去。这灰暗的日子平静如常,也不很冷,虽然一阵干风飕飕吹过,轻盈的雪花正在悠悠地洒落,时间还早而街上行人已经不少,他们似乎比平日更为分散,更为无目的。那些穿好衣服的人们尤其如此。大多数人都向海军总司令部那一方面走去。从两边旁道里跑出来一群一群的青年,显然是些工人,匆忙地向兹那门斯基广场走去,街上车辆很稀少,萨木金尤为安心的是并不见戒备着的威风凛凛的警察们,而且尼夫斯基大街上的气象似乎异常安静和平,并不像平常那样深嵌在商店房屋的紧促的连接中。走进一座古怪的石房子的庭院里,萨木金遇见一群人。站在当中的是一

个高个子,有一部法国式的胡子,戴着夹鼻眼镜,好像一位教会庶务似的,正在惊慌地大声疾呼:

"这是绝对正确的。军队奉命集中在城市里的大约是四十个步兵营,一千二百名哥萨克兵,还有十个骑兵连……"

"用这些兵力来对抗二十万民众吗?"一个小男人气昂昂地说,戴着一条白围巾和一顶修道士似的帽子。

"民众是徒手的呀。"

"不错,可是我们并不是来打仗……"

这两个人继续辩论下去。其余人都围着那戴夹鼻眼镜的人,盘问他各种问题:

"你的报告是正确的吗?尼戈拉·彼得洛维奇?"

"这是绝对正确的。一切关口都由军队把守着,桥梁上都有卫兵,谁也不许放进城去,我有要紧事,先生们——我就要去报告……"

他们不让他走,问道:

"那么为什么街上不见警察呢?大臣们和报馆的代表们说了些什么呢?"

戴夹鼻眼镜的男人冲破包围向庭院的一角奔去了,同时一个穿厚皮外衣的黑胡须的人在他后面叫道:

"但是这是有意挑拨官民的感情呀!"

"不负责任地闹些乱子走了。"萨木金想。

一分钟之后他站在一个大教室的门道上,那里面沸腾着震聋耳朵的叫嚣和谈论。

"好,我不是说过了吗?"

"先生们,请安静!"

"你算是哪一党呀?你自成为一派吗?"

"注意!"

"安静!"

当萨木金揩好他的被蒸汽蒙住了的眼镜之后,他看见教室里面,在乱七八糟的书桌之中,有一大堆人,站着和坐在书桌上,在地板上,在窗台上。几十种声音同时叫喊起来。浮在这一切嚷嚷之上的是一个猴子脸的秃头男人的歇斯底里的言辞。

"我们必须前进!"他叫,那声势格外紧张,"我们不是去做证人,而是去做牺牲,冒着枪弹和刺刀……"

"但是你从什么地方得来这种理论?谁在谈论枪弹?"

"这是由于我们的历史的要求,由于我们的光荣的要求……"

这样叫喊的人站在一张书桌上,摇摇荡荡地尽力维持着身体的平衡。他的脚上穿着一种自动性的雪鞋——一只鞋从桌上滑落下来了。他的声音很尖,带着一种 r 的喉音。在他下面站着一个胖男人,肚皮挺在他正在用拳打着的书桌上。他的头向后仰得这样厉害,以至他的后颈上鼓起一道面包圈似的皱纹。他吼道:

"去增多尸体呀……"

"我们和人民一致前进……"

"去——去见沙——沙皇吗?去去去见他吗?"

"我说,我们不能相信那教士!"

"那也是一定的……"

谁都不静听那法国式胡子的人的话,他一只手扶着夹鼻眼镜,另一只手把一本手折凑在眼镜前面,读道:

"从卜斯可夫起——两营……"

那些书桌推移着,吱吱咯咯的;许多脚拖来曳去;那穿雪鞋的人歇斯底里地尖声叫喊:

"倘若我们不能活下去,我们就应该知道怎样死法呀……"

"啊,真是……"

"注意呀,先生们。"这样大叫着的是一个漂亮的小老头,长头发,灰胡子,还有一管大鼻子。教室一静,萨木金就分明听见两句话:

"悲观的癖性创造悲剧。"

"在巴黎，一八三〇年……"

萨木金看见大多数人都默默地站着和坐着，冷酷地或颓废地看着那些叫嚣者，他们的脸上全有着皱纹，好像长久害着失眠病似的。这种种见闻动摇了萨木金的心情。他怨恨图洛波伊夫约他到这里来。那位漂亮的老绅士说：

"我们的任务是尽量观察，提供真实的报告，报告——什么呢？报告必须送到公共图书馆或自由经济协会……"

又是一阵乱嚷。

"好像一群在小菜场里的吉卜赛人似的。"图洛波伊夫颇为高声地说，在萨木金后面。

"他们真是不许人民走近皇宫吗？"萨木金问，退后几步，站在图洛波伊夫旁边。

"好像真是的，"

"那么怎样呢？"

"我们瞅着吧。"图洛波伊夫回答后，就毫不客气地推开众人，走了。萨木金跟在他后面。

五

"我要到维堡斯基横街去。"图洛波伊夫说，当他们走到庭院里的时候，"你也去吗？"

"去的。"萨木金答应。走了几步之后，他问："到尼夫斯基大街和皇宫广场去不更好吗？"

图洛波伊夫不回答。他大步急往前奔，双手插在衣袋里。在他后面飘着纸烟的蓝色丝缕。他的浅色外衣的竖着的领子，他的棋盘花的围巾，他的背影，都使人想到在酒馆里面跳舞的巴黎游客。

"一个见证。"萨木金想,研究着陪伴图洛波伊夫走去的理由。

在塞吉夫斯基街上他们遇见一辆雪车。车夫是一个形容憔悴的小老头,弯腰坐在车台上,缰绳松弛着,显然是在打瞌睡了。他的多毛的乡村的马身上有一层灰色的霜,正在慢慢吞吞地低头走着。

"喂,到维堡斯基横街去。"图洛波伊夫说。

并不竖直身体,车夫猜疑地看了他一眼。

"我不去。"

"为什么?"

"我是从那里来的。"

"这是怎么回事?"

"我是住在那里的。"

"嗯?"

"我不愿去。"

耸动肩头,图洛波伊夫更加快速地迈步前进。在萨木金自己还来不及决定另雇一辆雪车以前,那车夫已经勒转马头自告奋勇:

"我可以把你们拉过桥去!倘若你们愿意。"

他们上了雪车,天气更加冷了,风从涅瓦河吹来。雪片在灰暗的空中旋转下落,进城去的人比较稀少,而且都迟疑不决地缓步着。

"妇女们也游行吗?"萨木金问图洛波伊夫。车夫却用高调的破声音回答道:

"她们也要游行的。每个人都得游行。但是这会有什么好处呢,先生,必定有些好处的吧。"他用一种声音加添:"工人们全都说:我们不能这样活下去呀!"

他回转头说了。萨木金只看见他的脸的半边,一道灰睫毛下面有一只蒙眬的湿眼睛,和半边灰胡子。

"我们不能这样活下去呀,先生,无论你怎么说,我们定规是倒霉到死的。我有四个孙子,一个儿子正在害病,工厂使他害肺痨病,那加彭神父就明白，上帝保佑他……"

他忽然不说了，正如他忽然说起来一样。然后又弯腰坐在车台上，过桥之后他勒住马。

"请下去吧。我不再走了。不。我不要钱。"他抗议，摇着他的戴着烂皮手套的手，"这不是要钱的日子，请你不要把它当作恶意，先生。我有一个儿子要游行到皇宫去，我恐怕有什么事……"

"这鬼。"图洛波伊夫含糊地说，拉下他的帽子而且遥望着密集的人群游行横过街去。"这边。"他说，沿着涅瓦河岸走去。

当他们走进尼夫加的时候，萨木金看见河的两岸上全是无穷的黑压压的工人的游行队伍，密集地、缓缓地、肃静地向撒布生尼夫斯基桥前进。一种熟悉的嘈杂飘在空中，萨木金立刻觉得这嘈杂是更为一致、更为热诚、更为柔和的，比之上次去参拜沙皇祖父铜像的群众的那种乱七八糟的胡闹。现在萨木金走到桥上，混合在群众里面了。他觉察，在工人们沉着的行进中，他们意识着他们正在从事一种伟大的、历史的任务。把这意识传达给他的是群众之中的暖气，这暖气不但是身体密集的结果，而且也从妇女们焕发出来，也从庄严的工人们的一致性焕发出来。他第一次看见这样的群众，显然大不相同于上次到克里姆林宫去的那些莫斯科暴民。暴民们几乎是无生气的、勉强的，绝无这种严肃的信念的。还有那些妇女，她们像大多数男人一样，几乎全是壮年的。她们的端庄、娴静、清洁，又苏醒而且增强了萨木金的希望；各样都要进展，不至于有什么不吉利的事端。即使真是调动了这么多的军队吧，那也不过是要保卫首都的秩序。里提尼桥被封锁的谣言已经证明不确了，回想到在那学校里扰攘吵闹的人们，他以为这些人是：

"历史已经闯过他们，已经抛弃他们。"

他猜疑地看图洛波伊夫，后者正在弯腰曲背地走着，好像一个老人似的，双手插在衣袋里，下巴埋在围巾里面。在这些庄严、强壮的人们之中他似乎是不合时宜的，他必定已经有自知之明了吧。他的两道眉毛,浓得好像画过似的,紧蹙着结成了一条线。他的脸色是惨淡的、决绝的。

"正确地说,他简直就不愿走去。"萨木金想,又观察着群众。他们正在更加密、更加暖。

六

萨木金确实觉得自己是最不吉利的历史事件的一个参与者了,不但是见证,而且是参与者了,当异常纷扰忽然出现在狄孚林斯基街口的时候。从什么处所冲进群众大队里一大批青年,大约一百个,领头的是一个小胡子的男人,和一个好像女教员似的服装朴素的女人。那小胡子的男人忽然异样地挺起身,直立着,挥动一面红旗。

"哈啦!"有些人欢呼了,不和谐地,另一些人也不和谐地欢呼:"社会革命党万岁!哈啦!同志们——哈啦!"

群众纷乱着,停住了,那些欢呼淹灭在无数怒吼之中:

"抛掉那旗子!"

"喂,收起那旗子!"

"孩子们,我们不许……"

妇女们的声音特别尖利而惊慌。萨木金被推挤到纷乱的中心,发现他自己已经逼近那拿着旗子的人。他还把它举在他的头上,手臂伸得很直,那旗子并不比一幅头巾更大,颜色鲜明,飘扬在空中,好像尽力要挣脱那短旗杆似的。萨木金用背部和肩头推挤着后面的人,相信那拿旗子的就快要被殴打了。但是一个红胡子大汉,好像一个兵士穿着工人衣服似的,轻易地就把拿旗子的手拉下来,说道:

"把它藏起来,同志……"

"这不是时候呀。"另一个声音说明,同时第三个声音确定:

"这是没有意思的,安东同志。"

脸孔好像是教堂庶务的一个人摇着一块白手巾,叫道:
"这是警察的诡计!我们知道他们!"
红旗不见了,被那好像兵士似的人抓来塞在怀里,挥舞红旗的男人也消失在群众里面。萨木金被猛力一推,从他后面挤出那面目可怕的伙夫伊利亚,冲到群众前面,像吹喇叭似的叫:
"兄弟们,不要拿任何旗子。这是另一回事——另一回事,你们明白吗?"
他没有戴帽子;那臃肿的秃脑袋像圆石似的,是紫红色的。他已经把他的小帽塞在衣领下面,而它突出在他的阔下巴底下。纠缠在群众里的人结子已经解开了,大群人们又悠悠地蔓延在街上,充满了它。萨木金看了这情形,十分高兴,赞叹道:
"他们是何等严肃、认真啊……"
他自以为他是对图洛波伊夫说话,而回答他的却是一个稀胡子、黄面孔的瘦男人:
"说不上认真——摇着那么一小块破红巾。"
萨木金向四面一望,看不见图洛波伊夫。
"你是工人吗?"萨木金问。
"还会是别的吗?这里没有外人。嗯,或许有几个,你是一个书记吧?"
"我是替报纸写文章的。"萨木金回答。
"我是一个旋盘工——细木匠。"
歇了一会儿,萨木金冒昧说道:
"人们都是——高高兴兴的!总之,这是一件应该高兴的大事,沙皇和工人阶级联合是前辈人所梦想……"
"做梦这一类事和我们不相干。"那旋盘工断言,显然恼怒了,这就杀灭了萨木金想和他谈话的欲望。那人又说:"你不应该来,庇拉基亚。我告诉过你我们非到下晚不能回去。"

这话是他回头对他后面的某人说的。

"走哇，走哇。"一个嘶哑的男人声音回答。

当他们走到托洛斯基广场的时候，先头的队伍似乎受了什么阻碍了，他们都站住开始骚动。萨木金周围的人们开始扶着别人的肩头跳上跳下，窥看前面的远景。

"站住，孩子们！"

在表示惊异、恐怖、愤怒、有趣的种种声音之中，全都一致重复着一句话：

"他们不许通过吗？"

有些工人停住了，向后退走，另一些人却往前挤，叫道：

"不要停，往前走哇！"

七

萨木金被推挤的这样厉害，以至于他旋转了两个圆圈，终于发见他自己在先头，紧挨着一道墙壁。大约五十步之处，他看见许多兵士。他们封锁着桥口，像一道花岗石堤埂似的竖立着。他们的头，都有一片白布顶在前额上，一致地垂着。头与头之间突出着枪刺的长爪子。面对这些兵士站着一员军官，他的脊背上交叉着几条皮带。他挥着一把蓝色的长刀，指着冬宫方面，他好像就要从兵士上面跳过去似的。另一员军官，黑胡子白手套，正面对着萨木金。他正在点燃一支纸烟，火柴的光焰照明了他的眼睛。萨木金看见工人们正在慢慢地向着兵士移动。他听见无数的激昂的叫喊，在这嘈杂之上高扬着的是那伙夫的沉重的吼声：

"停止，等着！我要去解释！姑娘们，给我一条手巾！要白的！亚各·伊凡尼奇，来，你是一位老人！兄弟们，我们立刻就要去解释明白。现在有一种误会。亚各，摇着手巾……"

那伙夫的巨大的身体霍地就转向士兵去，摇着手巾，他叫道：

"喂，军士们！"

让伙夫向前走了五六步，工人们形成了一个楔子形，顶端是那老人，然后跟着他前进。那小白手巾被风吹跑了。他就从他的领后面抓出他的帽子，摇着它，那老人赶快走，但是他是跛的，跟不上那伙夫，大约有十个人，越过老人，向前走去。兵士的墙一摇动，刺刀的梳子一闪就不见了。一阵干燥的爆裂的声响，不很高，分明听见了——第二阵，第三阵。萨木金并不感觉恐怖，这时一粒子弹嘘地飞过他的头上，又是嘘的一声。木墙上的一块板子打破了一片，在他前面的三个人之一就背靠着墙，跌倒在地上，萨木金这才骇呆了；当士兵放下他们的枪的时候，同时工人们开始后退，并不急促，蹲下，卧倒。一个女人尖声急叫：

"他们开枪，魔鬼！看他们！"

"空包子弹！"几种声音同时从群众中叫起来，"威吓我们！"

伙夫站住。他和工人之间的距离加大了，他站着，好像一个斗拳家正在等待对方的打击似的，左手扶着胸部，右手高举着帽子。右手落下了，他走上前几步，像一块木板似的直立倒下，脸扑在雪上，仰起他的头，用他的帽子打着雪，他发出非人的绝叫，向前滑动，伸出他的脚，然后把他的脸埋在雪里面。

萨木金极其清楚地看见这惨烈的死相。他并不特别被震动，他甚至还能够观察那死了的伙夫似乎变得更长大了，但是一个女人的叫喊之后，他的视觉昏乱了，此后他所见的一切都在一片迷雾之中，模模糊糊。完全不可思议的是事变进行得难堪地缓慢，眼见每一分钟都充满了过多的运动——而那印象却是十分缓慢的。

并不急促，密集的工人们正在后退，人们向后面向旁边退去，对着兵士摇着他们的拳头。有几只手上还飘扬着白手巾。群众的集体正在破裂。人们分散、逃跑、跌倒、挣扎、爬行。许多人绝望地寂然躺在雪上。穿着农民上衣的大个子，模样好像那教会庶务似的，也是这样寂然不动的。他躺在那里，而且从他的衣领下面泛流着赤血，在他的头旁边涂成一片红斑——萨木金能够看见一阵透明的轻汽从斑块上腾起来。另一个男人，颈上有一条绿围巾，正在向着墙边爬去，用力拖曳着他的两腿。一个小女人坐在地上，拉脱脚上的黑色雪靴。忽然，好像打中了她的后颈似的，她把头插在两膝之间，敞开双手，侧面倒下了。图洛波伊夫披着外衣，拉着一个青年向墙壁走去，这青年的脚是蹉跌着的，眼睛是紧闭着的，上唇往上翘起，裸露着牙齿。空间沸腾着咒骂和妇女的绝叫。有人在大声指挥：

"到交易所大桥去，孩子们！"

"魔鬼！凶手！"

萨木金觉得群众又在向那直立不动的兵士的墙移动——并不收拾那些受伤者。许多人往前跑，走近兵士，咒骂他们。一个女人，短上衣的袖子已经破了，拉起她的衣襟，露出红衬衫，用一种金石之声叫喊：

"打我！打我！"

"我们必须跑了，走哇。"萨木金对着图洛波伊夫叫喊，使劲靠在板墙上，不愿图洛波伊夫看见他的抖颤的膝部。在他的心里大叫着的是这简短的话："为什么？为什么？"他压住这问题，只是对周围的人们诉说："我们快跑哇，他们又要打了……"

图洛波伊夫用手巾揩着他的鲜血染红的手。他的脸显出狂怒的神色。他的尖形的小胡子几乎是一致直立着。他必定已经咬紧嘴唇了吧。看了克里一眼，他叫道：

"滚开，你们全体！他们要用马队来冲了……"

兵士的墙已经分裂为两半，好像开了一道门似的。铁锈色的马匹冲过这开着的地方，踏得雪花飞溅。戴白帽的骑兵咆哮而来，挥舞他们的马刀。群众呼号，退开，分散为许多小群、许多个人。克里又被那运动的不可思议的缓慢骇昏了。少数人，以跳跃的敏捷而论显然都是些青年，缠住在奔马之中。那些马侧身横穿过他们旁边，兵士们却附身扫荡那些人的脚,好像要使马能够从他们身上跳过去似的。萨木金觉得他的眼珠好像睁大了。他看着这一切,清楚到痛苦的程度,使他恐怕眼睛会瞎掉。他闭起眼睛。在他旁边,人们正在爬板墙,他们的靴子摩擦着木板,板墙吱啦地响而且摇动了。马都愤愤地嘶鸣着。一阵噼里啪啦,皮鞭发出疾风的啸声。人们在呻吟,叫喊,像马似的嘶鸣;而且倒下,倒下……

一个没有帽子的青年人正在猛力拉下萨木金头上的一块木板,用喉音呼唤:

"帮忙啊,你看不见吗?"

"卧下。"图洛波伊夫命令。萨木金脚被踢了一下,就跌倒在墙边。立刻就有铁青的马蹄跳过他的头上。摇摆着坐在那畜生上面的是一个全副武装的骑兵,蓝眼睛,灰胡子,露着他的牙齿,他像一个顽童似的怪叫着,用马刀乱砍着板墙,想要砍中图洛波伊夫,后者沿着墙根蠕蠕地爬行,叫道:

"滚开,你畜生!滚开,魔鬼!"

忽然他冷酷地大声叫道:

"白痴!你以为我是犹太人吗?"

那匹马发威地把前脚一跃。一个工人用木板打中它的后腿,兵士使那动物打了一个旋儿,像演马戏似的,然后用力砍那工人的脸。工人一踉跄,满面流血,又把木板戳进马的鼠蹊里面,然后倒在它的脚下,同时士兵又举刀来砍图洛波伊夫。萨木金闭起眼睛,还看见凶手的脸在跃动,那脸因为发怒或寒冷变为紫红色,露着牙齿,竖着耳朵。他听见受伤的马的悲鸣,顿脚,以及马刀撞击木墙的声音。某种物体很沉重地跌落在地上。

"他杀了他,现在要杀我了。"萨木金想,好像"我"是别人似的。另一种恐怖冻结在他内心——并不为他自己——更沉重、更难堪。

他的周围变为更沉静了。他睁开眼睛,图洛波伊夫已经不见了。他的帽子掉在那工人脚下。那蓝眼睛的骑兵，跛着脚，拉着马向彼得鲍尔要塞走去，那马一再弯着后腿倒下，摇摇头，用前脚爬着雪地，那骑兵叫喊，拉着缰绳，对着马头摇动他的马刀。

八

萨木金坐起来，倚靠在板墙上，向周围探望。兵士们现在正在远处驱逐和鞭打工人们，大约是在加门诺斯托洛夫斯基大街上。受伤的人们正在广场上爬行；他们都被别人默默地扶起，抬走了。到处散播着小帽和套鞋。一条宽大的灰色围巾形成了一个堆，好像里面包着一个小孩似的。在它旁边，在雪上面，躺着一只手，掌心向上。一个被砍死的工人，他的脸浸没在血池里面，好像正在喝血似的；他的手压在胸部底下，他的脚敞开好像一个Ｖ字。在桥上的灰石头似的步兵们正在跳跃和顿脚。身上挂着一只铜喇叭的一个兵士特别跳得高。许多兵士用手遮在眼上正在瞭望远方，远方人们正在奔跑，马匹正在回旋驰骋，马刀的光芒正在闪烁。

萨木金站起来，慢慢地沿着板墙走去，然后转了一个弯。那里有一个人坐在石栏上，满面流血。他吐唾沫而且擤鼻子，红色的凝块纷纷落在地上。

"我说，就是这时候吧！"他叫喊，用手揩着他的膝部，"这是许可的吗？那号兵早该吹一个警告的信号。我自己是一个军人。我知道这些规矩。按照军律，那号兵早应该吹一个信号，这肮脏的臭鼬！"他高声地啜泣，污秽地咒骂："伐西里·米洛尼奇被砍掉了，嗯？一刀砍在他身上的时候他正在抱起他的妻……"

萨木金默默走过他的面前。他好像在梦中似的走着，几乎不省人事，只有一种感觉，他将要永远不能忘却他所见过的这一切，而没有忘却生活似乎是不可能的了。不可能的。

他不辨方向地走去，猜想着要转进哪一条路去。在一条街上他看见了一群工人。在墙边上，在窗子下面，两个人头并头地躺着。一个人的脸上盖着一顶小帽；另一个人，有一部黄胡子，用玻璃似的眼睛仰望着天，天空散乱着雪片。在门廊的石阶上坐着一个戴银丝眼镜的中年人。一个矮胖的妇人跪在他前面，替他包扎大腿，那脚上全是血，好像穿着红袜子似的。那人移动脚尖，沉静而又自信地说：

"或许因为这里有一个要塞吧。"

一个年轻的、瘦削的工人，穿着旧短上衣，系着皮带，叫道：

"要塞？什么要塞？不要和我谈什么要塞。我们就是要塞！"

他用拳头拍打他的胸部，开始咳起来。他的灰黄色的脸是憔悴的；他的眼睛是疯狂的，他似乎正在咽下沸腾在他内心的愤怒。这种情绪感染了克里·萨木金。

"沙皇和那教士是要负这责任的，"他说，伤心得快要流泪了，"沙皇不是东西，他在自杀！杀人而又自杀！他在谋杀俄罗斯，同志——绝不能又是一次科登加惨案！你必须……"

"我必须什么！"那工人叫喊，用手拍拍萨木金肩头，"你说什么呀？而且你是谁呢？说呀！嗯，你说什么？哦……"

骂了一声，他抓着克里的肩头，用力推挤他，咳嗽。那受伤的人，扶着女人的肩头，想要站起来。但是哼一声又坐下去了。

"我怎么能走呢？"

"叫这家伙走开吧。"一个穿粗羊皮外衣的老人说。"你走，先生。这不是你的地方。"他冷淡地对萨木金说，拉起那工人的手，"走吧，米沙。你看不见吗？那人骇得不会说话了……"

克里觉得工人们全都回避他，要他走开。他伤心，也有点愤恨。他还想说几句话，但是那工人只是站着咳嗽，而且叫道：

"你们的自杀是喝茶，奉承他的将军们。谢谢你们的工作！现在你要来说些花言巧语……"

萨木金恼怒地摇摇手，走开了，决定立刻回到乡下去。他已经看够了，看透了。

"那人说得不错，那号兵早应该吹一次警告的信号。那么，工人们也就早已跑开了。"

他差不多跑起来，赶上那些工人，他们大多数都向同一个方向走去，都高声谈话。甚至还有笑声，激动的人们粗糙的笑声，使人们想到：

"他们欣喜还能活着。"

在萨木金前面有两个青年扶着一个少年走着，少年的海豹皮帽戴在后脑上，背上有些紫红的血块。

"这不算什么，"他用鼻音咕噜着，"这不算什么。"

他的脚是立不住的，他的头低垂在胸上！他的身体虚悬在他的两个同伴的手臂之间，发出绝命的喉音。

"他似乎不行了。"两个之中的一个叫喊，另一个回头问萨木金：

"你是医生吗？"

"不是。"萨木金回答。他又不由自主地加添："这是衰弱。"

那少年被轻轻地放倒在萨木金前面，几分钟之间一群人围拢来了，拥塞在街道上，一个穿皮上衣的红头发的大个子驾着一匹长毛的马走来。萨木金招呼那车夫，但是他坐在车台上，摇着鞭子，愤愤地叫道：

"哪里？我不能去。我在寻找我的儿子呢。"

但是那受伤的少年已经被搬上雪车。他的一个同伴就自行坐在他旁边。另一个也爬到车台上。车夫用鞭子推拒他，尖声哀求道：

"为上帝的缘故，放我走吧！我告诉你们，我的儿子……"

"我们全是孩子呀！"有人厉声叫喊。

车夫滚下车台，跪在地上，像女人似的叫唤。

"我的亲爱的人们，我不愿去！我不能去！"

人们拉着他的手臂和领子把他提起来，送到车台上。

"这车不能坐四个人哪。"有人评论。另有一些人趁势把雪车一推,那马拱起脖子,但是它的前脚这样一弯,它也好像想要扑下去似的。

"你们还算人吗?"车夫叫喊。

"残忍。"萨木金想,恢复了他的常态,镇定起来了。在他后面有一个响亮的声音,郑重其事地欢呼道:

"在伐西里夫斯基岛上,一家军火厂被捣毁了。他们正在建造防御工事。"

"谁说的?"

"我们的孩子们……"

"孩子们,到城里去!同志们,谁愿到城里去呀。"

九

萨木金加入工人群众里,跟着它的尾巴向左边走去。不久他就看见了交易所的蹲踞的建筑物,在它附近的大桥上有几群士兵和马匹。工人们站着辩论兵士们是否要开枪。

"他们已经打够了。"一个矮家伙说,他的灰上衣的右肘上有一块补丁,"愿意从冰上走到马尔士[1]广场的,走吧。"

六个人跟着他走,萨木金是第七个。他看见零落的小人形在河冰上向着城市方面奔跑,他们显得非常渺小,在那宽阔的河面上,背对着那些石造的高如云霄的黑色宫殿。

"他们不打分散的个人。"他想,觉得麻木不仁,几乎是镇静的。

在涅瓦河面上比在街上更寒冷。风一阵一阵刮来,刮掉积雪,露出灰的蓝光闪闪的斑块,把人的脚包裹在白烟里面。这一小群人走得很急,差不多是跑了,有一个工人含糊说了几句,那矮汉子回头看了他两

---

[1] 战神。

次，终于严厉地说道：

"这完全是错误的。兵士们全都像马似的被拴束着。倘若它踢了人……"

有一种奇异的声音，好像山毛榉蕾的爆裂。萨木金的头上面有吁吁的怒响。

"这是打我们的。"那矮脚汉子说，"散开，孩子们！"

但是工人们还是成群地走着，一直到又吁吁了几次，子弹在他们的旁边击起雪灰的时候，才有一个工人跳跃着向岸上奔去。

"这家伙真有趣。"那矮脚汉子评论，回头对萨木金说，"他逃避子弹。"

他继续说：

"我说：从前我们跟特比斯基上校去攻打中国的首都北京……"

他正在讲故事给工人们，但是有几句话直飞到萨木金的脸上：

"那么，你不愿开枪吗？不行的，先生。那时我们也就和这些兵士一样。阿里约沙站在那将要枪毙的人旁边，画十字在他身上。一会儿又下命令：射击兵，放！这就是你的基督！基督并不保障一个兵士，也不保障任何人！兵士是法律以外的人……"

在马尔士广场上，萨木金落在他的同伴之后了，而且几分钟以后他已经转进尼夫斯基大街。这里不但更温暖，而且也更熟悉、更亲切。在一排一排的密集的人群上面漂浮着各种言语，激动而又轻松的，人们都向宫殿前面的广场走去，其中许多人都是盛装华服的，甚至还有富裕的男人和女人。真有些古怪。萨木金想：

"难道那边岸上的变故是一种误会吗？"

他轻易地发生了这样的希望：在这边岸上一切都会解释明白，圆滑过去的；别处的工人们将要来了；沙皇将要出来会见他们……

在他前面走着一个穿皮大衣的人，戴着奇特的帽子。他牵引着一位太太，挽着她的手臂，用一种爽朗的声音安慰她：

"我相信绝不会发生什么变故。"

"已经发生了。"萨木金想要说,记起了他的证人的任务。但是那人又加添:

"他是一个混蛋,那是真的,但是还不至于这样……"

萨木金经过这一对男女前面,信步游走,随顺着人群之流把自己推移而去。

十

当他来到街尾上的时候,他望见通到皇宫的路已经由两列显得很渺小的兵士封锁住了。群众把他直向着他们推去。他站在一边的纵列的尾端上,仔细观看那些步兵,全是些容貌惨淡的小家伙,大约不到两百人。他们的左列背靠着尼夫斯基大街角上建筑物的墙,右列背靠着广场的围栏。他们怎样能够对抗拥挤在尼夫斯基大街与圣伊萨亚克广场之间的数千百人呢?

"是的,"萨木金想,"我相信那边的事是一种误会。""一种罪孽的误会。"他加添。

士兵们全都好像是些塌鼻子。他们必定已经站在那里很久了,因为他们的面颊都冻成青色了。不由自主地,萨木金以为这些可怜的兵士是特意布置在那里叫人民不要害怕的。而人民确实也不害怕他们。他们几乎是胸对胸地挨近那些可怜的兵士,鄙夷地看着他们。一个老人,穿着皮的短上衣,戴着有护耳的皮帽,正在对一个班长说:

"你不要教训我!我自己就是近卫军的特务长!"

一个姑娘——依她的外貌看来,是一个女裁缝或一个大人家的女仆吧——疑问地说道:

"他们说你们对着人民放枪?"

"我们不放枪。"那兵士回答。

在皇宫广场，挨近围栏边，面对着亚历山大圆柱，排列着一群坐在高大的黑马上的威武的骑兵。围绕着圆柱的也是些步兵，但是他们的来复枪是架在地上的。那里有几辆绿色的大车，还有一条杂色的大花狗正在奔跑。各样都是简单的、平常的。萨木金生动地记起了在这同一广场上，曾经有一群"矮下的人民"怎样跪在沙皇之前；他觉得来复枪、花狗、大车之类完全是多余的东西。叹了一口气，他回顾着左边的圣伊萨亚克教堂的灰色的圆屋顶巍然高耸。它上面虚悬着，覆盖着盘子似的天，庞大而又阴暗，好像是由灰石头刻成的。低低地悬垂着，它似乎是温暖的，使人觉得地上的人群更加密集了。

在广场上，在那些塌鼻子的兵士后面游走着几个军官。在散兵线前面却没有军官，不过有一个特务长，也很矮小，有一张过于早熟的青年的面孔，悠悠地说道：

"请不要推挤。"

萨木金一不留心，就有一个铅色上衣、红头发、大胡子的军官忽然出现，好像是从萨木金背后的墙里面变出来的，几乎就站在萨木金旁边，用颇为衰弱的声音叫道：

"立正！"

他又说了几句话，那些塌鼻子的家伙就一致紧张起来，死寂地直立着，红头发军官抽出一把长刀，好像是从衣袋里抽出来的，挥舞着它，叫喊着，塌鼻子家伙们提起来复枪，向后一退，就开枪了。这种奇袭的全部过程执行得非常迅速，而且出乎意料，完全不像那岸边上的动作。站在这优越的地位上，萨木金十分明白地看见刺刀并未一致突出，有的高，有的低，很少直戳在当前的人脸上。排枪响了，并非混合成一阵轰声。而是零零碎碎的单响，并不十分骇人。

站在士兵对面的人们终于骇慌了。全都向后溃退，在他们自己和兵士之间霎时闪出大约五尺宽的一片空地。前任近卫军特务长跟跄地举起他的帽子，然后沉重地跌落在兵士的脚前面。他旁边的三个人也倒下了，群众中也有人一个跟一个倒下。

"骇倒了。"有人对着萨木金的耳朵说，"都是空包子弹，而且他们……"

但是这时候萨木金看见人们的倒下并非由于害怕。他看见群众挤得很紧，几个男人和女人挤倒在众人的脚下。他们蹲下，跌倒，爬行。一个青年叫着，急促地滚到前面，用一只脚和一双手支在地上。萨木金看见人们死也不能相信或理解他们是被谋杀了的。他看见那红头发军官摇着戴手套的拳头臭骂那些兵士，用他的刀尖向着兵士们的肚子。那军官向后转，走过去戳了那青年一刀。后者的手一松立刻就扑下去了。

群众大吼大叫，用拳头威吓那些兵士，有人用雪球打他们。兵士们持枪不动，僵直地站着，比以前更密集，显得异常高大。

这光景比在河对岸的更为骇人，或者因为萨木金是在更挨近的地方看着它吧，他又经验到那难堪的缓慢，那可怕的分明，一分钟之间包藏着这么多的活动和这么多的死亡。他周围的人们把他推挤到尼夫斯基大街。他们叫喊，咒骂，摇着拳头，虽然他们已经看不见兵士了。萨木金看见退却的群众屹立不动，被一种看不见的障碍所拦住，然后忽然一声怒吼，冲过去了，踏着死尸，拖着受伤者。一阵排枪高声大响，一会儿又是一阵。兵士们跳出来了，射击，摆动枪托，用刺刀戳杀……群众跑作一团，叫喊着，沿着广场的铁栏跑去，跳过铁栏。有些士兵一直追杀到尼夫斯基大街上。包围着萨木金的群众也开始逃避，把他拖带着走了。有人重打了他的头一下，接着就倒在他的背上。

"这是有谁被打——死了。"这个念头闪过萨木金的心里，当他跌倒在地上的时候。人们践踏着他，越过他上面。他爬着滚着许久之后才能够站起来，开始再跑。

十一

他的动物性的恐怖逐渐平复,通身大汗,他终于站在另一群人里面,全都像他似的喘不过气来,靠在一边关闭着的大门上。他眯眯眼睛,不愿看似乎有谁硬要他看的光景。他记得从广场到戈洛科维亚街的通路是被海军部队把守着的。他曾经跑到他们面前,他们曾经呵斥他:

"你要跑——跑到哪里去?"

一个水兵曾经抓住他的手臂,用力把他摔到大街里,用低沉的声音喝道:

"你,那边——"他又加添:"跑哇!跑哇!"

他的回忆仓促中断了。一个穿着血污的上衣的人走来,靠在他身上。萨木金觉得不能不斥责了:

"你遍身都是血呀!"

"不是我的。"那人说,又高声嚷出好像是说笑似的话,"他们必定毁了一百多人了。这是什么用意,我问你?这是什么意义——和人民开战吗?"

没人回答他,虽然萨木金想过或者答过:

"这不是误会!这是有计划的。"

在他内心,在他的记忆里面,有某种呼呼之声好像风吹过烟囱里面似的。他的腿还是颤抖的。他已经丧失了他的眼镜。各样东西都显得异常丑怪。在他对面屹立着一座铁灰色的老房子,它上面有一行阴暗的窗子。窗玻璃后面浮动着更其阴暗的斑块,好像人的脸面似的。城市是咻咻地喧响着,在这连续的喧哗之中常有爆裂的响声。人们又在街上奔跑,戴白小帽的骑兵叫喊着疾驰过去。萨木金后面的门板吱哩嘎啦。一个骑兵用力勒住他的奔马,以至于它摇头露齿,不自然地怪叫,使萨木金想起高加索的驴子的吼声——打鼾和拉锯的合音。这动物的叫喊惊骇着群众，使他们又跑起来。萨木金也跑了，看见有几个人怎样跌倒在雪上，身上全是血淋淋的。他盲目地沿着莫尔加河右岸走到比夫乞斯基桥边。他看见五个骑兵冲到挤满人群的桥上了，看见他们的刀光闪闪；看见两个骑兵被人从马上拉下来，消失在乱转的黑色的人群里。一匹矮胖的马冲到右边河岸上，人们开始用雪球打它。它摇头而且顿脚，嘴里流着泡沫。

在普希金[1]曾经住过而且死了的那家宅前面，站着一个老人，正好像从他的《渔夫和小鱼的故事》里出来的——一个灰胡子的老人，穿着女人的棉上衣，戴着梭织花边小帽。他的手里捏着一块砖头。

"他们真该一顿好打，是不是？"他叫喊，皱起他的尖锐的小眼睛。用砖头敲了墙几下，他把它抛在人们的脚下，"许多青年人都被打坏了！我的，我的！"他高声喊叫，显然惊愕了。

人们并不忙迫地走着，愕然向后回顾；有些在跑，推挤着别人；他们都茫然而面面相觑，似乎不知道到哪里去才好。萨木金也不知道。在他面前有一个女人，没有帽子，头发散乱，跟跟跄跄地走着，脸上蒙着一张血淋淋的手巾。当萨木金赶过她前面的时候，她问他：

"请问你有干净的手巾吗？"

血从按着手巾的手指里直流下来，流进衣领后面；泪水从她的悲痛的女孩气的圆眼睛里泛溢出来。

"我没有。"萨木金说，加快地走了。他刚走了几步，就赶过来一个红头发大汉，把那女子像小孩似的抱着走了。又急忙走过来三个男人，搬运着一个死了的或伤了的男子；抬着头的那一个男人还吸着烟。在萨木金后面有人大声长叹，像一匹马似的。

"只要我们有几支手枪……"

萨木金忽然记起那历史家可索洛夫的话——沙皇将要不惜以暴力证

---

[1] Pushkin（1799—1837），俄国大诗人。

明王权的威严。

"停止!"

这样叫的是图洛波伊夫,坐在一辆雪车里面,他的头上套着一顶滑到脖子上的老丑的帽子。

"上来!"他命令,跳下雪车,"你去……"

他悄声说了一个地名,把几片纸塞进萨木金手里,戴好他的帽子,摇摇手,反身走了,屹然直竖着他的头好像唯恐它会失落掉似的。

第二十五章

一

几分钟过去了。一个头发光滑的男人，有一张鞑靼人的面孔，和一双猜疑的尖锐眼睛，给萨木金开了通到一间黑暗客厅的门。

"你要干什么？"他质问，不让萨木金进去，"他出去了。嗯，进来。你要等一等。"

那家伙用手指着左边。萨木金觉得他曾经见过这鞑靼面孔，而且听见过这声音。在一个明亮的大房间里他发现大约五个人，全都沉默着，全都好像刚才争吵过似的。紧张地走来走去的是那法国式小胡子的高人，早晨萨木金曾经在那学校里见过他。坐在窗子前面的是一个修剪干净的黑男人，有着一张老人似的面孔。有一个人弯腰坐在长沙发上正在忙着写字。另一个人穿着燕尾服，戴着金丝眼镜，显然是大学教授之类，庄重地从这房间走到那房间，正在寻找什么东西。他问萨木金：

"你想要吃点心吗？"

"是的。"萨木金回答，忽然觉得饥饿而且衰弱。在黑暗的餐室里，只有一个窗子对着一道砖墙，一只茶炊正在一张大桌子上嘘嘘地响着，旁边有几盘面包、香肠和干酪。一只庞大的食橱，好像一座富厚的商人坟墓上的花岗石纪念碑似的，黯然竖立在墙壁面前。萨木金吃着，想着，虽然这寓所是在第五楼上，却给人以在地窖里的印象。住在其中的这些忧郁的人们自然都是出身于历史所舍弃的阶层，它已经把他们扫开了。

"现在他们必然要讯问我，我曾经看见的……"

他想要把他所见所闻的全都任意告诉他们，使他们经验一种警惕的恐怖。是的。这就是他想做的事——恐吓他们。但是谁也不问他什么。门铃丁零地响了几次。那鞑靼型的人开了门，简略无礼地问道：

"你会见过他吗？"

有时，他向餐室里面一望，萨木金觉得这人的尖锐眼光正射着他自己。当萨木金走到桌子前面喝凉茶的时候，偷看出那人的衣袋里有一把手枪。他以为这是可笑的。他的饥饿平伏了，萨木金走进那大房间里，想要看看新来的人们，但是那里还是那几个人，不过多了一个男人，手臂吊在用一幅大手巾做成的绷带上。

"你听着。"那新来者说，恼怒地瞻望着窗外的冬日黄昏的阴暗，"我刚刚去扶起他，就——嘭！嘭！打在他的下颚上，打在我的——这里。不，我不明白。因为犯什么罪？"

戴金丝眼镜的人劝他喝点酒，吃点东西，休息休息。

"你不能休息一辈子不想这个呀。"那受伤的人说，然后站起来而且顺从地走进餐室去了。

"从科登加惨案以来我们就休息到现在了。"萨木金回想，越来越觉得不是见证人而是裁判者了。

门铃又丁零地响着，然后一个抑压的声音在客厅里恼怒地质问：

"现在带着那手枪干什么?"

"有些坏蛋——大概是暗探——来这里敲门——总是寻找加彭……"

"噢,无聊的东西!不要开玩笑,塞弗伐!"

"塞弗伐·莫洛索夫!"萨木金记起了,吃了一惊,不很相信他的耳朵。

一个大个子进来了,高颧骨,红黄胡子,穿着一件古怪的上衣,没有纽扣,从左边用些钩子钩着;穿着长筒靴。除了披着的长头发而外他就像一个假装的军人。揉揉眼睛,他走到左边的门前面。萨木金把图洛波伊夫的纸片交给他。那人飞速地看了萨木金和那些纸片一眼,一声不响就和莫洛索夫一起消失在门后面。萨木金等待了几分钟,然后决定要走了。但是当他走进客厅的时候,又听见外边叩门的声音。门铃一阵一阵地响。莫洛索夫跑出去,手捏着衣袋里的东西,然后打开门。

"什么?你是谁?加彭?你是加彭!"

莫洛索夫立刻让在旁边,然后一个小男人低着头钻进客厅里。他的上衣太长太宽,帽子也太大,都不合于他的身体。那身体一摇,双手向后一摆,他就把上衣脱落在地板上,把帽子也抛在它旁边,然后用破裂的声音问:

"马尔太在这里吗,彼得?我问……"

在这大房间里的人全都向外瞻望。那红黄胡子,并不隐藏他的惊异和厌恶,唐突地问道:

"卢登堡叫你到这里来的吗?"

"是,是,是——他在哪里?"

"我不知道。"

跟加彭一道进来的那古怪的小男人拾起地板上的衣服,把它放在椅子上,然后坐在它上面,安慰似的说道:

"他立刻就要来的。"

加彭撞进大房间里,开始踱来踱去,骚乱而又激动。他的腿是弯曲的,好像被打伤了似的。他的黑脸拘挛地歪扭着,但是他的眼睛仍然是玻璃似的固定。他的头发剪短了,剪得不好,错落地披拂着。他的胡子也剪得残缺不齐。一件揉皱的旧短上衣松弛地披在肩上,袖子长到看不见手。在房间里走来走去,他用喉音叫喊:

"给我一点喝的。酒,水——都可以。不,并不是一切都毁坏了。噢,不!我立刻就写信给他们。弗隆!"那教士叫喊,怨愤地挥手摆头,对着天花板摇着拳头。上衣的袖子滑到肩上而且它的皱褶遮了他的半边脸。"弗隆已经欺骗了我!"他叫喊,他的头像要把长头发摆向后面去似的那么一摇,想要摇开拖到脸上的袖子。一只手像铅似的直垂着,贴在他的身躯上,手指摸索着他的上衣;另一只像钟摆似的摇摆着。在细工地板上小步小步地疾走着,他使这实际空虚的房间里充满了他的鞋跟的响声、地板的沙沙,以及他的唏嘘和呻吟——使萨木金想到厨房里的种种怒响:搞肉末、锅里的水沸腾、一条潮湿的木头在火里嘘咝和爆炸。

戴金丝眼镜的男人递给加彭一杯酒。这教士把它一饮而尽。他又开始旋转徘徊,咕噜道:

"你是说谎者。工人们是和我一起的!他们不会背叛我!他们和我一直干到底!说谎者!卖友的奸徒!但是马尔太在哪里呢?在哪里呢?"

萨木金吃惊了,尽看着那人,而且他自己也觉得种种奇异的心血来潮。没有了法衣,丧胆失志,加彭已经不是在后院里在工人之前像一只小公鸡似的叫着跳着的教士了,那时他好像是预告暴风雨的一阵旋风。现在,他的头发和胡须都是残缺不齐的——一种可笑的模样——他的脸显得污秽、阴郁,几乎是青的了。他的黑眼睛冻结在青色油腻的眼白里。他的笔直的大鼻子,连带着鼻孔,歪扭在左边,使右边的脸似乎更大了。

萨木金看见加彭一再窥看镜面,一看就耸一下肩头。他的手迅速地运动着,拍打着他的屁股;他好像烧着手指似的一缩,又一伸,然后摇摇头。

"一个演员？演的什么角色？"这种想法忽然闪过萨木金心里。

不。加彭显然更像一个发疯的人，这是越来越明了的。好像除了这教士而外房里并没有人似的。每个人都静静地待着，毫不动弹。那红黄胡子的人像一名兵似的直立着，肩膀靠在墙上，露齿衔着一支未燃的纸烟，好像准备咬吃它似的，也好像因为有这纸烟在嘴里才阻住他叫骂那教士似的。在他旁边坐着，好像要跳起来就跑的是莫洛索夫，短粗，强壮，好像一个熨斗。萨木金听见他的悄声的私语：

"指导者，嗬？"

他的鞑靼型的脸上似乎闪过一个辛辣的微笑。

那茶色胡子的人咬着牙齿说道：

"厌恶——而不仇恨，牢骚——而不愤怒。"

萨木金已经忘却了加彭是一个指导者，但是那悄声的私语立刻在他的记忆中显现了几十具死尸，流血的人们，以及那大声疾呼的伙夫。

"我必须立刻躲起来，他们正在寻找我。"加彭大声说，沉吟着，用呆钝的眼睛窥看着人们，"你们要把我藏在哪里呢？"

莫洛索夫用愤怒的声调教训他，叫他首先要改变容貌——剪发，洗澡。一分钟以后加彭坐在房间中央的椅子上，有着一张老人似的面孔的男人替他剪发。那剪子显然是不够快的，或者是那理发师不熟练吧，以至加彭急叫道：

"留心些！你在干什么呀？"

"你要忍耐忍耐。"莫洛索夫警告他，不很客气，厌恶地把脸皱成一种苦相。

那教士的头发剪好了，洗澡去了，这时旁观者们显出惶惑的样子，都默默走开了。

"他真是狼狈极了！"那法国式的胡子说。显然觉得他不应该这样说了吧，他转身走到窗子前面，把前额贴在窗玻璃上，注视着正在笼罩户外的浓密的黑暗。

二

门铃响了又响,一次比一次更加厉害。莫洛索夫摸着他的瘪下的衣袋,跑进客厅里。克里听见那里有激动的声音,咽哽的言辞,诉说好几百工人已经被打死;又说加彭也被打死了。

"警察已经把他的尸体搬到……"

"胡说!"莫洛索夫叫喊,声音很响亮,"十分钟以前这——尸体——就已经在这里了。"

跟加彭同来的那男人也加以证明:

"这是真的。"

他用一种低抑而又近于责备的声音,提醒他们:

"做工的人们很爱这位神父——是的,很爱很爱。"

别的人们又说:加彭还活着,警察正在寻找他,还悬示缉捕他的奖金。

"或许,"莫洛索夫说,而且加添,"数目不大。"

萨木金枉然揣想着这位实业家的讽刺的来源。一个黑胡子的商人走进来,把那红黄胡子的家伙拉进一个角落里,开始悄声谈话。红黄胡子庄严地高声说道:

"绝不!绝不是谣言!绝对!"

加彭跑进来。头发已经剪得更整齐些,洗了澡,他就像一个吉卜赛人了。瞻望了房间里的每个人,又在镜子里照照他自己,他气势汹汹地断然说道:

"这并没有完事!工人们是跟着我的!"

一个体貌强壮、眼光敏锐、举动懒怠而审慎的人走进房里来。

"马尔太,"加彭叫喊,跑到他面前,"坐下!写呀!我们必须快干!快干!"

几分钟之后，马尔太坐在桌子旁边的长沙发上，专心地写起来了。同时加彭在房里踱来踱去，摇摆着手，叫道：

"'兄弟们，同胞们。'照我说的写下去：同胞们，是的！'我们以后不要沙皇了！'"他停住，问道："'我们'或是'你们'不要呢？就写'你们不要'吧。"

"'以后'是多余的。"那个写信的人说，并不抬起头。

"'他已经毁灭于屠杀你们的同志和妻子数千人的枪弹'——是的！"

那教士忽缓忽急地说着，往往停顿许久，重复着他的话，显然是找不出话说。他凭空大声吸气，搓揉着他的青面颊，自以为还有长头发似的摇摆着他的头，每次摇摆之后就摸摸他的剪短的头发。他屡次呆看着地板，默默地思索着。那缓慢的马尔太正在加快地写着，使克里相信他并不听从加彭的提示。

"写下来！"加彭命令，顿着脚，"'现在这位沙皇把真理淹没在人民的血泊里，我教士加彭凭依上帝所给予的权力，以钟、书和烛诅咒这沙皇，把他革出我们的教会之外……'"

"不要傻了！"马尔太叫喊，继续写着，并不看看那提示者。

"为什么？写下来！"教士命令，又顿脚，摇头，摸摸头发，"我有这种权力！"他更为镇静地继续说："我的言辞对于他们更明白。我知道和他们说话的方法。而你，你知识分子，你一开始就……"

他摇摇手；他的脸变为紫的了，在这真正仇恨的一分钟之间，那眼瞳扩开好像侵入眼白似的。

"不，不！不要讲神话。"那红黄胡子警诫他。

"'由于你们的血的代价，你们已经取得为自由而战斗的权利。'"加彭提示。

红黄胡子的人和黑胡子的人都走到他面前。前者毫不客气地说道："外面流传着许多谣言，说你被杀了，被捕了，以及什么什么。全是胡说八道!"

"像一切胡说一样。"黑胡子插嘴,咳了。

"现在,各种人们都已集合在经济学会里。你应该到那里去表示你自己。"

"为什么?"加彭质问。"那些人都是知识分子。我知道经济学会是什么的——那些知识分子。"他继续说,提高他的声音,"我是和工人一起的!"

"那里也有些工人的。"黑胡子的人断言。

萨木金能够看出这教士并不喜欢那邀请,正在惶惑着。皱着他的脸,加彭倾起身子向卢登堡咕噜了几句。后者并不看他,说道:

"你必须去。"

"我必须?"

"是的。你必须……"

拉好他的袖子,摇摇头,加彭照照镜子,对一般人问道:

"他们会认识我吗?他们会相信我吗?他们并不知道我,你知道……"

"他们会相信的。"红黄胡子的人说,"我们去吧。"

萨木金早已觉得他在这地方是不合适的,已经是走的时候了。但是一种好奇心,一种疲倦的感觉,一种近于恐怖的畏缩,阻止了他。现在,他希望和他们三个一同出去,他就走进客厅。正在穿上外衣,他听见莫洛索夫的声音:

"他们会扭住他的脖子的。"

"防卫你自己呀!"那红黄胡子的人警告。

打开门,萨木金慢慢地走下楼梯,期待着别人赶上他。但是一直到他已经出了临街的门,他才听见楼上的脚步声。他走进街道里,一辆驾着一匹骏马的雪车停在大门前面。

"已经有人要了。"车夫说。"自用车。"他抱歉似的加添。

萨木金回顾那雪车的背面,看见那车上并没有牌号而且不能容纳四个人在它里面。

"好,我们走吧!"他对他自己说,加快步伐走进寒冷的黑暗之中。一分钟之后那骏马奔驰过来,雪车里只坐着两个人。萨木金懊丧地叹了一口气。

三

他觉得那黑暗异常浓密,这样沉重,以致他的肩背都被压缩了。城市是沉默的。无光的家宅毫无生气地僵立着。只有几面凝霜的窗玻璃上朦胧现出里面的怯怯的烛光。或许因为没有灯光吧,寂静不自然地鲜活,好像紧张在鼓面上的皮革。远方响了几枪,萨木金的心里一再闪过不恰当的比喻:春——成熟的花蕾在爆开。萨木金枉然努力使他的脚步不响,但是他的脚跟橐橐,积雪嘈嘈。丛集着的黑色家宅是个个一样的。它们的砖瓦的冻裂的声响似乎在追逐着疾走在石砌的运河岸上的孤人的脚步——而且越走越不接近他的目的地。没有看守门户的熊似的门房,没有警察,也没有行人。得胜的黑暗的寒冷更加浓厚而且沉重起来了。

萨木金勉力克制着他的恐怖,回想捏着手枪的莫洛索夫的姿势——这姿势是可笑的,除了莫洛索夫俨然轻蔑加彭的时候而外。

"世俗之人,轻侮失败者。"

他以极大的努力才能思想。同时又不能不倾听那紧张的寂静,其中隐藏着这可怕的日子的全部呼号和咆哮,一切言语、哭泣和呻吟。这寂静蓄着一种恶意,想要重复那一切恐怖,使人害怕得发狂。

"那教士是无能力的。一切见证——作家、军人、工人、凶手、牺牲者、旁观者——也都是无能力的、可怜的。"萨木金仓促地走着,想要宽解使他羞辱的那恐怖的压迫。

然而在尼夫斯基大街上他的恐怖反而更加紧张了。这条街比别的街更宽广、更荒凉,其间的家宅更无生气。这街延伸到黑暗深处,好像岩谷伸入山间似的。在远处,在应该是地面的处所,那凝固的黑暗的冷骸被几点朦胧的灯光所穿破,使他想到伤残和流血。这些灯光并未照明任何事物,只是加深了这街道的无穷尽,暗示着陷阱和伏兵。

萨木金停一停,更加缓慢地走去,汗珠流在他的额上了。他不久就发现那些光亮是街灯,或立在挨近门户的旁道上,或悬在门户上。其中有几个灯,在远处闪烁迷离,表示它们的无用。或许它们也是要使狙击一个行人更容易些吧。

出乎意料,几个黑色的小人形,偷偷地,几乎无声地,好像鱼在水里似的,迅速地过去了。前头什么处所,有拍打窗子的声音,接着是玻璃破碎的铿锵之声,好像撞着铁器似的。一道门吱地响了又砰地响。萨木金看见有人急步向他走来,而又忽然不见,好像被地吞吃了似的。几乎是同时,五个骑兵从后面的转角上冒出来,集结成一团。其中一个用威吓的声音叫道:

"快跑!"

他们成单行冲过去,一个跟一个。响了两枪,三枪,又是一枪。一个人悲痛地叫了,好像爱琴海里的海鸥的鸣声。萨木金停住,等待着寂静的复原,然后又走。尼夫斯基大街上没有军队是难以相信的。或许那些塌鼻子的灰色人就埋伏在点着街灯的人家的前庭里吧。是的,那些塌鼻子的家伙必定是埋伏着的,因为冷或者也因为怕发抖了吧。郊外的工人们或许已经在分析加彭的告白了吧:

"兄弟们,同胞们!"

这些字句正在感动着死者和伤者的父母、兄弟、姐妹、朋友、情人的吧。或许郊外的居民明天又要到城里来,而且更团结、更坚决——来拼死的吧。"工人并没有东西可以丧失,除了他的镣锁而外[1]。"

---

[1] 马克思和恩格斯所作《共产党宣言》中的名句。

安居在温暖舒服的家宅里的那些大臣们、文武官员们。在别种家宅里歇斯底里地乱嚷着,像燕子似的乱飞着的,是那些作家、社会活动家、人道主义者——今天已经无情地暴露了他们的无能。

"那些指导者呀!"萨木金的内心暗自叫喊,但是终于叫出外面来了,甚至回头一看,"还有那沙皇呢?这小男人或许不能安静地喝茶了吧……"

萨木金想象沙皇也像加彭一样痉挛地彷徨失措于已经造成的大错之中。

现在旅馆就在眼前了。他的恐怖大为减轻了。一种恼恨自己、恼恨白天一切经验的感情正在他的内心燃烧着。

"生活是不可能的了!它已经变为一部单调的、无穷尽的戏剧。"

他发现旅馆的门是关着的,没有灯光,只见那门房的肥脸贴在门的玻璃上。锁匙响了,门吱地开了,一阵食物的温味冲到萨木金脸上。

"魔鬼煽动该隐[1],打毁窗子——"那门房不平地说。他戴着呢帽,穿着一件粗俗的外衣,不像平常那么华丽了,但是依然仪容端庄,不慌不忙。

"他们说打死了九千人。"他说,疑问地。萨木金不回答,他又叹道:"什么世道哇!九千……"

当萨木金讯问火车是否还开到莫斯科的时候,那门房猜疑地看了他一眼,问道:

"你也在希望铁路工人罢工吗?"

在楼梯顶上萨木金遇见洗地板的工人,后者悄声说道:

"不要和那门房谈话,萨木金先生。他是一头脏猪,警察的走狗!"

这少年是早已和萨木金熟识了的,今天早上都还快快活活,有说有笑。现在他的圆脸却变得异样干枯而且瘦削,好像害病似的。他生疏地

---

[1]《圣经》亚当之长子,曾杀害其弟亚伯。通常以该隐为杀人者,或杀兄弟者。

看了萨木金一眼，低声说道：

"他把门关起来，这猪儿子。正在放枪的时候，哥萨克兵攻打人民。人们跑进我们这里来，他就关上门，微笑着，露出他的牙齿，这浑蛋！"

当他帮助萨木金捆行李的时候，他用一种热切的私语问道：

"那些打死了的人犯什么罪呀？他们早就应该告诉工人们：你们不要去。但是，让他们去，去到就打！"

"是的。"克里不由自主地承认，有些吃惊，"当然是这样安排了的。"

那洗地板的工人跪着拉紧行李包，忽然跳起来，眯着眼睛看了克里几秒钟，然后又跪下去，咕噜。

"我看，"他用膝盖抵在行李包上，开始臭骂，加添说，"到了这地步，现在就该……"

但是萨木金不听他的咕噜。他正在思想着，在这严寒的黑夜里，他又要随时听见那突然的枪声的吧。在旅馆的送客的马车里面，同车的是两个暗哑的男人，他们都把头包藏在皮领里面，显然不愿看见或听见任何事物。萨木金从马车门的玻璃里面看着外面的黑暗，它似乎是实质的、有重量的，似乎是城市的污秽和今天的血流所凝结成的一种瘴气。人间的残酷性和狂暴性的瘴气。在火车的卧铺里通夜失眠，他尽在思索着这残酷性和狂暴性。

四

在家里面，发尔发拉把种种问题像炸弹似的投掷向他，她的好奇心热到沸腾点、爆发点。她把萨木金当作一本新书似的翻阅着，急切地想要找出最有趣、最动人的一页。她怂恿他就在当天晚上把他所见所闻的一切叙述给她的朋友。他自己也急于想要这样做，急于想要卸下他的心里的重担，觉得必须把它像诵读一篇重要报告似的播送出去。

那一天晚上来集会的大约有二十个人。其中有那肥大的诗人，就是歌颂犹大和吟咏撒旦与上帝斗纸牌的作者；文学教师兼诗人伊弗佐诺夫，一个黑牙齿的小男人，黄脸上常带着鄙视的笑容；布拉金，也是一个小男人，头发剪成果戈理的样式，饶舌家，对于人情世故的知识异常丰富，这一点很使萨木金不愉快，因为迫使他回想到他自己曾经想要如此，而且五年以来他已经如此了。男性占了优势，不过有六个女人，而萨木金只认识杜多洛伐，一个染料制造家的寡妇，一个壮丽的女人，发尔发拉的最亲密的朋友。发尔发拉对于这些女人的态度是吹毛求疵的。萨木金以为这是由于她变为更加庸俗了。

他惯于把她的朋友全都看作"第三种人"，依照乌拉斯托夫的分类法。但是有时他们也引起他的羡妒，自觉失败，因为他们已经成功地安心于他们的"成语的体系"，舒适得好像噪林鸟在它们的窠里面似的。他们的成语在他的耳朵里响得异常烦躁，妨碍着他，好像一首老歌曲的含糊的声调固执地要人想起过去似的妨碍着人的现实生活。这些人们读过他所不读的书，互相夸耀着。杜多洛伐和伊弗佐诺夫尤其知道许多萨木金从来没有读过也不愿知道的作家。

"里翁氏的《伊林脑》呀，海里卡那塞的《狄阿尼苏斯》呀，欧里维的《伐布勒》呀——"萨木金听见他们说，以及这些有压力的字眼：爱、死、神秘主义、无政府主义。他觉得不安而且讨厌：这些比他年轻的人，比他不如的人，甚至富裕而时髦的女人们，都知道他所不知道的，而且这就使他们有权把他轻视为一个不学的村夫。

然而，这一晚他们却贪馋地看着他，好像贪吃的人们看着一盘珍羞似的。他们默默地倾听着他的故事，专心一志，好像居于荒僻之区而渴望非常事故的人民倾听着一位名教授的讲演似的。房间里很拥挤，而且十分热闹。在微暗的灯光里，男男女女温驯地拱身静坐着。他欣欣然觉得前天的事已经是过去的历史了。

萨木金竭力保持一个客观的证人的语调，只注重事实而不顾一切的人的语调。但是他听见自己痛诋沙皇和加彭。他的思想，不顾他自己，执拗地围绕着沙皇和那教士，构成一个8字形。先夸张他俩的无能力，然后加重他们的罪恶。他很想恐骇那些人们。他成功了，大为高兴了。

当他说完之后，他的听众小心地激动着，好像从熟睡中惊醒了似的。然后，初而悄悄私语，迟疑地，后来就凭空发言，并不专对谁说。首先发表意见的是伊弗佐诺夫。他站起来，从他的烟盒里取出一支烟，露出他的黑牙齿，说道：

"这场噩梦不能解释为阶级矛盾的爆发。不，这是更深更深的事——更可怕。"

"对了，是呀。"杜多诺伐应声而起，捏响她的手指，"从此以后，俄国不升到自由就要堕入地狱……"

有人用哭丧的声音说道：

"一个大打击——致命的打击——不但打着贵族政治的观念，也同样打着个人主义。"

萨木金谨守缄默，等待着某种更重要的意见。他的妻走到他面前。她穿着光亮的古铜色衣服，使她好像一只洋台灯似的，近于漫画的程度。

"你说得很好。"她叫喊，确实吃惊了，"真好！形容尽致，你记得住说得好！我敢说有时简直是骇坏人……"

萨木金对于她的惊奇并不感觉高兴，况且她妨碍他倾听别人的议论。一个有一张小丑的粉脸的男人，长脖子，鼓眼睛，呆看着挤压着他的人们，说话了，声音不高，但是还听得清楚，他的话并不曾淹没于推椅子的响声，或分裂为几小群的听众的嚷嚷之中：

"人是神圣的！基督是一个克服撒旦的人。基督以后，先天的恶就不存在了。现在的恶是社会的病。治疗了它人才是人。"

那哭丧的声音反驳道：

"这是一种神学的无政府主义……"

同时杜多洛伐叫道：

"人既不能为善也不能为恶，不过是一种材料……"

那肥大的诗人正在蚕食饼干，然后对一位戴夹鼻眼镜的小妇人说道：

"人有权做犹大，希洛斯托拉丢士……"

"随你怎样说吧！革命是必不可免的！"

这些意思以各种不同的方法重复出现，但是没有一件对于萨木金是新的。连这一点他也觉得毫不新奇：这些人全都早已准备了超脱于这惨变之外，把它看作一个最大悲剧里的一节不重要的插话。房间变为更加宽松了。那些泛泛之交都已走了，只剩发尔发拉的最亲密的朋友们。安弗梅夫娜和一个婢女来摆茶桌。杜多洛伐对伊弗佐诺夫叫道：

"易卜生[1]是一个玄学的狂士，一个玄学的狂士……"

萨木金已经被忘却了，谁也不再问他任何事体。

"他们已经饱足了。"他嘲笑地想着，退回他的茶斋里。躺在长椅上，他默想着："是的，这些人都用一张透不过的文字网把他们自己和现实隔离开。他们具有一种可羡的才能，能够把现实的恐怖化为另一种恐怖，或许只是想象的恐怖——那目的就只为使他们的生活更可以舒适些。"

然后他集中思虑在几件小事上，以免被迫寻找这问题的答案：阻止我像那些人的生活似的生活着的是什么呢？因为有某物曾经阻止过他，并非单是由于恐怕他自己会消失在他确认为毫无能为的人们之中。他想起了妮戈诺伐。这是一个他可以与之畅谈的人。她曾经使他恨她的是她荒谬地怀疑他也像她似的服役于宪兵队，但是他早已原恕了她了。

"别人，我当然要加以无情的斥责。她，我可不能。我必须竭诚拥护她，这种拥护比爱情更强烈。当然她是一个牺牲者——"他第十次提

---

[1] H. Ibsen（1828—1906），挪威戏剧家，所作社会问题剧只指陈问题，并不提出解决办法。

醒他自己。

五

第二天早晨戈金突然出现，代表委员会来请他去讲演两三次"血的星期日"。自从妮戈诺伐事件以后，萨木金早已把戈金看作偷去了他的妻的人；但是他慨然答应去讲演。讲演的时候，他大大铺张了他对于沙皇的种种观察，把沙皇和加彭作成有趣的对比叙述，暗示他俩之间有某种恍惚相同之点——连他自己也不明白的。他说到那伙夫，那些跟跄一下就死去的工人，以及用石块敲打普希金故宅的墙的老人。真的，说到这老人，他确乎说了许多超过他所见闻以外的话。每次讲演之后他就觉得他自己更聪明、更重要了。而且他以为他的描写越美好，他就自觉他所亲见的一切越减少恐怖。但是他是很想使听众感觉恐怖的，想要看着他们骇得哭泣。他达到这目的了，他以为。人们都被惊骇了。然而他终于看见恐怖对于某些人是并不持久的，他们相信他们能够改变现实——驯服现实。

"心粗气浮。"他暗中批评，觉得痛恨这种顽强的态度。

"我真惊奇了，克里。"发尔发拉说，"我已经听过你的三次讲演。你的故事讲得真妙！而且每一次，新的人物，新的节目。噢，你真是说明了最伟大的美存在于悲剧之中的第一等人！"

听着她的称赞，萨木金的表情是冷淡的、厌倦的。

"我为这个付过很高的代价。"

"我也这样说呀。"发尔发拉赞同。

在这些成功——他生平经历过的最大成功——的日子之中，一条定律几乎机械地自行构成在萨木金的心里：

"革命是必要的，为了毁灭革命党人。"

当初次发觉这定律的时候，他曾经大笑他自己：

"真荒唐!"

但是大笑并不会把那定律驱逐于他的记忆之外,而且他带着它回到他的故乡去。他回去办理伐拉夫加的事务,而且他在卢包莫多洛夫医生的家里叙说了"一月九号"[1]。

"写一个短篇论文,说明那些事实。"斯庇伐克提示,脸色很苍白,咬着嘴唇,盲无目的地走来走去。

萨木金流畅地写了一篇,写得这事变好像是他个人的私事似的。但是当他高声朗诵他的记录给他们的时候,那皮衣皮帽、遍身油污的邓那夫冷笑道:"一篇惊骇小市民的东西。"

"我们可以删削它。"斯庇伐克说。长腿的科尔涅夫咕噜着要看看,突然把原稿抢过去了。

"我们要删掉那些美丽的词句,在一两天之内我们就可以把它流传出去。"

后来,萨木金又讲演了几次。一次在普拉夫丁律师家里,有四十个同情于急进派的听众;一次在拉狄夫市长家里,大约有十五个稳重的自由主义者聚集在那里。这时他被牵引在各种小事、各种关于将来的辩论、各种新相识的旋涡里面——他甚至忘记了计算日子。在这一切激动之中,有着一种喝了陈年好酒似的陶醉。萨木金觉得他被人看作直接参加在这惨案里面的人物;而且人们似乎仍然不明白这惨案里的潜伏的因素,无论他的故事讲得怎样巧妙。他看出了斯庇伐克一派人以外的人们都怀疑他不肯尽量发挥,略去了在这事件中的他自己的任务。这情形使他感激得精神飞扬,就说出更直接和更果敢的话来了。那些话有时使他自己也吃惊,他认为这是在激动状态之中自然而然地说滑了舌头。整个城市都在激动状态之中。一切有识之士都黯然觉得已经发生了非常可怕的大事情了。

---

[1] "血色星期日"是一九〇五年一月九号(俄旧历,新历为一月二十二号)。

邓那夫，露出他的异常洁白的、整齐的牙齿，伶俐地说明了一般市民的心情，或者有些粗俗吧：

"他们好像狗在深夜里被惊醒起来，觉得有些害怕，绝不向谁吠叫，所以审慎地哼呼着。"

科尔涅夫说得更文雅些：

"他们开始明了他们生存在什么国家里面。"

这些话并不会扰乱了萨木金。恰恰相反，一种朦胧的希望又燃烧在他内心，想要在生活之中得到支配的地位——这生活已经摇动，崩碎，呼号，呻吟，有许多许多眼睛正在注视着他，期待着安慰的预言、启示。这种情形更加紧了他的严酷的、复仇的欲望，并不安抚，却加以恐吓了。他欣欣然告诉那些平稳生活的人们：工人们——社会民主党人——已经被推选入元老院参议官希脱洛夫斯基所组织的劳工问题委员会，而且他们想要提出政治要求。

"这些粗人，这些群众，逐渐变为我们的时代英雄了。"他说，对着那些自由主义的有产者——混在这些人之中他能够得些消息去供给斯庇伐克。当他想要恐吓她的时候，他就故意夸张一般"常识的"人们显然都倾向右派；强调"俄罗斯人民联合会"的组织，这联合会的主席是历史家可索洛夫，副主席是乐队长科尔文；铺张社会革命党在店员、手工业者、雇员方面的工作。然而，她和他同样知道这一切，而且她毫不惊异，说道：

"那是当然的。"

她要他担负各式各样的许多差使，他并不能拒绝。他的萌动的好奇心和赶快了结一切麻烦的朦胧希望在他内心融解为一个无经验的赌徒的焦躁不安。

对于萨木金自己，也有人供给他关于本市各人各事的大批消息，他的情报员是伊凡·杜洛诺夫。嬉笑着，搓搓手，做着鬼脸，杜洛诺夫说："无论怎样说和怎样做，我总是一个农民，这就是说一个现实主义者。所以，我加入社会革命党是正当而且适合的。至于你们这一类社会民主党却纯粹是知识分子的组织。"

萨木金并不相信杜洛诺夫真是社会革命党，觉得伊凡和别的一大批党员一样，不过是"暂时革命到明天再说"，而他的勇敢正是由于他的害怕。常常坐立不安，杜洛诺夫已经习得了迟疑不决的、突如其来的举动，已经脱掉他的金戒指，衣服也不像以前那么华丽了，除去了阔绰的神气，他已经具有一种更为平民化的外貌了。但是他继续解开上衣而又扣上的那种神经性的动作，显然是患得患失者的伪善与畏怯的表征。

"我们，社会革命党，组织俄罗斯政治的人。"他说，用一种飘忽的音调，使人猜不透他是肯定一种事实或是提出一个疑问。

萨木金觉得杜洛诺夫很奉承他，甚至刻意曲己循人地讨好他，虽然他总是粗疏唐突的。

"他猜疑我是一个社会活动的大人物，而且想要证明这一点。"萨木金认定。他对于杜洛诺夫的反感激变为憎恨了。

六

在这样骚动不息的日子之中，古图索夫忽然出现在两三点钟。萨木金曾经偶然遇着他在街上，并不认识这好像一个乡村商店老板似的人。古图索夫的脸罩在一顶护耳皮帽底下。他的短羊皮袄的胸襟上盖着一层油和麦粉，脚上穿着长筒皮靴。那一晚走进斯庇伐克的家里的时候，看见了这皮靴，萨木金才记起他曾经在县政府门口遇见过古图索夫。

古图索夫喝着茶，显然还是把他自己装作乡下人。他的态度是庄重的，他的举动缓慢而严肃。一种深知自己价值的毫不慌张的人的举动。

"我的名字是米凯尔·古士米乞·安东诺夫——请记住！"他从前曾经警诫过萨木金。

"好聪明的角色。"萨木金一面这样想着，一面回答着他的郑重其事的关于圣彼得堡的种种问话。

"这样!那么他们不要红旗了吗?"古图索夫问,突然裂开胡子笑了,"哦,不错。现在他们明白他们对于那沙皇,并不能开诚谈心,只好打架了。"

邓那夫坐在他对面,也高声笑了。古图索夫摇摇头。看着他的茶杯,他说:

"这教训是高价买来的。这一课,我们用口语或刊物宣传十年也不能教成功。而十年之内被杀的工人们——以及最有价值的人们——的数目必定比在这两天之内死了的人数更多……"

"在里加也打死过很多人。"邓那夫提醒他。古图索夫看着他的脸,然后摸着胡子,沉静地说道:"这就是来复枪的用处——射杀人民。但是来复枪是工人制造的,我们全都知道……"

邓那夫的脸上又洋溢着克里所熟悉的那种微笑。

"真挚单纯。"克里以为。

古图索夫又转向萨木金:

"据你的估量,那教士是什么呢?一种妄自尊大的性格吗?一种冒险家吗?嗯——在这种劳工运动之中。似乎没有危险——并无危险。"

皱起眉头,他沉默着。然后他问:"图洛波伊夫受伤很重吗?"

这时斯庇伐克带着阿开底进来了。这孩子的脸冻得通红。他直冲到古图索夫的膝上。

"他来了!他来了!"

古图索夫微笑着,把那小脸贴在他的胡子上,对着孩子的鬖发咕噜道:

"啊,阿开斯加——你这小虫——你这小硬壳虫。你为什么这样小?告诉我。"

"不对,不对,我不是!"

"这样小——连苍蝇都不怕你。"

"苍蝇并不怕谁,苍蝇住在你的胡子里——你记得吗?去年夏天。"

斯庇伐克衣服整洁,霜风染红了面颊,正在小声对邓那夫说话,一双手搭在他的肩上。

"对了,"他答应,"我就去。"

"小心些。不过十五个,或者最多二十个人。"她严厉地警告。

邓那夫点点头,走了。萨木金记起几天以前,他曾经和这孩子玩耍,逗恼了他,以致阿开底生气跑开了。斯庇伐克曾经用女教师的腔调批评,虽然还是微笑着:"小孩们喜欢和人玩耍,把他们当作不过是玩物他们就很高兴了。"

现在她坐在桌子前面,开始倒茶给她自己。古图索夫已经移到钢琴前面,把孩子抱在膝上,轻轻地弹着琴,开始低声歌唱:

啊,我们的伟大的,我们的光荣的乌克兰哪,
历尽了恐怖的凶年,奴隶的岁月……

"我不要这讨厌的歌!"阿开底反对,"唱关于主人的歌吧!"

"你是难伺候的,阿开斯加。"古图索夫说。但是他顺从了,唱道:

我们的主人的裤子是他的祖父撒旦的赠品。
他的长袜是编织的,
它们也是偷来的。

那孩子也歌唱,拍着他的手:

我们的主人有一顶帽子
是他的小兄弟魔鬼留下的……

斯庇伐克慢慢地喝着茶，正在整理一些文件，同时顾盼着歌人们，那眼睛是笑眯眯的。萨木金以为这一切情形都是伴装得意和存心气他。他相信古图索夫和斯庇伐克都不愿意他看出他们忧惧着明天。

七

几天之后，他发现自己关闭在本地的监牢里面。到了这里他才觉悟过去几个星期他曾经吃了许多辛苦，他已经十分疲乏了。他几乎欣喜这肉体的孤立独处，由伊立沙弗它女皇时代所建造的老监狱的厚墙把他和别人隔开。他被关在一间牢房里，其中有供三个人睡的几块偏斜的床板，有一个穹隆的顶棚和一道高不可攀的窗子。窗玻璃是破的，而且从那铁格子里灌进来三月的爽气，铁格子以外出现一方块亮蓝的天空。在每晚囚犯点名以前，他的牢房对面的几个年轻小子，都有圆朗的声音，常常唱着这歌曲：

我们来到阿开底呀，
从阿开底到里伐底呀，
然后奔向奥塞契……

"契——契——"几个低音重复着，同时几个高音，和着噼噼啪啪的响声，正在唱着一支舞曲：

这里绞了一些人，
那里打了一些人，
都在炮弹之下……

"炮弹！"

这歌曲每晚必唱，好像军人的晚祷似的，结束了牢中的一日，使萨木金觉得过去二十四小时全都是异常快活的。好像一种奇异的兴奋沸腾在这从天明关闭到黑夜的监牢里，好像囚犯们都生活在焦急地期待着某种大节日的到来之中，正在预先学习怎样互相取乐。或许因为监狱里发生过三次红疹窒扶斯吧，囚犯们从早就被赶进狱中的院子里待着。他们灰暗得好像墙上的石块似的，在那里躺着坐着，在春季的阳光之中取暖，或赌单双，或叫，或唱。苦役的囚犯在院子里走来走去，他们的脚镣铿铿锵锵。在墙旁边阴暗之处一个跟一个闲踱着的是科尔涅夫、邓那夫、统计学家斯孟林，和别的几个萨木金不认识的人。狱卒们总是站在远处，并不麻烦谁。他们或许也是在等待着什么吧。萨木金逐渐觉得这监狱缺乏秩序和纪律。这种事态虽然使他惊异，却也不会扰乱他的安宁，甚至还引起这种思想：那些埋怨牢狱之灾的人确是夸张了他们的苦患了。

科尔涅夫住在克里的牢房左邻。萨木金被捕进来的那一夜，他就用拍电报的方法敲着墙，通知克里四个社会民主党和十一个社会革命党已经被捕了。从那时起，几乎每晚点名之后，科尔涅夫以一个德国人似的正确，拍报给克里一切从外面的自由世界里传来的消息。据他的情报，萨木金觉得全国都一致努力准备着和贵族政治决战。

"社会革命党正在建立一个农民联合会。他们已经把乡村教师们抓在他们的手里。工人运动正在积极发展。"他拍报在墙上，好像传达报纸的大标题似的。

萨木金听见而且相信工程师、医生、律师们的团体正在风起云涌，他们正在计划组织一个联合总会。这种生硬的拍声，通过石壁，形成文字。鼓舞了萨木金，引起他种种快活的希望。是的，知识分子当然必须组织一个强有力的团体。想到这一点为止，他不许他自己再想下去了，因为一种洁身自好的欲望阻止着他去探求要实现他的希望和梦想所应有的一种信条。

八

一个多月过去了，但宪兵队并不传他去审问。这样延迟损害了他的心的安宁，尤其当他想到他必须会见伐西里夫上校的时候。其实这会见并不如他所预料的难堪。

"我又必须和你谈谈了，克里·伊凡诺维奇。"上校声明，从写字台上站起来，一只手拿着烟盒，另一只手拿着文件，显然准备好了，"坐下！"他慨然指着写字台另一面的椅子。他立刻专心研究那些文件。

克里已经不认识波坡夫上校的这熟识的、舒适的办公室了。窗台上已经没有花盆，只见几个贴着药方的药瓶。一个红墨水瓶被一道阳光照得透亮。那些蓝纸夹里的"案件"胀鼓鼓的，好像垫褥似的平放着。克里看见其间有一支古老的手枪。枪机上系着一片白纸。这房里所有的家具都移动过了。好像伐西里夫上校占有这房间不过是昨天的事似的，也好像预备搬到别处去似的。只有亚历山大三世的石膏像依然如故，满身尘埃。这皇帝的大鼻子是灰的，耳朵也是灰的，因为这些处所积尘格外浓厚。这种随随便便使人觉得马马虎虎。

尤其使萨木金宽心的是上校松软的黑脸上的表情，那脸已经变为阴郁的了。他的锐利的眼睛已经呆钝，眼睛下面的蓝色浮包鼓起来了。在那光秃的脑壳上两只苍蝇正在旅行，上校毫不在意地宽容着它们。嘴唇是紧闭的，上髭却移动着。他的脊背比在莫斯科时候更其弯曲，肩头也更尖削。总之，他已经变为颓唐、懒散的了。

"好，这事情本来没有拖延的必要。"他声明，漠然看着萨木金，似乎有些感伤，"当然，你不肯提供证据。"他说话的声调使人猜不透他是在讯问萨木金或是劝告他。

"据我们的情报，你从莫斯科到此地以后，被当地布尔什维克的委员会所利用，屡次在委员会所召开的集会里演说，任意批评政府的政策。而且那些集会都是收取入场费的。你承认这一切吗?"

"我出席过几次集会,但是它们都是自由入场的。我的讲演只是叙述事实。我和布尔什维克的委员并无关系。这就是我所能告诉你的一切。"萨木金从容不迫地说了。他也觉得他已经把他自己表白得适当、严正。

上校叹气,嘘了一声。

"嗯,是的——当然……"

用一支铅笔敲着他的左手的蓝指甲,他也审慎地说道:"你否认和该委员会的关系是无用的。我们的调查已经证明你的母亲的住宅是布尔什维克的党部。所以,你看……"

上校开始写字,潦潦草草,笔在纸面上急促地滑动。他的眉毛上面皱起一些小细纹,往上爬行。萨木金想:他立刻就要问"嗯,这是怎么一回事呢"了。

然而上校把笔插在装着小枪弹的玻璃杯里,把手放在桌子下面摆一摆,尽力摇掉手指上的某种东西,然后把全身倚靠在椅背上。眯着眼睛,他低声问道:

"告诉我——这和我的公务毫无关系——请你放心,以我的信誉为证!这是一个俄罗斯人访问另一个俄罗斯人——这人是正直的,不过见解不同。你能承认吗?"

"当然。"萨木金答应,仓促地,不十分明白他所承认的是什么。

"那教士——那加彭,或阿加逢——你见过他,没有见过吗?"

"我见过。"萨木金说,提起他的勇气。

"他是——他是哪一类人?"宪兵官小声询问,把胸部靠在写字台上而且抱着双手,"他率领民众抬着十字架和沙皇画像,这是事实吗?他是一个有品格的人?他是一个权威吗?"

上校的脸相忽然柔和起来,好像他的颧骨已经软化了似的。他的眼睛更加突出。在这种紧张的注视之中,萨木金分明看出那眼睛里的恐怖

和愤慨。耸动肩头,注视着那猜疑的眼睛,他答道:

"依我看来,他不是一个大人物。"

他立刻觉得他不应该这样说,他急忙又说:"但是他是很有力量——有力量的,因为人民爱他,相信他……"

"但是他自己——不成东西?"上校质问,也是仓促地,"不成东西,是不是?"他重复说,急迫地。

又把他自己靠在椅背上,把他的脸皱成一个拳头,伐西里夫上校一面用手掌拍着桌上的文件,一面从牙齿里迸出热辣的言语:"我们的情报证明他不是东西,一个浑蛋!但是倘若他真是浑蛋,事情就更糟!不消说,浑蛋领导着警政部、市长、几万工人——连你——你也在内!"他热切地悄声说,用一个手指戟指着萨木金。他又把双手放在桌子下面,好像在摸索什么必须抓住的东西。"那是靠不住的!我不相信它!我不能承认它!"他小声说。他的身体在椅子上震摇着。

看着那歪扭得好像刘托夫的鬼脸似的怪相,萨木金相信上校是疯癫的,会把什么东西摔在他的头上,或者抽出桌子抽屉里的手枪而且……

"上校,我觉得我们的谈话没有关于——"萨木金恭顺谦和地开始说。上校打断他的话:"但是,难道你不觉得那教士和他的浑蛋行为就是教会对付你们的神论者,和对付我们官吏的吗?是的,也对付我们!不是对付托尔斯泰,对付波比多诺兹次夫,对付教会所受的压迫的吗?那教士后面是有主教们的支持的。那浑蛋示威是使教会和政治分离的第一步吧?你不以为然吗?"

萨木金骇破了胆了,终于确定上校是疯狂的。他扶正眼镜,努力想要说几句话。不等回答,伐西里夫又继续说下去了:

"你不懂得你们所厌弃的教会——你们的仇敌——也像你们一样能够煽动人民反对你们吗?它能够的!当然我们知道你们正在把你们组织成种种团体,准备保障你们自己,把你们自己从无政府状态中救起来……"

萨木金更加注意地瞅着这宪兵官,听见他的话里有某种意义。

"但是这些手无寸铁的团体有什么用处呢?医生们和律师们从来没有学过放枪。但是'俄罗斯人民联合会'里却有教士——你知道吗——还有主教,是——是的!"

他的黑脸上淋漓着油光光的汗滴。他的眼睛充血了。他的悄声私语越来越杂乱无章。萨木金枉然期待着上校更进一步发挥知识分子奋起而团结自卫的理论。上校咽下他的议论,小声说道:

"文化人,历史家——他们应该知道——一切法制都是建立在压迫的基础上——宪法学已经确实证明了的——你是一位律师,是不是?"

他忽然耸动肩头,身子离开桌面向后倒下,一只手摸着心胸,另一只手摸着前额,满脸通红,张着嘴大喘起来……

"你害病了!"萨木金叫喊,惊骇地从椅子上跳起来。上校摇摇手要他坐下,咕噜道:

"'山高路险——弄得马儿精疲力竭!'"

他用手巾揞着脸而且大声叹气:

"倘若不是这样可怕的时代,我早就该辞职不干了!"

把一张纸推到萨木金面前,他倦怠地说:

"看看——签字。"

"你打算拘留我多久呢?"克里问。

"那不关我的事。坦白地说,我打算释放每一个——普通刑事犯和政治犯。来,请——随你的便!是的——那么,再见!"

九

萨木金坐着一辆破马车回监狱去,在他旁边坐着一个宪兵。在车夫的座位上的是另一个宪兵,大鼻子,小眼睛,上髭像两支箭似的。他们驰过几条安静的街道,遇着少数市民。市民们局促地看着宪兵,对于被押送到牢里去的人却并无兴味。他已经被上校的言论弄得发怔，困恼到疲乏了。他机械地默想着：

"他害病——发烧——惶恐。他想要恐吓我。他是不值得思索的。"

但是在牢房里他的眼前却浮现出那歪扭得好像刘托夫的鬼脸似的怪相。在寂静中嘶鸣着这些言语：

"你们正在把你们自己组织成团体，保障你们自己，把你们自己从无政府状态中救起……"

"他在所说的话之中只有这一句是有意思的。"萨木金认定。

在牢房之外，有两个囚犯正在低声歌唱，好像人们用别人的言辞表现自己的哀愁似的。

"在沙滩上啊。"一个人唱。

"在河岸边哪。"另一个接着唱。两个人和唱，声音幽深得好像从心底里发出来的：

"这边哪——唏，这边哪，朝拜圣地的香客们正在进行呢……"

这些声音飘过克里的牢房的窗子，爱抚着春夜的温和的寂静，使其中弥漫着俄罗斯的悲哀，这种悲哀是因为使人心柔和而被爱悦和尊崇了的。

"或许是些杀人犯吧——必然是些窃贼——但是他们却是唱得好的。"萨木金默想着。他还是不能销毁他的记忆中的混浊的污点：一张歪扭的脸和那热辣的私语。他还是看见那房间的角上的尘垢的沙皇，有着古图索夫式的胡子，正在用瞎眼睛呆看着什么。

"看着这样一个善恶集于一身的混合物是使理性很受威胁的……"

歌声使他不能安眠，好像牙痛似的——不很厉害，但是觉得有就要剧烈起来的危险。萨木金把脚从床板上放下来，小心地探着地板；然后开始踮着脚尖踱来踱去，好像走在薄冰上，或走在铺在稀泥沼上的木板上似的。

从他后面传来了呜呜之声：

夜呀，你是黑暗的——
这样黑暗，最黑暗的黑暗……

然而，夜是明朗的。歌声已经渺茫，只听见声调而没有词句：

"托尔斯泰是对的，他不信赖理性，和它战斗。陀思妥耶夫斯基也不喜欢理性。这是俄罗斯人特征，一般而论……"

萨木金回想着妮戈诺伐说过的关于托尔斯泰的话：

"一个残酷的老人，他知道一切。"

"倘若她死了那就更糟了。"他想。

带着不快的心情，他要他自己想一想发尔发拉。她曾经来看过他，穿着太过时髦的衣服。她说话的声音是感伤的、忧愁的，而眼睛却是愉快的。

眨眼似的窥看着他的窗子的是三颗星星，辉耀在月明的天空的银灰色之中。歌声已经完了，这一消歇似乎格外冷落。萨木金退回他的卧榻上，悄悄地躺下，把自己包裹在被盖里，使眼睛不能看见牢房里的磷火似的月光，而且立刻觉得自己被另一种小恐怖所袭击，这种恐怖完全和他在尼夫斯基大街上所经验的不同。那时他是怕死，现在他是被生活所恐骇了。

十

几乎有两个星期之久，他生活在一种中毒似的状态之中。科尔涅夫仔细地拍报给他一切新闻，但是他的情报滑过萨木金的昏迷的心上面，并未透入它的表皮。

"斯庇伐克已经释放。邓那夫和弗里洛夫已经遣送回莫斯科。对日和议已经签字——一个很坏的合约。斯庇伐克的学校已经封闭。"

倾听着科尔涅夫拍报在石墙上，萨木金想象科尔涅夫的长腿的干枯形体好像一件武器，正在不倦地破坏那墙壁。

"我们的人领导伊凡诺夫-俄士尼三斯基的大罢工。黑海舰队叛变。"

新闻一个跟一个传来，中间只有短时间的停顿，这监狱似乎一天比一天更嘈杂。当科尔涅夫在那院子里散步的时候，他就大声把新闻送进窗子里面。而那些狱卒并不干涉他。只有一次，看守长禁止科尔涅夫散步三天。这不安静的家伙终于震动了萨木金了。他报道：

"伐西里夫昨日被枪杀了。"

"被谁？"萨木金问。

"被人扫除了。谁也没有被捕。"

在早晨科尔涅夫经过萨木金的牢房前面的走廊的时候，他叫道：

"再见，萨木金！我已经自由了！大家快都要……"

夜间萨木金通宵不能安眠，回想着那上校的疯狂的私语，以及被一道阳光照得透亮的红墨水瓶。他并不怜惜那上校，但是突然发现疯狂像加彭似的这人死了，却使他颓唐感伤了。

立刻他就忽然回想到，从前他和伊诺可夫走过一座残破的仓库的时候，伊诺可夫说：

"你看！"

一只长须的耗子，污浊的灰色，乱毛蓬松，坐在一根朽木头上，正在完成它的无用。这腐败的畜生，很像一个老叫花婆，无精打采地爬着，它的尾巴像一条死绳子似的虚悬着。它的镶着红边的黑眼珠呆呆地瞅着阳光闪烁的河水。萨木金曾经拾起一块砖头，但是伊诺可夫拦住他的手：

"不要动它。它快要死了。"

萨木金记得这两句话曾经劝止了他。现在他想道，判定地：

"但是伊诺可夫能够杀人。"

然而，他不愿思索任何人，除了他自己而外。现在墙上的电报已经不通了，没有人再传给他外界的刺激的消息，萨木金觉得他自己被忘却了。感觉到这一点是有一种特别的可喜的苦味的，强调起来就表现为这样的言辞：

"当人觉得在牢里比在牢外更自由的时候，现实生活成了什么了呀！"

他把他的牢狱生活安排得很舒服——尽其可能。他的牢房是由某个囚犯打扫干净了的，他的饭食是由外面餐馆里送来的。他读书。他办理了伐拉夫加的企业的清算事务——这全是经过拉狄夫的手的。普拉夫丁，市长的法律顾问，由县法院的副检事陪伴着来看了他几次。发尔发拉又来了一次；通知了他快就要释放之后，她急促地悄悄问他：

"你知道那妮戈诺伐？——"

"我知道。"他大声回答。

"真是可怕的时代呀，亲爱的！"

伐西里夫上校被杀之后，有六个新囚犯初次出现在监狱里。在他们之中，萨木金认识杜洛诺夫。他几乎是欣喜地窥看着伊凡·杜洛诺夫。后者穿着短燕尾服，戴着草帽，双手藏在条子花的裤袋里面，矜持地沿着墙边徘徊着，每一来回大约要半点钟的时间。他总是低着头，注视地面；或者突然停止，好像碰着一种障碍，他摸摸他的淡红的小胡子。这种下等喜剧里面的角色也能够有什么政治作用吗？这是难以相信的。走了十多个来回之后，杜洛诺夫不见了，然后萨木金冷笑着想道：

"他在牢里挨过五点钟了。"

第二十六章

一

萨木金的释放是突如其来的,使他觉得有些被轻视的感伤。早晨宪兵司令部的副官和区副检事同到牢房里面。副官欣欣然说着闲话,临走的时候通知萨木金明晚就可以出去了。过了一天,晚间他果然被释放了。坐车回家的时候,他觉得街道异常拥挤,而且城市里和牢里同样有一种骚乱。到了家里,欢迎他的是卢包莫多洛夫医生,后者穿着医院制服,正在庭院里散步。这医师一怔,用手遮在眼上瞅着萨木金,叫道:

"啊哈,囚犯!恭喜恭喜!遇见了怎样的事了呀,嗯?俄罗斯终于怒吼了。"

紧接着他就说到阿开底患痢疾。

这种嚷嚷的欢迎词预示了萨木金日后留居故宅的生活情调。伐西里夫并未夸张:这家宅确是布尔什维克的党部。在医生的家里,在斯庇伐克的家里，在厢房里，全都扰攘得好像在铁道车站上似的。萨木金惊异地看着宾客众多，走在花园里，坐在园亭里，叽里喳啦，大声争论，小声私语，忽然不见，忽然又来。在萨木金氏的邻居木商台巴可夫的庭院里，滴滴答答地响着玩木球的声音。木商的大儿子，一个长头发、大鼻子、长臂膊的青年，全身穿着白衣服，好像莫斯科小旅馆里的侍者似的，负疚地站在斯庇伐克前面，倾听着她的责备：

"这是不能容许的，你懂吗？这是孟什维克主义。你必须在工人们前面暴露他们曲解人民意志的企图。"

虽然她的儿子病势严重，但她是并不多在家的。早晨她出去了，回来半点或一点钟之后又不见了。很消瘦而且苍白，她已经具有一种阴郁之色。她的猫形的圆脸、紧闭的嘴唇、故意皱起的弧形眉毛，都显出某种鄙视的表情。

八月的闷热正在逼人，灰云爬在城市上面，它的暗影笼罩着街道。人们走得不自然地快。每日都在期待沙皇宣布立宪，而台巴可夫摇着他的红头发，背诵着斯庇伐克的教训，在花园里对某人说道：

"这种宪法不过是沙皇给予自由主义者们的贿赂，要他们帮忙拉紧套在工人阶级的颈上的活圈套。"

"浑蛋！"萨木金想，回想着台格尔斯基的关于背叛他们自己的阶级利益的话。"为了什么缘故呢？"他质问他自己，这是第一百次了。

忽然之间，好像从天花板上落下来似的，伊诺可夫就在眼前，跨坐在椅子上，用劲搓搓手，质问道：

"你在监狱里觉得怎样？这里的监狱是惨淡的；但是在西得勒兹，例如……"

在他的长着一部浓厚的小黑胡子的脸上，他的眼睛是深陷的，好像他曾经害了重病似的，但是射出欢乐的光辉，好像欣喜痊愈似的。他的脸相是修道士型的，他的装束是工人型的。他的脚，长伸到房间中央，穿着铁锈色的破旧长筒靴。他的手，交叉在胸前，黑得好像金属工人的手似的。他穿着帆布上衣和不整洁的灰裤子。

"人民已经确实开始理解革命党人了。"他说，眼睛里闪出一个微笑，"在帕木，有一夜我在街上散步——遇着一场斗殴——一个人被三个人打了。我插进他们中间。被打的人问我：'你是什么人？一个革命党吗？''为什么呢？''因为你保护一个不认识的人。'说得好，是不是？"

他点燃一支有臭气的纸烟，看着它的青烟，把手放进裤袋里，然后掏出一件好像门钮似的青铜器，放在桌上。

"这是送还你的。你记得我从前弄坏了你的镇纸吗？"

吃了一惊，萨木金把那铜铸的捏着一条蛇的女人肖像拿在手里。

"那是很久很久以前的事了，你还记得！"

"当然。我不愿拖欠任何人的债。这是克娄巴特拉[1]。我自己塑像铸造的。一种有趣的工作，铸造和塑像。我想要从事这种作业。"

"你是一个——社会革命党？"萨木金问。

"不。"伊诺可夫回答，摇摇头，"我也不是社会民主党，布尔什维克呀，孟什维克呀。我的心或者我的身都不能属于那一类东西。或许是无政府党吧——我想……"

这精致的克娄巴特拉的铜像使萨木金有些同情伊诺可夫了。

"是的。你或许是一个无政府主义者。"他沉思地说，然后问，"你知道科尔文在俄罗斯人民联合会里吗？"

"滚他的蛋。"伊诺可夫沉静地回答。"那不过是闹着玩。"他叹气，沉默了一会儿之后，"那时我以为我需要一个敌人，借以发泄我的憎恨。所以我就选择了那——畜生。这意思可以写成一篇小说——有一夜，无聊，消遣消遣。我也作诗。我自己确是在恋爱中……"

---

[1] Cleopatra，埃及女皇（公元前六十九年至前三十年），绝美而谲诡多谋，罗马大将恺撒及安东皆受其蛊惑而致死亡，旋亦为罗马所灭，终以毒蛇螫胸自杀。

咯咯地笑了，伊诺可夫好像瞌睡似的闭着眼睛。

"他在说谎。"萨木金想。伊诺可夫并不睁开眼睛，说道：

"啊，是这样的——我在凯马，在一只汽船上。一个红十字会的看护妇。一张相熟的脸。我想不起她是谁。她忽然耸动肩头把她自己包裹在一块格子花的披肩里。里狄·提莫菲夫娜咧。后来才知道她是送她的丈夫到提弗去——去埋葬他。"

"被杀了吗？"

"红疹窒扶斯。或者肺炎。我忘记了。她告诉我一个关于士兵们劫掠车站的故事——说得那车站好像是她自己的私产似的。"

伊诺可夫盘脚叠坐着，把身体拱成一个球形，显然津津有味地说着，他的眼睛兴奋地炯炯有光：

"我也见过这样一次兵变。在托木斯克附近。那真是好看哪，萨木金！好像一阵狂风！列车驶进了车站，乌烟瘴气，怒吼怪叫；所有的车厢同时全部吐出兵士。兵士们狂乱得好像中毒似的。立刻就大吵大骂，嚷成一片。窗玻璃被打碎了，各种东西都砰砰訇訇——真好像他们攻入敌国似的。"

他艳羡地吸气，然后热忱地说下去：

"他们战斗了一小时，然后，一阵乱响，乱嚷，不见了，留下那车站荒凉得好像坡格隆[1]之后的犹太人的家宅似的。一个胡须蓬松的家伙——一个阿多尼斯人——把站长的帽子插在他的刺刀上，直挺挺地站在月台上真像一座纪念碑。一个伟大的形象！兵士们都有一种凶猛的精神。这精神可以扫平圣彼得堡。在血的星期日他们应该这样干一下子。"

他说了，柔和地微笑着。他把脚又放下来。

瞅着他的修道士型的脸，萨木金想要问为什么要扫平圣彼得堡。但是他制止他自己，却无聊地问道：

---

[1] 沙皇的犹太屠杀政策。

"但是你为什么到西伯利亚去?"

"不过是——去看看。"伊诺可夫倦怠地回答。打着哈欠,他继续说道:"我昨天到这里,但是我不知道为什么。我知道这里的各种事情,而且没有一个人……我在街上遇到托米林。他肥胖了,臃肿不堪,眼睛都睁不开。他请我到他那里喝茶。他的女伴死了,所以他现在是那家宅的主人,和一个戴夹鼻眼睛的衣架子同住着,而且已经翻筋斗到上帝面前。一个最有趣的典型人物!他说'我已经研究过这种事物,除了希腊宗教所承认的上帝而外,没有一件是无可争辩的!'关于第三种本能,所谓求知的本能,怎样呢?他说,那就是归依上帝的本能,'求神'的本能。我们争吵了。你听,萨木金,今晚我可以睡在这里吗?"

克里不高兴,勉强引他去到餐室里,这房间是空虚而且黑暗的,窗子都是紧闭着的。伊诺可夫坐在长沙发上,正在脱掉他的长筒靴,问道:

"你相信符咒吗?女巫们的魔法吸干人的血气,使人害迷恋病,你相信吗?"

"当然不信。"萨木金恼怒地回答。

"好,我信。我自己就看见过老太婆们怎样施魔法销毁人的血气。我以为哲学是一种蛊惑良心的符咒。你不赞成吗?"

"睡吧。"萨木金咕噜,出去了。他想:"我必须立刻结束这里的一切——到莫斯科去!"

二

早晨伊诺可夫走了,留下一堆纸烟头在餐室的地板上。这一天,城市的各个家宅似乎被压榨了,把居民全都挤出来在街上。中央教堂的钟声肃穆地响着。街马车骚扰地驰过。人们急促地走着,以叫喊代替言语,情形异常混杂。和穿着节日服装的市民并行着的是不整洁的工人们。褴褛的穷人到处奔忙，好像争先去看火灾或军队游行似的。今天的天气，像本星期内每一天似的，阴郁而且沉闷；人不很明白它是因为不够明朗而抱歉呢，或是威吓着要下雨呢。青的和灰的云层破裂为许多块，使天空现出一件烂衣服或一张有许多补丁的风帆似的样子。

萨木金并不到正在举行着感谢祈祷的中央教堂去，却停留在市立公园里观赏那广场。它好像是装满了蔬菜的一只大盘子。洋伞和妇女的衣服好像是切好的红菜头、红萝卜和黄瓜。公园里也堆积着一群一群的人们，用惊骇的声音互相咕噜着。一个高的秃头的官吏站在一只长椅上，正在叫卖什么东西似的呼喊：

"先生们，我对于生活不要求任何事物，任何改变。但是，先生们，我庆贺你们的欢喜，你们的灵魂的火花——万岁！"

萨木金看不出那些听众的脸上有什么欢喜，他也不感觉那些人们的眼睛里有什么灵魂的火花。每个人似乎都像他自己一样无精打采的；每个人都还没有想要欢喜起来的意思。他立刻认识这瘦长的演说家是政治局书记亚可夫·支洛宾，因为马加洛夫曾经在他的家里住过。响应他的欢呼的不过是两三个人，声音也微弱，好像不好意思叫喊似的；在萨木金旁边的一个圆胖的家伙，穿着温暖的外衣，说道：

"嘘！他不难为情吗？"

"发什么脾气。"有人说。

"唏——唏——唏……"

糖浆制造厂的一群年轻的女工，大约三十多个，开玩笑似的用手肘推开人群挤过去了。其中一个很漂亮，顿着脚，唱道：

> 我要到街上去，
> 买给主人甜饼干，
> 买给主人热面团——
> 拿去吧，塞在你的喉咙里！

"她们是本市最风骚的姑娘。"那胖家伙对萨木金说，好像夸耀本市的特色似的。

姑娘们沉静地嬉笑着，谨慎地顾盼着。在她们后面俨然走着的厂主，一百岁似的老瞎子牙莫夫，长胡须的，僵尸似的铅色脸上戴着一副黑边眼镜。牵着他的是他的儿子格里戈里，粗俗得好像一个货车夫，一个六十岁的老人，本市最伟大的口角家。扶着老瞎子的另一个是他的女婿尼伊洛夫，砖瓦厂主，也是一个老人，看起来好像一只丑南瓜，高兴的脸相，长鼻子，鬈头发。格里戈里翻起他的黄白眼，不断地对人们叫喊：

"让开呀！看不见吗？"

他的父亲，穿着拖齐脚跟的黑长袍，戴着黑绒的尖角小帽，踟蹰着他的木强的脚，用手掌揩着他的湿漉漉的鼻子，而且喘息道：

"不容许，基督教徒们，不容许呀！"

摇摆着，用跛脚大步昂然疾走着，把群众推在一边好像一只汽船穿过许多小舟似的，是小店主兼大车制造家孚洛诺夫，一个高大的人，有一张绵羊的肥尾巴似的脸，拿着一支粗重的手杖。跟着他疾步走来的，也都带着一副忧愁的脸的，是俄罗斯人民联合会的另一些要人，从前的理发匠，现在的"人造矿水"制造家巴巴伊夫，屠户科洛波夫，扫街业业主拉里乞金，浴室业主多莫加洛夫，制皮商人赛特金——一个玩将棋的无敌能手，平胸、平脸而且有一双冷淡的眼睛。

萨木金在公园里约有一点半钟之后，得到了这结论：这些市井的庸众都恍惚有所畏惧，但是他们的动物性的好奇心胜过他们的惶恐。他们很少说明这集会的政治意义——无疑地因为他们并不互相信任，而且怕说了什么招致危险的言语。

"他们说广场里要开音乐会了。"萨木金听见。

"为什么呢——音乐会——倘若军队并不游行。"

"今天并不是沙皇的祭日。"

"不错,不是沙皇的。"

"我们的联合会会员要游行了。"

"他们要游行。"

一个花衣服灰帽子的矮男人摇着他的藤杖焦急地说道:

"为什么没有警察呢?你知道为什么没有警察吗?"

"人们都是清醒的。"

只有一个穿着旧上衣戴着贵族小帽的满脸怒容的男人是有勇气发表意见的。用肩头推开萨木金,他走到他的地位上而且粗声说道:

"这种犹太人的办法是毫无益处的,而且那些联合会会员全是浑蛋。"

总之,人们都是沉闷得好像今天的阴郁的天气似的。许多人站在树荫下面,好像躲着似的。但是太阳从云层里窥看着,暴露了他们。很少的几个人迟疑地走到广场去,走到中央教堂去。

三

当萨木金慢慢地走进公园栅栏的时候,太阳已经从云层后面露出来,照明了中央教堂的台阶和大主教斯拉孚洛梭夫的紫色形体。他站在那里,宽阔的襟上悬着金十字架,左手指着天,右手指着群众,做了一个祝福的姿势。人们在他下面围绕着他,摇摆着三色旗,晃动着神像的饰物,露出他们的毛头或秃头。一分钟之间嘈杂平静了,一声大叫就好像由扩音筒里发出来似的:

"不要相信疯人们的煽惑!不要相信外国人的狡计!"

萨木金看见人们和神像及旗帜排成了一列纵队。群众那样急速地让路给纵队,使他觉得害怕那人多势众的动态。他一望就看见历史家可索洛夫的整洁的小形体,站在斯拉孚洛梭夫附近,一只手拿着伞,另一只手拿着尖角小帽。他显然正在说话,叫喊,指挥群众。这样一个小形体背对着中央教堂的大门,他显得好像一个青年假装的老人似的!

"他们走了。"有人在克里后面说。

纵队汹涌地离开教堂,背对着公园栅栏,所以有几分钟之久萨木金就只看见人头的背面,但是人头立刻开始转动,明显,沿着栅栏走去。种种色色的侧面,但是一致肃肃穆穆,从萨木金前面流过。

"他们为什么向这边走呢?反对我们吗?"站在萨木金前面的瘦家伙说,走开了。萨木金才看见科尔文的顽固的脸相,那浓厚的上髭下面立刻跳出这几个斩截的字:

"拥护我们的皇帝……"

他的两只眼睛几乎和他的细鼻梁分不开——萨木金曾经觉察了的——好像一个横8字。

在科尔文旁边,提着伞,小心地捏着帽子走来的是历史学家可索洛夫。他的红脸上流着汗,或泪。他也在唱,张着嘴,嘴唇震动,但是听不见声音。在他上面竖立着孚洛诺夫的肥胖的瞎脸,绵羊尾巴似的胡子里面有一只圆洞。

"啊——亚历山大——洛维奇——"从那圆洞里喷出来。

孚洛诺夫抬着沙皇的画像。拉里乞金捧着装金的神像。他的低顶毡帽,用一条绳子系在短上衣的纽扣上,悬在胸前,所以他常用神像去推开它。在他旁边直竖着牙莫来夫的秃头,以及那僵尸似的脸上的黑边眼镜。他显然也在唱歌,或祈祷,因为他的绿胡子是抖颤着的。他的容貌使人害怕。或许他是专为骇人才被邀请出来的。抬旗帜、抬神像、抬沙皇皇后画像框的人们挤作一团地走着。间或闪过一个女性的形体。一个女的走来了,扛着一把没有张开的红色遮日伞,它的顶端缠着一条白手巾。

"三百——或者最多五百,"萨木金计算,"而这城市里是住着七万人的。"

他回想着圣彼得堡的维堡斯基大街上的工人群众的盛大游行,其间的柔和的语音,其间的严肃气象,听着这些联合会会员的杂乱的叫嚣逐渐觉得难堪的厌恶了。

"一个古怪的国家,其中的各样东西都不是它应该有的——应该有的是什么呢?"

拖曳在纵队尾端的是一些游离分子,显然不急于加入他们。广场已经变为荒凉的了,离栅栏十多步远之处,有一只妇人用的黄手套躺在一块圆石头上,两个手指是并着的,好像要画十字似的。这光景让萨木金记起雪地上的断手。他看着群众把自身塞进大街口里面,留在后面两条宽大的尾巴。然后他走进广场,用靴子踏过黄色手套,悠悠地向河岸走去。一条黄红色的小狗衔着那手套追赶到他面前,它也奔到河岸去了。然后萨木金回转到公园里,那里的麻雀像老男老女似的栖息在长椅的背上。白杨的黄叶漂浮在池塘的黑水上,好像一些被斩断了手指的手掌。萨木金坐在长椅上,又在思索着人数的离奇的差额……

"五百或七百——和七万。"

四

他并不觉得想要回家。那里无疑地有所谓的"民众呼声雷动"了吧,他想。然而他终于向着他的家的方向慢慢走去,穿过狭窄的荒凉的街道,通过一些小家宅的关闭着的门户和窗子之前。这里是安静无事的,连一个小孩的哭声也没有。只有一阵微风吹动人家庭院里的皱缩的树叶,从城中心飘出来了嗡嗡的市声。要回家去,萨木金必须通过一条联合会员正在游行着的街道。他刚要转入一条小街,就给亚可夫·支洛宾拦住他的去路。这家伙忽然从转角里出现,迈步向他走过来。手里捏着帽子,脸皮膨胀,眼睛濡湿,他敞开双手好像要拥抱萨木金似的。并不提高声音,他用一种惶恐的语调说道:

"你能想得到吗？他们打死一个人了！孚洛诺夫，那小店主，用手杖打他的头，就在我的面前——就在众人面前！我问你——这是什么意思？那人——药剂师哈尼次——大家都知道他！"

萨木金怔住了。他知道哈尼次，一个温厚而且智慧的好人，对于本市的文化设施是很有成绩的。

"他坐着街马车过去，那孚洛诺夫突然抓住他。"支洛宾说，摆开一只手，他的小帽就撞在木板墙上，泪水从他的肿眼睛里奔下来了。他的长脚踉跄了几步，他的身体向左右摇摆。但是萨木金知道他并不是醉酒，而是愤激、惶恐。

"在那皮货店里。他们捣毁窗户，把店员打得头破血流。"支洛宾叙说，咽咽呜呜地，"那匹马头也被棍打了！为什么？自由……"

萨木金把他当作前哨，尾随着他，转进一条通到大街的小巷里，看见巷里挤满了人们。他们好像一大队溃退的败兵似的，向后面回顾着，有些人甚至又转回去了。远望那边天空中飘扬着一面红旗，长而且窄，好像一条舌头。

"这一次示威。"律师普拉夫丁用慌张的声调说了，和萨木金握手。当他脱掉左手套的时候，他叹了一口气，又说："我恐怕这要成为示弱。"

萨木金想要倒退回去，但是在普拉夫丁前面不好意思这样做，尤其因为后者把手套塞进衣袋里，继续说道：

"噢，好——我们去吧。我们应该去。"

萨木金跟在他后面，别的一些也跟了来。

"看情形，我们被拦阻住了。"普拉夫丁说。"那里，"他转身过来用手指着后面说，"联合会会员正在发疯，而前面是那些——我们的——我们必须尽力劝告他们……"

后面有人用力一推，他就挽着萨木金的手很快地向前走去。

在街头上，红旗招展，涌出一批反叛者：铁路工人、工厂工人、高等学生——还有一些女子——大多数都是青年人。

"三百或四百。"萨木金计算着,而且记起了,"七万!"

在群众中央,科尔涅夫举着一面盘在长杆上的红旗,直挺挺地站着。他的头高出于一切别人的头之上。萨木金觉得今天科尔涅夫有一张不同的面孔,并不像平常那样修剃干净,眼睛也不同,孩子气的。

"同志们!"一个好像教堂庶务似的粗毛汉子命令,穿着一件破领的蓝色工作衣,他把手掌做成传声筒罩在嘴上,"五个一行!"

人们推来推去排成纵列,先头扬着三四面红旗。

"同志们!先生们和女士们!"普拉夫丁叫喊,"想一想这会把你们引到哪里去呢。"

"你说的'你们'是谁呀?"一个红头发的高级学生呵斥他。

那粗毛汉子把头一扬,高举起拳头,开始大声歌唱:

"就要有牺牲精神……"

萨木金一看见这人的轮廓分明的脸相,就认识那是邓那夫的朋友凡拉克辛。

普拉夫丁脱下帽子,把手套藏在衣袋里,然后用微弱的、忧郁的中音继续唱:

"为了爱人民的无限真忱。"

他们散漫地走着,严肃的歌声也不相和谐,淹没在旁观者的掌声和叫喊里面。旁观者坐在窗子里面,好像在剧院的包厢里似的,或者站在大门小户里面张口凝视着。萨木金恬然顺从地走在游行队的尾巴上,因为他正在向着他的家的方向走去。在他看来,这一群杂色的青年行列正如联合会会员的行列一样不整齐。但是他突然不由自主地吃了一惊,当那红舌头似的旗子在转角不见了,而且听见一声哨音和咆哮的时候。

"糟了!你听见了吗?"普拉夫丁叫喊,加快他的步伐。在转角处倒退几步,他站住了,提起一只脚藏在外套下面,用另一只脚站着,而且依靠在墙上,咕噜道:"我的靴带散了。"

萨木金从眼镜里遥望着远方,看见三色旗摇摇摆摆,神像的饰物闪闪发光,人们的头上棍棒纵横。他看见有些示威者已经舍正路而走入旁道去了。窗板和门板砰砰地都关上了。从头上,好像是从屋顶上似的,发出一声严厉的叫喊:

"关门!把狗放出来!"

"我们进这里去吧,我要弄好靴子。"普拉夫丁邀请,打开一家妇女时装店的门。这时一群示威者倒涌回来,把萨木金推进店里去了。一个粉白鼻子上架着眼镜的胖女人欣欣然欢迎着普拉夫丁。普拉夫丁介绍了萨木金之后立刻就完全忘记了他了。他也忘记了他的靴子。

五

萨木金占取右边的窗子为根据地,看着君主专制主义者满街乱跑。他们似乎是从一道斜坡上滑下来的,他们的行动是近于盲目的。他们挤成团地奔到这边又那边,推着家宅的墙壁和板围,使街道充满一种冬季的荒凉和惨淡——险恶而且呆钝。

面对着他们,挥舞着红旗,科尔涅夫站在大约两百人密集成团的前头。他们的队伍一秒比一秒更稀薄了。

萨木金看见历史家可索洛夫,尽力拖着脚疾走过旁道,摇摆着他的伞;他看见科尔涅夫高举着一支手枪;他看见粗毛的凡拉克辛,从科尔涅夫手里接过旗子,把它当作打禾棒似的摇着,那红布披拂着歌唱队长科尔文的手和头。两声枪响夹着一阵怒吼。棍棒和手臂挥舞在科尔涅夫和凡拉克辛的头上,争夺着旗子,它就消失在人身乱动之中。

"冲过去,孩子们!打他们!"一个穿粉红衬衣的汉子狂叫。从混战中跳出凡拉克辛,衣服都撕破了。那穿粉色衬衣的汉子向他扑去。但是凡拉克辛挥起一条短棒,棒的上端还有一个结子,那汉子就仰面倒下了。在店门前的这场战斗不过是两三分钟。示威者被迫退走了。街道上立刻清净。打扫业主拉里乞金抱着一根灯柱，站在那里，他的低顶毡帽深套着他的脸——只见牙齿。瞎子牙莫来夫像一根木柱似的竖立在街中间，伸出抖颤的手，摸索着屁股、胸膛和肚皮，又摸摸胡子。在瞎子对面，一个高级学生躺在一道门前面。穿粉红衬衣的汉子伸脚伸手地躺在时装店对面，头靠在旁道上。萨木金曾经在圣彼得堡见过这种骇人的光景，所以他现在并不害怕，

"麻木了——麻木。"他批评他自己。

街道上散布着红布片、扯破了的旗子。一根破棍子弯曲地插在两块圆石之间。沙皇画像的框子倒竖在一块圆石头上。这里那里的圆石的光秃的面上闪耀着血的斑块和星点。两个店员似的男人搀扶着科尔文。他蹒跚地走着，用手蒙着脸，他的脚步是错乱不稳的。当他们走过那老瞎子面前的时候，他们撞在他身上了，他一歪就跌在地上坐着。他开始摸索着他周围的圆石头，他的僵尸似的脸仰望着天空，天空现在已经是一块凝固的灰色。

萨木金回头一看。他后面有一个年轻女子坐在长椅上哭泣。普拉夫丁已经不见了。那女店主正在对着一个灰胡子的老人讲：

"一定要调兵来的……"

萨木金急忙走到街上。他立刻发现他自己走在一群人中间。以衣服和脸相而言，他们全都是在那一场斗殴中受了重伤的。其中的一个叫道：

"站住，伙计们！这一个是从伐拉夫加家里来的。"

他抓住克里的右手，审察着他的脸，呼出一阵热烧酒的臭味。他问："是不是？老实说。"

萨木金发现他自己面对着一个肿胀的前额和一只昏暗的眼睛，另一只眼和面颊是掩盖在一顶揉皱的破帽子底下的。

"我是从别处来的———一个律师。"他说明——他能够想到的第一句话。因为他看见他被一群醉汉包围着，他恐慌——然而多半是厌恶——

预计着他们要打他。但是一个穿着蓝边衬衫和长皮靴子的青年人，推开醉人们，而且一只手搁在克里的肩上。他的接触使萨木金也感觉有些陶醉了。

"请告诉我，这会吃官司吗？我们要被审判吗？"

这家伙的脸也是被打伤了的，但是他比他的同伴更清醒些；他的眼色也更智慧些。

"或许。"萨木金回答，靠在墙上。

"一切乱子都是从伐拉夫加家里闹出来的。"那醉汉叫喊。那青年人推开他。

"闭嘴，否则我就给你一耳光。"他说，十分镇静，毫无恐吓的样子。他转向萨木金：

"但是谁来审判？我问你。谁闹乱子？都是他们闹的。他们为什么要和我们为难？他们抬着一面比我们的更大的旗子，而且拒绝脱下他们的帽子。他们有什么理由这样做？"

"我们打伐拉夫加家里的窗子去吧！"

"他死了。"

"死了？好，那么……"

"我们去呀！"

他们之中的四个人迈步走了；那青年人靠在萨木金旁边的墙上，双手交叉在胸前，沉思地说道：

"不是不完全合理吗？合理吗？"

"不十分合理。"萨木金答应，稍微离开他一点。

那些家宅的窗户打开了。人们忽隐忽现，全部瞻望着同一方向，从这方向传来了叫嚣和打击着板围似的声音。那青年人吐了一口唾沫，横过街去蹲在那高级学生旁边；但是他立刻站起来，环顾四周，快得几乎是跑似的走到街道的平静的那一端去了。

萨木金从对面街道上尾随着他，快步疾走，而且每当他头上有人打

开窗子的时候就耸动一下肩头,侧身闪避。一道窗子里发出了妇人的叫喊:

"这里又有一个戴眼镜的人在跑!捉住他!"

走了几步后有人招呼他:

"喂,拙劣的著作家!你的肚子疼吗?"

对于自己,对于人们都觉得有些羞愧,萨木金才放缓了他的步伐。一小队骑马的警察朦胧出现在前面,使他赶快转入了一条旁道。这里有一个袖子被撕破了的中年人站在木板墙前面,高声说道:

"你不要管我的。我失掉了一顶帽子不算什么。"

在那人的肩头上的木板缝隙里闪出一双眼睛。一个妇人的声音埋怨道:

"你为什么要混在那里面,蠢货?那干你什么事?"

"不要说了。打人是不许的!"

"你糊涂,你——你也该想一想!倒霉的傻子!嘘!真是傻子!……"

迎面来了一个人,赤脚穿着橡皮套靴,抬着一支双筒猎枪。

"亲族!"他对着那小家宅的半开的窗子叫喊,"给我几粒小子弹,可以吗?"

窗子大开了。窗台上的两个花盆之间坐着一只绿眼睛的猫,它使萨木金想起了托米林。

在中央教堂大街上一场狂斗之后,那些小巷里的平静是可疑的。人觉得在窗子和门户后面有人埋伏着的光景。萨木金愤慨了:这些狭窄的小街道里的住民,这些安静的小家宅里的居人,可索洛夫曾经称赞的人们,他们的稳当的生活方法曾经引起过萨木金羡慕的人们,现在漠不关心地旁观着凶险狂暴的突然发作。他们坐在他们家里,在加锁上闩的门后面,或者把小子弹装在枪里好像要去打乌鸦似的,同时以一把伞为武器的七十岁老人,和瞎眼的糖浆制造家,都出来到街上捍卫他们的信仰。

"混蛋！"萨木金痛骂那些自保自好的人们，恍惚意识到他的愤慨之中潜伏着某种矛盾。他十分惶惑了，颓丧得疲弱无力。

六

在他住家的街口上，萨木金发现一批骑在肥马上的胖警察，还有几十个好奇的旁观者。萨木金觉得他们是一群没有作用的东西。在他们之中他发现有一种囚徒似的一致性。其中的一个灰衣服的没有胡子的男人说：

"这又是一个伐拉夫加的鱼蛋。呸——呸！"

这一带的一切门户也是全都上了闩的。卢包莫多洛夫住宅的几面窗玻璃被捣碎了，下层的一面窗子的窗框被拉脱了。庭院和花园是荒凉的。家宅或厢房都寂然无声。赛沙重新锁上门的时候，她说医生已经去向省长控告去了。

"台巴可夫和我们街上的三个人与他同去。台巴可夫的儿子被打了。科尔涅夫同志，也……"

并不听她说，萨木金走到他的房间里，脱了衣服，躺在床上，枉然尽力不想，然而思想仍然进行，恍惚看见他的思想好像一塘黑暗的冷水表面上的一片浮尘，刮风的日子过后池塘表面常现的那种影像。他的思想都是细碎的，几乎不成思想——不过是种种面貌，种种言辞、叫喊、动作的黑点——动乱的日子所遗留下的渣子。过了一会儿，楼上的医生的房里有顿脚的声音，好像开始了四班跳舞似的。因为逃避他自己——这家伙今天异常捣乱——萨木金爬上去到卢包莫多洛夫的房里。他以为至少有五个人在那里，但是却只有两个——医生和斯庇伐克。他俩在房里踱来踱去，相背而行。

"你不能到医院去，利沙！"医生叫喊，摇着一条手巾。注意到萨木金,他向他挥着手巾,对他说道:"他可以和我去……"

他俩都停止在萨木金前面。医生激动得满脸通红,流汗,眯着眼睛;那女人面色苍白,圆睁着眼睛。

"你知道,科尔涅夫受伤很重。"她说。但是那医生阻止她,叫道:

"不!你以为拉狄夫这猪儿子是什么东西,嗯?你应该知道那些犹太们对省长说了些什么!甚至那高利贷者图路梭伐还算比较正直的。'你是什么省长,阁下?'她对他说,'学校里的女孩子们都在街上被打,而你一声不响。'那野兽回答她:'我希望从此以后聪明的人们要明了他们必须拥护政府,排斥反对它的犹太人。'现在你想想这是怎么回事。"

他把手巾抛在地板上,对着斯庇伐克叫道:

"我告诉过你和那些乳臭未干的孩子:现在不是没有武装就去示威的时候!不是时候!——现在呢?"

"你要到医院去吗?"她严厉地质问。

"我要去!"

医生抓起帽子,跑下楼去了。萨木金跟着他下去,但是卢包莫多洛夫并不再邀请他同去。萨木金走进花园里,走到亭子里面。他忽然觉得一月九号的大屠杀,无论如何可怕,或许不如今天这一场凶殴的意味严重;这暗淡的日子影响他个人的程度更为深切。

"这一切无论如何总要完结的,但是越快越好。"

七

第二天他的心情很呆钝,无法可解的呆钝。联合会会员的横暴已经激怒了本市一切讲道理的人们。全都知道昨天死了五个人,其中一个是高级学生,监狱官托波可夫的侄儿;十一个受重伤,住在医院里;科尔涅夫是第十二个,快要死了;大约二十个受伤的人躲在私人的家里。

《我们的园地》报馆的窗玻璃已经被捣毁，印刷所的机器被破坏，字模也被劫去了。在早晨，这城市吵闹而且失其常态。家宅的窗子，大门小户都砰砰地闪开。富裕的人们驾着自己家的马车驰过。在街道上，行人都拿着藤条、手杖，用帽檐遮着眼睛，准备随时打架。但是，在晚间有一个谣言：联合会会员今天曾经集合在旧广场里，严重地打伤了两个犹太人和医院看护里乞克斯。城市因此陷入一种悲愁的静默之中。到半夜的时候，寂静并未破裂，有一辆马车赶到大门前面。萨木金以为这是斯庇伐克回家，并不注意那些声音。然而，大约五分钟之后，那打瞌睡的号房来敲他的房门，而且说道：

"他们送来了一个病人。"

"那并不关我的事——找医生的吧？"

"确是找你的，先生。"那号房坚决地说。他是一个外貌高傲的家伙，并不像一个农民。萨木金走进厅堂里。那里的墙上靠着一个人，包着一块白头帕，衣服破烂不堪。

"你必须原谅我，萨木金。我不能不来找你。他们不肯收留我在医院里……"

他喘着，慢慢地，沉重地说了。萨木金并不曾立刻认出他是伊诺可夫。他叫号房去请医生，然后把伊诺可夫牵到餐室里面。

"你受伤了吗？"

"是的——被打——受伤。"伊诺可夫回答，跌落在长椅上。

医生来了，穿着睡衣，赤脚拖着拖鞋。摘掉伊诺可夫的头帕，他摸他的脉，听听他的心搏，然后向萨木金咕噜道：

"是——是的——衰弱，嗯？叫伊立沙弗它和女仆。拿热水来，快！"

一点钟以后，萨木金才知道伊诺可夫被射穿了手臂。他的头颅并未受伤，但是头皮破裂了两处。

"而且，很像是他的肋骨断了——"卢包莫多洛夫加添，仰望着天花板。

他灵敏地剃光了伊诺可夫的头发和胡须,就显露出一张肿胀的、没有眼睛的脸。不过右眼的青色裂缝里闪出一线可怕的毫光。伊诺可夫像死尸似的平躺着,用喉音和鼻息哼出一些不能理解的话。应和着他的谵语,风正在爬搔着人家的墙壁和窗架。

在桌上的洋灯前面坐着斯庀伐克,穿着寝衣,正在编纂"联合会员想要干什么!"的传单,这是克里所起草的。她的寝衣的阔袖妨碍着她的工作,她把它们掠在她的肩上。她低声说道:

"你过于铺张恐怖的情节,好像唯一目的是恐吓市民和工人。"

"我必须到莫斯科去。"萨木金心里决定,回想着他和菲阿娜·图路梭伐的谈话。她想要买这被诅咒的家宅作为贫苦女学生的寄宿舍。她长得很胖,脸孔和颈项由于嗜好葡萄酒变为通红了。她曾经半刻薄半轻蔑地说道:

"减低你的价钱吧,克里·伊凡诺维奇!你看我的肝脏里有石子,我的肾脏里有沙子。魔鬼们快就要叫我去替他们做厨娘了——所以我当着他们面前请求你——我发誓!啊,而你要钱干什么呢,你戴眼镜的公羊!听我说。十七年以来我为女孩们花费了我的造孽钱——使她们许多人成家立业——而你呢?你做了些什么呢?我告诉你,道学先生,你没有帮助过一个不相识的人。也没有引坏过一个人,引坏过吗?"

当她说的时候,她玩弄着从她的腕上脱下来的手钏,那金饰在她的红手指里显出柔软的样子。

"你写得真古怪。"斯庀伐克又说,乱挥着她手上的铅笔,"好像是一个社会革命党——感伤的。"

萨木金不回答。他看着她,看着赛沙。赛沙正在悄悄地扫除地板上的一摊血水。血水旁边的长椅上的伊诺可夫正在呼噜呼噜的,喉咙里含糊说出一些胡话。萨木金默想着图路梭伐、斯庀伐克、发尔发拉、妮戈诺伐,以及一般妇人。

"奇异的生物。马加洛夫或许是对的。黑暗的魂灵……"

斯庇伐克是一进房里就使他吃惊了的。并非不动心于伊诺可夫的伤势,她看待他好像是不认识的人似的。她帮助了医生施完手术之后,就坐下编纂那手稿。虽然叹了一口气,她仍然沉静地说:

"你或许还要写一篇'那被谋杀的布尔什维克党员曾经想要干什么?'科尔涅夫是不会好的了。"

"不会。很难。"那医生含糊说。

"是的,一个黑暗的魂灵。"萨木金又想,看着那妇人的手臂,几乎裸露到肩膀。她不倦地工作着,很嫉妒社会革命党在手工业者、店员、小职员之间的种种成功。这种嫉妒,萨木金觉得是孩子气的。医生正在从包围着他的浓密的烟云里面窥看着她的铅笔的活动。她对医生说:

"为着回答省长的解散'一切应用武器的结合'——怪话——的恐吓,各处已经贴出石印的传单:

倘若感情更不好,
我就挺身犯禁条。
应用武器抗丈夫,
结合从此解散了。
离婚不费事,
官家包办了!

"还有别的一些粗俗的小调。至于《我们的园地》,已经决定关门……"

"这一切都不会长久的。"那医生说,用手挥开烟云,"好,我们加上一条压定绷带。我怕——他的左眼怎么样?你去睡吧,萨木金,让她看守两三点钟。"

八

萨木金退回他的房间里，脱了衣服，躺在床上，想着依据他的妻的来信和报纸，莫斯科也是不安静的——罢工、开会、会议，对抗警察的街市战越来越多了。在这里，他已经使他自己颇能够适应环境了。斯庇伐克待他也颇为关心，虽然态度冷淡。她是对于一般人都关怀的。而且曾经反对科尔涅夫和凡拉克辛所主持的示威。

雨正在窸窸窣窣地打着树枝，愈加有力而又固执，但是它并不能克服那寂静，寂静依然显现在单调的淅沥后面。萨木金意识到过去几个月之间的种种经验正在以不可抗的强力使他和他自己分离。这是好或是坏呢？有时他以为这是坏的。加彭无疑地是一个顺应现实的，为现实所陶醉的不幸的牺牲者。但是沙皇是远离现实，而且确也是不幸的……

他以为他还没睡熟，当医生来叫醒他的时候。

"来吧，先生。他很兴奋，现在不断地说话。但是不要引逗他。我已经给他一点镇定剂……"

已经是破晓的时候，青贝色的高天上装点着蔷薇色的云霞。走进餐室，萨木金看见洋灯照着白枕头上的一张非人的面孔，好像石刻的，有一线窄缝的眼睛。这面孔比在夜间更其骇人。

"他们把我打——到这样。"伊诺可夫用喉音说。

"谁？"克里问，用一种研究神秘现象的声调。

"科尔文。"伊诺可夫回答，并未立刻记起这名字，"他和——必定是——几个唱歌队员。四个人。"

歇了一会儿，他又说：

"真是傻子，这西班牙人！什么时候了？"

"六点多钟。"

"他想要杀人，这混蛋！开枪！"

"你不要说话。"萨木金记起了医生的话。

"我就不说。"

但是沉默了一分钟之后,伊诺可夫又咕噜道:

"或许我——理解他!当我从高级学校被开革出来的时候,我曾经很想杀掉勒支加——你记得吗?——那古文科主任。后来有好几次我想要——那个或这个。我现在并无恶意,但是我时常发作憎恨某些人的毛病。这是很痛苦的……"

他疲乏地沉入寂寞之中,同时萨木金转背过去,避免看见那好像一片碎宝石似的半只眼睛。伊诺可夫又开始咕噜着波伊里呀、钓鱼呀——他很清楚而有力地说道:

"他也还是要付出这一次的代价的!"

萨木金和他相处了大约三点钟。伊诺可夫随时都在爆发着。他才沉默了五分钟之后,又被言语所咽塞,喉间呼噜呼噜,咳起来了。到了上午十点钟,斯庇伐克才进来了。

"里狄·提莫菲夫娜坐在我的房里。"她说,"去看她去。"

克里走出来,并不特别高兴于就要和里狄相见,但是离开伊诺可夫却是可喜的。

"她似乎并不十分高兴。"斯庇伐克的声音追赶着他。

九

"我不知道你在这里。"里狄欢迎他,"我来看伊立沙弗它·勒乎夫娜,而忽然她告诉我,我是不喜欢这家宅的,你知道。是的,不喜欢它!"

穿着红十字会的看护衣服,萨木金觉得她似乎异常苍老,灰暗而又瘦削。她总是摇头,显然忘记了她的马鬃似的乱发是塞在使她的头显得格外庞大的帽子里面的。她立刻就告诉克里,她和她丈夫的亲戚要到他母亲的庄园去搬运几件贵重东西。她叫道：

"我很想去看看诞生安东的那一座家宅，而且他曾经在那里度过他的童年。——要我倒一杯咖啡给你吗？"

但是她并不倒咖啡。她却把椅子移近萨木金，倾身向着他，圆睁着惶恐的眼睛，莫名其妙地低声说道：

"你自然知道：那些乡村是很不安宁的。从满洲回来的兵士时常变乱！不要对别人说，克里，但是他们都是逃散了的——是的，他们是的！唉，真可怕！我的先夫的叔父，"——她在她的胸上很快地画了三次十字——"一位将军，在土耳其战争中作过战，得过圣乔治十字勋章，痛哭了！他哭道：'在斯可比里夫的部下能够发生这种事吗？'"

又提高声音，她凄楚地诉说着；她的脸痉挛地歪扭着；她的黑眼睛里的恐怖加深了。

"真是想不到！"她大声叫喊，然后又小声细语，"这样狂暴，这样恐怖，他们不愿回到自己的乡村去！这全是我亲眼看见的。好像人们都忘记了回家的路，就是忘记了家在哪里。克里，亲爱的，我看见一个红头发兵士用脚踹一个玩偶——布做的，你知道——一种廉价品。他踹了它又用枪托去捣它，那玩偶就流出——那叫作什么？"

"锯末。"萨木金提示。

"对了，锯末。而且我相信倘若那真是一个活娃娃他也要这样做的！"

她抱着她的头跳起来，神情恍惚，在房里踱来踱去。她忽然急叫：

"噢，真可怕，真是不幸的人们！"

她的牢骚、恐怖、慌张，并未感动萨木金，不过使他惊奇而已。他从来想象不到她会这样潦倒颓丧。

"她合该守寡，虽然她完全和一个老处女一样。"他想着，看着她在房里彷徨，一面走一面用手去摸那些东西，好像要试探它们是冷是热似的。似乎更平静了些，她又低声说道：

"每个人都在一种期待状态之中:要来一次革命。他们不明白,革命将要是怎样一回事。我们的随军教士说革命发生于无力谋生,而无力发生于无神。他是一个生活很谨严的人,他是去宣誓的。现世界是在魔鬼的权力之下的,他说。"

萨木金正在回想着在那些夜间,当她平息了他的欲火之后,她曾经怎样以最荒唐的问题拷问过他。他也记起了她的书信。

"她已经忘记了这一切了吗?但是我为什么不能忘记呢?"他问他自己,悲凉地,然而也痛苦。

"你知道我遇见了谁了吗?马利娜。她也是一个寡妇——已经守寡好久了。啊,克里,她是怎样的女人呀?这样高大而美丽——而且售卖教堂用品!虽然,这是无关重要的。她是奇妙的!那行业不过是一种幌子。我不能把她的一切告诉你。我们的火车在十二点三十二分就要开走。"

"你不需要一点钱吗?"克里问。

"钱?什么钱?为什么?"她反问,大为惊异了。

"你的父亲的钱。"萨木金提醒她。

"不。我一点钱也不需要。它在银行里吗?让它躺在那里吧。我的丈夫遗留给我他所有的一切东西。"

她和他站得这样挨近,只要萨木金一伸手就能够把她抱住。这样一个观念闪过他的心里。

"我相信我是无耻地富有的。"她说了,脸上现出一个丑陋的微笑,玩弄着她的表的古雅的链子,"倘若你需要钱,请去取用吧!"

萨木金颇为懊恼地回答说他并不需要什么钱。

"正月间你就可以得到清算你的父亲的各种企业的详细报告。"他又说,用一种事务家的声调。

"嗯——父亲住过这里。他疯狂地经营了一生。而今——清算!唉——真奇怪呀!"

她霍地坐下，沉默了一分钟，漠然微笑着，看看萨木金，嘴唇虽然有笑的样子，眼睛却并无笑意。然后又开始散布好像烧木头冒出刺鼻的辛辣烟味似的言语。

"你知道，那些小日本人真是异教徒。他们受侮辱了。我是说那些伤兵和俘虏。而且他们——轻视我们。我们在东方失败了，克里——我们失败了！人人都这样想。到那里去再打一战是绝对必要的，振起我们的国威。"

五分钟之后她又兴奋地说道：

"我在莫斯科遇见阿连娜。她是美丽的！她和马加洛夫之间存一点浪漫史——柏拉图式的，她说。我可怜马加洛夫。他自负很高，而结果是这样没出息。阿连娜这罪人——他要她干什么呢？"

"她似乎想要倒竖起来做一个道貌岸然的伪善者。"萨木金想，虽然他疑心她是随便乱说，"我要告诉她关于图洛波伊夫的事吗？"

他的决定是否定的，因为倘若告诉她就要延长他们的会晤。恰巧这时斯庇伐克进来了，严重地皱着眉头。

"伊诺可夫更不好了吗？"克里问。

斯庇伐克回答：

"不。"

"伊诺可夫！"里狄叫喊，"是那家伙吗，他在这里吗？我从西伯利亚回来的时候在路上遇见他。我坐船到凯马去，他就是那船上的水手。一个奇怪的人……"

她请求斯庇伐克让她看看她的儿子，但是阿开底和他的看护出去散步去了。于是里狄看看她的表，说已经是她到车站去的时间了。

十

送了里狄上车之后，觉得这一次偶然相见十分难受，但是也不愿回家去坐在伊诺可夫旁边,萨木金向郊外走去了。他沿着安静的街道走去,默念着暂时不回到城里去,或者简直就不回去。这是一个平静的、晴朗的日子。天空已经被雨水洗净,空气是鲜活清新的。天鹅绒似的锈色秋草发出愉快的薰味。

"事故太多了。"萨木金想,停留在寂静的郊野里面,"这是不会长久延续下去的。人们不久就要感觉疲乏,就要需要休息与和平的。"

但是并没有休息给他。

当他走过那兵营的时候,从一个野营的帐篷的圆洞边上站起来杜洛诺夫的特色的形体,脸上张扬着一种使人讨厌的讨好的笑容。杜洛诺夫没有戴帽子,他的蓬松的头发差不多和揉皱的乱草同样颜色。相距十多步远,他俩都不能互相认清。萨木金,急于要走开,用手摸摸帽檐。但是杜洛诺夫大叫:

"等一等!"

当他爬出那圆洞的时候,他大笑起来。

他的外衣是解开了的。一只手拿着帽子,另一只手提着一瓶麦酒,看那浑浊的眼色他必定是喝得大醉了的,但是他的弯脚却稳定地走着。

"幸运得很。"他说,走到克里面前,"我正在想着咧!找谁去说说闲话呢?我并不曾想到你。这未免想得太高。但是倘若你在这里呢——那也就罢了!"

他把酒瓶塞进衣袋里,戴上帽子,脱掉外衣,把它悬挂在手臂上。

"你要干什么?这是怎么回事呢?"萨木金严厉地问,当杜洛诺夫用劲抓住他的手臂而且紧握着它的时候。

"我要你替我在莫斯科找定一个位置。我屡次写信给你,但是你不回答。——为什么呢?好,不管它!听我说——"他吐口水在地上,然后继续说道,"我不能生活在这里。我不能,因为我觉得我有权利像一个流氓浪人似的生活着。你懂吗?但是现在的时势不需要流氓浪人。"他拍拍胸膛,"人已经到了开始感觉值得像一个家丁似的生活着的地步了，但是我不想干这个！或者我现在已经是一个流氓了，但是我不想再干下去——还不明白吗？"

"我想不到你已经醉了。我不知道。"萨木金说。杜洛诺夫把酒瓶从衣袋里拉出来，对着萨木金的脸摇摇它。那酒瓶是满满的，或者不过喝去了一口。杜洛诺夫一挥手就把那瓶子摔到远方去了。它发出了破碎的响声。

"替你在莫斯科找定位置——"萨木金开始，有些惶惑，疑难地瞅着他的同伴的紫胀的面颊，以及那不安的尖锐的眼睛。

"你必须！你是一个革命家！你的前程远大。你是人民的保护者，如是等等——这是义不容辞的！胡说吗？你现在就帮助在你面前的一个人吧！立刻！"

慢慢地走着，拉着萨木金的手臂，把他引到旷野里面，杜洛诺夫说得更尖锐更刻毒了：

"在这地方我知道各样事、各个人——他们的一切生活，他们的一切浅薄的烦恼。我所知道的多过一切社会学家、批评家、挑剔家、街道打扫夫。命运把我当作一只收集一切尘垢的袋子似的使用着。你为什么耸肩头？你为什么那样看着我？你轻视我吗？你有什么理由轻视我呢？你不过是一个空包子弹，只能吓乌鸦——你就是这么的！"

萨木金更加注意倾听，跟着杜洛诺夫走去，后者又热辣地说道：

"你的论文、批评，都不过是无生气的干草！但是我有才能！"

他停住，遥指着郊野中间突起的红色的炮兵营房，又指着加它林大帝时代栽植的老桦树，排列在到莫斯科去的路的两旁。

"营房是地皮的丘疹、脓疱，你看出来了吗？一株树是一个喷泉。它吸取地里的大量水分，放射金色水滴在空间。你不曾看出这个，但是我看出了。嗯？"

"树是喷泉——你并未想通这道理。"萨木金机械地说，心想着别的。他十分吃惊于杜洛诺夫也能说出他曾经想说的话，这一吃惊使他觉得这人的话并不讨厌。在惊异之中,萨木金还体验了一种情感,使他很不愉快地和这家伙联属起来。萨木金看着周围。郊野寂寥无人,不过远方的道路上有一对玩具似的马正在奔驰。一辆邮务篷车悄然滚过。蔚蓝的秋空是这样透明,以至郊野中的每样东西都具有精美的钢笔画的分明的轮廓。

"我没有想通?何以见得?"杜洛诺夫叫喊,他的粗脸红得好像煮熟的蟹壳,姜色的猥毛在他的未曾修剃过的下颚上颤动着。他在克里的脸面前摇摇手,好像用手抓起空气塞进他的嘴里去似的。萨木金想要滑稽一下,说道:

"你忽然拦住我好像一个强盗似的……"

但是杜洛诺夫并不注意他的笑话。

"我知道你轻视我。为什么呢,因为我没有受过高等教育吗?你说谎,我知道最真实的事,小鬼们的肮脏事,那不可移易的现实生活。你和你们的革命,以及这一切假面具都滚到地狱去吧。你什么也不知道,不能或不愿知道——哄小孩用的杏仁饼干就是你!"

他用力推开萨木金,然后突然站住,看着地面,好像想要坐下去似的。萨木金尽力分析着在他内心燃起来的极不愉快的情绪,越分析就越接近杜洛诺夫,而且现在几乎紧张到恐惧的程度,含糊说道:

"你的——职业,伊凡,已经使你成为一个无政府主义者。"

"生活,不是职业。"杜洛诺夫叫喊。"人们,"他说,又向着树林走去,"你在监牢里的时候,他们从餐馆里送饭给你。但是我吃囚犯们的脏东西。我也能够叫餐馆送来的,但是我故意吃脏东西来羞辱你们这一类人。你不觉得吗?"他哈哈大笑,"你也没有看见我在监狱里散步,没有看见吗?"

"你为什么被捕?"萨木金问,想把杜洛诺夫引到别的话题上。

"因为伐西里夫上校被谋害。那些白痴!"杜洛诺夫沉默着,好像喘不过气来,做着鬼脸,用回忆的低音调继续说,"那上校!今年春天他曾经逮捕我,把我拘留了十一天,然后把我请去道歉——说是误会!"停住了,杜洛诺夫窥看着克里的脸色,然后加快脚步往前走,"误会,不是的。他不过是想要知道我——不是作为一个人的我——哦,不对,而是我所有的知识。你懂吗?他是愚蠢的,但是他觉得我可以做卑劣的事。"

把头偏在一边,萨木金含糊地说:

"他们似乎想拉拢每个人替他们做事……"

"不!"杜洛诺夫叫喊,"他们并不拉拢正直的人。他们拉拢过你吗?是这样的呀!不,他知道他谈话的对手是什么人的。当他和我谈话的时候,这混蛋!他觉得这人被逼苦了,所以他——试试看。这傻子太性急了。我或许会自己提出来……"

"得了!"萨木金要求,又想法引导杜洛诺夫离开他的话题,"你枪杀了他吗,由于偶然或意外?"

他问这问题的时候绝不相信他所问的或许是事实。然而,某种本能的感觉迫使他把他的手臂从杜洛诺夫的紧紧的挟持中挣脱出来。他不能挣脱;杜洛诺夫似乎没有注意这企图,但是并不放松。

"我像是一个恐怖主义者?这样没出息的东西——恐怖主义者吗?"他叫喊,轻蔑地冷笑了。

"一个奇怪的问题。"萨木金咕噜,想到本地社会革命党对于那宪兵官的被暗杀并没有公开的批评,而因此被捕的一个神学生和两个工人也即刻释放了。

"不是的。"杜洛诺夫说,"我不是巴尔马绍夫或沙梭诺夫。我甚至于不赞成古玖拉。我不过是杜洛诺夫,一个并非为历史而剪裁出来的人——一个无家可归的人,无所系属的人。懂吗?一个毫无裨益的人,如俗语所说。"

"一个无政府主义者。"萨木金又说,觉得杜洛诺夫的话越来越难堪了。

"即使我告诉你我枪杀了他,你也不会相信的,你相信吗?"

"我不相信。"萨木金回答,斜眼窥看着他的脸。

突然大笑得发抖,杜洛诺夫才放下克里的手。当他笑完了的时候,他说:

"我的朋友有一个儿子,一个品行端正的小孩。六个月以来他常常偷我的朋友的钱。他们都怀疑那女仆……"

"说得好像间接的自白似的。"萨木金想。他问:"他是在怎样情况之下被杀的?"

杜洛诺夫忽然转背向着城市。沉默了一会儿之后,他强勉地、慎重地说道:

"他们说他从一个女人的家里出来——他在那里有些勾当——忽然跳出一个平凡的英雄——嘭!打在他的头上,然后又——嘭!打在等待着他的马的腿上或脸上。这就都完了。他们说他是那女人的情人;据说那女人是一个革命党的工作员,他在莫斯科恋爱上的。"

"谁能够证明这个呢?"萨木金咕噜着,觉得真有所谓刺痛人心这样的事……

"警察。警察不喜欢宪兵。"杜洛诺夫说,勉强地,对着路旁吐了口水,"而我是警察们的朋友。尤其是那一个——这样一个小鬼!"

他又开始诉说他住在这城里的痛苦。青色的暮霭已经密布在郊野上,包围着他们。火焰似的云雾笼罩着城市。教堂的钟已经号召晚祷。萨木金摘下他的眼镜,揩揩镜片,虽然它们并不需要揩拭。在他的眼前他看见一个卑屈的、驯服的、平凡的女人的幻象。"你真不像一个俄罗斯人哟。"她悲凉地说,紧紧地倚靠着他,"你没有一种梦想,一种抒情诗的心绪;你总是推理。"

"或许她就是伐西里夫的情妇。"他想。他问杜洛诺夫:"当然你知道查出那女人的姓名是很重要的。"

"哪个女人?"杜洛诺夫问,有些吃惊,"噢,那一个呀!我明白了。但是现在那是过去的故事了。"

萨木金现在觉得完全不关心杜洛诺夫和上校被杀有什么关系——不论他曾否杀他——全盘事件都化为辽远的过去了。

"不要忘记呀。"杜洛诺夫警诫,在一个可疑的小街道的转角上告别了。"不要太急于轻蔑我。"他嘲弄地说,"我对于你感觉——亲近,而且类似老朋友……"

"一个危险的混蛋。"萨木金想,满心苦恼,"类似——这么一个不是东西,这么一个可怜的败类!"

"那就更糟了,倘若他不是东西——还要更糟。"那面色苍黄的害病的宪兵官曾经叫喊。

"现实生活怎样出奇地败坏了人们的品格呀。确是需要一种可怕的暴力,使人们全都屈膝,好像他们在皇宫广场上跪在那恶劣的沙皇前面似的。他的无能正在毁坏国家,败坏人品,把领导权委给卑怯的教士们。"

十一

以前萨木金从来没有感觉过这样苦恼,这样深刻地意识到现实生活的丑恶可怕。在家里,斯庇伐克很简单地对他说:

"科尔涅夫死了。你能写一个传单吗?"

他不得已地说道:

"可以。"

但是当他送手稿给她的时候,她一面读它一面叹气:

"不。这是要不得的。批评的部分或许还好,但是别的都——要不得。我自己去删改它吧。"

当他走开的时候,她说:

"他们说科尔文也死了。"

后来证明了这是事实。第二天早晨,萨木金看见本省官办的《公报》上登着一条讣告,颂扬科尔文道:"烈士死于迷信邪说者之毒手;是日烈士亲率数千人民,本其拥护政府及沙皇之赤忱,宣扬高尚理想!……"

"数千!胡说八道!"

但是伊诺可夫说那唱歌队长曾经枪击他的故事也显然不过是迷昏的人的呓语。萨木金很想要详细讯问伊诺可夫当时的情形。他走进餐室。在深秋的黄昏之中,苍蝇们正在那里嗡嗡;一个肥胖看护妇正在卷起一束绷带。

"嘘——嘘。"她制止。伊诺可夫躺在角落里的长椅上,毫不动弹。医生坚决地禁阻他去和病人谈话。

"他有些神经错乱。"

萨木金开始告诉他伊诺可夫和科尔文之间的关系,但是那医生警告他走开,咕噜道:

"我知道,那不关我的事。倘若你想打听什么,那么我以为联合会员在明天那唱歌队长出丧的时候或许又要组织一次小规模的坡格隆。"

联合会员再来一次示威的可能性又使萨木金陷入忧郁之中。

考虑之后,他出去访图路梭伐,承认减低房价,而且从她的胖手里接了一堆揉皱的纸币。他感伤地想道:

"这就完结了提莫菲·伐拉夫加的'征服普拉森氏'。"

回到家来,他发现一个警察在门口,另一个在门廊上。他发现警察想要逮捕伊诺可夫,但是医生不许可。一个警察官和一个法庭检察官就要来了,来盘问伊诺可夫并且调查医生的证明书,看看他所提供的"受了足以致命的重伤"是否证据充足。

"他们说谎,这些猪儿子。"卢包莫多洛夫医生发脾气,站在镜子前面打领结,那样用劲,好像要勒脖子似的。

"医生,至于我呢,对不起,我今天必须到莫斯科去。"萨木金宣言。

"好，你去吧。"医生同意，好像发给他许可证似的，"利沙已经去见省长去了。她固执得好像一个——一个公羊——好像一个骆驼——是的，先生！"

萨木金走去收拾他的行李。

第二十七章

一

他又回到家里来了。他的妻用她的热鼻子啄了他的面颊，然后向他浇来一阵责骂的言语。

"你为什么不打电报？只有趣剧里面的嫉妒的丈夫才这样做的。这几个月以来你的行为好像是我们已经离婚了似的——从来不回我的信——这是什么意思？这样疯狂的时代，而我完全是孤独……"

从她的难看的杂色化妆长衣上，从她的披在背上的头发上，发散出来一股新鲜的、很强烈的香味。

"她逐渐老了，失掉了自信心。"萨木金想。这时他的妻仔细瞅着他，带着一种似乎真诚的悲哀，沉静地叫道：

"你的鬓发已经灰白了！"

"你也并不年轻啊。"

"但是我现在没有化妆。"她解释。

他俩喝着咖啡，萨木金觉得他的头脑里面回响着列车的铮鸣，街车的嘈杂，以及大城市中的各种喧哗。轻灵的雨滴似乎还飞舞在他的眼前。他呆看着妇人的黄脸，好像不相识似的，望着那浑浊的绿眼睛，想道：

"她必定胡闹了一夜了。"

想到这里，觉得怒从心起，他说：

"是的，叛乱是必不可免的。人们已经忍不住积累的憎恨，这憎恨总要爆发而且骇倒他们的。"

他不断地说了大约十分钟之久。当他沉默的时候，觉得精疲力竭，好像大吐大泻之后似的。

"我的上帝，你的脾气真坏呀！"发尔发拉低声叫喊，"但是你说得真奇怪……"

"我把她当作妮戈诺伐似的说了……"他反省着。

"古怪透了！我相信你的事业是在法庭上。你可以成为一位著名的检察官。"微笑着，她又说，"你说得这样——气势汹汹，好像就要来一次革命是我的过错似的。上帝才知道这里会闹出什么事来。"她继续说了，叹气，"每个人都问别的每个人，这怎样得了呢。到处散布着无数难以相信的谣言、荒唐的故事。梭莫伐已经来了，尽说胡话。她和台谛亚娜正在募捐来武装工人。想想看！他们确是这样说的——武装起来！而每个人却也都在买手枪。米托罗方诺夫已经转回来了——又是没有职业，颜色那样惨淡，那样颓唐。而且他什么也不说——只是呻吟。"

午后，有几个兜售不稳消息的小贩——萨木金以前没有会过的人们——来访问发尔发拉。他们霍地冲进来，并不好好地坐下，而是把他们自己摔在椅子上，既不爱惜身体也不爱惜家具。

"你听见了吗？你知道了吗？"于是他们就讲到罢工啊，劫掠地主的庄园啊，和警察冲突啊。发尔发拉告诉萨木金有一群太太小姐正在组织救济会，要赈济罢工工人的儿童，和被害的工人的孤儿寡妇。

"你知道，这里杀死了许多人。"她声称，大为激动地。虽然穿着绿色羊毛衣，头发梳得光光的，鼻子上抹着粉，她的容貌也并不更出色一点，而她的兴奋却是引人注意的。萨木金看出她是知道这个而且欣喜被人当作目标的。但是他很明白地觉得，他的妻和她的朋友们的嘻嘻哈哈后面隐伏着——恐慌。

二

访客之一是一个长头发的瘦高汉子，前额上有一只瘤子，细脖子上盘着一个巨大的红领结。这领结掩住下巴，缩短了那异样苍白的脸。一管大鼻子好像在这脸上站不稳似的。黑头发歪扭地梳成长条形。他的眼睛是小而且圆的，当他说话的时候就眯眼而且显出谦卑的微笑。

"布拉金。"他介绍他自己给克里，用异常之冷的手指接触着他的手。他小心地、稳当地把他自己安放在椅子上，然后像一位预言家似的，劝诫道：

"你该谢谢上帝，我们已经到了结局的开端了！"

把头向后一仰，好像在读天花板上的文字似的，他用深沉的低音报告，神气十足：

"领导工人的人叫作'马拉提'——他的真名字是里夫尼·克孚洛夫[1]。他是从西伯利亚逃回来的囚犯，具有独断家的性格，非常精悍。他的腮上和颈上有一大颗痣。昨天我在一个秘密会上听他演说——说得真好。"

"据说他们全都被日本人收买了，真的吗？"一位戴金丝眼镜的矮胖

---

[1] 其实他的真名是斯昌塞尔（Schanzer），一九〇五年间莫斯科社会民主党执委会首领。这不是作者的笔误，而是布拉金胡说八道。

太太颇为迟疑地问。

"被日本人收买的种种谣言都是帝制派捏造的。"布拉金断言。"至于,我的确知道的是:倘若没有这些罢工,倘若维特不要想做共和总统,那么克鲁包特金[1]就能把日本人打得粉碎。打得粉碎。"他加重语气地重复说,然后又提出另一些不算没有趣味的报告。

"消息非常灵通。"发尔发拉悄悄地对萨木金说。

萨木金觉得布拉金是自欺自炫的蠢材——像这家宅里的其他各种东西一样,从发尔发拉起以至……

"或许许多家宅里都是这样的。"萨木金想。

晚间蠢气更见增加。一个头发焦黄、红光满面的大汉滚进会客室里面来了。

"马克辛·里-里阿金,"他自己介绍。

他阔肩膀,小脑袋,短身体架在细长的脚上,肚皮好像茶炊似的。他的紧张的圆脸上装着剪齐的灰上髭,深陷的快活的蓝眼睛,一管肥鼻子,和紫色的大嘴唇。他的各样东西都是畸零的,互相抵触的。他的长形的小头盖骨,狭窄的前额,和稀薄的头发特别刺激人的眼睛。他穿着有纽扣的布靴子,使萨木金记起那绰号"撒哈连伯爵"的古怪的、肥大的维特[2]。

"我是一个乐天家。"里-里阿金声明,"在俄国,最好是——做一个乐天家,这是一切历史指教我们的。我们不要神经过敏,像那些犹太人似的。让他们闹些小乱子,玩些荒唐的恶作剧吧。他们将来要挨皮鞭的。你们记得奥博林斯基怎样鞭打卡尔可夫和坡尔台伐的人民吗?"

他三口喝完一杯茶。用手掌——他的手臂比起他的上身未免太短——拍着膝盖,他继续说:

---

[1] Kuropatkin (1848—1925),日俄战争时期的俄国统帅。
[2] Witte (1840—1915),一九〇四至一九〇五年间帝俄立宪内阁首相。

"在坡尔台伐省，农民去抢掠一个庄园。他们并不曾在那里耕作。那庄园的农民多得像破衣服里的虱子似的。嗯，他们来了，自然吵闹吵闹。一个老人走出来对他们说：'安静些！塞吉·米海洛维奇老爷还在睡觉咧。'好，农民们都安静了，顿顿脚，终于都走掉了。这是事实。"他断言，用一种乌鸦叫似的不祥之声结束了这使人宽怀的故事。

"这公驴！"萨木金想，一面扭胡子一面看着那家伙。看见他的妻笑眯眯地好像在赞赏这演说家而不是赞赏那故事，他忽然想要用拳头打里-里阿金的脑袋。他尖刻地问道：

"那么你不相信报纸上的屠杀农民的报告吗？"

"政治作用！"里-里阿金说明，也斜着一只快活的眼睛。"当然要恐吓那些反动派一下的。倘若政府想要得到拥护，就必须给予我们更广泛的权利。政府将来要给予的。"里-里阿金预言，正在小心地削梨皮。他立刻又开始另一个使人宽怀的故事。

萨木金觉得这家伙是以"安定人心"为己任的。他走进了他的书斋。在他还没有决定他自己要做什么之前，他的妻进来了。

"你不喜欢他吗？"她笑嘻嘻地讯问，拍拍克里的肩头，"我很喜欢他的快乐的性情。他是很富的，一个纺织厂的董事，而且我需要他。现在我要和他去开会。"

她吻了克里，然后说道：

"他并不聪明，但是他是著名的。他栽种甜瓜。"

觉得甜瓜有趣，她吃吃地一笑，走掉了。

三

萨木金觉得好像忽然发现自己在剧场的后台里面，在一群三等演员之中——这些角色是还要登台表演他们所并不了解的戏剧的。看着反映在镜面上的他的影像，乏味的小身材和灰暗的脸相，他记起了一本法国小说里的一句成语：

"生活的精致的酷刑。"

他点燃一支纸烟，开始把烟云喷在镜面上。青烟暂时涂抹了镜上映影，然后在镜上卷起，散开，又显露出两片眼镜的死相的圆圈，软骨的鼻子，薄嘴唇，黑胡子的尖端。

"嗯，这算是什么东西呢？"萨木金问。耸动肩头，他向四周看看，觉得他已经痛切地高声说了，这是讨厌的事。

"这种光景很像是神经衰弱症。"他想，谨慎地离开镜面，默念着自责自怨的毒焰久已屡屡使他惶恐失志了。

他穿好衣服。然后，好像要离开自己似的，走出去散步。城市似乎喜气洋洋地放光。窗子里有着太多的灯亮，街上挤满了人群。简直没有单独的行人。他们的言语比平日更响亮，他们的态度似乎异常兴奋。人得到这印象：这些人都是从看了一番动人的好景的地方来的。

追随在一群游客后面，萨木金偶然听见几句说得十分清楚的话：

"怎么？城里的食物的运输要停止了……"

"屯货商人发财了。"

"你反对罢工吗？"

"我赞成！罢工可以使公众感觉不舒服……"

在商店所放出来的光带里面，言语似乎响得比较沉静些，而在暗影里面却响得更清楚，更刺耳。

"在开路加省，十七个庄园被烧掉了……"

无数的教堂的钟以异常紧急的声音号召它的信徒去做晚祷。街车夫们比平常更起劲地鞭打着他们的马匹。

"街车夫是世间最镇静的人。"萨木金回想。一个披着皮大衣、戴着毛蓬蓬的小帽的男人，由两个女人扶持着，挡住了萨木金的去路。那男人说：

"社会民主党是政治的顽童。我知道'马拉提'、波满之流——全不过是些空嚷嚷的角色！将来制造历史的却是农民联合会……"

四

萨木金决定去访问戈金兄妹，他们必定是知道一切的。他发现他们的家宅里挤满了人，好像列车将要开行之前的车站似的。经过了困难他才挤着通过一群青年男女学生，从大厅达到了会客室。他的耳朵立刻就被一种沉重的声音所袭击，好像是从传声筒里放出来的：

"因为自由主义者被拒绝加入巴里京的国会[1]，你就捏造一种政治的淫媒的必要的理论。"

声音杂乱，但是同样猛烈地叫起来：

"胡说！"

"秩序，同志们！"

"羞你！"

"同志们，秩序！"

在萨木金前面站着里多助波夫，用低音对他旁边的一个人说道：

"你看，伊菲——没有群众他们就议决了。除了你而外，这里没有一个农民！"

嘈杂变为一阵低抑的呜呜声，从这上面高扬着一种嗄声：

"资产阶级就是资产阶级，不会是别的。"

"马拉提是那一阶级的吗？"

"我想是的。"

"我们的任务是把罢工扩大为总罢工……"

里多助波夫的咕噜使克里不能听见别的任何人的言语：

"工人！他们有什么工人？一个也没有！"

---

[1] 由当时内务大臣巴里京计划召集的国会。

又有人大叫：

"吹牛皮！"

"你们没有力量控制这运动！"

"一月九号已经证明……"

"你们的无能！"

"那么奥得赛的波将金号事变[1]呢？"

似乎奇怪的是：无论敌对的争论怎样嘈杂，那嗄声依然可以听见，好像木板哗哗和斧子砰砰声中还是可以听见锯子的特种音调似的。

"你们想用工人的手指作猫脚爪去火里抓栗子，这是不会成功的……"

有人尖声叫喊：

"我们，知识分子，是融合工农为一体的酵母，并不是——浪费我们的精力在争论上……"

在房间的角落里有一个人沿着墙站起来了，好像要爬上去似的。他有一个圆头，穿着镀金纽扣的短上衣。

"我相信，"他说，"总工会将要投票表决总罢工的问题……"

哗啦地响了一声之后，那发言人摇摇手就不见了。他沉没在欢呼和笑声之中。萨木金开始向门边挤去。

在戈金家里听见的那些话，他觉得没有一句是他以前没有听见过的——总不过是那些唯恐不忠于自己的"成语体系"，唯恐扯断自己的束缚的各个人之间的照例的争论。萨木金常常以为这些人根据各种事实建立观点，而有了一定观点却只能抹杀种种事实。生活不是由反叛者造成的，而是由在变乱中准备和平的人们造成的。回到家里，萨木金把他的思想记录下来，然后上床睡觉。

早晨，安弗梅夫娜，穿着铁锈色的衣服，端咖啡给他，对他说道：

---

[1] 一九〇五年黑海舰队波将金号的水兵在奥得赛叛变，为社会民主党所领导。

"我买不到新鲜小圆糕。面包师都罢工了。"

他不回答。

"而且街马车也不跑了。"老妇人仍然固执地说。

"不跑?"

"而且好像没有报纸。"

"是这样的吗?"

然后,安弗梅夫娜双手叉腰,不高兴地用低音质问道:

"喂,克里·伊凡诺维奇,沙皇还要乱砍乱杀到什么时候呢?"

"我不知道。"萨木金说,勉强地一笑。

"现在是他下台的时候了。不消说,除了我们的厨子而外,全体人民都反对他。"

"这和我们的厨子有什么关系呢?"克里玩笑地问。但是老太婆已经走到食厨架前面,恼怒地咕噜着:

"连警察也是靠不住的。昨天我听见他们在格鲁斯尼驱逐人民,又在那里开战,而且警察被打败了。在尼忌尼·诺弗戈洛得也打!噢,亲爱的……"

萨木金看着她的宽阔的曲背,她的工作了一生的抖颤的手。他对他自己说:"她快要死了。"他问:

"但是沙皇让位给谁呢?"

"真是,我们还有许多聪明人哩。并没有全部被赶到西伯利亚去。譬如,你自己就是的。唏——他们多得成堆……"

她摇摇摆摆地走出去了——一座丑陋的铁铸的纪念像。

五

并不等待他的妻起床,萨木金就出去找牙科医生去了。天气很好。银色的太阳,好像一朵菊花似的,闪耀在天空中。教堂的钟声传遍全城。早弥撒之后,从教堂里倾倒出来大群衣冠崭新的莫斯科市民。

然而,萨木金立刻觉得这些喜气洋洋的市民已经消失在满身粉末的面包师们、脸色苍白的排字工人们,以及街车夫们和铁路工人们之中。这些人从各街道的各方面成群地汹涌出来;他们安详地走着,注意地观看着各样东西,张口凝视着商店的建筑,好像乡下人初次进城看热闹似的。他们越走近提弗斯卡亚街,他们的群体就越紧密,使萨木金得到一种快活而又有压力的印象。群众悠悠地游行着,愉快地欢笑着,互相召唤,互相使眼色,把非本阶级的人们都吸引入其间,把他们挟带着走去。萨木金看着它吸收了穿着华贵皮外衣的人们、高级学生、衣冠整洁的市民、好说闲话的知识分子、叽叽喳喳的学生群、穿得时髦的或朴素的妇女们。他看见这些各色人等悠然混合在群众里面,并未搅乱了群众的一般情调。他并不觉得他自己也是被挟带着走的,因为大众正在向提弗斯卡亚街移动,而他自己所要去的斯推拉斯诺亚广场也就在这一方向。

从一条横街上冲出来六个骑马的警察。遇着了密集的群众,他们就跟随着,在鞍上摇曳着,迟疑地挥动皮鞭。他们温驯地走了两三分钟;后来,忽然之间,爆发了一阵呵斥和咆哮。在萨木金前面的一个小男人就撑着人们的肩头跳起来,大叫道:

"驱逐他们,这些六只脚的混蛋!"

警察的马全都直立起来,一致摇摇它们的头;然后开始跳跃。骑士们同时一致挥起皮鞭,向前一冲,又向后一退。他们吃力地、自动地移动手臂,好像机械的玩偶似的。一种尖锐的声音狂叫起来:

"为什么?你说——为什么?"

接着是几声噼啪的怒响,好像用棍子打击着水面似的。无数的声音立刻爆发为一阵紧急的怒吼。萨木金从来没有听见过这种吼声。它似乎是从教堂的门洞里,从人家的前庭里,从墙壁上,从地底下同时汹涌出来的。萨木金看见几十只手伸起来,抓住马缰绳,抓住警察们的手臂,抓住他们的上衣。一个警察，被人从马的两侧拉着他的脚，那样坐在鞍子上，叫喊着，把头转向右边，眼睛恐怖地圆睁着，另一个警察向前伏着，抓着马鬃，而那动物是被别人牵着走的，其余四个再也看不见了。

一个白发的大个子，摇摇头，血滴溅在他的肩上，而且不停地问："为什么？"

这意外的事故并不骇人。但是当叫喊和呵斥停息的时候，情形就可怕了。一个声音悠悠地唱起来，好像在死人面前读圣诗似的；这声音缓和了嘈杂，创造了安静景象。安静煽起了恐怖。几十双眼睛盯着一个骑马的警察，好像他是某种从来没有见过的奇异东西似的。一个没有帽子的青年人，黑头发，抓掉警察头上的遮阳帽，抽出他的佩剑，就确确实实地用膝盖把它折断，把断片抛在马蹄底下。

"他们可以杀掉他。"有人在萨木金后面说。另一个人漠然指示："应该就用他的剑杀掉他。"

那警察被人从马上像一卷行李似的拖下来塞在群众中间。他直站起来，动着毛嘴叫喊，虽然他的声音是听不见的。他的脸青得好像冰似的，似乎要融解了。他正在哭咧。克里旁边站着一个上衣涂污了的男人，比萨木金更高一个头。他的粗胡子搔着萨木金的耳朵。

"他们随时干这种抽鞭子的蠢事，太自由了。"他昂然自得地说，他有一张干燥无味的脸，到处可以遇见的苏士达神像型的脸。他的短上衣确是由普通上衣改造成的。

那警察被牵引到旁道里，像一块木板似的靠在人家的墙上。有一只黑手抛一顶帽子在他的头上，但是他把它抓下来，用它揩揩脸，然后塞在手臂底下。

"他们并不杀他。"萨木金想，放心了，"或许因为这里太拥挤而且陌生的人太多吧……"

他觉得他想得不对，但是他确乎活过了最紧张地、最痛切地期待着杀害的一分钟。他的心里忽然燃起一种感情，感谢而且尊重那些能杀人而不杀人的人们。这种情绪以它的新颖使他惶惑了。恐怕有什么错误，他尽力抑制它。注意地考察着人们的脸相，他觉得这些脸和三年前他在克里姆林看见的缓缓走近亚历山大二世铜像前面的那些脸是有一种共同性的。是的，面貌是相同的——而人心却不同了。他们也不像曾经跟从加彭去见尼古拉二世的工人们。这些人跟从着谁呢，为了什么目的呢，这是不能想象的。他们悠闲地走着，好像农民的步伐，略有一点圆滚的动态，并不抬红旗，也没有唱革命歌曲的意思。在他们里面并没有一个科尔涅夫，虽然有一大群知识分子——像一些"教书先生"似的，走在工人前面，在人群中并不显出金粟米在面包皮上似的那么特色。其中的一个，在萨木金前面，从后看来并不是不像苦沙洛夫，正在高声说道：

"当工人阶级彻底明白了它的劳动的决定作用的时候……"

同时，在另一方面，一个头上系着绷带的鬈发少年对着那涂污上衣的男人喝道：

"停止，你要去干什么？去讨布施吗？"

"不要着急，亚沙……"

"或者这就是——'结局的开端'了吗？"克里惊疑地问自己。

六

群众的先头必然遇着障碍了，因为由于停住而来的波浪已经激动全体，人们都放缓脚步，开始后退。

"那里怎样了，谁挡住了路？警察吗？"

"走啊，孩子们！走啊！"一阵叫喊，很汹涌地，甚至很恼怒地。"同志们，走啊！"

"哥萨克兵！"

"打人了吗？"

"我看不见。"

几句痛骂响彻空间；霍地一动，群众就全力往前冲去。萨木金眼前出现一列木栏似的哥萨克兵的头，这些小头的红帽箍下面几乎全有一撮翘起的鬈发。这些鬈毛使哥萨克兵们的小红脸都具有一种得意扬扬的神气。他们的马也都是小而且多毛的，它们和骑兵使萨木金觉得有一种玩具的性质。一个钩鼻子的哥萨克军官，把马头勒左勒右，正在倾听一个肥大的警官说话。警官总是对他举着戴白手套的手，然后转面对着群众，凶狠而又祈求地叫道：

"你们要冲到哪里去？散开！"

萨木金看见哥萨克兵分散，摇着头，向群众奔来，挥舞着皮鞭。在他还没有看清以前，他的脚已经离开地面。在爆发的呵斥、呼号、咆哮之中，他被旋转着抛到前面，以致他的头撞在一匹马上，谁的帽子打着他的头，有人对着他的耳朵怪叫，然后他又被旋转着推进去，终于头昏目眩，发现他自己倒在斯可比里夫[1]的纪念像上，在他旁边站着一个灰头发的男人，样子就像一座更棚。他的镶着臭猫皮的外衣那样敞开着，确像更棚的两扇门似的，露出一个光秃的凸肚皮。把帽子向脑后一推，这人用低音大叫道：

"强暴！杀人犯！"

"打倒贵族政治！"群众在各处嚷叫。人众挤满了整个广场，在它里面沸腾得好像黑色稀粥似的。马匹在密集的大众里面不自然地跳跃着，好像冻结的石块似的地面在它们的蹄下已经化为液体，淹没到它们的膝部，使鞍上的弯腰的哥萨克兵摇摇荡荡。哥萨克兵挥起鞭子，左打右打。人们闪避打击，呵斥而且叫喊：

"打倒他们！把他们拖下马来！"

跟着群众移动，萨木金看见哥萨克骑兵已经分散为几小群、几个个

---

[1] N. D. Skobelev（1843—1882），帝俄大将，曾平定许多叛乱。俄土战争时被困于布鲁斯那要塞，坚守达一百四十三日，终于突围奏功。

人,已经不进攻了,正在防卫着他们自己。有几个骑兵已经呆坐在鞍上双手拉着缰绳。其中的一个,没有帽子,皱着脸震摇得好像大笑着似的。萨木金走上去,叫道:

"野蛮东西!你敢吗?"

但是吼声如此浩大,以致他不能听见他自己的声音。在纪念像后面,挨近救火会的处所,有一群人正在合唱,有节奏地呼号着,好像在举起什么重东西似的:

"打倒沙皇!打倒沙皇!"

警察步兵队出现了。但是群众立刻吸收了他们,使他们分散在整个广场上。在总督衙门的阴暗的窗子里面有些人影闪过。一道亮光在一面窗子里燃起来。邻接着的第二面窗子就忽然破裂,碎片纷纷落下。

"这确是一次胜利,他们已经奏凯了。"萨木金判定,当群众把他抛进里翁提夫斯基街上的时候。吃惊于人们的无所畏惧,他窥看着他们的脸,兴奋得通红的,打肿了的,冻凝着血污的。他期待着夸耀的叫喊,矜骄的凯歌!但是一个有了年纪的高个男子,穿着肮脏的短上衣,靠在墙上,轻蔑地说道:

"那军官是一个蠢材。他要吃亏的。"

一个戴夹鼻眼镜的年轻女人正在用一幅手巾替他包扎他的左手掌。他用右手摸他的前额上的隆包。他的周围站着五六个人,像他自己一样,都是打伤了的,在雪里滚过来的。

"想不到他用骑兵来肉搏步兵。骑兵应该从远处动作,和敌人有相当距离,然后——直冲过去!步兵就无法抵抗。马就从他们上面踏过去。然后——打,砍!而他把骑兵放在人面前,这白痴!"

"不错。"在他旁边的一个人说,"还有,他们也早该搬出水龙软管来。离救火会不过是一步远。"

"倘若他们尽是这样胡干,我们就可以给他们一顿好打!"

"谢谢你,小姐。"手上受伤的男人说,然后吐了一口血,"谢谢。

你包得很好。——来呀,孩子们!"

他走回广场去,那里仍然在大嚷大叫着。萨木金跟着他们走去,倾听他们的谈话。

"我从他的手里夺了他的手枪。"

"那狗子!他?"

"他立刻趴在地上。他必定以为我也要射击他……"

"那些学生打得好!"

"他们爱打架!"

"有一个女学生!一个胖胖的小东西,但是她不勇敢!我总以为她会打那警察官一个耳光的。可是她却是一只耗子对抗一只狗……"

"有一个家伙尽用他的藤杖打……"

"好,同志们,倘若知识分子偶然参加在我们里面,这就是说——"

可怪的是他们所谈的事情尽管具有异常的性质,而他们说起来却平平常常,几乎是好性质的。萨木金听不见愤语或牢骚。在他前面的人们忽然全都成群地往前奔跑。从广场里来了一阵旋风似的狂吼——显然不是惊骇的声音或痛苦的叫喊。人们推挤着萨木金,超过他前面;有人抓住他的袖子,拖着他走去,呵斥道:

"不要落在后面哪,孩子们!"

七

当他们冲入广场的时候,大众发出一阵嘈杂的高声叹息——向后退却了。几分钟之间,萨木金周围的人们全都惊恐地沉默着。萨木金被挤到一个角落里的门廊的阶梯上。他又观望着群众。它像一只奇异的大撞槌似的摆动着,一退又一进。它通过提弗斯卡亚街的路道已经被一队举着刺刀的近卫步兵把守着了。

在兵士后面,在一座家宅的屋顶的边上现出一群小人形,手舞足蹈,好像他们被一种无形的火灾烧着似的。当他们这样活动着的时候,他们对着军警的头上摔下砖块、木板,以及别的说不清的冒烟的东西。一阵欢呼起来了。

"哈啦!非里波夫的孩子们都是好家伙,哈啦!"

一个满身灰面的男人,肩上扛着一只袋子,只穿一件衬衣,光大腿上遮着一些破布,也欢欢喜喜地说着话。

"我们大家都是工人,为朋友,我们也罢工了。我们来到街上,规规矩矩地,忽然哥萨克兵来了,用皮鞭乱打我们……"

"乱打?"有人怒吼。

"好,我们的几个人跑开了——我们没有自卫的东西——他们就爬上房顶……"

萨木金仰望房顶,试行数一数那些看来小得像学童似的勇敢家伙,但是要数清他们是不可能的。在他的眼光之中他们以非常的速度闪来闪去,他们奔到屋顶边缘,冒着跌下的危险,猛掷着木棍、木板、砖瓦、铅块——后两种特别使哥萨克马惊恐。萨木金不断地把眼镜摘下又戴上,看着这很像顽童恶作剧似的战争。惊恐的马匹发狂地乱跑,骑在它们上面的人鞭打着它们。在旁道上的一小群兵士正在高举着来复枪,瞄准屋顶上的人们。在紧密的呼喊咆哮之中并听不见一声枪声。屋顶上的那些小面包师并不翻倒。在这一切之中并无什么可怕,然而其中还有他所不能理解的某物。

紧张急促的谈话不断地波动在他的周围。

"他们正在拆毁烟囱。"

"当你需要防卫你自己的时候,你总要抓起一点东西的呀。"有人叫喊,高兴地。立刻来了几句嘲笑的话:

"当你需要的时候!你简直就会用空拳头打倒一个兵士!倘若我们已经有了自卫的器具,我们就不会呆站在这里……"

"噢,孩子们!只要我们能够给他们一些砖瓦……"

萨木金立刻听见那手上扎着绷带的男人分明地解释道：

"子弹打不到房顶上的人的。子弹有一定的弹道……"

人们默默地站着，看着，好像惯于打架的成人看着乡村顽童们互相扭打似的。

"又来了一些兵。"有人恼怒地叫唤。萨木金立刻就听见一阵难忘的干燥的排枪声。

"我说！"

"空包子弹……"

"我们从前听见过这种空包……"

"我们还是走吧，朋友们！"

于是萨木金周围的人们又不慌不忙地向着里翁提夫斯基街走去，一面走一面回头看，好像期望着被召唤回去似的。萨木金悠悠地走着，感觉到温暖和安全，和他从前在圣彼得堡的维堡斯基横街上所经验的一样。总之，他感觉一种满足，好像看过了一次试演之后，确信这戏剧并无绞脑筋的情节，很可以安安稳稳地上演成功似的。

八

几乎有一星期之久，萨木金生活在一种心血沸腾的情调之中，对于他的妻的恐慌开着恶意的玩笑。

"你想这要闹出什么事来呢，克里？"她忧愁地探问，在每天早晨，看了报纸上登着罢工蔓延、农民暴动、莫斯科食物来源减少等等消息之后。

"他们反抗政府，同时想要饿死我们。"她愤恨地大叫，把肩头耸到耳朵根，"我们应该怎么办呢？"

感觉愤愤的不单是发尔发拉一个人。她的朋友全都经验了同样的感觉。这几天的值日传道神是"消息非常灵通"的布拉金。他已经把头发剪短了，代替了大红领结的是一个条子花的蓝领结。这新领结掩不住他的下巴，现在它露出了它的真相，尖尖的往上翘起，好像没有牙齿的老人的下巴，使他的蜡鼻子显得更长，他的整个脸懊恼似的拉长了。

吹着鼻子而且咳嗽着，他说：

"你知道，总之，全是无聊，可笑！他们出来到街上，在总督衙门的窗下表演全武行，而又并不送呈请愿书。死了十一个，伤了三十二个。这算是什么呢？我们的政党在哪里呢？指导群众的政治方针在哪里呢？我问你。"

萨木金保持住沉默。无疑地没有政治领导，没有领袖。而且现在，在布拉金的牢骚之后，他觉得他在示威之后所有的满足之情增长起来了，因为确实没有领袖，因为社会主义各党在工人运动中并未显出任何作用。那些参加示威的知识分子都不过是些好心肠的人，从小就被文学鼓吹着"爱人民"的。就是这样——不过如此。

布拉金指摘了工人方面缺乏一致行动之后，他把农民的行动看作不但过火，而且是绝对不必要的。

"这是普加乔夫主义的开端。"他断言，睫毛遮掩着他的眼睛——并不像别人似的由上而下，而是像鸟一样由下而上的。

里-里阿金似乎也有些颓唐。用手在空中画着圆圈，他负疚地说道：

"是的，他们做得太过火——他们太放肆。唉，这倒霉的政府。"他叹息了。

里多助波夫却有意嘲弄人似的喜欢着。萨木金在一个集会上偶然遇见了他。

"喂，你觉得农民怎么样，嗯？"里多助波夫叫喊，拍拍他的肩头，又预言似的说道，"他们就要表明什么是什么了。"

萨木金不回答，连眼睛也不看他。这先前的托尔斯泰的信徒激起了他心里的朦胧的恐怖。曾经有一大批前天"爱人民"的人们已经降落到怕人民了。然而，里多助波夫和他们不同，当他谈到屠杀农民事件的时候,他怛然恶意挑拨似的嘻笑着。更糟的是他觉得里多助波夫的心情有些类似于,以至切近于他自己的心情。

九

萨木金对于人们的态度现在变得比平常更缄默、更镇静了。读了那些煽动情感的晨刊之后,中午他就离开家宅,走到街上漫游,参加各种集会,打听、访问几个朋友,但是绝不表示他自己的意见,然后到餐馆去吃晚饭,使他的妻以为他正在从事于某种秘密的政治活动。他自己觉得他内心有一种紧张,好像他负着全盘责任似的;有时他甚至恐怕他内心会不由自主地爆发出什么东西来,以至做出什么非常的事体——违反他自己的意愿的。总之,他完全相信这国家里所发生的一切都在替他自己清除道路,使他获得他自己。自他有生以来,这可诅咒的疯狂的现实就一直阻拦着他发现他自己,逼迫着他去思索它,但是不容许他超脱于它之上,成为一个不受它的虐待的自由人。

报上记载着圣彼得堡的工人代表苏维埃已经成立了。使他骇得目瞪口呆。

"喂,这是怎么回事呀?"发尔发拉说,用一种瞌睡的、着急的、恼怒的声音,摇摇那报纸,好像它是一张沾满了碎屑的餐巾似的。

"一种工人组织,你懂得的。"他沉思地回答。然而,她仍然继续盘问他,越发不高兴起来了:

"克鲁斯塔里夫、托洛茨基、菲特是些什么人呀?像古图索夫似的人吗?古图索夫现在什么地方?"

"我不知道。"

"或许在监狱里吧。"

"或许。"

"这要闹到我们全都坐监狱才完事的吧。"

"这也容易。"

"或者我们全都要被扫除的。"

"我们瞧着吧。"

"疯狂。"发尔发拉叫喊,把报纸抛在地板上。她出去了,用她的光脚跟抗议地顿了几下。萨木金拾起报纸,读到那上面记载着农会派也决定要组织政党了。

"赫登伯爵、米留可夫、庇徒朗克维奇、洛丁乞夫。"他读。他的从前的主任的名字黯然闪过他的眼前。

"他们干得太迟了。"他判定,然而终于欣喜著名的自由主义者所组织的一个政党和工人苏维埃同时成立了。

"这些名流,有经验的政治家,有才能的人们。"他提示他自己。但是这种安慰只是暂时的。

"工人苏维埃——沿着社会革命路线而来的一种运动。"他回想,记起了提弗斯卡亚街上的示威,工人们和哥萨克兵战斗的勇敢,屋顶上的面包师们,以及工人们观察城市的那种密切注意。

"这是没有社会主义者的社会革命。"他又尽力宽解他自己。他开始和他自己辩论,无精打采地,无言辞地,而又因为这种神气越加心烦意乱起来。他穿好衣服,走出去了,仔细审察着知识分子模样的人们,相信他们也正和他自己一样感觉心旌摇曳,困惑不安。街道里都充满了人,其中多数是工人。他们不慌不忙地移动着,给人以游惰度日和等待机会而动的双重印象。

"他们渴望变动——他们已经惯于刺激的事件。"萨木金认定。人们都吵嚷似的交谈着,并不留一点什么在萨木金的记忆里。他们谈论的多半是关于肉类和奶油的涨价,关于城市的木柴来源的断绝。全市似乎已经陷入一种叵测的寂静状态之中。一阵颇为强烈的、不愉快的湿风吹过人群上面。天空中现出青色斑点,好像被浓密的睫毛掩住一半的眼睛似的。总之,全是一种盲昧的、厌烦的感觉。

第二十八章

一

这就到了"制定宪法"的欢喜的、吹风的日子了。铅色的天宇低垂着,虚悬在城市上面。风急急忙忙地扫除人家的屋顶,吹起雪烟,闯过人们的脚下。但是莫斯科腾起欢笑,融和得好像是春天似的。人声悠扬。钟声在低落的苍穹之下轰响着。盛装的肥马驰过街道,拉着那些戴海獭帽的有福气的莫斯科绅士们、包在皮大衣里面的淑女们,以及铅灰色的将军们。城市里异样地点缀着几个星期以来不曾在街上露面的人们。端庄的、轩昂的市民们,庆祝着这不胜盼望之至的良辰,全都从他们的石造家宅的暖气中冒出来了,排列在无数马车里面,互相谦恭地点点头或摸摸帽檐。

一辆漂亮雪车里坐着斯推拉托那夫,戴着一顶有红带的贵族小帽,驰过去了。又来了一辆雪车,里面坐着发尔发拉和里-里阿金,后者抱着她的腰,张着一张圆嘴呵呵大笑,大学教授们、律师们、新闻记者们的种种熟悉的面孔都闪过去了。老戈金悠然阔步着,颤动着他的上髭,挥舞着一根藤杖。萨木金在一件浣熊毛领的厚皮大衣里面认出了里多助波夫,他的紧鼓鼓的脸上带着一种厌憎的神气。一辆小雪车里面塞满了萨木金从前的主任的大身躯,戴着毛茸茸的貂皮帽子。那黑色的牡马,前脚提高到它的气势汹汹的头面前,它的蹄子敲打着路面,好像急于想要打破路面似的。

萨木金悠悠地走着,他的心是空虚的,竭力保持着好像酒充满在杯子里似的充满了他的那种满足之情。蓝色的黄昏已经降临,灯火已经辉煌,密集的人群更加嘈杂了。挨近提徒拉尔那亚广场的处所,从旁道里拥出来二百多个的一群人,引头的是几个都穿着农民服装的胡子老人。在马路上排成一列纵队,他们阴郁地合唱着:

"上帝保佑沙皇……"

在步道上的群众都站住了,有一个声音惊异地笑问道:

"这算是干什么呢?"

许多恼怒的声音同时起来,好像群众被逗引起一种不快似的。

"选择这样时候来发牢骚!"

"该死的东西!"

"唏,这……"

两个学生同时大叫:

"打倒贵族政治!"

他俩立刻被包围在墙脚下。一个长胡子尖眼睛的男人高兴而又郑重地警诫他俩说:

"你们不要发脾气呀,先生!喊'打倒贵族政治'的人今天都挨打了。因为言论自由,'上帝保佑沙皇!'已经得到同样存在的特权,和'在战场上……'[1]一样。"

---

[1] 语源未详,疑系当时流行的革命歌曲的第一句。

抬着教堂旗帜的人们已经过去了，旁观者都大笑了。那长胡子，露着他的拱牙齿，继续欣然大声说下去。萨木金看过这光景，走进莫斯科饭店的大餐厅里去了。

二

一群半醉的人们正在辉煌的灯下嘻嘻哈哈。松爽而又热闹的空气，饱和着迷人的薰味，立刻温暖了克里，引动了他的食欲，但是已经没有空桌子，男男女女挤满了这房间，好像一页打皱的报纸上排列着的铅字。萨木金将要转出去的时候，一个白衣服的侍者好像滑冰似的冲到他面前，欣然欢迎道：

"请进来，先生。有几位客人要见你！"

离门不远的处所，在右边靠墙的桌子前面，坐着弗拉得米·刘托夫和阿连娜。刘托夫从椅子上跳起来，伸出他的手，大叫道：

"我十六年不见你了！坐下！老朋友，好吗？我们到底从沙皇身上挤出一点奶油来了，是不是？"

"不要怪叫，弗拉得亚。"阿连娜训斥他，威仪堂皇地伸手给克里，手指上戴着灿烂的指环。她叹息："我们都老了，克里，亲爱的。"

刘托夫瘦削不平的秃头，斑斑点点的面孔和妖魔古怪的小胡子，看来十足像一个小商人，但是阿连娜衣裳豪华，绿玉耳环，胸饰辉煌，似乎是一个典型的莫斯科大商人的太太：玫瑰色面颊，胸襟丰满，她仍然像从前一样炫目地美丽，可羡地娇嫩。

"你要喝什么酒？吃吗？说呀！"刘托夫嚷嚷。阿连娜俨然做了一个手势，制止他：

"安静些，你这讨厌的家伙！我知道怎样款待人的。"

"她知道的！"刘托夫叫喊，挤眉弄眼。敞开他的双手，他喷发着他的言语："什么庆祝！呃？足够三个欧洲那么多的人！试看庆祝的只是些什么人！"

他列举了几个大实业家、三个亲王、一打著名的律师和教授，而且结尾并不是一阵大笑，却是：

"唏——唏！"

"你已经习得一种恶心的习惯——动辄就'唏——唏！'"阿连娜埋怨，用她的柔软的音调。

"我以后不了，阿连娜。不要生气！不，萨木金——你试想一想。这些将来都要做我们的统治者的，你懂吗？他们将来要下命令：'各归原位！'然后各样就要像时钟机械似的照常工作了。我说，涂上一些奶油吧，唏——啊，我的朋友，我们已经不见面这么久了！头发灰白了？现在你和我都要走同一条路。"

"什么路？"萨木金质问。

刘托夫照例又是斜起眼睛讲到别的事去了。然后吞下一杯黄色麦酒，并不吃一点食物，他用尖舌头舔舔嘴唇，又开始了他的唠叨：

"这里有许多人自己觉得好像圣西缅[1]似的；'现在，主啊，请赦免'我们——把大事化为小事，我们自己的……"

"一个精灵的流氓。"萨木金想，用眼角迟疑地瞅着他。他自行叉起在汤锅里的滚热的某种东西。

"先喝这个。"阿连娜严厉地命令，递给他一杯漆似的酒。

"杜松子烧酒。"刘托夫解释，"好，这是怎么回事！庆祝呀！唷！她知道这些事好像教士知道祈祷文似的，老朋友！"

萨木金已经烫着他的嘴，惘惘然看看阿连娜，她正在忙着调合别的饮料。刘托夫竭力说些机锋的话，使萨木金不能吃也不能注意餐厅里的事情。而要想明白那些被酒食和欢乐所陶醉了的人们正在叫嚣些什么也

---

[1] St. Simeon，犹太人，中世纪反抗罗马帝国运动的领导者，当时被称为救世主，但卒归惨败。

是困难的。在种种声音的混杂之中,只显出几句惊叹的断片,以及一个中音固执地背诵着伯朗吉[1]的诗句。

"祝贺劳工神圣!"他第二次吐出这几个字。

萨木金正在吃得极其有味,觉得好像一个成人坐在孩子们的筵席上似的。阿连娜从她的衣袋里取出一张蓝信纸,正在专心读它,她的眉毛是高扬着的。刘托夫正在把言语浇在一个红脸的胖男人上,那胖子坐在第二座,笑得快要融解了,脖子上涨满了紫血。萨木金观看着周围的人们的面孔,多须的或剃光的,鼓胀的或瘦削的,都被生活的欢娱所激动了。他看见妇女们的涂脂抹粉的小脸,装饰着丹珠翠玉,好像一些神像似的。各样东西都笼罩在一种淡蓝的烟雾之中,其中飞舞着像天使似的白色侍者们,以及他们的梳理得光光的头发,他们的带着恭敬的微笑的流汗的油脸。

"她现在款待着一些诗人。"刘托夫说。他用手去摸索酒瓶,正碰在阿连娜的手指上,因为她不许他饮酒,祈求他道:

"不要忙啊!"

"他们之中的一个是最稀奇的!一个像货车夫似的大家伙。他作的诗,鬼才知道是什么,但是他吃呀!而且喝呀!"

> 太太们和先生们!
> 贫穷和工作
> 正直地同住在一处……

"讨厌的唠叨!"阿连娜批评,用她的左眼看着一面手镜,"况且,他说谎。并不是'正直地',但是常'在一处'。"

她殷勤地倒麦酒在萨木金的杯里,掺和上别的饮料,这一调和就使

---

[1] P. J. de Beranger(1780—1857),法国俗谣作家。

他的嘴不至发烧,他的头脑愉快了。

"在友谊和爱情的谐和中——"有一个中音叫喊,压倒了当时的嘈杂。

"这小傻子!"阿连娜叹息,用一只牙签搅动杯里的烧酒,"现在,喝吧,弗拉得卡——他越醉越聪明!一个可怕的聪明的富而庸俗派!"

"伏尔泰[1]派?"刘托夫问,咯咯地笑了。

"不。富而庸俗派。而且因为他的聪明他将要灭亡。"

她皱起眉毛,窄起眼睛考察着餐厅,叹道:

"好像一个个巧克力糖盒子。"

"是的,她喂养诗人们,但是不喜欢读诗。"刘托夫唠叨,逗引阿连娜,"她尤其不喜欢我的诗……"

"请!请!"有些人忽然叫喊,都从他们的椅子上站起来,眼望着餐厅的远处的角落。

在这酒醉的和欢嬉的人群之中,萨木金觉得自己更加老练、更加清醒了,和刘托夫正相反,后者的支离的身体似乎由于种种言语、怪相和摇动而破碎了,使克里向往他会完全粉碎——以免他的椅子受压迫之苦——纷落在它下面化为一堆破片。

房间里的嘈杂越来越厉害,似乎尽力要达到极限。十多种声音叫着,嚷着:

"请!亲爱的——请——《船夫曲》!"

刘托夫在他的椅子上摇摇摆摆,像一个教堂庶务似的,尖声唱道:

> 从前有一位太太有两个丈夫,
> 一个为她的肉体,另一个为她的灵魂。
> 由此开始了她的戏剧:哪一个更坏呢?她不能决定——两个她

---

[1] Voltare(1694—1778),法国启蒙运动的大作家、批评家。

都十分称赞!"

"这是他说他自己和马加洛夫。"阿连娜解释,带着一个美丽的微笑,用手巾扇着她鲜艳的面孔。她的眼睛灼灼有光,但是没有欢乐之情。人将要怜惜她,因为这样非凡的美貌而与一个怪物和一个帮闲的跟丁生活着。

"这是不确的!"那怪物无耻地叫喊了,"科士加·马加洛夫和我——我俩都是为灵魂的,好像一个鬼和一个天使似的!但是还有第三个……"

"你胡说,弗拉得亚!"

"我知道!在梦中——但是确是有的!"

"请!《船夫曲》!"

"先生们,安静!"

"不要嚷,弗拉得亚。你听,他们请夏里宾[1]唱《船夫曲》。"阿连娜严厉地警诫。

"让他唱吧。我并不和他竞争。"

嘈杂慢慢地沉静下去了。人们的椅子摩擦着地板。杯盘刀叉叮叮当当的。有人狂叫道:

"一八八九年法国贵族,拒绝……"

"该死的贵族!"

一个有胡子的男人,戴着金丝眼镜,站在房的中央,高举着一块餐巾,像消防队长似的,大声说道:

"太太们和先生们!请你们安静啊。"

"言论自由怎样呢?"有人自作聪明地叫喊。

终于沉静下去了,只有从点心室里传来一种孔士托洛马腔调的恶毒

---

[1] Feodor Chaliapin(1873—1938),享有世界盛名的俄罗斯歌人。

的声音：

"米霞你没有一个钱——只有庄园的典押契纸和一些空念头，你有什么舍不得放弃的呢？"

"嘘！嘘！安静！"

三

喧嚣消歇了，分散在各个角落里，降服于一种洪壮的、严肃的声音之下。在紧张的寂静里，好像这声音已经把人们全都抛出厅堂之外，使它成为空虚的了。这非常嘹亮的歌声，唱出熟悉的字句，用熟悉的音调汹涌地使人飘摇起来。歌声逐渐加强，使萨木金的背脊里流下一股冷清清的寒气。整个房间似乎突然崩倒，墙壁移动，地板腾起。人群里爆发了扫荡的吼声：

"哎哟，杜宾尼希卡，哎哟嗬！"[1]

"啊呀，有鬼！"刘托夫大声说，霍地站起来了。他也跟着别人们嘎声叫喊：

"哎哟嗬……"

一种无形的力量把萨木金提起来，使他直站着。每个人都直站着注视着那角落，那里塔似的矗着一个巨人，正在歌唱，他的强大的声音压倒了几百个喉咙的声响。刘托夫抱着萨木金的腰，紧挨着他，仰着头，闭着眼睛，从他的突出的喉结里挤出一种粗糙的厉声。克里能够分明听见阿连娜的低音，以及别的震颤的老腔调。

寂静又恢复了。歌人开始唱第二段，那声音更加有力，更加压倒一切。萨木金全身震摇，膝盖发抖，喉咙间歇地哽塞起来。他十分清楚地看见周围的紧张的期待的脸相，并没有昏醉的人。从角落里的巨人那里

---

[1]《船夫曲》尾声，合唱。

飘过了人们的头上这霹雳的字句：

> 他将要以全力举起短棒，
> 反对沙皇，反对雇主！

"哎哟嗨！"雇主们也都争吵似的跟着合唱，"杜宾尼希卡。"

戴稳了他的眼镜，萨木金呆看着，冻僵了似的，感觉到从来没有经验过的寒冷。从前他曾看见过这艺术家在舞台上，穿着悲剧里的沙皇波里士的庄严显赫的袍子；他曾看见过他装成疯狂的、威武的荷洛方尼斯；装成可怕的暴君伊凡，进了普斯可夫的城市——一个梦魇似的小人物，手里拿着鞭子，斜坐在马车上，巍然高出于跪在那畜生之前的人们之上；他曾看见过他装成谄佞的梅菲士托·弗尔斯[1]煽动和嘲弄着世人和生活，这有着神妙的刺激力的男子曾经化为无限权威的具象。萨木金也曾看见过他在音乐会里，穿着晚礼服——这种装束似乎不适宜于他，缩短了他的宏大的体格和那聪明的农民脸相。

现在他看见费多·夏里宾站在一张桌子上，像一座铜像似的耸立于人群之上。他穿着石青色的平常上衣。以外表而论，他和站在他周围的人们同样是普通的、家常的人物。但是他的明朗的、流畅的、奇妙的声音响得异常精悍。萨木金从来没有听见过这样坚韧卓绝的声音。他觉得有些惶恐：因为这人和在这灯光里烟雾里的一切别人同样平常，而又完全和他们不同。现在他的面貌比他曾经在舞台上表演的各种面貌更加可畏。他歌唱着，那形体似乎逐渐增大。他已经抛弃一切粉饰，显示了他的灵魂的内在的核心——而这核心是敌对沙皇、敌对雇主的复仇——一个巨人的无情的、恣肆的复仇。

"是的，确是这样——他已经抛弃一切伪装，裸露了他的秘密，他

---

[1] 歌德的诗剧《浮士德》里的魔王。

的无政府主义的核心。从这一点上,从他对于权势的憎恶上,发挥出他表演那些沙皇时候所有的阴森的恐怖。"

当萨木金想着这个,更加畏怯地发冷到麻痹的时候,他的记忆立刻提醒他一批忘却了的人物:那乡村的炉匠、尼忌尼·诺弗戈洛得的码头夫、把海面当作桌面似的坐着的哥萨克人,以及在圣彼得堡的托洛斯基桥上的那伙夫的离奇的形状。萨木金坐下。双手抱着头,他掩住他的耳朵。他看见阿连娜用她的珠光灿烂的手拍拍他的肩头,但是他并不感觉她的接触。那音响,那怒吼,却不断地闯进他耳朵里。刘托夫顿着脚,尖声叫道:

"好极了!"

他抓住萨木金的手臂,把他从椅子上拉起来,用凄咽的音调对着他的脸说道:

"你明白吗?我们都是些自杀者!你听见吗?我们正在唱着我们自己的赞歌。谁能够做出这样的事?俄罗斯!"

他的放荡的面孔现出种种梦魇的苦相;他的眼睛狂乱地旋转着,带着恐怖,带着快乐。

"弗拉得米,不要丢丑!"阿连娜命令,用一种深沉的、权威的声音,而且拉拉他的袖子。"人们都在看着你咧。坐下。喝酒!我们喝一杯祝他的康健,克里,亲爱的。噢,他是怎样唱的呀!"她悄悄地说了,慢慢地闭起眼睛,而且摇摇头,"只要像这样唱一回,那就——"耸动肩头,她一气喝干一杯酒。

萨木金也喝干了。他立刻把他的空杯伸向她,对着刘托夫说道:

"你是对的。你是绝对对的!"

他动了怜悯之情了,对于那些人们:他们不知道或忘却了千个头颅的群众正在莫斯科的街道上游行着,以陌生者的眼睛窥察着各样东西。他从阿连娜的手里接了一杯酒,对她说道:

"这是在火山上的酒宴。你明白这个的。我看你喝着麦酒,好像它是毒药似的——"

"你已经把他弄醉了，阿连娜。"刘托夫说。

"这是不确的。我现在十分清醒，现在我，或许，是俄罗斯的最清醒的人……"

"不要说了，克里，亲爱的！"

她拉拉他的手。他或许已经哭泣了吧，因为怜惜她的绝世容颜，她的慈悲的慧眼。

> 理智以千眼观物
> 爱情以一眼注视……

刘托夫大笑了。一阵訇然的嘈杂……腾在房间里面。人们嚷着，叫着：

"再唱！再来一回！再来！"

那坚韧不屈的声音又压倒了一切叫嚣：

> 那就前进，前进，
> 我的伟大的人民……

"不。我再也受不住了。"阿连娜叫喊，把刘托夫向门边推去，"真可怕的——拷问者！"

她的脸是苍白的。她摇摆着手提包，撞着几只椅子，挤出这欢喜欲狂的人群去了。拖带着萨木金在她后面，她催促道："我们回家去吧，弗拉得亚，我们去消遣消遣！把邓娜沙叫来……"

"我不去。"萨木金抗议。但是她坚持地拉着他的手，而且命令道："不要傻气！叫你去你就去！"

在他们后面，那奇妙的声音痛切地、压倒地吼着：

> 他将要以全力举起短棒
> 反对沙皇,反对雇主……

在街上,萨木金觉得沉醉了。家宅好像钢琴键似的动弹着。那些灯火有着太过刺眼的光辉,似乎互相追逐,要赶上和他自己在同一方向上蹒跚着的渺小的黑色人形。在雪车里阿连娜坐在他旁边,温暖得好像一只猫似的。刘托夫已经消失了,阿连娜用暖手筒蒙着她的脸,始终一言不发。

四

克里有些清醒起来了。这时他们到了一条不熟悉的小街上,经过一个黑暗的庭院,走到了它的末端的一座两层厢房,发现他们自己在一个温暖的小房间里,其中弥漫着淡红的火光。这房间是温柔馨香的,悠悠地动荡着,好像一只小孩的摇篮似的。阿连娜出去换衣饰,说道她要拿些"清凉的东西"来。出现了一个高大的侍女,戴着浆硬的小帽,穿着围裙,送给萨木金一酒杯嗞嗞作响的液汁。喝了之后,他觉得完全康复了,这时阿连娜进来了,穿着白色长衫,系在腰间的蓝缎带一直拖到地板上。

"你近来见过图洛波伊夫吗?"她问,坐在克里旁边的长椅上。

"不。他现在在这里吗?"

"是的。他和弗拉得亚同住。他替报纸写文章。你能想象得到吗?"

她一面说一面笑。萨木金在饭店里所感觉的对于她的那种怜惜之情又在他内心苏醒起来,这回混合着一种温柔的悲哀。他简略地把图洛波伊夫在一月九号的行为告诉了她。

"想不到!"她叫喊,带着一种可以算是惊奇或惊骇之情。她走到角落里的椭圆形的镜子前面,整理着她的头发,显然愉快地站在那里说道:"那么他并不害怕那兵士会杀掉他,但是他或许会被误认为犹太人的!那么他就算完了。噢——这困苦的小贵族呀!"

"那么——'旧爱尚未灰'吗?"克里讯问。

"胡说。"她呵斥,一步一步地踱着,玩弄着她的缎带的尾端,"现在我才知道这回事。从前我曾经问过弗拉得米,但是他心里有七个鬼,一个和一个的说法不同。告诉我,要有一次革命吗?"

"你讨厌那歌声吗?"萨木金反问,微笑着。

"回答呀。"

她站在他前面,微微偏着她的头,穿着那高价的、辉煌的、气焰逼人的长衫;她的俊美的眼睛是严厉的、精敏的。但是克里还来不及回答她的时候,刘托夫的声音已经出现在接待室里了。阿连娜就转向那一方面。刘托夫立刻进来了,牵着一个红头发的小女人。

"这是邓娜沙。"他说,把她交给了萨木金,"我们的可爱的厄弗多克亚·伐西里夫娜[1]。"

萨木金吻了那女人的手,仰起头来看看刘托夫。他从来没有听见过,也没有想象到刘托夫会说得这样温柔,这样诚恳。

"而且这家伙也是一位律师。"刘托夫加添。他走进邻室里去,从那里就传来了茶匙的叮当和阿连娜的命令。

"他为什么说'也是'?"萨木金问。

"和我同居的一个男人是干这种行业的。"女人回答,说得好像村姑的歌唱似的,有着异常的音色,"你是一个刑事犯的……?"

"你说犯罪吗?不——一个政治犯。"

"你是一个——快活的鸟儿!"女人称赞,一个微笑从她的染红的唇边倏然闪过她的媚眼,"我知道一切律师都是——政治犯。我是说关于

---

[1] 邓娜沙或邓娜亚是俄语的厄弗多克亚的略称。

职业的事。你专门办理什么案件?我的男人专门办理刑事案件。"

她的面颊染得通红,但是红中显出雀斑。她的卵形的眼睛,可以说是太大了一点,闪烁着快活的光辉。她的鼻子顽皮地突立着。她的娇小的身材抬着一个看来好像不属于她似的高耸的胸部。她的装束俭素,穿着淡蓝色的上衣。克里觉得她有些狡猾,狐狸似的。她也谈论革命:

"这是好时候。每个人都有一小点发狂。谁也不当心什么。个个人都赶快喝呀,吃呀,快活呀……"

阿连娜又进来了,拿着一个小盘子和三只酒杯。

"邓娜沙。倘若你醉了,发脾气,我就要打你的耳光!我们来喝吧,开开心,克里,亲爱的。"

"阿连娜,亲爱的!"邓娜沙惶恐地叫喊,"在一个陌生的人面前你这样对我说话?"

邓娜沙喝了她的酒,跑进接待室去了。阿连娜拉起萨木金的手肘,颇为高声地说道:"一个很有才能的娼妇,但是一个绝望的人……"

这种粗粝的话在她口中响得可惊的简单,好像她在说一种职业——一个裁缝女,一个洗衣妇。

五

他们走进邻接的房间。在一张装潢整洁的桌子上,一只茶炊正在咝嘘着。邓娜沙站在角落里的钢琴前面,正在翻阅乐谱。她的背上拖着一条皮围巾的两端。萨木金又想到她像一只狐狸。

"趁那猪还没有来到以前,唱《花园》吧。"阿连娜请求。邓娜沙并不看她,回答道:

"这是你所要的贿赂,我知道。"

房间里充满了乐器的幽静的回声,她用深沉而柔和的声音唱道:

花园呵，我的花园，
啊，你绿绿的花园。
告诉我，我的花园，
你为什么落下你的叶子?

音乐照例不能深深感动克里，而且这回这歌曲是平庸的便宜货；邓娜沙的声音是不自然的，非女性的，一只小野兽在畅快地吃了之后回忆食物之美的呜呜之声。

啊，我的青春消逝，
我的黄金时代……

在那著名的歌人的骇人的歌唱之后，这小曲似乎新奇，甚至有趣，所以阿连娜那样恬静地凄然倾听着这卑微的俗曲。刘托夫踮着脚尖轻轻地走进来，坐在萨木金旁边。然后他悄声对他说：

"一个平常的歌女——但是不奇怪吗？何等好的声音呀！她唱给我们听。阿连娜和我已经教给她成为真正大歌人的种种方法。教师是十分热心的。"

萨木金十分容易地就承认邓娜沙唱得很好，因为她的声音使他特别感伤，使他想要谈论平日他缄默不言的那些事情。她的歌声忽然中断，邓娜沙敲着琴键，带着一种吉卜赛的尖声，用一种新音调叫道：

啊，巴山加，
巴拉斯科文士卡，
啊，幸福的巴拉尼亚，
有才能的女人呀！

"款待我一杯茶,女主人。"她请求,走到桌子前面。

"你真该打,邓卡。"阿连娜说,叹了一口气。

不久之后,马加洛夫来了,穿着整齐的黑衣服,灰头发,皱着眉头。

"哦,萨木金?你好吗?"他闷闷地叫喊。

跟着他进来的是一个矮胖的、面目可憎的诗人,那乱头发是很需要洗一洗的了。一个窄屁股的姑娘,穿着格子花呢的裙子,红色法兰绒的上衣紧箍着一个大胸部。一个青面颊黑眼睛的律师,自由主义的信徒,以放荡生活出了名的——头发鬈得像一只公羊,美洲人似的长鼻子。在半点钟之内连续到了五六个客人。这房间就像一个养鱼缸了。在青色微暗之中不分明的各种体态游来荡去,玻璃闪闪发光,奇异的脸相出现在那些镜子里面。刘托夫立刻把他自己变为小丑,跳着,叫着,同时和每个人说话。然后,把宾客召集在钢琴周围,用手指摸摸他的喉结,他开始摹仿夏里宾的音调,按照《船夫曲》的节奏,怪声怪气地唱起来了:

> 我的朋友,我的兄弟,
> 我的受苦受难的兄弟,
> 无论你是谁,
> 不要因为愤懑而失望,
> 相信吧:巴倭[1]将要再起来吃掉那理想……

刘托夫嘎声说话而且吃吃傻笑。这笑是普及的。只有两个人不笑:阿连娜和马加洛夫。马加洛夫皱着眉头,悄声对阿连娜说话,她赞同地点点头。

"好一个模棱两可的流氓。"萨木金想,眼望着刘托夫。

---

[1] Baal,原为古代腓尼基人崇奉之日神,流传为庸俗所礼拜的偶像,此处应用第二意。

那律师倒了一杯酒，提议祝贺宪法。刘托夫叫道：

"有一个条件：不要看那玩意的内容。"

阿连娜拒绝祝饮，招呼着邓娜沙跟随她去，她就走出了房门，那步伐好像她是少女一样，郑重地和骄傲地移动着她的美丽。克里瞅着她出了房门，然后叹了一口气。

祝饮已经礼毕。好像都喝了顶好的陈年老酒似的，因为全都很容易地陶醉了。萨木金只喝了一小点，但是他终于觉得酒已上头。穿格子花呢裙子的女子坐在钢琴前面，灵巧地弹出一种香艳的小调，唱着法兰西的歌曲。律师昂昂然加入合唱。噼噼啪啪一阵掌声。桌上杯盘叮当。房间里的各样东西的各自的音调凑合成这集会的一阵一阵欢声。

"因为他们恐慌了，所以他们尽作乐。"萨木金反复在想。邓娜沙坐在他旁边，举起一杯香槟酒。

"我尊重像你这样简单明了的人们。"她坦白地说。

诗人摸摸他的油腻腻的头发，挺出胸部，鼓起眼睛，大声问道：

　　一件黑上衣，
　　一条皮带子——
　　他是谁呀？

他看着每个人，然后大嚷道：

"一个工人！"

"不。你顶好留到明天再提这个。"律师抗议，"你所说的那些工人已经在圣彼得堡成立了代表议会那么一类东西，而且在这里也想要成立。倘若我们承认宪法的价值……"

"四十三个戈比克[1]买这宪法。这还能够多添一点呢。"刘托夫叫

---

[1] 俄国铜币名。

喊,摇着他的手掌里的铜币。阿连娜走到他面前,和他说了几句话。向后退了一步,刘托夫敞开他的双手,对她鞠躬,说道:

"你有权下命令……"

再向后退了一步,他又鞠躬。

"你必须原谅我。"阿连娜大声说,"我必须离开家宅一点钟。有一个朋友害重病。"

"我们到我住的地方去吧。谁赞成?"刘托夫嘎声叫喊。

萨木金决定回家。他站起来,踉跄走着。邓娜沙抓住他,叫道:

"醉了吗?我们都是弱种呀!"

六

他不过朦胧记得他们到了刘托夫的家里,喝咖啡,而且疯狂地跳舞和歌唱。然后他去睡觉。他还没有脱衣服以前,邓娜沙拿着白兰地和苏打水进来了。然后他脱了她的衣服,抚摸着她的炎热酥软的肉体。当他记起这一切的时候,他刚醒来不久,躺在一张商人所用的柔软的皮床上,他的身体沉重地深陷在它里面。这房间黑暗得像一个地窖,森严的夜的寂静充满了这家宅。这是奇异的。夜会已经在黎明的时候完结了。从皮床上发出一种作呕的霉臭气,某种硬东西刺着他的脊背。这证明是一小节链子,上面系着一个金属的方块,萨木金厌恶地做了一个鬼脸,吐出一些腥腻的东西。他想道,他已经在真正的俄罗斯的方式之中祝贺了俄国历史上的重要变革了。

觉得他不能再睡下去,他伸手到桌上去摸索火柴,点燃一支烟,然后看看他的表。表已经停了,长短针指着十点三十二分。那系在折断的链子上的金属方块证明是一片珐琅的圣教奖章。

"可怕的人们。"他想,回忆着前天的荒唐行乐,"我也是一个好家伙!"

门闪开了，轻轻地疾走进来的是刘托夫，手里拿着闪烁的蜡烛，穿着中国式的化妆长衫，把烛放在抽屉桌上。他坐在椅子的扶手上，摇摇荡荡。他滑跌在椅子里面，臭骂了一句。

"有苏打水吗？格里沙，苏打水呀！"

他用手紧紧地捏住他的下巴，以至他的红手都变为白的了。同时看着烛焰的暗淡的火舌，他用喉音含糊说道：

"闹出乱子来了，老朋友，一个社会民主党员被人谋杀了，还有一个大家伙，'马拉提'吧，我想——马拉提被捕了。他们正在街上抓人，打人……"

"现在是晚间吗？"萨木金问。

"什么？现在是午后七点——我的车夫说斯推拉斯诺亚广场一带的电报柱都被锯倒了——到处都是电线。要坐车是不可能的，他说。"他摇摇头，"头里面有些糟糕！"他打扫喉咙，更分明地说道："但是，总而言之，虽然——唏！教我说'唏唏'的是邓娜沙。她教了我，但是她自己却不说了。"他从桌子上拾起那圣教奖章，在手掌上称量着它，然后毫不惊异地说道："我以为她是和那语言学家睡觉哩，好，来吧。穿好衣服。等着你喝咖啡。"

走到门上，他站住了。看着烛焰，握响手指，他说：

"图洛波伊夫告诉过我关于那小教士加彭的种种有趣的事。这混蛋自命不凡，突然转变——煽动那些坏人……"

他吹灭了烛，走过门道，必定是撕破了他的化妆长衫了吧——一种裂帛的声音，好像磨牙齿似的。

萨木金洗脸，穿衣，去到接待室里，想要悄悄地溜回家去。他被一个仆役赶上了，仆役正在开门让阿连娜进来。

"你要到哪里去？脱了你的外衣。"她叫嚷，"街道里充满了醉汉，并没有马车。我是徒步走到这里的。那些人胡说八道，恶作剧……"

奇怪的是她这样说着——并不恼怒，也不害怕，甚至显然喜欢。萨木金顺从地脱外衣,走进餐室。刘托夫把一件上衣披在睡衣上,正在那里奔忙。邓娜沙代理着女主人,坐在桌子前面。她旁边坐着一个修饰整洁的青年男子,一张黄面孔,油光光的头发,神气轩昂。刘托夫奉了阿连娜的召命,喜气洋洋地跑出去了。那青年谈论了斯坦达尔[1]和奥维德[2]。他的声音虽然响亮,可是讨厌。他的脸上装着一道稀薄的上髭和两道同样稀薄的眉毛,差不多辨认不出来,简直和皮肤同样颜色。这种特点使这青年好像一个太监。

"不,这是完全错误。"邓娜沙说,对着萨木金微笑,倒些咖啡给他,"一个热情的男人容易燃烧起来也容易熄灭去。一个真实的爱人是能够和你玩得长久,煽动着那火焰的。我也不注意抒情诗似的人。他们有什么好处?浮薄得好像胰子泡似的,不过如此……"

七

刘托夫手挽着阿连娜走进来。她穿着一件长袍,使她显得比平常更高大和更苗条。刘托夫站在她旁边,好像一个年轻人似的。

"他们在街上堆起一些木箱、木板——"她叙述着,高兴得很。刘托夫叫道:

"那么宪法流产了吗?"

克制着他的兴奋的沉重之感。恼怒着每一人,连他自己也在内,萨木金质问:

"我很愿意知道。你到底信仰什么呀?"

"这是一个大秘密!"刘托夫回答。用他的酒杯碰阿连娜的酒杯,吞吃了酒,他挤眉弄眼地说:"我以为你和我都是同一信仰的,我们相信

---

[1] Standhal 本名 Marie Henai Beyle (1783—1842),法国自然主义的小说家、批评家。
[2] Ovid (公元前43—公元17),古罗马诗人。

肉体的涅槃[1]和精神的安宁。而且因为我们的信仰我们仇恨我们自己。我们知道安宁是卑怯庸俗的东西,有着路德[2]、加尔文[3]以及《圣经》之类的欧洲——是不合我们的意的。"

"你说谎,照例说谎。"萨木金不平,叹气。

"那么你是喜欢五个戈比克就买一个真理吧?拿去!"

他敏捷地转面正对着萨木金,然后又开始倒酒在那些杯子里。阿连娜、邓娜沙和那语言学家同坐在角落里的长椅上。语言学家正在慌慌张张地告诉她们什么事。阿连娜大笑。她正在一种异常快活的情调之中,她随时倾耳静听,好像在注意期待着什么似的。当听见街上有一种砰砰的响声的时候,她叫道:

"听,他们开枪!"

马加洛夫进来了,搓着他的凉手,带着一种差不多无礼的冷静,叙述着整个莫斯科因为一个煽动家被谋杀全都愤怒起来了。

"他的名字叫波满[4]。那棺材,装着他的尸体,停放在工业学院里面。今天黑百团[5]想要把那棺材抛出学院外面。据说他们有三千多人,但是乔治亚人在那里防守着。那里开枪了,打死了几个人。"

"乔治亚人?医生,你说谎!"刘托夫叫喊。

马加洛夫冷冷地耸动肩头,然后倒些咖啡给他自己,他转身向阿连娜说道:

"我找不到图洛波伊夫,但是他确是在这里的。一个新闻记者告诉我的。他会把那一封信交给图洛波伊夫的。"

---

[1] 佛典,意谓"消解","寂灭"。
[2] Martin Luther (1483—1564),德国宗教家。
[3] Jean Calvin (1509—1563),法国宗教家。
[4] N. E. Bauman (1873—1905),俄国社会民主党中央委员之一,《火花》最初发行人。被黑百团所谋杀。
[5] 直译为"黑色百人团",当时俄国官宪所组织之反动团体,专以恐怖手段对付革命者及犹太人。

刘托夫踱来踱去，摸着他的乱头发，做了一个苦相，含糊说道：

"莫斯科人和乔治亚人为一个犹太人的尸体开战吗？唏！唏！"

"我警告你，街道上都是很混乱的。"马加洛夫宣称，喝着他的咖啡。他说得好像高声朗诵一篇无味的报纸论文似的。

"我们什么地方也不去。这里温暖，而且我们能够尽量吃喝。"邓娜沙叫喊，"我们歌唱吧，连娜卡，在我们未死之前。"

这时邓娜沙迫使萨木金想道：

"这娼妇。真的——唱起来了。"

阿连娜并不唱，但是把她的深沉的语音散布在邓娜沙的歌词之下——那歌词是简单而且粗俗的。萨木金以为他既不必也不能倾听那些可疑的民歌的词句，但是邓娜沙把它们唱得可厌的明朗：

> 黄金的月儿在云中微笑，
> 啊，我的忧愁嘲笑我——

这迫使克里承认这小妇人，一点也不美，乱涂脂粉，好像一个贱价的玩偶似的，却能够使他倾听她所唱的无用得好像光天化日之下的一盏灯似的可笑的哀歌。

街道上的混乱摧残了萨木金的回家之念的萌芽，使他有些惊恐了。听着那歌声，他思忖着：

"在帝国会议成立之前的时期当然要发生扰乱的，但是这正是组织过程中的扰乱。"

歌声消歇之后，他大声说了这个，但是谁也不注意他的话。马加洛夫皱着眉头默默地看了他一眼。刘托夫拱着脊背遮住邓娜沙的身体，正在嘈杂地吻她的手，而且咕噜着。阿连娜摸着那女人的红头发，叹赏道：

"啊，邓卡，邓卡，你很有才能！倘若你枉然浪费了它，杀死你也还是处罚太轻咧。"

"人们有时确乎觉得疲敝不堪了。"萨木金对马加洛夫说,用一种厌烦而又挑衅的声调。但是这颓废的灰色人物还是不回答,继续哼着那已完的歌曲,同时刘托夫喝止他:

"嘘——嘘……"

邓娜沙和阿连娜,互相拥抱着,又开始幽幽地唱起来,好像互相交谈似的。当她们唱完的时候,侍女来通知晚餐摆好了。在餐桌上,这宴会是沉静的,只喝了一小点儿酒。大家全都含恨无言。甚至刘托夫都缄默了。晚餐之后,各人就都回到自己的房间里。

躺在床上,萨木金看着他的纸烟上所冒起的烟雾加浓了房间里的暗淡,看着烛焰逐渐改变它的颜色。他想着莫斯科和俄罗斯当然是疲敝不堪的了,由于"卑怯的人民"的皇帝在这些年间所主持的社会恐怖,由于这十多年来学生的骚乱、工人的示威,和农民的暴动。

他,克里·萨木金,也由于所见所闻的一切而疲敝不堪了,迫使他自己到了这样地步,束缚着他的种种言语的线索,把他拉拢向某些"成语体系"的人们,仍然继续不断。是的,他也是疲敝不堪的了。并且他觉得他的疲乏是一种崇高的象征的厌倦。他的内心不但担负着他自己的积年累月的烦恼,也担负着俄国历史的一切牺牲者的久远的烦恼,被拴在它的"囚车"上的那种人的烦恼。终于已经到了休止的门限了,这是真正的"结局的开端"。

然而,在几分钟之间,他对于变故将要完结的自信忽然消失了,好像月亮消失在乌云后面似的。他回想到那些发狂地高唱着"杜宾尼希卡"[1]的"雇主"们。他问他自己那些从屋顶上飞砖头打哥萨克兵的面包师们,那些没有领袖的蜂拥在莫斯科街道上的工人们,那些破坏地主

---

[1] 此处英译者注释为"长棍",但译者以为仍以译为"船夫曲"较妥,因为上文曾叙及雇主们也附和着夏里宾唱《船夫曲》。

庄园的农民们,将要选送一些什么人到帝国会议里去呢。

"工人代表苏维埃或许不会是什么值得重视的东西吧。这种组织,谁也没有试验过,能够显出什么作用……这是不能想象的……"

想到这一点他瞌睡起来了。清早上他被邓娜沙所惊醒。他温顺地欣然以她可喜的肉体娱乐了他自己。一点钟之后,他穿好衣服回家去了。

八

波满出殡的那一天终于使萨木金能够证实他的不可动摇的信念:莫斯科确是疲敝不堪的了。他才一到街上就感觉了这一点。他和他的妻手挽手地走着,跟在她后面的是布拉金和加莫夫。他出来是在一种把参加在他所不明白的某项事业里面作为他的义务的心情之中的。在去看送丧行列的路上,他觉得几乎每个家宅都从大门小户里吐出它的内容,那神情恰和他自己的一样——阴郁,甚至略带恼怒。人得到这印象:人们都不高兴,默默地抗议着又要发生什么事故。从那些杂乱的各色人等之中异常迅速地集合成密密的一大群,而萨木金,曾经屡次参加过悲剧的行列的,这回才初次觉得他自己完全和谐于——内在地联系着——当日的人群。

在远处,从一条街口里,爬进提徒拉尔那亚广场里来的是那行列的红头,接着是它的非常奇怪的身体。当萨木金看见这个的时候,他觉得一阵寒栗刺痛了他的脊背的皮肤。他不明白这寒栗原因:是恐怖或是过度欢喜?一批红旗飘扬在群众的先头,好像被风吹破的一把巨伞似的。那黑色的巨大的海怪爬进广场越远,红旗的数目就越多,红旗也越像这怪物背上的红疤。在这大群人之中有着一种非常的感动力。萨木金周围的每个人都觉得这个,谈话逐渐沉寂,好像被这种光景所镇压似的。在继续而来的寂静之中,他能够听见那怪物悠然爬过,空气里充满了一种妖异的声音,而它自身却是并无声音的。只有从远方,从它的深处,微微飘来那送丧行列的分明的庄严悲凉的歌声：

"你已经牺牲了……"

萨木金觉得他的妻在发抖，她的抖颤传染了他，妨碍着他的心跳，以至使他的咽喉痉挛，呼吸困难了。

"牺牲，是的！"他想着，脱下他的帽子。"以撒亚克[1]。"他想，记起了他的父亲的素朴的说教，"牺牲到底！"

眯眯眼睛，眯掉那蒙蔽着视觉的热泪，他继续转动着他的头，向四面观望。他从来没有见过这样多的各不相同而一致严肃的脸相。

"在维堡斯基街上的呢？"克里·萨木金比较研究，急于想要认清他的和群众的心情，"在那种严肃之中自然有着各种情调。他们不是去埋葬。宁可以说他们是想复兴沙皇的……"

他的思想被他的同伴们的小声的蠢话所阻碍了。

"而且这是一个犹太人的葬仪呀！"发尔发拉说，用一种迷惘的低音。

"基督……"加莫夫说，但是立刻就由布拉金加以纠正了：

"据说基督并不是犹太人。"

九

在无涯的寂静之中种种杂乱的私语是分明听见了的，虽然有一种奇异的推移之声，好像正在琢磨似的，越来越紧张，越逼近。萨木金注意地观望着。阴郁的，甚至严肃的、蹙眉的面貌频频闪过眼前，很少看见专门的旁观者的嘴脸，那种嘴脸无论看结婚、出丧、军队的行进，或押送囚犯到西伯利亚，都是同样淡漠的。总之，萨木金的印象是这样：一般人的神气是祈祷和感谢的神气，发生于某种单纯的、深邃的情绪的集

---

[1] Isaacs，亚伯以其独生子以撒亚克献于祝火之上，奉祀上帝。

中。人不能想象几千几万人会包容在这样一种肃穆的寂静之中，但是这些人确是沉默的，而且他们的叹息和私语都被他们踏过铺石路的琢磨之声所抹煞了。

"这是的确的。他们正在默默地和严肃地感谢这人，因为他已经死了……"

这种推测的滑稽意味使他有些惶惑。他甚至横看了发尔发拉一眼，好像恐怕她会听见他的思想似的。

"他们正在感谢这战士，因为他曾经生存过，因为他的英雄的业绩，因为敢于牺牲。"

把更为堂皇的服装穿缀在他的思想上之后，萨木金又觉得他自己内心通过了一派庄严之气，充满了使他伟大和崇高起来的那种肃静。

应和着无数人群的沉着的、密接的运动，葬仪的行列肃肃穆穆地动荡着，千百人纷纭地合唱着；这一句歌词似乎继续不断地重复而又重复：

"你已经牺牲了……"

克里·萨木金觉得在这异常的歌唱声中有着某种内在的和谐，这和谐就使缺少教士、教堂钟声，以及寻常装点葬仪的一切东西成为不足介意的了。

"在这里，那一切都要成为多余的，甚至错误的。"他断定，"在其他任何情况之中，没有其他任何群众能够同时造成这样肃静和这样抹煞一切嘈杂，磨光一切粗糙的声音。"

一切都异样地、不可思议地改变了，甚至那些狭窄的街道都不能认识了。它们怎样能够容纳这样异常密集的无限人群的巨大体积呢，这是不能理解的。不管十月天气怎样寒冷，不管风怎样恶毒地从似乎矮小得出奇的房顶上逆袭下来，这里那里的窗槅都打开了，甚至许多窗户是洞开着的。许多红布从那些窗孔里忽然出现，飘扬在人群上面。

那棺木，盛装着花朵、枝叶和缎带，披着一面红旗，由人们用肩头支持着。支持者似乎都是些异常高大的人。在人们手联手的护卫着的棺木后面，走着一个黑发的妇人，胸上缠着一些红色缎带。它们分明地显现在她的黑衣服上，反衬着她的苍白的脸和紧皱的浓眉。

"米得维底伐，他的习惯法的妻。"布拉金通知每个人，而且——呻吟了。

在她后面，低头曲背地走着的是坡阿可夫。在他旁边，举着帽子指挥唱歌的是阿里克先·戈金。彼得·育索夫扶着一个深思的、英俊的男人的手臂，他俩都穿着羊皮短褂。在古图索夫的多髭的面貌之后，闪过了社会民主党员罗次可夫的总是高兴的红脸。他俩并不唱，显然是在辩论着——以罗次可夫摇摇手的神气而论。在古图索夫后面走着鲁伯沙·梭莫伐和戈金娜，还有别的一些男人和女人，和萨木金相识，但是说不出名字。

"他们大概是一百五十或两百人——不更多。"萨木金估计，满意地。

这些人唱起来了，歌声消沉在几万人的足音之中。

跟在棺木后面的这一群人是被一圈学生和工人手挽手地围绕着的。他们多数都带着手枪。这圈子的强固的一环是邓那夫，另一环是萨木金曾经见过几次的工人彼得·沙洛莫夫，据说当警察包围大学的时候他曾经指挥防卫。

在行列之中进行着几千男女工人和工匠，穿皮外衣的庄严绅士，衣冠整齐的律师，轻装的知识分子，男女大学生，中学生，一群密集的邮局书记，甚至还有一小群官吏。萨木金觉得各种人中的每个人都怀抱着同一思想、同一言辞，那在一切群众之中常常绝对正确地表明它的情调的恰当之词。他留意地等待着这言辞，而且它被说出来了。

它的出现是作为回答那一个从小商店的门里面冒出来的红脸老太婆的问话的。吃惊地圆睁着她的小蓝眼睛，她大声问道：

"神父们呢！这是埋葬谁呀？"

"埋葬革命,阿婶。"来了这分明的大声回答。

"哟,我说!"发尔发拉突然绝叫,带着吃吃的笑声,好像谁搔着她的痒处似的。布拉金教训地咕噜道:

"他们应该说,埋葬无政府状况,埋葬虐杀犹太人的政策。"

萨木金放缓他的脚步,而且回头看那说出了这必需的话的人的面孔。他后面走来两个男人。一个是褴褛的矮胖老人,有一部大胡子和一双阴郁的眼睛;另一个大约三十岁,没有剃过的面颊,黑上髭,一管大鼻子和一双快活的眼睛。后者也是褴褛的,穿着污黑的短上衣,戴着一顶西伯利亚大皮帽。

"就是他!"克里·萨木金猜想。

对于克里,那一句话是有着决定的意义的。他一句说尽了这肃穆的情调——莫斯科把各阶级的人们从他们的家宅里倾出来埋葬这被杀害的革命者——的奥意。

"埋葬革命!——说得何等深切透彻呀!"他想,感谢着那无名氏的机智,"是的,他们正在把过时的、残存的东西送进坟墓去。这奇异的行列就是民众运动的超凡入神的表现,而且那琢磨之声并不是脚步的机械的曳踏,而是历史的最智慧的工作。"

他决定要写一篇论文暴露这葬仪所象征的意义。他要指出死者本身并不重要,重要的是莫斯科,俄罗斯正在埋葬一切为争自由而牺牲性命、陷身牢狱、放流边野、亡命异国的人们。是的,这是赫生[1]、巴枯宁[2]、彼图拉希夫兹[3]、三月一号的英雄们[4]、一月九号被惨杀的

---

[1] Herzen(1812—1870),十九世纪中叶俄国著名作家,不容于沙皇,亡命国外,死于伦敦。

[2] M. A. Bakunin(1814—1876),俄国贵族,无政府主义者,主持暴动,被判处死刑,旋逃亡国外。

[3] Petrashuvski 是一八四九年间的一个研究社会主义的青年团体,以创立者彼图拉希夫兹得名。创立者旋被判处死刑。

[4] 一八八一年三月一号俄皇亚历山大二世被民意党人炸死。

数千人们的葬仪。

"当然这论文一定写得哀感动人。可惜的是——真有些为难——这被谋杀者必然是一个犹太人。"萨木金叹气了,"虽然有人主张他是一个俄罗斯人……"

十

行列突然惊动了。棺木周围激起一阵并不急迫的骚乱,而且那些错杂的红旗、花圈、树枝似乎举得更高。它们似乎不是抬在肩上,而是直竖在头上。一个乐队从公立音乐学院的前庭里冒出来了。泱泱然奏着进行曲。《英雄之死》的乐曲在低落的灰色天宇之下震动了灰色的氛围。

"我的天,真雄壮呀。"发尔发拉感叹,紧紧地靠近萨木金。他似乎觉得数十人都和她同声叹息。里-里阿金汗流满面地出现在他旁边。

"什么日子呀,呃?"他叫喊。他的紫色的厚嘴唇正在发颤,他用慌张而闪烁的眼睛窥看着克里的脸色,叫道:"真是——堂皇啊!你一定觉得这真是堂皇的呀!只要一想!莫斯科——整个莫斯科……"

"是——是的,我们是一种奇怪的人民。"斯推拉托那夫说,呆看着发尔发拉的面孔,好像它是时钟的钟面似的。"介绍我,里-里阿金。"他催促,举起他的海狸皮帽。有点愚蠢,又近于恐吓,他对发尔发拉说:"我认识你的丈夫。"

"他在这里。"发尔发拉说。但是萨木金已经把他自己隐藏在一个陌生的宽脊背后面去了。他不愿和这些人谈话,或者不愿和任何人谈话。他的内心正在萌动着,茂盛地生长着他自己的异常崇高的、响亮的言辞的花朵。

"肃静呀,先生们!"有人严厉地呵斥里-里阿金和斯推拉托那夫。布拉金正在独自往前挤去。加莫夫已经失踪,早就不见了。群众正在继续移动,不久萨木金就发现自己和他的妻相距很远了。有两个人在他前

面阔走着,一个粗实厚重,另一个细瘦憔悴。瘦人总是踉跄失脚,而且用兴奋的中音畅谈着,劝勉另一个:

"你写这个,伐连丁,你把它写下来,老朋友:黑与红,呵呵!懂吗?黑与红,啊?"

十一

萨木金放缓他的脚步,希望密集的人群之流会漫过他而去,释放了他。但是他们滔滔不竭地泛滥着,推着他前进。他现在已经没有使他逗留在群众之中的理由,并没有使他有趣的东西。相熟的面貌偶然闪过,并不留给他什么印象,引不起他任何思想。他看见阿连娜过去了,和马加洛夫手挽着手。邓娜沙和刘托夫手挽着手,还有那青面颊的律师,另一个熟识的面貌急促走过去了——他以为是图洛波伊夫——而且和他同走着一个时髦作家,一个黑头发的漂亮男人。

"克里·伊凡诺维奇!"米托罗方诺夫叫唤,欢喜而又惶恐地,拉住萨木金的袖子。"你好吗?想不到在这种场合遇着了!啊,主呀……"

"啊,你也在这里吗?"萨木金说,掩饰着他的淡漠之情,讨厌这意外的袭来,"你到此地许久了吗?"

"大约两个月,嗨!我真高兴!"

"你为什么不来……?"

米托罗方诺夫高声哑响嘴唇,带着一种抱歉的表情。并不回答问话,他继续说道:

"好,克里·伊凡诺维奇呀,那么已经准许一切阶级都平等地联合了吗?这件事,请你容许我祝贺你的努力的成功,譬如说……"

他已经长久没有刮脸,他的毛髭髭的颊骨动弹得好像他正在咀嚼着什么东西似的。他的上髭也在移动。他显然有点陶醉,喘着热气——但是毫无酒味。他的喜欢使萨木金惶惑,甚至觉得可笑,但是他的诚恳是使他高兴的。

"所以！官厅曾经把我们全都拆得五零四散，而现在，联合起来！好极了！那么，我们已经联合起来了。我发誓！"米托罗方诺夫叫喊，用肩头推推他，又用屁股推推他。

到了尼克次基门的时候，行列停住了，人们更加紧地拥挤着，前面什么处所，有一阵嚷嚷流传过来。

"同志们，前进！"

发这命令的是一个金色头发的肮脏男人，毫不客气地推开了人们。学生和工人，分开群众，好像加一个楔子在里面似的，赶快跟随着那男人。在推来推去之中，他们似乎恢复了群体的运动，因为行列又开始前进了，而且歌声响得更和谐、更严肃。萨木金周围的人们彼此走散了，似乎更松动了，那摩擦之声失掉了抹煞行进者的嘈杂的力量。

"必定是有人捣乱。"米托罗方诺夫不平地说，带着一种负疚的神气。对于萨木金的小心讯问，他答道："或者因为害病吧！不，我已经不干我的老行业了。你知道，在光天化日之下一个人似乎不应该鬼鬼祟祟，不值得。现在是好日子，人觉得想要忘记一切无益的琐事，好像在恩赦节日似的。我受了嫌疑。他们怀疑我的政治信仰，自然把我当作不可靠的喽……"

歌声逐渐疏远，旌旗逐渐暗淡，寒风更加凛冽地逆袭着人们。群众已经开始向左边和右边分开。若干小群显然已经不能把他们自己挤进街道中的窄狭之处，虽然他们被无数人们在后面推动着。在黄昏的薄暗之中，群众显得一致漆黑而且极其密集，但是逐渐失去了它的真实性。它的气息似乎驱走冰冷的风。萨木金不知不觉地被挤到左边，向阿尔巴提大街走去，这确正合于他的意愿。米托罗方诺夫的很柔和的声音更加听得明白了。

"人人都明白做马车夫比做马好。"他流畅地唠叨着，挨近着萨木金身边，"但是为什么要筹款买军火呢，这是我不明白的！要和谁开战呢，倘若各阶级都准许联合起来了?"

"哦，这不是很严重的事。"萨木金说，觉得烦恼了。他已经很厌恶伊凡·彼特洛维奇了。

"不严重？那又为什么呢？"

"那不过是防备黑百团的袭击……"

"哦，是的，是的！是的，当然！我看——那么什么人在筹款呢？社会革命党，或是社会民主党？"

"我不知道。我要朝这边走了，伊凡·彼特洛维奇……"

米托罗方诺夫用双手抓住他的一只手，使劲地捏着。摇了它几下之后，他用一种新奇的变音说道：

"这是一件过去了的事，克里·伊凡诺维奇，但是从前——或许现在还——有一个两条舌头的人接近你——他破坏了我的事情……"

"你误会了。"萨木金庄严地回答。

"再见。"米托罗方诺夫说，匆匆走开了。但是走了三四步之后。他转回来叫道：

"有过的！"

萨木金耸动肩头，算是回答那悲哀的呼声，用眼睛追随着那前任警厅密探的形影，看着它变黑而且消失在当时的群众全体之中。和米托罗方诺夫相遇的这不愉快的一幕滑过他的心情的表面，并不曾摇动了它。寒冷的黄昏迅速地把人们都驱散了。他们向各方散开，空气中充满了他们的嘈杂之声，显然是欣喜他们已经完成了他们的任务。

萨木金缓缓地走着，在他的记忆中翻检着一切"成语的体系"可能驳斥他所拟作的论文的种种理由。这些理由即刻都化为轻汽，好像雨点落在被灼热的太阳晒焦了的扬尘的路上似的。他的记忆恳切地提供给他适当的言辞，使他欣欣然构成种种异常有趣的思想。他觉得他完全解脱了一切惶恐和忧虑。

"但是真有一个孩子吗？"他暗中好笑。

穿过已经十分稀疏的群众，他又走过尼克次基门，然后和一大群其他的人同一方向沿着林荫道走去，毫不觉察地走过刘托夫前面。一直到那不安宁的家伙冲到他面前，对着他的耳朵说话，他才认出了他：

"唏——唏，我和邓娜沙同来，你知道，我正在对她说……"

萨木金吃惊地向后一退，觉得，知道刘托夫即刻就要说出可恼的双关谐语了。是的，是的——他快要说占便宜的臭话了——他的歪扭的面部的得意的搐动便是明证。为了先发制人，萨木金赶快恼怒地、刻毒地说道：

"我希望你将要停止表演那种没出息的流产鬼的角色。这是一种坏角色，倘若你原谅我，我就说那是一种下流角色！像你这样根深蒂固的庸俗的市侩，并不能用虚无主义作面具来掩饰……"

他觉得他能够说得出许多毒辣的话，但是刘托夫举起手，好像要打似的，扶正了他的帽子，用另一只手捏起拳头轻轻地戳了萨木金的腹部一下，然后向后退一步，反问地又说道：

"唏——唏？"

并不回头看一看他，萨木金拔脚就跑，恐怕第三次听见那可恼的"唏——唏！"